C000076019

COLLECTION FOLIO

Honoré de Balzac

Les Paysans

Préface
de Louis Chevalier
Professeur au Collège de France

Édition
établie et annotée
par S. de Sacy

Gallimard

PRÉFACE

On épiloguerait sur l'absence ou l'infortune des paysans dans la littérature française, c'est-à-dire dans la littérature d'un pays qui, jusqu'au lendemain de la Deuxième Guerre mondiale, ou peu s'en faut, est resté massivement soumis aux choses de la terre, par la répartition géographique et sociale de sa population, par ses travaux et ses intérêts, par son comportement démographique aussi bien que politique, par ses attitudes morales et religieuses, par sa manière de gérer ses affaires, précautionneuse, attentive aux saisons et aux changements de temps, méfiante des voisins, dominée par des histoires de bornage et de clocher. Quand, par hasard ou par malchance, ils se manifestent, ou bien ce sont « les animaux farouches » de La Bruyère, brutes à visage humain qui, fort heureusement pour les autres, savent faire pousser le blé et fabriquer des enfants, ou bien ce sont de charmants pastoureaux occupés à « retourner le foin en batifolant » pour le plaisir de la marquise de Sévigné ou la méditation de la châtelaine de Nohant — personnages maniérés et idylliques qui n'ont même pas les mains calleuses et l'odeur de bouc des bergers de Virgile. Pas de milieu : ou les sombres tanières de Le Nain, d'ailleurs enfouies pendant des

8 *Préface*

*siècles dans l'ombre la plus épaisse des musées ; ou
les fêtes galantes de Watteau et, non moins extravagant
dans un autre genre de cérémonie, L'Angelus de Millet
— ceux qui dansent pour émoustiller les alcôves, ceux qui
prient pour moraliser les chaumières. Dans l'ensemble
de la littérature mondiale on aurait du mal à trouver
pareil exemple d'ignorance ou d'indifférence, de mépris
ou d'oubli. « Un peuple oublié », tels sont les paysans.*

*Le mot est de Balzac. On le trouve dans la dédicace
du seul ouvrage, ou à peu près, qui s'inscrive dans ce
désert. Les Paysans de Balzac existent, non seulement
pour la littérature, mais encore et surtout pour l'histoire.
L'étude littéraire, au reste comblée par La Comédie
humaine et rendue difficile, plus balzacienne que Balzac
lui-même, décèle dans ce récit une certaine lenteur, de
l'hésitation, de longs chapitres où l'action piétine, pour
tout dire un appauvrissement de l'inspiration, ou du
moins une paresse momentanée de l'imagination.
L'auteur d'ailleurs, avec sa franchise coutumière, est
le premier à le reconnaître : « L'imagination, écrit-il à
Mme Hanska, la faculté de faire sont inertes, ne bougent
pas et se couchent comme des chèvres capricieuses. »
Et de s'écrier : « Je ne me pardonnerai jamais de ma
vie de m'être fourré dans " ces paysans ", dans " ces
stupides Paysans " », qu'il ne parviendra d'ailleurs
pas à achever. Il est vrai que, retrouvant sa « verve », il
lui arrive aussi d'écrire : « Les Paysans doivent être et
seront un chef-d'œuvre. »*

*Un chef-d'œuvre : en sont-ils un pour la littérature ?
Les spécialistes en discutent. A coup sûr, ils en sont un
pour l'histoire, sinon un chef-d'œuvre, du moins le
plus précieux des documents : plus utile même, pour
une description de la première moitié du XIXe siècle,
que cette prose administrative calligraphiée et pour-
léchée dont on est bien obligé, pour d'autres époques, de
se contenter, faute de mieux et dans l'absence de toute*

littérature autre que lyrique, romantique ou réaliste et, de toute façon, imaginaire ou caricaturale. Évoquant ces rapports de préfets, de sous-préfets et de procureurs, dont la recherche historique fait sa pâture et dont il arrive à une critique littéraire mal inspirée, égarée en histoire, de se servir elle-même pour commenter Balzac, Tocqueville, expert en la matière, historien des institutions et des mœurs en même temps que ministre, écrit quelque part : « J'avais vu, à la fin de l'administration de Cavaignac, comment un gouvernement pouvait être entretenu dans des espérances chimériques par la complaisance intéressée de ses agents. Je vis cette fois et de bien plus près encore, comment ces mêmes agents peuvent travailler à accroître la terreur de ceux qui les emploient ; effets contraires produits par la même cause ; chacun d'eux, jugeant que nous étions inquiets, voulait se signaler par la découverte de nouvelles trames et nous fournir à son tour quelque indice nouveau de la conspiration qui nous menaçait. On nous parlait d'autant plus volontiers de nos périls qu'on croyait plus à notre succès. » *Autant les archives administratives, matière première indispensable et cependant pourrie, éveillent la méfiance, autant le récit de Balzac entraîne la certitude, au même titre que le témoignage de Tocqueville, lui-même sur les événements de son temps, au même titre que celui de Proudhon, épars dans l'immensité débordante de son œuvre et criant de vérité. Balzac, Tocqueville, Proudhon: tels sont les grands témoins de la première moitié du* XIXᵉ *siècle et d'abord de l'histoire paysanne; tels ils étaient, aussi bien pour Daniel Halévy, visiteur des paysans du Centre, que pour André Siegfried, visiteur des paysans de l'Ouest devenus à leur tour témoins privilégiés, dont l'œuvre est aussi indispensable à l'étude de la société rurale de la fin du* XIXᵉ *et du* XXᵉ *siècle que* Les Paysans *de Balzac le sont à celle de la première moitié du* XIXᵉ.

Le récit de Balzac paru en 1844 (pour la première partie) est un document d'histoire. Il l'est pour les historiens qui n'ont que méfiance pour la quasi-totalité de la littérature paysanne, y compris pour les jacqueries de Michelet ou pour La Terre *de Zola et exception faite pour quelques œuvres régionales injustement méconnues, celle du Vendéen Jean Yole par exemple, qu'admirait Daniel Halévy. Ce document d'histoire a d'ailleurs été authentifié par l'histoire. La révolution de 48, justifiant le scepticisme de Tocqueville, découvrira l'inanité d'une grande partie de la documentation administrative, la prudente falsification des préfets trop prudents et des procureurs trop courtisans. Mais elle fera apparaître au grand jour des situations, des intérêts et des passions dont on découvre avec émerveillement qu'ils ont été pressentis et parfois décrits quelques années auparavant par Balzac. Comment ne pas sursauter en assistant, par exemple, dans le dernier chapitre, à la scène inattendue qui précipite le dénouement ? Voici que l'homme qu'on a chargé d'abattre Montcornet au coin d'un bois renonce à le faire :*

« Général, voilà la troisième fois que vous vous trouvez au bout de mon canon, et voilà la troisième fois que je vous donne la vie... J'aime les gens qui ont servi l'Empereur, je ne peux pas me décider à vous tuer comme une perdrix. — Ne me questionnez pas, je veux rien dire... Mais vous avez des ennemis plus puissants que vous. » *Il se trouve que le petit peuple de cette région était resté fortement bonapartiste. Il s'agit même là d'un fait important d'histoire : Louis Napoléon Bonaparte sera élu représentant du département de l'Yonne. On objectera que c'est accorder beaucoup d'importance et prêter une écrasante signification à ce qui n'est sans doute qu'un coup de théâtre bien imaginé, la trouvaille d'un écrivain pressé d'achever un livre, en somme un hasard heureux de l'inspiration balzacienne. Mais des hasards*

*de cette espèce, de tels coups de chance, il faut bien
reconnaître qu'on en trouve beaucoup et d'encore plus
ébouriffants dans l'ensemble de* La Comédie humaine.
Comment expliquer ce bonheur ?

A *vrai dire, avant d'être le sujet d'un roman, les
paysans apparaissent à plusieurs reprises dans* La
Comédie humaine, *mais accessoirement, dans l'ombre
de l'aristocratie ou de la bourgeoisie, au service du peuple
de Paris lui-même dont ils assurent le renouvellement,
grâce à des migrations souvent décrites par Balzac en
des parenthèses, qui ont elles-mêmes une grande valeur
d'histoire. Ils sont surtout l'occasion pour l'auteur de
reprendre inlassablement sa vieille théorie réactionnaire :
« c'est la grande plaie de la France », dit le juge de paix
Clousier dans* Le Curé de village. « Le Titre des Suc-
cessions du Code civil est un virus destructif... Le paysan
ne rend rien de ce qu'il a conquis. Une fois que cet Ordre
a pris un morceau de terre dans sa gueule toujours
béante, il le subdivise tant qu'il y a trois sillons. » On
croit déjà lire la dédicace des* Paysans : « N'est-il pas
urgent de peindre enfin ce paysan qui rend le Code
inapplicable en faisant arriver la propriété à quelque
chose qui est et qui n'est pas ? Vous allez voir cet infatigable sapeur, ce rongeur qui morcèle et divise le sol. »
« Peindre », « voir » : ces mots suffisent à souligner
la différence qui existe entre ce roman et les esquisses
précédentes, ainsi que l'erreur habituelle de ne voir
dans ce récit que l'illustration des idées de Balzac sur le
morcellement des terres et sur la menace d'une épouvantable révolution sociale. Sans doute ces idées sont-elles
toujours là, comme elles sont dans le reste de l'œuvre,
et comme elles sont dans une large partie l'opinion du
temps. Elles sont d'ailleurs plus intéressantes à étudier
dans cette opinion et dans les grands ouvrages contemporains qui la reflètent que dans* La Comédie humaine.

*Il est singulier de voir la recherche littéraire perdre tant
d'effort et de temps à remettre éternellement en chantier
cette étude des idées politiques et sociales de Balzac qui
est à coup sûr la partie la moins importante et la moins
originale de son œuvre, à entasser des redites sur ce qui
n'est, déjà, que redites, à s'enfourner dans ce cul-de-sac.
Et la présentation marxiste n'y change rien. Bien loin
de la rajeunir elle ne fait que lui « flanquer » quelques
rides supplémentaires. Ce chapitre des études balza-
ciennes devrait être clos une fois pour toutes, en ce qui
concerne l'ensemble de* La Comédie humaine, *comme
en ce qui concerne* Les Paysans. *« Cet élément insocial
créé par la Révolution absorbera quelque jour la Bourgeoisie, comme la Bourgeoisie a dévoré la Noblesse » :
plutôt que ces textes de la dédicace où se retrouvent des
idées maintes fois exprimées par Balzac et par d'autres,
il faut retenir ces lignes de l'Album où se trouve noté
à l'avance l'essentiel du projet : « La lutte entre les
paysans de la circonscription et un grand propriétaire
dont ils dévastent les bois — Le garde est tué, point de
coupables. Un mendiant... des vieilles femmes, la ra-
caille jalouse, le caractère du garde, de sa femme, le
seigneur, etc. » Non des idées, mais des faits. Non un
système, mais un roman : le récit d'un drame qui se
passe en un lieu précis et si bien délimité qu'il est baptisé
« circonscription », comme dans les rapports des commissaires de police et des juges qui relatent des faits de cette
espèce tout au long de la première moitié du* XIXe *siècle
et plus particulièrement dans la région boisée, dans la
« circonscription forestière » où se situent très exactement*
Les Paysans.

*« A cinquante lieues de Paris environ, au commence-
ment de la Bourgogne... » : ce début situe le drame.*
Les Paysans *se passent dans la partie sud du département de l'Yonne ; on aperçoit à l'horizon le « premier
gradin du magnifique amphithéâtre appelé le Morvan ».*

*La Ville-aux-Fayes où se noue l'intrigue est située dans
« le delta formé par l'Avonne à son confluent dans la
rivière qui se joint cinq lieues plus loin à l'Yonne »,
de même qu'Avallon_ est située au bord du Cousin,
affluent de la Cure qui se jette un peu plus loin dans
l'Yonne. Une région de forêts. De grandes propriétés
seigneuriales comme celle des Aigues : un château comme
il y en a des centaines dans la région parisienne, mais
avec des différences que note Balzac. « Monsieur le marquis, dit le sous-préfet, la Normandie et la Bourgogne sont
deux pays bien différents. Les fruits de la vigne rendent le
sang plus chaud que ceux du pommier. Nous ne connaissons pas si bien les lois et la procédure, et nous sommes entourés de forêts ; l'industrie ne nous a pas encore gagnés. »
(Deuxième partie, chapitre x.) De petites villes bourgeoises,
plus ou moins bourgeoises, jalouses les unes des autres,
mais provisoirement unies dans leur haine des châteaux
et poussant les paysans à des actes de violence. Un prolétariat misérable de bûcherons qui jouent le jeu des
bourgeois, tout en se demandant parfois s'ils ont intérêt
à le faire : « Effrayez les gens des Aigues pour maintenir
vos droits, bien ! mais les pousser hors du pays et faire
vendre les Aigues, comme le veulent les bourgeois de la
vallée, c'est contre nos intérêts. Si vous aidez à partager
les grandes terres, où donc qu'on prendra des biens à
vendre à la prochaine révolution ? », interroge l'un d'entre
eux (Première partie, chapitre XII).*

*Tel est le lieu et déterminé à quelques kilomètres près,
tels sont les acteurs, tel est le drame : le tout décrit et
raconté avec une telle précision et à ce point vérifié par
les événements, et par ceux-là mêmes que Balzac ne
pouvait deviner, que l'historien a tendance à voir dans
ce récit un chapitre d'histoire et à l'utiliser comme tel,
tout en se demandant comment expliquer cette authenticité. Assurément, il est peu de romans de Balzac pour
lesquels il ne soit amené à se poser la question et à suggérer*

des réponses qui diffèrent généralement de celles de l'histoire littéraire, ou plutôt qui constituent, à côté de certaines découvertes littéraires — preuves irremplaçables et triomphantes — un autre type d'information. Mais la vérité historique des Paysans, *c'est-à-dire de cette description des luttes agraires dans l'Avallonnais pendant la Restauration et la Monarchie de Juillet — le récit commence en 1823 et s'achève en 1837 — est beaucoup plus mystérieuse que celle de romans qui se passent dans ces sociétés parisiennes et provinciales que Balzac connaissait bien, dont il sortait, au beau milieu desquelles il vivait. Comment expliquer l'effarante exactitude de ce tableau d'un canton du département, de cette Yonne d'Avallon, qui n'est pas l'Yonne d'Auxerre et qui n'est pas l'Yonne de Sens ? Et aussi comment expliquer que Balzac ait fini — non sans peine — à peindre ce tableau, à écrire* Les Paysans, *alors qu'il n'a jamais écrit « les ouvriers », pas même ce livre des ouvriers de la capitale dont on sent pourtant bien, à chaque détour de son œuvre parisienne, qu'il les avait au bout de sa plume, davantage encore qu'il en portait en lui le thème, qu'il en connaissait le titre, « L'Hôpital et le peuple », titre irremplaçable pour un livre qui ne pouvait avoir un autre sujet. Il n'a pas décrit les ouvriers parisiens. Il a décrit les paysans de la Bourgogne septentrionale. Voilà de quoi surprendre et sur quoi se poser des questions.*

Assurément, il n'est pas absolument inintéressant d'apprendre qu'il a bien connu un sous-préfet de Joigny et aussi qu'il a traversé à plusieurs reprises cette région en se rendant en Suisse et en Italie : « Je vais dans trois jours revenir par l'ennuyeuse Bourgogne à Paris », écrit-il de Genève à une amie en juillet 1836. *L'ennuyeuse Bourgogne ? De la part d'un homme qui a commencé d'écrire* Les Paysans *vers 1834, le propos étonne. Mais,*

peut-être aussi met-il à sa véritable place ce genre
d'explications. Au reste qui n'a traversé à plusieurs
reprises la Bourgogne en sa vie et même qui n'a ren-
contré en quelque salon parisien un sous-préfet de
Joigny ou ayant transité par Joigny, assez jeune
encore dans la carrière pour afficher ou confesser à
quelque duchesse indulgente ce titre qui n'a rien de
glorieux ? « *Il arrive, ma chère* », murmure Mᵐᵉ *de Beau-*
séant dans Le Père Goriot. *Il arrive comme arrive le*
critique littéraire, ravi de sa trouvaille.

Pour comprendre l'information bourguignonne de
Balzac et son extraordinaire sensibilité aux intérêts, aux
conflits, aux visages des habitants d'un canton de
l'Avallonnais, c'est vers Paris qu'il faut regarder et
non vers la Bourgogne. Le point de vue est toujours
parisien. Le point de départ aussi. Le premier chapitre
est fait d'une lettre, et de la plus parisienne des lettres,
que Blondet, journaliste parisien, invité au château,
écrit à son ami le brillant écrivain Nathan. « *Quand un*
Parisien tombe à la campagne... » : *ainsi commence*
le deuxième chapitre. Mais surtout, en cette région à la
fois isolée de Paris et cependant peu éloignée, la plupart
des personnages, nobles ou bourgeois, les gens du peuple
eux-mêmes sont en relation étroite avec la capitale. Les
châtelains retournent passer l'hiver dans le noble Fau-
bourg, largement précédés par leurs femmes auxquelles
manque le bon air de la ville. Les bourgeois y vont pour
leurs affaires, la vente du vin et surtout celle du bois.
Gaubertin, l'un des principaux instigateurs de la
conspiration contre les Aigues, « *est à la tête du tiers*
environ de l'approvisionnement de Paris. Agent général
du commerce des bois, il dirige les exploitations en
forêt, l'abattage, la garde, le flottage, le repêchage et la
mise en trains » (Première partie, chapitre VIII). « *C'est les*
cheminées de Paris qui paient tout », *c'est-à-dire financent*
le complot. Elles paieront bien davantage encore jusqu'au

*jour proche où le charbon concurrencera le bois, aggravant
ainsi la crise de l'Avallonnais à la veille de 48. Enfin
l'acheminement des trains de bois par la Cure, l'Yonne
et la Seine n'assure pas seulement le chauffage de la
capitale. Grâce aux gens de rivière qui se chargent du
transport, il l'approvisionne en mauvais garçons,
comme le Chourineur des* Mystères de Paris, « *débardeur
de bois flotté au quai Saint-Paul* », *et* « *fagot affranchi* »,
*ce qui veut dire forçat libéré, mais dont on ne peut
s'empêcher de penser, et surtout après la lecture des*
Paysans, *que cela sent à plein nez sa forêt ; les moins
mauvais d'entre eux ramèneront au pays, en guise de
fret de retour, mauvaises mœurs et idées révolutionnaires,
comme on le devine dans Balzac et comme on le voit
dans les procès-verbaux de police du temps.*

*Non vraiment, pour être renseigné sur la Bourgogne,
Balzac comme tout bon Parisien du temps n'a que
l'embarras du choix : soit qu'il se promène sur le quai
de la Râpée ou qu'il s'y approvisionne en bois pour
l'hiver, soit qu'il fréquente les négociants en vin du quai
de Béthune ; soit qu'il écoute, hypothèse plus probable,
l'aristocratie du faubourg Saint-Germain déplorer les
incidents qui éclatent en permanence dans cette contrée
agitée et que nous relatent par ailleurs commissaires
de police et juges de paix : forêts dévastées, récoltes
pillées, gibier volé, châteaux cambriolés et parfois in-
cendiés, gardes agressés, sans parler des soubrettes
et des chambrières mises à mal. Les ennuis des grandes
dames n'étaient pas uniquement de légers soucis d'argent
ou des déceptions d'amour et la maigre silhouette du
sous-préfet de Joigny cache la forêt des Aigues. Comme
quiconque, Balzac lit son journal, ce que la critique
littéraire n'a pas l'air de soupçonner :* « *Il n'est pas
inutile de dire ici, nous rappelle-t-il lui-même au
chapitre* ix *de la première partie, qu'à cette époque de la
Restauration, des collisions sanglantes avaient eu lieu,*

sur plusieurs points du royaume. » *Et particulièrement dans ce département de l'Yonne où les fièvres agraires de 93 sont mal éteintes et connaissent des poussées violentes, en relation avec l'agitation parisienne dont le prolétariat des forêts est directement informé, comme le montre le détail du récit.* « *Que deviendraient les grands, dit Fourchon, si nous étions tous riches ? Il leur faut des malheureux.* » *Le mot est de Blanqui. Si* « *les collisions sanglantes* » *qu'évoque Balzac ont fait date, la révolte des vignerons d'Auxerre en 1830 est célèbre; de même les troubles de Puisaye en 1846. Bien plus, en 1848, dans la région d'Avallon, c'est-à-dire au lieu même des* Paysans, « *les petits propriétaires contraignent le marquis de Vibraye à céder 200 hectares de bois et prétendent examiner ses titres de propriété* ». *L'événement dut faire quelque bruit dans les salons parisiens.*

Ajoutons que, si l'information parisienne la plus communément répandue, et pas seulement dans le noble Faubourg, explique largement la qualité de l'information de Balzac et la valeur historique de son récit, cette description d'un canton rural recherche — comme pour plus de sûreté — des éléments de comparaison dans le milieu parisien lui-même, mieux connu de l'auteur. En contraste avec les sauvages des forêts bourguignonnes (et qui n'ont plus rien à voir, si ce n'est incidemment, avec les sauvages de Fenimore Cooper si vivants encore dans Les Chouans), *les sauvages de Paris, ainsi baptisés d'un mot qui appartient à l'histoire des classes dangereuses parisiennes davantage encore qu'à l'histoire littéraire. Mouche, l'enfant sauvage, évoque le gamin de Paris : par sa demi-nudité; par sa ruse; par son* « *air narquois* »; *par ses yeux qui luisent* « *comme deux charbons ardents* »; *enfin par le destin qui l'attend : dans le lointain de la vie de l'un comme de l'autre, se dresse une même menace, celle de l'échafaud — « *Mouche ! crains la prison, c'est par là qu'on sort*

*pour aller à l'échafaud. Ne vole rien, fais-toi donner!
le vol mène à l'assassinat, et l'assassinat appelle la
justice e'd'z'hommes »* (Première partie, chapitre v).
*Il n'est pas jusqu'au cabaret « Au Grand I-Vert »
d'où ne s'exhale « la forte et nauséabonde odeur de vin
et de mangeaille qui vous saisit à Paris, en passant
devant les gargottes de faubourgs ».*

L'information, l'inspiration elle-même sont parisiennes et Balzac ne s'en cache pas. On s'explique dès
lors, et par le détour de la capitale, l'authenticité de cette
description rurale : paradoxalement d'autant plus
grande que les garanties en sont plus certainement
parisiennes. Pour démontrer cette authenticité, autrement qu'en commentant l'impression et le plaisir de
vérité que chacun, historien ou non, ressent à la lecture
du livre, il faudrait entrer dans un plus grand détail —
car c'est le détail, la surprise du détail, qui importent.
Il faudrait, avant tout, souligner, chapitre par chapitre,
la concordance ou plutôt les rencontres entre la description balzacienne et l'histoire de ce canton de l'Yonne
pendant la première moitié du XIXᵉ siècle, telle que la
jalonnent des incidents quotidiens, des crises écono-
miques, des émeutes et les révolutions : celle de 48
surtout qui, grâce aux événements et aux documents
également accumulés, aux élections et aux enquêtes,
éclaire d'un jour nouveau des intérêts, des ambitions,
des choix, des alliances, toute une vérité des choses et des
âmes que jusqu'alors on voyait mal, et sur quoi l'on se
trompait, toute une vie souterraine que, plusieurs
années auparavant, Balzac pressent et dont il déterre
les secrets, de la même manière qu'il arrache à l'ombre
ce qui se trame dans les fourrés des Aigues.

De ces rencontres entre la description et les faits,
entre le roman et l'histoire, ne donnons que quelques
exemples, choisis parmi les plus singuliers et empruntés

aux différents chapitres de l'histoire sociale de cette contrée.

La géographie d'abord. « Cette région, restée une des plus forestières de France, reproduit dans sa population où se rencontrent des bûcherons, des mineurs, des éleveurs, des vignerons, les contrastes de son sol hétérogène. » Si l'on fait exception pour les mineurs qui n'apparaîtront qu'une dizaine d'années plus tard, avec la construction des chemins de fer et le développement des forges du Morvan, la géographie de Balzac correspond à celle que précise Vidal de La Blache en 1903 dans son illustre Tableau géographique de la France. *Non que Balzac soit le moins du monde géographe, mais parce qu'il est attentif aux lieux, aux reliefs, aux sols. Il dresse la topographie du pays, il relève la direction et la forme des vallées dont Vidal nous rappelle qu'elle s'explique par les dislocations causées par le Morvan. Le climat lui-même transparaît en des propos qui surprennent : « Comme, en Bourgogne, la pluie vient rarement du nord, aucune humidité ne pouvait pourrir les fondations, quelque légères qu'elles fussent » (Première partie, chapitre* III). *Quant à la forêt de Balzac, elle est la moins romantique, la moins idyllique et la moins inutile des forêts : c'est celle du garde-chasse et du braconnier, celle du marchand de bois. Passons sur l'économie : sur la prépondérance de l'exploitation forestière, mais aussi sur ces lambeaux de vignes, par lesquels en quelques arpents autour des maisons, la Bourgogne viticole d'Auxerre s'insère dans l'épaisse et sombre Bourgogne forestière de l'Avallonnais. L'économie, c'est aussi, décrit dans un grand détail, le pillage paysan, « le glanage et le pâturage abusifs », le ramassage du bois mort et aussi du bois vivant.*

Mais c'est évidemment la description sociale qui présente le plus d'intérêt et réserve les plus grandes surprises. Celle des hommes d'abord, considérés dans leurs divers caractères et surtout dans ces particularités physiques et ethniques dont Balzac est si friand. Il importe peu de savoir si les Bourguignons sont bien tels qu'il les voit et ose affirmer qu'ils sont. Pourquoi se gênerait-il quand les maîtres de la « caractérologie » qui n'en savent probablement pas plus que lui et qui d'ailleurs, à court d'arguments, citent La Comédie humaine, *n'hésitent pas davantage et se font une joie d'étiqueter les uns et les autres ? Science ou pas, ce qui compte et présente un réel intérêt, c'est que Balzac voit les Bourguignons — et aussi les Auvergnats, les Normands, les Bretons et bien d'autres peuples encore — comme les voient, au jour le jour de l'existence urbaine, et cela depuis des siècles, les Parisiens qui règlent leur comportement sur ces jugements incertains, sur ce douteux héritage de leurs ancêtres, faisant confiance aux uns et se méfiant des autres, réservant aux uns les politesses, aux autres les coups de bâton. L'opinion de Balzac, c'est l'opinion du Marais ou de la rue Saint-Denis, et dans le sens précis qu'on accorde aujourd'hui au mot opinion, avec ce mélange d'impérialisme et de prétention scientifique qu'il comporte. Les Bourguignons sont rougeauds : « De toutes les figures bourguignonnes, Vermichel vous eût semblé la plus bourguignonne. Le praticien n'était pas rouge, mais écarlate... » (Première partie, chapitre* IV.) *Il n'est pas indifférent de noter que Balzac avait d'abord écrit « était » et non pas « vous eût semblé ». D'abord l'affirmation, puis la nuance — une nuance que suit généralement une nouvelle affirmation plus tranchée — une nuance qui n'est qu'une affirmation retardée et déguisée : démarche typique de ceux qui se mêlent de caractères ethniques, aussi bien dans les livres que dans les empoignades de la rue. Rougeaude aussi la beauté bourguignonne. Qu'on compare à la beauté fragile, transparente, poétique, passionnée, des femmes bretonnes — telles que les voit Balzac, la beauté de Florine par exemple, avec*

*ses yeux gris et ses cheveux cendrés et ses « pieds obstinés
comme les Bretons auxquels elle devait le jour »* — *la
beauté de Jeannette, la servante de Soudry, bien en
chair et « pas moins appétissante que le jambon »,
« rondelette » et pourvue d'une « riche santé » ; « la vraie
figure bourguignonne rougeaude », « la bouche sensuelle,
un peu de duvet le long des joues » : pas de mot qui
n'évoque cette sexualité joyeuse, cet amour animal et
sans problème que pratiquent, tout au long du livre,
la plupart des personnages, de toutes conditions et de
tous âges, dans ce roman des* Paysans *qui, sans qu'il
y paraisse, est peut-être l'un des plus charnels de Balzac.
Autres spécialités des Bourguignons : ils sont têtus
ou du moins ont « cet air têtu qui sied aux Bourguignons » ; il leur arrive d'être violents, d'une violence
dissimulée, prudente et longuement mûrie, mais qui
n'hésite pas, comme on voit dans ce livre, à aller jusqu'au
meurtre. Enfin, dans Balzac, comme dans les rapports
des commissaires de police, comme dans les plus savantes
études sur la Bourgogne, cela s'explique en partie par
le vin qui décore les plus rougeaudes de ces belles faces
bourguignonnes « de ces mousses plates et vertes appelées assez poétiquement par Fourchon des fleurs de
vin »* (Première partie, chapitre IV).

*Quant aux classes sociales, il est de peu d'intérêt
de souligner avec quelle précision elles sont analysées
et opposées les unes aux autres, puisque tel est le sujet
du livre : le monde des seigneurs, celui des bourgeois —
lui-même subdivisé en autant de sociétés qu'il y a de
villes, de petites villes rivales les unes des autres et dont
les élections de 48 permettront d'apprécier les différences
— enfin celui des paysans. Un exemple, un détail qui
échappe peut-être à une lecture hâtive, mais qui fait
sursauter l'historien, soulignera mieux l'authenticité,
plus involontaire que méditée, du roman. C'est la distinction que fait Balzac entre un châtelain comme Mont-*

cornet, haï par tous, et les châtelains des environs dont
les paysans et les bourgeois supportent à merveille
l'écrasante richesse et la présence, dont on ne saigne pas
les arbres, dont on ne tue pas les bêtes, sur lesquels
on ne tire pas. Sans doute Montcornet est-il brutal et
mal conseillé. Il a surtout le tort de n'être qu'un parvenu.
Il a beau avoir épousé une noble héritière et être général
d'Empire — d'un Empire d'ailleurs auquel il n'est
pas resté fidèle —, il n'est jamais que le fils d'un marchand
de meubles. Le Faubourg Saint-Germain de sa femme
n'efface pas le Faubourg Saint-Antoine de son père.
Dès qu'il a le dos tourné, il est « le Tapissier ». Il n'en
est pas de même des grands seigneurs des environs dont
on observera qu'ils ne font guère visite aux Aigues et
que Montcornet ne semble pas davantage fréquenter.
Ceux-là descendent de ces vieilles familles qui ont tou-
jours habité et dominé le pays : la Révolution elle-même
n'a que momentanément affaibli leur puissance; elle
n'a pas entamé, peut-être a-t-elle même renforcé leur
prestige, ce respect superstitieux, cette dévotion servile
et inexplicable dont les bourgeois les plus jaloux eux-
mêmes les entourent. Si, en 1848, le vignoble d'Auxerre
est violemment républicain — ce qui l'acheminera
vers le bonapartisme —, Avallon, auquel La-Ville-
aux-Fayes de Balzac fait penser, est décrit par la presse
républicaine comme « un bourg pourri du légitimisme ».
« Le Conseil général, note encore un journal, renferme
dans son sein autant de marquis, de comtes, et de barons
qu'au temps de la monarchie » (Union républicaine,
23 août 1848). *Les Chastellux règnent sur l'Avallon-*
nais. Au-delà de la conjuration bourgeoise et paysanne
que raconte Balzac, se poursuivent — et notées ou
pressenties par l'auteur lui-même — des luttes, mais
aussi des fidélités et des superstitions qui remontent à
la Révolution et, si l'on en croit Tocqueville, à un passé
beaucoup plus ancien encore.

Et finalement c'est peut-être dans ce sens de l'histoire, dans cette vision d'un passé largement antérieur aux événements mêmes qu'il raconte, qu'il faut rechercher le secret de cette impression de vérité, davantage encore de cette certitude que Balzac impose aux historiens les plus méfiants eux-mêmes, dans l'ensemble de La Comédie humaine et, peut-être de manière plus surprenante — par des détails de cette espèce — dans Les Payans.

Ici comme ailleurs, Balzac se veut et se dit historien d'histoire sociale : « Non, le drame ici n'est pas restreint à la vie privée, il s'agite ou plus haut ou plus bas... L'historien ne doit jamais oublier » (Première partie, chapitre I). On multiplierait les citations de cette espèce. Historien d'histoire sociale, il l'est assurément pour des raisons qui tiennent à sa manière de considérer l'histoire et qui coïncide avec la manière des historiens eux-mêmes ; et aussi pour des raisons qui tiennent à cette puissance d'observation, à cette vérité psychologique dont l'étude relève non de l'histoire, mais de la littérature. Au total, il faut surtout reconnaître que vérité historique et vérité psychologique se confondent, ce dont ne sont conscients ni les spécialistes d'histoire, ni ceux de littérature.

Les conceptions historiques de Balzac sont celles de la plupart des historiens. Non de tous, comme le montre l'indignation de Michelet, de voir « un peintre de genre... s'amuser à peindre... une taverne de valetaille et de voleurs et, sous cette ébauche hideuse » écrire « hardiment un mot qui est le nom de la plupart des habitants de la France ». Le malheur est qu'aucun historien ne trouvera jamais dans les paysans de Michelet — hormis le talent — ce qu'il découvre dans ceux de Balzac, et qu'il ne cesse de découvrir au fur et à mesure que la recherche historique s'affine et se lance dans des voies nouvelles. Il n'est pas jusqu'à l'étude des crises et des prix — celle de Simiand et de Labrousse [a] *— jusqu'à l'étude démographique elle-même, qui ne se sentent à leur affaire dans ce roman et ne trouvent du nouveau à déceler et à utiliser dans cette description de l'économie, des budgets, des hommes. Les aspects démographiques ou l'apport démographique de la description balzacienne ? Énumérons quelques thèmes et donnons quelques exemples. Ainsi le besoin qu'a Balzac de chiffrer et ce sens du dénombrement qui est l'une des grandes nouveautés de son temps, d'un temps qui a connu l'essor de la statistique appliquée non plus seulement aux choses, mais aux hommes, davantage encore l'ambition d'introduire la mesure dans la connaissance des croyances et des mœurs, de quantifier la qualité. « La Ville-aux-Fayes, qui ne comptait pas six cents habitants à la fin du* XVIe *siècle, en comptait deux mille en 1790, et Gaubertin l'avait portée à quatre mille. Voici comment... » Principalement par l'accroissement du ravitaillement de la capitale en bois de chauffage, causé par « l'augmentation de la population parisienne... Gaubertin avait assis sa nouvelle fortune sur cette nouvelle prévision, en devinant l'influence de la paix sur la population parisienne, qui, de 1815 à 1825, s'est accrue en effet de plus d'un tiers ». Peu importe que le chiffre soit ou non exact. C'est la curiosité statistique qui compte et aussi cette mentalité qu'on qualifierait aujourd'hui et à juste titre de démographique : cette volonté de ramener les faits sociaux à ce qui concerne non seulement l'économie, mais aussi le mode de renouvellement de la population, par les migrations, par la mortalité et par la fécondité, cette fécondité animale et surabondante dont on sent, à la lecture du livre, à*

a. Simiand : *Le Salaire, l'évolution sociale et la monnaie, essai de théorie expérimentale du salaire,* Alcan, 1932. Labrousse : *La Crise de l'économie française à la fin de l'Ancien Régime et au début de la Révolution,* P.U.F., 1944.

*l'odeur de certains chapitres, à quel point elle s'active
dans la forêt des Aigues : à la bestialité des mots aussi —*
« *Il a une jolie femme tout de même, Monsieur Michaud,
dit Nicolas Tonsard... — Elle est pleine dit la vieille
mère ; mais si ça continue, on fera un drôle de baptême
à son petit quand elle vêlera.* » *Il s'agit de la malheureuse
femme du garde qu'on s'apprête à assassiner. Combien
d'autres allusions d'un puissant intérêt démographique !
Dans le grenier de Tonsard, les sœurs et* « *leurs frères
couchaient blottis à même le foin comme des animaux.
Ni le père ni la mère ne songeaient à cette promiscuité* ».
*Balzac nous la rappelle et aussi l'oubli de l'état civil.
Écoutez Mouche, l'enfant sauvage :* « *M'man est morte
d' chagrin de n'avoir pas revu p'pa, qu'était parti
pour l'armée, en 1812, sans l'avoir épousée avec les
papiers.* » *Et comme Montcornet veut en faire un soldat :*
« *Pardon, général, je ne suis pas déclaré, dit l'enfant,
je ne tirerai pas au sort. Ma pauvre mère, qu'était
fille, est accouchée aux champs.* » *On pense à l'histoire
que raconte Victor Serge d'un gendarme qui, apercevant
un vagabond accroupi au coin d'un bois, lui demande
ses papiers :* « *Mille excuses ! Je ne me sers que d'herbe.* »

*Il y aurait bien d'autres thèmes à verser au compte
de cette prétention d'histoire sociale qu'affiche Balzac,
de cette psychologie d'historien que l'histoire reconnaît
en lui et dont elle s'émerveille. Ainsi cette lenteur dans
l'action dont la critique littéraire feint de s'exaspérer.
Balzac lui-même la reconnaît et s'en excuse bien à tort.
A la fin du chapitre* ix *de la première partie :* « *Quelques
esprits, avides d'intérêt avant tout, accuseront ces explications de longueur ; mais il est utile de faire observer
ici que, d'abord, l'historien des mœurs obéit à des lois
plus dures que celles qui régissent l'historien des faits...
Les vicissitudes de la vie sociale ou privée sont engendrées
par un monde de petites causes qui tiennent à tout.* »
Dans l'histoire des mœurs, tout est dans le « *plus petit*

détail ». D'où cette lenteur de la présentation des per-
sonnages et de leur cadre, ces retours en arrière, ces
parenthèses, des digressions — « ils aperçurent le chef-
lieu d'arrondissement où régnait Gaubertin, et qui
peut-être excite assez la curiosité pour faire admettre
par les gens les plus pressés une petite digression »,
une digression qui nous vaut l'extraordinaire esquisse de
l'évolution de La-Ville-aux-Fayes, de la forteresse
franque initiale à la Restauration, en passant par
l'invention du flottage des bois, un panorama d'histoire
à faire pâlir Michelet. Bien plus on ne peut échapper
à l'idée que le mal qu'eut Balzac à écrire son livre,
laissé inachevé (les six derniers chapitres n'ont été
qu'ébauchés par lui), que ces longues interruptions,
que cette impression de piétinement ressentie par « les
gens pressés », par les balzaciens les plus fanatiques
eux-mêmes, ne font qu'exprimer la mésaventure d'une
œuvre qui est d'observation sociale plus que d'invention
ou d'imagination : les personnages sont là, avec leurs
caractères, leurs intérêts, leurs ambitions ; ils sont là
et ils vivent de leur vie propre ; mais il est aussi difficile
et embarrassant pour le romancier de prévoir ce qu'ils
vont faire, ce qu'ils ont toutes chances de faire que pour
quiconque vivrait à proximité d'eux en voudrait deviner
leurs intentions et leur comportement : les préfets de
la Restauration et de la Monarchie de Juillet qui se
sont si souvent trompés en savent quelque chose. On
peut toujours inventer et aller vite en besogne et couper
le souffle au lecteur — comme Alexandre Dumas dont
La Reine Margot succède en 1844 à la première partie
des Paysans *dans le journal de Girardin,* La Presse.
Mais à partir du moment où l'on décrit des personnages
qui, créés ou copiés, existent et s'insèrent dans une
société contre laquelle on ne peut rien, le romancier,
plus serviteur que maître, est bien obligé de les laisser
faire. Loin de les mener il les suit partout où il leur

chante d'aller : souvent nulle part comme la plupart des hommes. Et cela, au risque de lasser, d'ennuyer. Mais à la lecture des Paysans, *seuls les amoureux de* La Reine Margot *s'ennuieront. Soyons justes :* La Môle et Coconnas !

Louis Chevalier
Professeur au Collège de France.

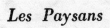

Les Paysans

A Monsieur P.-S.-B. Gavault [1].

J.-J. Rousseau mit en tête de La Nouvelle Héloïse :
« *J'ai vu les mœurs de mon temps, et j'ai publié ces
lettres.* » *Ne puis-je pas vous dire, à l'imitation de ce
grand écrivain : J'étudie la marche de mon époque, et
je publie cet ouvrage.*

Le but de cette ÉTUDE, *d'une effrayante vérité tant
que la Société voudra faire de la philantropie un principe au lieu de la prendre pour un accident, est de mettre
en relief les principales figures d'un peuple oublié par
tant de plumes, à la poursuite de sujets nouveaux.
Cet oubli n'est peut-être que de la prudence par un temps
où le Peuple hérite de tous les courtisans de la Royauté.
On a fait de la poésie avec les criminels, on s'est apitoyé
sur les bourreaux, on a presque déifié le Prolétaire !...
Des sectes se sont émues et crient par toutes leurs plumes :
Levez-vous, travailleurs ! comme on a dit au Tiers-État :
Lève-toi ! On voit bien qu'aucun de ces Érostrates [2] n'a
eu le courage d'aller au fond des campagnes étudier
la conspiration permanente de ceux que nous appelons
encore les faibles contre ceux qui se croient les forts, du
paysan contre le riche ?... Il s'agit ici d'éclairer, non
pas le législateur d'aujourd'hui, mais celui de demain.
Au milieu du vertige démocratique auquel s'adonnent*

*tant d'écrivains aveugles, n'est-il pas urgent de peindre
enfin ce paysan qui rend le Code inapplicable en faisant
arriver la propriété à quelque chose qui est et qui n'est
pas ? Vous allez voir cet infatigable sapeur, ce rongeur
qui morcèle et divise le sol, le partage, et coupe un arpent
de terre en cent morceaux, convié toujours à ce festin par
une petite bourgeoisie qui fait de lui tout à la fois son
auxiliaire et sa proie. Cet élément insocial créé par la
Révolution absorbera quelque jour la Bourgeoisie,
comme la Bourgeoisie a dévoré la Noblesse. S'élevant
au-dessus de la loi par sa propre petitesse, ce Robes-
pierre à une tête et à vingt millions de bras travaille
sans jamais s'arrêter, tapi dans toutes les communes,
intronisé au conseil municipal, armé en garde national
dans tous les cantons de France par l'an 1830, qui
ne s'est pas souvenu que Napoléon a préféré les chances
de son malheur à l'armement des masses.*

*Si j'ai, pendant huit ans[3], cent fois quitté, cent fois
repris ce livre, le plus considérable de ceux que j'ai
résolu d'écrire, c'est que tous mes amis, comme vous-
même, ont compris que le courage pouvait chanceler
devant tant de difficultés, tant de détails mêlés à ce drame
doublement terrible et si cruellement ensanglanté ; mais,
au nombre des raisons qui me rendent aujourd'hui
presque téméraire, comptez le désir d'achever une œuvre
destinée à vous donner un témoignage de ma vive et
durable reconnaissance pour un dévouement qui fut une
consolation dans l'infortune.*

De Balzac.

QUI TERRE A, GUERRE A[1]

CHAPITRE PREMIER

LE CHATEAU

A MONSIEUR NATHAN

« Aux Aigues, 6 août 1823.

« Toi qui procures de délicieux rêves au public
« avec tes fantaisies, mon cher Nathan, je vais te
« faire rêver avec du vrai. Tu me diras si jamais le
« siècle actuel pourra léguer de pareils songes aux
« Nathan et aux Blondet [5] de l'an 1923! Tu mesure-
« ras la distance à laquelle nous sommes du temps où
« les Florine du XVIIIe siècle trouvaient à leur réveil
« un château comme les Aigues dans un contrat.

« Mon très cher, si tu reçois ma lettre dans la
« matinée, vois-tu de ton lit, à cinquante lieues de
« Paris environ, au commencement de la Bourgogne,
« sur une grande route royale, deux petits pavillons
« en brique rouge, réunis ou séparés par une bar-
« rière peinte en vert?... Ce fut là que la diligence
« déposa ton ami.

« De chaque côté des pavillons, serpente une haie
« vive d'où s'échappent des ronces semblables à
« des cheveux follets. Çà et là, une pousse d'arbre
« s'élève insolemment. Sur le talus du fossé, de belles
« fleurs baignent leurs pieds dans une eau dormante

« et verte. A droite et à gauche, cette haie rejoint
« deux lisières de bois, et la double prairie à laquelle
« elle sert d'enceinte a sans doute été conquise par
« quelque défrichement.

« A ces pavillons déserts et poudreux commence
« une magnifique avenue d'ormes centenaires dont
« les têtes en parasol se penchent les unes sur les
« autres et forment un long, un majestueux berceau.
« L'herbe croît dans l'avenue, à peine y remarque-
« t-on les sillons tracés par les doubles roues des
« voitures. L'âge des ormes, la largeur de deux
« contre-allées, la tournure vénérable des pavillons,
« la couleur brune des chaînes de pierre, tout indique
« les abords d'un château quasi royal.

« Avant d'arriver à cette barrière, du haut d'une
« de ces éminences que, nous autres Français, nous
« nommons assez vaniteusement une montagne, et
« au bas de laquelle se trouve le village de Couches,
« le dernier relais, j'avais aperçu la longue vallée
« des Aigues⁶, au bout de laquelle la grande route
« tourne pour aller droit à la petite sous-préfecture
« de La-Ville-aux-Fayes, où trône le neveu de notre
« ami des Lupeaulx⁷. D'immenses forêts, posées à
« l'horizon sur une vaste colline côtoyée par une ri-
« vière, dominent cette riche vallée, encadrée au loin
« par les monts d'une petite Suisse, appelée le Morvan.
« Ces épaisses forêts appartiennent aux Aigues, au
« marquis de Ronquerolles et au comte de Soulanges⁸
« dont les châteaux et les parcs, dont les villages
« vus de loin et de haut donnent de la vraisemblance
« aux fantastiques paysages de Breughel-de-Velours⁹.

« Si ces détails ne te remettent pas en mémoire
« tous les châteaux en Espagne que tu as désiré pos-
« séder en France, tu ne serais pas digne de cette
« narration d'un Parisien stupéfait. J'ai enfin joui
« d'une campagne où l'Art se trouve mêlé à la Nature,

« sans que l'un soit gâté par l'autre, où l'Art semble
« naturel, où la Nature est artiste. J'ai rencontré
« l'oasis que nous avons si souvent rêvée d'après
« quelques romans : une nature luxuriante et parée,
« des accidents sans confusion, quelque chose de
« sauvage et d'ébouriffé, de secret, de pas commun.
« Enjambe la barrière, et marchons.

« Quand mon œil curieux a voulu embrasser
« l'avenue où le soleil ne pénètre qu'à son lever ou
« à son coucher, en la zébrant de ses rayons obliques,
« ma vue a été barrée par le contour que produit
« une élévation du terrain ; mais, après ce détour,
« la longue avenue est coupée par un petit bois,
« et nous sommes dans un carrefour, au centre
« duquel se dresse un obélisque en pierre, absolument
« comme un éternel point d'admiration. Entre les
« assises de ce monument, terminé par une boule
« à piquants (quelle idée!), pendent quelques fleurs
« purpurines, ou jaunes, selon la saison. Certes,
« les Aigues ont été bâtis par une femme ou pour
« une femme, un homme n'a pas d'idées si coquettes,
« l'architecte a eu quelque mot d'ordre.

« Après avoir franchi ce bois, posé comme en
« sentinelle, je suis arrivé dans un délicieux pli de
« terrain, au fond duquel bouillonne un ruisseau
« que j'ai passé sur une arche en pierres moussues
« d'une superbe couleur, la plus jolie des mosaïques
« entreprises par le Temps. L'avenue remonte le
« cours d'eau par une pente douce. Au loin, se voit
« le premier tableau : un moulin et son barrage, sa
« chaussée et ses arbres, ses canards, son linge étendu,
« sa maison couverte en chaume, ses filets et sa
« boutique à poisson [10], sans compter un garçon
« meunier qui déjà m'examinait. En quelque endroit
« que vous soyez à la campagne, et quand vous vous
« y croyez seul, vous êtes le point de mire de deux

« yeux couverts d'un bonnet de coton. Un ouvrier
« quitte sa houe, un vigneron relève son dos voûté, une
« petite gardeuse de chèvres, de vaches ou de mou-
« tons grimpe dans un saule pour vous espionner.
  « Bientôt l'avenue se transforme en une allée
« d'acacias qui mène à une grille du temps où la
« serrurerie faisait de ces filigranes aériens qui ne
« ressemblent pas mal aux traits enroulés dans
« l'exemple d'un maître d'écriture. De chaque côté
« de la grille, s'étend un saut de loup [11] dont la double
« crête est garnie des lances et des dards les plus
« menaçants, de véritables hérissons en fer. Cette
« grille est d'ailleurs encadrée par deux pavillons
« de concierge semblables à ceux du Palais de Ver-
« sailles, et couronnés par des vases de proportions
« colossales. L'or des arabesques a rougi, la rouille
« y a mêlé ses teintes ; mais cette porte, dite de
« l'Avenue, et qui révèle la main du Grand Dauphin
« à qui les Aigues la doivent, ne m'en a paru que plus
« belle. Au bout de chaque saut de loup commencent
« des murailles non crépies où les pierres, enchâssées
« dans un mortier de terre rougeâtre, montrent
« leurs teintes multipliées : le jaune ardent du silex,
« le blanc de la craie, le brun-rouge de la meulière
« et les formes les plus capricieuses. Au premier
« abord, le parc est sombre, ses murs sont cachés par
« des plantes grimpantes, par des arbres qui, depuis
« cinquante ans, n'ont pas entendu la hache. On
« dirait d'une forêt redevenue vierge par un phéno-
« mène exclusivement réservé aux forêts. Les troncs
« sont enveloppés de lianes qui vont de l'un à l'autre.
« Des guis d'un vert luisant pendent à toutes les
« bifurcations des branches où il a pu séjourner de
« l'humidité. J'ai retrouvé les lierres gigantesques,
« les arabesques sauvages qui ne fleurissent qu'à
« cinquante lieues de Paris, là où le terrain ne coûte

« pas assez cher pour qu'on l'épargne. L'art, ainsi
« compris, veut beaucoup de terrain. Là, donc, rien
« de peigné, le râteau ne se sent pas, l'ornière est
« pleine d'eau, la grenouille y fait tranquillement
« ses tétards, les fines fleurs de forêt y poussent, et
« la bruyère y est aussi belle qu'en janvier sur ta
« cheminée, dans le riche cache-pot apporté par
« Florine. Ce mystère enivre, il inspire de vagues
« désirs. Les odeurs forestières, senteurs adorées
« par les âmes friandes de poésie à qui plaisent les
« mousses les plus innocentes, les cryptogames les
« plus vénéneux, les terres mouillées, les saules, les
« baumes, le serpolet, les eaux vertes d'une mare,
« l'étoile arrondie des nénuphars jaunes ; toutes ces
« vigoureuses fécondations se livrent à vos narines
« en vous livrant toutes une pensée, leur âme peut-
« être. Je pensais alors à une robe rose, ondoyant à
« travers cette allée tournante.

« L'allée finit brusquement par un dernier bou-
« quet où tremblent les bouleaux, les peupliers et
« tous les arbres frémissants, famille intelligente, à
« tiges gracieuses, d'un port élégant, les arbres de
« l'amour libre ! De là, j'ai vu, mon cher, un étang
« couvert de nymphéas, de plantes aux larges feuilles
« étalées ou aux petites feuilles menues, et sur lequel
« pourrit un bateau peint en blanc et noir, coquet
« comme la chaloupe d'un canotier de la Seine,
« léger comme une coquille de noix. Au-delà, s'élève
« un château signé 1560, en briques d'un beau rouge,
« avec des chaînes en pierre et des encadrements
« aux encoignures et aux croisées qui sont encore à
« petits carreaux (ô Versailles !). La pierre est taillée
« en pointes de diamant, mais en creux comme au
« palais ducal de Venise dans la façade du pont des
« Soupirs. Ce château n'a de régulier que le corps
« du milieu d'où descend un perron orgueilleux à

« double escalier tournant, à balustres arrondis,
« fins à leur naissance et à mollets épatés. Ce corps
« de logis principal est accompagné de tourelles à
« clochetons où le plomb dessine ses fleurs, de pavillons
« modernes à galeries et à vases plus ou moins grecs.
« Là, mon cher, point de symétrie. Ces nids assemblés
« au hasard sont comme empaillés par quelques arbres
« verts dont le feuillage secoue sur les toits ses mille
« dards bruns, entretient les mousses et vivifie de
« bonnes lézardes où le regard s'amuse. Il y a le pin
« d'Italie à écorce rouge avec son majestueux pa-
« rasol ; il y a un cèdre âgé de deux cents ans, des
« saules pleureurs, un sapin du Nord, un hêtre qui
« le dépasse ; puis, en avant de la tourelle princi-
« pale, les arbustes les plus singuliers, un if taillé
« qui rappelle quelque ancien jardin français détruit,
« des magnolias et des hortensias ; enfin, c'est [12] les
« Invalides des héros de l'horticulture, tour à tour
« à la mode et oubliés, comme tous les héros.
  « Une cheminée à sculptures originales et qui
« fumait à gros bouillons dans un angle, m'a certifié
« que ce délicieux spectacle n'était pas une déco-
« ration d'opéra. La cuisine y révélait des êtres
« vivants. Me vois-tu, moi Blondet, qui crois être
« en des régions polaires quand je suis à Saint-Cloud,
« au milieu de cet ardent paysage bourguignon ?
« Le soleil verse sa plus piquante chaleur, le martin-
« pêcheur est au bord de l'étang, les cigales chantent [13],
« le grillon crie, les capsules de quelques graines cra-
« quent, les pavots laissent aller leur morphine en
« larmes liquoreuses [14], tout se découpe nettement
« sur le bleu foncé de l'éther. Au-dessus des terres
« rougeâtres de la terrasse s'échappent les joyeuses
« flamberies de ce punch naturel qui grise les insectes
« et les fleurs, qui nous brûle les yeux et qui brunit
« nos visages. Le raisin se perle, son pampre montre

« un voile de fils blancs dont la délicatesse fait honte
« aux fabriques de dentelles. Enfin le long de la
« maison brillent des pieds d'alouettes bleus, des
« capucines aurore, des pois de senteur. Quelques
« tubéreuses éloignées, des orangers parfument l'air.
« Après la poétique exhalation des bois, qui m'y
« avait préparé, venaient les irritantes pastilles de
« ce sérail botanique. Au sommet du perron, comme
« la reine des fleurs, vois enfin une femme en blanc
« et en cheveux, sous une ombrelle doublée de soie
« blanche, mais plus blanche que la soie, plus blanche
« que les lys qui sont à ses pieds, plus blanche
« que les jasmins étoilés qui se fourrent effrontément
« dans les balustrades, une Française née en Russie [15]
« qui m'a dit : — Je ne vous espérais plus ! Elle m'avait
« vu dès le tournant. Avec quelle perfection toutes les
« femmes, même les plus naïves, entendent la mise
« en scène ? Le bruit des gens occupés à servir m'an-
« nonçait qu'on avait retardé le déjeuner jusqu'à
« l'arrivée de la diligence. Elle n'avait pas osé venir
« au-devant de moi.

« N'est-ce pas là notre rêve, n'est-ce pas là celui de
« tous les amants du beau sous toutes ses formes, du
« beau séraphique que Luini a mis dans le *Mariage*
« *de la Vierge*, sa belle fresque de Saronno, du beau
« que Rubens a trouvé pour sa mêlée de la *Bataille*
« *du Thermodon*, du beau que cinq siècles élaborent
« aux cathédrales de Séville et de Milan, du beau
« des Sarrasins à Grenade, du beau de Louis XIV à
« Versailles, du beau des Alpes et du beau de la
« Limagne ?

« De cette propriété qui n'a rien de trop prin-
« cier ni rien de trop financier, mais où le prince et
« le fermier général ont demeuré [16], ce qui sert à
« l'expliquer, dépendent deux mille hectares de bois,
« un parc de neuf cents arpents, le moulin, trois mé-

« tairies, une immense ferme à Couches et des vignes,
« ce qui devrait engendrer un revenu de soixante-
« douze mille francs. Voilà les Aigues, mon cher,
« où l'on m'attendait depuis deux ans, et où je suis
« en ce moment dans *la chambre perse*, destinée aux
« amis du cœur.

« En haut du parc, vers Couches, sortent une dou-
« zaine de sources claires, limpides, venues du Mor-
« van, qui se versent toutes dans l'étang, après
« avoir orné de leurs rubans liquides et les vallées
« du parc et ses magnifiques jardins. Le nom des
« Aigues vient de ces charmants cours d'eau. On
« a supprimé le mot vives, car dans les vieux titres,
« la terre s'appelle Aigues-Vives, contrepartie d'Aigues-
« Mortes. L'étang se décharge dans le cours d'eau
« de l'avenue, par un large canal droit bordé de
« saules pleureurs dans toute sa longueur. Ce canal,
« ainsi décoré, produit un effet délicieux. En y voguant
« assis sur un banc de la chaloupe, on se croit sous
« la nef d'une immense cathédrale, dont le chœur
« est figuré par les corps de logis qui se trouvent
« au bout. Si le soleil couchant jette sur le château
« ses tons orangés entrecoupés d'ombres, et allume
« le verre des croisées, il vous semble alors voir des
« vitraux flamboyants. Au bout du canal, on aperçoit
« un village, Blangy, soixante maisons environ, une
« église de France, c'est-à-dire une maison mal
« entretenue, ornée d'un clocher de bois soutenant
« un toit de tuiles cassées. On y distingue une maison
« bourgeoise et un presbytère. La commune est
« d'ailleurs assez vaste, elle se compose de deux
« cents autres feux épars auxquels cette bourgade
« sert de chef-lieu. Cette commune est, çà et là, coupée
« en petits jardins, les chemins sont marqués par des
« arbres à fruits. Les jardins, en vrais jardins de
« paysan, ont de tout : des fleurs, des oignons, des

« choux et des treilles, des groseilliers et beaucoup
« de fumier. Le village paraît naïf, il est rustique,
« il a cette simplicité parée que cherchent tant les
« peintres. Enfin, dans le lointain, on aperçoit la
« petite ville de Soulanges posée au bord d'un vaste
« étang comme une fabrique [17] du lac de Thoune.

« Quand vous vous promenez dans ce parc qui a
« quatre portes, chacune d'un superbe style, l'Arca-
« die mythologique devient pour vous plate comme
« la Beauce. L'Arcadie est en Bourgogne et non
« en Grèce, l'Arcadie est aux Aigues et non ailleurs.
« Une rivière, faite à coups de ruisseaux, traverse
« le parc dans sa partie basse par un mouvement
« serpentin, et y imprime une tranquillité fraîche,
« un air de solitude qui rappelle d'autant mieux
« les Chartreuses que, dans une île factice, il se
« trouve une Chartreuse sérieusement ruinée et d'une
« élégance intérieure, digne du voluptueux finan-
« cier qui l'ordonna. Les Aigues ont appartenu,
« mon cher, à ce Bouret [18] qui dépensa deux millions
« pour recevoir une fois Louis XV. Combien de pas-
« sions fougueuses, d'esprits distingués, d'heureuses
« circonstances n'a-t-il pas fallu pour créer ce beau
« lieu? Une maîtresse de Henri IV a rebâti le châ-
« teau là où il est, et y a joint la forêt. La favorite
« du Grand Dauphin, Mademoiselle Choin [19], à qui
« les Aigues furent donnés, les a augmentés de quel-
« ques fermes. Bouret a mis dans le château toutes
« les recherches des petites maisons de Paris pour
« une des célébrités de l'Opéra. Les Aigues doivent
« à Bouret la restauration du rez-de-chaussée dans
« le style Louis XV.

« Je suis resté stupéfait en admirant la salle à
« manger. Les yeux sont d'abord attirés par un pla-
« fond peint à fresque dans le goût italien, et où volent
« les plus folles arabesques. Des femmes en stuc

« finissant en feuillages soutiennent, de distance en
« distance, des paniers de fruits sur lesquels portent
« les rinceaux du plafond. Dans les panneaux qui
« séparent chaque femme, d'admirables peintures,
« dues à quelque artiste inconnu, représentent les
« gloires de la table : les saumons, les têtes de san-
« glier, les coquillages, enfin tout le monde man-
« geable qui, par de fantastiques ressemblances,
« rappelle l'homme, les femmes, les enfants et qui
« lutte avec les plus bizarres imaginations de la
« Chine, le pays où, selon moi, l'on comprend le
« mieux le décor. Sous son pied, la maîtresse de la
« maison trouve un ressort de sonnette pour appeler
« les gens, afin qu'ils n'entrent qu'au moment voulu,
« sans jamais rompre un entretien ou déranger une
« attitude. Les dessus de portes représentent des
« scènes voluptueuses. Toutes les embrasures sont
« en mosaïques de marbres. La salle est chauffée
« en dessous. Par chaque fenêtre, on aperçoit des
« vues délicieuses.

« Cette salle communique à [20] une salle de bain d'un
« côté, de l'autre à un boudoir qui donne dans le
« salon. La salle de bain est revêtue en briques de
« Sèvres, peintes en camaïeu, le sol est en mosaïque,
« la baignoire est en marbre. Une alcôve, cachée
« par un tableau peint sur cuivre, et qui s'enlève
« au moyen d'un contrepoids, contient un lit de
« repos en bois doré du style le plus Pompadour.
« Le plafond est en lapis-lazuli, étoilé d'or. Les
« camaïeux sont faits d'après les dessins de Boucher.
« Ainsi, le bain, la table et l'amour sont réunis.

« Après le salon qui, mon cher, offre toutes les
« magnificences du style Louis XIV, vient une magni-
« fique salle de billard, à laquelle je ne connais pas
« de rivale à Paris. L'entrée de ce rez-de-chaussée
« est une antichambre demi-circulaire, au fond de

« laquelle on a disposé le plus coquet des escaliers,
« éclairé par en haut, et qui mène à des logements
« bâtis tous à différentes époques. Et l'on a coupé
« le cou, mon cher, à des fermiers généraux en 1793!
« Mon Dieu! Comment ne comprend-on pas que
« les merveilles de l'Art sont impossibles dans un
« pays sans grandes fortunes, sans grandes existences
« assurées? Si la Gauche veut absolument tuer les
« rois, qu'elle nous laisse quelques petits princes,
« grands comme rien du tout!

« Aujourd'hui, ces richesses accumulées appar-
« tiennent à une petite femme artiste, qui non
« contente de les avoir magnifiquement restaurées,
« les entretient avec amour. De prétendus philo-
« sophes, qui s'occupent d'eux en ayant l'air de
« s'occuper de l'Humanité, nomment ces belles
« choses des extravagances. Ils se pâment devant les
« fabriques de calicot et les plates inventions de
« l'industrie moderne, comme si nous étions plus
« grands et plus heureux aujourd'hui que du temps de
« Henri IV, de Louis XIV et de Louis XV qui tous
« ont imprimé le cachet de leur règne aux Aigues.
« Quel palais, quel château royal, quelles habitations,
« quels beaux ouvrages d'art, quelles étoffes brochées
« d'or laisserons-nous? Les jupes de nos grand-
« mères sont aujourd'hui recherchées pour couvrir
« nos fauteuils. Usufruitiers égoïstes et ladres, nous
« rasons tout, et nous plantons des choux là où
« s'élevaient des merveilles. Hier, la charrue a passé
« sur Persan qui mit à sec la bourse du chancelier
« Maupeou, le marteau a démoli Montmorency
« qui coûta des sommes folles à l'un des Italiens
« groupés autour de Napoléon ; enfin, le Val, création
« de Regnault-Saint-Jean-D'Angély, Cassan, bâti pour
« une maîtresse du prince de Conti, en tout quatre
« habitations royales, viennent de disparaître dans

« la seule vallée de l'Oise [21]. Nous préparons autour
« de Paris la campagne de Rome pour le lendemain
« d'un saccage dont la tempête soufflera du Nord
« sur nos châteaux de plâtre et nos ornements en
« carton-pierre.

    « Vois, mon très cher, où nous conduit l'habitude
« de *tartiner* dans un journal, voilà que je fais une
« espèce d'article. L'esprit aurait-il donc, comme
« les chemins, ses ornières ? Je m'arrête, car je vole
« mon gouvernement, je me vole moi-même, et
« vous pourriez bâiller. La suite à demain.

    « J'entends le second coup de cloche qui m'annonce
« un de ces plantureux déjeuners dont l'habitude
« est depuis longtemps perdue, à l'ordinaire s'entend,
« par les salles à manger de Paris.

    « Voici l'histoire de mon Arcadie. En 1815, est
« morte aux Aigues l'une des *impures* les plus célèbres
« du dernier siècle, une cantatrice oubliée par la
« guillotine et par l'aristocratie, par la littérature et
« par la finance, après avoir tenu à la finance, à la
« littérature, à l'aristocratie, et avoir frôlé la guillo-
« tine ; oubliée comme beaucoup de charmantes
« vieilles femmes qui s'en vont expier à la campagne
« leur jeunesse adorée, et qui remplacent leur amour
« perdu par un autre, l'homme par la nature. Ces
« femmes vivent avec les fleurs, avec la senteur
« des bois, avec le ciel, avec les effets du soleil, avec
« tout ce qui chante, frétille, brille et pousse, les
« oiseaux, les lézards, les fleurs et les herbes ; elles
« n'en savent rien, elles ne se l'expliquent pas, mais
« elles aiment encore ; elles aiment si bien, qu'elles
« oublient les ducs, les maréchaux, les rivalités, les
« fermiers généraux, leurs Folies et leur luxe effréné,
« leurs strass et leurs diamants, leurs mules à talons
« et leur rouge pour les suavités de la campagne.

    « J'ai recueilli, mon cher, de précieux renseigne-

« ments sur la vieillesse de mademoiselle Laguerre [22],
« car la vieillesse des filles qui ressemblent à Florine,
« à Mariette, à Suzanne du Val-Noble, à Tullia,
« m'inquiétait de temps en temps, absolument comme
« je ne sais quel enfant s'inquiétait de ce que deve-
« naient les vieilles lunes [23].

« En 1790, épouvantée par la marche des affaires
« publiques, mademoiselle Laguerre vint s'établir
« aux Aigues, acquises pour elle par Bouret et où il
« avait passé plusieurs saisons avec elle ; le sort de la
« Dubarry la fit tellement trembler, qu'elle enterra
« ses diamants [24]. Elle n'avait alors que cinquante-trois
« ans ; et, selon sa femme de chambre, devenue la
« femme d'un gendarme, une madame Soudry à qui
« l'on dit « madame la mairesse » gros comme le
« bras, *Madame était plus belle que jamais*. Mon cher,
« la nature a sans doute ses raisons pour traiter ces
« sortes de créatures en enfants gâtés ; les excès, au
« lieu de les tuer, les engraissent, les conservent,
« les rajeunissent ; elles ont, sous une apparence
« lymphatique, des nerfs qui soutiennent leur mer-
« veilleuse charpente ; elles sont toujours belles par
« la raison qui enlaidirait une femme vertueuse.
« Décidément, le hasard n'est pas moral.

« Mademoiselle Laguerre a vécu d'une manière
« irréprochable, et ne peut-on pas dire comme une
« sainte, après sa fameuse aventure. Un soir, par
« un désespoir d'amour, elle se sauve de l'Opéra
« dans son costume de théâtre, va dans les champs,
« et passe la nuit à pleurer au bord d'un chemin.
« (A-t-on calomnié l'amour au temps de Louis XV ?)
« Elle était si déshabituée de voir l'aurore, qu'elle la
« salue en chantant un de ses plus beaux airs. Par
« sa pose, autant que par ses oripeaux, elle attire
« des paysans qui, tout étonnés de ses gestes, de sa
« voix, de sa beauté, la prennent pour un ange et se

« mettent à genoux autour d'elle. Sans Voltaire, on
« aurait eu, sous Bagnolet, un miracle de plus. Je
« ne sais si le Bon Dieu tiendra compte à cette fille
« de sa vertu tardive, car l'amour est bien nauséa-
« bond à une femme aussi lassée d'amour que devait
« l'être une impure de l'ancien Opéra. Made-
« moiselle Laguerre était née en 1740, son beau
« temps fut en 1760, quand on nommait monsieur
« de ... (le nom m'échappe), *le premier commis de*
« *la guerre*, à cause de sa liaison avec elle. Elle quitta
« ce nom tout à fait inconnu dans le pays et s'y
« nomma madame des Aigues, pour mieux se blottir
« dans sa terre qu'elle se plut à entretenir dans un
« goût profondément artiste. Quand Bonaparte devint
« premier consul, elle acheva d'arrondir sa propriété
« par des biens d'Église, en y consacrant le produit
« de ses diamants. Comme une fille d'Opéra ne s'en-
« tend guère à gérer ses biens, elle avait abandonné
« la gestion de sa terre à un intendant, en ne s'occu-
« pant que du parc, de ses fleurs et de ses fruits.

« Mademoiselle morte et enterrée à Blangy, le
« notaire de Soulanges, cette petite ville située entre
« La-Ville-aux-Fayes et Blangy, le chef-lieu du can-
« ton, fit un copieux inventaire, et finit par découvrir
« les héritiers de la chanteuse qui ne se connaissait
« pas d'héritiers. Onze familles de pauvres cultiva-
« teurs aux environs d'Amiens, couchés dans des
« torchons, se réveillèrent un beau matin dans des
« draps d'or. Il fallut liciter. Les Aigues furent alors
« achetés par Montcornet [25], qui, dans ses commande-
« ments en Espagne et en Poméranie, se trouvait
« avoir économisé la somme nécessaire à cette acqui-
« sition, quelque chose comme onze cent mille francs,
« y compris le mobilier. Ce beau lieu devait toujours
« appartenir au ministère de la guerre. Le général a
« sans doute ressenti les influences de ce voluptueux

« rez-de-chaussée, et je soutenais hier à la comtesse
« que son mariage avait été déterminé par les Aigues.

« Mon cher, pour apprécier la comtesse, il faut
« savoir que le général est un homme violent, haut
« en couleur, de cinq pieds neuf pouces, rond comme
« une tour, un gros cou, des épaules de serrurier,
« qui devaient mouler fièrement sa cuirasse. Mont-
« cornet a commandé les cuirassiers au combat
« d'Essling [26], que les Autrichiens appellent *Gross
« Aspern*, et n'y a pas péri quand cette belle cava-
« lerie a été refoulée vers le Danube. Il a pu traverser
« le fleuve à cheval sur une énorme pièce de bois.
« Les cuirassiers, en trouvant le pont rompu, prirent
« à la voix de Montcornet la résolution sublime de
« faire volte-face et de résister à toute l'armée autri-
« chienne qui, le lendemain, emmena trente et quelques
« voitures pleines de cuirasses. Les Allemands ont
« créé pour ces cuirassiers un seul mot qui signifie
« *hommes de fer* *. Montcornet a les dehors d'un

* En principe, je n'aime pas les notes, voici la première que je me
permets ; son intérêt historique me servira d'excuse ; elle prouvera
d'ailleurs que la description des batailles est à faire autrement que par
les sèches définitions des écrivains techniques qui, depuis trois mille
ans, ne nous parlent que de l'aile droite ou gauche, du centre plus
ou moins enfoncés, mais qui du soldat, de ses héroïsmes, de ses
souffrances ne disent pas un mot. La conscience avec laquelle je
prépare les *Scènes de la Vie militaire* me conduit sur tous les champs
de bataille arrosés par le sang de la France et par celui de l'étranger ;
j'ai donc voulu visiter la plaine de Wagram. En arrivant sur les
bords du Danube, en face de la Lobau, je remarquai sur la rive, où
croît une herbe fine, des ondulations semblables aux grands sillons
des champs à luzerne. Je demandai d'où provenait cette disposition
du terrain, pensant à quelque méthode d'agriculture : « Là, me dit le
paysan qui nous servait de guide, dorment les cuirassiers de la Garde
impériale ; ce que vous voyez, c'est leurs tombes! » Ces paroles
textuelles me causèrent un frisson ; le prince Frédéric S..., qui les
traduisit, ajouta que ce paysan avait conduit le convoi des charrettes
chargées de cuirasses. Par une de ces bizarreries fréquentes à la
guerre, notre guide avait fourni le déjeuner de Napoléon le matin
de la bataille de Wagram. Quoique pauvre, il gardait le double
napoléon que l'Empereur lui avait donné de son lait et de ses œufs.

« héros de l'antiquité. Ses bras sont gros et nerveux,
« sa poitrine est large et sonore, sa tête se recommande
« par un caractère léonin, sa voix est de celles qui
« peuvent commander la charge au fort des batailles ;
« mais il n'a que le courage de l'homme sanguin,
« il manque d'esprit et de portée. Comme beaucoup
« de généraux à qui le bon sens militaire, la défiance
« naturelle à l'homme sans cesse en péril, les habi-
« tudes du commandement donnent les apparences
« de la supériorité, Montcornet impose au premier
« abord ; on le croit un Titan, mais il recèle un nain
« comme le géant de carton qui salue Élisabeth à
« l'entrée du château de Kenilworth [27]. Colère et
« bon, plein d'orgueil impérial, il a la causticité du
« soldat, la répartie prompte et la main plus prompte

Le curé de Gross-Aspern nous introduisit dans ce fameux cimetière
où Français et Autrichiens se battirent ayant du sang jusqu'à mi-
jambe, avec un courage et une persistance également glorieuses de
part et d'autre. C'est là que, nous expliquant qu'une tablette de
marbre sur laquelle se porta toute mon attention, et où se lisaient
les noms du propriétaire de Gross-Aspern, tué dans la troisième
journée, était la seule récompense accordée à la famille, il nous dit
avec une profonde mélancolie : « *Ce fut le temps des grandes misères, et
ce fut le temps des grandes promesses ; mais aujourd'hui c'est le temps
de l'oubli...* » Je trouvai ces paroles d'une magnifique simplicité ;
mais, en y réfléchissant, je donnai raison à l'apparente ingratitude
de la Maison d'Autriche. Ni les peuples, ni les rois, ne sont assez
riches pour récompenser tous les dévouements auxquels donnent
lieu les luttes suprêmes. Que ceux qui servent une cause avec l'arrière-
pensée de la récompense, estiment leur sang et se fassent *condottieri !...*
Ceux qui manient l'épée ou la plume pour leur pays ne doivent
penser qu'*à bien faire,* comme disaient nos pères, et ne rien accepter,
pas même la gloire, que comme un heureux accident.
    Ce fut, en allant reprendre ce fameux cimetière pour la troisième
fois, que Masséna, blessé, porté dans une caisse de cabriolet, fit à
ses soldats cette sublime allocution : « *Comment, s... mâtins, vous
n'avez que cinq sous par jour, j'ai quarante millions, et vous me laissez
en avant !...* » On sait l'ordre de l'Empereur à son lieutenant et
apporté par M. de Sainte-Croix, qui passa trois fois le Danube à la
nage : « *Mourir ou reprendre le village ; il s'agit de sauver l'armée !
Les ponts sont rompus.* »

                                                      (L'Auteur.)

« encore. S'il a été superbe sur un champ de bataille,
« il est insupportable dans un ménage, il ne connaît
« que l'amour de garnison, l'amour des militaires
« à qui les Anciens, ces ingénieux faiseurs de mythes,
« avaient donné pour patron le fils de Mars et de
« Vénus, *Éros.* Ces délicieux chroniqueurs de religions
« s'étaient approvisionnés d'une dizaine d'amours
« différents [28]. En étudiant les pères et les attributs
« de ces amours, vous découvrez la nomenclature
« sociale la plus complète, et nous croyons inventer
« quelque chose! Quand le globe se retournera comme
« un malade qui rêve, et que les mers deviendront
« des continents, les Français de ce temps-là trouve-
« ront au fond de notre océan actuel une machine
« à vapeur, un canon, un journal et une charte,
« enveloppés dans un bloc de corail.

« Or, mon cher, la comtesse de Montcornet est une
« petite femme frêle, délicate et timide. Que dis-tu
« de ce mariage? Pour qui connaît le monde, ces
« hasards sont si communs, que les mariages bien
« assortis sont l'exception. Je suis venu voir comment
« cette petite femme fluette arrange ses ficelles pour
« mener ce gros, grand, carré général, comme il
« menait, lui, ses cuirassiers.

« Si Montcornet parle haut devant sa Virginie,
« madame lève un doigt sur ses lèvres, et il se tait.
« Le soldat va fumer sa pipe et ses cigares dans un
« kiosque, à cinquante pas du château, et il en revient
« parfumé. Fier de sa sujétion, il se tourne vers
« elle comme un ours enivré de raisins, pour dire,
« quand on lui propose quelque chose : « Si madame
« le veut. » Quand il arrive chez sa femme de ce pas
« lourd qui fait craquer les dalles comme des planches,
« si elle lui crie de sa voix effarouchée : « N'entrez
« pas! » il accomplit militairement demi-tour par
« flanc droit en jetant ces humbles paroles : « Vous

« me ferez dire quand je pourrai vous parler... »
« de la voix qu'il eut sur les bords du Danube quand
« il cria à ses cuirassiers : « Mes enfants, il faut mourir,
« et très bien, quand on ne peut pas faire autrement! »
« J'ai entendu ce mot touchant dit par lui en parlant
« de sa femme : « Non seulement je l'aime, mais
« je la vénère et l'estime. » Quand il lui prend une
« de ces colères qui brisent toutes les bondes et
« s'échappent en cascades indomptables, la petite
« femme va chez elle et le laisse crier. Seulement,
« quatre ou cinq jours après : « Ne vous mettez pas
« en colère, lui dit-elle, vous pouvez vous briser un
« vaisseau dans la poitrine, sans compter le mal que
« vous me faites. » Et alors le lion d'Essling se sauve
« pour aller essuyer une larme. Quand il se présente
« au salon, et que nous y sommes occupés à causer :
« « Laissez-nous, il me lit quelque chose », dit-elle,
« et il nous laisse.

« Il n'y a que les hommes forts, grands et colères,
« de ces foudres de guerre, de ces diplomates à tête
« olympienne, de ces hommes de génie, pour avoir
« ces partis pris de confiance, cette générosité pour
« la faiblesse, cette constante protection, cet amour
« sans jalousie, cette bonhomie avec la femme. Ma
« foi! je mets la science de la comtesse autant au-dessus
« des vertus sèches et hargneuses que le satin d'une
« causeuse est préférable au velours d'Utrecht d'un
« sot canapé bourgeois.

« Mon cher, je suis dans cette admirable campagne
« depuis six jours, et je ne me lasse pas d'admirer
« les merveilles de ce parc, dominé par de sombres
« forêts, et où se trouvent de jolis sentiers le long
« des eaux. La Nature et son silence, les tranquilles
« jouissances, la vie facile à laquelle elle invite,
« tout m'a séduit. Oh! voilà la vraie littérature,
« il n'y a jamais de faute de style dans une prairie.

« Le bonheur serait de tout oublier ici, même les
« *Débats*. Tu dois deviner qu'il a plu pendant deux
« matinées. Pendant que la comtesse dormait, pen-
« dant que Montcornet courait dans ses propriétés,
« j'ai tenu par force la promesse si imprudemment
« donnée, de vous écrire.

« Jusqu'alors, quoique né dans Alençon, d'un
« vieux juge et d'un préfet [29], à ce qu'on dit, quoique
« connaissant les herbages, je regardais comme une
« fable l'existence de ces terres au moyen desquelles
« on touche par mois quatre à cinq mille francs. L'ar-
« gent, pour moi, se traduisait par deux horribles
« mots : le travail et le libraire, le journal et la po-
« litique... Quand aurons-nous une terre où l'argent
« poussera dans quelque joli paysage ? C'est ce que
« je nous souhaite au nom du Théâtre, de la Presse
« et du Livre. Ainsi soit-il.

« Florine [30] va-t-elle être jalouse de feu mademoi-
« selle Laguerre ? Nos Bouret modernes n'ont plus
« de Noblesse française qui leur apprenne à vivre,
« ils se mettent trois pour payer une loge à l'Opéra,
« se cotisent pour un plaisir, et ne coupent plus
« d'in-quarto, magnifiquement reliés, pour les rendre
« pareils aux in-octavo de leur bibliothèque [31] ; à
« peine achète-t-on les livres brochés! Où allons-
« nous ? Adieu, mes enfants! Aimez toujours.

                                  « Votre doux Blondet. »

Si, par un hasard miraculeux, cette lettre, échappée
à la plus paresseuse plume de notre époque, n'avait
pas été conservée, il eût été presque impossible de
peindre les Aigues. Sans cette description, l'histoire
doublement horrible qui s'y est passée, serait peut-
être moins intéressante. Beaucoup de gens s'attendent
sans doute à voir la cuirasse de l'ancien colonel de la
Garde impériale éclairée par un jet de lumière, à voir

sa colère allumée tombant comme une trombe sur cette petite femme, de manière à rencontrer vers la fin de cette histoire ce qui se trouve à la fin de tant de livres modernes, un drame de chambre à coucher. Le drame moderne pourrait-il éclore dans ce joli salon à dessus de porte en camaïeu bleuâtre où babillaient les amoureuses scènes de la Mythologie, où de beaux oiseaux fantastiques étaient peints au plafond et sur les volets, où sur la cheminée riaient à gorge déployée les monstres de porcelaine chinoise, où, sur les plus riches vases, des dragons bleu et or tournaient leur queue en volute autour du bord que la fantaisie japonaise avait émaillé de ses dentelles de couleurs, où les duchesses, les chaises longues, les sofas, les consoles, les étagères inspiraient cette paresse contemplative qui détend toute énergie ? Non, le drame ici n'est pas restreint à la vie privée, il s'agite ou plus haut ou plus bas. Ne vous attendez pas à de la passion, le vrai ne sera que trop dramatique. D'ailleurs, l'historien ne doit jamais oublier que sa mission est de faire à chacun sa part : le malheureux et le riche sont égaux devant sa plume : pour lui, le paysan a la grandeur de ses misères, comme le riche a la petitesse de ses ridicules ; enfin, le riche a des passions, le paysan n'a que des besoins, le paysan est donc doublement pauvre ; et si, politiquement, ses agressions doivent être impitoyablement réprimées, humainement et religieusement, il est sacré [32].

CHAPITRE II

UNE BUCOLIQUE
OUBLIÉE PAR VIRGILE

Quand un Parisien tombe à la campagne, il s'y trouve sevré de toutes ses habitudes et sent bientôt le poids des heures, malgré les soins les plus ingénieux de ses amis. Aussi, dans l'impossibilité de perpétuer les causeries du tête-à-tête, si promptement épuisées, les châtelains et les châtelaines vous disent-ils naïvement : « Vous vous ennuierez bien ici. » En effet, pour goûter les délices de la campagne, il faut y avoir des intérêts, en connaître les travaux, et le concert alternatif de la peine et du plaisir, symbole éternel de la vie humaine.

Une fois que le sommeil a repris son équilibre, quand on a réparé les fatigues du voyage et qu'on s'est mis à l'unisson des habitudes champêtres, le moment de la vie de château le plus difficile à passer pour un Parisien qui n'est ni chasseur ni agriculteur, et qui porte des bottes fines, est la première matinée. Entre l'instant du réveil et celui du déjeuner, les femmes dorment ou font leurs toilettes et sont inabordables, le maître du logis est parti de bonne heure à ses affaires, un Parisien se voit donc seul de huit à onze heures, l'instant choisi dans presque tous les châteaux pour déjeuner. Or, après avoir demandé

des amusements aux minuties de la toilette, et perdu
bientôt cette ressource, s'il n'a pas apporté quelque
travail impossible à réaliser, et qu'il remporte vierge
en en connaissant seulement les difficultés, un écrivain
est obligé de tourner dans les allées du parc, de bayer
aux corneilles, de compter les gros arbres. Or, plus la
vie est facile, plus ces occupations sont fastidieuses, à
moins d'appartenir à la secte des quakers-tourneurs,
à l'honorable corps des charpentiers ou des empailleurs
d'oiseaux. Si l'on devait, comme les propriétaires,
rester à la campagne, on meublerait son ennui de
quelque passion pour les lépidoptères, les coquilles,
les insectes, ou la flore du département ; mais un
homme raisonnable ne se donne pas un vice pour
tuer une quinzaine de jours. La plus magnifique
terre, les plus beaux châteaux deviennent donc assez
promptement insipides pour ceux qui n'en possèdent
que la vue. Les beautés de la nature semblent bien
mesquines, comparées à leur représentation au
théâtre. Paris scintille alors par toutes ses facettes.
Sans l'intérêt particulier qui vous attache, comme
Blondet, *aux lieux honorés par les pas, éclairés par
les yeux* ³³ d'une certaine personne, on envierait aux
oiseaux leurs ailes pour retourner aux perpétuels,
aux émouvants spectacles de Paris et à ses déchi-
rantes luttes.

La longue lettre écrite par le journaliste doit faire
supposer aux esprits pénétrants qu'il avait atteint
moralement et physiquement à cette phase particulière aux passions satisfaites, aux bonheurs assouvis,
et que tous les volatiles engraissés par force représentent parfaitement quand, la tête enfoncée dans
leur gésier qui bombe, ils restent sur leurs pattes,
sans pouvoir ni vouloir regarder le plus appétissant
manger. Aussi, quand sa formidable lettre fut achevée,
Blondet éprouva-t-il le besoin de sortir des jardins

d'Armide et d'animer la mortelle lacune des trois premières heures de la journée ; car, entre le déjeuner et le dîner, le temps appartenait à la châtelaine, qui savait le rendre court. Garder, comme le fit madame de Montcornet, un homme d'esprit pendant un mois à la campagne sans avoir vu sur son visage le rire faux de la satiété, sans avoir surpris le bâillement caché d'un ennui qui se devine toujours, est un des plus beaux triomphes d'une femme. Une affection qui résiste à ces sortes d'essais doit être éternelle. On ne comprend point que les femmes ne se servent pas de cette épreuve pour juger leurs amants, il est impossible à un sot, à un égoïste, à un petit esprit, d'y résister. Philippe II lui-même, l'Alexandre de la dissimulation, aurait dit son secret durant un mois de tête à tête à la campagne. Aussi les rois vivent-ils dans une agitation perpétuelle, et ne donnent-ils à personne le droit de les voir pendant plus d'un quart d'heure.

Nonobstant les délicates attentions d'une des plus charmantes femmes de Paris, Émile Blondet retrouva donc le plaisir oublié depuis longtemps de l'école buissonnière, quand, sa lettre finie, il se fit éveiller par François, le premier valet de chambre attaché spécialement à sa personne, avec l'intention d'explorer la vallée de l'Avonne.

L'Avonne est la petite rivière qui, grossie au-dessus de Couches par de nombreux ruisseaux, dont quelques-uns sourdent aux Aigues, va se jeter à La-Ville-aux-Fayes dans un des plus considérables affluents de la Seine [34]. La disposition géographique de l'Avonne, flottable pendant environ quatre lieues, avait, depuis l'invention de Jean Rouvet [35], donné toute leur valeur aux forêts des Aigues, de Soulanges et de Ronquerolles situées sur la crête des collines au bas desquelles coule cette charmante rivière. Le

parc des Aigues occupait la partie la plus large de
la vallée, entre la rivière que la forêt, dite des Aigues,
borde des deux côtés et la grande route royale que
ses vieux ormes tortillards indiquent à l'horizon
sur une côte parallèle à celle des monts dits de l'Avonne,
ce premier gradin du magnifique amphithéâtre
appelé le Morvan. Quelque vulgaire que soit cette
comparaison, le parc ressemblait, ainsi posé au fond
de la vallée, à un immense poisson dont la tête touchait au village de Couches et la queue au bourg de
Blangy ; car, plus long que large, il s'étalait au milieu
par une largeur d'environ deux cents arpents, tandis
qu'il en comptait à peine trente vers Couches et
quarante vers Blangy. La situation de cette terre,
entre trois villages, à une lieue de la petite ville de
Soulanges d'où l'on plongeait sur cet Eden, a peut-
être fomenté la guerre et conseillé les excès qui forment
le principal intérêt de cette scène. Si, vu de la grande
route, vu de la partie haute de La-Ville-aux-Fayes,
le paradis des Aigues fait commettre le péché d'envie
aux voyageurs, comment les riches bourgeois de
Soulanges et de La-Ville-aux-Fayes auraient-ils été
plus sages, eux qui l'admiraient à toute heure ?

Ce dernier détail topographique était nécessaire
pour faire comprendre la situation, l'utilité des
quatre portes par lesquelles on entrait dans le parc
des Aigues, entièrement clos de murs excepté les
endroits où la nature avait disposé des points de vue
et où l'on avait creusé des sauts de loup. Ces quatre
portes, dites la porte de Couches, la porte d'Avonne,
la porte de Blangy, la porte de l'Avenue, révélaient
si bien le génie des diverses époques où elles furent
construites, que, dans l'intérêt des archéologues, elles
seront décrites, mais aussi succinctement que Blondet
a déjà dépeint celle de l'Avenue.

Après huit jours de promenades avec la comtesse,

l'illustre rédacteur du *Journal des Débats* connaissait
à fond le pavillon chinois, les ponts, les îles, la chartreuse, le châlet, les ruines du temple, la glacière baby-
lonienne, les kiosques, enfin tous les détours inventés
par les architectes de jardins et auxquels neuf cents
arpents peuvent se prêter ; il voulait donc s'ébattre
aux sources de l'Avonne, que le général et la comtesse
lui vantaient tous les jours, en formant chaque soir
le projet oublié chaque matin d'aller les visiter. En
effet, au-dessus du parc des Aigues, l'Avonne a l'apparence d'un torrent alpestre. Tantôt elle se creuse
un lit entre les roches, tantôt elle s'enterre comme
dans une cuve profonde ; là, des ruisseaux y tombent
brusquement en cascades ; ici, elle s'étale à la façon
de la Loire en effleurant des sables et rendant le
flottage impraticable par le changement perpétuel
de son chenal. Blondet prit le chemin le plus court à
travers les labyrinthes du parc pour gagner la porte
de Couches. Cette porte exige quelques mots, pleins
d'ailleurs de détails historiques sur la propriété. Le
fondateur des Aigues fut un cadet de la maison de
Soulanges enrichi par un mariage, qui voulut narguer
son aîné. Ce sentiment nous a valu les féeries de
l'*Isola-Bella* sur le lac Majeur. Au Moyen Age, le
château des Aigues était situé sur l'Avonne. De ce
castel, la porte seule subsistait, composée d'un porche
semblable à celui des villes fortifiées, et flanqué de
deux tourelles à poivrières. Au-dessus de la voûte
du porche s'élevaient de puissantes assises ornées
de végétations et percées de trois larges croisées à
croisillons. Un escalier en colimaçon ménagé dans une
des tourelles menait à deux chambres, et la cuisine
occupait la seconde tourelle. Le toit du porche, à
forme aiguë, comme toute vieille charpente, se distinguait par deux girouettes perchées aux deux bouts
d'une cime ornée de ces serrureries bizarres que les

savants nomment un acrotère [36]. Beaucoup de localités n'ont pas d'Hôtel-de-Ville si magnifique. Au-
dehors, le claveau [37] du cintre offrait encore l'écusson
des Soulanges, conservé par la dureté de la pierre
de choix où le ciseau du tailleur d'images l'avait
gravé : *d'azur à trois bourdons en pal d'argent, à la
fasce brochante de gueules, chargée de cinq croisettes
d'or au pied aiguisé*, et il portait la déchiqueture
héraldique imposée aux cadets. Blondet déchiffra
la devise, JE SOULE [38] AGIR, un de ces calembours que
les Croisées se plaisaient à faire avec leurs noms, et
qui rappelle une belle maxime de politique, malheureusement oubliée par Montcornet, comme on le verra.
La porte, qu'une jolie fille avait ouverte à Blondet,
était en vieux bois alourdi par des quinconces de
ferrailles. Le garde, réveillé par le grincement des
gonds, mit le nez à sa fenêtre et se laissa voir en chemise.

— Comment! nos gardes dorment encore à cette
heure-ci, se dit le Parisien en se croyant très-fort sur
la coutume forestière.

En un quart d'heure de marche, il atteignit aux
sources de la rivière, à la hauteur de Couches ; et
ses yeux furent alors ravis par un de ces paysages
dont la description devrait être faite comme l'histoire
de France, en mille volumes ou un seul. Contentons-
nous de deux phrases.

Une roche ventrue et veloutée d'arbres nains,
rongée au pied par l'Avonne, disposition à laquelle
elle doit un peu de ressemblance avec une énorme
tortue mise en travers de l'eau, figure une arche, par
laquelle le regard embrasse une petite nappe claire
comme un miroir, où l'Avonne semble endormie
et que terminent au loin des cascades à grosses roches
où de petits saules, pareils à des ressorts, vont et
viennent constamment sous l'effort des eaux.

Au-delà de ces cascades, les flancs de la colline, coupés raide comme une roche du Rhin vêtue de mousses et de bruyères, mais troués comme elle par des arêtes schisteuses, versent çà et là de blancs ruisseaux bouillonnants, auxquels une petite prairie, toujours arrosée et toujours verte, sert de coupe ; puis, comme contraste à cette nature sauvage et solitaire, les derniers jardins de Couches se voient de l'autre côté de ce chaos pittoresque, au bout des prés, avec la masse du village et son clocher.

Voilà les deux phrases, mais le soleil levant, mais la pureté de l'air, mais l'âcre rosée, mais le concert des eaux et des bois ?... devinez-les !

— Ma foi, c'est presque aussi beau qu'à l'Opéra ! se dit Blondet en remontant l'Avonne innavigable dont les caprices faisaient ressortir le canal droit, profond et silencieux de la basse Avonne encaissée par les grands arbres de la forêt des Aigues.

Blondet ne poussa pas très loin sa promenade matinale, il fut bientôt arrêté par un des paysans qui sont, dans ce drame, des comparses si nécessaires à l'action, qu'on hésitera peut-être entre eux et les premiers rôles.

En arrivant à un groupe de roches où la source principale est serrée comme entre deux portes, le spirituel écrivain aperçut un homme qui se tenait dans une immobilité capable de piquer la curiosité d'un journaliste, si déjà la tournure et l'habillement de cette statue animée ne l'avaient profondément intrigué.

Il reconnut dans cet humble personnage un de ces vieillards affectionnés par le crayon de Charlet [39], qui tenait aux troupiers de cet Homère des soldats par la solidité d'une charpente habile à porter le malheur, et à ses immortels balayeurs par une figure rougie, violacée, rugueuse, inhabile à la résignation.

Un chapeau de feutre grossier, dont les bords tenaient à la calotte par des reprises, garantissait des intempéries cette tête presque chauve. Il s'en échappait deux flocons de cheveux, qu'un peintre aurait payé quatre francs à l'heure pour pouvoir copier cette neige éblouissante et disposée comme celle de tous les Pères Éternels classiques. A la manière dont les joues rentraient en continuant la bouche, on devinait que le vieillard édenté s'adressait plus souvent au Tonneau qu'à la Huche. Sa barbe blanche, clairsemée, donnait quelque chose de menaçant à son profil par la raideur des poils coupés court. Ses yeux, trop petits pour son énorme visage, inclinés comme ceux du cochon, exprimaient à la fois la ruse et la paresse ; mais en ce moment ils jetaient comme une lueur, tant le regard jaillissait droit sur la rivière. Pour tout vêtement, ce pauvre homme portait une vieille blouse, autrefois bleue, et un pantalon de cette toile grossière qui sert à Paris à faire des emballages. Tout citadin aurait frémi de lui voir aux pieds des sabots cassés, sans même un peu de paille pour en adoucir les crevasses. Assurément, la blouse et le pantalon n'avaient de valeur que pour la cuve d'une papeterie.

En examinant ce Diogène campagnard, Blondet admit la possibilité du type de ces paysans qui se voient dans les vieilles tapisseries, les vieux tableaux, les vieilles sculptures, et qui lui paraissait jusqu'alors fantastique. Il ne condamna plus absolument l'École du Laid en comprenant que, chez l'homme, le Beau n'est qu'une flatteuse exception, une chimère à laquelle il s'efforce de croire.

— Quelles peuvent être les idées, les mœurs d'un pareil être, à quoi pense-t-il ? se disait Blondet pris de curiosité. Est-ce là mon semblable ? Nous n'avons de commun que la forme, et encore!...

Il étudiait cette rigidité particulière au tissu des

gens qui vivent en plein air, habitués aux intempéries
de l'atmosphère, à supporter les excès du froid et
du chaud, à tout souffrir enfin, qui font de leur peau
des cuirs presque tannés, et de leurs nerfs un appareil
contre la douleur physique, aussi puissant que celui
des Arabes ou des Russes.

— Voilà les Peaux-Rouges de Cooper, se dit-il,
il n'y a pas besoin d'aller en Amérique pour observer
des Sauvages.

Quoique le Parisien ne fût qu'à deux pas, le vieillard ne tourna pas la tête, et regarda toujours la rive
opposée avec cette fixité que les fakirs de l'Inde
donnent à leurs yeux vitrifiés et à leurs membres
ankylosés. Vaincu par cette espèce de magnétisme,
plus communicatif qu'on ne le croit, Blondet finit
par regarder l'eau.

— Eh! bien, mon bonhomme, qu'y a-t-il donc là?
demanda Blondet après un gros quart d'heure pendant lequel il n'aperçut rien qui motivât cette profonde
attention.

— Chut!... dit tout bas le vieillard en faisant signe
à Blondet de ne pas agiter l'air par sa voix. Vous
allez l'effrayer...

— Qui?...

— Une *loute*, mon cher monsieur. Si *alle* nous
entend, *alle* est *capabe e'd'* filer sous l'eau!... Et, *gnia*
pas à dire, elle a sauté là tenez?... Voyez-vous, où
l'eau *bouille*... Oh! elle guette un poisson; mais
quand elle va vouloir rentrer, mon petit l'empoi-
gnera. C'est que, voyez-vous, la loute est ce qu'il y a
de plus rare. C'est un gibier scientifique, *ben* délicat,
tout de même; on me le paierait dix francs aux
Aigues, vu que la comtesse fait maigre, et c'est
maigre demain. Dans les temps, défunt madame
m'en a payé jusqu'à vingt francs, et *a* me rendait la
peau!... Mouche, cria-t-il à voix basse, regarde bien...

De l'autre côté de ce bras de l'Avonne, Blondet vit deux yeux brillants comme des yeux de chat sous une touffe d'aulnes ; puis il aperçut le front brun, les cheveux ébouriffés d'un enfant d'environ douze ans, couché sur le ventre, qui fit un signe pour indiquer la loutre et avertir le vieillard qu'il ne la perdait pas de vue. Blondet, subjugué par le dévorant espoir du vieillard et de l'enfant, se laissa mordre par le démon de la chasse. Ce démon à deux griffes, l'Espérance et la Curiosité, vous mène où il veut.

— La peau se vend aux chapeliers, reprit le vieillard. C'est si beau, si doux ! Ça se met aux casquettes !...

— Vous croyez, vieillard ? dit Blondet en souriant.

— Certainement, monsieur, vous devez en savoir plus long que moi, quoique j'aie soixante-dix ans, répondit humblement et respectueusement le vieillard en prenant une pose de donneur d'eau bénite, et vous pourriez peut-être *ben* me dire pourquoi ça plaît tant aux conducteurs et aux marchands de vin.

Blondet, ce maître en ironie, déjà mis en défiance par le mot *scientifique* en souvenir du maréchal de Richelieu, soupçonna quelque raillerie chez ce vieux paysan ; mais il fut détrompé par la naïveté de la pose et par la bêtise de l'expression.

— Dans ma jeunesse, on en voyait beaucoup *eud'* loutes, le pays leur est si favorable, reprit le bonhomme, mais on les a tant chassées, que c'est tout au plus si nous en apercevons la queue d'*eune* par sept ans... Aussi *eul Souparfait* de La-Ville-aux-Fayes... — Monsieur le connaît-il ? Quoique Parisien, c'est un brave jeune homme comme vous, il aime les curiosités. — Pour lors, sachant mon talent pour prendre les loutes, car je les connais comme vous pouvez connaître votre alphabet, il m'a donc dit comme ça : « Père Fourchon, quand vous trouverez

une loute, apportez-la-moi, qui me dit, je vous la
paierai bien, et si elle était tachetée de blanc su
l' dos, qui me dit, je vous en donnerais trente francs. »
V'là ce qu'il m' dit sur le port de La-Ville-aux-Fayes,
aussi vrai que je *crais* en Dieu le Père, le Fils et le
Saint Esprit. Et il y a *core* un savant, à Soulanges,
monsieur Gourdon *nout* médecin qui fait un cabinet
d'histoire naturelle qu'il n'y a pas son pareil à Dijon,
le premier savant de ces pays-ci, qui me la paierait
bien cher !... Il sait empailler *lez houmes* et les bêtes !
Et donques, mon garçon me soutient que c'te loute
a des poils blancs... Si c'est ça, que je lui ai dit, *el*
bon Dieu nous veut du bien, à ce matin ! Voyez-vous
l'eau qui bouille ?... oh ! elle est là... Quoique ça vive
dans une manière de terrier, ça reste des jours entiers
sous l'eau. Ah ! elle vous a entendu, mon cher monsieur,
alle se défie, car gn'y a pas d'animau plus fin que
celui-là, c'est pire qu'une femme.

— C'est peut-être pour cela qu'on les appelle au
féminin des loutres ? dit Blondet.

— Dam, monsieur, vous qu'êtes de Paris, vous
savez cela mieux que nous ; mais vous auriez ben
mieux fait pour nous *e'd' dormi* la grasse matinée,
car, voyez-vous, c'te manière de flot ? elle s'en va
par en dessous... Va, Mouche ! elle a entendu monsieur,
la loute, et elle est capable de nous faire droguer
jusqu'à ménuit, allons-nous-en... v'là nos trente
francs qui nagent !...

Mouche se leva, mais à regret ; il regardait l'endroit
où bouillonnait l'eau, le montrant du doigt et ne
perdant pas tout espoir. Cet enfant, à cheveux crépus,
à la figure brunie comme celle des anges dans les
tableaux du xve siècle, paraissait être en culotte,
car son pantalon finissait au genou par des déchiquetures ornées d'épines et de feuilles mortes. Ce vêtement nécessaire tenait par deux cordes d'étoupe en

guise de bretelles. Une chemise de toile de la même qualité que celle du pantalon du vieillard, mais épaissie par des raccommodages barbus, laissait voir une poitrine hâlée. Ainsi, le costume de Mouche l'emportait encore en simplicité sur celui du père Fourchon.

— Ils sont bien bons enfants ici, se dit en lui-même Blondet. Les gens de la banlieue de Paris vous apostropheraient drôlement un bourgeois qui ferait envoler leur gibier !

Et comme il n'avait jamais vu de loutres, pas même au Muséum, il fut enchanté de cet épisode de sa promenade.

— Allons, reprit-il touché de voir le vieillard s'en allant sans rien demander, vous vous dites un chasseur de loutres fini... Si vous êtes sûr que la loutre soit là...

De l'autre côté, Mouche leva le doigt et fit voir des bulles d'air montées du fond de l'Avonne qui vinrent expirer en cloches au milieu du bassin.

— Elle est revenue là, dit le père Fourchon, elle a respiré, la gueuse, car c'est elle qu'a fait ces *boutifes-là* [40]. Comment s'arrangent-elles pour respirer au fond de l'eau ? Mais c'est si malin, que ça se moque de la science !

— Eh ! bien, répondit Blondet, à qui ce dernier mot parut être une plaisanterie plutôt due à l'esprit paysan qu'à l'individu. attendez et prenez la loutre.

— Et notre journée à Mouche et à moi ?

— Que vaut-elle votre journée ?

— A . nous deux, mon apprenti et moi ?... cinq francs !... dit le vieillard en regardant Blondet dans les yeux avec une hésitation qui révélait un surfait énorme. Le journaliste tira dix francs de sa poche en disant :

— En voilà dix et je vous en donnerai tout autant pour la loutre...

— Elle ne vous coûtera pas cher, si elle a du blanc sur le dos, car *eul Souparfait m' disait éque nout Muséon* n'en a qu'une de ce genre-là. — Mais c'est qu'il est instruit *tout de même nout Souparfait !* Et pas bête. Si je chasse à la loute, monsieur des Lupeaulx chasse à la fille de *môsieur* Gaubartin, qu'a *eune fiare dot blanche su* le dos. — Tenez, mon cher monsieur, sans vous commander, allez vous *bouter au mitant* de l'Avonne à *c'te pierre*, là-bas... Quand nous aurons forcé la loute, elle descendra le fil de l'eau, car voilà leur ruse à ces bêtes, elles remontent plus haut que leur trou pour pêcher, et une fois chargées de poisson, elles savent qu'elles iront mieux à la dérive. Quand je vous dis que c'est fin... Si j'avais appris la finesse à leur école, je vivrais à cette heure de mes rentes... J'ai su trop tard qu'il fallait *eurmonter* le courant *ed* grand matin pour trouver le butin avant *lèz* autres ! Enfin, on m'a jeté un sort à ma naissance. A nous trois, nous serons peut-être plus fins que c'te loute...

— Et comment, mon vieux nécromancien ?

— Ah dam ! nous sommes si bêtes, nous aut' *pésans !* que nous finissons par entendre les bêtes. V'là comme nous ferons. Quand la loute voudra s'en revenir chez elle, nous l'effraierons ici, vous l'effraierez là-bas ; effrayée par nous, effrayée par vous, elle se jettera sur le bord ; si elle prend la voie de *tarre*, elle est perdue. Ça ne peut pas marcher, c'est fait pour la nage avec leurs pattes d'oies. Oh ! ça va-t-il vous amuser, car c'est un vrai carambolage. On pêche et on chasse à la fois !... Le général, chez qui vous êtes aux Aigues, y est revenu trois jours de suite, tant il s'y entêtait !

Blondet, muni d'une branche coupée par le vieillard qui lui dit de s'en servir pour fouetter la rivière à

son commandement, alla se poster au milieu de
l'Avonne en sautant de pierre en pierre.

— Là, bien! mon cher monsieur.

Blondet resta là, sans s'apercevoir de la fuite du
temps ; car, de moments en moments, un geste du
vieillard lui faisait espérer un heureux dénouement ;
mais d'ailleurs rien ne dépêche mieux le temps que
l'attente de l'action vive qui va succéder au profond
silence de l'affût.

— Père Fourchon, dit tout bas l'enfant en se
voyant seul avec le vieillard, *gnia* tout de même une
loute...

— Tu la vois ?...

— La v'là!

Le vieillard fut stupéfait en apercevant entre deux
eaux le pelage brun-rouge d'une loutre.

— *A va su mé!* dit le petit.

— Fiche l'y un petit coup sec sur la tête et jette-toi
dans l'eau pour la tenir au fin fond sans la lâcher...

Mouche fondit dans l'Avonne comme une grenouille
effrayée.

— Allez! allez! mon cher monsieur, dit le père
Fourchon à Blondet en se jetant aussi dans l'Avonne,
et laissant ses sabots sur le bord, effrayez-la donc!
La voyez-vous... *a* nage sur vous...

Le vieillard courut sur Blondet en fendant les eaux
et lui criant avec le sérieux que les gens de la campagne gardent dans leurs plus grandes vivacités : — La
voyez-vous là, *el* long des roches!

Blondet, placé par le vieillard de manière à recevoir
les rayons du soleil dans les yeux, frappait sur l'eau
de confiance.

— Allez! allez du côté des roches! cria le père
Fourchon, le trou de la loute est là-bas, à *vout*
gauche.

Emporté par son dépit qu'une longue attente

avait stimulé, Blondet prit un bain de pieds en glissant
de dessus les pierres.

— Hardi, mon cher monsieur, hardi... Vous y
êtes, Ah! vingt bon Dieu! la voilà qui passe entre
vos jambes! Ah! alle passe... Alle passe, dit le vieillard
au désespoir.

Et comme pris à l'ardeur de cette chasse, le vieux
paysan s'avança dans les profondeurs de la rivière
jusque devant Blondet.

— Nous l'avons manquée par *vout* faute!... dit le
père Fourchon à qui Blondet donna la main et qui
sortit de l'eau comme un triton, mais comme un
triton vaincu. La garce, elle est là, sous les rochers!...
Elle a lâché son poisson, dit le bonhomme en regardant
au loin et montrant quelque chose qui flottait...
Nous aurons toujours la tanche, car c'est une vraie
tanche!...

En ce moment, un valet en livrée et à cheval qui
menait un autre cheval par la bride, se montra galo-
pant sur le chemin de Couches.

— Tenez, v'là les gens du château qui font mine
de vous chercher, dit le bonhomme. Si vous voulez
repasser la rivière, je vas vous donner la main...
Ah! ça m'est bien égal de me mouiller, ça m'évite
du blanchissage!...

— Et les rhumes ? dit Blondet.

— Ah! ouin! ne voyez-vous pas que le soleil nous
a culottés, Mouche et moi, comme des pipes *ed'*
major! — Appuyez-vous sur moi, mon cher monsieur...
Vous êtes de Paris, vous ne savez pas vous tenir sur
nos roches, vous qui savez tant de choses... Si vous
restez longtemps ici, vous apprendrez ben des choses
dans *el* livre *ed'* la nature, vous qui, dit-on, escrivez
dans les *papiers-nouvelles ?*

Blondet était arrivé sur l'autre bord de l'Avonne,
quand Charles, le valet de pied, l'aperçut.

— Ah! monsieur, s'écria-t-il, vous ne vous figurez pas l'inquiétude dans laquelle est madame, depuis qu'on lui a dit que vous étiez sorti par la porte de Couches, elle vous croit noyé. Voilà trois fois qu'on sonne le second coup du déjeuner en grandes volées, après avoir appelé partout dans le parc, où monsieur le curé vous cherche encore...

— Quelle heure est-il donc, Charles?

— Onze heures trois quarts!...

— Aide-moi à monter à cheval...

— Est-ce que par hasard monsieur aurait donné dans la loutre au père Fourchon?... dit le valet en remarquant l'eau qui s'égouttait des bottes et des pantalons de Blondet. Cette seule question éclaira le journaliste.

— Ne dis pas un mot de cela, Charles, et j'aurai soin de toi, s'écria-t-il.

— Oh! pardi! monsieur le comte lui-même a été pris à la loutre du père Fourchon, répondit le valet. Dès qu'il arrive un étranger aux Aigues, le père Fourchon se met aux aguets, et si le bourgeois va voir les sources de l'Avonne, il lui vend sa loutre... Il joue ça si bien que monsieur le comte y est revenu trois fois et lui a payé six journées pendant lesquelles ils ont regardé l'eau couler.

— Et moi, qui croyais avoir vu dans Pothier, dans Baptiste Cadet, dans Michot et dans Monrose [41], les plus grands comédiens de ce temps-ci!... se dit Blondet, que sont-ils auprès de ce mendiant?

— Oh! il connaît très bien cet exercice-là, le père Fourchon, dit Charles. Il a en outre une autre corde à son arc, car il se dit cordier de son état. Il a sa fabrique le long du mur de la porte de Blangy. Si vous vous avisiez de toucher à sa corde, il vous entortille si bien qu'il vous prend l'envie de tourner la roue, et de faire un peu de corde, il vous demande

alors la gratification due au maître par l'apprenti.
Madame y a été prise, et lui a donné vingt francs.
C'est le roi des finauds, dit Charles en se servant d'un
mot honnête.

Ce bavardage de laquais permit à Blondet de se
livrer à quelques réflexions sur la profonde astuce
des paysans en se rappelant tout ce qu'il en avait
entendu dire par son père, le juge d'Alençon. Puis
toutes les plaisanteries cachées sous la malicieuse
rondeur du père Fourchon lui revenant à la mémoire
éclairées par les confidences de Charles il s'avoua
gaussé par le vieux mendiant bourguignon.

— Vous ne sauriez croire, monsieur, disait Charles
en arrivant au perron des Aigues, combien il faut se
défier de tout dans la campagne, et surtout ici que le
général n'est pas très aimé...

— Pourquoi ?...

— Ah ! dam ! je ne sais pas, répondit Charles en
prenant l'air bête sous lequel les domestiques savent
abriter leurs refus à des supérieurs et qui donna
beaucoup à penser à Blondet.

— Vous voilà donc, coureur ? dit le général que le
pas des chevaux amena sur le perron. Le voilà !
Soyez calme ! cria-t-il à sa femme dont le petit pas
se faisait entendre, il ne nous manque plus maintenant
que l'abbé Brossette, va le chercher, Charles ! dit-il
au domestique.

CHAPITRE III

LE CABARET

La porte dite de Blangy, due à Bouret, se composait de deux larges pilastres à bossages vermiculés [42]
surmontés chacun d'un chien dressé sur ses pattes
de derrière et tenant un écusson entre ses pattes de
devant. Le voisinage du pavillon où logeait le régisseur
avait dispensé le financier de bâtir une loge de
concierge. Entre ces deux pilastres, une grille somp-
tueuse dans le genre de celle forgée par Buffon pour
le jardin des Plantes, s'ouvrait sur un bout de pavé
conduisant à la route cantonale, jadis entretenue
soigneusement par les Aigues, par la maison de
Soulanges, et qui relie Couches, Cerneux, Blangy,
Soulanges à La-Ville-aux-Fayes, comme par une
guirlande, tant cette route est fleurie d'héritages entourés de haies et parsemée de maisonnettes à rosiers.

Là, le long d'une coquette muraille qui s'étendait
jusqu'à un saut de loup par lequel le château plongeait sur la vallée jusqu'au-delà de Soulanges, se
trouvaient le poteau pourri, la vieille roue et les
piquets à râteaux qui constituent la fabrique d'un
cordier de village.

Vers midi et demi, au moment où Blondet s'asseyait
à un bout de la table, en face de l'abbé Brossette, en

recevant les caressants reproches de la comtesse,
le père Fourchon et Mouche arrivaient à leur établissement. De là le père Fourchon, sous prétexte
de fabriquer des cordes, surveillait les Aigues et pouvait y voir les maîtres entrant ou sortant. Aussi la
persienne ouverte, les promenades à deux, le plus
petit incident de la vie au château, rien n'échappait-il
à l'espionnage du vieillard qui ne s'était établi cordier
que depuis trois ans, circonstance minime que ni les
gardes des Aigues, ni les domestiques, ni les maîtres
eux-mêmes n'avaient encore remarquée.

— Fais le tour par la porte de l'Avenue pendant
que je vas serrer nos agrès, dit le père Fourchon, et
quand tu leur auras dégoisé la chose, on viendra
sans doute me chercher au Grand-I-Vert où je vas
me rafraîchir, car ça donne soif d'être sur l'eau comme
ça! Si tu t'y prends comme je viens de te le dire, tu
leur accrocheras un bon déjeuner, tâche de parler à
la comtesse, et *tape* sur moi, de manière à ce qu'ils
aient l'idée de me chanter un air de leur morale,
quoi!... Y aura quelques verres de bon vin à siffler.

Après ces dernières instructions que l'air narquois
de Mouche rendait presque superflues, le vieux cordier,
tenant sa loutre sous le bras, disparut dans le chemin
cantonal.

A mi-chemin de cette jolie porte et du village, se
trouvait, au moment où Émile Blondet vint aux
Aigues, une de ces maisons qui ne se voient qu'en
France, partout où la pierre est rare. Les morceaux
de briques ramassés de tous côtés, les gros cailloux
sertis comme des diamants dans une terre argileuse
qui formaient des murs solides, quoique rongés, le
tout soutenu par de grosses branches et couvert en
joncs et en paille, les grossiers volets, la porte, tout
de cette chaumière provenait de trouvailles heureuses
ou de dons arrachés par l'importunité.

Le paysan a pour sa demeure l'instinct qu'a l'animal pour son nid ou pour son terrier, et cet instinct éclatait dans toutes les dispositions de cette chaumière. D'abord, la fenêtre et la porte regardaient au nord. La maison, assise sur une petite éminence, dans l'endroit le plus caillouteux d'un terrain à vignes, devait être salubre. On y montait par trois marches industrieusement faites avec des piquets, avec des planches et remplies de pierrailles. Les eaux s'écoulaient donc rapidement. Puis, comme, en Bourgogne, la pluie vient rarement du nord, aucune humidité ne pouvait pourrir les fondations, quelque légères qu'elles fussent. Au bas, le long du sentier, régnait un rustique palis, perdu dans une haie d'aubépine et de ronce. Une treille, sous laquelle de méchantes tables accompagnées de bancs grossiers invitaient les passants à s'asseoir, couvrait de son berceau l'espace qui séparait cette chaumière du chemin. A l'intérieur, le haut du talus offrait pour décor des roses, des giroflées, des violettes, toutes les fleurs qui ne coûtent rien. Un chèvrefeuille et un jasmin attachaient leurs brindilles sur le toit déjà chargé de mousses, malgré son peu d'ancienneté.

A droite de sa maison, le possesseur avait adossé une étable pour deux vaches. Devant cette construction en mauvaises planches, un terrain battu servait de cour ; et, dans un coin, se voyait un énorme tas de fumier. De l'autre côté de la maison et de la treille, s'élevait un hangar en chaume soutenu par deux troncs d'arbres, sous lequel se mettaient les ustensiles des vignerons, leurs futailles vides, des fagots de bois empilés autour de la bosse que formait le four dont la bouche s'ouvre presque toujours, dans les maisons de paysans, sous le manteau de la cheminée.

A la maison attenait environ un arpent enclos d'une haie vive et plein de vignes, soignées comme

le sont celles des paysans, toutes si bien fumées, pro-
vignées et bêchées, que leurs pampres verdoient les
premiers à trois lieues à la ronde. Quelques arbres,
des amandiers, des pruniers et des abricotiers montraient leurs têtes grêles çà et là, dans cet enclos.
Entre les ceps, le plus souvent on cultivait des
pommes de terre ou des haricots. En hache vers le
village, et derrière la cour, dépendait encore de cette
habitation un petit terrain humide et bas, favorable
à la culture des choux, des oignons, de l'ail, les légumes favoris de la classe ouvrière, et fermé d'une
porte à claire-voie par où passaient les vaches en
pétrissant le sol et y laissant leurs bouses étalées.

Cette maison, composée de deux pièces au rez-
de-chaussée, avait sa sortie sur le vignoble. Du côté
des vignes, une rampe en bois, appuyée au mur de
la maison, et couverte d'une toiture en chaume,
montait jusqu'au grenier, éclairé par un œil-de-bœuf.
Sous cet escalier rustique, un caveau, tout en briques
de Bourgogne, contenait quelques pièces de vin.

Quoique la batterie de cuisine du paysan consiste
ordinairement en deux ustensiles avec lesquels on
fait tout, une poêle et un chaudron de fer, par exception il se trouvait dans cette chaumière deux casse-
roles énormes accrochées sous le manteau de la cheminée, au-dessus d'un petit fourneau portatif. Malgré
ce symptôme d'aisance, le mobilier était en harmonie
avec les dehors de la maison. Ainsi, pour contenir
l'eau, une jarre ; pour argenterie, des cuillers de bois
ou d'étain, des plats en terre brune au-dehors et
blanche en dedans, mais écaillés et raccommodés
avec des attaches ; enfin, autour d'une table solide,
des chaises en bois blanc, et pour plancher de la terre
battue. Tous les cinq ans, les murs recevaient une
couche d'eau de chaux [43], ainsi que les maigres solives
du plafond auxquelles pendent du lard, des bottes

d'oignons, des paquets de chandelles et les sacs où
le paysan met ses graines ; auprès de la huche une
antique armoire en vieux noyer garde le peu de linge,
les vêtements de rechange et les habits de fête de la
famille.

Sur le manteau de la cheminée, brillait un vrai
fusil de braconnier, vous n'en donneriez pas cinq
francs, le bois est quasi brûlé, le canon, sans aucune
apparence, ne semble pas nettoyé. Vous pensez que
la défense d'une cabane à loquet, dont la porte extérieure pratiquée dans le palis n'est jamais fermée,
n'exige pas mieux, et vous vous demandez presque
à quoi peut servir une pareille arme. D'abord, si le
bois est d'une simplicité commune, le canon, choisi
avec soin, provient d'un fusil de prix, donné sans
doute à quelque garde-chasse. Aussi, le propriétaire
de ce fusil ne manque-t-il jamais son coup, il existe
entre son arme et lui l'intime connaissance que l'ouvrier a de son outil. S'il faut abaisser le canon d'un
millimètre au-dessous ou au-dessus du but, parce qu'il
relève ou tombe de cette faible estime, le braconnier
le sait, il obéit à cette loi sans se tromper. Puis, un
officier d'artillerie trouverait les parties essentielles
de l'arme en bon état : rien de moins, rien de plus.
Dans tout ce qu'il s'approprie, dans tout ce qui doit
lui servir, le paysan déploie la force convenable, il y
met le nécessaire, et rien au-delà. La perfection
extérieure, il ne la comprend jamais. Juge infaillible
des nécessités en toutes choses, il connaît tous les
degrés de force, et sait, en travaillant pour le bourgeois, donner le moins possible pour le plus possible.
Enfin, ce fusil méprisable entre pour beaucoup dans
l'existence de la famille, et vous saurez tout à l'heure
comment.

Avez-vous bien saisi les mille détails de cette hutte
assise à cinq cents pas de la jolie porte des Aigues ?

La voyez-vous accroupie là, comme un mendiant
devant un palais ? Eh! bien, son toit chargé de mousses
veloutées, ses poules caquetant, le cochon qui vague,
toutes ses poésies champêtres avaient un horrible
sens. A la porte du palis, une grande perche élevait
à une certaine hauteur un bouquet flétri, composé
de trois branches de pin et d'un feuillage de chêne
réunis par un chiffon. Au-dessus de la porte, un
peintre forain avait, pour un déjeuner, peint dans un
tableau de deux pieds carrés, sur un champ blanc, un I
majuscule en vert, et pour ceux qui savent lire, ce
calembour en douze lettres : *Au Grand I-Vert* (hiver).
A gauche de la porte, éclataient les vives couleurs
de cette vulgaire affiche : *Bonne bierre de mars*, où
de chaque côté d'un cruchon qui lance un jet de mousse
se carrent une femme en robe excessivement décolletée
et un hussard, tous deux grossièrement coloriés. Aussi,
malgré les fleurs et l'air de la campagne s'exhalait-il
de cette chaumière la forte et nauséabonde odeur de
vin et de mangeaille qui vous saisit à Paris, en passant
devant les gargottes de faubourgs.

Vous connaissez les lieux. Voici les êtres et leur
histoire qui contient plus d'une leçon pour les phi-
lanthropes.

Le propriétaire du Grand-I-Vert, nommé François
Tonsard, se recommande à l'attention des philosophes
par la manière dont il avait résolu le problème de la
vie fainéante et de la vie occupée, de manière à rendre
la fainéantise profitable et l'occupation nulle.

Ouvrier en toutes choses, il savait travailler à la
terre, mais pour lui seul. Pour les autres, il creusait
des fossés, fagottait, écorçait des arbres ou les abattait.
Dans ces travaux, le bourgeois est à la discrétion de
l'ouvrier. Tonsard avait dû son coin de terre à la
générosité de mademoiselle Laguerre. Dès sa première jeunesse Tonsard faisait des journées pour le

jardinier du château, car il n'avait pas son pareil
pour tailler les arbres d'allée, les charmilles, les haies,
les marronniers de l'Inde. Son nom indique assez
un talent héréditaire. Au fond des campagnes, il
existe des privilèges obtenus et maintenus avec autant
d'art qu'en déploient les commerçants pour s'attribuer
les leurs. Un jour, en se promenant, madame entendit
Tonsard, garçon bien découplé, disant : « Il me suffirait pourtant d'un arpent de terre pour vivre, et pour
vivre heureusement ! » Cette bonne fille, habituée à
faire des heureux, lui donna cet arpent de vignes en
avant de la porte de Blangy, contre cent journées
(délicatesse peu comprise!) en lui permettant de
rester aux Aigues, où il vécut avec les gens auxquels
il parut être le meilleur garçon de la Bourgogne.

Ce pauvre Tonsard (ce fut le mot de tout le monde)
travailla pendant environ trente journées sur les
cent qu'il devait ; le reste du temps il baguenauda,
riant avec les femmes de madame, et surtout avec
mademoiselle Cochet, la femme de chambre, quoiqu'elle fût laide comme toutes les femmes de chambre
des belles actrices. Rire avec mademoiselle Cochet
signifiait tant de choses que Soudry, l'heureux gendarme dont il est question dans la lettre de Blondet,
regardait encore Tonsard de travers, après vingt-cinq
ans. L'armoire en noyer, le lit à colonnes et à bonnes-
grâces [44], ornements de la chambre à coucher, furent
sans doute le fruit de quelque *risette*.

Une fois en possession de son champ, au premier
qui lui dit que madame le lui avait donné, Tonsard
répondit : « Je l'ai parbleu bien acheté et bien payé.
Est-ce que les bourgeois nous donnent jamais quelque
chose ? est-ce donc rien que cent journées ? Ça me
coûte trois cents francs, et c'est tout cailloux! » Le
propos ne dépassa point la région populaire.

Tonsard se bâtit alors cette maison lui-même, en

prenant les matériaux de ci et de là, se faisant donner
un coup de main par l'un et l'autre, grappillant au
château les choses de rebut ou les demandant et les
obtenant toujours. Une mauvaise porte de mon-
treuil [45] démolie pour être reportée plus loin, devint
celle de l'étable. La fenêtre venait d'une vieille serre
abattue. Les débris du château servirent donc à élever
cette fatale chaumière.

Sauvé de la réquisition par Gaubertin, le régisseur
des Aigues dont le père était accusateur public au
Département, et qui, d'ailleurs, ne pouvait rien refuser
à mademoiselle Cochet, Tonsard se maria dès que sa
maison fut terminée et sa vigne en rapport. Garçon
de vingt-trois ans, familier aux Aigues, ce drôle, à
qui madame venait de donner un arpent de terre et qui
paraissait travailleur, eut l'art de faire sonner haut
toutes ses valeurs négatives, et il obtint la fille d'un
fermier de la terre de Ronquerolles, située au-delà
de la forêt des Aigues.

Ce fermier tenait une ferme *à moitié* qui dépérissait
entre ses mains, faute d'une fermière. Veuf et inconso-
lable, il tâchait, à la manière anglaise, de noyer ses
soucis dans le vin ; mais quand il ne pensa plus à sa
pauvre chère défunte, il se trouva marié, selon une
plaisanterie de village, avec la Boisson. En peu de
temps, de fermier le beau-père redevint ouvrier, mais
ouvrier buveur et paresseux, méchant et hargneux,
capable de tout comme les gens du peuple qui, d'une
sorte d'aisance, retombent dans la misère. Cet homme,
que ses connaissances pratiques, la lecture et la science
de l'écriture mettaient au-dessus des autres ouvriers,
mais que ses vices tenaient au niveau des mendiants,
venait de se mesurer, comme on l'a vu, sur les bords
de l'Avonne, avec un des hommes les plus spirituels
de Paris, dans une bucolique oubliée par Virgile.

Le père Fourchon, d'abord maître d'école à Blangy,

perdit sa place à cause de son inconduite et de ses
idées sur l'instruction publique. Il aidait beaucoup
plus les enfants à faire des petits bateaux et des
cocottes avec leurs abécédaires qu'il ne leur apprenait
à lire ; il les grondait si curieusement, quand ils avaient
chipé des fruits, que ses semonces pouvaient passer
pour des leçons sur la manière d'escalader les murs.
On cite encore à Soulanges sa réponse à un petit garçon venu trop tard et qui s'excusait ainsi : « Dam !
m'sieur, j'ai mené boire notre *chevau ! —* On dit cheval,
animau ! »

D'instituteur, il fut nommé piéton [46]. Dans ce poste,
qui sert de retraite à tant de vieux soldats, le père
Fourchon fut réprimandé tous les jours. Tantôt il
oubliait les lettres dans les cabarets, tantôt il les
gardait sur lui. Quand il était gris il remettait le
paquet d'une commune dans une autre, et quand il
était à jeun il lisait les lettres. Il fut donc promptement
destitué. Ne pouvant rien être dans l'État, le
père Fourchon avait fini par devenir fabricant. Dans
la campagne, les indigents exercent une industrie
quelconque, ils ont tous un prétexte d'existence honnête. A l'âge de soixante-huit ans, le vieillard entreprit la corderie en petit, un des commerces qui demandent le moins de mise de fonds. L'atelier est, comme
on l'a vu, le premier mur venu, les machines valent
à peine dix francs, l'apprenti couche comme son
maître dans une grange, et vit de ce qu'il ramasse.
La rapacité de la loi sur les portes et fenêtres expire
sub dio [47]. On emprunte la matière première pour la
rendre fabriquée. Mais le principal revenu du père
Fourchon et de son apprenti Mouche, fils naturel
d'une de ses filles naturelles, lui venait de sa chasse
aux loutres, puis des déjeuners ou dîners que lui donnaient les gens qui, ne sachant ni lire ni écrire, usaient
des talents du père Fourchon dans le cas d'une lettre

à répondre [48] ou d'un compte à présenter. Enfin, il
savait jouer de la clarinette, et tenait compagnie à
l'un de ses amis appelé Vermichel, le ménétrier de
Soulanges, dans les noces de village, ou les jours de
grand bal au Tivoli de Soulanges.

Vermichel s'appelait Michel Vert, mais le calembour fait avec le nom vrai devint d'un usage si général,
que, dans ses actes, Brunet, huissier audiencier de la
justice de paix de Soulanges, mettait Michel, Jean,
Jérôme Vert, *dit Vermichel*, praticien. Vermichel,
violon très distingué de l'ancien régiment de Bourgogne, par reconnaissance des services que lui rendait
le papa Fourchon, lui avait procuré cette place de praticien dévolue à ceux qui, dans les campagnes, savent
signer leur nom. Le père Fourchon servait donc de
témoin ou de praticien pour les actes judiciaires, quand
le sieur Brunet venait instrumenter dans les communes
de Cerneux, Couches et Blangy. Vermichel et Fourchon, liés par une amitié qui comptait vingt ans de
bouteille, constituaient presque une raison sociale.

Mouche et Fourchon, unis par le Vice comme
Mentor et Télémaque le furent jadis par la Vertu,
voyageaient, comme eux, à la recherche de leur pain,
Panis angelorum [49], seuls mots latins qui restassent
dans la mémoire du vieux Figaro villageois. Ils allaient
haricotant [50] les restes du Grand-I-Vert, ceux des
châteaux ; car, à eux deux, dans les années les plus
occupées, les plus prospères, ils n'avaient jamais pu
fabriquer en moyenne trois cent soixante brasses de
corde [51]. D'abord, aucun marchand, dans un rayon
de vingt lieues, n'aurait confié d'étoupe ni à Fourchon,
ni à Mouche. Le vieillard, devançant les miracles de
la Chimie moderne, savait trop bien changer l'étoupe
en benoît jus de treille. Puis, ses triples fonctions
d'écrivain public de trois communes, de praticien
de la justice de paix, de joueur de clarinette, nuisaient,

disait-il, aux développements de son commerce.

Ainsi Tonsard fut déçu tout d'abord dans l'espérance, assez joliment caressée, de conquérir une
espèce de bien-être par l'augmentation de ses propriétés. Le gendre paresseux rencontra, par un accident assez ordinaire, un beau-père fainéant. Les
affaires devaient aller d'autant plus mal que la
Tonsard, douée d'une espèce de beauté champêtre,
grande et bien faite, n'aimait point à travailler en
plein air. Tonsard s'en prit à sa femme de la faillite
paternelle, et la maltraita par suite de cette vengeance
familière au peuple dont les yeux, uniquement occupés
de l'effet, remontent rarement jusqu'à la cause.

En trouvant sa chaîne pesante, cette femme voulut
l'alléger. Elle se servit des vices de Tonsard pour se
rendre maîtresse de lui. Gourmande, aimant ses
aises, elle encouragea la paresse et la gourmandise
de cet homme. D'abord, elle sut se procurer la faveur
des gens du château, sans que Tonsard lui reprochât
les moyens en voyant les résultats. Il s'inquiéta
fort peu de ce que faisait sa femme, pourvu qu'elle
fît tout ce qu'il voulait. C'est la secrète transaction
de la moitié des ménages. La Tonsard créa donc la
buvette du Grand-I-Vert, dont les premiers consommateurs furent les gens des Aigues, les gardes et les
chasseurs.

Gaubertin, l'intendant de mademoiselle Laguerre,
un des premiers chalands de la belle Tonsard, lui
donna quelques pièces d'excellent vin pour allécher
la pratique. L'effet de ces présents, périodiques tant
que le régisseur resta garçon, et la renommée de
beauté peu sauvage qui signala la Tonsard aux Don
Juan de la vallée, achalandèrent le Grand-I-Vert.
En sa qualité de gourmande, la Tonsard devint
excellente cuisinière, et quoique ses talents ne s'exer-
çassent que sur les plats en usage dans la campagne,

le civet, la sauce du gibier, la matelotte, l'omelette, elle passa dans le pays pour savoir admirablement cuisiner un de ces repas qui se mangent sur le bout de la table et dont les épices, prodiguées outre mesure, excitent à boire. En deux ans, elle se rendit ainsi maîtresse de Tonsard et le poussa sur une pente mauvaise à laquelle il ne demandait pas mieux que de s'abandonner.

Ce drôle braconna constamment sans avoir rien à craindre. Les liaisons de sa femme avec Gaubertin l'intendant, avec les gardes particuliers et les autorités champêtres, le relâchement du temps lui assurèrent l'impunité. Dès que ses enfants furent assez grands, il en fit les instruments de son bien-être, sans se montrer plus scrupuleux pour leurs mœurs que pour celles de sa femme. Il eut deux filles et deux garçons. Tonsard, qui vivait, ainsi que sa femme, au jour le jour, aurait vu finir sa joyeuse vie, s'il n'eût pas maintenu constamment chez lui la loi quasi martiale de travailler à la conservation de son bien-être, auquel sa famille participait d'ailleurs. Quand sa famille fut élevée aux dépens de ceux à qui sa femme savait arracher des présents, voici quels furent la charte et le budget du Grand-I-Vert.

La vieille mère de Tonsard et ses deux filles, Catherine et Marie, allaient continuellement au bois, et revenaient deux fois par jour chargées à plier sous le poids d'un fagot qui tombait à leurs chevilles et dépassait leurs têtes de deux pieds. Quoique fait en dessus avec du bois mort, l'intérieur se composait de bois vert coupé souvent parmi les jeunes arbres. A la lettre, Tonsard prenait son bois pour l'hiver dans la forêt des Aigues. Le père et ses deux fils braconnaient continuellement. De septembre en mars, les lièvres, les lapins, les perdrix, les grives, les chevreuils, tout le gibier qui ne se consommait pas au

logis, se vendait à Blangy, dans la petite ville de
Soulanges, chef-lieu du canton, où les deux filles de
Tonsard fournissaient du lait, et d'où elles rapportaient chaque jour les nouvelles, en y colportant celles
des Aigues, de Cerneux et de Couches. Quand on ne
pouvait plus chasser, les trois Tonsard tendaient des
collets. Si les collets rendaient trop, la Tonsard faisait
des pâtés, expédiés à La-Ville-aux-Fayes. Au temps
de la moisson, sept Tonsard, la vieille mère, les deux
garçons, tant qu'ils n'eurent pas dix-sept ans, les
deux filles, le vieux Fourchon et Mouche, glanaient,
ramassaient près de seize boisseaux par jour [52],
glanant seigle, orge, blé, tout grain bon à moudre.

Les deux vaches, menées d'abord par la plus jeune
des deux filles, le long des routes, s'échappaient la
plupart du temps dans les prés des Aigues ; mais
comme au moindre délit trop flagrant pour que le
garde se dispensât de le constater, les enfants étaient
battus ou privés de quelque friandise, ils avaient
acquis une habileté singulière pour entendre les pas
ennemis, et presque jamais le garde-champêtre ou le
garde des Aigues ne les surprenaient en faute. D'ailleurs les liaisons de ces dignes fonctionnaires avec
Tonsard et sa femme leur mettaient une taie sur les
yeux. Les bêtes, conduites par de longues cordes,
obéissaient d'autant mieux à un seul coup de rappel,
à un cri particulier qui les ramenaient sur le terrain
commun qu'elles savaient, le péril passé, pouvoir
achever leur lippée chez le voisin. La vieille Tonsard,
de plus en plus débile, avait succédé à Mouche depuis
que Fourchon gardait son petit-fils naturel avec lui,
sous prétexte de soigner son éducation. Marie et
Catherine faisaient de l'herbe dans le bois. Elles
y avaient reconnu les places où vient ce foin forestier
si joli, si fin, qu'elles coupaient, fanaient, bottelaient
et engrangeaient ; elles y trouvaient les deux tiers

de la nourriture des vaches en hiver qu'on menait d'ailleurs paître pendant les belles journées aux endroits bien connus où l'herbe verdoie. Il y a, dans certains endroits de la vallée des Aigues, comme dans tous les pays dominés par des chaînes de montagnes, des terrains qui donnent, comme en Piémont et en Lombardie, de l'herbe en hiver. Ces prairies, nommées en Italie *marciti*, ont une grande valeur, mais en France, il ne leur faut ni trop grandes glaces, ni trop de neige. Ce phénomène est dû sans doute à une exposition particulière, à des infiltrations d'eaux qui conservent une température chaude.

Les deux veaux produisaient environ quatre-vingts francs. Le lait, déduction faite du temps où les vaches nourrissaient ou vêlaient, rapportait environ cent soixante francs, et pourvoyait en outre aux besoins du logis en fait de laitage. Tonsard gagnait une cinquantaine d'écus en journées faites de côté et d'autre. La cuisine et le vin vendu donnaient tous les frais déduits une centaine d'écus, car ces régalades essentiellement passagères venaient en certains temps et pendant certaines saisons ; d'ailleurs les gens à régalades prévenaient la Tonsard et son mari, qui prenaient alors à la ville le peu de viande et de provisions nécessaires. Le vin du clos de Tonsard était vendu, année commune, vingt francs le tonneau, sans fût, à un cabaretier de Soulanges avec lequel Tonsard entretenait des relations. Par certaines années plantureuses, Tonsard récoltait douze pièces dans son arpent ; mais la moyenne était de huit pièces, et Tonsard en gardait moitié pour son débit. Dans les pays vignobles, le glanage des vignes constitue le *hallebotage*. Par le hallebotage, la famille Tonsard recueillait trois pièces de vin environ. Mais à l'abri sous les usages, elle mettait peu de conscience dans ses procédés, elle entrait dans les vignes avant que les vendangeurs

n'en fussent sortis ; de même qu'elle se ruait sur les
champs de blé quand les gerbes amoncelées attendaient les charrettes. Ainsi les sept ou huit pièces de
vin, tant halleboté que récolté, se vendaient à un
bon prix. Mais sur cette somme, le Grand-I-Vert
réalisait des pertes provenant de la consommation
de Tonsard et de sa femme, habitués tous deux à
manger les meilleurs morceaux, à boire du vin meilleur
que celui qu'ils vendaient et fourni par leur correspondant de Soulanges, en paiement du leur. L'argent
gagné par cette famille allait donc à environ neuf
cents francs, car ils engraissaient deux cochons par
an, un pour eux, un autre pour le vendre.

Les ouvriers, les mauvais garnements du pays
prirent à la longue en affection le cabaret du Grand-
I-Vert, autant à cause des talents de la Tonsard
que de la camaraderie existant entre cette famille
et le menu peuple de la vallée. Les deux filles, toutes
deux remarquablement belles, continuaient les mœurs
de leur mère. Enfin l'ancienneté du Grand-I-Vert,
qui datait de 1795, en faisait une chose consacrée dans
la campagne. Depuis Couches jusqu'à La-Ville-aux-
Fayes, les ouvriers y venaient conclure leurs marchés,
y apprendre les nouvelles pompées par les filles à
Tonsard, par Mouche, par Fourchon, dites par Vermichel, par Brunet, l'huissier le plus en renom à Soulanges,
quand il y venait chercher son praticien. Là s'éta-
blissaient le prix des foins, des vins, celui des journées
et celui des ouvrages à tâches. Tonsard, juge souverain en ces matières, donnait ses consultations, tout
en trinquant avec les buveurs. Soulanges, selon le
mot du pays, passait pour être uniquement une ville
de société, d'amusement, et Blangy était le bourg
commercial, écrasé néanmoins par le grand centre
de La-Ville-aux-Fayes, devenue en vingt-cinq ans
la capitale de cette magnifique vallée. Le marché

des bestiaux, des grains, se tenait à Blangy, sur la place, et ses prix servaient de mercuriale à l'arrondissement.

En restant au logis, la Tonsard était restée fraîche, blanche, potelée, par exception aux femmes des champs qui passent aussi rapidement que les fleurs, et qui sont déjà vieilles à trente ans. Aussi la Tonsard aimait-elle à être bien mise. Elle n'était que propre, mais au village, cette propreté vaut le luxe. Les filles, mieux vêtues que ne le comportait leur pauvreté, suivaient l'exemple de leur mère. Sous leurs robes presque élégantes, relativement, elles portaient du linge plus fin que celui des paysannes les plus riches. Aux jours de fêtes, elles se montraient en jolies toilettes gagnées Dieu sait comme! La livrée des Aigues leur vendait, à des prix facilement payés, des robes de femmes de chambre achetées à Paris et qu'elles refaisaient pour elles. Ces deux filles, les bohémiennes de la vallée, ne recevaient pas un liard de leurs parents, qui leur donnaient uniquement la nourriture et les couchaient sur d'affreux grabats avec leur grand-mère dans le grenier où leurs frères couchaient blottis à même le foin comme des animaux. Ni le père, ni la mère ne songeaient à cette promiscuité.

L'âge de fer et l'âge d'or se ressemblent plus qu'on ne le pense. Dans l'un, on ne prend garde à rien ; dans l'autre, on prend garde à tout ; pour la société, le résultat est peut-être le même. La présence de la vieille Tonsard, qui ressemblait bien plus à une nécessité qu'à une garantie, était une immoralité de plus.

Aussi l'abbé Brossette, après avoir étudié les mœurs de ses paroissiens, disait-il à son évêque ce mot profond : « Monseigneur, à voir comment ils s'appuient de leur misère, on devine que ces paysans tremblent de perdre le prétexte de leurs débordements. »

Quoique tout le monde sût combien cette famille

avait peu de principes et peu de scrupules, personne
ne trouvait à redire aux mœurs du Grand-I-Vert. Au
commencement de cette Scène, il est nécessaire d'expliquer, une fois pour toutes, aux gens habitués à la
moralité des familles bourgeoises, que les paysans
n'ont, en fait de mœurs domestiques, aucune délicatesse ; ils n'invoquent la morale à propos d'une de
leurs filles séduites, que si le séducteur est riche et
craintif. Les enfants, jusqu'à ce que l'État les leur
arrache, sont des capitaux, ou des instruments de
bien-être. L'intérêt est devenu, surtout depuis 1789,
le seul mobile de leurs idées ; il ne s'agit jamais pour
eux de savoir si une action est légale ou immorale,
mais si elle est profitable. La moralité, qu'il ne faut
pas confondre avec la religion, commence à l'aisance ;
comme on voit, dans la sphère supérieure, la délicatesse fleurir dans l'âme quand la Fortune a doré
le mobilier. L'homme absolument probe et moral
est, dans la classe des paysans, une exception. Les
curieux demanderont pourquoi ? De toutes les raisons
qu'on peut donner de cet état de choses, voici la
principale : Par la nature de leurs fonctions sociales,
les paysans vivent d'une vie purement matérielle
qui se rapproche de l'état sauvage auquel les invite
leur union constante avec la Nature. Le travail,
quand il écrase le corps, ôte à la pensée son action
purifiante, surtout chez des gens ignorants. Enfin
pour les paysans, la misère est leur *raison d'état*,
comme le disait l'abbé Brossette.

Mêlé à tous les intérêts, Tonsard écoutait les
plaintes de chacun et dirigeait les fraudes utiles
aux nécessiteux. La femme, bonne personne en apparence, favorisait par des coups de langue les malfai-
teurs du pays, ne refusant jamais ni son approbation,
ni même un coup de main à ses pratiques, quoi qu'elles
fissent contre LE BOURGEOIS. Dans ce cabaret, vrai

nid de vipères, s'entretenait donc, vivace et veni-
meuse, chaude et agissante, la haine du prolétaire
et du paysan contre le maître et le riche.

La vie heureuse des Tonsard fut alors d'un très
mauvais exemple. Chacun se demanda pourquoi ne
pas prendre, comme Tonsard, dans la forêt des Aigues
son bois pour le four, pour la cuisine et pour se chauffer l'hiver ? pourquoi ne pas avoir la nourriture d'une
vache et trouver comme eux du gibier à manger
ou à vendre ? pourquoi comme eux ne pas récolter
sans semer, à la moisson et aux vendanges ? Aussi,
le vol sournois qui ravage les bois, qui dîme les guérets,
les prés et les vignes, devenu général dans cette vallée,
dégénéra-t-il promptement en droit dans les communes
de Blangy, de Couches et de Cerneux, sur lesquelles
s'étendait le domaine des Aigues. Cette plaie, par des
raisons qui seront dites en temps et lieu, frappa
beaucoup plus la terre des Aigues que les biens des
Ronquerolles et des Soulanges.

Ne croyez pas d'ailleurs que jamais Tonsard, sa
femme, ses enfants et sa vieille mère se fussent dit de
propos délibéré : nous vivrons de vols, et nous les
commettrons avec habileté! Ces habitudes avaient
grandi lentement. Au bois mort, la famille mêla
quelque peu de bois vert ; puis, enhardie par l'habitude et par une impunité calculée, nécessaire à des
plans que ce récit va développer, en vingt ans, elle
en était arrivée à *faire son bois*, à voler presque toute
sa vie! Le pâturage des vaches, les abus du glanage
et du hallebotage s'établirent ainsi, par degrés. Une
fois que la famille et les fainéants de la vallée eurent
goûté les bénéfices de ces quatre droits conquis par les
pauvres de la campagne et qui vont jusqu'au pillage,
on conçoit que les paysans ne pouvaient y renoncer
que contraints par une force supérieure à leur audace.

Au moment où cette histoire commence, Tonsard,

âgé d'environ cinquante ans, homme fort et grand, plus
gras que maigre, les cheveux crépus et noirs, le teint
violemment coloré, jaspé comme une brique de tons
violâtres, l'œil orangé, les oreilles rabattues et largement ourlées, d'une constitution musculeuse mais
enveloppée d'une chair molle et trompeuse, le front
écrasé, la lèvre inférieure pendante, cachait son vrai
caractère sous une stupidité entremêlée des éclairs
d'une expérience qui ressemblait d'autant plus à de
l'esprit qu'il avait acquis dans la société de son beau-
père un parler *gouailleur*, pour employer une expression
du dictionnaire Vermichel et Fourchon. Son nez,
aplati du bout comme si le doigt céleste avait voulu le
marquer, lui donnait une voix qui partait du palais
comme chez tous ceux que la maladie a défigurés en
tronquant la communication des fosses nasales où
l'air passe alors péniblement. Ses dents supérieures
entrecroisées laissaient d'autant mieux voir ce défaut,
terrible au dire de Lavater [56], que ses dents offraient
la blancheur de celles d'un chien. Sans la fausse bonhomie du fainéant et le laisser-aller du gobelotteur [54]
de campagne, cet homme eût effrayé les gens les moins
perspicaces.

Si le portrait de Tonsard, si la description de son
cabaret, celle de son beau-père apparaissent en première ligne, croyez bien que cette place est due à
l'homme, au cabaret et à la famille. D'abord, cette
existence, si minutieusement expliquée, est le type de
celle que menaient cent autres ménages dans la vallée
des Aigues. Puis, Tonsard, sans être autre chose que
l'instrument de haines actives et profondes, eut une
influence énorme dans la bataille qui devait se livrer,
car il fut le conseil de tous les plaignants de la basse
classe. Son cabaret servit constamment, comme on va
le voir, de rendez-vous aux assaillants, de même qu'il
devint leur chef, par suite de la terreur qu'il inspirait

à cette vallée, moins par ses actions que par ce qu'on attendait toujours de lui. La menace de ce braconnier étant aussi redoutée que le fait, il n'avait jamais eu besoin d'en exécuter aucune.

Toute révolte, ouverte ou cachée, a son drapeau. Le drapeau des maraudeurs, des fainéants, des bavards, était donc la terrible perche du Grand-I-Vert. On s'y amusait! chose aussi recherchée et aussi rare à la campagne qu'à la ville. Il n'existait d'ailleurs pas d'auberges sur une route cantonale de quatre lieues que les voitures chargées faisaient facilement en trois heures ; aussi tous ceux qui allaient de Couches à La-Ville-aux-Fayes, s'arrêtaient-ils au Grand-I-Vert, ne fût-ce que pour se rafraîchir. Enfin, le meunier des Aigues, adjoint du maire, et ses garçons y venaient. Les domestiques du général eux-mêmes ne dédaignaient pas ce bouchon, que les filles à Tonsard rendaient attrayant, en sorte que le Grand-I-Vert communiquait souterrainement avec le château par les gens et pouvait en savoir tout ce qu'ils en savaient. Il est impossible, ni par le bienfait, ni par l'intérêt, de rompre l'accord éternel des domestiques avec le peuple. La livrée sort du peuple, elle lui reste attachée. Cette funeste camaraderie explique déjà la réticence que contenait le dernier mot dit au perron par Charles à Blondet.

CHAPITRE IV

AUTRE IDYLLE

— Ah! nom de nom! papa, dit Tonsard en voyant
entrer son beau-père et le soupçonnant d'être à jeun,
vous avez la gueule hâtive ce matin. Nous n'avons rien
à vous donner... Et *ste* corde? *ste* corde que nous
devions faire? C'est étonnant comme vous en fabri-
quez la veille, et comme vous vous en trouvez peu de
fait le lendemain. Il y a longtemps que vous auriez
dû tortiller celle qui mettra fin à votre existence, car
vous nous devenez beaucoup trop cher...

La plaisanterie du paysan et de l'ouvrier est très
attique, elle consiste à dire toute la pensée en la gros-
sissant par une expression grotesque. On n'agit pas
autrement dans les salons. La finesse de l'esprit y
remplace le pittoresque de la grossièreté, voilà toute
la différence.

— Y a pas de beau-père, dit le vieillard, parle-moi
en pratique, je veux une bouteille du meilleur.

Ce disant, Fourchon frappa d'une pièce de cent
sous, qui dans sa main brillait comme un soleil, la
méchante table à laquelle il s'était assis et que son
tapis de graisse rendait aussi curieuse à voir que ses
brûlures noires, ses marques vineuses et ses entailles.
Au son de l'argent, Marie Tonsard, taillée comme une

corvette pour la course, jeta sur son grand-père un regard fauve qui jaillit de ses yeux bleus comme une étincelle, la Tonsard sortit de sa chambre, attirée par la musique du métal.

— Tu brutalises toujours mon pauvre père, dit-elle à Tonsard, il gagne pourtant bien de l'argent depuis un an, Dieu veuille que ce soit honnêtement. Voyons ça ?... dit-elle en sautant sur la pièce et l'arrachant des mains de Fourchon.

— Va, Marie, dit gravement Tonsard, au-dessus de la planche y a encore *du vin bouché.*

Dans la campagne, le vin n'est que d'une seule qualité, mais il se vend sous deux espèces : le vin au tonneau, le vin bouché.

— D'où ça vous vient-il ? demanda la fille à son père en coulant la pièce dans sa poche.

— Philippine! tu finiras mal, dit le vieillard en hochant la tête et sans essayer de reprendre son argent.

Déjà, sans doute, Fourchon avait reconnu l'inutilité d'une lutte entre son terrible gendre, sa fille et lui.

— V'là une bouteille de vin que vous me vendez encore cent sous! ajouta-t-il d'un ton amer ; mais aussi sera-ce la dernière. Je donnerai ma pratique au Café de la Paix.

— Tais-toi! papa, reprit la blanche et grasse cabaretière qui ressemblait assez à une matrone romaine, il te faut une chemise, un pantalon propre, un autre chapeau, je veux te voir enfin un gilet...

— Je t'ai déjà dit que ce serait me ruiner, s'écria le vieillard. Quand on me croira riche, personne ne me donnera plus rien.

La bouteille apportée par la blonde Marie arrêta l'éloquence du vieillard, qui ne manquait pas de ce trait particulier à ceux dont la langue se permet de tout dire et dont l'expression ne recule devant aucune pensée, fût-elle atroce.

— Vous ne voulez donc pas nous dire où vous *pigez* tant de monnaie ?... demanda Tonsard, nous irions aussi, nous autres !...

Tout en finissant un collet, le féroce cabaretier espionnait le pantalon de son beau-père et il y vit bientôt la rondelle dessinée en saillie par la seconde pièce de cinq francs.

— A votre santé ! je deviens capitaliste, dit le père Fourchon.

— Si vous vouliez, vous le seriez, dit Tonsard, vous avez des moyens, vous !... Mais le diable vous a percé au bas de la tête un trou par où tout s'en va !

— Hé ! j'ai fait le tour de la loute à ce petit bourgeois des Aigues qui est venu de Paris, voilà tout !

— S'il venait beaucoup de monde voir les sources d'Avonne, dit Marie, vous seriez riche, papa Fourchon.

— Oui, reprit-il, en buvant le dernier verre de sa bouteille ; mais à force de jouer avec les loutes, les loutes se sont mises en colère, et j'en ai pris une qui va me rapporter *pus* de vingt francs.

— Gageons, papa, que *t'as* fait une loutre en filasse ?... dit la Tonsard en regardant son père d'un air finaud.

— Si tu me donnes un pantalon, un gilet, des bretelles en lisière pour ne pas trop faire honte à Vermichel, sur notre estrade à Tivoli, car le père Socquard grogne toujours après moi, je te laisse la pièce, ma fille ; ton idée la vaut bien, je pourrai repincer le bourgeois des Aigues, qui, du coup, va peut-être s'adonner aux loutes !

— Va nous quérir une autre bouteille, dit Tonsard à sa fille. S'il avait une loute, ton père nous la montrerait, répondit-il en s'adressant à sa femme et tâchant de réveiller la susceptibilité de Fourchon.

— J'ai trop peur de la voir dans votre poêle à frire ! dit le vieillard qui cligna de l'un de ses petits yeux verdâtres en regardant sa fille. Philippine m'a déjà *esbigné* ma pièce, et combien donc que vous m'en avez effarouché *ed'* mes pièces, sous couleur de me vêtir, de me nourrir ?... Et vous me dites que ma gueule est hâtive, et je vas toujours tout nu.

— Vous avez vendu votre dernier habillement pour boire du vin cuit au Café de la Paix, papa ?... dit la Tonsard, à preuve que Vermichel a voulu vous en empêcher...

— Vermichel... lui que j'ai régalé ? Vermichel est incapable d'avoir trahi l'amitié, ce sera ce quintal de vieux lard à deux pattes qu'il n'a pas honte d'appeler sa femme !

— Lui ou elle, répondit Tonsard, ou Bonnébault...

— Si c'était Bonnébault, reprit Fourchon, lui qu'est un des piliers du café... je... le... suffit.

— Mais, licheur, quèque ça fait que vous ayez vendu vos effets ? Vous les avez vendus parce que vous les avez vendus, vous êtes majeur ! reprit Tonsard en frappant sur le genou du vieillard. Allez, faites concurrence à mes futailles, rougissez-vous le gosier ! Le père à mame Tonsard en a le droit, et vaut mieux ça que de porter votre argent blanc à Socquard !

— Dire que voilà quinze ans que vous faites danser le monde à Tivoli, sans avoir pu deviner le secret du Vin Cuit de Socquard, vous qui êtes si fin ! dit la fille à son père. Vous savez pourtant bien qu'avec ce secret-là, nous deviendrions aussi riches que Rigou !

Dans le Morvan et dans la partie de la Bourgogne qui s'étale à ses pieds du côté de Paris, ce Vin Cuit, reproché par la Tonsard au père Fourchon, est un breuvage assez cher, qui joue un grand rôle dans la vie des paysans, et que savent faire plus ou moins admirablement les épiciers ou les limonadiers, là où il existe des cafés. Cette benoîte liqueur, composée de vin choisi, de sucre, de cannelle et autres épices, est préférée à tous les déguisements ou mélanges de l'eau-de-vie appelés Ratafia, Cent-Sept-Ans, Eau-des-Braves, Cassis, Vespétro, Esprit-de-Soleil, etc. On retrouve le Vin Cuit jusque sur les frontières de la France et de la Suisse. Dans le Jura, dans les lieux sauvages où pénètrent quelques touristes sérieux, les aubergistes donnent, sur la foi des commis voyageurs, le nom de vin de Syracuse à ce produit industriel, excellent d'ailleurs, et qu'on est enchanté de payer trois ou quatre francs la bouteille, par la faim canine qui se gagne à l'ascension des pics. Or, dans les ménages morvandiauls et bourguignons, la plus légère douleur, le plus petit tressaillement de nerfs est un prétexte à Vin Cuit. Les femmes, pendant, avant et après l'accouchement, y joignent des rôties au sucre. Le Vin Cuit a dévoré des fortunes de paysan. Aussi plus d'une fois le séduisant liquide a-t-il nécessité des corrections maritales.

— Et y a pas mèche! répondit Fourchon. Socquard s'est toujours enfermé pour fabriquer son Vin Cuit! Il n'en a pas dit le secret à défunt sa femme. Il tire tout de Paris pour *ste* fabrique-là!

— Ne tourmente donc pas ton père! s'écria Tonsard, il ne sait pas, eh! bien, il ne sait pas! on ne peut pas tout savoir!

Fourchon fut saisi d'inquiétude en voyant la physionomie de son gendre s'adoucir aussi bien que sa parole.

— Quèque tu veux me voler? dit naïvement le vieillard.

— Moi, dit Tonsard, je n'ai rien que de légitime dans ma fortune, et quand je vous prends quelque chose, je me paie de la dot que vous m'avez promise.

Fourchon, rassuré par cette brutalité, baissa la tête en homme vaincu et convaincu.

— V'la-t-il un joli collet, reprit Tonsard en se rapprochant de son beau-père et lui posant le collet sur les genoux. *Ils* auront besoin de gibier aux Aigues, et nous arriverons bien à leur vendre le leur, ou y aurait pas de bon Dieu pour nous...

— Un solide travail, dit le vieillard en examinant cet engin malfaisant.

— Laissez-nous ramasser des sous, allez, papa, dit la Tonsard, nous aurons notre part au gâteau des Aigues!...

— Oh! les bavardes! dit Tonsard. Si je suis pendu, ce ne sera pas pour un coup de fusil, ce sera pour un coup de langue de votre fille.

— Vous croyez donc que les Aigues seront vendus en détail pour votre fichu nez? répondit Fourchon. Comment, depuis trente ans que le père Rigou vous suce la moelle de vos os, vous n'avez pas *core* vu que les bourgeois seront pires que les seigneurs? Dans cette affaire-là, mes petits, les Soudry, les Gaubertin, les Rigou vous feront danser sur l'air de : *J'ai du bon tabac, tu n'en auras pas!* L'air national des riches, quoi!... Le paysan sera toujours le paysan! ne voyez-vous pas (mais vous ne connaissez rien à la politique!...) que le Gouvernement n'a tant mis de droits sur le vin que pour nous repincer notre *quibus*, et nous maintenir dans la misère! Les bourgeois et le gouvernement, c'est tout un! Quéqu'ils deviendraient si nous étions tous riches?... Laboureraient-ils leurs champs, feraient-ils la moisson? Il leur faut des malheureux! J'ai été riche pendant dix ans, et je sais bien ce que je pensais des gueux!...

— Faut tout de même chasser avec eux, répondit Tonsard, puisqu'ils veulent *allotir* les grandes terres... Et après, nous nous retournerons contre les Rigou. A la place de Courtecuisse qu'il dévore, il y a longtemps que je lui aurais soldé mon compte avec d'autres *balles* que celles que le pauvre homme lui donne...

— Vous avez raison, répondit Fourchon. Comme dit le père Niseron, qu'est resté républicain après tout

le monde, le Peuple a la vie dure, il ne meurt pas, il a
le temps pour lui!...

Fourchon tomba dans une sorte de rêverie et Tonsard en profita pour reprendre son collet ; mais en le
reprenant il coupa d'un coup de ciseaux le pantalon
pendant que le père Fourchon levait son verre pour
boire et il mit le pied sur la pièce qui roula sur la partie
du sol toujours humide là où les buveurs égouttaient
leurs verres. Quoique lestement faite, cette soustraction aurait peut-être été sentie par le vieillard, sans
l'arrivée de Vermichel.

— Tonsard, savez-vous où se trouve le papa ?
demanda le fonctionnaire au pied du palis.

Le cri de Vermichel, le vol de la pièce et l'épuise-
ment du verre eurent lieu simultanément.

— Présent! mon officier, dit le père Fourchon en
tendant la main à Vermichel pour l'aider à monter
les marches du cabaret.

De toutes les figures bourguignonnes, Vermichel
vous eût semblé la plus bourguignonne. Le praticien
n'était pas rouge, mais écarlate. Sa face, comme
certaines parties tropicales du globe, éclatait sur
plusieurs points par de petits volcans desséchés qui
dessinaient de ces mousses plates et vertes appelées
assez poétiquement par Fourchon *des fleurs de vin*.
Cette tête ardente, dont tous les traits avaient été
démesurément grossis par de continuelles ivresses,
paraissait cyclopéenne, allumée du côté droit par une
prunelle vive, éteinte de l'autre par un œil couvert
d'une taie jaunâtre. Des cheveux roux toujours ébouriffés, une barbe semblable à celle de Judas, rendaient
Vermichel aussi formidable en apparence qu'il était
doux en réalité. Le nez en trompette ressemblait à
un point d'interrogation auquel la bouche, excessivement fendue, paraissait toujours répondre, même
quand elle ne s'ouvrait pas.

Vermichel, homme de petite taille, portait des souliers ferrés, un pantalon de velours vert-bouteille, un vieux gilet rapetassé d'étoffes diverses qui paraissait avoir été fait avec une courtepointe, une veste en gros drap bleu et un chapeau gris à larges bords. Ce luxe imposé par la ville de Soulanges où Vermichel cumulait les fonctions de concierge de l'Hôtel-de-Ville, de tambour, de geôlier, de ménétrier et de praticien, était entretenu par madame Vermichel, une terrible antagoniste de la philosophie rabelaisienne. Cette virago à moustaches, large d'un mètre, d'un poids de cent vingt kilogrammes, et néanmoins agile, avait établi sa domination sur Vermichel qui, battu par elle pendant ses ivresses, la laissait encore faire quand il était à jeun. Aussi le père Fourchon disait-il, en méprisant la tenue de Vermichel : — C'est la livrée d'un esclave.

— Quand on parle du soleil on en voit les rayons, reprit Fourchon en répétant une plaisanterie inspirée par la rutilante figure de Vermichel qui ressemblait en effet à ces soleils d'or peints sur les enseignes d'auberge en province. Madame Vermichel a-t-elle aperçu trop de poussière sur ton dos, que tu fuis tes quatre cinquièmes, car on ne peut pas l'appeler ta moitié, ste femme ?... Qui t'amène de si bonne heure ici, tambour battu ?

— Toujours la politique! répondit Vermichel évidemment accoutumé à ces plaisanteries.

— Ah! le commerce de Blangy va mal, nous allons protester des billets, dit le père Fourchon en versant un verre de vin à son ami.

— Mais notre singe est sur mes talons, répondit Vermichel en haussant le coude.

Dans l'argot des ouvriers, le *singe* c'est le maître. Cette locution faisait partie du Dictionnaire Vermichel et Fourchon.

— Quéque m'sieur Brunet vient donc tracasser par ici? demanda la Tonsard.

— Hé! parbleu, vous autres, dit Vermichel, vous lui rapportez depuis trois ans pus que vous ne valez... Ah! il vous travaille joliment les côtes, le bourgeois des Aigues! Il va bien, le Tapissier... Comme dit le petit père Brunet : « S'il y avait trois propriétaires comme lui dans la vallée, ma fortune serait faite!... »

— Qué qu'ils ont donc inventé de nouveau contre le pauvre monde? dit Marie.

— Ma foi! reprit Vermichel, ça n'est pas bête, allez! et vous finirez par mettre les pouces... Que voulez-vous? les voilà bien en force depuis bientôt deux ans avec trois gardes, un garde à cheval, tous actifs comme des fourmis, et un garde-champêtre qu'est un dévorant. Enfin la gendarmerie se botte maintenant à tout propos pour eux... Ils vous écraseront...

— Ah! ouin! dit Tonsard, nous sommes trop plats... Ce qu'il y a de plus résistant, c'est pas l'arbre, c'est l'herbe...

— Ne t'y fie pas, répondit le père Fourchon à son gendre, t'as des propriétés...

— Enfin, reprit Vermichel, ils vous aiment, ces gens, car ils ne pensent qu'à vous du matin au soir! Ils se sont dit comme ça : « Les bestiaux de ces gueux-là nous mangent nos prés ; nous allons les leur prendre, leurs bestiaux. Quand ils n'auront plus de bestiaux, ils ne pourront pas manger eux-mêmes l'herbe de nos prés. » Comme vous avez tous des condamnations sur le dos, ils ont dit à notre singe de saisir vos vaches. Nous commencerons ce matin par Couches, nous allons y saisir la vache à la Bonnébault, la vache à la mère de Godain, la vache à la Mitant.

Dès qu'elle eut entendu le nom de Bonnébault, Marie, l'amoureuse de Bonnébault, le petit-fils de la

vieille à la vache, sauta dans le clos de vigne après
avoir guigné son père et sa mère. Elle passa comme
une anguille à travers un trou de la haie, et s'élança
vers Couches avec la rapidité d'un lièvre poursuivi.

— Ils en feront tant, dit tranquillement Tonsard,
qu'ils se feront casser les os et ce sera dommage, leurs
mères ne leur en referont pas d'autres.

— Ça se pourrait bien tout de même! ajouta le
père Fourchon. Mais, vois-tu, Vermichel, je ne peux
pas être à vous avant une heure d'ici, j'ai des affaires
importantes au château...

— Plus importantes que trois vacations à cinq
sous?... faut pas cracher sur la vendange! a dit le
papa Noé.

— Je te dis, Vermichel, que mon commerce m'appelle au château des Aigues, répéta le vieux Fourchon en prenant un air de risible importance.

— D'ailleurs, ça ne serait pas, dit la Tonsard, que
mon père ferait bien de s'évanouir. Est-ce que par
hasard vous voudriez trouver les vaches?...

— Monsieur Brunet, qui est un bon homme, ne
demande pas mieux que de n'en trouver que les bouses,
répondit Vermichel. Un homme, obligé comme lui de
trotter par les chemins à la nuit, il est prudent.

— Et il a raison, dit sèchement Tonsard.

— Donc, reprit Vermichel, il a dit comme ça à
monsieur Michaud : « J'irai dès que l'audience sera
terminée. » S'il voulait trouver les vaches, il y serait
allé demain à sept heures!... Mais faudra qu'il marche,
allez, monsieur Brunet. On n'attrape pas deux fois
le Michaud, c'est un chien de chasse fini! Ah! qué
brigand!

— Ça devrait rester à l'armée, des sacripants comme
ça, dit Tonsard, ça n'est bon qu'à lâcher sur les ennemis... Je voudrais bien qu'il me demandât mon nom!
Il a beau se dire un vieux de la Jeune Garde, je suis

sûr qu'après avoir mesuré nos ergots, il m'en resterait
plus long qu'à lui dans les pattes !

— Ah ! ça, dit la Tonsard à Vermichel, et les affiches
de la fête de Soulanges, quand les verra-t-on ?... Nous
voici le 8 août...

— Je les ai portées à imprimer chez monsieur Bournier, hier, à La-Ville-aux-Fayes, répondit Vermichel. On
a parlé chez mame Soudry d'un feu d'artifice sur le lac.

— Quel monde nous aurons ! s'écria Fourchon.

— En v'là des journées pour Socquard s'il ne pleut
pas, dit le cabaretier d'un air envieux.

On entendit le trot d'un cheval venant de Soulanges,
et cinq minutes après l'huissier attachait son cheval
à un poteau mis exprès à la claire-voie par où passaient les vaches. Puis, il montra sa tête à la porte du
Grand-I-Vert.

— Allons, allons, mes enfants, ne perdons pas de
temps, dit-il en affectant d'être pressé.

— Ah ! dit Vermichel, vous avez un réfractaire,
monsieur Brunet. Le père Fourchon a la goutte.

— Il a plusieurs gouttes, répliqua l'huissier, mais
la loi ne lui demande pas d'être à jeun.

— Pardon, monsieur Brunet, dit Fourchon, je suis
attendu pour affaire aux Aigues, nous sommes en
marché pour eine loute...

Brunet, petit homme sec, au teint bilieux, vêtu
tout en drap noir, l'œil fauve, les cheveux crépus, la
bouche serrée, le nez pincé, l'air jésuite, la parole
enrouée, offrait le phénomène d'une physionomie,
d'un maintien et d'un caractère en harmonie avec sa
profession. Il connaissait si bien le Droit, ou pour
mieux dire la chicane, qu'il était à la fois la terreur
et le conseiller du canton ; aussi ne manquait-il pas
d'une certaine popularité parmi les paysans auxquels
il demandait la plupart du temps son paiement en
denrées.

Toutes ses qualités actives et négatives, ce savoir-faire lui valaient la clientèle du canton, à l'exclusion de son confrère maître Plissoud, dont il sera question plus tard. Ce hasard d'un huissier qui fait tout et d'un huissier qui ne fait rien est fréquent dans les justices de paix, au fond des campagnes.

— Ça chauffe donc ?... dit Tonsard au petit père Brunet.

— Que voulez-vous, vous le pillez aussi par trop, cet homme !... Il se défend ! répondit l'huissier, ça finira mal, toutes vos affaires, le gouvernement s'en mêlera.

— Il faudra donc que nous autres malheureux nous crevions ? dit la Tonsard en offrant un petit verre sur une soucoupe à l'huissier.

— Les malheureux peuvent crever, on n'en manquera jamais !... dit sentencieusement Fourchon.

— Vous dévastez aussi par trop les bois, répliqua l'huissier.

— On fait bien du bruit, allez, pour quelques malheureux fagots, dit la Tonsard.

— On n'a pas assez rasé de riches pendant la Révolution, voilà tout, dit Tonsard.

En ce moment, l'on entendit un bruit horrible en ce qu'il était inexplicable. Le galop de deux pieds enragés mêlé à un cliquetis d'armes dominait un bruissement de feuillages et branches entraînées par des pas encore plus précipités. Deux voix aussi différentes que les deux galops lançaient des interjections braillardes. Tous les gens du cabaret devinèrent la poursuite d'un homme et la fuite d'une femme ; mais à quel propos ?... l'incertitude ne dura pas longtemps.

— C'est la mère, dit Tonsard en se dressant, je reconnais sa *grelotte* [55] !

Et soudain, après avoir gravi les méchantes marches du Grand-I-Vert, par un dernier effort dont l'énergie

ne se trouve qu'au cœur des contrebandiers, la vieille
Tonsard tomba les quatre fers en l'air au milieu du
cabaret. L'immense lit de bois de son fagot fit un
fracas terrible en se brisant contre le haut de la porte
et sur le plancher. Tout le monde s'était écarté. Les
tables, les bouteilles, les chaises atteintes par les
branches s'éparpillèrent. Le tapage n'eût pas été si
grand, si la chaumière se fût écroulée.

— Je suis morte du coup! le gredin m'a tuée!...

Le cri, l'action et la course de la vieille femme
s'expliquèrent par l'apparition sur le seuil d'un garde
habillé tout en drap vert, le chapeau bordé d'une
ganse d'argent, le sabre au côté, la bandoulière de
cuir aux armes de Montcornet avec celles des Troisville en abîme, le gilet rouge d'ordonnance, les guêtres
de peau montant jusqu'au-dessus du genou.

Après un moment d'hésitation, le garde dit en
voyant Brunet et Vermichel : — J'ai des témoins.

— De quoi ? dit Tonsard.

— Cette femme a dans son fagot un chêne de dix
ans coupé en rondins, un vrai crime!...

Vermichel, dès que le mot témoins eut été prononcé,
jugea très à propos d'aller dans le clos prendre
l'air.

— De quoi!... de quoi!... dit Tonsard en se plaçant
devant le garde pendant que la Tonsard relevait sa
belle-mère, veux-tu bien me montrer tes talons,
Vatel ?... Verbalise et saisis sur le chemin, tu es là chez
toi, brigand, mais sors d'ici. Ma maison est à moi,
peut-être ? Charbonnier est maître chez lui...

— Il y a flagrant délit, ta mère va me suivre...

— Arrêter ma mère, chez moi ? tu n'en as pas le
droit. Mon domicile est inviolable!... On sait ça du
moins. As-tu un mandat de monsieur Guerbet, notre
juge d'instruction ?... Ah! c'est qu'il faut la justice
pour entrer ici. Tu n'es pas la justice, quoique tu aies

prêté serment au tribunal de nous faire crever de faim, méchant gabelou de forêt !

La fureur du garde était arrivée à un tel paroxysme qu'il voulut s'emparer du fagot ; mais la vieille, un affreux parchemin noir doué de mouvement, et dont le pareil ne se voit que dans le tableau des *Sabines* de David, lui cria :

— N'y touche pas ou je te saute aux yeux !

— Eh ! bien, osez défaire votre fagot en présence de monsieur Brunet ? dit le garde.

Quoique l'huissier affectât cet air d'indifférence que l'habitude des affaires donne aux officiers ministériels, il fit à la cabaretière et à son mari ce clignement d'yeux qui signifie : mauvaise affaire !... Le vieux Fourchon, lui, montra du doigt à sa fille le tas de cendres amoncelé dans la cheminée, par un geste significatif. La Tonsard, qui comprit à la fois le danger de sa belle-mère et le conseil de son père, prit une poignée de cendres et la jeta dans les yeux du garde. Vatel se mit à hurler, Tonsard, éclairé de toute la lumière que perdait le garde, le poussa rudement sur les méchantes marches extérieures où les pieds d'un aveugle devaient si facilement trébucher, que Vatel roula jusque dans le chemin en lâchant son fusil. En un moment, le fagot fut défait, les bûches en furent extraites et cachées avec une prestesse qu'aucune parole ne peut rendre. Brunet ne voulant pas être témoin de cette opération prévue, se précipita sur le garde pour le relever, il l'assit sur le talus et alla mouiller son mouchoir dans l'eau pour laver les yeux au patient qui, malgré ses souffrances, essayait de se traîner vers le ruisseau.

— Vatel, vous avez tort, lui dit l'huissier, vous n'avez pas le droit d'entrer dans les maisons, voyez-vous...

La vieille, petite femme presque bossue, lançait autant d'éclairs par ses yeux que d'injures par sa bouche démeublée et couverte d'écume, en se tenant sur le seuil de la porte, les poings sur les hanches et criant à se faire entendre de Blangy.

— Ah! gredin, c'est bien fait, va! Que l'enfer te confonde!... Me soupçonner de couper des âbres! moi, la pus honnête femme du village, et me chasser comme une bête malfaisante! Je voudrais que tu perdes les yeux, le pays y gagnerait sa tranquillité. Vous êtes tous des porte-malheur! toi et tes compagnons qui supposez des méfaits pour animer la guerre entre votre maître et nous autres!

Le garde se laissait nettoyer les yeux par l'huissier qui, tout en le pansant, lui démontrait toujours, qu'en Droit, il était répréhensible.

— La gueuse, elle nous a mis sur les dents, dit enfin Vatel, elle est dans le bois depuis cette nuit...

Tout le monde ayant prêté main-vive au recel de l'arbre coupé, les choses furent promptement remises en état dans le cabaret. Tonsard vint alors sur la porte d'un air rogue.

— Vatel, mon fiston, si tu t'avises, une autre fois, de violer mon domicile, c'est mon fusil qui te répondra, dit-il. Tu ne sais pas ton métier... Après ça, tu as chaud, si tu veux un verre de vin, on te l'offre, tu pourras voir que le fagot de ma mère n'a pas un brin de bois suspect, c'est tout broussailles!

— Canaille!... dit tout bas à l'huissier le garde plus vivement atteint au cœur par cette ironie qu'il n'avait été atteint aux yeux par la cendre.

En ce moment, Charles, le valet de pied, naguère envoyé à la recherche de Blondet, parut à la porte du Grand-I-Vert.

— Qu'avez-vous donc, Vatel? dit le valet au garde.

— Ah! répondit le garde-chasse en s'essuyant les yeux, qu'il avait plongés tout ouverts dans le ruisseau pour achever de les nettoyer, j'ai là des débiteurs à qui je ferai maudire le jour où ils ont vu la lumière.

— Si vous l'entendez ainsi, monsieur Vatel, dit froidement Tonsard, vous vous apercevrez que nous n'avons pas froid aux yeux en Bourgogne.

Vatel disparut. Peu curieux d'avoir le mot de cette énigme, Charles regarda dans le cabaret.

— Venez au château, vous et votre loutre, si vous en avez une, dit-il au père Fourchon.

Le vieillard se leva précipitamment et suivit Charles.

— Eh! bien, où donc est-elle, cette loutre? dit Charles en souriant d'un air de doute.

— Par ici, dit le cordier en allant vers la Thune.

Ce nom est celui du ruisseau fourni par le trop-plein des eaux du moulin et du parc des Aigues. La Thune court tout le long du chemin cantonal jusqu'au petit lac de Soulanges qu'elle traverse et d'où elle regagne l'Avonne, après avoir alimenté les moulins et les eaux du château de Soulanges.

— La voilà, je l'ai cachée dans le *ru* des Aigues en avec une pierre à son cou.

En se baissant et se relevant, le vieillard ne sentit plus la pièce dans sa poche, où le métal habitait si peu qu'il devait s'apercevoir aussi bien du vide que du plein.

— Ah! les *guerdins!* s'écria-t-il, si je chasse aux loutes, ils chassent au beau-père, eux!... Ils me prennent tout ce que je gagne, et ils disent que c'est pour mon bien!... Ah! je le crois qu'il s'agit de mon bien! Sans mon pauvre Mouche, qu'est la consolation de mes vieux jours, je me noierais. Les enfants, c'est la ruine des pères. Vous n'êtes pas marié, vous, monsieur Charles, ne vous mariez jamais! vous n'aurez pas à vous reprocher d'avoir semé de mauvaises graines!... Moi qui croyais pouvoir acheter de la filasse!... la v'là filée, ma filasse! Ce monsieur, qui est gentil, m'avait donné dix francs, eh! ben, la vlà ben renchérie, ma loute, à ste heure.

Charles se défiait tellement du père Fourchon qu'il prit ses véritables lamentations pour la préparation de ce qu'en style d'office il appelait *une couleur* [56], et il commit la faute de laisser percer son opinion dans un sourire que surprit le malicieux vieillard.

— Ah! ça, père Fourchon, de la tenue?... hein! vous allez parler à madame, dit Charles en remarquant une assez grande quantité du rubis flamboyant sur le nez et les joues du vieillard.

— Je suis à mon affaire, Charles, à preuve que si tu veux me régaler à l'office des restes du déjeuner et d'une bouteille ou deux de vin d'Espagne, je te dirai trois mots qui t'éviteront de recevoir *une danse*...

— Dites! et François aura l'ordre de monsieur de vous donner un verre de vin, répondit le valet de pied.

— C'est dit?

— C'est dit.

— Eh! bien, tu vas causer avec ma petite-fille Catherine sous l'arche du pont d'Avonne, Godain l'aime, il vous a vus et il a la bêtise d'être jaloux... Je dis une bêtise, car un paysan ne doit pas avoir des sentiments qui ne sont permis qu'aux riches. Si donc tu vas le jour de la fête de Soulanges à Tivoli pour danser avec elle, tu danseras plus que tu ne voudras!... Godain est avare et méchant, il est capable de te casser le bras sans que tu puisses l'assigner...

— C'est trop cher. Catherine est belle, mais elle ne vaut pas ça, dit Charles, et pourquoi donc qu'il se fâche, Godain? Les autres ne se fâchent pas...

— Ah! il l'aime à l'épouser...

— En voilà une qui sera battue!... dit Charles.

— C'est selon, dit le vieillard, elle tient de sa mère sur qui Tonsard n'a pas levé la main, tant il a peur de lui voir lever le pied! Une femme qui sait se remuer, c'est bien profitant... Et d'ailleurs, à la main chaude avec Catherine, quoiqu'il soit fort, Godain n'aurait pas le dernier.

— Tenez, père Fourchon, v'là quarante sous pour boire à ma santé, dans le cas où nous ne pourrions pas siroter de vin d'Alicante...

Le père Fourchon détourna la tête en empochant la pièce pour que Charles ne pût pas voir une expression de plaisir et d'ironie qu'il lui fut impossible de réprimer.

— C'est une fière ribaude, Catherine, reprit le vieillard, elle aime le Malaga, il faut lui dire de venir en chercher aux Aigues, imbécile!

Charles regarda le père Fourchon avec une naïve admiration sans pouvoir deviner l'immense intérêt que les ennemis du général avaient à glisser un espion de plus dans le château.

— Le général doit être heureux, demanda le vieillard, les paysans sont bien tranquilles maintenant. Qu'en dit-il?... Est-il toujours content de Sibilet?...

— Il n'y a que monsieur Michaud qui tracasse monsieur Sibilet, on dit qu'il le fera renvoyer, répondit Charles.

— Jalousie de métier! reprit Fourchon. Je gage que tu voudrais bien voir congédier François et devenir premier valet de chambre à sa place...

— Dam! il a douze cents francs! dit Charles, mais on ne peut pas le renvoyer, il a les secrets du général...

— Comme madame Michaud avait ceux de madame, répliqua Fourchon en espionnant Charles jusque dans les yeux. Voyons, mon gars, sais-tu si monsieur et madame ont chacun leur chambre?...

— Parbleu, sans cela monsieur n'aimerait pas tant madame!... dit Charles.

— Tu n'en sais pas plus?... demanda Fourchon.

Il fallut se taire, Charles et Fourchon se trouvaient devant les croisées des cuisines.

CHAPITRE V

LES ENNEMIS EN PRÉSENCE

Au début du déjeuner, François, le premier valet de chambre, vint dire tout bas à Blondet, mais assez haut pour que le comte l'entendît : « Monsieur, le petit au père Fourchon prétend qu'ils ont fini par prendre une loutre, et demande si vous la voulez, avant qu'ils ne la portent au sous-préfet de La-Ville-aux-Fayes. »

Émile Blondet, quoique professeur en mystification, ne put s'empêcher de rougir comme une vierge à qui l'on dit une histoire un peu leste dont le mot lui est connu.

— Ah ! vous avez chassé la loutre ce matin avec le père Fourchon, s'écria le général pris d'un fou rire.

— Qu'est-ce ? demanda la comtesse inquiétée par ce rire de son mari.

— Du moment où un homme d'esprit comme lui, reprit le général, s'est laissé enfoncer par le père Fourchon, un cuirassier retiré n'a pas à rougir d'avoir chassé cette loutre qui ressemble énormément au troisième cheval que la poste vous fait toujours payer et qu'on ne voit jamais.

A travers de nouvelles explosions de son fou rire, le général put encore dire :

— Je ne m'étonne plus si vous avez changé de

bottes et de pantalon, vous vous serez mis à la nage.
Moi, je ne suis pas allé si loin que vous dans la mystification, je suis resté à fleur d'eau ; mais aussi avez-vous
beaucoup plus d'intelligence que moi...

— Vous oubliez, mon ami, reprit madame de Montcornet, que je ne sais pas de quoi vous parlez...

A ces mots, dits d'un air piqué que la confusion de
Blondet inspirait à la comtesse, le général devint sérieux, et Blondet raconta lui-même sa pêche à la
loutre.

— Mais, dit la comtesse, s'ils ont une loutre, ces
pauvres gens ne sont pas si coupables.

— Oui, mais il y a dix ans qu'on n'a pas vu de
loutres, reprit l'impitoyable général.

— Monsieur le comte, dit François, le petit jure
tous ses serments qu'il en tient une...

— S'ils en ont une, je la leur paie, dit le général.

— Dieu, fit observer l'abbé Brossette [57], n'a pas
privé les Aigues à tout jamais de loutres.

— Ah! monsieur le curé, s'écria Blondet, si vous
déchaînez Dieu contre moi...

— Qui donc est venu ? demanda la comtesse.

— Mouche, madame la comtesse, ce petit qui va
toujours avec le père Fourchon, répondit le valet de
chambre.

— Faites-le venir... si madame le veut, dit le général, il vous amusera peut-être.

— Mais au moins faut-il savoir à quoi s'en tenir, dit
la comtesse.

Mouche comparut quelques instants après dans sa
presque nudité. En voyant cette personnification de
l'indigence au milieu de cette salle à manger, dont un
trumeau seul aurait donné, par son prix, presque une
fortune à cet enfant, pieds nus, jambes nues, poitrine
nue, tête nue, il était impossible de ne pas se laisser
aller aux inspirations de la charité. Les yeux de Mouche,

comme deux charbons ardents, regardaient tour à tour
les richesses de cette salle et celles de la table.

— Tu n'as donc pas de mère ? demanda madame de
Montcornet qui ne pouvait pas autrement expliquer
un pareil dénuement.

— Non, ma'me, m'man est morte d'chagrin de
n'avoir pas revu p'pa, qu'était parti pour l'armée, en
1812, sans l'avoir épousée *avec les papiers*, et qu'a, sous
vot' respect, été gelé... Mais j'ai mon grand-p'pa
Fourchon qu'est un ben bon homme, quoiqu'y m'batte
quéqu'fois, comme un Jésus.

— Comment se fait-il, mon ami, qu'il y ait sur votre
terre des gens si malheureux ?.... dit la comtesse en
regardant le général.

— Madame la comtesse, dit le curé, nous n'avons
sur la commune que des malheurs volontaires. Monsieur le comte a de bonnes intentions ; mais nous avons
affaire à des gens sans religion, qui n'ont qu'une seule
pensée, celle de vivre à vos dépens.

— Mais, dit Blondet, mon cher curé, vous êtes ici
pour leur faire la morale.

— Monsieur, répondit l'abbé Brossette à Blondet,
Monseigneur m'a envoyé ici comme en mission chez
des Sauvages ; mais, ainsi que j'ai eu l'honneur de le
lui dire, les Sauvages de France sont inabordables, ils
ont pour loi de ne pas nous écouter, tandis qu'on peut
intéresser les Sauvages de l'Amérique.

— M'sieu le curé, dit Mouche, on m'aide encore un
peu, mais si j'allais à vout'église, on ne m'aiderait plus
du tout, et on me fich'rait des calottes.

— La religion devrait commencer par lui donner
des pantalons, mon cher abbé, dit Blondet. Dans vos
missions, ne débutez-vous pas par amadouer les Sauvages ?...

— Il aurait bientôt vendu ses habits, répondit
l'abbé Brossette à voix basse, et je n'ai pas un trai-

tement qui me permette de faire un pareil commerce.

— Monsieur le curé a raison, dit le général en regardant Mouche.

La politique du petit gars consistait à paraître ne rien comprendre à ce qu'on disait quand on avait raison contre lui.

— L'intelligence du petit drôle vous prouve qu'il sait discerner le bien du mal, reprit le comte. Il est en âge de travailler, et il ne songe qu'à commettre des délits impunément. Il est bien connu des gardes!... Avant que je ne fusse maire, il savait déjà qu'un propriétaire, témoin d'un délit sur ses terres, ne peut pas faire de procès-verbal, il restait effrontément dans mes prés avec ses vaches, sans en sortir quand il m'apercevait, tandis que maintenant il se sauve!

— Ah! c'est bien mal, dit la comtesse, il ne faut pas prendre le bien d'autrui, mon petit ami...

— Madame, faut manger, mon grand-père me donne *pus* de coups que de miches, et ça creuse l'estomac, les gifles!... Quand les vaches ont du lait, j'en trais un peu, ça me soutient... Monseigneur est-il donc si pauvre qu'il ne puisse me laisser boire un peu de son herbe?...

— Mais, il n'a peut-être rien mangé d'aujourd'hui, dit la comtesse émue par cette profonde misère. Donnez-lui donc du pain, et ce reste de volaille, enfin qu'il déjeune!... ajouta-t-elle en regardant le valet de chambre. — Où couches-tu?

— Partout, madame, où l'on veut bien nous souffrir l'hiver, et à la belle étoile quand il fait beau.

— Quel âge as-tu?

— Douze ans.

— Mais il est encore temps de le mettre en bon chemin, dit la comtesse à son mari.

— Ça fera un soldat, dit rudement le général, il est bien préparé. J'ai souffert tout autant que lui, moi, et me voilà.

— Pardon, général, je ne suis pas déclaré, dit l'enfant, je ne tirerai pas au sort. Ma pauvre mère, qu'était fille, est accouchée aux champs. Je suis fils de la Tarre, comme dit mon grand-papa. M'man m'a sauvé de la milice. Je ne m'appelle pas plus Mouche que rien du tout... Grand-papa m'a bien appris *m's'* avantages, je ne suis pas mis sur les *papiers* du gouvernement et quand j'aurai l'âge de la conscription, je ferai mon tour de France! on ne m'attrapera point.

— Tu l'aimes, ton grand-père? dit la comtesse en essayant de lire dans ce cœur de douze ans.

— Dam! y me fiche des gifles quand il est dans le train; mais que voulez-vous, il est si bon enfant! Et puis, il dit qu'il se paie de m'avoir enseigné à lire et à écrire...

— Tu sais lire?... dit le comte.

— En dà, voui, monsieur le comte, et dans la fine écriture encore, vrai comme nous avons une loutre.

— Qu'y a-t-il là? dit le comte en lui présentant le journal.

— La *cu-o-ssi-dienne* [58], répliqua Mouche en n'hésitant que trois fois.

Tout le monde, même l'abbé Brossette, se mit à rire.

— Eh! dam! vous me faites lire *el journiau*, s'écria Mouche exaspéré. Mon grand-p'pa dit que c'est fait pour les riches, et qu'on sait toujours plus tard ce qu'il y a là-dedans.

— Il a raison, cet enfant, général, il me donne envie de revoir mon vainqueur de ce matin, dit Blondet, je vois que sa mystification était mouchetée...

Mouche comprenait admirablement qu'il posait pour les menus plaisirs des bourgeois; l'élève du père Fourchon fut alors digne de son maître, il se mit à pleurer...

— Comment pouvez-vous plaisanter un enfant qui va pieds nus?... dit la comtesse.

— Et qui trouve tout simple que son grand-père se rembourse en tapes des frais de son éducation ? dit Blondet.

— Voyons, mon pauvre petit, avez-vous pris une loutre ? dit la comtesse.

— Oui, madame, aussi vrai que vous êtes la plus belle femme que j'aie vue, et que je verrai jamais, dit l'enfant en essuyant ses larmes.

— Montre-la... dit le général.

— Oh! m'sieur le comte, mon grand-p'pa l'a cachée, mais elle gigotait core quand nous étions à notre corderie... Vous pouvez faire venir mon grand-p'pa, car il veut la vendre lui-même.

— Emmenez-le à l'office, dit la comtesse à François, qu'il y déjeune en attendant le père Fourchon, que vous enverrez chercher par Charles. Voyez à trouver des souliers, un pantalon et une veste pour cet enfant. Ceux qui viennent ici tout nus, doivent en sortir habillés...

— Que Dieu vous bénisse! ma chère dame, dit Mouche, en s'en allant, m'sieur le curé peut être certain que venant de vous, je garderai ces hardes pour les jours de fête.

Émile et madame de Montcornet se regardèrent étonnés de cet à-propos, et parurent dire au curé par un coup d'œil : Il n'est pas si sot!...

— Certes, madame, dit le curé quand l'enfant ne fut plus là, l'on ne doit pas compter avec la Misère, je pense qu'elle a des raisons cachées dont le jugement n'appartient qu'à Dieu, des raisons physiques souvent fatales, et des raisons morales nées du caractère, produites par des dispositions que nous accusons et qui parfois sont le résultat de qualités, malheureusement pour la société, sans issue. Les miracles accomplis sur les champs de bataille nous ont appris que les plus mauvais drôles pouvaient s'y transformer en héros...

Mais ici, vous êtes dans des circonstances exception-
nelles, et si votre bienfaisance ne marche pas accompagnée de la réflexion, vous courrez risque de solder vos
ennemis...

— Nos ennemis ? s'écria la comtesse.

— De cruels ennemis, répéta gravement le général.

— Le père Fourchon est avec son gendre Tonsard,
reprit le curé, toute l'intelligence du menu peuple
de la vallée, on les consulte pour les moindres choses.
Ces gens-là sont d'un machiavélisme incroyable.
Sachez-le, dix paysans réunis dans un cabaret sont
la monnaie d'un grand politique...

En ce moment, François annonça monsieur Sibilet.

— C'est le ministre des finances, dit le général en
souriant, faites-le entrer, il vous expliquera la gravité
de la question, ajouta-t-il en regardant sa femme et
Blondet.

— D'autant plus qu'il ne vous la dissimule guère,
dit tout bas le curé.

Blondet aperçut alors le personnage dont il entendait parler depuis son arrivée, et qu'il désirait connaître, le régisseur des Aigues. Il vit un homme de
moyenne taille, d'environ trente ans, doué d'un air
boudeur, d'une figure disgracieuse à qui le rire allait
mal. Sous un front soucieux, des yeux d'un vert changeant [59] se fuyaient l'un l'autre en déguisant ainsi
la pensée. Sibilet, vêtu d'une redingote brune, d'un
pantalon et d'un gilet noir, portait les cheveux longs
et plats, ce qui lui donnait une tournure cléricale. Le
pantalon cachait très imparfaitement des genoux
cagneux. Quoique son teint blafard et ses chairs molles
pussent faire croire à une constitution maladive,
Sibilet était robuste. Le son de sa voix, un peu sourde,
s'accordait avec cet ensemble peu flatteur.

Blondet échangea secrètement un regard avec
l'abbé Brossette, et le coup d'œil par lequel le jeune

prêtre lui répondit apprit au journaliste que ses soupçons sur le régisseur étaient une certitude chez le
curé.

— N'avez-vous pas, mon cher Sibilet, dit le général,
évalué ce que nous volent les paysans au quart des
revenus ?

— A beaucoup plus, monsieur le comte, répondit
le régisseur. Vos pauvres touchent de vous plus que
l'État ne vous demande. Un petit drôle comme Mouche
glane ses deux boisseaux par jour. Et les vieilles
femmes, que vous diriez à l'agonie, retrouvent à
l'époque du glanage de l'agilité, de la santé, de la jeunesse. Vous pourrez être témoin de ce phénomène, dit
Sibilet en s'adressant à Blondet ; car dans six jours, la
moisson, retardée par les pluies du mois de juillet,
commencera. Les seigles vont se couper la semaine
prochaine. On ne devrait glaner qu'avec un certificat
d'indigence donné par le maire de la commune, et
surtout les communes ne devraient laisser glaner sur
leur territoire que leurs indigents ; mais les communes
d'un canton glanent les unes chez les autres, sans certificat. Si nous avons soixante pauvres dans la commune,
il s'y joint quarante fainéants. Enfin les gens établis,
eux-mêmes, quittent leurs occupations pour glaner
et pour halleboter. Ici, tous ces gens-là récoltent trois
cents boisseaux par jour, la moisson dure quinze
jours, c'est quatre mille cinq cents boisseaux qui
s'enlèvent dans le canton. Aussi le glanage représente-
t-il plus que la dîme. Quant au pâturage abusif, il
gâche environ le sixième du produit de nos prés. Quant
aux bois, c'est incalculable, on est arrivé à couper
des arbres de six ans... Les dommages que vous souffrez, monsieur le comte, vont à vingt et quelques
mille francs par an.

— Eh ! bien, madame ! dit le général à la comtesse,
vous l'entendez.

— N'est-ce pas exagéré ? demanda madame de
Montcornet.

— Non, madame, malheureusement, répondit le
curé. Le pauvre père Niseron, ce vieillard à tête
blanche qui cumule les fonctions de sonneur, de bedeau, de fossoyeur, de sacristain et de chantre,
malgré ses opinions républicaines, enfin le grand-
père de cette petite Geneviève que vous avez placée
chez madame Michaud...

— La Péchina ! dit Sibilet en interrompant
l'abbé.

— Quoi ! la Péchina ? demanda la comtesse, que
voulez-vous dire ?

— Madame la comtesse, quand vous avez rencontré
Geneviève sur le chemin dans une si misérable situation, vous vous êtes écriée en italien : *Piccina* [60] *!* Ce
mot-là, devenu son sobriquet, s'est si bien corrompu,
qu'aujourd'hui toute la commune appelle votre protégée la Péchina, dit le curé. La pauvre enfant est
la seule qui vienne à l'église, avec madame Michaud
et madame Sibilet.

— Et elle ne s'en trouve guère bien ! dit le régisseur,
on la maltraite en lui reprochant sa religion...

— Eh ! bien, ce pauvre vieillard de soixante-douze
ans ramasse, honnêtement d'ailleurs, près d'un boisseau et demi par jour, reprit le curé ; mais la rectitude
de ses opinions lui défend de vendre ses glanes, comme
les vendent tous les autres, il les garde pour sa consommation. A ma considération, monsieur Langlumé,
votre adjoint, lui moud son grain gratis, et ma domestique lui cuit son pain avec le mien.

— J'avais oublié ma petite protégée, dit la comtesse
que le mot de Sibilet avait épouvantée. Votre arrivée
ici, reprit-elle en regardant Blondet, m'a fait tourner
la tête. Mais après déjeuner nous irons ensemble à
la porte d'Avonne, je vous montrerai vivante une de

ces figures de femme comme en inventaient les peintres du xvᵉ siècle.

En ce moment le père Fourchon, amené par François, fit entendre le bruit de ses sabots cassés, qu'il déposait à la porte de l'office. Sur une inclination de tête de la comtesse à François qui l'annonça, le père Fourchon, suivi de Mouche, la bouche pleine, se montra tenant sa loutre à la main, pendue par une ficelle nouée à des pattes jaunes, étoilées comme celles des palmipèdes. Il jeta sur les quatre maîtres assis à table et sur Sibilet ce regard empreint de défiance et de servilité qui sert de voile aux paysans ; puis il brandit l'amphibie d'un air de triomphe.

— La voilà, dit-il en s'adressant à Blondet.

— Ma loutre, reprit le Parisien, car je l'ai bien payée.

— Oh ! mon cher monsieur, répondit le père Fourchon, la vôtre s'est enfuie, elle est à ste heure dans son trou d'où elle n'a pas voulu sortir, car c'est la femelle, *au lieu* que celle-là, c'est le mâle !... Mouche l'a vue venir de loin quand vous vous êtes en allé. Aussi vrai que monsieur le comte s'est couvert de gloire avec ses cuirassiers à Waterloo, la loutre est à moi, comme les Aigues sont à monseigneur le général... Mais pour vingt francs la loutre est à vous, ou je la porte à notre *Souparfait*, si monsieur Gourdon la trouve trop chère. Comme nous avons chassé ce matin ensemble, je vous donne la parférence, ça vous est dû.

— Vingt francs ? dit Blondet, en bon français, ça ne peut pas s'appeler *donner* la préférence.

— Eh ! mon cher monsieur... cria le vieillard, je sais si peu le français que je vous les demanderai, si vous voulez, en bourguignon, pourvu que je les aie, ça m'est égal, je parlerai latin, *latinus, latina, latinum !* Après tout, c'est ce que vous m'avez promis ce matin ! D'ailleurs mes enfants m'ont déjà pris votre argent,

que j'en ai pleuré dans le chemin en venant. Demandez à Charles ?... Je ne peux pas les *assiner* pour dix
francs et publier leurs méfaits au tribunau. Dès que
j'ai quelques sous, ils me les volent en me faisant
boire... C'est dur d'en être réduit à aller prendre un
verre de vin ailleurs que chez ma fille ?... Mais voilà
les enfants d'aujourd'hui !... C'est ce que nous avons
gagné à la Révolution, il n'y a plus que pour les enfants,
on a supprimé les pères! Ah! j'éduque Mouche tout
autrement, il m'aime, le petit *guerdin* !... dit-il, en
donnant une tape à son petit-fils.

— Il me semble que vous en faites un petit voleur
tout comme les autres, dit Sibilet, car il ne se couche
jamais sans avoir un délit sur la conscience.

— Ah! monsieur Sibilet, il a la conscience pus tranquille *équ'* la vôtre... Pauvre enfant, qué qu'il prend
donc ? un peu d'herbe. Ça vaut mieux que d'étrangler
un homme! Dam! il ne sait pas comme vous les mathé-
matiques, il ne connaît pas encore la soustraction,
l'addition, la multiplication... Vous nous faites bien
du mal, allez! Vous dites que nous sommes des tas de
brigands, et vous êtes cause *ed'* la division entre notre
seigneur que voilà, qu'est un brave homme, et nous
autres qui sommes de braves gens... Et *gnia* pas un
pus brave pays que celui-ci. Voyons ? est-ce que nous
avons des rentes ? Est-ce qu'on ne va pas quasiment
nu, et Mouche aussi ? Nous couchons dans de beaux
draps, lavés tous les matins par la rosée, et à moins
qu'on nous envie l'air que nous raspirons et les rayons
du soleil *éq'* nous buvons, je ne vois pas ce qu'on peut
nous vouloir ôter... Les bourgeois volent au coin du
feu, c'est plus profitant que de ramasser ce qui traîne
au coin des bois. Il n'y a ni gardes-champêtres, ni
garde à cheval pour m'sieur Gaubartin qu'est entré
ici, nu comme *ein var*, et qu'a deux millions! C'est
bientôt dit : voleurs! V'là quinze ans que le père Guer-

bet, *el* parcepteur de Soulanges, s'en va *e'd'* nos villages
à la nuit avec sa recette, et qu'on ne lui a pas core
demandé deux liards. Ce n'est pas le fait d'un pays
e'd' voleurs! Le vol ne nous enrichit guère. Montrez-
moi donc qui de nous ou de vous aut' bourgeois ont
d' quoi viv' à ne rien faire?

— Si vous aviez travaillé, vous auriez des rentes,
dit le curé. Dieu bénit le travail.

— Je ne veux pas vous démentir, monsieur l'abbé,
car vous êtes plus savant que moi, et vous sauriez
peut-être m'expliquer ste chose-ci. Me voilà, n'est-ce
pas? Moi le paresseux, le fainéant, l'ivrogne, le propre
à rien de pare Fourchon, qui a eu de l'éducation, qu'a
été farmier, qu'a tombé dans le malheur et ne s'en est
pas *erlevé!...* eh! bien, qué différence y a-t-il donc entre
moi et ce brave, *s't'* honnête père Niseron, un vigneron
de soixante-dix ans, car il a mon âge, qui, pendant
soixante ans, a pioché la terre, qui s'est levé tous les
matins avant le jour pour aller au labour, qui s'est
fait un corps *ed* fer et *eune* belle âme! Je le vois tout
aussi pauvre que moi. La Péchina, sa petite-fille, est
en service chez madame Michaud, tandis que mon
petit Mouche est libre comme l'air... Ce pauvre bonhomme est donc récompensé de ses vartus comme je
suis puni de mes vices? Il ne sait pas ce qu'est un verre
de vin, il est sobre comme un apôtre, il enterre les
morts, et moi je fais danser les vivants. Il a mangé
de la vache enragée, et moi je me suis rigolé comme
une joyeuse créature du diable. Nous sommes aussi
avancés l'un que l'autre, nous avons la même neige
sur la tête, le même avoir dans nos poches, et je lui
fournis la corde pour sonner la cloche. Il est républicain et je ne suis pas publicain, v'là tout. Que le paysan vive de bien ou de mal faire, à vout' idée, il s'en
va comme il est venu, dans des haillons et vous dans
de beaux linges!...

Personne n'interrompit le père Fourchon qui paraissait devoir son éloquence au vin bouché ; d'abord
Sibilet voulut lui couper la parole, mais un geste de
Blondet rendit le régisseur muet. Le curé, le général
et la comtesse comprirent, aux regards jetés par
l'écrivain, qu'il voulait étudier la question du paupé-
risme sur le vif, et peut-être prendre sa revanche avec
le père Fourchon.

— Et comment entendez-vous l'éducation de
Mouche ? Comment vous y prenez-vous pour le rendre
meilleur que vos filles ?... demanda Blondet.

— Il ne lui parle pas de Dieu, dit le curé.

— Oh! non, non, m'sieur le curé, je ne lui disons
pas de craindre Dieu, mais l'z' houmes! Dieu est bon
et nous a promis, selon *vous aut*, le royaume du ciel,
puisque les riches gardent celui de la terre. Je lui dis :
« Mouche! crains la prison, c'est par là qu'on sort pour
aller à l'échafaud. Ne vole rien, fais-toi donner! le
vol mène à l'assassinat, et l'assassinat appelle la justice e'd'z' hommes. E'l' rasoir de la justice, v'là ce
qu'il faut craindre, il garantit le sommeil des riches
contre les insomnies des pauvres. Apprends à lire.
Avec de l'instruction, tu trouveras des moyens d'amas-
ser de l'argent à couvert de la loi, comme ce brave
monsieur Gaubartin, tu seras régisseur, quoi, comme
monsieur Sibilet à qui monsieur le comte laisse prendre
ses rations... Le fin est d'être à côté des riches, il y a
des miettes sous la table!... » V'là ce que j'appelle *eune*
fière éducation et solide. Aussi le petit mâtin est
toujours du couté de la loi... Ce sera *ein* bon sujet, il
aura soin de moi...

— Et qu'en ferez-vous ?

— Un domestique pour commencer, reprit Fourchon, parce qu'en voyant les maîtres *ed* près, il s'achè-
vera *ben*, allez! Le bon exemple lui fera faire fortune,
la loi en main, comme vous *aut!*... Si m'sieur le comte

le mettait dans ses écuries, pour apprendre à panser
les chevaux, il en serait bien content... vu que s'il
craint l'z' hommes, il ne craint pas les bêtes.

— Vous avez de l'esprit, père Fourchon, reprit
Blondet, vous savez bien ce que vous dites, et vous
ne parlez pas sans raison.

— Oh! ma fine, si, car elle est au Grand-I-Vert
ma raison avec mes deux pièces *ed'* cent sous...

— Comment un homme comme vous s'est-il laissé
tomber dans la misère? Car, dans l'état actuel des
choses, un paysan n'a qu'à s'en prendre à lui-même
de son malheur, il est libre, il peut devenir riche.
Ce n'est plus comme autrefois. Si le paysan sait amas-
ser un pécule, il trouve de la terre à vendre, il peut
l'acheter, il est son maître!

— J'ai vu l'ancien temps et je vois le nouveau,
mon cher savant monsieur, répondit Fourchon, l'enseigne est changée, c'est vrai, mais le vin est toujours
le même! AUJOURD'HUI n'est que le cadet d'HIER.
Allez! mettez ça dans *vout' journiau!* Est-ce que nous
sommes affranchis? Nous appartenons toujours au
même village, et le seigneur est toujours là, je l'appelle
Travail. La houe qu'est toute notre chevance [61], n'a
pas quitté nos mains. Que ce soit pour un seigneur ou
pour l'impôt qui prend le plus clair de nos labeurs,
faut toujours dépenser not' vie en sueurs...

— Mais vous pouvez choisir un état, tenter ailleurs
la fortune, dit Blondet.

— Vous me parlez d'aller quérir la fortune?... Où
donc irais-je? Pour franchir mon département, il me
faut un passeport qui coûte quarante sous! V'là quarante ans que je n'ai pas pu me voir une gueuse *ed*
pièce de quarante sous sonnant dans mes poches avec
une voisine. Pour aller devant soi, faut autant d'écus
que l'on trouve de villages, et il n'y a pas beaucoup de
Fourchon qui aient de quoi visiter six villages! Il n'y a

que la conscription qui nous tire *ed'* nos communes.
Et à quoi nous sert l'armée ? à faire vivre les colonels
par le soldat, comme le bourgeois vit par le paysan.
Compte-t-on sur cent un colonel sorti de nos flancs ?
C'est là, comme dans le monde, un enrichi pour cent
aut' qui tombent. Faute de quoi tombent-ils ?... Dieu
le sait et l'z'usuriers aussi ! Ce que nous avons de mieux
à faire est donc de rester dans nos communes, où nous
sommes parqués comme des moutons par la force des
choses, comme nous l'étions par les seigneurs. Et je me
moque bien de ce qui m'y cloue. Cloué par la loi de la
Nécessité, cloué par celle de la Seigneurie, on est
toujours condamné à perpétuité à la tarre. Là où nous
sommes, nous la creusons la tarre et nous la bêchons,
nous la fumons et nous la travaillons pour vous autres
qu'êtes nés riches, comme nous sommes nés pauvres.
La masse sera toujours la même, elle reste ce qu'elle
est... Les gens de chez nous qui s'élèvent ne sont pas si
nombreux que ceux de chez vous qui dégringolent !...
Nous savons *ben* ça, si nous ne sommes pas savants.
Faut pas nous faire *nout* procès à tout moment. Nous
vous laissons tranquilles, laissez-nous vivre... Autrement, si ça continue, vous serez obligés de nous nourrir
dans vos prisons où l'on est mieux que sur *nout* paille.
Vous voulez rester les maîtres, nous serons toujours
ennemis, aujourd'hui comme il y a trente ans. Vous
avez tout, nous n'avons rien, vous ne pouvez pas
encore prétendre à notre amitié !

— Voilà ce qui s'appelle une déclaration de guerre,
dit le général.

— Monseigneur, répliqua Fourchon, quand les
Aigues appartenaient à ste pauvre madame, que Dieu
veuille prendre soin de son âme, puisqu'il paraît
qu'elle a chanté l'iniquité dans sa jeunesse, nous étions
heureux. Alle nous laissait ramasser notre vie dans ses
champs, et notre bois dans ses forêts, elle n'en était

pas plus pauvre pour ça! Et vous, au moins aussi riche qu'elle, vous nous pourchassez ni plus ni moins que des bêtes féroces et vous traînez le petit monde au tribunau... Eh! bien, ça finira mal! vous serez cause de quelque mauvais coup! Je viens de voir votre garde, ce gringalet de Vatel, qui a failli tuer une pauvre vieille femme pour un brin de bois. On fera de vous un ennemi du peuple, et l'on s'aigrira contre vous dans les veillées, l'on vous maudira tout aussi dru qu'on bénissait feu madame!... La malédiction des pauvres, monseigneur, ça pousse! et ça devient plus grand que les plus grands *ed* vos chênes, et le chêne fournit la potence... Personne ici ne vous dit la vérité, la voilà, la *varité*. J'attends tous les matins la mort, je ne risque pas grand-chose à vous la donner par-dessus le marché, la *varté*!... Moi qui fais danser les paysans aux grandes fêtes, en accompagnant Vermichel au Café de la Paix, à Soulanges, j'entends leurs discours ; eh! bien, ils sont mal disposés, et ils vous rendront le pays difficile à habiter. Si votre damné Michaud ne change pas, on vous forcera *ed* l' changer... C't avis-là et la loute, ça vaut *ben* vingt francs, allez!...

Pendant que le vieillard disait cette dernière phrase, un pas d'homme se fit entendre, et celui que Fourchon menaçait ainsi se montra sans être annoncé. Au regard que Michaud lança sur l'orateur des pauvres, il fut facile de voir que la menace était arrivée à son oreille, et toute l'audace de Fourchon tomba. Ce regard produisit sur le pêcheur de loutre l'effet du gendarme sur le voleur. Fourchon se savait en faute, Michaud semblait avoir le droit de lui demander compte de discours évidemment destinés à effrayer les habitants des Aigues.

— Voilà le ministre de la guerre, dit le général en s'adressant à Blondet et lui montrant Michaud.

— Pardonnez-moi, madame, dit ce ministre à la

comtesse, d'être entré par le salon sans avoir demandé
si vous vouliez me recevoir ; mais l'urgence des affaires
exige que je parle à mon général...

Michaud, tout en s'excusant, observait Sibilet à qui
les hardis propos de Fourchon causaient une joie
intime dont la révélation n'existait sur son visage
pour aucune des personnes assises à table, car Fourchon les préoccupait étrangement, tandis que Michaud
qui, par des raisons secrètes, observait constamment
Sibilet, fut frappé de son air et de sa contenance.

— Il a bien, comme il le dit, gagné ses vingt francs,
monsieur le comte, s'écria Sibilet, la loutre n'est pas
chère...

— Donne-lui vingt francs, dit le général à son valet
de chambre.

— Vous me la prenez donc ? demanda Blondet au
général.

— Je veux la faire empailler! s'écria le comte.

— Ah! ce cher monsieur m'avait laissé la peau,
monseigneur!... dit le père Fourchon.

— Eh! bien, s'écria la comtesse, vous aurez cent
sous pour votre peau ; mais laissez-nous...

La forte et sauvage odeur des deux habitués du
grand chemin empestait si bien la salle à manger, que
madame de Montcornet, dont les sens délicats en
étaient offensés, eût été forcée de sortir, si Mouche et
Fourchon fussent restés plus longtemps. Ce fut à cet
inconvénient que le vieillard dut ses vingt-cinq francs,
il sortit en regardant toujours monsieur Michaud
d'un air craintif, et en lui faisant d'interminables
salutations.

— Ce que j'ons dit à monseigneur, monsieur Michaud, ajouta-t-il, c'est pour votre bien.

— Ou pour celui des gens qui vous paient, répliqua
Michaud en lui lançant un regard profond.

— Une fois le café servi, laissez-nous, dit le général à ses gens, et surtout fermez les portes...

Blondet, qui n'avait pas encore vu le garde-général des Aigues, éprouvait en le regardant des impressions bien différentes de celles que Sibilet venait de lui donner. Autant le régisseur inspirait de répulsion, autant Michaud commandait l'estime et la confiance.

Le garde-général attirait tout d'abord l'attention par une figure heureuse, d'un ovale parfait, fine de contours, que le nez partageait également, perfection qui manque à la plupart des figures françaises. Tous les traits, quoique réguliers, ne manquaient pas d'expression, peut-être à cause d'un teint harmonieux où dominaient ces tons d'ocre et de rouge, indices du courage physique. Les yeux brun clair [62], vifs et perçants, ne marchandaient pas l'expression de la pensée, ils regardaient toujours en face. Le front, large et pur, était encore mis en relief par des cheveux noirs abondants. La probité, la décision, une sainte confiance animaient cette belle figure où le métier des armes avait laissé quelques rides sur le front. Le soupçon, la défiance, s'y lisaient aussitôt formés. Comme tous les hommes triés pour la cavalerie d'élite, sa taille, belle et svelte encore, pouvait faire dire du garde qu'il était bien découplé. Michaud, qui gardait ses moustaches, ses favoris et un collier de barbe, rappelait le type de cette figure martiale que le déluge de peintures et de gravures patriotiques a failli ridiculiser. Ce type a eu le défaut d'être commun dans l'armée française ; mais peut-être aussi la continuité des mêmes émotions, les souffrances du bivouac, dont ne furent exempts ni les grands ni les petits, les efforts, semblables chez les chefs et les soldats sur le champ de bataille, ont-ils contribué à rendre cette physionomie uniforme. Michaud, entièrement vêtu de drap bleu de roi, conservait le col de satin noir, et les bottes du militaire, comme il en offrait l'attitude un peu raide. Les épaules

s'effaçaient ; le buste était tendu comme si Michaud
se trouvait encore sous les armes. Le ruban rouge de
la Légion d'honneur fleurissait sa boutonnière. Enfin,
pour achever en un seul mot au moral cette esquisse
purement physique, si le régisseur, depuis son entrée
en fonctions, n'avait jamais manqué de dire monsieur
le comte à son patron, jamais Michaud n'avait nommé
son maître autrement que mon général.

Blondet échangea derechef avec l'abbé Brossette
un regard qui voulait dire : « Quel contraste ! » en lui
montrant le régisseur et le garde-général ; puis pour
savoir si le caractère, la parole, l'expression s'harmoniaient [63] avec cette stature, cette physionomie, cette
contenance, il regarda Michaud en lui disant :

— Mon Dieu ! je suis sorti ce matin de bonne heure,
et j'ai trouvé vos gardes dormant encore.

— A quelle heure ? demanda l'ancien militaire
inquiet.

— A sept heures et demie.

Michaud lança un regard presque malicieux à son
général.

— Et par quelle porte monsieur est-il sorti ? dit
Michaud.

— Par la porte de Couches. Le garde, en chemise
à sa fenêtre, me regardait, répondit Blondet.

— Gaillard venait sans doute de se coucher, répliqua Michaud. Quand vous m'avez dit que vous étiez
sorti de bonne heure, j'ai cru que vous vous étiez levé
au jour, et alors il eût fallu, pour que mon garde fût
déjà rentré, qu'il eût été malade ; mais à sept heures et
demie, il allait se mettre au lit. Nous passons les nuits,
reprit Michaud après une pause en répondant ainsi à
un regard étonné de la comtesse, mais cette vigilance
est toujours en défaut ! Vous venez de faire donner
vingt-cinq francs à un homme qui tout à l'heure aidait
tranquillement à cacher les traces d'un vol commis ce

matin chez vous. Enfin, nous en causerons quand vous aurez fini, mon général, car il faut prendre un parti

— Vous êtes toujours plein de votre droit, mon cher Michaud, et, *summum jus, summa injuria* [64]. Si vous n'usez pas de tolérance, vous vous ferez de mauvaises affaires, dit Sibilet. J'aurais voulu que vous entendissiez le père Fourchon, que le vin a fait parler un peu plus franchement que de coutume.

— Il m'a effrayée, dit la comtesse.

— Il n'a rien dit que je ne sache depuis longtemps, répondit le général.

— Et le coquin n'était pas gris, il a joué son rôle, au profit de qui?... vous le savez peut-être! reprit Michaud en faisant rougir Sibilet par le regard fixe qu'il lui jeta.

— *O Rus* [65] !... s'écria Blondet en guignant l'abbé Brossette.

— Ces pauvres gens souffrent, dit la comtesse, et il y a du vrai dans ce que vient de nous *crier* Fourchon, car on ne peut pas dire qu'il nous ait *parlé*.

— Madame, répondit Michaud, croyez-vous que pendant quatorze ans les soldats de l'Empereur aient été sur des roses?... Mon général est comte, il est grand officier de la Légion, il a eu des dotations, me voyez-vous jaloux de lui, moi simple sous-lieutenant [66], qui ai débuté comme lui, qui me suis battu comme lui? Ai-je envie de lui chicaner sa gloire, de lui voler sa dotation, de lui refuser les honneurs dus à son grade? Le paysan doit obéir comme les soldats obéissent, il doit avoir la probité du soldat, son respect pour les droits acquis et tâcher de devenir officier, loyalement, par son travail et non par le vol. Le soc et le briquet [67] sont deux jumeaux. Le soldat a de plus que le paysan, à toute heure, la mort à fleur de tête.

— Voilà ce que je voudrais leur dire en chaire! s'écria l'abbé Brossette.

— De la tolérance ? reprit le garde-général en répondant à l'invitation de Sibilet, je tolérerais bien dix pour cent de perte sur les revenus bruts des Aigues ; mais, à la façon dont vont les choses, c'est trente pour cent que vous perdez, mon général, et si monsieur Sibilet a tant pour cent sur la recette, je ne comprends pas sa tolérance, car il renonce assez bénévolement à mille ou douze cents francs par an.

— Mon cher monsieur Michaud, répliqua Sibilet, d'un ton grognon, je l'ai dit à monsieur le comte, j'aime mieux perdre douze cents francs que la vie. Je ne vous épargne pas les conseils à cet égard !...

— La vie ? s'écria la comtesse, il s'agirait dans ceci de la vie de quelqu'un ?

— Nous ne devrions pas discuter ici les affaires de l'État, reprit le général en riant. Tout ceci, madame, signifie que Sibilet, en sa qualité de financier, est craintif et poltron, tandis que mon ministre de la guerre est brave, et de même que son général, ne redoute rien.

— Dites prudent ! monsieur le comte, s'écria Sibilet.

— Ah ! çà ! nous sommes donc ici comme les héros de Cooper dans les forêts de l'Amérique, entourés de pièges par les Sauvages ? demanda railleusement Blondet.

— Allons ! votre état, messieurs, est de savoir administrer sans nous effrayer par le bruit des rouages de l'administration, dit madame de Montcornet.

— Ah ! peut-être est-il nécessaire, madame la comtesse, que vous sachiez tout ce qu'un de ces jolis bonnets que vous portez coûte de sueurs ici, dit le curé.

— Non, car je pourrais bien alors m'en passer, devenir respectueuse devant une pièce de vingt francs, être avare comme tous les campagnards, et j'y perdrais trop, répliqua la comtesse en riant. Tenez, mon cher

abbé, donnez-moi le bras, laissons le général entre ses
deux ministres, et allons à la porte d'Avonne voir
madame Michaud à qui depuis mon arrivée je n'ai
pas fait de visite, nous nous occuperons de ma petite
protégée.

Et la jolie femme, oubliant déjà les haillons de
Mouche et de Fourchon, leurs regards haineux et les
terreurs de Sibilet, alla se faire chausser et mettre un
chapeau.

L'abbé Brossette et Blondet obéirent à l'appel de la
maîtresse de la maison en la suivant, et l'attendirent
sur la terrasse devant la façade.

— Que pensez-vous de tout ça ? dit Blondet à
l'abbé.

— Je suis un paria, l'on m'espionne comme l'ennemi commun, je suis forcé d'ouvrir à tout moment
les yeux et les oreilles de la prudence pour éviter les
pièges qu'on me tend afin de se débarrasser de moi,
répondit le desservant. J'en suis, entre nous, à me
demander s'ils ne me tireront pas un coup de fusil...

— Et vous restez ?... dit Blondet.

— On ne déserte pas plus la cause de Dieu que celle
d'un Empereur ! répondit le prêtre avec une simplicité
qui frappa Blondet.

L'écrivain prit la main du prêtre et la lui serra
cordialement.

— Vous devez comprendre alors, reprit l'abbé
Brossette, comment je ne puis rien savoir de ce qui se
trame. Néanmoins, il me semble que le général est ici
sous le coup de ce qu'en Artois et en Belgique, on
appelle *le mauvais gré*.

Quelques phrases sont ici nécessaires sur le curé de
Blangy.

Cet abbé, quatrième fils d'une bonne famille bourgeoise d'Autun, était un homme d'esprit, portant le
rabat très haut. Petit et fluet, il rachetait sa piètre

figure par cet air têtu qui sied aux Bourguignons. Il
avait accepté ce poste secondaire par dévouement, car
sa conviction religieuse était doublée d'une conviction politique. Il y avait en lui du prêtre des anciens
temps, il tenait à l'Église et au clergé passionnément, il
voyait l'ensemble des choses, et l'égoïsme ne gâtait pas
son ambition : *Servir* était sa devise, servir l'Église et
la monarchie sur le point le plus menacé, servir au
dernier rang, comme un soldat qui se sait destiné, tôt
ou tard, au généralat par son désir de bien faire et par
son courage. Il ne transigeait avec aucun de ses vœux
de chasteté, de pauvreté, d'obéissance.

Du premier coup d'œil, ce prêtre éminent devina
l'attachement de Blondet pour la comtesse, il comprit
qu'avec une Troisville et un écrivain monarchique, il
devait se montrer homme d'esprit, parce que sa robe
serait toujours respectée. Presque tous les soirs, il venait
faire le quatrième au whist. L'écrivain, qui sut reconnaître la valeur de l'abbé Brossette, avait eu pour lui
tant de déférence, qu'ils s'étaient amourachés l'un
de l'autre, comme il arrive à tout homme d'esprit
enchanté de trouver un compère ou, si vous voulez, un
écouteur. Toute épée aime son fourreau.

— Mais à quoi, monsieur l'abbé, vous qui vous
trouvez par votre dévouement au-dessus de votre
position, attribuez-vous cet état de choses ?

— Je ne veux pas vous dire de banalités après une
si flatteuse parenthèse, reprit en souriant l'abbé Brossette. Ce qui se passe dans cette vallée, a lieu partout
en France, et tient aux espérances que le mouvement
de 1789 a jetées chez les paysans. La Révolution a plus
profondément affecté certains pays que d'autres, et
cette lisière de la Bourgogne, si voisine de Paris, est un
de ceux où le sens de ce mouvement a été pris comme le
triomphe du Gaulois sur le Franc [68]. Historiquement,
les paysans sont encore au lendemain de la Jacquerie,

leur défaite est restée inscrite dans leur cervelle. Ils ne
se souviennent plus du fait, il est passé à l'état d'idée
instinctive. Cette idée est dans le sang paysan comme
l'idée de la supériorité fut jadis dans le sang noble. La
Révolution de 1789 a été la revanche des vaincus. Les
paysans ont mis le pied dans la possession du sol que
la loi féodale leur interdisait depuis douze cents ans.
De là leur amour pour la terre qu'ils partagent entre
eux jusqu'à couper un sillon en deux parts, ce qui
souvent annule la perception de l'impôt car la valeur
de la propriété ne suffirait pas à couvrir les frais de
poursuites pour le recouvrement!...

— Leur entêtement, leur défiance, si vous voulez,
est telle, à cet égard, que dans mille cantons, sur les
trois mille dont se compose le territoire français, il est
impossible à un riche d'acheter du bien de paysan, dit
Blondet en interrompant l'abbé. Les paysans, qui se
cèdent leurs lopins de terre entre eux, ne s'en dessai-
sissent à aucun prix ni à aucune condition pour le
bourgeois. Plus le grand propriétaire offre d'argent,
plus la vague inquiétude du paysan augmente. L'ex-
propriation seule fait rentrer le bien du paysan sous la
loi commune des transactions. Beaucoup de gens ont
observé ce fait et n'y trouvent point de cause.

— Cette cause, la voici, reprit l'abbé Brossette en
croyant avec raison que chez Blondet une pause
équivalait à une interrogation. Douze siècles ne sont
rien pour une caste que le spectacle historique de la
civilisation n'a jamais divertie de sa pensée principale,
et qui conserve encore orgueilleusement le chapeau à
grands rebords et à tour en soie de ses maîtres, depuis
le jour où la mode abandonnée le lui a laissé prendre.
L'amour dont la racine plongeait jusqu'aux entrailles
du peuple, et qui s'attacha violemment à Napoléon,
dans le secret duquel il ne fut même pas autant qu'il
le croyait, et qui peut expliquer le prodige de son

retour en 1815, procédait uniquement de cette idée. Aux yeux du Peuple, Napoléon, sans cesse uni au Peuple par son million de soldats, est encore le roi sorti des flancs de la Révolution, l'homme qui lui assurait la possession des biens nationaux. Son sacre fut trempé dans cette idée...

— Une idée à laquelle 1814 a touché malheureusement et que la monarchie doit regarder comme sacrée, dit vivement Blondet, car le peuple peut trouver auprès du trône un prince à qui son père a laissé la tête de Louis XVI comme une valeur d'hoirie.

— Voici madame, taisons-nous, dit tout bas l'abbé Brossette, Fourchon lui a fait peur, et il faut la conserver ici, dans l'intérêt de la Religion, du Trône et de ce pays même.

Michaud, le garde-général des Aigues, était sans doute amené par l'attentat perpétré sur les yeux de Vatel. Mais avant de rapporter la délibération qui allait avoir lieu dans le conseil de l'État, l'enchaînement des faits exige la narration succincte des circonstances dans lesquelles le général avait acheté les Aigues, des causes graves qui firent de Sibilet le régisseur de cette magnifique propriété, des raisons qui rendirent Michaud garde-général, enfin des antécédents auxquels étaient dues et la situation des esprits, et les craintes exprimées par Sibilet.

Ce précis rapide aura le mérite d'introduire quelques-uns des principaux acteurs du drame, de dessiner leurs intérêts et de faire comprendre les dangers de la situation où se trouvait alors le général comte de Montcornet.

CHAPITRE VI

UNE HISTOIRE DE VOLEURS

Vers 1791, en visitant sa terre, mademoiselle Laguerre accepta pour intendant le fils de l'ex-bailli de Soulanges, appelé Gaubertin. La petite ville de Soulanges, aujourd'hui simple chef-lieu de canton, fut la capitale d'un comté considérable au temps où la maison de Bourgogne guerroyait contre la maison de France. La-Ville-aux-Fayes, aujourd'hui siège de la sous-préfecture, simple petit fief, relevait alors de Soulanges, comme les Aigues, Ronquerolles, Cerneux, Couches et quinze autres clochers. Les Soulanges sont restés comtes, tandis que les Ronquerolles sont aujourd'hui marquis par le jeu de cette puissance, appelée la Cour, qui fit le fils du capitaine du Plessis [*] duc avant les premières familles de la Conquête. Ceci prouve que les villes ont, comme les familles, de très changeantes destinées.

Le fils du bailli, garçon sans aucune espèce de fortune, succédait à un intendant enrichi par une gestion de trente années, et qui préféra la troisième part dans la fameuse Compagnie Minoret, à la gestion des Aigues. Dans son propre intérêt, le futur vivrier avait présenté pour régisseur François Gaubertin, alors majeur, son comptable depuis cinq ans, chargé de protéger sa

retraite, et qui, par reconnaissance pour les instructions qu'il reçut de son maître en intendance, lui promit d'obtenir un *quitus* de mademoiselle Laguerre,
en la voyant très effrayée de la Révolution. L'ancien
bailli, devenu Accusateur public au Département,
fut le protecteur de la peureuse cantatrice. Ce Fouquier-Tinville de province arrangea contre une reine
de théâtre, évidemment suspecte à raison de ses liaisons avec l'aristocratie, une fausse émeute pour donner à son fils le mérite d'un sauvetage postiche à
l'aide duquel on eut le *quitus* du prédécesseur. La
citoyenne Laguerre fit alors de François Gaubertin
son premier ministre, autant par politique que par
reconnaissance.

Le futur fournisseur des vivres de la République
n'avait pas gâté mademoiselle, il lui faisait passer à
Paris environ trente mille livres par an, quoique les
Aigues en dussent dès ce temps rapporter quarante
au moins, l'ignorante fille d'Opéra fut donc émerveillée quand Gaubertin lui en promit trente-six.

Pour justifier de la fortune actuelle du régisseur des
Aigues au tribunal des probabilités, il est nécessaire
d'en expliquer les commencements. Protégé par son
père, le jeune Gaubertin fut nommé maire de Blangy.
Il put donc faire payer en argent malgré les lois, *en
terrorisant* (un mot du temps) les débiteurs qui pouvaient à sa guise être ou non frappés par les écrasantes
réquisitions de la République. Le régisseur, lui, donna
des assignats à sa bourgeoise, tant que dura le cours
de ce papier-monnaie, qui, s'il ne fit pas la fortune
publique, fit du moins beaucoup de fortunes particulières. De 1792 à 1795, pendant trois ans, le jeune
Gaubertin récolta cent cinquante mille livres aux
Aigues, avec lesquelles il opéra sur la place de Paris.
Bourrée d'assignats, mademoiselle Laguerre fut obligée
de battre monnaie avec ses diamants désormais inu-

tiles ; elle les remit à Gaubertin qui les vendit et lui
en rapporta fidèlement le prix en argent. Ce trait de
probité toucha beaucoup mademoiselle, elle crut dès
lors en Gaubertin comme en Piccini.

En 1796, époque de son mariage avec la citoyenne
Isaure Mouchon, fille d'un ancien conventionnel ami
de son père, Gaubertin possédait trois cent cinquante
mille francs en argent ; et, comme le Directoire lui
parut devoir durer, il voulut, avant de se marier, faire
approuver ses cinq ans de gestion par mademoiselle,
en prétextant d'une nouvelle ère.

— Je serai père de famille, dit-il, vous savez quelle
est la réputation des intendants, mon beau-père est
un républicain d'une probité romaine, un homme
influent d'ailleurs, je veux lui prouver que je suis
digne de lui.

Mademoiselle Laguerre arrêta les comptes de Gaubertin dans les termes les plus flatteurs.

Pour inspirer de la confiance à madame des Aigues,
le régisseur essaya, dans les premiers temps, de réprimer les paysans en craignant avec raison que les revenus ne souffrissent de leurs dévastations, et que les
prochains pots-de-vin du marchand de bois fussent
moindres ; mais alors le peuple souverain se regardait
partout comme chez lui, madame eut peur de ses rois
en les voyant de si près, et dit à son Richelieu qu'elle
voulait avant tout mourir en paix. Les revenus de
l'ancien Premier Sujet du Chant étaient si fort au-
dessus de ses dépenses qu'elle laissa s'établir les plus
funestes précédents. Ainsi, pour ne pas plaider, elle
souffrit les empiètements de terrain de ses voisins.
En voyant son parc entouré de murs infranchissables,
elle ne craignit point d'être troublée dans ses jouissances immédiates, et ne souhaitait pas autre chose
que la paix, en vraie philosophe qu'elle fut. Quelques
mille livres de rentes de plus ou de moins, des indem-

nités demandées sur le prix du bail par le marchand
de bois pour les dégâts commis par les paysans, qu'é-
tait-ce aux yeux d'une ancienne fille d'opéra prodigue,
insouciante, à qui ses cent mille livres de revenu
n'avaient coûté que du plaisir, et qui venait de subir
sans se plaindre la réduction des deux tiers [70] sur soixante mille francs de rentes !

— Eh ! disait-elle, avec la facilité des Impures de
l'ancien régime, il faut que tout le monde vive, même
la République !

La terrible mademoiselle Cochet, sa femme de
chambre et son vizir femelle, avait essayé de l'éclairer en voyant l'empire que Gaubertin prit sur celle
qu'il appela tout d'abord madame, malgré les lois
révolutionnaires sur l'Égalité ; mais Gaubertin éclaira
de son côté mademoiselle Cochet en lui montrant une
dénonciation soi-disant envoyée à son père, où elle
était véhémentement accusée de correspondre avec
Pitt et Cobourg. Dès lors ces deux puissances parta-
gèrent, mais à la Montgommery. La Cochet vanta
Gaubertin à mademoiselle Laguerre, comme Gaubertin lui vanta la Cochet. Le lit de la femme de chambre
était d'ailleurs tout fait, elle se savait couchée sur le
testament de madame pour soixante mille francs.
Madame ne pouvait plus se passer de la Cochet, tant
elle y était habituée. Cette fille connaissait tous les
secrets de la toilette de chère maîtresse, elle avait
le talent d'endormir chère maîtresse le soir par mille
contes et de la réveiller le lendemain par des paroles
flatteuses, enfin jusqu'au jour de la mort, elle ne trouva
jamais chère maîtresse changée, et quand chère
maîtresse fut dans son cercueil, elle la trouva sans
doute encore bien mieux qu'elle ne l'avait jamais
vue.

Les gains annuels de Gaubertin et ceux de mademoiselle Cochet, leurs appointements, leurs intérêts

devinrent si considérables, que les parents les plus
affectueux n'eussent pas été plus attachés qu'eux
à cette excellente créature. On ne sait pas encore
combien le fripon dorlote sa dupe! Une mère n'est pas
si caressante ni si prévoyante pour une fille adorée,
que l'est tout commerçant en tartufferie pour sa
vache à lait. Aussi quel succès n'ont pas les représen-
tations de *Tartuffe* jouées à huis-clos? Ça vaut l'amitié. Molière est mort trop tôt, il nous aurait montré
le désespoir d'Orgon ennuyé par sa famille, tracassé
par ses enfants, regrettant les flatteries de Tartuffe,
et disant : — C'était le bon temps!

Dans les huit dernières années de sa vie, mademoiselle Laguerre ne toucha pas plus de trente mille
francs sur les cinquante que rapportait en réalité la
terre des Aigues. Gaubertin en était arrivé, comme
on voit, au même résultat administratif que son prédécesseur, quoique les fermages et les produits terri-
toriaux eussent notablement augmenté de 1791 à
1815, sans compter les continuelles acquisitions de
mademoiselle Laguerre. Mais le plan formé par Gaubertin pour hériter des Aigues à la mort prochaine
de madame l'obligeait à maintenir cette magnifique
terre dans un état patent de dépréciation, quant aux
revenus ostensibles. Initiée à cette combinaison, la
Cochet devait en partager les profits. Comme, au
déclin de ses jours, l'ex-reine de théâtre, riche de vingt
mille livres de rentes dans les fonds appelés les Conso-
lidés (tant la langue politique se prête à la plaisanterie),
dépensait à peine lesdits vingt mille francs par an,
elle s'étonnait des acquisitions annuelles faites par
son régisseur pour employer les fonds disponibles,
elle qui jadis anticipait toujours sur ses revenus!
L'effet du peu de besoins de sa vieillesse lui semblait
un résultat de la probité de Gaubertin et de mademoiselle Cochet.

— Deux perles! disait-elle aux personnes qui la venaient voir.

Gaubertin gardait d'ailleurs dans ses comptes les apparences de la probité. Il portait exactement en recette les fermages. Tout ce qui devait frapper la faible intelligence de la cantatrice en fait d'arithmétique, était clair, net, précis. Le régisseur demandait ses bénéfices à la dépense, aux frais d'exploitation, aux marchés à conclure, aux ouvrages, aux procès qu'il inventait, aux réparations, détails que jamais madame ne vérifiait et qu'il lui arrivait quelquefois de doubler, d'accord avec les entrepreneurs, dont le silence s'achetait par des prix avantageux. Cette facilité conciliait l'estime publique à Gaubertin, et les louanges de madame sortaient de toutes les bouches; car, outre ces arrosages en travaux, elle faisait beaucoup d'aumônes en argent.

— Que Dieu la conserve, la chère dame! était le mot de tout le monde.

Chacun obtenait en effet quelque chose d'elle, en pur don ou indirectement. En représailles de sa jeunesse, la vieille artiste était exactement pillée, et si bien pillée que chacun y mettait une certaine mesure, afin que les choses n'allassent pas si loin qu'elle n'ouvrît les yeux, ne vendît les Aigues et ne retournât à Paris.

Cet intérêt de grappillage fût, hélas! la raison de l'assassinat de Paul-Louis Courier, qui fit la faute d'annoncer la vente de sa terre et son projet d'emmener sa femme dont vivaient plusieurs Tonsards de Touraine [71]. Dans cette crainte, les maraudeurs des Aigues ne coupaient un jeune arbre qu'à la dernière extrémité quand ils ne voyaient plus de branches à la hauteur des faucilles mises au bout d'une perche. On faisait le moins de tort possible, dans l'intérêt même du vol. Néanmoins, pendant les dernières années de la vie de mademoiselle Laguerre, l'usage d'aller ramasser le bois était devenu l'abus le plus effronté. Par certaines nuits claires, il ne se liait pas moins de deux cents fagots. Quant au glanage et au hallebotage, les Aigues y perdaient, comme l'a démontré Sibilet, le quart des produits.

Mademoiselle Laguerre avait interdit à la Cochet de se marier de son vivant, par une sorte d'égoïsme de maîtresse à femme de chambre dont beaucoup d'exemples peuvent avoir été remarqués en tout pays ; et qui n'est pas plus absurde que la manie de garder jusqu'au dernier soupir des biens parfaitement inutiles au bonheur matériel, au risque de se faire empoisonner par d'impatients héritiers. Aussi, vingt jours après l'enterrement de mademoiselle Laguerre, mademoiselle Cochet épousa-t-elle le brigadier de la gendarmerie de Soulanges, nommé Soudry, très bel homme de quarante-deux ans, qui depuis 1800, époque de la création de la gendarmerie, la venait voir presque tous les jours aux Aigues et qui, par semaine, dînait au moins quatre fois avec elle et les Gaubertin.

Madame, pendant toute sa vie, eut une table servie pour elle seule ou pour sa compagnie. Malgré leur familiarité, jamais ni la Cochet ni les Gaubertin ne furent admis à la table du Premier Sujet de l'Académie royale de Musique et de Danse qui conserva jusqu'à sa dernière heure son étiquette, ses habitudes de toilette, son rouge et ses mules, sa voiture, ses gens, et sa majesté de Déesse. Déesse au théâtre, Déesse à la ville, elle resta Déesse jusqu'au fond de la campagne où sa mémoire est encore adorée, et balance bien certainement la cour de Louis XVI dans l'esprit de *la première société* de Soulanges.

Ce Soudry, qui, dès son arrivée dans le pays, fit la cour à la Cochet, possédait la plus belle maison de Soulanges, six mille francs environ, et l'espérance de

quatre cents francs de retraite, le jour où il quitterait
le service. Devenue madame Soudry, la Cochet obtint
dans Soulanges une grande considération. Quoiqu'elle
gardât un secret absolu sur le montant de ses économies, placées comme les fonds de Gaubertin à Paris,
chez le commissionnaire des marchands de vin du
département, un certain Leclercq, enfant du pays que
le régisseur commandita, l'opinion générale fit de
l'ancienne femme de chambre une des premières fortunes de cette petite ville d'environ douze cents âmes.

Au grand étonnement du pays, monsieur et madame
Soudry reconnurent pour légitime, par leur acte de
mariage, un fils naturel du gendarme, à qui dès lors
la fortune de madame Soudry devait appartenir. Le
jour où ce fils acquit officiellement une mère, il venait
d'achever son Droit à Paris et se proposait d'y faire
son stage, afin d'entrer dans la magistrature.

Il est presque inutile de faire observer qu'une mutuelle intelligence de vingt années engendra l'amitié
la plus solide entre les Gaubertin et les Soudry. Les
uns et les autres devaient, jusqu'à la fin de leurs jours,
se donner réciproquement *urbi et orbi* pour *les plus
honnêtes gens* de France. Cet intérêt, basé sur une
connaissance réciproque des taches secrètes que portait la blanche tunique de leur conscience, est un
des liens les moins dénoués ici-bas. Vous en avez, vous
qui lisez ce drame social, une telle certitude, que, pour
expliquer la continuité de certains dévouements qui
font rougir votre égoïsme, vous dites de deux personnes :
« Elles ont, pour sûr, commis quelque crime ensemble ! »

Après vingt-cinq ans de gestion, l'intendant se
voyait alors à la tête de six cent mille francs en argent,
et la Cochet possédait environ deux cent cinquante
mille francs. Le revirement agile et perpétuel de ces
fonds, confiés à la maison Leclercq et compagnie du
quai de Béthune, à l'île Saint-Louis, antagoniste de

la fameuse maison Grandet, aida beaucoup à la fortune de ce commissionnaire en vins et à celle de Gaubertin. A la mort de mademoiselle Laguerre, Jenny,
fille aînée du régisseur, fut demandée en mariage par
Leclercq, chef de la maison du quai de Béthune. Gaubertin se flattait alors de devenir le maître des Aigues
par un complot ourdi dans l'étude de maître Lupin,
notaire, établi par lui depuis onze ans à Soulanges.

Lupin, fils du dernier intendant de la maison de
Soulanges, s'était prêté à de faibles expertises, à une
mise à prix de cinquante pour cent au-dessous de la
valeur, à des affichages inédits, à toutes les manœuvres
malheureusement si communes au fond des provinces
pour adjuger, sous le manteau, selon le proverbe, d'importants immeubles. Dernièrement il s'est formé, dit-
on, à Paris, une compagnie dont le but est de ran-
çonner les auteurs de ces trames, en les menaçant
d'enchérir. Mais, en 1816, la France n'était pas, comme
aujourd'hui, brûlée par une flamboyante Publicité,
les complices pouvaient donc compter sur le partage
des Aigues fait secrètement entre la Cochet, le notaire
et Gaubertin qui se réservait *in petto* de leur offrir une
somme pour les désintéresser de leurs lots, une fois
la terre en son nom. L'avoué chargé de poursuivre la
licitation au tribunal par Lupin avait vendu sa charge
sur parole à Gaubertin pour son fils, en sorte qu'il
favorisa cette spoliation, si tant est que les onze cultivateurs picards à qui cette succession tomba des nues,
se regardèrent comme spoliés.

Au moment où tous les intéressés croyaient leur
fortune doublée, un avoué de Paris vint, la veille de
l'adjudication définitive, charger l'un des avoués de
La-Ville-aux-Fayes, qui se trouvait être un de ses
anciens clercs, d'acquérir les Aigues, et il les eut pour
onze cent mille cinquante francs. A onze cent mille
francs, aucun des conspirateurs n'osa continuer d'en-

chérir. Gaubertin crut à quelque trahison de Soudry,
comme Lupin et Soudry se crurent joués par Gaubertin ; mais la déclaration de *command* [72] les récon-
cilia. Quoique soupçonnant le plan formé par Gaubertin, Lupin et Soudry, l'avoué de province se garda
bien d'éclairer son ancien patron. Voici pourquoi :
en cas d'indiscrétion des nouveaux propriétaires, cet
officier ministériel aurait eu trop de monde à dos
pour pouvoir rester dans le pays. Ce mutisme, particulier à l'homme de province, sera d'ailleurs parfaitement justifié par les événements de cette ÉTUDE. Si
l'homme de province est sournois, il est obligé de l'être;
sa justification se trouve dans son péril admirablement
exprimé par ce proverbe : *Il faut hurler avec les
loups*, le sens du personnage de Philinte.

Quand le général Montcornet prit possession des
Aigues, Gaubertin ne se trouva plus assez riche pour
quitter sa place. Afin de marier sa fille aînée au riche
banquier de l'Entrepôt, il était obligé de la doter de
deux cent mille francs ; il devait payer trente mille
francs la charge achetée à son fils ; il ne lui restait donc
plus que trois cent soixante-dix mille francs, sur
lesquels il lui faudrait tôt ou tard prendre la dot de
sa dernière fille Élise, à laquelle il se flattait de moyen-
ner un mariage au moins aussi beau que celui de l'aînée.
Le régisseur voulut étudier le comte de Montcornet,
afin de savoir s'il pourrait le dégoûter des Aigues, en
comptant alors réaliser pour lui seul la conception
avortée.

Avec la finesse particulière aux gens qui font leur
fortune par la cautèle, Gaubertin crut à la ressemblance, assez probable d'ailleurs, du caractère d'un
vieux militaire et d'une vieille cantatrice. Une fille
d'opéra, un général de Napoléon, n'étaient-ce pas les
mêmes habitudes de prodigalité, la même insouciance ? A la fille comme au soldat, le bien ne vient-il

pas capricieusement et au feu ? S'il se rencontre des
militaires rusés, astucieux, politiques, n'est-ce pas
l'exception ? Et le plus souvent, le soldat, surtout un
sabreur fini comme Montcornet, doit être simple,
confiant, novice en affaires, et peu propre aux mille
détails de la gestion d'une terre. Gaubertin se flatta
de prendre et de tenir le général dans la nasse où
mademoiselle Laguerre avait fini ses jours. Or, l'Empereur avait jadis permis, par calcul, à Montcornet
d'être en Poméranie ce que Gaubertin était aux Aigues,
le général se connaissait donc en fourrage d'intendance.

En venant planter ses choux, suivant l'expression
du premier duc de Biron, le vieux cuirassier voulait
s'occuper de ses affaires pour se distraire de sa chute.
Quoiqu'il eût livré son corps d'armée aux Bourbons, ce
service, commis par plusieurs généraux et nommé
licenciement de l'armée de la Loire, ne put racheter
le crime d'avoir suivi l'homme des Cent-Jours sur son
dernier champ de bataille. En présence des Étrangers,
il fut impossible au pair de 1815 de se maintenir sur
les cadres de l'armée, à plus forte raison de rester au
Luxembourg. Montcornet alla donc, selon le conseil
d'un maréchal en disgrâce, cultiver les carottes en
nature. Le général ne manquait pas de cette ruse particulière aux vieux loups de guérite ; et, dès les premiers
jours consacrés à l'examen de ses propriétés, il vit
dans Gaubertin un véritable intendant d'opéra-
comique, un fripon, comme les maréchaux et les ducs
de Napoléon, ces champignons nés sur la couche
populaire, en avaient presque tous rencontré.

En s'apercevant de la profonde expérience de Gaubertin en administration rurale, le sournois cuirassier
sentit combien il était utile de le conserver pour se
mettre au courant de cette agriculture correctionnelle ;
aussi se donna-t-il l'air de continuer mademoiselle
Laguerre, fausse insouciance qui trompa le régisseur.

Cette apparente niaiserie dura pendant tout le temps nécessaire au général pour connaître le fort et le faible des Aigues, les détails des revenus, la manière de les percevoir, comment et où l'on voulait, les améliorations et les économies à réaliser. Puis, un beau jour, ayant surpris Gaubertin la main dans le sac, suivant l'expression consacrée, le général entra dans une de ces colères particulières à ces dompteurs de pays. Il fit alors une de ces fautes capitales, susceptibles d'agiter toute la vie d'un homme qui n'aurait pas eu sa grande fortune ou sa consistance, et d'où sourdirent, d'ailleurs, les malheurs, grands et petits, dont fourmille cette histoire. Élève de l'école impériale, habitué à tout sabrer, plein de dédain pour les *pékins*, Montcornet ne crut pas devoir prendre de gants pour mettre à la porte un coquin d'intendant. La vie civile et ses mille précautions étaient inconnues à ce général aigri par sa disgrâce, il humilia donc profondément Gaubertin qui s'attira d'ailleurs ce traitement cavalier par une réponse dont le cynisme excita la fureur de Montcornet.

— Vous vivez de ma terre? lui avait dit le comte avec une railleuse sévérité.

— Croyez-vous donc que j'aie pu vivre du ciel? répliqua Gaubertin en riant.

— Sortez, canaille, je vous chasse! dit le général en lui donnant des coups de cravache que le régisseur a toujours niés, les ayant reçus à huis-clos.

— Je ne sortirai pas sans mon *quitus*, dit froidement Gaubertin après s'être éloigné du violent cuirassier.

— Nous verrons ce que pensera de vous la police correctionnelle, répondit Montcornet en haussant les épaules.

En s'entendant menacer d'un procès en police correctionnelle, Gaubertin regarda le comte en sou-

riant. Ce sourire eut la vertu de détendre le bras du
général, comme si les nerfs en eussent été coupés.
Expliquons ce sourire.

Depuis deux ans, le beau-frère de Gaubertin, un
nommé Gendrin, longtemps juge au tribunal de Première Instance de La-Ville-aux-Fayes, en était devenu
le président par la protection du comte de Soulanges.
Nommé pair de France en 1814, et resté fidèle aux
Bourbons pendant les Cent-Jours, monsieur de Soulanges avait demandé cette nomination au Garde des
sceaux. Cette parenté donnait à Gaubertin une certaine importance dans le pays. Relativement, d'ailleurs, un président de tribunal est, dans une petite
ville, un plus grand personnage qu'un premier président
de cour royale qui trouve au chef-lieu des égaux dans
le général, l'évêque, le préfet, le receveur général,
tandis qu'un simple président de tribunal n'en a pas,
le procureur du roi, le sous-préfet étant amovibles ou
destituables. Le jeune Soudry, le camarade à Paris
comme aux Aigues de Gaubertin fils, venait alors
d'être nommé substitut du procureur du roi dans le
chef-lieu du département. Avant de devenir brigadier
de gendarmerie, Soudry père, fourrier dans l'artillerie,
avait été blessé dans une affaire en défendant monsieur
de Soulanges, alors adjudant-général. Lors de la création de la gendarmerie, le comte de Soulanges, devenu
colonel, avait demandé pour son sauveur la brigade de
Soulanges ; et plus tard, il sollicita le poste où Soudry
fils avait débuté. Enfin, le mariage de mademoiselle
Gaubertin étant chose conclue au quai de Béthune, le
comptable infidèle se sentait plus fort dans le pays
qu'un lieutenant-général mis en disponibilité.

Si cette histoire ne devait offrir d'autre enseignement
que celui qui ressort de la brouille du général et de son
régisseur, elle serait déjà profitable à bien des gens
pour leur conduite dans la vie. A qui sait lire fructueu-

sement Machiavel, il est démontré que la prudence
humaine consiste à ne jamais menacer, à faire sans
dire, à favoriser la retraite de son ennemi en ne mar-
chant pas, selon le proverbe, sur la queue du serpent,
et à se garder comme d'un meurtre de blesser l'amour-
propre de plus petit que soi. Le Fait, quelque dom-
mageable qu'il soit aux intérêts, se pardonne à la
longue, il s'explique de mille manières ; mais l'amour-
propre, qui saigne toujours du coup qu'il a reçu, ne
pardonne jamais à l'Idée. La personnalité morale est
plus sensible, plus vivante en quelque sorte que la
personnalité physique. Le cœur et le sang sont moins
impressibles [73] que les nerfs. Enfin notre être intérieur
nous domine, quoi que nous fassions. On réconcilie
deux familles qui se sont entre-tuées, comme en Bretagne ou en Vendée, lors des guerres civiles ; mais on
ne réconciliera pas plus les spoliés et les spoliateurs,
que les calomniés et les calomniateurs. On ne doit
s'injurier que dans les poèmes épiques, avant de se
donner la mort. Le Sauvage, le Paysan, qui tient
beaucoup du Sauvage, ne parlent jamais que pour
tendre des pièges à leurs adversaires. Depuis 1789, la
France essaie de faire croire, contre toute évidence, aux
hommes qu'ils sont égaux ; or, dire à un homme : « Vous
êtes un fripon ! » est une plaisanterie sans conséquence ;
mais le lui prouver en le prenant sur le fait et le crava-
chant ; mais le menacer d'un procès correctionnel sans
le poursuivre, c'est le ramener à l'inégalité des conditions. Si la masse ne pardonne à aucune supériorité,
comment un fripon pardonnerait-il à un honnête
homme ?

  Montcornet aurait renvoyé son intendant sous prétexte d'acquitter d'anciennes obligations en mettant
à sa place quelque ancien militaire ; certes, ni Gaubertin, ni le général ne se seraient trompés, l'un aurait
compris l'autre ; mais l'autre en ménageant l'amour-

propre de l'un, lui eût ouvert une porte pour se retirer, Gaubertin eût alors laissé le grand propriétaire tranquille, il eût oublié sa défaite à l'Audience des Criées ; et peut-être eût-il cherché l'emploi de ses capitaux à Paris. Ignominieusement chassé, le régisseur garda contre son maître une de ces rancunes qui sont un élément de l'existence en province, et dont la durée, la persistance, les trames, étonneraient les diplomates habitués à ne s'étonner de rien. Un cuisant désir de vengeance lui conseilla de se retirer à La-Ville-aux-Fayes, d'y occuper une position d'où il pût nuire à Montcornet, et lui susciter assez d'ennuis pour le forcer à remettre les Aigues en vente.

Tout trompa le général, car les dehors de Gaubertin n'étaient pas de nature à l'avertir ni à l'effrayer. Par tradition, le régisseur affecta toujours, non pas la pauvreté, mais la gêne. Il tenait cette règle de conduite de son prédécesseur. Aussi, depuis douze ans, mettait-il à tout propos en avant ses trois enfants, sa femme et les énormes dépenses causées par sa nombreuse famille. Mademoiselle Laguerre à qui Gaubertin se disait trop pauvre pour payer l'éducation de son fils à Paris, en avait fait tous les frais, elle donnait cent louis par an à son cher filleul, car elle était la marraine de Claude Gaubertin.

Le lendemain Gaubertin vint, accompagné d'un garde nommé Courtecuisse, demander très fièrement au général son *quitus*, en lui montrant les décharges données par feu mademoiselle en termes flatteurs, et il le pria très ironiquement de chercher où se trouvaient ses immeubles et ses propriétés. S'il recevait des gratifications des marchands de bois et des fermiers au renouvellement des baux, mademoiselle Laguerre les avait, dit-il, toujours autorisées, et non seulement elle y gagnait en les lui laissant prendre mais encore y trouvait sa tranquillité. L'on se serait fait tuer dans le pays pour mademoiselle, tandis qu'en continuant ainsi, le général se préparait bien des difficultés.

Gaubertin, et ce dernier trait est fréquent dans la plupart des professions où l'on s'approprie le bien d'autrui par des moyens non prévus par le Code, se croyait un parfait honnête homme. D'abord, il possédait depuis si longtemps l'argent extirpé par la terreur aux fermiers de mademoiselle Laguerre, payée en assignats, qu'il le considérait comme légitimement acquis. Ce fut une affaire de change. A la longue, il pensait même avoir couru des dangers en acceptant des écus. Puis, légalement, madame ne devait recevoir que des assignats. *Légalement* est un adverbe robuste, il supporte bien des fortunes! Enfin, depuis qu'il existe des grands propriétaires et des intendants, c'est-à-dire depuis l'origine des sociétés, l'intendant a forgé, pour son usage, un raisonnement que pratiquent aujourd'hui les cuisinières et que voici dans sa simplicité.

— Si ma bourgeoise, se dit chaque cuisinière, allait elle-même au marché, peut-être paierait-elle ses provisions plus que je ne les lui compte ; elle y gagne, et le bénéfice qu'on m'abandonne est mieux placé dans mes poches que dans celles du marchand.

— Si mademoiselle exploitait elle-même les Aigues, elle n'en tirerait pas trente mille francs, les paysans, les marchands, les ouvriers, lui voleraient la différence, il est plus naturel que je la garde, et je lui épargne bien des soucis, se disait Gaubertin.

La Religion Catholique a seule le pouvoir d'empêcher de semblables capitulations de conscience ; mais depuis 1789, la religion est sans force sur les deux tiers de la population, en France. Aussi les paysans, dont l'intelligence est très éveillée, et que la misère pousse à l'imitation, étaient-ils, dans la vallée des Aigues, arrivés à un état effrayant de démoralisation. Ils allaient à la messe le dimanche, mais en dehors de l'église, car ils s'y donnaient toujours, par habitude, rendez-vous pour leurs marchés et leurs affaires.

On doit maintenant mesurer tout le mal produit par l'incurie et par le laisser-aller de l'ancien Premier Sujet du Chant à l'Académie royale de Musique. Mademoiselle Laguerre avait, par égoïsme, trahi la cause de ceux qui possèdent, tous en butte à la haine de ceux qui ne possèdent pas. Depuis 1792, tous les propriétaires de France sont devenus solidaires. Hélas! si les familles féodales, moins nombreuses que les familles bourgeoises, n'ont compris leur solidarité ni en 1400 sous Louis XI, ni en 1600 sous Richelieu, peut-on croire que, malgré les prétentions du XIXe siècle au Progrès, la Bourgeoisie sera plus unie que ne le fut la Noblesse ? Une oligarchie de cent mille riches a tous les inconvénients de la démocratie sans en avoir les avantages. Le *chacun chez soi, chacun pour soi*, l'égoïsme de famille tuera l'égoïsme oligarchique, si nécessaire à la société moderne, et que l'Angleterre pratique admirablement depuis trois siècles. Quoi qu'on fasse, les propriétaires ne comprendront la nécessité de la discipline qui rendit l'Église un admirable modèle de gouvernement, qu'au moment où ils se sentiront menacés chez eux, et il sera trop tard. L'audace avec laquelle le Communisme, cette logique vivante et agissante de la Démocratie, attaque la Société dans l'ordre moral, annonce que, dès aujourd'hui, le Samson populaire, devenu prudent, sape les colonnes sociales dans la cave, au lieu de les secouer dans la salle de festin.

ESPÈCES SOCIALES DISPARUES

La terre des Aigues ne pouvait se passer d'un régisseur, car le général n'entendait pas renoncer aux plaisirs de l'hiver à Paris où il possédait un magnifique hôtel, rue Neuve-des-Mathurins. Il chercha donc un successeur à Gaubertin ; mais il ne le chercha certes pas avec plus de soin que Gaubertin en mit à lui en donner un de sa main.

De toutes les places de confiance, il n'en est pas qui demande à la fois plus de connaissances acquises ni plus d'activité que celle de régisseur d'une grande terre. Cette difficulté n'est connue que des riches propriétaires dont les biens sont situés au-delà d'une certaine zone autour de la capitale et qui commence à une distance d'environ quarante lieues. Là, cessent les exploitations agricoles, dont les produits trouvent à Paris des débouchés certains, et qui donnent des revenus assurés par de longs baux, pour lesquels il existe de nombreux preneurs, riches eux-mêmes. Ces fermiers viennent en cabriolet apporter leurs termes en billets de banque, si toutefois leurs facteurs à la Halle ne se chargent pas de leurs paiements. Aussi les fermes en Seine-et-Oise, en Seine-et-Marne, dans l'Oise, dans l'Eure-et-Loir, dans la Seine-Inférieure et dans le

Loiret, sont-elles si recherchées que les capitaux ne s'y placent pas toujours à un et demi pour cent. Comparé au revenu des terres en Hollande, en Angleterre et en Belgique, ce produit est encore énorme. Mais, à cinquante lieues de Paris, une terre considérable implique tant d'exploitations diverses, tant de produits de différentes natures, qu'elle constitue une industrie avec toutes les chances de la fabrique. Tel riche propriétaire n'est qu'un marchand obligé de placer ses productions, ni plus ni moins qu'un fabricant de fer ou de coton. Il n'évite même pas la concurrence, la petite propriété, le paysan la lui font acharnée en descendant à des transactions inabordables aux gens bien élevés.

Un régisseur doit savoir l'arpentage, les usages du pays, ses modes de vente et d'exploitation, un peu de chicane pour défendre les intérêts qui lui sont confiés, la comptabilité commerciale, et se trouver doué d'une excellente santé, d'un goût particulier pour le mouvement et l'équitation. Chargé de représenter le maître, et toujours en relations avec lui, le régisseur ne saurait être un homme du peuple. Comme il est peu de régisseurs appointés à mille écus, ce problème paraît insoluble. Comment rencontrer tant de qualités pour un prix modique, dans un pays où les gens qui en sont pourvus sont admissibles à tous les emplois ?... Faire venir un homme à qui le pays est inconnu, c'est payer cher l'expérience qu'il y acquerra. Former un jeune homme pris sur les lieux, c'est souvent nourrir une ingratitude à l'épinette [74]. Il faut donc choisir entre quelque inepte Probité qui nuit par inertie ou par myopie, et l'Habileté qui songe à elle. De là cette nomenclature sociale et l'histoire naturelle des intendants, ainsi définis par un grand seigneur polonais [75] :

— Nous avons, disait-il, trois sortes de régisseurs : celui qui ne pense qu'à lui, celui qui pense à nous et à

lui ; quant à celui qui ne penserait qu'à nous, il ne
s'est jamais rencontré. Heureux le propriétaire qui
met la main sur le second !

On a pu voir ailleurs le personnage d'un régisseur
songeant à ses intérêts et à ceux de son maître (voir
Un début dans la vie, Scènes de la Vie Privée). Gaubertin est l'intendant exclusivement occupé de sa
fortune. Présenter le troisième terme de ce problème, ce
serait offrir à l'admiration publique un personnage
invraisemblable que la vieille Noblesse a néanmoins
connu (voir *Le Cabinet des Antiques*, Scènes de la Vie
de Province) mais qui disparut avec elle. Par la division perpétuelle des fortunes, les mœurs aristocratiques seront inévitablement modifiées. S'il n'y a pas
actuellement en France vingt fortunes gérées par des
intendants, il n'existera pas dans cinquante ans cent
grandes propriétés à régisseurs, à moins de changements dans la loi civile. Chaque riche propriétaire devra
veiller lui-même à ses intérêts.

Cette transformation déjà commencée a suggéré
cette réponse dite par une spirituelle vieille femme à
qui l'on demandait pourquoi, depuis 1830, elle restait
à Paris, pendant l'été : « Je ne vais plus dans les châteaux, depuis qu'on en a fait des fermes. » Mais qu'arri-
vera-t-il de ce débat de plus en plus ardent, d'homme à
homme, entre le riche et le pauvre ? Cette Étude n'est
écrite que pour éclairer cette terrible question sociale.

On peut comprendre les étranges perplexités auxquelles le général fut en proie après avoir congédié
Gaubertin. Si, comme toutes les personnes libres de
faire ou de ne pas faire, il s'était dit vaguement :
« Je chasserai ce drôle-là ! » il avait négligé le hasard,
oubliant les éclats de sa bouillante colère, la colère
du sabreur sanguin, au moment où quelque méfait
relèverait les paupières à sa cécité volontaire.

Propriétaire pour la première fois, Montcornet,

enfant de Paris, ne s'était pas muni d'un régisseur à l'avance ; et, après avoir étudié le pays, il sentait combien un intermédiaire devenait indispensable à un homme comme lui, pour traiter avec tant de gens et de si bas étage.

Gaubertin, à qui les vivacités d'une scène qui dura deux heures, avaient révélé l'embarras où le général allait se trouver, enfourcha son bidet en quittant le salon où la dispute avait eu lieu, galopa jusqu'à Soulanges et y consulta les Soudry.

Sur ce mot : « Nous nous quittons, le général et moi, qui pouvons-nous lui présenter pour régisseur, sans qu'il s'en doute ? » les Soudry comprirent la pensée de leur ami. N'oubliez pas que le brigadier Soudry, chef de la police depuis dix-sept ans dans le canton, est doublé par sa femme de la ruse particulière aux soubrettes des filles d'opéra.

— Il ferait bien du chemin, dit madame Soudry, avant de trouver quelqu'un qui valût notre pauvre petit Sibilet.

— Il est cuit ! s'écria Gaubertin encore rouge de ses humiliations. Lupin, dit-il au notaire qui assistait à cette conférence, allez donc à La-Ville-aux-Fayes y seriner Maréchal, en cas que notre beau cuirassier lui demande des renseignements.

Maréchal était cet avoué que son ancien patron, chargé à Paris des affaires du général, avait naturellement recommandé comme conseil à monsieur de Montcornet, après l'heureuse acquisition des Aigues.

Ce Sibilet, fils aîné du greffier du Tribunal de La-Ville-aux-Fayes, clerc de notaire, sans sou ni maille, âgé de vingt-cinq ans, s'était épris de la fille du juge de paix de Soulanges à en perdre la raison.

Ce digne magistrat à quinze cents francs d'appointements, nommé Sarcus, avait épousé une fille sans fortune, la sœur aînée de monsieur Vermut, l'apo-

thicaire de Soulanges. Quoique fille unique, mademoiselle Sarcus, riche de sa beauté pour toute fortune,
devait mourir et non vivre des appointements qu'on
donne à un clerc de notaire en province. Le jeune
Sibilet, parent de Gaubertin par une alliance assez
difficile à reconnaître dans les croisements de famille
qui rendent cousins presque tous les bourgeois des
petites villes, dut aux soins de son père et de Gaubertin une maigre place au Cadastre. Le malheureux eut
l'affreux bonheur de se voir père de deux enfants en
trois ans. Le greffier chargé, lui, de cinq autres enfants,
ne pouvait venir au secours de son fils aîné. Le juge
de paix ne possédait que sa maison à Soulanges et cent
écus de rentes. La plupart du temps, madame Sibilet
la jeune restait donc chez son père, et y vivait avec ses
deux enfants. Adolphe Sibilet, obligé de courir à
travers le département, venait voir son Adeline de
temps en temps. Peut-être le mariage ainsi compris
explique-t-il la fécondité des femmes.

L'exclamation de Gaubertin, quoique facile à
comprendre par ce sommaire de l'existence des jeunes
Sibilet, exige encore quelques détails.

Adolphe Sibilet, souverainement disgracieux, comme
on a pu le voir d'après son esquisse, appartenait à ce
genre d'hommes qui ne peuvent arriver au cœur d'une
femme que par le chemin de la mairie et de l'autel.
Doué d'une souplesse comparable à celle des ressorts, il
cédait, sauf à reprendre sa pensée. Cette disposition
trompeuse ressemble à de la lâcheté ; mais l'apprentis-
sage des affaires chez un notaire de province avait fait
contracter à Sibilet l'habitude de cacher ce défaut sous
un air bourru qui simulait une force absente. Beaucoup
de gens faux abritent leur platitude sous la brusquerie ;
brusquez-les, vous produisez l'effet du coup d'épingle
sur le ballon. Tel était le fils du greffier. Mais comme les
hommes, pour la plupart, ne sont pas observateurs, et

que, parmi les observateurs, les trois quarts observent
après coup, l'air grognon d'Adolphe Sibilet passait
pour l'effet d'une rude franchise, d'une capacité vantée
par son patron, et d'une probité revêche qu'aucune
éprouvette n'avait essayée. Il est des gens qui sont
servis par leurs défauts comme d'autres par leurs
qualités.

Adeline Sarcus, jolie personne élevée par sa mère,
morte trois ans avant ce mariage, aussi bien qu'une
mère peut élever une fille unique au fond d'une petite
ville, aimait le jeune et beau Lupin, fils unique du
notaire de Soulanges. Dès les premiers chapitres de ce
roman, le père Lupin qui visait pour son fils mademoiselle Élise Gaubertin, envoya le jeune Amaury Lupin
à Paris, chez son correspondant, maître Crottat, notaire, où sous prétexte d'apprendre à faire des actes et
des contrats, Amaury fit plusieurs actes de folie [76] et
contracta des dettes, entraîné par un certain Georges
Marest, clerc de l'étude, jeune homme riche qui lui
révéla les mystères de la vie parisienne. Quand maître
Lupin alla chercher son fils à Paris, Adeline s'appelait
déjà madame Sibilet. En effet, lorsque l'amoureux
Adolphe se présenta, le vieux juge de paix, stimulé par
Lupin le père, hâta le mariage auquel Adeline se livra
par désespoir.

Le Cadastre n'est pas une carrière. Il est, comme
beaucoup de ces sortes d'administration sans avenir,
une espèce de trou dans l'écumoire gouvernementale.
Les gens qui se lancent par ces trous (la topographie,
les ponts-et-chaussées, le professorat, etc.) s'aper-
çoivent toujours un peu tard que de plus habiles, assis
à côté d'eux, s'humectent des sueurs du peuple, disent
les écrivains de l'Opposition, toutes les fois que l'écumoire plonge dans l'Impôt, au moyen de cette machine
appelée Budget. Adolphe, travaillant du matin au
soir et gagnant peu de chose à travailler, reconnut

bientôt l'infertile profondeur de son trou. Aussi son-
geait-il, en trottant de commune en commune et dépensant ses appointements en souliers et en frais de
voyages, à chercher une place stable et bénéficieuse.

On ne peut se figurer, à moins d'être louche, et
d'avoir deux enfants en légitime mariage, ce que trois
années de souffrances entremêlées d'amour, avaient
développé d'ambition chez ce garçon dont l'esprit
et le regard louchaient également, dont le bonheur
était mal assis, pour ne pas dire boiteux. Le plus
grand élément des mauvaises actions secrètes, des
lâchetés inconnues, est peut-être un bonheur incomplet. L'homme accepte peut-être mieux une misère
sans espoir que ces alternatives de soleil et d'amour
à travers des pluies continuelles. Si le corps y gagne
des maladies, l'âme y gagne la lèpre de l'envie. Chez
les petits esprits, cette lèpre tourne en cupidité lâche
et brutale à la fois, à la fois audacieuse et cachée ;
chez les esprits cultivés, elle engendre des doctrines
antisociales dont on se sert comme d'une escabelle
pour dominer ses supérieurs. Ne pourrait-on pas
faire un proverbe de ceci ? « Dis-moi ce que tu as, je
te dirai ce que tu penses. »

Tout en aimant sa femme, Adolphe se disait à
toute heure : « J'ai fait une sottise ! J'ai trois boulets
et je n'ai que deux jambes. Il fallait avoir gagné ma
fortune avant de me marier. On trouve toujours
une Adeline, et Adeline m'empêchera de trouver une
fortune. »

Adolphe, parent de Gaubertin, était venu lui faire
trois visites en trois ans. A quelques paroles, Gaubertin reconnut dans le cœur de son allié cette boue
qui veut se cuire aux brûlantes conceptions du vol
légal. Il sonda malicieusement ce caractère propre à
se courber aux exigences d'un plan pourvu qu'il y
trouvât sa pâture. A chaque visite Sibilet grognait.

— Employez-moi donc, mon cousin ? disait-il, prenez-moi pour commis, et faites-moi votre successeur. Vous me verrez à l'œuvre! Je suis capable d'abattre des montagnes pour donner à mon Adeline, je ne dirai pas le luxe, mais une aisance modeste. Vous avez fait la fortune de monsieur Leclercq, pourquoi ne me placeriez-vous pas à Paris dans la banque ?

— Nous verrons plus tard, je te caserai, répondait le parent ambitieux, acquiers des connaissances, tout sert !

En de telles dispositions, la lettre par laquelle madame Soudry écrivit à son protégé d'arriver en toute hâte, fit accourir Adolphe à Soulanges, à travers mille châteaux en Espagne.

Sarcus père, à qui les Soudry démontrèrent la nécessité de faire une démarche dans l'intérêt de son gendre, était allé, le lendemain même, se présenter au général et lui proposer Adolphe pour régisseur. Par les conseils de madame Soudry, devenue l'oracle de la petite ville, le bonhomme avait emmené sa fille, dont en effet l'aspect disposa favorablement le comte de Montcornet.

— Je ne me déciderai pas, répondit le général, sans prendre des renseignements ; mais je ne chercherai personne jusqu'à ce que j'aie examiné si votre gendre remplit toutes les conditions nécessaires à sa place. Le désir de fixer aux Aigues une si charmante personne...

— Mère de deux enfants, général, dit assez finement Adeline pour éviter la galanterie du cuirassier.

Toutes les démarches du général furent admirablement prévues par les Soudry, par Gaubertin et Lupin, qui ménagèrent à leur candidat la protection, au chef-lieu du département où siège une cour royale, du conseiller Gendrin, parent éloigné du président

de La-Ville-aux-Fayes, celle du baron Bourlac, pro-
cureur-général de qui relevait Soudry fils, le procureur du roi, puis celle d'un conseiller de préfecture
appelé Sarcus, cousin au troisième degré du juge
de paix. Depuis son avoué de La-Ville-aux-Fayes,
jusqu'à la Préfecture où le général alla lui-même, tout
le monde fut donc favorable au pauvre employé du
cadastre, irréprochable d'ailleurs. Son mariage rendait Sibilet intéressant comme un roman de miss
Edgeworth [77], et le posait d'ailleurs en homme désin-
téressé.

Le temps que le régisseur chassé passa nécessairement aux Aigues fut mis à profit par lui pour créer
des embarras à son ancien maître, et qu'une seule
des petites scènes jouées par lui fera deviner. Le matin
de son départ, il fit en sorte de rencontrer Courtecuisse, le seul garde qu'il eût pour les Aigues, dont
l'étendue en exigeait au moins trois.

— Eh! bien, monsieur Gaubertin, lui dit Courtecuisse, vous avez donc eu des raisons avec notre
bourgeois?

— On t'a déjà dit cela? répondit Gaubertin. Eh!
bien, oui, le général a la prétention de nous mener
comme ses cuirassiers, il ne connaît pas les Bourguignons. Monsieur le comte n'est pas content de mes
services, et comme je ne suis pas content de ses façons,
nous nous sommes chassés tous deux, presque à coups
de poings, car il est violent comme une tempête...
Prends garde à toi, Courtecuisse! Ah! mon vieux,
j'avais cru pouvoir te donner un meilleur maître...

— Je le sais bien, répondit le garde, et je vous
aurais bien servi. Dam! quand on se connaît depuis
vingt ans! Vous m'avez mis ici, du temps de cette
pauvre chère sainte madame. Ah! qué bonne femme!
on n'en fait plus comme ça... Le pays a perdu sa
mère...

— Dis donc, Courtecuisse, si tu veux, tu peux nous bailler un fier coup de main ?

— Vous restez donc dans le pays ? on nous disait que vous alliez à Paris !

— Non, en attendant la fin des choses, je ferai des affaires à La-Ville-aux-Fayes... Le général ne se doute pas de ce que c'est que le pays, et il y sera haï, vois-tu... Faut voir comment cela tournera. Fais mollement ton service, il te dira de mener les gens à la baguette, car il voit bien par où coule la vendange.

— Il me renverra, mon cher monsieur Gaubertin, et vous savez comme je suis heureux à la porte d'Avonne...

— Le général se dégoûtera bientôt de sa propriété, lui dit Gaubertin, et tu ne seras pas longtemps dehors, si par hasard il te renvoyait. D'ailleurs, tu vois bien ces bois-là... dit-il en montrant le paysage, j'y serai plus fort que les maîtres !...

Cette conversation avait lieu dans un champ.

— Ces *Arminacs* de Parisiens devraient bien rester dans leurs boues de Paris... dit le garde.

Depuis les querelles du XVe siècle, le mot *Arminacs* (Armagnacs, les Parisiens, antagonistes des ducs de Bourgogne) est resté comme un terme injurieux sur la lisière de la Haute-Bourgogne, où, selon les localités, il s'est différemment corrompu.

— Il y retournera, mais battu ! dit Gaubertin, et nous cultiverons un jour le parc des Aigues, car c'est voler le peuple que de consacrer à l'agrément d'un homme neuf cents arpents des meilleures terres de la vallée !

— Ah ! dam ! ça ferait vivre quatre cents familles..., dit Courtecuisse.

— Si tu veux deux arpents, à toi, là-dedans, il faut nous aider à mettre ce mâtin-là hors la loi !...

Au moment où Gaubertin fulminait cette sentence

d'excommunication, le respectable juge de paix présentait au célèbre colonel des cuirassiers son gendre Sibilet, accompagné d'Adeline et de ses deux enfants, venus tous dans une carriole d'osier prêtée par le greffier de la justice de paix, un monsieur Gourdon, frère du médecin de Soulanges, et plus riche que le magistrat. Ce spectacle, si contraire à la dignité de la magistrature, se voit dans toutes les justices de paix, dans tous les tribunaux de Première Instance, où la fortune du greffier éclipse celle du président ; tandis qu'il serait si naturel d'appointer les greffiers et de diminuer d'autant les frais de procédure.

Satisfait de la candeur et du caractère du digne magistrat, de la grâce et des dehors d'Adeline, qui furent l'un et l'autre de bonne foi dans leurs promesses, car le père et la fille ignorèrent toujours le caractère diplomatique imposé par Gaubertin à Sibilet, le comte accorda tout d'abord à ce jeune et touchant ménage des conditions qui rendirent la situation du régisseur égale à celle d'un sous-préfet de première classe.

Un pavillon bâti par Bouret, pour faire point de vue et pour loger le régisseur, construction élégante que Gaubertin habitait, et dont l'architecture est suffisamment indiquée par la description de la porte de Blangy, fut maintenu aux Sibilet pour leur demeure. Le général ne supprima point le cheval que mademoiselle Laguerre accordait à Gaubertin, à cause de l'étendue de sa propriété, de l'éloignement des marchés où se concluaient les affaires, et de la surveillance. Il alloua vingt-cinq septiers [78] de blé, trois tonneaux de vin, le bois à discrétion, de l'avoine et du foin en abondance, et enfin trois pour cent sur la recette. Là où mademoiselle Laguerre devait toucher plus de quarante mille livres de rentes, en 1800, le général voulait avec raison en avoir soixante mille en 1818, après les nombreuses et importantes acquisitions faites par elle. Le nouveau régisseur pouvait donc se faire un jour près de deux mille francs en argent. Logé, nourri, chauffé, quitte d'impôts, son cheval et sa basse-cour défrayés, le comte lui permettait encore de cultiver un potager, promettant de ne pas le chicaner sur quelques journées de jardinier. Certes, de tels avantages représentaient plus de deux mille francs. Aussi, pour un homme qui gagnait douze cents francs au Cadastre, avoir les Aigues à régir, était-ce passer de la misère à l'opulence.

— Dévouez-vous à mes intérêts, dit le général, et ce ne sera pas mon dernier mot. D'abord, je pourrai vous obtenir la perception de Couches, de Blangy, de Cerneux en les faisant distraire de la perception de Soulanges. Enfin, quand vous m'aurez porté mes revenus à soixante mille francs net, vous serez encore récompensé.

Malheureusement, le digne juge de paix et Adeline, dans l'épanouissement de leur joie, eurent l'imprudence de confier à madame Soudry la promesse du comte relative à cette perception, sans songer que le percepteur de Soulanges était un nommé Guerbet, frère du maître de poste de Couches et allié, comme on le verra plus tard, aux Gaubertin et aux Gendrin.

— Ce ne sera pas facile, ma petite, dit madame Soudry ; mais n'empêche pas monsieur le comte de faire des démarches, on ne sait pas comment les choses difficiles réussissent facilement à Paris. J'ai vu le chevalier Gluck aux pieds de défunt Madame, et elle a chanté son rôle, elle qui se serait fait hacher pour Piccini, l'un des hommes les plus aimables de ce temps-là. Jamais ce cher monsieur n'entrait chez Madame sans me prendre par la taille en m'appelant *sa belle friponne.*

— Ah ! çà, croit-il, s'écria le brigadier, quand sa

femme lui dit cette nouvelle, qu'il va mener notre
pays, y tout déranger à sa façon, et qu'il fera faire
des à-droite et des à-gauche aux gens de la vallée,
comme aux cuirassiers de son régiment? Ces officiers
ont des habitudes de domination... Mais patience!
nous avons messieurs de Soulanges et de Ronquerolles
pour nous. Pauvre père Guerbet! il ne se doute guère
qu'on veut lui voler les plus belles roses de son
rosier!...

Cette phrase du genre Dora [79], la Cochet la tenait
de Mademoiselle qui la tenait de Bouret, qui la tenait
de quelque rédacteur du *Mercure*, et Soudry la répétait
tant, qu'elle est devenue proverbiale à Soulanges.

Le père Guerbet, le percepteur de Soulanges, était
l'homme d'esprit, c'est-à-dire le loustic de la petite
ville et l'un des héros du salon de madame Soudry.
Cette sortie du brigadier peint parfaitement l'opinion
qui se forma sur *le bourgeois* des Aigues, depuis
Couches jusqu'à La-Ville-aux-Fayes, où partout elle
fut profondément envenimée par les soins de Gaubertin.

L'installation de Sibilet eut lieu vers la fin de l'automne de 1817. L'année 1818 se passa sans que le
général mît le pied aux Aigues, car les soins de son
mariage avec mademoiselle de Troisville, conclu
dans les premiers jours de l'année 1819, le retinrent
la plus grande partie de l'été précédent auprès d'Alençon, au château de son beau-père, à faire la cour à sa
prétendue. Outre les Aigues et son magnifique hôtel,
le général Montcornet possédait soixante mille francs
de rentes sur l'État et jouissait du traitement des
lieutenants-généraux en disponibilité. Quoique Napoléon eût nommé cet illustre sabreur comte de
l'Empire, en lui donnant pour armes un écusson
*écartelé au un d'azur au désert d'or à trois pyramides
d'argent; au deux, de sinople à trois cors de chasse*

d'argent ; au trois, de gueule au canon d'or monté
sur un affût de sable, au croissant d'or en chef; au
quatre, d'or à la couronne de sinople, avec cette devise
digne du Moyen Age : SONNEZ LA CHARGE! Montcornet se savait issu d'un ébéniste du faubourg Saint-
Antoine, encore qu'il l'oubliât volontiers. Or, il se
mourait du désir d'être renommé pair de France. Il
ne comptait pour rien le grand cordon de la Légion
d'honneur, sa croix de Saint-Louis et ses cent quarante mille francs de rentes. Mordu par le démon de
l'aristocratie, la vue d'un cordon bleu le mettait
hors de lui. Le sublime cuirassier d'Essling eût lappé
la boue du Pont-Royal pour être reçu chez les Navar-
reins, les Lenoncourt, les Grandlieu, les Maufrigneuse,
les d'Espard, les Vandenesse, les Chaulieu, les Ver-
neuil, les d'Hérouville, etc. [80].

Dès 1818, quand l'impossibilité d'un changement
en faveur de la famille Bonaparte lui fut démontrée,
Montcornet se fit tambouriner dans le faubourg
Saint-Germain par quelques femmes de ses amies,
offrant son cœur, sa main, son hôtel, sa fortune au
prix d'une alliance quelconque avec une grande
famille.

Après des efforts inouïs, la duchesse de Carigliano
découvrit chaussure au pied du général, dans une des
trois branches de la famille de Troisville, celle du
vicomte, au service de la Russie depuis 1789, revenu
d'émigration en 1815. Le vicomte, pauvre comme un
cadet, avait épousé une princesse Sherbellof, riche
d'environ un million ; mais il s'était appauvri par
deux fils et trois filles. Sa famille, ancienne et puissante, comptait un pair de France, le marquis de
Troisville, chef du nom et des armes ; deux députés
ayant tous nombreuse lignée et occupés pour leur
compte au budget, au ministère, à la cour, comme
des poissons autour d'une croûte. Aussi, dès que

Moncornet fut présenté par la maréchale, une des
duchesses napoléoniennes les plus dévouées aux Bourbons, fut-il accueilli favorablement. Montcornet
demanda, pour prix de sa fortune et d'une tendresse
aveugle pour sa femme, d'être employé dans la Garde
royale, d'être nommé marquis et pair de France ; mais
les trois branches de la famille Troisville lui pro-
mirent seulement leur appui.

— Vous savez ce que cela signifie, dit la maréchale
à son ancien ami qui se plaignit du vague de cette
promesse. On ne peut pas disposer du roi, nous ne
pouvons que le faire vouloir...

Montcornet institua Virginie de Troisville son héritière au contrat. Complètement subjugué par sa
femme comme la lettre de Blondet l'explique, il
attendait encore un commencement de postérité;
mais il avait été reçu par Louis XVIII qui lui donna
le cordon de Saint-Louis, lui permit d'écarteler son
ridicule écusson avec les armes des Troisville, en lui
promettant le titre de marquis quand il aurait su
mériter la pairie par son dévouement.

Quelques jours après cette audience, le duc de Berry
fut assassiné [81], le pavillon Marsan l'emporta, le
ministère Villèle prit le pouvoir, tous les fils tendus
par les Troisville furent cassés, il fallut les rattacher
à de nouveaux piquets ministériels.

— Attendons, dirent les Troisville à Montcornet
qui fut d'ailleurs abreuvé de politesses dans le faubourg
Saint-Germain.

Ceci peut expliquer comment le général ne revint
aux Aigues qu'en mai 1820.

Le bonheur, ineffable pour le fils d'un marchand
du faubourg Saint-Antoine, de posséder une femme
jeune, élégante, spirituelle, douce, une Troisville
enfin qui lui avait ouvert les portes de tous les salons
du faubourg Saint-Germain, les plaisirs de Paris à

lui prodiguer, ces diverses joies firent tellement
oublier la scène avec le régisseur des Aigues, que le
général avait oublié tout de Gaubertin, jusqu'au nom.
En 1820, il conduisit la comtesse à sa terre des Aigues,
pour la lui montrer, il approuva les comptes et les
actes de Sibilet, sans y trop regarder, le bonheur n'est
pas chicanier. La comtesse, très heureuse de trouver
une charmante personne dans la femme de son régisseur, lui fit des cadeaux ; elle ordonna quelques
changements aux Aigues à un architecte venu de
Paris. Elle se proposait, ce qui rendit le général fou
de joie, de venir passer six mois par an dans ce magnifique séjour. Toutes les économies du général
furent épuisées par les changements que l'architecte
eut ordre d'exécuter et par un délicieux mobilier
envoyé de Paris. Les Aigues reçurent alors ce dernier
cachet qui les rendit un monument unique des diverses élégances de cinq siècles.

En 1821, le général fut presque sommé d'arriver
avant le mois de mai par Sibilet. Il s'agissait d'affaires
graves. Le bail de neuf ans et de trente mille francs,
passé en 1812 par Gaubertin avec un marchand de
bois, finissait au 15 mai de cette année.

Ainsi d'abord, Sibilet, jaloux de sa probité, ne
voulait pas se mêler du renouvellement du bail.
« Vous savez, monsieur le comte, écrivait-il, que je
ne bois pas de ce vin-là. » Puis le marchand de bois
prétendait à l'indemnité partagée avec Gaubertin,
et que mademoiselle Laguerre s'était laissé arracher
en haine des procès. Cette indemnité se fondait sur la
dévastation des bois par les paysans qui traitaient
la forêt des Aigues comme s'ils y avaient droit d'af-
fouage [82]. Messieurs Gravelot frères, marchands de
bois à Paris, se refusaient à payer le dernier terme,
en offrant de prouver, par experts, que les bois pré-
sentaient une diminution d'un cinquième, et ils

arguaient du mauvais précédent établi par mademoiselle Laguerre.

« J'ai déjà, disait Sibilet dans sa lettre, assigné
ces messieurs au tribunal de La-Ville-aux-Fayes,
car ils ont élu domicile, à raison de ce bail, chez mon
ancien patron, maître Corbinet. Je redoute une
condamnation. »

— Il s'agit de nos revenus, ma belle, dit le général
en montrant la lettre à sa femme, voulez-vous venir
plus tôt que l'année dernière aux Aigues ?

— Allez-y, je vous rejoindrai dès les premiers
beaux jours, répondit la comtesse qui fut assez
contente de rester seule à Paris.

Le général qui connaissait la plaie assassine par
laquelle la fleur de ses revenus était dévorée, partit
donc seul avec l'intention de prendre des mesures
vigoureuses. Mais le général comptait, comme on va
le voir, sans son Gaubertin.

CHAPITRE VIII

LES GRANDES RÉVOLUTIONS
D'UNE PETITE VALLÉE

— Eh! bien, maître Sibilet, disait le général à son régisseur le lendemain de son arrivée en lui donnant un surnom familier qui prouvait combien il appréciait les connaissances de l'ancien clerc, nous sommes donc, selon le mot ministériel, dans des circonstances graves ?

— Oui, monsieur le comte, répondit Sibilet qui suivit le général.

L'heureux propriétaire des Aigues se promenait devant la Régie, le long d'un espace où madame Sibilet cultivait des fleurs, et au bout duquel commençait la vaste prairie arrosée par le magnifique canal que Blondet a décrit. De là, l'on apercevait dans le lointain le château des Aigues, de même que des Aigues on voyait le pavillon de la Régie, posé de profil.

— Mais, reprit le général, où sont les difficultés ? Je soutiendrai le procès avec les Gravelot, plaie d'argent n'est pas mortelle, et j'afficherai si bien le bail de ma forêt, que, par l'effet de la concurrence, j'en trouverai la véritable valeur...

— Les affaires ne vont pas ainsi, monsieur le comte, reprit Sibilet. Si vous n'avez pas de preneurs, que ferez-vous ?

— J'abâttrai mes coupes moi-même, et je vendrai mon bois...

— Vous serez marchand de bois? dit Sibilet qui vit faire un mouvement d'épaules au général, je le veux bien. Ne nous occupons pas de vos affaires ici. Voyons Paris? Il vous y faudra louer un chantier, payer patente et des impositions, payer les droits de navigation, ceux d'octroi, faire les frais de débardage et de mise en pile, enfin avoir un agent comptable...

— C'est impraticable, dit vivement le général épouvanté. Mais pourquoi n'aurais-je pas de preneurs?

— Monsieur le comte a des ennemis dans le pays...

— Et qui?

— Monsieur Gaubertin, d'abord...

— Serait-ce le fripon que vous avez remplacé?

— Pas si haut, monsieur le comte!... dit Sibilet, ma cuisinière peut nous entendre...

— Comment! je ne puis pas chez moi parler d'un misérable qui me volait? répondit le général.

— Au nom de votre tranquillité, monsieur le comte, venez plus loin. Monsieur Gaubertin est maire de La-Ville-aux-Fayes...

— Ah! je lui fais bien mes compliments à La-Ville-aux-Fayes, voilà, mille tonnerres, une ville bien administrée!...

— Faites-moi l'honneur de m'écouter, monsieur le comte, et croyez qu'il s'agit des choses les plus sérieuses, de votre avenir, ici.

— J'écoute, allons nous asseoir sur ce banc.

— Monsieur le comte, quand vous avez renvoyé monsieur Gaubertin, il a fallu qu'il se fît un état, car il n'était pas riche...

— Il n'était pas riche, et il volait ici plus de vingt mille francs par an!

— Monsieur le comte, je n'ai pas la prétention de le justifier, reprit Sibilet, je voudrais voir prospérer les Aigues, ne fût-ce que pour démontrer l'improbité de Gaubertin ; mais ne nous abusons pas, nous avons en lui le plus dangereux coquin qui soit dans toute la Bourgogne, et il s'est mis en état de vous nuire.

— Comment ? dit le général devenu soucieux.

— Tel que vous le voyez, Gaubertin est à la tête du tiers environ de l'approvisionnement de Paris. Agent général du commerce des bois, il dirige les exploitations en forêt, l'abattage, la garde, le flottage, le repêchage et la mise en trains. En rapports constants avec les ouvriers, il est le maître des prix. Il a mis trois ans à se créer cette position ; mais il y est comme dans une forteresse. Devenu l'homme de tous les marchands, il n'en favorise pas un plus que l'autre ; il a régularisé tous les travaux à leur profit, et leurs affaires sont beaucoup mieux et moins coûteusement faites que si chacun d'eux avait, comme autrefois, son comptable. Ainsi, par exemple, il a si bien écarté toutes les concurrences, qu'il est le maître absolu des adjudications ; la Couronne et l'État sont ses tributaires. Les coupes de la Couronne et de l'État, qui se vendent aux enchères, appartiennent aux marchands de Gaubertin, personne aujourd'hui n'est assez fort pour les leur disputer. L'année dernière, monsieur Mariotte d'Auxerre, stimulé par le directeur des Domaines, a voulu faire concurrence à Gaubertin ; d'abord, Gaubertin lui a fait payer l'Ordinaire ce qu'il valait [83] ; puis, quand il s'est agi d'exploiter, les ouvriers avonnais ont demandé de tels prix, que monsieur Mariotte a été obligé d'en amener d'Auxerre, et ceux de La-Ville-aux-Fayes les ont battus. Il y a eu procès correctionnel sur le chef de coalition, et sur le chef de rixe. Ce procès a coûté de l'argent à monsieur Mariotte, qui, sans compter l'odieux d'avoir fait condamner de pauvres gens, a payé tous les frais, puisque les perdants ne possédaient pas un rouge liard. Un procès contre des

indigents ne rapporte que de la haine à qui vit près
d'eux. Laissez-moi vous dire cette maxime en passant,
car vous aurez à lutter contre tous les pauvres de ce
canton-ci. Ce n'est pas tout! Tous calculs faits, le
pauvre père Mariotte, un brave homme, perd à cette
adjudication. Forcé de payer tout au comptant, il
vend à terme, Gaubertin livre des bois à des termes
inouïs pour le ruiner, et donne son bois à cinq pour
cent au-dessous du prix de revient, aussi son crédit
a-t-il reçu de fortes atteintes. Enfin, aujourd'hui
monsieur Gaubertin poursuit encore et tracasse tant
ce pauvre homme qu'il va quitter, dit-on, non seulement Auxerre mais encore le département, et il fait
bien. De ce coup-là les propriétaires ont été pour longtemps immolés aux marchands qui maintenant font
les prix, comme à Paris les marchands de meubles,
à l'hôtel des Commissaires-priseurs. Mais Gaubertin
évite tant d'ennuis aux propriétaires qu'ils y gagnent.

— Et comment ? dit le général.

— D'abord, toute simplification profite tôt ou tard
à tous les intéressés, répondit Sibilet. Puis, les propriétaires ont de la sécurité pour leurs revenus. En
matière d'exploitation rurale, c'est le principal, vous
le verrez! Enfin, monsieur Gaubertin est le père des
ouvriers, il les paie bien et les fait toujours travailler ;
or, comme leurs familles habitent la campagne, les
bois des marchands ou ceux des propriétaires qui
confient leurs intérêts à Gaubertin, comme font messieurs de Soulanges et de Ronquerolles, ne sont point
dévastés. On y ramasse le bois mort, et voilà tout.

— Ce drôle de Gaubertin n'a pas perdu son temps...
s'écria le général.

— C'est un fier homme, reprit Sibilet. Il est, comme
il le dit, le régisseur de la plus belle moitié du département au lieu d'être le régisseur des Aigues. Il prend
peu de chose à tout le monde, et ce peu de chose

sur deux millions lui fait quarante ou cinquante mille
francs par an. « C'est, dit-il, les cheminées de Paris
qui paient tout! » Voilà votre ennemi, général! Aussi,
mon avis serait-il de capituler en vous réconciliant
avec lui. Il est lié, vous le savez, avec Soudry, le brigadier de la gendarmerie à Soulanges, avec monsieur
Rigou, notre maire de Blangy, les gardes-champêtres
sont ses créatures, la répression des délits qui vous
grugent devient alors impossible. Depuis deux ans
surtout, vos bois sont perdus. Aussi messieurs Gravelot ont-ils de la chance pour le gain de leur procès, car
ils disent : « Aux termes du bail, la garde des bois est
à votre charge ; vous ne les gardez pas, vous me faites
un tort ; donnez-moi des dommages-intérêts. » C'est
assez juste, mais ce n'est pas une raison pour gagner
un procès.

— Il faut savoir accepter un procès et y perdre de
l'argent pour n'en plus avoir à l'avenir!... dit le général.

— Vous rendrez Gaubertin bien heureux, répondit
Sibilet.

— Comment ?

— Plaider contre les Gravelot, c'est vous battre
corps à corps avec Gaubertin qui les représente, reprit
Sibilet ; aussi ne désire-t-il rien tant que ce procès.
Il l'a dit, il se flatte de vous mener jusqu'en Cour de
cassation.

— Ah! le coquin!... le...

— Si vous voulez exploiter, dit Sibilet en retournant le poignard dans la plaie, vous serez dans les
mains des ouvriers qui vous demanderont *le prix
bourgeois*, au lieu du *prix marchand*, et qui vous
couleront du plomb [84], c'est-à-dire qui vous mettront,
comme ce brave Mariotte, dans la situation de vendre
à perte. Si vous cherchez un bail, vous ne trouverez
pas de preneurs, car ne vous attendez pas à ce qu'on

risque pour un particulier ce que le père Mariotte a
risqué pour la Couronne et pour l'État. Et, encore, que
le bonhomme aille donc parler de ses pertes à l'Administration ? L'Administration est un monsieur qui
ressemble à votre serviteur quand il était au Cadastre,
un digne homme en redingote râpée qui lit le journal
devant une table. Que le traitement soit de douze
cents ou de douze mille francs, on n'en est pas plus
tendre. Parlez donc de réductions, d'adoucissements
au Fisc représenté par ce monsieur ?... il vous répond
turlututu, en taillant sa plume. Vous êtes *hors la loi*,
monsieur le comte.

— Que faire ? s'écria le général dont le sang bouillonnait et qui se mit à marcher à grands pas devant
le banc.

— Monsieur le comte, répondit Sibilet brutalement,
ce que je vais vous dire n'est pas dans mes intérêts,
il faut vendre les Aigues et quitter le pays !

En entendant cette phrase, le général fit un bond
sur lui-même, comme si quelque balle l'eût atteint, et
il regarda Sibilet d'un air diplomatique.

— Un général de la Garde impériale lâcher pied
devant de pareils drôles, et quand madame la comtesse se plaît aux Aigues !... dit-il enfin, j'irais plutôt
souffleter Gaubertin sur la place de La-Ville-aux-
Fayes, jusqu'à ce qu'il se batte avec moi pour pouvoir
le tuer comme un chien !

— Monsieur le comte, Gaubertin n'est pas si sot
que de se commettre avec vous. D'ailleurs, on n'in-
sulte pas impunément le maire d'une sous-préfecture
aussi importante que La-Ville-aux-Fayes.

— Je le ferai destituer, les Troisville me soutien-
dront, il s'agit de mes revenus...

— Vous n'y réussiriez pas, Gaubertin a les bras bien
longs ! et vous vous seriez créé des embarras d'où vous
ne pourriez plus sortir...

— Et le procès ?... dit le général, il faut songer au présent.

— Monsieur le comte, je vous le ferai gagner, dit Sibilet d'un petit air entendu.

— Brave Sibilet, dit le général en donnant une poignée de main à son régisseur. Et comment ?

— Vous le gagnerez à la Cour de cassation, par la procédure. Selon moi, les Gravelot ont raison, mais il ne suffit pas d'être fondé en Droit et en Fait, il faut s'être mis en règle par la Forme, et ils ont négligé la Forme qui toujours emporte le Fond. Les Gravelot devaient vous mettre en demeure de mieux garder les bois. On ne demande pas une indemnité à fin de bail relativement à des dommages reçus pendant une exploitation de neuf ans, il se trouve un article du bail dont on peut exciper à cet égard. Vous perdrez à La-Ville-aux-Fayes, vous perdrez peut-être encore à la Cour ; mais vous gagnerez à Paris. Vous aurez des expertises coûteuses, des frais ruineux. Tout en gagnant, vous dépenserez plus de douze à quinze mille francs ; mais vous gagnerez, si vous tenez à gagner. Ce procès ne vous conciliera pas les Gravelot, car il sera plus ruineux pour eux que pour vous, vous deviendrez leur bête noire, vous passerez pour processif, on vous calomniera ; mais vous gagnerez...

— Que faire ? répéta le général sur qui les argumentations de Sibilet produisaient l'effet des plus violents topiques [85].

Dans ce moment, en se souvenant des coups de cravache sanglés à Gaubertin, il aurait voulu se les être donnés à lui-même, et il montrait sur son visage en feu tous ses tourments à Sibilet.

— Que faire, monsieur le comte ?... Il n'y a qu'un moyen, transiger ; mais vous ne pouvez pas transiger par vous-même. Je dois avoir l'air de vous voler ! Or, quand toute notre fortune et notre consolation sont

dans notre probité, nous ne pouvons guère, nous
autres pauvres diables, accepter l'apparence de la
friponnerie. On nous juge toujours sur les apparences.
Gaubertin a, dans le temps, sauvé la vie à mademoiselle Laguerre, et il a eu l'air de la voler ; aussi l'a-t-elle
récompensé de son dévouement en le couchant sur son
testament pour un solitaire de dix mille francs que
madame Gaubertin porte en ferronnière.

Le général jeta sur Sibilet un second regard tout
aussi diplomatique que le premier, mais le régisseur
ne paraissait pas atteint par cette défiance enveloppée
de bonhomie et de sourires.

— Mon improbité réjouirait tant monsieur Gaubertin, que je m'en ferais un protecteur, reprit Sibilet.
Aussi m'écoutera-t-il de ses deux oreilles, quand je
lui soumettrai cette proposition : « Je peux arracher
à monsieur le comte vingt mille francs pour messieurs
Gravelot à la condition qu'ils les partageront avec moi ».
Si nos adversaires consentent, je vous apporte dix
mille francs, vous n'en perdrez que dix mille, vous
sauvez les apparences, et le procès est éteint.

— Tu es un brave homme, Sibilet, dit le général
en lui prenant la main et la lui serrant. Si tu peux
arranger l'avenir aussi bien que le présent, je te tiens
pour la perle des régisseurs !...

— Quant à l'avenir, reprit le régisseur, vous ne
mourrez pas de faim pour ne pas faire de coupes pendant deux ou trois ans. Commencez par bien garder
vos bois. D'ici là, certes, il aura coulé de l'eau dans
l'Avonne. Gaubertin peut mourir, il peut se trouver
assez riche pour se retirer ; enfin, vous avez le temps
de lui susciter un concurrent, le gâteau est assez beau
pour être partagé, vous chercherez un autre Gaubertin
à lui opposer.

— Sibilet, dit le vieux soldat émerveillé de ces
diverses solutions, je te donne mille écus si tu ter-

mines ainsi ; puis, pour le surplus, nous y réfléchirons.

— Monsieur le comte, dit Sibilet, avant tout, gardez vos bois. Allez voir dans quel état les paysans les ont mis pendant vos deux ans d'absence... Que pouvais-je faire ? je suis régisseur, je ne suis pas garde. Pour garder les Aigues, il vous faut un garde-général à cheval et trois gardes particuliers...

— Nous nous défendrons. C'est la guerre, eh ! bien, nous la ferons ! Ça ne m'épouvante pas, dit Montcornet en se frottant les mains.

— C'est la guerre des écus, dit Sibilet, et celle-là vous semblera plus difficile que l'autre. On tue les hommes, on ne tue pas les intérêts. Vous vous battrez avec votre ennemi sur le champ de bataille où combattent tous les propriétaires, *la réalisation !* Ce n'est rien que de produire, il faut vendre, et pour vendre, il faut être en bonnes relations avec tout le monde.

— J'aurai les gens du pays pour moi...

— Et comment ?... demanda Sibilet.

— En leur faisant du bien.

— Faire du bien aux paysans de la vallée, aux petits bourgeois de Soulanges ?... dit Sibilet en louchant horriblement par l'effet de l'ironie qui flamba plus dans un œil que dans l'autre. Monsieur le comte ne sait pas ce qu'il entreprend, notre seigneur Jésus-Christ y périrait une seconde fois sur la croix !... Si vous voulez votre tranquillité, monsieur le comte, imitez feu mademoiselle Laguerre, laissez-vous piller, ou faites peur aux gens. Le peuple, les femmes et les enfants se gouvernent de même, par la terreur. Ce fut là le grand secret de la Convention et de l'Empereur.

— Ah ! çà, nous sommes donc dans la forêt de Bondy ? s'écria Montcornet.

— Mon ami, vint dire Adeline à Sibilet, ton déjeuner t'attend. Pardonnez-moi, monsieur le comte ; mais

il n'a rien pris depuis ce matin, et il est allé jusqu'à
Ronquerolles pour y livrer le grain.

— Allez, allez, Sibilet!

Le lendemain matin, levé bien avant le jour, l'ancien cuirassier revint par la porte d'Avonne, dans l'intention de causer avec son unique garde, et d'en sonder
les dispositions.

Une portion de sept à huit cents arpents de la forêt
des Aigues longeait l'Avonne, et pour conserver à la
rivière sa majestueuse physionomie, on avait laissé
de grands arbres en bordure, d'un côté comme de
l'autre de ce canal, presque en droite ligne, pendant
trois lieues. La maîtresse de Henri IV, à qui les Aigues
avaient appartenu, folle de la chasse autant que le
Béarnais, fit bâtir en 1593 un pont d'une seule arche
et en dos d'âne, pour passer de cette partie de la forêt
à celle beaucoup plus considérable, achetée pour elle
et située sur la colline. La porte d'Avonne fut alors
construite pour servir de rendez-vous de chasse, et
l'on sait quelle magnificence les architectes dé-
ployaient pour ces édifices consacrés au plus grand
plaisir de la Noblesse et de la Couronne. De là par-
taient six avenues dont la réunion formait une demi-
lune. Au centre de cette demi-lune s'élevait un obélisque surmonté d'un soleil jadis doré, qui, d'un côté,
présentait les armes de Navarre, et de l'autre celles de
la comtesse de Moret [86]. Une autre demi-lune, pratiquée au bord de l'Avonne, correspondait à celle du
rendez-vous par une allée droite au bout de laquelle
se voyait la croupe anguleuse de ce pont à la véni-
tienne.

Entre deux belles grilles, d'un caractère semblable
à celui de la magnifique grille si malheureusement
démolie à Paris et qui entourait le jardin de la place
Royale, s'élevait un pavillon en briques, à chaînes de
pierre taillée, comme celle du château, en pointes de

diamant, à toit très aigu, dont les fenêtres offraient
des encadrements en pierres taillées de la même
manière. Ce vieux style qui donnait au pavillon un
caractère royal, ne va bien, dans les villes, qu'aux
prisons ; mais au milieu des bois il reçoit de l'entourage une splendeur particulière. Un massif formait un
rideau derrière lequel le chenil, une ancienne fauccon-
nerie, une faisanderie, et des logements des piqueurs
tombaient en ruines, après avoir fait l'admiration de
la Bourgogne.

En 1595, de ce splendide pavillon, partit une chasse
royale, précédée de ces beaux chiens affectionnés par
Paul Véronèse et par Rubens, où piaffaient les chevaux
à grosse croupe bleuâtre et blanche et satinée qui
n'existent que dans l'œuvre prodigieuse de Wouwer-
mans, suivie de ces valets en grande livrée, animée
par ces piqueurs à bottes en chaudron et en culottes
de peau jaune qui meublent les Vandermeulen. L'obélisque élevé pour célébrer le séjour du Béarnais et sa
chasse avec la belle comtesse de Moret en donnait
la date au-dessous des armes de Navarre. Cette jalouse
maîtresse, dont le fils fut légitimé, ne voulut pas y voir
figurer les armes de France, sa condamnation.

Au moment où le général aperçut ce magnifique
monument, la mousse verdissait les quatre pans du
toit. Les pierres des chaînes rongées par le temps
paraissaient crier à la profanation par mille bouches
ouvertes. Les vitraux de plomb disjoints laissaient
tomber les verres octogones des croisées qui semblaient éborgnées. Des giroflées jaunes fleurissaient
entre les balustres, des lierres glissaient leurs griffes
blanches et poilues dans tous les trous.

Tout accusait cette ignoble incurie, le cachet mis
par les usufruitiers à tout ce qu'ils possèdent. Deux
croisées au premier étage étaient bouchées par du
foin. Par une fenêtre du rez-de-chaussée, on aper-

cevait une pièce pleine d'outils, de fagots ; et par une
autre, une vache, en montrant son mufle, apprenait
que Courtecuisse, pour ne pas faire le chemin qui
séparait le pavillon de la faisanderie, avait converti
la grande salle du pavillon en étable, une salle plafonnée en caissons, au fond desquels étaient peintes
les armoiries de tous les possesseurs des Aigues!...

De noirs et sales palis déshonoraient les abords
du pavillon en enfermant des cochons sous des toits
en planches, des poules, des canards dans de petits
carrés dont le fumier s'enlevait tous les six mois. Des
guenilles séchaient sur les ronces qui poussaient
effrontément, çà et là. Au moment où le général arriva
par l'avenue du pont, madame Courtecuisse récurait
un poêlon dans lequel elle venait de faire du café au
lait. Le garde, assis sur une chaise au soleil, regardait
sa femme, comme un Sauvage eût regardé la sienne.
Quand il entendit le pas d'un cheval, il tourna la tête,
reconnut monsieur le comte, et se trouva penaud.

— Eh! bien, Courtecuisse, mon garçon, dit le général au vieux garde, je ne m'étonne pas que l'on coupe
mes bois avant messieurs Gravelot, tu prends ta place
pour un canonicat!...

— Ma foi, monsieur le comte, j'ai passé tant de
nuits dans vos bois, que j'y ai attrapé une fraîcheur.
Je souffre tant ce matin, que ma femme nettoie le
poêlon dans lequel a chauffé mon cataplasme.

— Mon cher, lui dit le général, je ne connais d'autre
maladie que la faim à laquelle les cataplasmes de café
au lait soient bons. Écoute, drôle. J'ai visité hier ma
forêt et celles de messieurs de Ronquerolles et de
Soulanges, les leurs sont parfaitement gardées, et la
mienne est dans un état pitoyable.

— Ah! monsieur le comte, ils sont anciens dans le
pays, eux! on respecte leurs biens. Comment voulez-
vous que je me batte avec six communes ? J'aime en-

core mieux ma vie que vos bois. Un homme qui voudrait garder vos bois comme il faut, attraperait pour
gages une balle dans la tête au coin de votre forêt...

— Lâche, reprit le général en domptant la fureur
que cette insolente réplique de Courtecuisse allumait
en lui. Cette nuit a été magnifique, mais elle me coûte
cent écus pour le présent, et mille francs en dommage
dans l'avenir. Vous vous en irez d'ici, mon cher, ou
les choses vont changer. A tout péché, miséricorde.
Voici mes conditions. Je vous abandonne le produit
des amendes, et en outre vous aurez trois francs par
procès-verbal. Si je n'y trouve pas mon compte, vous
aurez le vôtre et sans pension ; tandis que si vous me
servez bien, si vous parvenez à réprimer les dégâts, vous
pouvez avoir cent écus de viager. Faites vos réflexions.
Voilà six chemins, dit-il en montrant les six allées, il
faut n'en prendre qu'un, comme moi qui n'ai pas craint
les balles, tâchez de trouver le bon !

Courtecuisse, petit homme de quarante-six ans, à
figure de pleine lune, se plaisait beaucoup à ne rien
faire. Il comptait vivre et mourir dans ce pavillon,
devenu son pavillon. Ses deux vaches étaient nourries
par la forêt, il avait son bois, il cultivait son jardin au
lieu de courir après les délinquants. Cette incurie allait
à Gaubertin, et Courtecuisse avait compris Gaubertin.
Le garde ne faisait donc la chasse aux fagoteurs que
pour satisfaire ses petites haines. Il poursuivait les
filles rebelles à ses volontés et les gens qu'il n'aimait
point ; mais depuis longtemps il ne haïssait plus personne, aimé de tout le monde à cause de sa facilité.

Le couvert de Courtecuisse était toujours mis au
Grand-I-Vert, les fagoteuses ne lui résistaient plus, sa
femme et lui recevaient des cadeaux en nature de tous
les maraudeurs. On lui rentrait son bois, on façonnait
sa vigne. Enfin, il trouvait des serviteurs dans tous
ses délinquants. Presque rassuré par Gaubertin sur

son avenir et comptant sur deux arpents quand les
Aigues se vendraient, il fut donc réveillé comme en
sursaut par la sèche parole du général qui dévoilait
enfin, après quatre ans, sa nature de bourgeois résolu
de n'être plus trompé.

Courtecuisse prit sa casquette, sa carnassière, son
fusil, mit ses guêtres, sa bandoulière aux armes récentes
des Montcornet, et alla jusqu'à La-Ville-aux-Fayes de
ce pas insouciant sous lequel les gens de la campagne
cachent leurs réflexions les plus profondes, regardant
les bois et sifflotant ses chiens.

— Tu te plains du Tapissier, dit Gaubertin à Courtecuisse, et ta fortune est faite! Comment, l'imbécile te
donne trois francs par procès-verbal et les amendes!
en t'entendant avec des amis, tu peux en dresser tant
que tu voudras, une centaine! Avec mille francs, tu
pourras acheter la Bâchelerie à Rigou, devenir bourgeois. Seulement, arrange-toi pour ne poursuivre que
des gens nus comme des œufs. On ne tond rien sur ce
qui n'a pas de laine. Prends ce que t'offre le Tapissier,
et laisse-lui récolter des frais, s'il les aime. Tous les
goûts sont dans la nature. Le père Mariotte, malgré
mon avis, n'a-t-il pas mieux aimé réaliser des pertes
que des bénéfices ?...

Courtecuisse pénétré d'admiration pour Gaubertin,
revint tout brûlant du désir d'être enfin propriétaire,
et bourgeois comme les autres.

En rentrant chez lui, le général Montcornet vint
conter son expédition à Sibilet.

— Monsieur le comte a bien fait, reprit le régisseur
en se frottant les mains, mais il ne faut pas s'arrêter en
si beau chemin. Le garde-champêtre qui laisse dévaster
nos prés, nos champs, devrait être chassé. Monsieur le
comte pourrait se faire facilement nommer maire de la
commune et prendre, à la place de Vaudoyer, un ancien
soldat qui eût le courage d'exécuter la consigne. Un

grand propriétaire doit être maire chez lui. Voyez quelles difficultés nous avons avec le maire actuel!...

Le maire de la commune de Blangy, ancien Bénédictin nommé Rigou, s'était marié, l'an Ier de la République, avec la servante de l'ancien curé de Blangy. Malgré la répugnance qu'un religieux marié devait inspirer à la Préfecture, on le maintenait maire depuis 1815, car lui seul à Blangy se trouvait capable d'occuper ce poste. Mais, en 1817, l'évêque ayant envoyé l'abbé Brossette pour desservir dans la paroisse de Blangy privée de curé depuis vingt-cinq ans, une violente dissidence se manifesta naturellement entre un apostat et le jeune ecclésiastique dont le caractère est déjà connu.

La guerre que, depuis ce temps, se faisaient la Mairie et le Presbytère, popularisa le magistrat, méprisé jusqu'alors. Rigou, que les paysans détestaient à cause de ses combinaisons usuraires, représenta tout à coup leurs intérêts politiques et financiers soi-disant menacés par la Restauration, et surtout par le clergé.

Après avoir roulé du Café de la Paix chez tous les fonctionnaires, le *Constitutionnel*, principal organe du libéralisme, revenait à Rigou le septième jour, car l'abonnement, pris au nom du père Socquard le limonadier, était supporté par vingt personnes. Rigou passait la feuille à Langlumé le meunier, qui la donnait en lambeaux à tous ceux qui savaient lire. Les premiers-Paris et les canards anti-religieux de la feuille libérale formèrent donc l'opinion publique de la vallée des Aigues. Aussi Rigou, de même que *le vénérable* abbé Grégoire ⁸⁷, devint-il un héros. Pour lui, comme pour certains banquiers à Paris, la politique couvrit de la pourpre populaire des déprédations honteuses.

En ce moment, semblable à François Keller ⁸⁸, le grand orateur, ce moine parjure était regardé comme un défenseur des droits du peuple, lui qui naguère ne

se serait pas promené dans les champs, à la tombée de
la nuit, de peur d'y trouver un piège où il serait mort
d'accident. Persécuter un homme, en politique, ce
n'est pas seulement le grandir, c'est encore en inno-
center le passé. Le parti libéral, sous ce rapport, fut
un grand faiseur de miracles. Son funeste journal, qui
eut alors l'esprit d'être aussi plat, aussi calomniateur,
aussi crédule, aussi niaisement perfide que tous les
publics qui composent les masses populaires, a peut-
être commis autant de ravages dans les intérêts privés
que dans l'Église.

Rigou s'était flatté de trouver dans un général
bonapartiste en disgrâce, dans un enfant du peuple
élevé par la Révolution, un ennemi des Bourbons et
des prêtres ; mais le général, dans l'intérêt de ses
ambitions secrètes, s'arrangea pour éviter la visite de
monsieur et de madame Rigou pendant ses premiers
séjours aux Aigues.

Quand vous verrez de près la terrible figure de
Rigou, le loup-cervier de la vallée, vous comprendrez
l'étendue de la seconde faute capitale que ses idées
aristocratiques firent commettre au général et que la
comtesse empira par une impertinence qui trouvera
sa place dans l'histoire de Rigou.

Si Montcornet eût capté la bienveillance du maire,
s'il en eût recherché l'amitié, peut-être l'influence de
ce renégat aurait-elle paralysé celle de Gaubertin.
Loin de là, trois procès, dont un déjà gagné par Rigou,
pendaient au tribunal de La-Ville-aux-Fayes, entre le
général et l'ex-moine. Jusqu'à ce jour, Montcornet
avait été si fort occupé par ses intérêts de vanité, par
son mariage, qu'il ne s'était plus souvenu de Rigou ;
aussitôt que le conseil de se substituer à Rigou lui fut
donné par Sibilet, il demanda des chevaux de poste et
alla faire une visite au Préfet.

Le Préfet, le comte Martial de la Roche-Hugon [30],

était l'ami du général depuis 1804. Ce fut un mot dit à
Montcornet par ce Conseiller d'État, dans une conversation à Paris, qui détermina l'acquisition des Aigues.
Le comte Martial, préfet sous Napoléon, resté préfet
sous les Bourbons, flattait l'evêque pour se maintenir
en place. Or, déjà Monseigneur avait plusieurs fois
demandé le changement de Rigou. Martial, à qui l'état
de la commune était bien connu, fut enchanté de la
demande du général qui, dans l'espace d'un mois, eut
sa nomination.

Par un hasard assez naturel, le général rencontra,
pendant son séjour à la Préfecture où son ami le logeait,
un sous-officier de l'ex-Garde impériale à qui l'on
chicanait sa pension de retraite. Déjà, dans une circonstance, le général avait protégé ce brave cavalier
nommé Groison, qui s'en souvenait et qui lui conta ses
douleurs, il se trouvait sans ressources. Montcornet
promit à Groison de lui obtenir la pension due, et lui
proposa la place de garde-champêtre à Blangy, comme
un moyen de s'acquitter en se dévouant à ses intérêts.
L'installation du nouveau maire et du nouveau garde-
champêtre eut lieu simultanément, et le général donna,
comme on le pense, de solides instructions à son soldat.

Vaudoyer, le garde-champêtre destitué, paysan de
Ronquerolles, n'était, comme la plupart des gardes-
champêtres, propre qu'à se promener, niaiser, se faire
choyer par les pauvres qui ne demandent pas mieux
que de corrompre cette autorité subalterne, la sentinelle avancée de la Propriété. Il connaissait le brigadier de Soulanges, car les brigadiers de gendarmerie,
remplissant les fonctions quasi-judiciaires dans l'instruction des procès criminels, ont des rapports avec
les gardes-champêtres, leurs espions naturels ; Soudry
l'envoya donc à Gaubertin qui reçut très bien Vaudoyer
son ancienne connaissance, et lui fit verser à boire,
tout en écoutant le récit de ses malheurs.

— Mon cher ami, lui dit le maire de La-Ville-aux-Fayes qui savait parler à chacun son langage, ce qui t'arrive nous attend tous. Les nobles sont revenus, les gens titrés par l'Empereur font cause commune avec eux ; ils veulent tous écraser le peuple, rétablir les anciens droits, nous ôter nos biens ; mais nous sommes Bourguignons, il faut nous défendre, il faut renvoyer les *Arminacs* à Paris. Retourne à Blangy, tu seras garde-vente pour le compte de monsieur Polissard, l'adjudicataire des bois de Ronquerolles. Va, mon gars, je trouverai bien à t'occuper toute l'année. Mais songes-y ? C'est des bois à nous autres !... Pas un délit, ou sinon confonds tout. Envoie les *faiseurs de bois* aux Aigues. Enfin, s'il y a des fagots à vendre, qu'on achète les nôtres, et jamais ceux des Aigues. Tu redeviendras garde-champêtre, ça ne durera pas ! Le général se dégoûtera de vivre au milieu des voleurs ! Sais-tu que ce Tapissier-là m'a appelé voleur, moi fils du plus probe des républicains, moi le gendre de Mouchon, le fameux représentant du Peuple, mort sans un centime pour se faire enterrer.

Le général porta le traitement de *son* garde-champêtre à trois cents francs, et fit bâtir une mairie où il le logea ; puis il le maria à la fille d'un de ses métayers qui venait de mourir, et qui restait orpheline avec trois arpents de vigne. Groison s'attacha donc au général comme un chien à son maître. Cette fidélité légitime fut admise par toute la commune. Le garde-champêtre fut craint, respecté, mais comme un capitaine sur son vaisseau, quand son équipage ne l'aime pas ; aussi les paysans le traitèrent-ils en lépreux. Ce fonctionnaire, accueilli par le silence ou par une raillerie cachée sous la bonhomie, fut une sentinelle surveillée par d'autres sentinelles. Il ne pouvait rien contre le nombre. Les délinquants s'amusèrent à comploter des délits inconstatables, et la vieille moustache enragea

de son impuissance. Groison trouva dans ses fonctions
l'attrait d'une guerre de partisans, et le plaisir d'une
chasse, la chasse aux délits. Accoutumé par la guerre à
cette loyauté qui consiste en quelque sorte à jouer
franc-jeu, cet ennemi de la trahison prit en haine des
gens perfides dans leurs combinaisons, adroits dans
leurs vols et qui faisaient souffrir son amour-propre.
Il remarqua bientôt que toutes les autres propriétés
étaient respectées, les délits se commettaient uniquement sur les terres des Aigues ; il méprisa donc les
paysans assez ingrats pour piller un général de l'Empire, un homme essentiellement bon, généreux, et il
joignit bientôt la haine au mépris. Mais il se multiplia
vainement, il ne pouvait se montrer partout, et les
ennemis *délinquaient* partout à la fois. Groison fit sentir à son général la nécessité d'organiser la défense au
complet de guerre [90], en lui démontrant l'insuffisance
de son dévouement, et lui révélant les mauvaises dispositions des habitants de la vallée.

— Il y a quelque chose là-dessous, mon général,
lui dit-il, ces gens-là sont trop hardis, ils ne craignent
rien ; ils ont l'air de compter sur le bon Dieu !

— Nous verrons, répondit le comte.

Mot fatal ! pour les grands politiques, le verbe *voir*
n'a pas de futur.

En ce moment, Montcornet devait résoudre une
difficulté qui lui sembla plus pressante, il lui fallait
un *alter ego* [91] qui le remplaçât à la Mairie pendant le
temps de son séjour à Paris. Forcé de trouver pour
adjoint un homme sachant lire et écrire, il ne vit dans
toute la commune que Langlumé, le locataire de son
moulin. Ce choix fut détestable. Non seulement les
intérêts du général-maire et de l'adjoint-meunier
étaient diamétralement opposés, mais encore Langlumé
brassait de louches affaires avec Rigou qui lui prêtait
l'argent nécessaire à son commerce ou à ses acquisi-

tions. Le meunier achetait la tonte des prés du château
pour nourrir ses chevaux ; et, grâce à ses manœuvres,
Sibilet ne pouvait les vendre qu'à lui. Tous les prés de
la commune étaient livrés à de bons prix avant ceux
des Aigues ; et ceux des Aigues, restant les derniers,
subissaient, quoique meilleurs, une dépréciation.
Langlumé fut donc un adjoint provisoire ; mais, en
France, le provisoire est éternel, quoique le Français
soit soupçonné d'aimer le changement. Langlumé,
conseillé par Rigou, joua le dévouement auprès du
général, il se trouvait donc adjoint au moment où, par
la toute-puissance de l'historien, ce drame commence.

En l'absence du maire, Rigou, nécessairement membre du conseil de la commune, y régna donc et fit
prendre des résolutions contraires au général. Tantôt
il y déterminait des dépenses profitables aux paysans
seulement et dont la plus forte part tombait à la charge
des Aigues qui, par leur étendue, payaient les deux
tiers de l'impôt ; tantôt on y refusait des allocations
utiles, comme un supplément de traitement à l'abbé,
la reconstruction du presbytère, ou les gages (*sic*) d'un
maître d'école.

— Si les paysans savaient lire et écrire, que devien-
drions-nous ?... dit Langlumé naïvement au général
pour justifier cette décision anti-libérale prise contre
un frère de la Doctrine chrétienne que l'abbé Brossette
avait tenté d'introduire à Blangy.

De retour à Paris, le général, enchanté de son vieux
Groison, se mit à la recherche de quelques anciens
militaires de la Garde impériale avec lesquels il pût
organiser sa défense aux Aigues sur un pied formidable. A force de chercher, de questionner des amis et
des officiers en demi-solde, il déterra Michaud, un
ancien maréchal-des-logis-chef aux cuirassiers de la
Garde, un homme de ceux que les troupiers appellent
soldatesquement des *dure à cuire*, surnom fourni par

la cuisine du bivouac, où il s'est plus d'une fois trouvé
des haricots réfractaires. Michaud tria parmi ses
connaissances trois hommes capables d'être ses colla-
borateurs et de faire des gardes sans peur et sans
reproche.

Le premier, nommé Steingel, Alsacien pur sang,
était fils naturel du général de ce nom, qui succomba
lors des premiers succès de Bonaparte, au début des
campagnes d'Italie. Grand et fort, il appartenait à ce
genre de soldats habitués comme les Russes à l'obéissance absolue et passive. Rien ne l'arrêtait dans l'exécution de ses devoirs, il eût empoigné froidement un
empereur ou le pape, si tel avait été l'ordre. Il ignorait
le péril. Légionnaire intrépide, il n'avait pas reçu la
moindre égratignure en seize ans de guerre. Il couchait
à la belle étoile ou dans son lit avec une indifférence
stoïque. Il disait seulement à toute aggravation de
peine : « Il paraît que c'est aujourd'hui comme ça! »

Le second, nommé Vatel, enfant de troupe, caporal
de voltigeurs, gai comme un pinson, d'une conduite
un peu légère avec le beau sexe, sans aucun principe
religieux, brave jusqu'à la témérité, vous aurait
fusillé son camarade en riant. Sans avenir, ne sachant
quel état prendre, il vit une petite guerre amusante à
faire dans les fonctions qui lui furent proposées ; et
comme la Grande Armée et l'Empereur remplaçaient
pour lui la Religion, il jura de servir envers et contre
tous le brave Montcornet. C'était une de ces natures
essentiellement chicanières à qui, sans ennemis, la vie
semble fade, enfin la nature-avoué, la nature-agent de
police. Aussi, sans la présence de l'huissier, aurait-il
saisi la Tonsard et son fagot au milieu du Grand-I-
Vert, en envoyant promener la loi sur l'inviolabilité
du domicile.

Le troisième, nommé Gaillard, vieux soldat devenu
sous-lieutenant, criblé de blessures, appartenait à la

classe des soldats-laboureurs. En pensant au sort de l'Empereur, tout lui semblait indifférent ; mais il allait aussi bien par insouciance que Vatel par passion. Chargé d'une fille naturelle, il trouva dans cette place un moyen d'existence, et il accepta comme il eût accepté du service dans un régiment.

En arrivant aux Aigues, où le général devança ses troupiers afin de renvoyer Courtecuisse, il fut stupéfait de l'impudente audace de son garde. Il existe une manière d'obéir qui comporte, chez l'esclave, la raillerie la plus sanglante du commandement. Tout, dans les choses humaines, peut arriver à l'absurde, et Courtecuisse en avait dépassé les limites.

Cent vingt-six procès-verbaux dressés contre les délinquants, la plupart d'accord avec Courtecuisse, et déférés au tribunal de paix jugeant correctionnellement à Soulanges, avaient donné lieu à soixante-neuf jugements en règle, levés, expédiés, en vertu desquels Brunet, enchanté d'une si bonne aubaine, avait fait les actes rigoureusement nécessaires pour arriver à ce qu'on nomme, en style judiciaire, des procès-verbaux de carence, extrémité misérable où cesse le pouvoir de la justice. C'est un acte par lequel l'huissier constate que la personne poursuivie ne possède rien, et se trouve dans la nudité de l'indigence. Or, là où il n'y a rien, le créancier, de même que le roi, perd ses droits... de poursuite. Ces indigents, choisis avec discernement, demeuraient dans cinq communes environnantes où l'huissier s'était transporté, dûment assisté de ses praticiens, Vermichel et Fourchon. Monsieur Brunet avait transmis les pièces à Sibilet en les accompagnant d'un mémoire de frais de cinq mille francs, et le priant de demander de nouveaux ordres au comte de Montcornet.

Au moment où Sibilet, muni des dossiers, avait expliqué tranquillement au patron le résultat des

ordres trop sommairement donnés à Courtecuisse, et
contemplait d'un air tranquille une des plus violentes
colères qu'un général de cavalerie française ait eue,
Courtecuisse arriva pour rendre ses devoirs à son
maître et lui demander environ onze cents francs [92],
somme à laquelle montaient les gratifications promises.
Le naturel prit alors le mors aux dents et emporta
le général qui ne se souvint plus de sa couronne
comtale ni de son grade, il redevint cuirassier et
vomit des injures dont il devait être honteux plus
tard.

— Ah! quatre cents francs! quatre cent mille
gifles!... quatre cent mille coups de pied au... Crois-tu
que je ne connaisse pas les couleurs!... Tourne-moi les
talons ou je t'aplatis!

A l'aspect du général devenu violet, et dès les premiers mots, Courtecuisse s'était enfui comme une
hirondelle.

— Monsieur le comte, disait Sibilet tout doucement,
vous avez tort.

— Moi, tort?...

— Mon Dieu, monsieur le comte, prenez garde, vous
aurez un procès avec ce drôle...

— Je me moque bien des procès... Allez, que le
gredin sorte à l'instant même, veillez à ce qu'il laisse
tout ce qui m'appartient, et faites le compte de ses
gages.

Quatre heures après, la contrée tout entière babillait
à sa manière en racontant cette scène. Le général avait,
disait-on, assommé Courtecuisse, il lui refusait son
dû, il lui devait deux mille francs.

De nouveau, les propos les plus singuliers coururent
sur le compte du bourgeois des Aigues. On le disait fou.
Le lendemain, Brunet qui avait instrumenté pour le
compte du général, lui apportait pour le compte de
Courtecuisse une assignation devant le tribunal de

paix. Ce lion devait être piqué par mille mouches, son
supplice ne faisait que commencer.

L'installation d'un garde ne va pas sans quelques
formalités, il doit prêter serment au tribunal de Première Instance, il se passa donc quelques jours avant
que les trois gardes fussent revêtus de leur caractère
officiel. Quoique le général eût écrit à Michaud de
venir avec sa femme sans attendre que le pavillon de
la porte d'Avonne fût arrangé pour le recevoir, le
futur garde-général fut retenu par les soins de son
mariage, par les parents de sa femme venus à Paris, et
il ne put arriver qu'après une quinzaine de jours.
Durant cette quinzaine prise par l'accomplissement
des formalités auxquelles on se prêta d'assez mauvaise
grâce à La-Ville-aux-Fayes, la forêt des Aigues fut
dévastée par les maraudeurs qui profitèrent du temps
pendant lequel elle ne fut gardée par personne.

Ce fut un grand événement dans la vallée, depuis
Couches jusqu'à La-Ville-aux-Fayes que l'apparition
des trois gardes habillés en drap vert, la couleur de
l'Empereur, magnifiquement tenus, et dont les figures
annonçaient un caractère solide, tous bien en jambes,
agiles, capables de passer les nuits dans les bois.

Dans tout le canton, Groison fut le seul qui fêta
les vétérans. Enchanté d'un tel renfort, il lâcha
quelques paroles menaçantes contre les voleurs qui,
dans peu de temps, devaient se trouver serrés de près
et mis dans l'impossibilité de nuire. Ainsi, la proclamation d'usage ne manqua pas à cette guerre,
vive et sourde à la fois.

Sibilet signala la gendarmerie de Soulanges au
général, et surtout le brigadier Soudry, comme entièrement et sournoisement hostile aux Aigues, il lui
fit sentir de quelle utilité lui serait une brigade animée d'un bon esprit.

— Avec un bon brigadier et des gendarmes dévoués à vos intérêts, vous tiendrez le pays!... dit-il.

Le comte courut à la Préfecture où il obtint du général qui commandait la Division, la mise à la retraite de Soudry et son remplacement par un nommé Viollet, excellent gendarme du chef-lieu que vantèrent le général et le préfet. Les gendarmes de la brigade de Soulanges, tous dirigés sur d'autres points du département par le colonel de la gendarmerie, ancien camarade de Montcornet, eurent pour successeurs des hommes choisis, à qui l'ordre fut donné secrètement de veiller à ce que les propriétés du comte de Montcornet ne reçussent désormais aucune atteinte, et à qui l'on recommanda surtout de ne pas se laisser gagner par les habitants de Soulanges.

Cette dernière révolution, accomplie avec une rapidité qui ne permit pas de la contrecarrer, jeta l'étonnement dans La-Ville-aux-Fayes et dans Soulanges. Soudry, qui se regarda comme destitué, se plaignit, et Gaubertin trouva le moyen de le faire nommer maire, afin de mettre la gendarmerie à ses ordres. On cria beaucoup à la tyrannie. Montcornet devint un objet de haine. Non seulement cinq ou six existences furent ainsi changées par lui, mais bien des vanités furent froissées. Les paysans, animés par des paroles échappées aux petits bourgeois de Soulanges, à ceux de La-Ville-aux-Fayes, à Rigou, à Langlumé, à monsieur Guerbet, le maître-de-poste de Couches, se crurent à la veille de perdre ce qu'ils appelaient leurs droits.

Le général éteignit le procès avec son ancien garde en payant tout ce qu'il réclamait.

Courtecuisse acheta pour deux mille francs un petit domaine enclavé sur des terres des Aigues à un débouché des *remises* par où passait le gibier. Rigou n'avait jamais voulu céder La Bâchelerie ; mais il se fit un malicieux plaisir de la vendre à cinquante

pour cent de bénéfice à Courtecuisse. Celui-ci devint
ainsi l'une de ses nombreuses créatures, car il le tint
par le surplus du prix, l'ex-garde n'ayant payé que
mille francs.

Les trois gardes, Michaud et le garde-champêtre,
menèrent alors une vie de guérillas. Couchant dans
les bois, ils les parcouraient sans cesse, ils en prenaient
cette connaissance approfondie qui constitue la science
du garde forestier, qui lui évite les pertes de temps,
étudiant les issues, se familiarisant avec les essences
et leurs gisements, habituant leurs oreilles aux chocs,
aux différents bruits qui se font dans les bois. Enfin,
ils observèrent les figures, passèrent en revue les
différentes familles des divers villages du canton,
et les individus qui les composaient, leurs mœurs,
leur caractère, leurs moyens d'existence. Chose
plus difficile qu'on ne pense! En voyant prendre
des mesures si bien combinées, les paysans qui vivaient
des Aigues, opposèrent un mutisme complet, une sou-
mission narquoise à cette intelligente police.

Dès l'abord, Michaud et Sibilet se déplurent mu-
tuellement. Le franc et loyal militaire, l'honneur
des sous-officiers de la Jeune-Garde, haïssait la brutalité mielleuse, l'air mécontent du régisseur, qu'il
nomma tout d'abord *le Chinois*. Il remarqua bientôt
les objections par lesquelles Sibilet s'opposait aux
mesures radicalement utiles et les raisons par lesquelles il justifiait les choses d'une douteuse réussite.
Au lieu de calmer le général, Sibilet, ainsi qu'on a dû
le voir par ce récit succinct, l'excitait sans cesse et le
poussait aux mesures de rigueur, tout en essayant
de l'intimider par la multiplicité des ennuis, par
l'étendue des petitesses, par des difficultés renaissantes et invincibles. Sans deviner le rôle d'espion
et d'agent provocateur accepté par Sibilet, qui, dès
son installation, se promit à lui-même de choisir,

selon ses intérêts, un maître entre le général et Gaubertin, Michaud reconnut dans le régisseur une nature avide, mauvaise, aussi ne s'en expliquait-il point la probité. La profonde inimitié qui sépara ces deux hauts fonctionnaires, plut d'ailleurs au général. La haine de Michaud le portait à surveiller le régisseur, espionnage auquel il ne serait pas descendu, si le général le lui avait demandé. Sibilet caressa le garde-général et le flatta bassement, sans pouvoir lui faire quitter une excessive politesse que le loyal militaire mit entre eux comme une barrière.

Maintenant, ces détails préliminaires étant connus, on comprendra parfaitement l'intérêt des ennemis du général et celui de la conversation qu'il eut avec ses deux ministres.

CHAPITRE IX

DE LA MÉDIOCRATIE

— Eh! bien, Michaud, qu'y a-t-il de nouveau? demanda le général quand la comtesse eut quitté la salle à manger.

— Mon général, si vous m'en croyez, nous ne parlerons pas d'affaires ici, les murs ont des oreilles, et je veux avoir la certitude que ce que nous dirons ne tombera que dans les nôtres.

— Eh! bien, répondit le général, allons en nous promenant jusqu'à la Régie par le sentier qui partage la prairie, nous serons certains de ne pas être écoutés...

Quelques instants après, le général traversait la prairie, accompagné de Sibilet et Michaud, pendant que la comtesse allait, entre l'abbé Brossette et Blondet, vers la porte d'Avonne. Michaud raconta la scène qui s'était passée au Grand-I-Vert.

— Vatel a eu tort, dit Sibilet.

— On le lui a bien prouvé, reprit Michaud, en l'aveuglant; mais ceci n'est rien. Vous savez, mon général, notre projet de saisir les bestiaux de tous nos délinquants condamnés ; eh! bien, nous ne pourrons jamais y arriver. Brunet, tout comme son confrère Plissoud, ne nous prêtera jamais un loyal concours ;

ils sauront toujours prévenir les gens de la saisie projetée. Vermichel, le praticien de Brunet, est venu chercher le père Fourchon au Grand-I-Vert, et Marie Tonsard, la bonne amie de Bonnébault, est allée donner l'alarme à Couches. J'étais sous le pont d'Avonne à pêcher en guettant un drôle qui médite un mauvais coup, et j'ai entendu Marie Tonsard criant la nouvelle à Bonnébault, qui, voyant la fille à Tonsard fatiguée d'avoir couru, l'a relayée en s'élançant à Couches. Enfin, les dégâts recommencent.

— Un grand coup d'autorité devient de jour en jour plus nécessaire, dit Sibilet.

— Que vous disais-je ? s'écria le général. Il faut réclamer l'exécution des jugements qui portent des condamnations à la prison, qui prononcent la contrainte par corps pour les dommages-intérêts et pour les frais qui me sont dus.

— Ces gens-là regardent la loi comme impuissante et se disent les uns aux autres qu'on n'osera pas les arrêter, répliqua Sibilet. Ils s'imaginent vous faire peur ! Ils ont des complices à La-Ville-aux-Fayes, car le Procureur du roi semble avoir oublié les condamnations.

— Je crois, dit Michaud en voyant le général pensif, qu'en dépensant beaucoup d'argent, vous pouvez encore sauver vos propriétés.

— Il vaut mieux dépenser de l'argent que de sévir, répondit Sibilet.

— Quel est donc votre moyen ? demanda le général à son garde-général.

— Il est bien simple, dit Michaud, il s'agit d'entourer votre forêt de murs, comme votre parc, et nous serons tranquilles, le moindre délit devient un crime et mène en Cour d'Assises.

— A neuf francs la toise superficielle, rien que pour les matériaux, monsieur le comte dépenserait le tiers du capital des Aigues..., dit Sibilet en riant.

— Allons! dit Montcornet, je pars à l'instant, je vais voir le Procureur général.

— Le Procureur général, répliqua doucement Sibilet, sera peut-être de l'avis de son Procureur du roi, car une pareille négligence annonce un accord entre eux.

— Eh! bien, il faut le savoir, s'écria Montcornet. S'il s'agit de faire sauter juges, ministère public, tout jusqu'au Procureur général, j'irai trouver alors le Garde des sceaux, et même le roi.

Sur un signe énergique que lui fit Michaud, le général dit à Sibilet, en se retournant, un : « Adieu, mon cher! » que le régisseur comprit.

— Monsieur le comte est-il d'avis, comme Maire, dit le régisseur en saluant, d'exécuter les mesures nécessaires pour réprimer les abus du glanage ? La moisson va commencer, et s'il faut faire publier les arrêtés sur les certificats d'indigence, et sur l'interdiction du glanage aux indigents des communes voisines, nous n'avons pas de temps à perdre.

— Faites, entendez-vous avec Groison! dit le comte. Avec de pareilles gens, ajouta-t-il, il faut exécuter strictement la loi.

Ainsi dans un moment Montcornet donna gain de cause au système que lui proposait Sibilet depuis quinze jours et auquel il se refusait, mais qu'il trouva bon dans le feu de la colère causée par l'accident de Vatel.

Quand Sibilet fut à cent pas, le comte dit tout bas à son garde : — Eh! bien, mon cher Michaud, qu'y a-t-il ?

— Vous avez un ennemi chez vous, général, et vous lui confiez des projets que vous ne devriez pas dire à votre bonnet de police.

— Je partage tes soupçons, mon cher ami, répliqua

Montcornet ; mais je ne commettrai pas deux fois la même faute. Pour remplacer Sibilet, j'attends que tu sois au fait de la Régie, et que Vatel puisse te succéder. Cependant, qu'ai-je à reprocher à Sibilet ? Il est ponctuel, probe, il n'a pas détourné cent francs depuis cinq ans. Il a le plus détestable caractère du monde, et voilà tout ; autrement, quel serait son plan ?

— Général, dit gravement Michaud, je le saurai, car il en a bien certainement un ; et, si vous le permettez, un sac de mille francs le fera dire à ce drôle de Fourchon, quoique, depuis ce matin, je soupçonne le père Fourchon de manger à tous les râteliers. On veut vous forcer à vendre les Aigues, ce vieux fripon de cordier me l'a dit. Sachez-le ! Depuis Couches jusqu'à La-Ville-aux-Fayes, il n'est pas de paysan, de petit bourgeois, de fermier, de cabaretier, qui n'ait son argent prêt pour le jour de la curée. Fourchon m'a confié que Tonsard, son gendre, a déjà jeté son dévolu... L'opinion que vous vendrez les Aigues règne dans la vallée, comme un poison dans l'air. Peut-être le pavillon de la Régie et quelques terres à l'alentour, est-il le prix dont est payé l'espionnage de Sibilet ? Il ne se dit rien entre nous qui ne se sache à La-Ville-aux-Fayes. Sibilet est parent à votre ennemi, Gaubertin. Ce qui vient de vous échapper sur le Procureur général sera rapporté peut-être à ce magistrat avant que vous ne soyez à la Préfecture. Vous ne connaissez pas les gens de ce canton-ci !

— Je ne les connais pas ?... c'est de la canaille, et lâcher pied devant de pareils gredins ?... s'écria le général, ah ! plutôt cent fois brûler moi-même les Aigues !...

— Ne les brûlons pas, et adoptons un plan de conduite qui déjoue les ruses de ces Lilliputiens. A les entendre dans leurs menaces, on est décidé à

tout contre vous ; aussi, mon général, puisque vous
parlez d'incendie, assurez tous vos bâtiments et toutes
vos fermes!

— Ah! sais-tu, Michaud, ce qu'ils veulent dire
avec leur Tapissier? Hier, en allant le long de la
Thune, j'entendais les petits gars disant : « Voilà
le Tapissier!... » et ils se sauvaient.

— Ce serait à Sibilet à vous répondre, il serait
dans son rôle, car il aime à vous voir en colère, répondit Michaud d'un air navré ; mais puisque vous
me le demandez..., eh! bien, c'est le surnom que ces
brigands-là vous ont donné, mon général.

— A cause de quoi?...

— Mais, mon général, à cause de... votre père...

— Ah! les mâtins!... s'écria le comte devenu
blême. Oui, Michaud, mon père était marchand
de meubles, ébéniste, la comtesse n'en sait rien...
Oh! que jamais... Et après tout, j'ai fait valser des
reines et des impératrices!... je lui dirai tout ce soir!
s'écria-t-il après une pause.

— Ils prétendent que vous êtes un lâche, reprit
Michaud.

— Ah!

— Ils demandent comment vous avez pu vous
sauver à Essling, là où presque tous les camarades
ont péri...

Cette accusation fit sourire le général.

— Michaud, je vais à la Préfecture! s'écria-t-il
avec une sorte de rage, quand ce ne serait que pour y
faire préparer les polices d'assurance. Annonce mon
départ à madame la comtesse. Ah! ils veulent la
guerre, ils l'auront, et je vais m'amuser à les tracasser, moi, les bourgeois de Soulanges et leurs
paysans... Nous sommes en pays ennemi, de la prudence! Recommande aux gardes de se tenir dans les
termes de la loi. Ce pauvre Vatel, aie soin de lui. La

comtesse est effrayée, il faut lui tout cacher ; autrement, elle ne reviendrait plus ici !...

Le général ni même Michaud n'étaient dans le secret de leur péril. Michaud, trop nouvellement venu dans cette vallée de Bourgogne, ignorait la puissance de l'ennemi, tout en en voyant l'action. Le général, lui, croyait à la force de la loi.

La loi, telle que le législateur la fabrique aujourd'hui, n'a pas toute la vertu qu'on lui suppose. Elle ne frappe pas également le pays, elle se modifie dans ses applications au point de démentir son principe. Ce fait se déclare plus ou moins patemment à toutes les époques. Quel serait l'historien assez ignorant pour prétendre que les Arrêtés du pouvoir le plus énergique ont eu cours dans toute la France ? que les réquisitions en hommes, en denrées, en argent, frappées par la Convention, ont été faites en Provence, au fond de la Normandie, sur la lisière de la Bretagne, comme elles se sont accomplies dans les grands centres de vie sociale ? Quel philosophe oserait nier qu'une tête tombe aujourd'hui dans tel département, tandis que dans le département voisin une autre tête est conservée, quoique coupable d'un crime identiquement le même, et souvent plus horrible ? On veut l'égalité dans la vie, et l'inégalité règne dans la loi, dans la peine de mort ?...

Dès qu'une ville se trouve au-dessous d'un certain chiffre de population, les moyens administratifs ne sont plus les mêmes. Il est environ cent villes en France où les lois jouent dans toute leur vigueur, où l'intelligence des citoyens s'élève jusqu'au problème d'intérêt général ou d'avenir que la loi veut résoudre ; mais, dans le reste de la France, où l'on ne comprend que les jouissances immédiates, l'on s'y soustrait à tout ce qui peut les atteindre. Aussi, dans la moitié de la France environ, rencontre-t-on une

force d'inertie qui déjoue toute action légale, administrative et gouvernementale. Entendons-nous! Cette
résistance ne regarde point les choses essentielles
à la vie politique. La rentrée des impôts, le recrutement, la punition des grands crimes ont lieu certainement ; mais, en dehors de certaines nécessités
reconnues, toutes les dispositions législatives qui
touchent aux mœurs, aux intérêts, à certains abus
sont complètement abolies par un *mauvais gré* général.
Et, au moment où cette Scène se publie, il est facile
de reconnaître cette résistance, contre laquelle s'est
jadis heurté Louis XIV en Bretagne, en voyant les
faits déplorables que cause la loi sur la chasse. On
sacrifiera, par an, la vie de vingt ou trente hommes
peut-être pour sauver celle de quelques bêtes.

En France, pour vingt millions d'êtres, la loi n'est
qu'un papier blanc affiché sur la porte de l'Église,
ou à la Mairie. De là, le mot *les papiers* employé
par Mouche comme expression de l'Autorité. Beaucoup
de maires de canton (il ne s'agit pas encore des maires
de simples communes) font des sacs à raisin ou à graines
avec les numéros du *Bulletin des Lois*. Quant aux
simples maires de communes, on serait effrayé du
nombre de ceux qui ne savent ni lire ni écrire, et
de la manière dont sont tenus les actes de l'État
civil. La gravité de cette situation, parfaitement
connue des administrateurs sérieux, diminuera sans
doute ; mais ce que la centralisation contre laquelle
on déclame tant, comme on déclame en France
contre tout ce qui est grand, utile et fort, n'atteindra
jamais ; mais la puissance contre laquelle elle se
brisera toujours, est celle contre laquelle allait se
heurter le général et qu'il faut nommer la *Médiocratie*.

On a beaucoup crié contre la tyrannie des nobles,
on crie aujourd'hui contre celle des financiers, contre
les abus du pouvoir qui ne sont peut-être que les

inévitables meurtrissures du joug social appelé
Contrat par Rousseau, Constitution par ceux-ci,
Chartre par ceux-là, ici Czar, là Roi, Parlement en
Angleterre ; mais le nivellement commencé par
1789 et repris en 1830 a préparé la louche domination
de la bourgeoisie, et lui a livré la France. Un fait,
malheureusement trop commun aujourd'hui, l'asser-
vissement d'un canton, d'une petite ville, d'une sous-
préfecture par une famille ; enfin, le tableau de la
puissance qu'avait su conquérir Gaubertin en pleine
Restauration, accusera mieux ce mal social que
toutes les affirmations dogmatiques. Bien des localités
opprimées s'y reconnaîtront, bien des gens sourde-
ment écrasés trouveront ici ce petit Ci-Gît public
qui parfois console d'un grand malheur privé.

Au moment où le général s'imaginait recommencer
une lutte qui n'avait jamais eu de trêve, son ancien
régisseur avait complété les mailles du réseau dans
lequel il tenait l'arrondissement de La-Ville-aux-
Fayes tout entier. Pour éviter des longueurs, il est
nécessaire de présenter succinctement les rameaux
généalogiques par lesquels Gaubertin embrassait
le pays comme un boa tourné sur un arbre gigantesque
avec tant d'art, que le voyageur croit y voir un effet
naturel de la végétation asiatique.

En 1793, il existait trois frères du nom de Mouchon
dans la vallée de l'Avonne. Depuis 1793, on commençait à substituer le nom de vallée de l'Avonne à celui
de vallée des Aigues, en haine de l'ancienne seigneurie.

L'aîné, régisseur des biens de la famille Ronquerolles, devint député du département à la Convention.
A l'imitation de son ami Gaubertin, l'accusateur
public qui sauva les Soulanges, il sauva les biens et
la vie des Ronquerolles. Il eut deux filles, l'une mariée
à l'avocat Gendrin, l'autre à Gaubertin fils, et il
mourut en 1804.

Le second obtint gratis, par la protection de son aîné, le poste de Couches. Il eut pour seule et unique héritière une fille, mariée à un riche fermier du pays appelé Guerbet. Il mourut en 1817.

Le dernier des Mouchon, s'étant fait prêtre, curé de La-Ville-aux-Fayes avant la Révolution, curé depuis le rétablissement du culte catholique, se trouvait encore curé de cette petite capitale. Il ne voulut pas prêter le serment, se cacha pendant longtemps aux Aigues, dans la Chartreuse, sous la protection secrète des Gaubertin père et fils. Alors âgé de soixante-sept ans, il jouissait de l'estime et de l'affection générales, à cause de la concordance de son caractère avec celui des habitants. Parcimonieux jusqu'à l'avarice, il passait pour être fort riche, et sa fortune présumée consolidait le respect dont il était environné. Monseigneur l'évêque faisait le plus grand cas de l'abbé Mouchon, qu'on appelait le vénérable curé de La-Ville-aux-Fayes ; et ce qui, non moins que sa fortune, rendait Mouchon cher aux habitants, était la certitude qu'on eut à plusieurs reprises, de son refus d'aller occuper une cure superbe à la préfecture où Monseigneur le désirait.

En ce moment, Gaubertin, maire de La-Ville-aux-Fayes, rencontrait un appui solide en monsieur Gendrin, son beau-frère, le président du tribunal de Première Instance. Gaubertin fils, l'avoué le plus occupé du tribunal et d'une renommée proverbiale dans l'arrondissement, parlait déjà de vendre son étude après cinq ans d'exercice. Il voulait s'en tenir à l'exercice de sa profession d'avocat, afin de pouvoir succéder à son oncle Gendrin, quand celui-ci prendrait sa retraite. Le fils unique du président Gendrin était conservateur des hypothèques.

Soudry fils, qui depuis deux ans occupait le principal siège du ministère public, était un séide de Gaubertin.

La fine madame Soudry n'avait pas manqué de solidi-
fier la position du fils de son mari par un immense
avenir, en le mariant à la fille unique de Rigou. La
double fortune de l'ancien moine et celle des Soudry
qui devait revenir au Procureur du roi, faisaient de ce
jeune homme l'un des personnages les plus riches et les
plus considérables du département.

Le sous-préfet de La-Ville-aux-Fayes, monsieur
des Lupeaulx, neveu du secrétaire général d'un des
plus importants ministères, était le mari désigné de
mademoiselle Élise Gaubertin, la plus jeune fille du
maire, dont la dot, comme celle de l'aînée, se montait à
deux cent mille francs, *sans les espérances !* Ce fonctionnaire fit de l'esprit sans le savoir en tombant amoureux
d'Élise, à son arrivée à La-Ville-aux-Fayes en 1819.
Sans ses prétentions, qui parurent sortables, depuis
longtemps on l'aurait contraint à demander son changement ; mais il appartenait en espérance à la famille
Gaubertin, dont le chef voyait dans cette alliance
beaucoup moins le neveu que l'oncle. Aussi l'oncle,
dans l'intérêt de son neveu, mettait-il toute son
influence au service de Gaubertin.

Ainsi, l'Église, la Magistrature sous sa double
forme, amovible et inamovible, la Municipalité, l'Administration, les quatre pieds du pouvoir marchaient
au gré du Maire.

Voici comment cette puissance s'était fortifiée au-
dessus et au-dessous de la sphère où elle agissait.

Le département auquel appartenait La-Ville-aux-
Fayes est un de ceux dont la population lui donne le
droit de nommer six députés. L'arrondissement de
La-Ville-aux-Fayes, depuis la création d'un Centre
gauche à la Chambre, avait fait son député de
Leclercq, banquier de l'entrepôt des vins, gendre de
Gaubertin, devenu Régent de la Banque. Le nombre
d'électeurs que cette riche vallée fournissait au Grand-

Collège ⁹³, était assez considérable pour que l'élection
de monsieur de Ronquerolles, protecteur acquis à la
famille Mouchon, fût toujours assurée, ne fût-ce que
par transaction. Les électeurs de La-Ville-aux-Fayes
prêtaient leur appui au préfet, à la condition de maintenir le marquis de Ronquerolles député du Grand-
Collège. Aussi Gaubertin, qui le premier eut l'idée de
cet arrangement électoral, était-il vu de bon œil à la
Préfecture, à laquelle il sauvait bien des déboires. Le
préfet faisait élire trois ministériels purs, avec deux
députés Centre gauche. Ces deux députés étant le
marquis de Ronquerolles, beau-frère du comte de
Sérisy, et un Régent de la Banque, effrayaient peu le
Cabinet. Aussi les élections de ce département pas-
saient-elles au ministère de l'Intérieur pour être
excellentes.

Le comte de Soulanges, pair de France, désigné
pour être maréchal, fidèle aux Bourbons, savait ses
bois et ses propriétés bien administrés et bien gardés
par le notaire Lupin, par Soudry, il pouvait être
regardé comme un protecteur par Gendrin qu'il avait
fait nommer successivement juge et président, aidé
d'ailleurs, en ceci, par monsieur de Ronquerolles.

Messieurs Leclercq et de Ronquerolles siégaient
au Centre gauche, plus près de la Gauche que du
Centre, situation politique pleine d'avantage pour ceux
qui regardent la conscience politique comme un vêtement.

Le frère de monsieur Leclercq avait obtenu la
recette particulière de La-Ville-aux-Fayes.

Au-delà de cette capitale de la vallée d'Avonne, le
banquier, député de l'arrondissement, venait d'acquérir une magnifique terre de trente mille francs de
rentes, avec parc et château, position qui lui permettait d'influencer tout un canton.

Ainsi, dans les régions supérieures de l'État, dans

les deux Chambres et au principal Ministère, Gaubertin comptait sur une protection aussi puissante qu'active, et il ne l'avait encore ni sollicitée pour des riens, ni fatiguée par trop de demandes sérieuses.

Le conseiller Gendrin, nommé Président de Chambre, était le grand faiseur de la Cour royale. Le Premier Président, l'un des trois députés ministériels, orateur nécessaire au Centre, laissait, pendant la moitié de l'année, la conduite de sa Cour au Président Gendrin. Enfin, le conseiller de préfecture, cousin de Sarcus, nommé Sarcus-le-Riche, était le bras droit du préfet, député lui-même. Sans les raisons de famille qui liaient Gaubertin et le jeune des Lupeaulx, un frère de madame Sarcus eût été *désiré* pour sous-préfet par l'arrondissement de La-Ville-aux-Fayes. Madame Sarcus, la femme du conseiller de préfecture, était une Vallat de Soulanges, famille alliée aux Gaubertin, elle passait pour avoir distingué le notaire Lupin dans sa jeunesse. Quoiqu'elle eût quarante-cinq ans et un fils élève ingénieur, Lupin n'allait jamais à la Préfecture sans lui présenter ses hommages et déjeuner ou dîner avec elle.

Le neveu de Guerbet, le maître de poste, dont le père était, comme on l'a vu, percepteur de Soulanges, occupait la place importante de juge d'instruction au tribunal de La-Ville-aux-Fayes. Le troisième juge, fils de maître Corbinet, notaire, appartenait nécessairement corps et âme au tout-puissant maire. Enfin le jeune Vigor, fils du lieutenant de la gendarmerie, était le juge suppléant. Sibilet père, greffier du tribunal dès l'origine, avait marié sa sœur à monsieur Vigor, lieutenant de la gendarmerie [94] de La-Ville-aux-Fayes. Ce bonhomme, père de six enfants, était le cousin du père de Gaubertin, par sa femme, une Gaubertin-Vallat.

Depuis dix-huit mois, les efforts réunis des deux députés, de monsieur de Soulanges, du président

Gaubertin, avaient fait créer une place de commissaire
de police à La-Ville-aux-Fayes, en faveur du second
fils du greffier.

La fille aînée de Sibilet avait épousé monsieur Hervé,
instituteur, dont l'établissement venait d'être trans-
formé en collège, à raison de ce mariage, et depuis un
an La-Ville-aux-Fayes jouissait d'un proviseur.

Le Sibilet, principal-clerc de maître Corbinet, attendait des Gaubertin, des Soudry, des Leclercq, les
garanties nécessaires à l'acquisition de l'étude de son
patron.

Le dernier fils du greffier était employé dans les
Domaines, avec promesse de succéder au receveur de
l'Enregistrement dès qu'il aurait atteint le temps du
service voulu pour prendre sa retraite.

Enfin, la dernière fille de Sibilet, âgée de seize ans,
était fiancée au capitaine Corbinet, frère du notaire, à
qui l'on avait obtenu la place de directeur de la poste
aux lettres.

La poste aux chevaux de La-Ville-aux-Fayes appartenait à monsieur Vigor l'aîné, beau-frère du banquier
Leclercq, et il commandait la garde nationale.

Une vieille demoiselle Gaubertin-Vallat, sœur de la
greffière, tenait le bureau de papier timbré.

Ainsi, de quelque côté qu'on se tournât dans La-
Ville-aux-Fayes, on rencontrait un membre de cette
coalition invisible, dont le chef avoué, reconnu par
tous, grands et petits, était le Maire de la ville, l'Agent
Général du commerce des bois, Gaubertin!...

Si de la sous-préfecture on descendait dans la vallée
de l'Avonne, Gaubertin y dominait à Soulanges par
les Soudry, par Lupin, adjoint au maire, régisseur de
la terre de Soulanges et toujours en correspondance
avec le comte, par Sarcus, le juge de paix, par Guerbet
le percepteur, par Gourdon le médecin, qui avait
épousé une Gendrin-Vatebled. Il gouvernait Blangy

par Rigou, Couches par le maître de poste, maire absolu dans sa commune. A la manière dont l'ambitieux maire de La-Ville-aux-Fayes rayonnait dans la vallée de l'Avonne, on peut deviner comment il influait dans le reste de l'arrondissement.

Le chef de la maison Leclercq était un chapeau mis sur la députation. Le banquier avait consenti, dès l'origine, à laisser nommer Gaubertin à sa place, dès qu'il aurait obtenu la Recette générale du département. Soudry, le Procureur du roi, devait passer Avocat général à la Cour royale, et le riche juge d'instruction Guerbet attendait un siège de conseiller. Ainsi, l'occupation de ces places, loin d'être oppressive, garantissait de l'avancement aux jeunes ambitieux de la ville, et conciliait à la coalition l'amitié des familles postulantes.

L'influence de Gaubertin était si sérieuse, si grande, que les fonds, les économies, l'argent caché des Rigou, des Soudry, des Gendrin, des Guerbet, des Lupin, de Sarcus-le-Riche lui-même obéissaient à ses prescriptions. La-Ville-aux-Fayes croyait d'ailleurs en son Maire. La capacité de Gaubertin n'était pas moins prônée que sa probité, que son obligeance ; il appartenait à ses parents, à ses administrés tout entier, mais à charge de revanche. Son conseil municipal l'adorait. Aussi tout le département blâmait-il monsieur Mariotte d'Auxerre d'avoir contrarié ce brave monsieur Gaubertin.

Sans se douter de leur force, aucun cas de la montrer ne s'étant déclaré, les bourgeois de La-Ville-aux-Fayes se vantaient seulement de ne pas avoir d'étrangers chez eux, et ils se croyaient excellents patriotes. Rien n'échappait donc à cette intelligente tyrannie, inaperçue d'ailleurs, et qui paraissait à chacun le triomphe de la localité. Ainsi, dès que l'Opposition libérale déclara la guerre aux Bourbons de la branche aînée, Gaubertin, qui ne savait où placer un fils naturel, ignoré de sa femme et nommé Bournier, tenu depuis longtemps à Paris, sous la surveillance de Leclercq, le voyant devenu prote d'une imprimerie, fit créer en sa faveur un brevet d'imprimeur à résidence de La-Ville-aux-Fayes. A l'instigation de son protecteur, ce garçon entreprit un journal ayant pour titre le *Courrier de l'Avonne*, paraissant trois fois par semaine, et qui commença par enlever le bénéfice des annonces légales au journal de la Préfecture. Cette feuille départementale, tout acquise au Ministère en général, mais appartenant au Centre gauche en particulier, et qui devint précieuse au commerce pour la publication des mercuriales de la Bourgogne, fut entièrement dévouée aux intérêts du triumvirat Rigou, Gaubertin et Soudry. A la tête d'un assez bel établissement où il réalisait déjà des bénéfices, Bournier faisait la cour à la fille de Maréchal l'avoué. Ce mariage paraissait probable.

Le seul étranger à la grande famille avonnaise était l'ingénieur ordinaire des Ponts et chaussées ; aussi réclamait-on avec instance son changement en faveur de monsieur Sarcus, le fils de Sarcus-le-Riche, et tout annonçait que ce défaut dans le filet serait réparé sous peu de temps.

Cette ligue formidable qui monopolisait tous les services publics et particuliers, qui suçait le pays, qui s'attachait au pouvoir comme un *remora* [95] sous un navire, échappait à tous les regards, le général Montcornet ne la soupçonnait pas. La Préfecture s'applaudissait de la prospérité de l'arrondissement de La-Ville-aux-Fayes dont on disait au ministère de l'Intérieur : « Voilà une sous-préfecture modèle ! tout y va comme sur des roulettes ! Nous serions bien heureux, si tous les arrondissements ressemblaient à celui-là ! » L'esprit de famille s'y doublait si bien de l'esprit de localité que là, comme dans beaucoup de petites villes et même de préfectures, un fonctionnaire étranger au pays eût été forcé de quitter l'arrondissement dans l'année.

Quand le despotique cousinage bourgeois fait une victime, elle est si bien entortillée et bâillonnée, qu'elle n'ose se plaindre ; elle est enveloppée de glu, de cire, comme un colimaçon introduit dans une ruche. Cette tyrannie invisible, insaisissable, a pour auxiliaires des raisons puissantes : le désir d'être au milieu de sa famille, de surveiller ses propriétés, l'appui mutuel qu'on se prête, les garanties que trouve l'administration en voyant son agent sous les yeux de ses concitoyens et de ses proches. Aussi le népotisme est-il pratiqué dans la sphère élevée du département, comme dans la petite ville de province.

Qu'arrive-t-il ? Le pays, la localité triomphent sur des questions d'intérêt général, la volonté de la centralisation parisienne est souvent écrasée, la vérité des faits est travestie.

Enfin, une fois les grandes utilités publiques satisfaites, il est clair que les lois, au lieu d'agir sur les masses, en reçoivent l'empreinte, les populations se les adaptent au lieu de s'y adapter. Quiconque a voyagé dans le Midi, dans l'Ouest de la France, en Alsace, autrement que pour y coucher à l'auberge, voir les monuments ou le paysage, doit reconnaître la vérité de ces observations. Ces effets du népotisme bourgeois sont aujourd'hui des faits isolés ; mais l'esprit des lois actuelles tend à les augmenter. Cette plate domination peut causer de grands maux, comme le démontreront quelques événements du drame qui se jouait alors dans la vallée des Aigues.

Le système, renversé plus imprudemment qu'on ne le croit, le système monarchique et le système impérial remédiaient à cet abus, par des existences consacrées, par des classifications, par des contre-poids qu'on

a si sottement définis *des privilèges*. Il n'existe pas
de privilèges du moment où tout le monde est admis à
grimper au mât de cocagne du pouvoir. Ne vaudrait-il
pas mieux d'ailleurs des privilèges avoués, connus, que
des privilèges ainsi surpris, établis par la ruse en fraude
de l'esprit qu'on veut faire public, qui reprennent
l'œuvre du despotisme en sous-œuvre et un cran plus
bas qu'autrefois ? N'aurait-on renversé de nobles
tyrans dévoués à leur pays, que pour créer d'égoïstes
tyranneaux ? Le pouvoir sera-t-il dans les caves au
lieu de régner à sa place naturelle ? On doit y songer.
L'esprit de localité tel qu'il vient d'être dessiné, gagnera la Chambre.

L'ami de Montcornet, le comte de la Roche-Hugon,
avait été destitué peu de temps après la dernière visite
du général. Cette destitution jeta cet homme d'État
dans l'opposition libérale, où il devint un des coryphées
du Côté gauche qu'il déserta promptement pour une
ambassade. Son successeur, heureusement pour Montcornet, était un gendre du marquis de Troisville, le
comte de Castéran. Le Préfet reçut Montcornet
comme un parent, et lui dit gracieusement de conserver ses habitudes à la Préfecture. Après avoir écouté
les plaintes du général, le comte de Castéran pria
l'évêque, le procureur général, le colonel de la gendarmerie, le conseiller Sarcus, et le général commandant
la Division à déjeuner pour le lendemain.

Le Procureur général, le baron Bourlac, si célèbre
par les procès La Chanterie et Rifoël [96], était un de
ces hommes acquis à tous les gouvernements, que
leur dévouement au pouvoir, quel qu'il soit, rend
précieux. Après avoir dû son élévation à son fanatisme pour l'Empereur, il dut la conservation de
son grade judiciaire à son caractère inflexible et à la
conscience de métier qu'il portait dans l'accomplissement de ses devoirs. Le Procureur général qui jadis

poursuivait avec acharnement les restes de la chouannerie, poursuivit les bonapartistes avec un acharnement égal. Mais les années, les tempêtes avaient
adouci sa rudesse ; il était devenu, comme tous les
vieux diables, charmant de manières et de formes.

Le comte de Montcornet expliqua sa position, les
craintes de son garde-général, parla de la nécessité de
faire des exemples et de soutenir la cause de la propriété.

Ces hauts fonctionnaires écoutèrent gravement,
sans répondre autre chose que des banalités comme :
« Certainement, il faut que force reste à la loi. —
Votre cause est celle de tous les propriétaires. —
Nous y veillerons ; mais la prudence est nécessaire
dans les circonstances où nous nous trouvons. —
Une monarchie doit faire plus pour le peuple que le
peuple ne ferait pour lui-même, s'il était comme en
1793, le souverain. — Le peuple souffre, nous nous
devons autant à lui qu'à vous ! »

L'implacable Procureur général exposa tout doucement des considérations sérieuses et bienveillantes
sur la situation des basses classes, qui eussent prouvé
à nos futurs utopistes que les fonctionnaires de
l'ordre élevé savaient déjà les difficultés du problème
à résoudre par la société moderne.

Il n'est pas inutile de dire ici qu'à cette époque
de la Restauration, des collisions sanglantes avaient
eu lieu, sur plusieurs points du royaume, précisément
à cause du pillage des bois et des droits abusifs que
les paysans de quelques communes s'étaient arrogés.
Le ministère, la cour n'aimaient ni ces sortes d'émeutes,
ni le sang que faisait couler la répression, heureuse ou
malheureuse. Tout en sentant la nécessité de sévir,
on traitait les administrateurs de maladroits quand
ils avaient comprimé les paysans, et ils étaient des-
titués s'ils faiblissaient ; aussi les préfets biaisaient-ils
avec ces accidents déplorables.

Dès le début de la conversation, Sarcus-le-Riche avait fait au Procureur général et au Préfet un signe que Montcornet ne vit pas et qui détermina l'allure de la conversation. Le Procureur général connaissait la situation des esprits dans la vallée des Aigues par son subordonné Soudry.

— Je prévois une lutte terrible, avait dit le Procureur du roi de La-Ville-aux-Fayes à son chef qu'il était venu voir exprès. On nous tuera des gendarmes, je le sais par mes espions. Nous aurons un méchant procès. Le Jury ne nous soutiendra pas quand il se verra sous le coup de la haine des familles de vingt ou trente accusés, il ne nous accordera pas la tête des meurtriers ni les années de bagne que nous demanderons pour les complices. A peine obtiendrez-vous, en plaidant vous-même, quelques années de prison pour les plus coupables. Il vaut mieux fermer les yeux que les ouvrir quand, en les ouvrant, nous sommes certains d'exciter une collision qui coûtera du sang, et peut-être six mille francs de frais à l'État, sans compter l'entretien de ces gens-là au bagne. C'est cher pour un triomphe qui, certes, exposera la faiblesse de la Justice à tous les regards.

Incapable de soupçonner l'influence de la *médiocratie* de sa vallée, Montcornet ne parla donc pas de Gaubertin, dont la main attisait le foyer de ces renaissantes difficultés. Après le déjeuner, le Procureur général prit le comte de Montcornet par le bras et l'emmena dans le cabinet du Préfet. Au sortir de cette conférence, le général Montcornet écrivit à la comtesse qu'il partait pour Paris et qu'il ne serait de retour que dans une semaine. On verra, par l'exécution des mesures que dicta le baron Bourlac, combien ses avis étaient sages, et si les Aigues pouvaient échapper au *mauvais gré*, ce devait être en se conformant à la politique que ce magistrat venait de conseiller secrètement au comte de Montcornet.

Quelques esprits, avides d'intérêt avant tout, accuseront ces explications de longueur ; mais il est utile de faire observer ici que, d'abord, l'historien des mœurs obéit à des lois plus dures que celles qui régissent l'historien des faits ; il doit rendre tout probable, même le vrai ; tandis que, dans le domaine de l'histoire proprement dite, l'impossible est justifié par la raison qu'il est advenu. Les vicissitudes de la vie sociale ou privée sont engendrées par un monde de petites causes qui tiennent à tout. Le savant est obligé de déblayer les masses d'une avalanche, sous laquelle ont péri des villages, pour vous montrer les cailloux détachés d'une cime qui ont déterminé la formation de cette montagne de neige. S'il ne s'agissait ici que d'un suicide, il y en a cinq cents par an, dans Paris ; ce mélodrame est devenu vulgaire, et chacun peut en accepter les plus brèves raisons ; mais à qui ferait-on croire que le suicide de la Propriété soit jamais arrivé par un temps où la fortune semble plus précieuse que la vie ? *De re vestra agitur* [87], disait un fabuliste, il s'agit ici des affaires de tous ceux qui possèdent quelque chose.

Songez que cette ligue de tout un canton et d'une petite ville contre un vieux général échappé malgré son courage aux dangers de mille combats, s'est dressée en plus d'un département contre des hommes qui voulaient y faire le bien. Cette coalition menace incessamment l'homme de génie, le grand politique, le grand agronome, tous les novateurs enfin !

Cette dernière explication, politique pour ainsi dire, rend non seulement aux personnages du drame leur vraie physionomie, au plus petit détail sa gravité, mais encore elle jettera de vives lumières sur cette Scène, où sont en jeu tous les intérêts sociaux.

CHAPITRE X

MÉLANCOLIE
D'UNE FEMME HEUREUSE

Au moment où le général montait en calèche pour aller à la Préfecture, la comtesse arrivait à la porte d'Avonne, où depuis dix-huit mois le ménage de Michaud et d'Olympe était installé.

Quelqu'un qui se serait rappelé le pavillon comme il est décrit plus haut, l'aurait cru rebâti. D'abord, les briques tombées ou mordues par le temps, le ciment qui manquait dans les joints, avaient été remplacés. L'ardoise nettoyée rendait sa gaieté à l'architecture par l'effet des balustres découpés en blanc sur ce fond bleuâtre. Les abords désobstrués et sablés étaient soignés par l'homme chargé d'entretenir les allées du parc. Les encadrements des croisées, les corniches, enfin toute la pierre travaillée ayant été restaurée, l'extérieur de ce monument avait repris son ancien lustre. La basse-cour, les écuries, l'étable reportées dans les bâtiments de la Faisanderie et cachées par des massifs, au lieu d'attrister le regard par leurs inconvénients, mêlaient au continuel bruissement particulier aux forêts ces murmures, ces roucoulements, ces battements d'ailes, l'un des plus délicieux accompagnements de la continuelle mélodie que chante la Nature. Ce lieu tenait donc à la fois au genre inculte des forêts peu pratiquées et à l'élégance d'un parc anglais. L'entourage du pavillon en accord avec son extérieur, offrait au regard je ne sais quoi de noble, de digne et d'aimable ; de même que le bonheur et les soins d'une jeune femme donnaient à l'intérieur une physionomie bien différente de celle que la brutale insouciance de Courtecuisse y imprimait naguère.

En ce moment, la saison faisait valoir toutes ces splendeurs naturelles. Les parfums de quelques corbeilles de fleurs se mariaient à la sauvage senteur des bois. Quelques prairies du parc, récemment fauchées à l'entour, répandaient l'odeur des foins coupés.

Lorsque la comtesse et ses deux hôtes atteignirent au bout d'une des allées sinueuses qui débouchaient au pavillon, ils entrevirent madame Michaud assise en dehors, à sa porte, travaillant à une layette. Cette femme, ainsi posée, ainsi occupée, ajoutait au paysage un intérêt humain qui le complétait et qui dans la réalité est si touchant, que certains peintres ont par erreur essayé de le transporter dans leurs tableaux. Ces artistes oublient que l'*esprit* d'un pays, quand il est bien rendu par eux, est si grandiose qu'il écrase l'homme, tandis qu'une semblable scène est, dans la nature, toujours en proportion avec le personnage par le cadre dans lequel l'œil du spectateur le circonscrit. Quand le Poussin, le Raphaël de la France, a fait du paysage un accessoire dans ses *Bergers d'Arcadie*, il avait bien deviné que l'homme devient petit et misérable, lorsque dans une toile la nature est le principal.

Là, c'était août dans toute sa gloire, une moisson attendue, un tableau plein d'émotions simples et fortes. Là, se rencontrait réalisé le rêve de beaucoup d'hommes dont la vie inconstante et mélangée de bon et de mauvais par de violentes secousses, leur a fait désirer le repos.

Disons en quelques phrases le roman de ce ménage.
Justin Michaud n'avait pas répondu très chaudement
aux avances de l'illustre colonel des cuirassiers, quand
Montcornet lui proposa la garde des Aigues : il pensait
alors à reprendre du service ; mais au milieu des pour-
parlers et des propositions qui le conduisirent à l'hôtel
Montcornet, il y vit la première femme de Madame.
Cette jeune fille, confiée à la comtesse par d'honnêtes
fermiers des environs d'Alençon, avait quelques espérances de fortune, vingt ou trente mille francs, une
fois tous les héritages venus. Comme beaucoup de
cultivateurs qui se sont mariés jeunes et dont les
ancêtres vivent, le père et la mère se trouvant dans la
gêne et ne pouvant donner aucune éducation à leur
fille aînée, l'avaient placée auprès de la jeune comtesse. Madame de Montcornet fit apprendre la couture,
les modes à mademoiselle Olympe Charel, ordonna
de la servir à part, et fut récompensée de ces égards
par un de ces attachements absolus, si nécessaires aux
Parisiennes. Olympe Charel, jolie Normande, d'un
blond à tons dorés, légèrement grasse, d'une figure
animée par un œil spirituel et remarquable par un
nez de marquise, fin et courbé, par un air virginal
malgré sa taille cambrée à l'espagnole, offrait toutes
les distinctions qu'une jeune fille née immédiatement
au-dessus du peuple peut gagner dans le rapproche-
ment que sa maîtresse daigne permettre. Convena-
blement mise, d'un maintien et d'une tournure décents,
elle s'exprimait bien. Michaud fut donc facilement
pris, surtout en apprenant que la fortune de sa belle
serait assez considérable un jour. Les difficultés vinrent
de la comtesse, qui ne voulait pas se séparer d'une fille
si précieuse ; mais lorsque Montcornet eut expliqué
sa situation aux Aigues, le mariage n'éprouva plus de
retards que par la nécessité de consulter les parents,
dont le consentement fut promptement donné.

Michaud, à l'exemple de son général, regarda sa jeune femme comme un être supérieur auquel il fallait obéir militairement, sans arrière-pensée. Il trouva dans cette quiétude et dans sa vie occupée au-dehors, les éléments du bonheur que souhaitent les soldats en quittant leur métier : assez de travail pour ce que le corps en exige, assez de fatigues pour pouvoir goûter les charmes du repos. Malgré son intrépidité connue, Michaud n'avait jamais reçu de blessure grave, il n'éprouvait aucune de ces douleurs qui doivent aigrir l'humeur des vétérans ; comme tous les êtres réellement forts, il avait l'humeur égale ; sa femme l'aima donc absolument. Depuis leur arrivée au pavillon, cet heureux ménage savourait les douceurs de sa lune de miel, en harmonie avec la Nature, avec l'art dont les créations l'entouraient, circonstance assez rare! Les choses autour de nous ne concordent pas toujours à la situation de nos âmes.

En ce moment, c'était si joli, que la comtesse arrêta Blondet et l'abbé Brossette, car ils pouvaient voir la jolie madame Michaud sans être vus par elle.

— Quand je me promène, je viens toujours dans cette partie du parc, dit-elle tout bas. Je me plais à contempler le pavillon et ses deux tourtereaux, comme on aime à voir un beau site.

Et elle s'appuya significativement sur le bras d'Émile Blondet pour lui faire partager des sentiments d'une finesse extrême qu'on ne saurait exprimer, mais que les femmes devineront.

— Je voudrais être portier aux Aigues, répondit Blondet en souriant. Eh! bien, qu'avez-vous ? reprit-il en voyant une expression de tristesse amenée par ces mots sur les traits de la comtesse.

— Rien.

— C'est toujours quand les femmes ont quelque

pensée importante qu'elles disent hypocritement : Je n'ai rien.

— Mais nous pouvons être en proie à des idées qui vous semblent légères et qui, pour nous, sont terribles. Moi aussi, j'envie le sort d'Olympe...

— Dieu vous entende! dit l'abbé Brossette en souriant pour ôter à ce mot toute sa gravité.

Madame de Montcornet devint inquiète en apercevant dans la pose et sur le visage d'Olympe une expression de crainte et de tristesse. A la manière dont une femme tire son fil à chaque point, une autre femme en surprend les pensées. En effet, quoique vêtue d'une jolie robe rose, la tête nue et soigneusement coiffée en cheveux, la femme du garde-général ne roulait pas des pensées en accord avec sa mise, avec cette belle journée, avec son ouvrage. Son beau front, son regard perdu par instants sur le sable ou dans les feuillages qu'elle ne voyait point, offraient d'autant plus naïvement l'expression d'une anxiété profonde, qu'elle ne se savait pas observée.

— Et je l'enviais!... Qui peut assombrir ses idées ?... dit la comtesse au curé.

— Madame, répondit tout bas l'abbé Brossette, expliquez donc comment, au milieu des félicités parfaites, l'homme est toujours saisi de pressentiments vagues mais sinistres ?...

— Curé, répondit Blondet en souriant, vous vous permettez des réponses d'évêque!... *Rien n'est volé, tout se paie!* a dit Napoléon [98].

— Une telle maxime dite par cette bouche impériale prend des proportions égales à celles de la Société, répliqua l'abbé.

— Eh! bien, Olympe, qu'as-tu, ma fille? dit la comtesse en s'avançant vers son ancienne domestique. Tu sembles rêveuse, triste. Y aurait-il une bouderie dans le ménage ?...

Madame Michaud, en se levant, avait déjà changé de visage.

— Mon enfant, dit Émile avec un accent paternel, je voudrais bien savoir qui peut assombrir notre front, quand nous sommes dans ce pavillon, presque aussi bien logés que le comte d'Artois aux Tuileries. Vous avez ici l'air d'un nid de rossignols dans un fourré ! N'avons-nous pas pour mari le plus brave garçon de la Jeune-Garde, un bel homme et qui nous aime à en perdre la tête ? Si j'avais connu les avantages que Montcornet vous accorde ici, j'aurais quitté mon état de *tartinier* pour devenir garde-général, moi !

— Ce n'est pas la place d'un homme qui a votre talent, monsieur, répondit Olympe en souriant à Blondet comme à une personne de connaissance.

— Qu'as-tu donc, ma chère petite ? dit la comtesse.

— Mais, madame, j'ai peur...

— Peur ! de quoi ? demanda vivement la comtesse à qui ce mot rappela Mouche et Fourchon.

— Peur des loups ? dit Émile en faisant à madame Michaud un signe qu'elle ne comprit pas.

— Non, monsieur, des paysans. Moi qui suis née dans le Perche, où il y a bien quelques méchantes gens, je ne crois pas qu'il y en ait autant et de si méchants que dans ce pays-ci. Je n'ai pas l'air de me mêler des affaires de Michaud ; mais il se défie assez des paysans pour s'armer, même en plein jour, s'il traverse la forêt. Il dit à ses hommes d'être toujours sur le qui-vive. Il passe de temps en temps par ici des figures qui n'annoncent rien de bon. L'autre jour, j'étais le long du mur, à la source du petit ruisseau sablé qui vient du bois, et qui passe, à cinq cents pas d'ici, dans le parc par une grille, et qu'on nomme la Source d'Argent, à cause des paillettes qu'on dit y avoir été semées par Bouret... Vous savez, madame ?...

Eh! bien, j'ai entendu deux femmes qui lavaient leur linge, à l'endroit où le ruisseau traverse l'allée de Couches, elles ne me savaient pas là. De là l'on voit notre pavillon, ces deux vieilles se le sont montré. « En a-t-on dépensé de l'argent, disait l'une, pour celui qui a remplacé le bonhomme Courtecuisse ? — Ne faut-il pas bien payer un homme qui se charge de tourmenter le pauvre monde comme ça, répondit l'autre. — Il ne le tourmentera pas longtemps, a répondu la première, il faudra que ça finisse. Après tout, nous avons le droit de faire du bois. Défunt madame des Aigues nous laissait fagotter. Il y a de ça trente ans, ainsi c'est établi. — Nous verrons comment les choses se passeront l'hiver prochain, reprit la seconde. Mon homme a bien juré par ses grands dieux que toute la gendarmerie de la terre ne nous empêcherait pas d'aller au bois, qu'il y irait lui-même, et que tant pis !... — Pardieu ! faut bien que nous ne mourions pas de froid et que nous cuisions notre pain ? a demandé la première. Ils ne manquent de rien, eux autres. La petite femme de ce gueux de Michaud sera soignée, allez !... » Enfin, madame, elles ont dit des horreurs de moi, de vous, de monsieur le comte... Elles ont fini par dire qu'on brûlerait d'abord les fermes, et puis le château...

— Bah ! dit Émile, propos de laveuses ! On volait le général, et on ne le volera plus. Ces gens-là sont furieux, voilà tout ! Songez donc que le gouvernement est toujours le plus fort partout, même en Bourgogne. En cas de mutinerie, on ferait venir, s'il le fallait, tout un régiment de cavalerie.

Le curé fit, en arrière de la comtesse, des signes à madame Michaud pour lui dire de taire ses craintes qui sans doute étaient un effet de la seconde vue que donne la passion vraie. Exclusivement occupée d'un seul être, l'âme finit par embrasser le monde moral

qui l'entoure et y voit les éléments de l'avenir. Dans
son amour, une femme éprouve les pressentiments
qui, plus tard, éclairent sa maternité. De là, certaines
mélancolies, certaines tristesses inexplicables qui surprennent les hommes, tous distraits d'une pareille
concentration par les grands soins de la vie, par leur
activité continuelle. Tout amour vrai devient, chez la
femme, une contemplation active plus ou moins lucide,
plus ou moins profonde selon les caractères.

— Allons, mon enfant, montre ton pavillon à monsieur Émile, dit la comtesse devenue si pensive qu'elle
oublia la Péchina pour qui cependant elle était venue.

L'intérieur du pavillon restauré se trouvait en harmonie avec son splendide extérieur. Au rez-de-chaussée,
en y rétablissant les divisions primitives, l'architecte
envoyé de Paris avec des ouvriers, grief vivement
reproché par les gens de La-Ville-aux Fayes au bourgeois des Aigues, avait ménagé quatre pièces. D'abord,
une antichambre au fond de laquelle tournait un
vieil escalier de bois à balustre, et derrière laquelle
s'étendait une cuisine ; puis, de chaque côté de l'antichambre, une salle à manger et le salon plafonné
d'armoiries, boisé tout en chêne devenu noir. Cet
artiste, choisi par madame de Montcornet pour la
restauration des Aigues, eut soin de mettre en harmonie le mobilier de ce salon avec les décors anciens.

A cette époque, la mode ne donnait pas encore des
valeurs exagérées aux débris des siècles passés. Les
fauteuils en noyer sculpté, les chaises à dos élevés et
garnies en tapisserie, les consoles, les horloges, les
hautes-lices, les tables, les lustres enfouis chez les
revendeurs d'Auxerre et de La-Ville-aux-Fayes étaient
de cinquante pour cent meilleur marché que les
meubles de pacotille du faubourg Saint-Antoine.
L'architecte avait donc acheté deux ou trois charre-
tées de vieilleries bien choisies qui, réunies à ce qui

fut mis hors de service au château, firent du salon
de la porte d'Avonne une espèce de création artistique. Quant à la salle à manger, il la peignit en
couleur de bois, il y tendit des papiers dits écossais,
et madame Michaud y mit aux croisées des rideaux
de percale blanche à bordure verte, des chaises en
acajou garnies en drap vert, deux énormes buffets et
une table en acajou. Cette pièce, ornée de gravures
militaires, était chauffée par un poêle en faïence, de
chaque côté duquel se voyaient des fusils de chasse.
Ces magnificences si peu coûteuses avaient été pré-
sentées dans toute la vallée comme le dernier mot
du luxe asiatique. Chose étrange, elles excitèrent la
convoitise de Gaubertin qui, tout en se promettant
de mettre les Aigues en pièces, se réserva dès lors,
in petto, ce pavillon splendide.

Au premier étage, trois chambres composaient
l'habitation du ménage. On apercevait aux fenêtres
des rideaux de mousseline qui rappelaient à un Parisien les dispositions et les fantaisies particulières
aux existences bourgeoises. Là, madame Michaud,
livrée à elle-même, avait voulu des papiers satinés.
Sur la cheminée de sa chambre, meublée de ce meuble
vulgaire en acajou et en velours d'Utrecht, du lit à
bateau et à colonnes avec la couronne d'où descen-
daient des rideaux de mousseline brodée, se voyait
une pendule en albâtre entre deux flambeaux couverts d'une gaze et accompagnés de deux vases de
fleurs artificielles sous leur cage de verre, le présent
conjugal du maréchal-des-logis. Au-dessus, sous le
toit, les chambres de la cuisinière, du domestique et
de la Péchina s'étaient ressenties de cette restauration.

— Olympe, ma fille, tu ne me dis pas tout ? demanda la comtesse en entrant dans la chambre de
madame Michaud et laissant sur l'escalier Émile et
le curé qui descendirent en entendant la porte se fermer.

Madame Michaud, que l'abbé Brossette avait inter-
loquée, livra, pour se dispenser de parler· de ses
craintes beaucoup plus vives qu'elle ne le disait, un
secret qui rappela l'objet de sa visite à la comtesse.

— J'aime Michaud, madame, vous le savez ; eh !
bien, seriez-vous contente de voir près de vous, chez
vous, une rivale ?...

— Une rivale ?...

— Oui, madame, cette moricaude que vous m'avez
donnée à garder, aime Michaud sans le savoir, pauvre
petite !... La conduite de cette enfant, longtemps un
mystère pour moi, s'est éclaircie depuis quelques
jours...

— A treize ans !...

— Oui, madame... Et vous avouerez qu'une femme
grosse de trois mois, qui nourrira son enfant elle-
même, peut avoir des craintes ; mais pour ne pas
vous les dire devant ces messieurs, je vous ai parlé
de sottises sans importance, ajouta finement la géné-
reuse femme du garde-général.

Madame Michaud ne redoutait guère Geneviève
Niseron, et depuis quelques jours elle éprouvait des
frayeurs mortelles que par méchanceté les paysans
se plaisaient à nourrir, après les avoir inspirées.

— Et, à quoi t'es-tu aperçue de... ?

— A rien et à tout ! répondit Olympe en regardant
la comtesse. Cette pauvre petite est à m'obéir d'une
lenteur de tortue, et d'une vivacité de lézard à la
moindre chose que demande Justin. Elle tremble
comme une feuille au son de la voix de mon mari,
elle a le visage d'une sainte qui monte au ciel quand
elle le regarde, mais elle ne se doute pas de l'amour,
elle ne sait pas qu'elle aime.

— Pauvre enfant ! dit la comtesse avec un sourire et
un accent pleins de naïveté.

— Ainsi, reprit madame Michaud après avoir

répondu par un sourire au sourire de son ancienne
maîtresse, Geneviève est sombre quand Justin est
dehors ; et, si je lui demande à quoi elle pense, elle
me répond en me disant qu'elle a peur de monsieur
Rigou, des bêtises !... Elle croit que tout le monde
à envie d'elle et elle ressemble à l'intérieur d'un tuyau
de cheminée. Lorsque Justin bat les bois la nuit,
l'enfant est inquiète autant que moi. Si j'ouvre la
fenêtre en écoutant le trot du cheval de mon mari,
je vois une lueur chez la Péchina, comme on la nomme,
qui me prouve qu'elle veille, qu'elle l'attend ; enfin,
elle ne se couche, comme moi, que lorsqu'il est
rentré.

— Treize ans ! dit la comtesse, la malheureuse !...

— Malheureuse ?... reprit Olympe, non. Cette
passion d'enfant la sauvera.

— De quoi ? demanda madame de Montcornet.

— Du sort qui attend ici presque toutes les filles
de son âge. Depuis que je l'ai décrassée, elle est devenue moins laide, elle a quelque chose de bizarre, de
sauvage qui saisit les hommes... Elle est si changée
que madame ne la reconnaîtrait pas. Le fils de cet
infâme cabaretier du Grand-I-Vert, Nicolas, le plus
mauvais drôle de la commune, en veut à cette petite,
il la poursuit comme un gibier. S'il n'est guère
croyable qu'un homme, riche comme l'est monsieur Rigou et qui change de servante tous les trois ans, ait
pu persécuter dès l'âge de douze ans un laideron, il
paraît certain que Nicolas Tonsard court après la
Péchina, Justin me l'a dit. Ce serait affreux, car les
gens de ce pays-ci vivent vraiment comme des bêtes ;
mais Justin, nos deux domestiques et moi, nous
veillons sur la petite, ainsi soyez tranquille, madame ;
elle ne sort jamais seule, qu'en plein jour, et encore
pour aller d'ici à la porte de Couches. Si, par hasard,
elle tombait dans une embûche, son sentiment pour

Justin lui donnerait la force et l'esprit de résister, comme les femmes qui ont une préférence savent résister à un homme haï.

— C'est pour elle que je suis venue ici, reprit la comtesse ; je ne savais pas combien il était utile pour toi que j'y vinsse ; car, mon enfant, elle embellira, cette fille !...

— Oh ! madame, reprit Olympe en souriant, je suis sûre de Justin. Quel homme ! quel cœur !... Si vous saviez quelle reconnaissance profonde il a pour son général, à qui, dit-il, il doit son bonheur. Il n'a que trop de dévouement, il risquerait sa vie comme à la guerre et il oublie que maintenant il peut se trouver père de famille.

— Allons ! je te regrettais, dit la comtesse en jetant à Olympe un regard qui la fit rougir ; mais je ne regrette plus rien, je te vois heureuse. Quelle sublime et noble chose que l'amour dans le mariage ! ajouta-t-elle en disant tout haut la pensée qu'elle n'avait pas osé naguère exprimer devant l'abbé Brossette.

Virginie de Troisville resta songeuse, et madame Michaud respecta ce silence.

— Voyons ! cette petite est probe ? demanda la comtesse en se réveillant comme d'un rêve.

— Autant que moi, madame, répondit madame Michaud.

— Discrète ?...

— Comme une tombe.

— Reconnaissante ?...

— Ah ! madame, elle a des retours d'humilité pour moi qui dénotent une nature angélique ; elle vient me baiser les mains ; elle me dit des mots à renverser. « Peut-on mourir d'amour ? me demandait-elle avant-hier. — Pourquoi me fais-tu cette question ? lui ai-je dit. — C'est pour savoir si c'est une maladie !... »

— Elle a dit cela?... s'écria la comtesse.

— Si je me rappelais tous ses mots, je vous en dirais bien d'autres, répondit Olympe, elle a l'air d'en savoir plus que moi...

— Crois-tu, mon enfant, qu'elle puisse te remplacer près de moi, car je ne puis me passer d'une Olympe, dit la comtesse en souriant avec une sorte de tristesse.

— Pas encore, madame, elle est trop jeune ; mais dans deux ans, oui... Puis, s'il était nécessaire qu'elle s'en allât d'ici, je vous en préviendrais. Son éducation est à faire, elle ne sait rien du monde. Le grand-père de Geneviève, le père Niseron, est un de ces hommes qui se laisseraient couper le cou plutôt que de mentir, il mourrait de faim auprès d'un dépôt ; cela tient à ses opinions, et sa petite-fille est élevée dans ces sentiments-là... La Péchina se croirait votre égale, car le bonhomme a fait d'elle, comme il le dit, une républicaine ; de même que le père Fourchon fait de Mouche un bohémien. Moi, je ris de ces écarts ; mais vous, vous pourriez vous en fâcher ; elle ne vous révère que comme sa bienfaitrice, et non comme une supérieure. Que voulez-vous, c'est sauvage à la façon des hirondelles... Le sang de la mère est aussi pour quelque chose dans tout cela...

— Qu'était donc sa mère ?

— Madame ne connaît pas cette histoire-là, dit Olympe. Eh! bien, le fils du vieux sacristain de Blangy, un garçon superbe, à ce que m'ont dit les gens du pays, a été pris par la grande réquisition. Ce Niseron ne se trouvait encore que simple canonnier en 1809, dans un corps d'armée qui, du fond de l'Illyrie et de la Dalmatie, a eu l'ordre d'accourir par la Hongrie pour couper la retraite à l'armée autrichienne, dans le cas où l'Empereur gagnerait la bataille de Wagram. C'est Michaud qui m'a raconté la Dalmatie, il y est allé. Niseron, en sa qualité de

bel homme, avait conquis à Zara le cœur d'une Monténégrine, une fille de la montagne à qui la garnison
française ne déplaisait pas. Perdue dans l'esprit de
ses compatriotes, l'habitation de la ville était impossible à cette fille après le départ des Français. Zèna
Kropoli, dite injurieusement la Française, a donc
suivi le régiment d'artillerie, elle est revenue en France
après la paix. Auguste Niseron sollicitait la permis-
sion d'épouser la Monténégrine, alors grosse de Geneviève ; mais la pauvre femme est morte à Vincennes
des suites de l'accouchement, en janvier 1810. Les
papiers indispensables pour qu'un mariage soit bon
sont arrivés quelques jours après, Auguste Niseron
a donc écrit à son père de venir chercher l'enfant
avec une nourrice du pays et de s'en charger ; il a eu
bien raison, car il a été tué d'un éclat d'obus à Monte-
reau. Inscrite sous le nom de Geneviève et baptisée
à Soulanges, cette petite Dalmate a été l'objet de la
protection de mademoiselle Laguerre que cette
histoire a touchée beaucoup, car il semble que ce
soit dans le destin de cette petite d'être adoptée
par les maîtres des Aigues. Dans le temps, le père
Niseron a reçu du château la layette et des secours
en argent.

En ce moment, de la fenêtre devant laquelle la
comtesse et Olympe se tenaient, elles virent Michaud
abordant l'abbé Brossette et Blondet qui se promenaient en causant dans le vaste espace circulaire
sablé qui répétait dans le parc la demi-lune extérieure.

— Où donc est-elle ? dit la comtesse, tu me donnes
une furieuse envie de la voir...

— Elle est allée porter du lait à mademoiselle
Gaillard, à la porte de Couches ; elle doit être à deux
pas d'ici, car voilà plus d'une heure qu'elle est partie...

— Eh ! bien, je vais avec ces messieurs au-devant
d'elle, dit madame de Montcornet en descendant.

Au moment où la comtesse dépliait son ombrelle, Michaud s'avança pour lui dire que le général la laissait veuve probablement pour deux jours.

— Monsieur Michaud, dit vivement la comtesse, ne me trompez pas, il se passe quelque chose de grave ici. Votre femme a peur, et s'il y a beaucoup de gens qui ressemblent au père Fourchon, ce pays doit être inhabitable...

— Si c'était cela, madame, répondit Michaud en riant, nous ne serions pas sur nos jambes, car il est bien facile de se défaire de nous autres. Les paysans piaillent, voilà tout. Mais quant à passer de la criaillerie au fait, du délit au crime, ils tiennent trop à la vie, à l'air des champs... Olympe vous aura rapporté des propos qui l'ont effrayée, mais elle est dans un état à s'effrayer d'un rêve, ajouta-t-il en prenant le bras de sa femme et le posant sur le sien de manière à lui dire de se taire désormais.

— Cornevin! Juliette! cria madame Michaud qui vit bientôt la tête de sa vieille cuisinière à la croisée, je vais à deux pas, veillez au pavillon.

Deux chiens énormes qui se mirent à hurler montrèrent que l'effectif de la garnison de la porte d'Avonne était assez considérable. En entendant les chiens, Cornevin, un vieux Percheron, le père nourricier d'Olympe, sortit du massif et fit voir une de ces têtes comme il ne s'en fabrique que dans le Perche. Cornevin avait dû chouanner en 1794 et 1799.

Tout le monde accompagna la comtesse dans celle des six allées de la forêt qui menait directement à la porte de Couches, et que traversait la Source-d'Argent. Madame de Montcornet allait en avant, avec Blondet. Le curé, Michaud et sa femme se parlaient à voix basse de la révélation qui venait d'être faite à madame de l'état du pays.

— Peut-être est-ce providentiel, disait le curé, car si madame le veut, nous arriverons, à force de bienfaits et de douceur, à changer ces gens-là...

A six cents pas environ du pavillon, au-dessous du ruisseau, la comtesse aperçut dans l'allée une cruche rouge cassée et du lait répandu.

— Qu'est-il arrivé à la petite ?... dit-elle en appelant Michaud et sa femme qui retournaient au pavillon.

— Un malheur comme à Perrette, lui répondit Émile Blondet.

— Non, la pauvre enfant a été surprise et poursuivie, car la cruche a été jetée sur le côté, dit l'abbé Brossette en examinant le terrain.

— Oh! c'est bien là le pied de la Péchina, dit Michaud. L'empreinte des pieds tournés vivement révèle une sorte de terreur subite. La petite s'est élancée violemment du côté du pavillon en voulant y retourner.

Tout le monde suivait les traces montrées du doigt par le garde-général qui marchait en les observant, et qui s'arrêta dans le milieu de l'allée, à cent pas de la cruche cassée, à l'endroit où cessaient les marques des pieds de la Péchina.

— Là, reprit-il, elle s'est dirigée vers l'Avonne, peut-être était-elle cernée du côté du pavillon.

— Mais, s'écria madame Michaud, il y a plus d'une heure qu'elle est absente.

Une même terreur se peignit sur toutes les figures. Le curé courut vers le pavillon en examinant l'état du chemin, pendant que Michaud, mû par la même pensée, remonta l'allée vers Couches.

— Oh! mon Dieu, elle est tombée là, dit Michaud en revenant de l'endroit où cessaient les empreintes vers le Ruisseau-d'Argent, à celui où elles cessaient également au milieu de l'allée en montrant une place... Tenez ?...

Tout le monde vit en effet sur le sable de l'allée la trace d'un corps étendu.

— Les empreintes qui vont vers le bois sont celles de pieds chaussés de semelles en tricot..., dit le curé.

— C'est des pieds de femme, dit la comtesse.

— Et, là-bas, à l'endroit de la cruche cassée, les empreintes sont celles des pieds d'un homme, ajouta Michaud.

— Je ne vois pas trace de deux pieds différents, dit le curé, qui suivit jusqu'au bois la trace des chaussures de femme.

— Elle aura, certes, été prise et emportée dans le bois, s'écria Michaud.

— Si c'est un pied de femme, ce serait inexplicable, s'écria Blondet.

— Ce sera quelque plaisanterie de ce monstre de Nicolas, dit Michaud, depuis quelques jours, il guette la Péchina. Ce matin, je me suis tenu pendant deux heures sous le pont d'Avonne pour surprendre mon drôle, qu'une femme aura peut-être aidé dans son entreprise.

— C'est affreux ! dit la comtesse.

— Ils croient plaisanter, ajouta le curé d'un ton amer et triste.

— Oh ! la Péchina ne se laissera pas arrêter, dit le garde-général, elle est capable d'avoir traversé l'Avonne à la nage... Je vais visiter les bords de la rivière. Toi, ma chère Olympe, retourne au pavillon, et vous, messieurs, ainsi que madame, promenez-vous dans l'allée vers Couches.

— Quel pays !... dit la comtesse.

— Il y a de mauvais garnements partout, reprit Blondet.

— Est-il vrai, monsieur le curé, demanda madame de Montcornet, que j'aie sauvé cette petite des griffes de Rigou ?

— Toutes les jeunes filles au-dessous de quinze ans que vous voudrez recueillir au château seront arrachées à ce monstre, répondit l'abbé Brossette. En essayant d'attirer cette enfant chez lui, dès l'âge de douze ans, madame, l'apostat voulait satisfaire à la fois et son libertinage et sa vengeance. En prenant le père Niseron pour sacristain, j'ai pu faire comprendre à ce bonhomme les intentions de Rigou, qui lui parlait de réparer les torts de son oncle, mon prédécesseur à la cure. C'est un des griefs de l'ancien maire contre moi, sa haine en est accrue... Le père Niseron a déclaré solennellement à Rigou qu'il le tuerait, s'il arrivait malheur à Geneviève, et il l'a rendu responsable de toute atteinte à l'honneur de cette enfant. Je ne serais pas éloigné de voir dans la poursuite de Nicolas Tonsard quelque infernale combinaison de cet homme, qui se croit tout permis ici.

— Il ne craint donc pas la justice?... dit Blondet.

— D'abord, il est le beau-père du Procureur du roi, répondit le curé qui fit une pause. Puis vous ne soupçonnez pas, reprit-il, l'insouciance profonde de la police cantonale et du Parquet à l'égard de ces gens-là. Pourvu que les paysans ne brûlent pas les fermes, qu'ils n'assassinent pas, qu'ils n'empoisonnent pas, et qu'ils paient leurs contributions, on les laisse faire ce qu'ils veulent entre eux ; et, comme ils sont sans principes religieux, il se passe des choses affreuses. De l'autre côté du bassin de l'Avonne, les vieillards impotents tremblent de rester à la maison, car alors on ne leur donne plus à manger ; aussi vont-ils aux champs tant que leurs jambes peuvent les porter ; s'ils se couchent, ils savent très bien que c'est pour mourir, faute de nourriture. Monsieur Sarcus, le juge de paix, dit que si l'on faisait le procès de tous les criminels, l'État se ruinerait en frais de justice.

— Mais il y voit clair, ce magistrat-là, s'écria Blondet.

— Ah! Monseigneur connaissait bien la situation de cette vallée et surtout l'état de cette commune, dit en continuant le curé. La religion peut seule réparer tant de maux, la loi me semble impuissante, modifiée comme elle l'est...

Le curé fut interrompu par des cris partant du bois, et la comtesse, précédée d'Émile et de l'abbé, s'y enfonça courageusement en courant dans la direction indiquée par les cris.

L'OARISTYS, XXVIIe ÉGLOGUE
DE THÉOCRITE⁹⁹
PEU GOUTÉE EN COUR D'ASSISES

La sagacité de Sauvage, que son nouveau métier
avait développée chez Michaud, jointe à la connaissance des passions et des intérêts de la commune
de Blangy, venait d'expliquer en partie une troisième
idylle dans le genre grec que les villageois pauvres
comme les Tonsard, et les quadragénaires riches
comme Rigou ¹⁰⁰, traduisent selon le mot classique,
librement, au fond des campagnes.

Nicolas, second fils de Tonsard, avait amené, lors
du tirage, un fort mauvais numéro. Deux ans auparavant, grâce à l'intervention de Soudry, de Gaubertin,
de Sarcus-le-Riche, son frère fut réformé comme
impropre au service militaire, à cause d'une prétendue
maladie dans les muscles du bras droit ; mais comme
depuis Jean-Louis avait manié les instruments les
plus aratoires avec une facilité très remarquée,
il se fit une sorte de rumeur à cet égard dans le canton.
Soudry, Rigou, Gaubertin, les protecteurs de cette
famille, avertirent le cabaretier qu'il ne fallait pas
essayer de soustraire le grand et fort Nicolas à la
loi du recrutement. Néanmoins, le maire de La-Ville-
aux-Fayes et Rigou sentaient si vivement la nécessité
d'obliger les hommes hardis et capables de mal faire,

si habilement dirigés par eux contre les Aigues, que
Rigou donna quelque espérance à Tonsard et à son
fils. Ce moine défroqué, chez qui Catherine, excessivement dévouée à son frère, allait de temps en temps,
conseilla de s'adresser à la comtesse et au général.

— Il ne sera peut-être pas fâché de vous rendre ce
service pour vous amadouer, et ce sera tout autant
de pris sur l'ennemi, dit à Catherine le terrible beau-
père du Procureur du roi. Si le Tapissier vous refuse,
eh! bien, vous verrez.

Dans les prévisions de Rigou, le refus du général
devait augmenter par un fait nouveau les torts du
grand propriétaire envers les paysans, et valoir à la
coalition un nouveau motif de reconnaissance de la
part des Tonsard, dans le cas où son esprit retors
fournirait à l'ancien maire un moyen de libérer
Nicolas.

Nicolas, qui devait passer sous peu de jours au
conseil de révision, fondait peu d'espoir sur la protection du général, à raison des griefs des Aigues contre
la famille Tonsard. Sa passion, ou si vous voulez son
entêtement, son caprice pour la Péchina furent tellement excités à l'idée de ce départ qui ne lui laissait
plus le temps de la séduire, qu'il voulut essayer de
la violence. Le mépris que cette enfant témoignait
à son persécuteur, outre une résistance pleine d'énergie, avait allumé chez l'un des Lovelaces de la vallée
une haine dont la fureur égalait celle de son désir.
Depuis trois jours il guettait la Péchina ; de son côté
la pauvre enfant se savait guettée. Il existait entre
Nicolas et sa proie la même entente qu'entre le chasseur et le gibier. Quand la Péchina s'avançait de
quelques pas au-delà de la grille, elle apercevait la
tête de Nicolas dans une des allées parallèles aux
murs du parc, ou sur le pont d'Avonne. Elle aurait
bien pu se soustraire à cette odieuse poursuite en

s'adressant à son grand-père ; mais toutes les filles, même les plus naïves, par une étrange peur, instinctive peut-être, tremblent, en ces sortes d'aventures, de se confier à leurs protecteurs naturels.

Geneviève avait entendu le père Niseron faisant le serment de tuer un homme, quel qu'il fût, qui *toucherait* à sa petite-fille, tel fut son mot. Le vieillard croyait cette enfant gardée par l'auréole blanche que soixante-dix ans de probité lui valaient. La perspective de drames terribles épouvante assez les imaginations ardentes des jeunes filles, sans qu'il soit besoin de plonger au fond de leurs cœurs pour en rapporter les nombreuses et curieuses raisons qui leur mettent alors le cachet du silence sur les lèvres.

Au moment d'aller porter le lait que madame Michaud envoyait à la fille de Gaillard, le garde de la porte de Couches dont la vache avait fait un veau, la Péchina ne se hasarda point, sans procéder à une enquête, comme une chatte qui s'aventure hors de sa maison. Elle ne vit pas trace de Nicolas, elle écouta le silence, comme dit le poète, et n'entendant rien, elle pensa qu'à cette heure, le drôle était à l'ouvrage. Les paysans commençaient à couper leurs seigles, car ils moissonnent les premiers leurs parcelles, afin de pouvoir gagner les fortes journées données aux moissonneurs. Mais Nicolas n'était pas homme à pleurer la paye de deux jours, d'autant plus qu'il quittait le pays après la foire de Soulanges, et que, devenir soldat, c'est, pour le paysan, entrer dans une nouvelle vie.

Quand la Péchina, sa cruche sur la tête, parvint à la moitié de son chemin, Nicolas dégringola comme un chat sauvage du haut d'un orme où il s'était caché dans le feuillage, et tomba comme la foudre aux pieds de la Péchina, qui jeta sa cruche et se fia, pour gagner le pavillon, à son agilité. A cent pas de là, Catherine Tonsard, qui faisait le guet, déboucha du bois, et heurta si violemment la Péchina qu'elle la jeta par terre. La violence du coup étourdit l'enfant ; Catherine la releva, la prit dans ses bras et l'emmena dans le bois, au milieu d'une petite prairie où bouillonne la source du Ruisseau-d'Argent.

Catherine, grande et forte, en tout point semblable aux filles que les sculpteurs et les peintres prennent, comme jadis la République, pour modèles de la Liberté, charmait la jeunesse de la vallée d'Avonne par ce même sein volumineux, ces mêmes jambes musculeuses, cette même taille à la fois robuste et flexible, ces bras charnus, cet œil allumé d'une paillette de feu, par l'air fier, les cheveux tordus à grosses poignées, le front masculin, la bouche rouge, aux lèvres retroussées par un sourire quasi féroce, qu'Eugène Delacroix, David d'Angers ont tous deux admirablement saisi et représenté. Image du Peuple, l'ardente et brusque Catherine vomissait des insurrections par ses yeux d'un jaune clair, pénétrants et d'une insolence soldatesque. Elle tenait de son père une violence telle que toute la famille, excepté Tonsard, la craignait dans le cabaret.

— Eh ! bien, comment te trouves-tu, ma vieille ? dit Catherine à la Péchina.

Catherine avait assis à dessein sa victime sur un tertre d'une faible élévation, auprès de la source où elle lui fit reprendre ses sens avec une affusion d'eau froide.

— Où suis-je ?... demanda-t-elle en levant ses beaux yeux noirs par où vous eussiez dit qu'il passait un rayon de soleil.

— Ah ! sans moi, reprit Catherine, tu serais morte...

— Merci, dit la petite encore tout étourdie. Que m'est-il donc arrivé ?

— Tu as buté contre une racine et tu t'es étalée à

quatre pas, lancée comme une balle... Ah! courais-tu!...
Tu te lançais comme une perdue.

— C'est ton frère qui est la cause de cet accident,
dit la petite en se rappelant d'avoir vu Nicolas.

— Mon frère? je ne l'ai pas aperçu, dit Catherine.
Et qu'est-ce qu'il t'a donc fait, mon pauvre Nicolas,
pour que tu en aies peur comme d'un loup-garou?
N'est-il pas plus beau que ton monsieur Michaud?

— Oh! dit superbement la Péchina.

— Va, ma petite, tu te prépares des malheurs, en
aimant ceux qui nous persécutent? Pourquoi n'es-tu
donc pas de notre côté?

— Pourquoi ne mettez-vous jamais les pieds à
l'église? et pourquoi volez-vous nuit et jour? demanda
l'enfant.

— Te laisserais-tu donc prendre aux raisons des
bourgeois?... répondit Catherine dédaigneusement et
sans soupçonner l'attachement de la Péchina. Les
bourgeois nous aiment, eux, comme ils aiment la
cuisine, il leur faut de nouvelles platées tous les jours.
Où donc as-tu vu des bourgeois qui nous épousent,
nous autres paysannes? Vois donc si Sarcus-le-Riche
laisse son fils libre de se marier avec la belle Gatienne
Giboulard d'Auxerre, qui pourtant est la fille d'un
riche menuisier!... Tu n'es jamais allée au Tivoli de
Soulanges, chez Socquard, viens-y? tu les verras là, les
bourgeois! tu concevras alors qu'ils valent à peine
l'argent qu'on leur soutire quand nous les attrapons!
Viens donc cette année à la Foire?

— On dit que c'est bien beau, la foire à Soulanges!
s'écria naïvement la Péchina.

— Je vas te dire ce que c'est, en deux mots, reprit
Catherine. On y est reluquée quand on est belle. A
quoi cela sert-il d'être jolie comme tu l'es, si ce n'est
pas pour être admirée par les hommes? Ah! quand
j'ai entendu dire pour la première fois : « Quel beau

brin de fille », tout mon sang est devenu du feu.
C'était chez Socquard, en pleine danse ; mon grand-
père, qui jouait de la clarinette, en a souri. Tivoli m'a
paru grand et beau comme le ciel ; mais c'est que, ma
fille, c'est éclairé tout en quinquets à glaces, on peut se
croire en paradis. Les messieurs de Soulanges,
d'Auxerre et de La-Ville-aux-Fayes sont tous là. Depuis
cette soirée, j'ai toujours aimé l'endroit où cette phrase
a sonné dans mes oreilles, comme une musique militaire. On donnerait son éternité pour entendre dire
cela de soi, mon enfant, par l'homme qu'on aime !...

— Mais, oui, peut-être, répondit la Péchina d'un
air pensif.

— Viens-y donc écouter cette bénédiction de
l'homme, elle ne te manquera pas ! s'écria Catherine.
Dam ! il y a de la chance, quand on est brave [101] comme
toi, de rencontrer un beau sort !... Le fils à monsieur
Lupin, Amaury qu'a des habits à boutons d'or, serait
capable de te demander en mariage ! Ce n'est pas tout,
va ! Si tu savais ce qu'on trouve là contre le chagrin.
Tiens, le vin cuit de Socquard vous ferait oublier le
plus grand des malheurs. Figure-toi que ça vous donne
des rêves ! On se sent plus légère... Tu n'as jamais bu
de vin cuit !... Eh ! bien, tu ne connais pas la vie !

Ce privilège, acquis aux grandes personnes de se
gargariser de temps en temps avec un verre de vin
cuit, excite à un si haut degré la curiosité des enfants
au-dessous de douze ans, que Geneviève avait une fois
trempé ses lèvres dans un petit verre de vin cuit,
ordonné par le médecin à son grand-père malade. Cette
épreuve avait laissé dans le souvenir de la pauvre
enfant une sorte de magie qui peut expliquer l'attention que Catherine obtint, et sur laquelle comptait
cette atroce fille, pour réaliser le plan dont une partie
avait déjà réussi. Sans doute, elle voulait faire arriver
la victime, étourdie par sa chute, à cette ivresse morale,

si dangereuse sur des filles qui vivent aux champs et
dont l'imagination, privée de pâture, n'en est que plus
ardente, aussitôt qu'elle trouve à s'exercer. Le vin
cuit, qu'elle tenait en réserve, devait achever de faire
perdre la tête à sa victime.

— Qu'y a-t-il donc là-dedans ? demanda la Péchina.

— Toutes sortes de choses !... répondit Catherine en
regardant de côté pour voir si son frère arrivait,
d'abord des *machins* qui viennent des Indes, de la cannelle, des herbes qui vous changent, par enchan-
tement. Enfin, vous croyez tenir ce que vous aimez !
ça vous rend heureuse ! On se voit riche, on se moque
de tout !

— J'aurais peur, dit la Péchina, de boire du vin
cuit à la danse !

— De quoi ? reprit Catherine, il n'y a pas le moindre
danger, songe donc à tout ce monde qui est là. Tous les
bourgeois nous regardent ! Ah ! c'est de ces jours qui
font supporter bien des misères ! Voir ça et mourir, on
serait contente.

— Si monsieur et madame Michaud voulaient y
venir !... répondit la Péchina l'œil en feu.

— Mais ton grand-père Niseron, tu ne l'as pas
abandonné, ce pauvre cher homme, et il serait bien
flatté de te voir adorée comme une reine... Est-ce que
tu préfères ces *Arminacs* de Michaud et autres à ton
grand-père et aux Bourguignons ! ça n'est pas bien de
renier son pays. Et puis, après, qu'est-ce que les Michaud auraient donc à dire si ton grand-père t'emme-
nait à la fête de Soulanges ?... Oh ! si tu savais ce que
c'est que de régner sur un homme, d'être sa folie, et de
pouvoir lui dire : « Va là ! » comme je le dis à Godain, et
qu'il y va ! « Fais cela ! » et il le fait ! Et tu es *atournée* [108],
vois-tu, ma petite, à démonter la tête à un bourgeois
comme le fils à monsieur Lupin. Dire que monsieur
Amaury s'est amouraché de ma sœur Marie, parce

qu'elle est blonde, et qu'il a quasiment peur de moi...
Mais toi, depuis que ces gens du pavillon t'ont requin-
quée [103], tu as l'air d'une impératrice.

Tout en faisant oublier adroitement Nicolas, pour
dissiper la défiance dans cette âme naïve, Catherine y
distillait superfinement l'ambroisie des compliments.
Sans le savoir, elle avait attaqué la plaie secrète de
ce cœur. La Péchina, sans être autre chose qu'une
pauvre petite paysanne, offrait le spectacle d'une
effrayante précocité, comme beaucoup de créatures
destinées à finir prématurément, ainsi qu'elles ont
fleuri. Produit bizarre du sang monténégrin et du sang
bourguignon, conçue et portée à travers les fatigues
de la guerre, elle s'était sans doute ressentie de ces
circonstances. Mince, fluette, brune comme une feuille
de tabac, petite, elle possédait une force incroyable,
mais cachée aux yeux des paysans, à qui les mystères
des organisations nerveuses sont inconnus. On n'ad-
met pas les nerfs dans le système médical des campagnes.

A treize ans, Geneviève avait achevé sa croissance
quoiqu'elle eût à peine la taille d'un enfant de son
âge. Sa figure devait-elle à son origine ou au soleil de
la Bourgogne ce teint de topaze à la fois sombre et
brillant, sombre par la couleur, brillant par le grain du
tissu, qui donne à une petite fille un air vieux, la
science médicale nous blâmerait peut-être de l'affirmer.
Cette vieillesse anticipée du masque était rachetée par
la vivacité, par l'éclat, par la richesse de lumière qui
faisaient des yeux de la Péchina deux étoiles. Comme à
tous ces yeux pleins de soleil, et qui veulent peut-être
des abris puissants, les paupières étaient armées de cils
d'une longueur presque démesurée. Les cheveux, d'un
noir bleuâtre, fins et longs, abondants, couronnaient
de leurs grosses nattes un front coupé comme celui de
la Junon antique. Ce magnifique diadème de cheveux,

ces grands yeux arméniens, ce front céleste écrasaient
la figure. Le nez, quoique d'une forme pure à sa naissance et d'une courbe élégante, se terminait par des
espèces de naseaux chevalins et aplatis. La passion retroussait parfois ces narines et la physionomie contrac-
tait alors une expression furieuse. De même que le nez,
tout le bas de la figure semblait inachevé, comme si la
glaise eût manqué dans les doigts du divin sculpteur.
Entre la lèvre inférieure et le menton, l'espace était
si court, qu'en prenant la Péchina par le menton on
devait lui froisser les lèvres ; mais les dents ne permettaient pas de faire attention à ce défaut. Vous eussiez
prêté des âmes à ces petits os fins, brillants, vernis,
bien coupés, transparents, et que laissait facilement
voir une bouche trop fendue, accentuée par des sinuo-
sités qui donnaient aux lèvres de la ressemblance avec
les bizarres torsions du corail. La lumière passait si
facilement à travers la conque des oreilles qu'elle semblait rose en plein soleil. Le teint, quoique roussi,
révélait une merveilleuse finesse de chair. Si, comme
l'a dit Buffon, l'amour est dans le toucher, la douceur de
cette peau devait être active et pénétrante comme la
senteur des daturas. La poitrine, de même que le corps,
effrayait par sa maigreur ; mais le pied, les mains d'une
petitesse provocante, accusaient une puissance ner-
veuse supérieure, une organisation vivace. Ce mélange
d'imperfections diaboliques et de beautés divines, harmonieux malgré tant de discordances, car il tendait à
l'unité par une fierté sauvage ; puis ce défi d'une âme
puissante à un faible corps écrit dans les yeux, tout
rendait cette enfant inoubliable. La nature avait
voulu faire de ce petit être une femme, les circonstances de la conception lui prêtèrent la figure et le
corps d'un garçon. A voir cette fille étrange, un poète
lui aurait donné l'Yémen pour patrie, elle tenait de
l'Afrite [104] et du Génie des contes arabes. La physiono-

mie de la Péchina ne mentait pas. Elle avait l'âme de
son regard de feu, l'esprit de ses lèvres brillantées par
ses dents prestigieuses, la pensée de son front sublime,
la fureur de ses narines toujours prêtes à hennir. Aussi
l'amour, comme on le conçoit dans les sables brûlants,
dans les déserts, agitait-il ce cœur âgé de vingt ans, en
dépit des treize ans de l'enfant du Monténégro, qui,
semblable à cette cime neigeuse, ne devait jamais se
parer des fleurs du printemps.

Les observateurs comprendront alors que la Péchina,
chez qui la passion sortait par tous les pores, réveillât
en des natures perverses la fantaisie endormie par
l'abus ; de même qu'à table l'eau vient à la bouche à
l'aspect de ces fruits contournés, troués, tachés de
noir que les gourmands connaissent par expérience,
et sous la peau desquels la nature se plaît à mettre des
saveurs et des parfums de choix. Pourquoi Nicolas, ce
manouvrier vulgaire, pourchassait-il cette créature
digne d'un poète, quand tous les gens de cette vallée
en avaient pitié comme d'une difformité maladive ?
Pourquoi Rigou, le vieillard, éprouvait-il pour elle
une passion de jeune homme ? Qui des deux était
jeune ou vieillard ? Le jeune paysan était-il aussi
blasé que le vieillard ? Comment les deux extrêmes de
la vie se réunissaient-ils dans un commun et sinistre
caprice ? La force qui finit ressemble-t-elle à la force
qui commence ? Les dérèglements de l'homme sont
des abîmes gardés par des sphinx, ils commencent et
se terminent presque tous par des questions sans
réponse.

On doit concevoir maintenant cette exclamation :
« Piccina!... » échappée à la comtesse, quand sur le
chemin elle vit Geneviève, l'année précédente, ébahie
à l'aspect d'une calèche et d'une femme mise comme
madame de Montcornet. Cette fille presque avortée,
d'une énergie monténégrine, aimait le grand, le beau, le

noble garde-général ; mais comme les enfants de cet
âge savent aimer quand elles aiment, c'est-à-dire
avec la rage d'un désir enfantin, avec les forces de la
jeunesse, avec le dévouement qui chez les vraies
vierges enfantent de divines poésies. Catherine venait
donc de passer ses grossières mains sur les cordes
les plus sensibles de cette harpe, toutes montées à
casser. Danser sous les yeux de Michaud, aller à la
fête de Soulanges, y briller, s'inscrire dans le souvenir
de ce maître adoré ?... Quelles idées ! les lancer dans cette
tête volcanique, n'était-ce pas jeter des charbons allu-
més sur de la paille exposée au soleil d'août ?

— Non, Catherine, répondit la Péchina, je suis
laide, chétive, mon lot est de vivre dans mon coin, de
rester fille, seule au monde.

— Les hommes aiment les *chétiotes*, reprit Catherine. Tu me vois bien, moi ? dit-elle en montrant ses
beaux bras, je plais à Godain qui est une vraie *guer-
nouille*, je plais à ce petit Charles qui accompagne le
comte, mais le fils Lupin a peur de moi. Je te le répète.
C'est les petits hommes qui m'aiment et qui disent à
La-Ville-aux-Fayes ou à Soulanges : « Le beau brin de
fille ! » Eh ! bien, toi, tu plairas aux beaux hommes...

— Ah ! Catherine, si c'est vrai, cela !... s'écria la
Péchina ravie.

— Mais enfin c'est si vrai que Nicolas, le plus bel
homme du canton, est fou de toi ; il en rêve, il en perd
l'esprit, et il est aimé de toutes les filles... C'est un fier
gars ! Si tu mets une robe blanche et des rubans jaunes,
tu seras la plus belle chez Socquard, le jour de Notre-
Dame, à la face de tout le beau monde de La-Ville-aux-
Fayes. Voyons, veux-tu ?... Tiens, je coupais de l'herbe,
là, pour nos vaches, j'ai dans ma gourde un peu de vin
cuit que m'a donné Socquard ce matin, dit-elle en
voyant dans les yeux de la Péchina cette expression
délirante que connaissent toutes les femmes, je suis

bonne enfant, nous allons le partager... tu te croiras
aimée...

Pendant cette conversation, en choisissant les
touffes d'herbe pour y poser ses pieds, Nicolas s'était
glissé, sans bruit, jusqu'au tronc d'un gros chêne peu
distant du tertre où sa sœur avait assis la Péchina.
Catherine, qui de moment en moment jetait les yeux
autour d'elle, finit par apercevoir son frère en allant
prendre la gourde au vin cuit.

— Tiens, commence, dit-elle à la petite.

— Ça me brûle! s'écria Geneviève en rendant la
gourde à Catherine, après en avoir bu deux gorgées.

— Bête! tiens, répondit Catherine en vidant d'un
trait le flacon rustique, v'là comme ça passe! c'est un
rayon de soleil qui vous luit dans l'estomac!

— Et moi qui devrais avoir porté mon lait à mademoiselle Gaillard?... s'écria la Péchina ; Nicolas m'a
fait une peur!...

— Tu n'aimes donc pas Nicolas?

— Non, répondit la Péchina, qu'a-t-il à me poursuivre? Il ne manque pas de créatures de bonne volonté.

— Mais s'il te préfère à toutes les filles de la vallée, ma petite...

— J'en suis fâchée pour lui, dit-elle.

— On voit bien que tu ne le connais pas, reprit
Catherine.

Avec une rapidité foudroyante, Catherine Tonsard,
en disant cette horrible phrase, saisit la Péchina par la
taille, la renversa sur l'herbe, la priva de toute sa
force en la mettant à plat, et la maintint dans cette
dangereuse position. En apercevant son odieux persécuteur, l'enfant se mit à crier à pleins poumons, et envoya Nicolas à cinq pas de là, d'un coup de pied donné
dans le ventre ; puis elle se renversa sur elle-même
comme un acrobate avec une dextérité qui trompa les
calculs de Catherine et se releva pour fuir. Catherine,

restée à terre, étendit la main, prit la Péchina par le
pied, la fit tomber tout de son long, la face contre
terre. Cette chute affreuse arrêta les cris incessants
de la courageuse Monténégrine. Nicolas, qui, malgré
la violence du coup, s'était remis, revint furieux et
voulut saisir sa victime. Dans ce danger, quoique
étourdie par le vin, l'enfant saisit Nicolas à la gorge
et la lui serra par une étreinte de fer.

— Elle m'étrangle! au secours, Catherine! cria
Nicolas d'une voix qui passait péniblement par le
larynx.

La Péchina jetait aussi des cris perçants, Catherine
essaya de les étouffer en mettant sa main sur la bouche
de l'enfant, qui la mordit au sang. Ce fut alors que
Blondet, la comtesse et le curé se montrèrent sur la
lisière du bois.

— Voilà les bourgeois des Aigues, dit Catherine
en aidant Geneviève à se relever.

— Veux-tu vivre? dit Nicolas Tonsard à l'enfant
d'une voix rauque.

— Après? dit la Péchina.

— Dis-leur que nous jouions, et je te pardonne,
reprit Nicolas d'un air sombre.

— Mâtine! le diras-tu?... répéta Catherine dont le
regard fut encore plus terrible que la menace meur-
trière de Nicolas.

— Oui, si vous me laissez tranquille, répliqua l'enfant. D'ailleurs, je ne sortirai plus sans mes ciseaux!

— Tu te tairas, ou je te flanquerai dans l'Avonne,
dit la féroce Catherine.

— Vous êtes des monstres!... cria le curé, vous
mériteriez d'être arrêtés et envoyés en cour d'assises...

— Ah çà, que faites-vous dans vos salons, vous
autres? demanda Nicolas en regardant la comtesse
et Blondet qui frémirent. Vous jouez, n'est-ce pas?
Eh! bien, les champs sont à nous, on ne peut pas

toujours travailler, nous jouions!... Demandez à ma
sœur et à la Péchina ?

— Comment vous battez-vous donc, si c'est comme
cela que vous jouez ?... s'écria Liondet.

Nicolas jeta sur Blondet un regard d'assassin.

— Parle donc, dit Catherine en prenant la Péchina
par l'avant-bras et en le lui serrant à y laisser un bra-
celet bleu, n'est-ce pas que nous nous amusions ?...

— Oui, madame, nous nous amusions, dit l'enfant
épuisée par le déploiement de ses forces et qui s'affaissa
sur elle-même comme si elle allait s'évanouir.

— Vous l'entendez, madame, dit effrontément Catherine en lançant à la comtesse un de ces regards de
femme à femme qui valent des coups de poignard.

Elle prit le bras de son frère, et tous deux ils s'en
allèrent, sans s'abuser sur les idées qu'ils avaient inspirées à ces trois personnages. Nicolas se retourna deux
fois, et deux fois il rencontra le regard de Blondet qui
toisait ce grand drôle, haut de cinq pieds huit pouces,
d'une coloration vigoureuse, à cheveux noirs, crépus,
large des épaules, et dont la physionomie assez douce
offrait sur les lèvres et autour de la bouche des traits
où se devinait la cruauté particulière aux voluptueux
et aux fainéants. Catherine balançait sa jupe blanche
à raies bleues avec une sorte de coquetterie per-
verse.

— Caïn et sa femme! dit Blondet au curé.

— Vous ne savez pas à quel point vous rencontrez
juste, répliqua l'abbé Brossette.

— Ah! monsieur le curé, que feront-ils de moi ? dit
la Péchina quand le frère et la sœur furent à une distance où la voix ne pouvait être entendue.

La comtesse, devenue blanche comme son mouchoir,
éprouvait un saisissement tel, qu'elle n'entendait ni
Blondet ni le curé, ni la Péchina.

— C'est à faire fuir un paradis terrestre... dit-elle

enfin. Mais, avant tout, sauvons cette enfant de leurs griffes.

— Vous aviez raison, cette enfant est tout un poème, un poème vivant! dit tout bas Blondet à la comtesse.

En ce moment, la Monténégrine se trouvait dans l'état où le corps et l'âme fument, pour ainsi dire, après l'incendie d'une colère où toutes les forces intellectuelles et physiques ont lancé leur somme de force. C'est une splendeur inouïe, suprême, qui ne jaillit que sous la pression d'un fanatisme, la résistance ou la victoire, celle de l'amour ou celle du martyre. Partie avec une robe à filets alternativement bruns et jaunes, avec une collerette qu'elle plissait elle-même en se levant de bonne heure, l'enfant ne s'était pas encore aperçue du désordre de sa robe souillée de terre, de sa collerette chiffonnée. En sentant ses cheveux déroulés, elle chercha son peigne. Ce fut dans ce premier mouvement de trouble que Michaud, également attiré par les cris, se rendit sur le lieu de la scène. En voyant son Dieu, la Péchina retrouva toute son énergie.

— Il ne m'a seulement pas touchée, monsieur Michaud! s'écria-t-elle.

Ce cri, le regard et le mouvement qui en furent un éloquent commentaire en dirent en un instant à Blondet et au curé, plus que madame Michaud n'en avait dit à la comtesse sur la passion de cette étrange fille pour le garde-général qui ne s'en apercevait pas.

— Le misérable! s'écria Michaud.

Et par ce geste involontaire, impuissant, qui échappe aux fous comme aux sages, il menaça Nicolas dont la haute stature faisait ombre dans le bois où il s'engageait avec sa sœur.

— Vous ne jouiez donc pas? dit l'abbé Brossette en jetant un fin regard à la Péchina.

— Ne la tourmentez pas, dit la comtesse, et rentrons.

La Péchina, quoique brisée, puisa dans sa passion assez de force pour marcher ; son maître adoré la regardait! La comtesse suivait Michaud dans un de ces sentiers connus seulement des braconniers et des gardes, où l'on ne peut pas aller deux de front, mais qui menait droit à la porte d'Avonne.

— Michaud, dit-elle au milieu du bois, il faut trouver un moyen de débarrasser le pays de ce méchant garnement, car cette enfant est peut-être menacée de mort.

— D'abord, répondit Michaud, Geneviève ne quittera pas le pavillon, ma femme prendra chez elle le neveu de Vatel, qui fait les allées du parc, nous le remplacerons par un garçon du pays de ma femme, car il ne faut plus mettre aux Aigues que des gens de qui nous soyons sûrs. Avec Gounod chez nous, et Cornevin le vieux père nourricier, les vaches seront bien gardées, et la Péchina ne sortira plus qu'accompagnée.

— Je dirai à monsieur de vous indemniser de ce surcroît de dépense, reprit la comtesse ; mais ceci ne nous défait pas de Nicolas ? Comment y arriverons-nous ?

— Le moyen est tout simple et tout trouvé, répondit Michaud. Nicolas doit passer dans quelques jours au conseil de révision ; au lieu de solliciter sa réforme, mon général, sur la protection de qui les Tonsard comptent, n'a qu'à bien le recommander au prône.

— J'irai, s'il le faut, dit la comtesse, voir moi-même mon cousin de Castéran, notre préfet, mais d'ici là, je tremble... Ces paroles furent échangées au bout du sentier qui débouchait au rond-point. En arrivant à la crête du fossé, la comtesse ne put s'empêcher de jeter un cri ; Michaud s'avança pour la soutenir croyant qu'elle s'était blessée à quelque

épine sèche ; mais il tressaillit du spectacle qui s'offrit
à ses regards.

Marie et Bonnébault, assis sur le talus du fossé,
paraissaient causer, et s'étaient sans doute cachés
là pour écouter. Évidemment, ils avaient quitté leur
place dans le bois en entendant venir du monde et
reconnaissant des voix bourgeoises.

Après six ans de service dans la cavalerie, Bonnébault, grand garçon sec, était revenu depuis quelques
mois à Couches avec un congé définitif qu'il dut à sa
mauvaise conduite ; il aurait gâté les meilleurs
soldats par son exemple. Il portait des moustaches
et une virgule, particularité qui, jointe au prestige
de la tenue que les soldats contractent au régime de la
caserne, avait rendu Bonnébault la coqueluche des
filles de la vallée. Il tenait, comme les militaires, ses
cheveux de derrière très courts, frisait ceux du dessus
de la tête, retroussait les faces d'un air coquet, et
mettait crânement de côté son bonnet de police.
Enfin, comparé aux paysans presque tous en haillons
comme Mouche et Fourchon, il paraissait superbe
en pantalon de toile, en bottes et en petite veste
courte. Ces effets achetés lors de sa libération, se res-
sentaient de la réforme et de la vie des champs ;
mais le coq de la vallée en possédait de meilleurs
pour les jours de fête. Il vivait, disons-le, des libéralités
de ses bonnes amies qui suffisaient à peine aux dis-
sipations, aux libations, aux perditions de tout genre
qu'entraînait la fréquentation du Café de la Paix.

Malgré sa figure, ronde, plate, assez gracieuse au
premier aspect, ce drôle offrait je ne sais quoi de
sinistre. Il était bigle, c'est-à-dire qu'un de ses yeux
ne suivait pas les mouvements de l'autre ; il ne lou-
chait pas, mais ses yeux n'étaient pas toujours ensemble, pour emprunter à la peinture un de ses termes.
Ce défaut, quoique léger, donnait à son regard une

expression ténébreuse, inquiétante, en ce qu'elle s'accordait avec un mouvement dans le front et dans les sourcils qui révélait une sorte de lâcheté de caractère, une disposition à l'avilissement.

Il en est de la lâcheté comme du courage : il y en a de plusieurs sortes. Bonnébault, qui se serait battu comme le plus brave soldat, était faible devant ses vices et ses fantaisies. Paresseux comme un lézard, actif seulement pour ce qui lui plaisait, sans délicatesse aucune, à la fois fier et bas, capable de tout et nonchalant, le bonheur de ce *casseur d'assiettes et de cœurs*, pour se servir d'une expression soldatesque, consistait à mal faire ou à faire du dégât. Au sein des campagnes, ce caractère est d'un aussi mauvais exemple qu'au régiment. Bonnébault voulait, comme Tonsard et comme Fourchon, bien vivre et ne rien faire. Aussi avait-il *tiré son plan*, pour employer un mot du dictionnaire Vermichel et Fourchon. Tout en exploitant sa tournure avec un croissant succès, et son talent au billard avec des chances diverses, il se flattait, en sa qualité d'habitué du Café de la Paix, d'épouser un jour mademoiselle Aglaé Socquard, fille unique du père Socquard, propriétaire de cet établissement, qui, toute proportion gardée, était à Soulanges, ainsi qu'on le verra bientôt, ce qu'est le Ranelagh [105] au bois de Boulogne.

Embrasser la carrière de limonadier, devenir entrepreneur de bal public, ce beau sort paraissait être en effet le bâton de maréchal d'un fainéant. Ces mœurs, cette vie et ce caractère étaient si salement écrits sur la physionomie de ce *viveur* de bas étage, que la comtesse laissa échapper une exclamation à l'aspect de ce couple, qui lui fit une impression aussi vive que si elle eût vu deux serpents.

Marie, folle de Bonnébault, eût volé pour lui. Cette moustache, cette *desinvoltura* de trompette, cet air faraud lui allaient au cœur, comme l'allure, les façons, les manières d'un de Marsay [106] plaisent à une jolie Parisienne. Chaque sphère sociale a sa distinction! La jalouse Marie rebutait Amaury, cet autre fat de petite ville, elle voulait être madame Bonnébault!

— Ohé! les autres! ohé! venez-vous?... crièrent de loin Catherine et Nicolas en apercevant Marie et Bonnébault.

Ce cri suraigu retentit dans les bois comme un appel de Sauvages.

En voyant ces deux êtres, Michaud frémit, car il se repentit vivement d'avoir parlé. Si Bonnébault et Marie Tonsard avaient écouté la conversation, il ne pouvait en résulter que des malheurs. Ce fait, minime en apparence, dans la situation irritante où se trouvaient les Aigues vis-à-vis des paysans, devait avoir une influence décisive comme dans les batailles la victoire ou la défaite dépendent d'un ruisseau qu'un pâtre saute à pieds joints et où s'arrête l'artillerie.

Après avoir salué galamment la comtesse, Bonnébault prit le bras de Marie d'un air conquérant et s'en alla triomphalement,

— C'est le *La-clé-des-cœurs* de la vallée, dit Michaud tout bas à la comtesse en se servant du mot de bivouac qui veut dire don Juan. C'est un homme bien dangereux. Quand il a perdu vingt francs au billard, on lui ferait assassiner Rigou!... L'œil lui tourne aussi bien à un crime qu'à une joie.

— J'en ai trop vu pour aujourd'hui, répliqua la comtesse, en prenant le bras d'Émile, revenons, messieurs!

Elle salua mélancoliquement madame Michaud en voyant la Péchina rentrée au pavillon. La tristesse d'Olympe avait gagné la comtesse.

— Comment, madame, dit l'abbé Brossette, est-ce que la difficulté de faire le bien ici vous détournerait

de le tenter ? Voici cinq ans que je couche sur un grabat,
que j'habite un presbytère sans meubles, que je dis
la messe sans fidèles pour l'entendre, que je prêche
sans auditeurs, que je suis desservant sans casuel ni
supplément de traitement, que je vis avec les six cents
francs de l'État, sans rien demander à Monseigneur,
et j'en donne le tiers en charités. Enfin, je ne désespère pas ! Si vous saviez ce que sont mes hivers, ici,
vous comprendriez toute la valeur de ce mot ! Je ne
me chauffe qu'à l'idée de sauver cette vallée, de la
reconquérir à Dieu ! Il ne s'agit pas de nous, madame,
mais de l'avenir. Si nous sommes institués pour dire
aux pauvres : « Sachez être pauvres ! », c'est-à-dire
« souffrez, résignez-vous et travaillez ! » nous devons
dire aux riches : « Sachez être riches ! » c'est-à-dire
intelligents dans la bienfaisance, pieux et dignes de la
place que Dieu vous assigne ! Eh ! bien, madame,
vous n'êtes que les dépositaires du pouvoir que donne
la fortune, et, si vous n'obéissez pas à ses charges,
vous ne la transmettrez pas à vos enfants comme vous
l'avez reçue ! Vous dépouillez votre postérité. Si vous
continuez l'égoïsme de la cantatrice qui, certes, a
causé par sa nonchalance le mal dont l'étendue vous
effraie, vous reverrez les échafauds où sont morts vos
prédécesseurs pour les fautes de leurs pères. Faire le
bien obscurément, dans un coin de terre, comme Rigou,
par exemple, y fait le mal !... Ah ! voilà des prières en
actions qui plaisent à Dieu !... Si, dans chaque commune, trois êtres voulaient le bien, la France, notre
beau pays, serait sauvée de l'abîme où nous courons,
et où nous entraîne une irréligieuse indifférence à tout
ce qui n'est pas nous !... Changez d'abord, changez
vos mœurs, et vous changerez alors vos lois !...

Quoique profondément émue en entendant cet
élan de charité vraiment catholique, la comtesse
répondit par le fatal : *Nous verrons!* des riches qui

contient assez de promesses pour qu'ils puissent se débarrasser d'un appel à leur bourse, et qui leur permet plus tard de rester les bras croisés devant tout malheur, sous prétexte qu'il est accompli.

En entendant ce mot, l'abbé Brossette salua madame de Montcornet et prit une allée qui menait directement à la porte de Blangy.

— Le festin de Balthasar [107] sera donc le symbole éternel des derniers jours d'une caste, d'une oligarchie, d'une domination!... se dit-il quand il fut à dix pas. Mon Dieu! si votre volonté sainte est de déchaîner les pauvres comme un torrent pour transformer les sociétés, je comprends que vous aveugliez les riches!...

CHAPITRE XII

COMME QUOI LE CABARET
EST LE PARLEMENT DU PEUPLE

En criant à tue-tête, la vieille Tonsard avait attiré
quelques personnes de Blangy, curieuses de savoir
ce qui se passait au Grand-I-Vert, car la distance
entre le village et le cabaret n'est pas plus considérable
qu'entre le cabaret et la porte de Blangy. L'un des
curieux fut précisément le bonhomme Niseron, le
grand-père de la Péchina, qui, après avoir sonné le
second *Angelus*, retournait façonner quelques chaînées
de vigne, son dernier morceau de terre.

Voûté par le travail, le visage blanc, les cheveux
d'argent, ce vieux vigneron, à lui seul toute la probité
de la commune, avait été pendant la Révolution
président du club des Jacobins à La-Ville-aux-Fayes,
et juré près du tribunal révolutionnaire au District.
Jean-François Niseron, fabriqué du même bois dont
furent faits les Apôtres, offrait jadis le portrait,
toujours pareil sous tous les pinceaux, de ce saint
Pierre en qui les peintres ont tous figuré le front qua-
drangulaire du Peuple, la forte chevelure naturellement frisée du Travailleur, les muscles du Prolétaire,
le teint du Pêcheur, ce nez puissant, cette bouche
à demi railleuse qui nargue le malheur, enfin l'encolure
du Fort qui coupe des fagots dans le bois voisin pour

faire le dîner, pendant que les doctrinaires de la chose discourent.

Tel fut, à quarante ans, ce noble homme, dur comme le fer, pur comme l'or. Avocat du peuple, il crut à ce que devrait être une république, en entendant gronder ce nom, encore plus formidable peut-être que l'idée. Il crut à la république de Jean-Jacques Rousseau, à la fraternité des hommes, à l'échange des beaux sentiments, à la proclamation du mérite, au choix sans brigues, enfin à tout ce que la médiocre étendue d'un arrondissement, comme Sparte, rend possible, et que les proportions d'un empire rendent chimérique. Il signa ses idées de son sang, son fils unique partit pour la frontière ; il fit plus, il les signa de ses intérêts, dernier sacrifice de l'égoïsme. Neveu, seul héritier du curé de Blangy, ce tout-puissant tribun de la campagne pouvait en reprendre l'héritage à la belle Arsène, la jolie servante du défunt ; il respecta les volontés du testateur et accepta la misère, qui, pour lui, vint aussi promptement que la décadence pour sa république.

Jamais un denier, une branche d'arbre appartenant à autrui ne passa dans les mains de ce sublime républicain, qui rendrait la république acceptable s'il pouvait faire école. Il refusa d'acheter des biens nationaux, il déniait à la république le droit de confiscation. En réponse aux demandes du comité du Salut Public, il voulait que la vertu des citoyens fît pour la sainte patrie les miracles que les tripoteurs de pouvoir voulaient opérer à prix d'or. Cet homme antique reprocha publiquement à Gaubertin père ses trahisons secrètes, ses complaisances et ses déprédations. Il gourmanda le vertueux Mouchon, ce représentant du peuple dont la vertu fut, tout bonnement, de l'incapacité, comme chez tant d'autres qui, gorgés des ressources politiques les plus immenses que jamais

nation ait livrées, armés de toute la force d'un peuple
enfin, n'en tirèrent pas tant de grandeur pour la France
que Richelieu sut en trouver dans la faiblesse de son
roi. Aussi le citoyen Niseron devint-il un reproche vivant pour trop de monde. On accabla bientôt le bonhomme sous l'avalanche de l'oubli, sous ce mot
terrible : « Il n'est content de rien ! » Le mot de ceux qui
se sont repus pendant la sédition.

Cet autre paysan du Danube regagna son toit à
Blangy, regarda choir une à une ses illusions, vit sa
république finir en queue d'empereur, et tomba dans
une complète misère, sous les yeux de Rigou, qui sut
hypocritement l'y réduire. Savez-vous pourquoi ?
Jamais Jean-François Niseron ne voulut rien accepter
de Rigou. Des refus réitérés apprirent au détenteur
de la succession en quelle mésestime profonde le tenait
le neveu du curé. Enfin ce mépris glacial venait d'être
couronné par la menace terrible dont avait parlé
l'abbé Brossette à la comtesse.

Des douze années de la République française, le
vieillard s'était fait une histoire à lui, pleine uniquement des traits grandioses qui donneront à ce temps
héroïque l'immortalité. Les infamies, les massacres,
les spoliations, ce bonhomme voulait les ignorer ;
il admirait toujours les dévouements, le *Vengeur*, les
dons à la patrie, l'élan du peuple aux frontières, et
il continuait son rêve pour s'y endormir.

La Révolution a eu beaucoup de poètes semblables
au père Niseron qui chantèrent leurs poèmes à l'intérieur ou aux armées, secrètement ou au grand jour,
par des actes ensevelis sous les vagues de cet ouragan,
et de même que sous l'Empire, des blessés oubliés
criaient : vive l'Empereur ! avant de mourir. Ce
sublime appartient en propre à la France. L'abbé
Brossette avait respecté cette inoffensive conviction.
Le vieillard s'était attaché naïvement au curé pour

ce seul mot dit par le prêtre : « La vraie république
est dans l'Évangile. » Et le vieux républicain portait
la croix, et il revêtait la robe mi-partie de rouge et
de noir [108], et il était digne, sérieux à l'église, et il
vivait des triples fonctions dont l'avait investi l'abbé
Brossette qui voulut donner à ce brave homme, non
pas de quoi vivre, mais de quoi ne pas mourir de
faim.

Ce vieillard, l'Aristide de Blangy, parlait peu,
comme tous les nobles dupes qui s'enveloppent dans
le manteau de la résignation : mais il ne manquait
jamais à blâmer le mal ; aussi les paysans le craignaient-
ils comme les voleurs craignent la police. Il ne venait
pas six fois dans l'année au Grand-I-Vert, quoiqu'on
l'y fêtât toujours. Le vieillard maudissait le peu de
charité des riches, leur égoïsme le révoltait, et par
cette fibre il paraissait toujours tenir aux paysans.
Aussi, disait-on : « Le père Niseron n'aime pas les
riches, il est des nôtres ! »

Pour couronne civique, cette belle vie obtenait
dans toute la vallée ces mots : « Le brave père Niseron ! il n'y a pas de plus honnête homme ! » Pris souvent pour arbitre souverain dans certaines contes-
tations, il réalisait ce mot magnifique : *l'ancien du
village !*

Ce vieillard, extrêmement propre, quoique dénué,
portait toujours des culottes, de gros bas drapés, des
souliers ferrés, l'habit quasi français à grands boutons,
conservé par les vieux paysans, et le chapeau de feutre
à larges bords ; mais les jours ordinaires, il avait une
veste de drap bleu si rapetassée qu'elle ressemblait
à une tapisserie. La fierté de l'homme qui se sait
libre et digne de la liberté donnait à sa physionomie,
à sa démarche le *je ne sais quoi* du noble ; il portait
enfin un vêtement et non des haillons !

— Eh ! que se passe-t-il d'extraordinaire, la

vieille, je vous entendais du clocher ?... demanda-t-il.

On raconta l'attentat de Vatel au vieillard, mais en parlant tous ensemble, selon l'habitude des gens de la campagne.

— Si vous n'avez pas coupé l'arbre, Vatel a tort ; mais si vous avez coupé l'arbre, vous avez commis deux méchantes actions, dit le père Niseron.

— Prenez donc un verre de vin, dit Tonsard en offrant un verre plein au bonhomme.

— Partons-nous ? demanda Vermichel à l'huissier.

— Oui, nous nous passerons du père Fourchon en prenant l'adjoint de Couches, répondit Brunet. Va devant, j'ai un acte à remettre au château, le père Rigou a gagné son second procès, je leur signifie le jugement.

Et monsieur Brunet, lesté de deux petits verres d'eau-de-vie, remonta sur sa jument grise, après avoir dit bonjour au père Niseron, car tout le monde dans la vallée tenait à l'estime de ce vieillard.

Aucune science, pas même la statistique, ne peut rendre compte de la rapidité plus que télégraphique avec laquelle les nouvelles se propagent dans les campagnes, ni comment elles franchissent les espèces de steppes incultes qui sont en France une accusation contre les administrateurs et les capitaux. Il est acquis à l'histoire contemporaine que le plus célèbre des banquiers [109], après avoir crevé ses chevaux entre Waterloo et Paris (on sait pourquoi ! il gagna tout ce que perdit l'Empereur, une royauté), ne devança la fatale nouvelle que de quelques heures. Donc une heure après la lutte entre la vieille Tonsard et Vatel, plusieurs autres habitués du Grand-I-Vert s'y trouvaient réunis.

Le premier venu fut Courtecuisse, en qui vous eussiez difficilement reconnu le jovial garde-chasse, le chanoine rubicond à qui sa femme faisait son café

au lait le matin, comme on l'a vu dans le récit des
événements antérieurs. Vieilli, maigri, hâve, il offrait
à tous les yeux une leçon terrible qui n'éclairait
personne.

— Il a voulu monter plus haut que l'échelle,
disait-on à ceux qui plaignaient l'ex-garde-chasse
en accusant Rigou. Il a voulu devenir bourgeois!

En effet, Courtecuisse en achetant le domaine de
la Bâchelerie, avait voulu *passer* bourgeois, il s'en
était vanté. Sa femme allait ramassant des fu-
miers! Elle et Courtecuisse se levaient avant le jour,
piochaient leur jardin richement fumé, lui faisaient
rapporter plusieurs moissons, sans parvenir à payer
autre chose que les intérêts dus à Rigou pour le restant
du prix. Leur fille en service à Auxerre, leur envoyait
ses gages ; mais malgré tant d'efforts, malgré ce secours, ils se voyaient au terme du remboursement
sans un rouge liard. Madame Courtecuisse, qui jadis
se permettait de temps en temps une bouteille de
vin cuit et des rôties, ne buvait plus que de l'eau.
Courtecuisse n'osait pas entrer, la plupart du temps,
au Grand-I-Vert de peur d'y laisser trois sous. Destitué de son pouvoir, il avait perdu ses franches lip-
pées au cabaret, et il criait, comme tous les niais, à
l'ingratitude. Enfin, à l'instar de presque tous les
paysans mordus par le démon de la propriété, devant
des fatigues croissantes, la nourriture décroissait.

— Courtecuisse a bâti trop de murs, disait-on en
enviant sa position ; pour faire des espaliers, il fallait
attendre qu'il fût le maître.

Le bonhomme avait amendé, fertilisé les trois
arpents de terre vendus par Rigou, le jardin attenant
à la maison commençait à produire, et il craignait
d'être exproprié! Vêtu comme Fourchon, lui, qui
jadis portait des souliers et des guêtres de chasseur,
allait les pieds dans des sabots, et il accusait les

bourgeois des Aigues d'avoir causé sa misère! Ce souci
rongeur donnait à ce gros petit homme, à sa figure
autrefois rieuse, un air sombre et abruti qui le faisait
ressembler à un malade dévoré par un poison ou par
une affection chronique.

— Qu'avez-vous donc, monsieur Courtecuisse?
vous a-t-on coupé la langue? demanda Tonsard en
trouvant le bonhomme silencieux après lui avoir
conté la bataille qui venait d'avoir lieu.

— Ce serait dommage, reprit la Tonsard, il n'a
pas à se plaindre de la sage-femme qui lui a tranché
le filet, elle a fait là une belle opération.

— Ça gèle *la grelotte* que de chercher des idées
pour finir avec monsieur Rigou, répondit mélancoliquement ce vieillard vieilli.

— Bah! dit la vieille Tonsard, vous avez une
jolie fille, elle a dix-sept ans; si elle est sage, vous
vous arrangerez facilement avec ce vieux fagoteur-là...

— Nous l'avons envoyée à Auxerre chez madame
Mariotte la mère, il y a deux ans, pour la préserver
de tout malheur, dit-il, et j'aime mieux crever que de...

— Est-il bête, dit Tonsard, voyez mes filles?
sont-elles mortes? Celui qui ne dirait pas qu'elles
sont sages comme des images, aurait à répondre à
mon fusil!

— Ce serait dur d'en venir là! s'écria Courtecuisse
en hochant la tête, j'aimerais mieux qu'on me payât
pour tirer sur un de ces *Arminacs!*

— Ah! il vaut mieux sauver son père que de laisser
moisir sa vertu! répliqua le cabaretier.

Tonsard sentit un coup sec que le père Niseron
lui frappa sur l'épaule.

— Ce n'est pas bien ce que tu dis là... fit le vieillard.
Un père est le gardien de l'honneur dans sa famille.
C'est en vous conduisant comme vous faites que vous
attirez le mépris sur nous, et qu'on accuse le peuple

de ne pas être digne de la liberté! Le peuple doit
donner aux riches l'exemple des vertus civiques
et de l'honneur. Vous vous vendez à Rigou pour de
l'or, tous tant que vous êtes! Quand vous ne lui
livrez pas vos filles, vous lui livrez vos vertus! C'est
mal!

— Voyez donc où en est Courtebotte ? dit Tonsard.

— Vois où j'en suis! répondit le père Niseron, je
dors tranquille ; il n'y a pas d'épines dans mon
oreiller.

— Laisse-le dire, Tonsard, cria la femme dans
l'oreille de son mari, tu sais bien *que c'est son idée*
à ce pauvre cher homme...

Bonnébault et Marie, Catherine et son frère arrivèrent à ce moment dans une exaspération commencée
par l'insuccès de Nicolas et que la confidence du
projet conçu par Michaud avait portée à son comble.
Aussi lorsque Nicolas entra dans le cabaret de son
père, lâcha-t-il une effrayante apostrophe contre le
ménage Michaud et les Aigues.

— Voilà la moisson, eh! bien, je ne partirai pas
sans avoir allumé ma pipe à leurs meules! s'écria-
t-il en frappant un grand coup de poing sur la table
devant laquelle il s'assit.

— Faut pas *japper* [110] comme ça devant le monde,
lui dit Godain en lui montrant le père Niseron.

— S'il parlait, je lui tordrais le cou, comme à
un poulet, répondit Catherine, il a fait son temps,
ce vieil halleboteur de mauvaises raisons! On le dit
vertueux, c'est son tempérament, voilà tout.

Étrange et curieux spectacle que celui de toutes
les têtes levées de ces gens groupés dans ce taudis à
la porte duquel se tenait en sentinelle la vieille Tonsard, pour assurer aux buveurs le secret sur leurs
paroles!

De toutes ces figures, Godain, le poursuivant de

Catherine, offrait peut-être la plus effrayante, quoique la moins accentuée. Godain, l'avare sans or, le
plus cruel de tous les avares ; car avant celui qui
couve son argent, ne faut-il pas mettre celui qui en
cherche ? l'un regarde en dedans de lui-même, l'autre
regarde en avant avec une fixité terrible ; ce Godain
vous eût représenté le type des plus nombreuses
physionomies paysannes. Ce manouvrier, petit homme
réformé comme n'ayant pas la taille exigée pour le
service militaire, naturellement sec, encore desséché
par le travail et par la stupide sobriété sous laquelle
expirent dans la campagne les travailleurs acharnés
comme Courtecuisse, montrait une figure, grosse
comme le poing, qui tirait son jour de deux yeux
jaunes tigrés de filets verts à points bruns, par lesquels
la soif du bien à tout prix s'abreuvait de concupiscence,
mais sans chaleur, car le désir d'abord bouillant s'était
figé comme une lave. Aussi sa peau se collait-elle
aux tempes brunes comme celles d'une momie. Sa
barbe grêle piquait à travers ses rides comme le
chaume dans les sillons. Godain ne suait jamais,
il résorbait sa substance. Ses mains velues et crochues,
nerveuses, infatigables, semblaient être en vieux
bois. Quoique âgé de vingt-sept ans à peine, on lui
voyait déjà des cheveux blancs dans une chevelure
d'un noir rouge. Il portait une blouse à travers la
fente de laquelle se dessinait en noir une chemise
de forte toile qu'il devait garder plus d'un mois et
blanchir lui-même dans la Thune. Ses sabots étaient
raccommodés avec du vieux fer. L'étoffe de son pantalon ne se reconnaissait plus sous le nombre infini
des raccommodages et des pièces. Enfin, il gardait
sur la tête une effroyable casquette, évidemment
ramassée à La-Ville-aux-Fayes, au seuil de quelque
maison bourgeoise. Assez clairvoyant pour évaluer
les éléments de fortune enfouis dans Catherine, il

voulait succéder à Tonsard au Grand-I-Vert ; il
employait donc toute sa ruse, toute sa puissance
à la capturer, il lui proposait la richesse, il lui promettait la licence dont avait joui la Tonsard ; enfin il
promettait à son futur beau-père une rente énorme,
cinq cents francs par an de son cabaret, jusqu'au
paiement, en se fiant sur un entretien qu'il avait eu
avec monsieur Brunet pour payer en papiers timbrés !
Garçon taillandier [111] à l'ordinaire, ce gnome travaillait chez le charron tant que l'ouvrage abondait ;
mais il se louait pour les corvées chèrement rétribuées. Quoiqu'il possédât environ dix-huit cents
francs placés chez Gaubertin à l'insu de toute la
contrée, il vivait comme un malheureux, logeant
dans un grenier chez son maître et glanant à la moisson. Il portait, cousu dans le haut de son pantalon
des dimanches, le billet de Gaubertin, renouvelé
chaque année et grossi des intérêts et de ses économies.

— Eh ! qué que ça me fait, s'écria Nicolas en répondant à la prudente observation de Godain, s'il faut
que je sois soldat, j'aime mieux que le son du panier
boive mon sang tout d'un coup que de le donner
goutte à goutte... Et je délivrerai le pays d'un de
ces *Arminacs* que le diable a lâchés sur nous...

Et il raconta le prétendu complot ourdi par Michaud
contre lui.

— Où veux-tu que la France prenne des soldats ?...
dit gravement le blanc vieillard en se levant et se
plaçant devant Nicolas pendant le silence profond
qui accueillit cette horrible menace.

— On fait son temps et l'on revient ! dit Bonnébault en refrisant sa moustache.

En voyant les plus mauvais sujets du pays réunis,
le vieux Niseron secoua la tête et quitta le cabaret
après avoir offert un liard à madame Tonsard pour

son verre de vin. Quand le bonhomme eut mis le pied sur les marches, le mouvement de satisfaction qui se fit dans cette assemblée de buveurs, aurait dit à quelqu'un qui les eût vus que tous ces gens étaient débarrassés de la vivante image de leur conscience.

— Eh! bien, qué que tu dis de tout ça?... Hé! Courtebotte?... demanda Vaudoyer entré tout à coup et à qui Tonsard avait raconté la tentative de Vatel.

Courtecuisse, à qui presque tout le monde donnait ce sobriquet, fit claquer sa langue contre son palais en reposant son verre sur la table.

— Vatel est en faute, répondit-il. A la place de la mère, je me meurtrirais les côtes, je me mettrais au lit, je me dirais malade et j'*assinerais* le Tapissier et son garde pour leur demander vingt écus de réparation ; monsieur Sarcus les accorderait...

— Dans tous les cas, le Tapissier les donnerait pour éviter le tapage que ça peut faire, dit Godain.

Vaudoyer, l'ancien garde-champêtre, homme de cinq pieds six pouces, à figure grêlée par la petite vérole, et creusée en casse-noisette, gardait le silence d'un air dubitatif.

— Eh! bien, demanda Tonsard alléché par les soixante francs, qu'est-ce qui te chiffonne, grand serin? On m'aura cassé pour vingt écus de ma mère, une manière d'en tirer parti! Nous ferons du tapage pour trois cents francs, et monsieur Gourdon pourra bien leur aller dire aux Aigues que la mère a la cuisse déhanchée...

— Et on la lui déhancherait... reprit la cabaretière, ça se fait à Paris.

— J'ai trop entendu parler des gens du roi pour croire que les choses iraient à votre gré, dit enfin Vaudoyer qui souvent avait assisté la Justice et

l'ex-brigadier Soudry. Tant qu'à Soulanges, ça irait
encore, monsieur Soudry représente le gouvernement
et il ne veut pas de bien au Tapissier ; mais le Tapissier
et Vatel, si vous les attaquez, auront la malice de se
défendre, et ils diront : la femme était en faute, elle
avait un arbre, autrement elle aurait laissé visiter
son fagot sur le chemin, elle n'aurait pas fui ; s'il
lui est arrivé malheur, elle ne peut s'en prendre qu'à
son délit. Non, ce n'est pas une affaire sûre...

— Le bourgeois s'est-il défendu quand je l'ai fait
assiner ? dit Courtecuisse, il m'a payé.

— Si vous voulez, je vas aller à Soulanges, dit
Bonnébault, je consulterai monsieur Gourdon, le
greffier, et vous saurez ce soir *s'il y a gras.*

— Tu ne demandes que des prétextes pour virer
autour de cette grosse dinde de fille à Socquard, lui
répondit Marie Tonsard en lui donnant une tape sur
l'épaule à lui faire sonner les poumons.

En ce moment on entendit ce passage d'un vieux
noël bourguignon [112] :

> Ein bel androi de sai vie
> Ça quai taule ein jour
> Ai changé l'ea de bréchie
> An vin de Mador *.

Chacun reconnut la voix du père Fourchon à qui
ce passage devait particulièrement plaire, et que
Mouche accompagnait en fausset.

— Ah ! ils se sont pansés [113] ! cria la vieille Tonsard à
sa belle-fille, ton père est rouge comme un gril, et le
petit *bresille* comme un sarment.

---

* Un bel endroit de sa vie
Fut qu'à table un jour
Il changea l'eau du pot
En vin de Madère.

— Salut ! cria le vieillard, vous êtes beaucoup de gredins ici !... Salut ! dit-il à sa petite-fille qu'il surprit embrassant Bonnébault, *salut Marie, pleine de vices, que Satan soit avec toi, sois joyeuse entre toutes les femmes*, etc. Salut la compagnie ! Vous êtes pincés ! Vous pouvez dire adieu à vos gerbes ! Il y a des nouvelles ! Je vous l'ai dit que le bourgeois vous materait, eh ! bien, il va vous fouetter avec la loi !... Ah ! v'là ce que c'est que de lutter contre les bourgeois ! les bourgeois ont fait tant de lois, qu'ils en ont pour toutes les finesses...

Un hoquet terrible donna soudain un autre cours aux idées de l'honorable orateur.

— Si Vermichel était là, je lui soufflerais dans la gueule, il aurait une idée de ce que c'est que le vin d'Alicante ! Qué vin ! si j'étais pas Bourguignon, je voudrais être Espagnol ! un vin de Dieu ! je crois bien que le pape dit sa messe avec ! Cré vin !... Je suis jeune !... Dis donc, Courtebotte, si ta femme était là... je la trouverais jeune ! Décidément le vin d'Espagne enfonce le vin cuit !... Faut faire une révolution rien que pour vider les caves !...

— Mais quelle nouvelle, papa ?... dit Tonsard.

— Y aura pas de moisson pour vous autres, le Tapissier va vous interdire le glanage.

— Interdire le glanage !... cria tout le cabaret d'une seule voix dominée par les notes aiguës des quatre femmes.

— Oui, dit Mouche, il va prendre un arrêté, le faire publier par Groison, le faire afficher dans le canton, et il n'y aura que ceux qui auront des certificats d'indigence qui glaneront.

— Et, saisissez bien ceci !... dit Fourchon, les fricoteurs des autres communes ne seront pas reçus.

— De quoi, de quoi ? dit Bonnébault. Ma grand-mère, ni moi, ni ta mère à toi Godain, nous ne pour-

rons pas glaner par ici ?... En voilà des farces d'autorités ! je les embête ! Ah ! ça, c'est donc un déchaîné
des enfers, que ce général de maire ?...

— Glaneras-tu, tout de même, toi, Godain ? dit
Tonsard au garçon charron qui parlait d'un peu près
à Catherine.

— Moi, je n'ai rien, je suis indigent, répondit-il,
je demanderai un certificat...

— Qu'est-ce qu'on a donc donné à mon père pour
sa loutre, mon bibi ?... disait la belle cabaretière à
Mouche.

Quoique succombant sous une digestion pénible
et l'œil troublé par deux bouteilles de vin, Mouche,
assis sur les genoux de la Tonsard, pencha la tête
sur le cou de sa tante et lui répondit finement à
l'oreille : « Je ne sais pas, mais il a de l'or !... Si vous
voulez me crânement nourrir pendant un mois,
peut-être que je découvrirai sa cachette, il en a
eune ! »

— Le père a de l'or !... dit la Tonsard à l'oreille
de son mari qui dominait de sa voix le tumulte occa-
sionné par la vive discussion à laquelle participaient
tous les buveurs.

— Chut ! v'là Groison qui passe, cria la vieille.

Un silence profond régna dans le cabaret. Lorsque
Groison fut à une distance convenable, la vieille
Tonsard fit un signe, et la discussion recommença
sur la question de savoir si l'on glanerait, comme par
le passé, sans certificat d'indigence.

— Faudra bien que vous obéissiez, dit le père
Fourchon, car le Tapissier est allé voir *el Parfait* et
lui demander des troupes pour maintenir l'ordre. On
vous tuera comme des chiens... que nous sommes !
s'écria le vieillard qui essayait de vaincre l'engour-
dissement produit sur sa langue par le vin d'Espagne.

Cette autre annonce de Fourchon, quelque folle

qu'elle fût, rendit tous les buveurs pensifs ; ils croyaient le gouvernement capable de les massacrer sans pitié.

— Il y a eu des troubles comme ça aux environs de Toulouse où j'étais en garnison, dit Bonnébault, nous avons marché, les paysans ont été sabrés, arrêtés... ça faisait rire de les voir voulant résister à la troupe ! Il y en a eu dix envoyés aux fers par la Justice, onze en prison, tout a été confondu, quoi !... Le soldat est le soldat, vous êtes des *pékins*, on le a droit de vous sabrer, et hue !...

— Eh ! bien, dit Tonsard, qu'avez-vous donc, vous autres, à vous effarer comme des cabris ? Peut-on prendre quelque chose à ma mère, à mes filles ? On aura de la prison ?... Eh ! bien, on en mangera, le Tapissier n'y mettra pas tout le pays. D'ailleurs, ils seront mieux nourris chez le roi que chez eux, les prisonniers, et on les chauffe en hiver.

— Vous êtes des godiches ! beugla le père Fourchon. Vaut mieux gruger le bourgeois que de l'attaquer en face, allez ! Autrement, vous serez éreintés. Si vous aimez le bagne, c'est autre chose ! on ne travaille pas tant que dans les champs, c'est vrai ; mais on n'y a pas sa liberté.

— Peut-être bien, dit Vaudoyer qui se montrait un des plus hardis pour le conseil, vaudrait-il mieux que quelques-uns d'entre nous risquassent leur peau pour délivrer le pays de cette bête du Gévaudan qui s'est terrées à la porte d'Avonne.

— Faire l'affaire à Michaud ?... dit Nicolas, j'en suis.

— Ça n'est pas mûr, dit Fourchon, nous y perdrions trop, mes enfants. Faut nous *emmalheurer*, crier la faim, le bourgeois des Aigues et sa femme voudront nous faire du bien, et vous en tirerez mieux que des glanes...

— Vous êtes des halletaupiers [114], s'écria Tonsard,

mettez qu'il y ait noise avec la Justice et les troupes, on ne fourre pas tout un pays aux fers, et nous aurons à La-Ville-aux-Fayes et dans les anciens seigneurs, des gens bien disposés à nous soutenir.

— C'est vrai, dit Courtecuisse, il n'y a que le Tapissier qui se plaint, messieurs de Soulanges, de Ronquerolles et autres sont contents! Quand on pense que si ce cuirassier avait eu le courage de se faire tuer comme les autres, je serais encore heureux à ma porte d'Avonne qu'il m'a mise cen dessus dessous [115], qu'on ne s'y reconnaît plus!

— L'on ne fera pas marcher les troupes pour un *guerdin* de bourgeois, qui se met mal avec tout un pays! dit Godain... C'est sa faute! il veut tout confondre ici, renverser tout le monde, le gouvernement lui dira : *Zut!*...

— Le gouvernement ne parle pas autrement, il y est obligé, ce pauvre gouvernement, dit Fourchon pris d'une tendresse subite pour le gouvernement, je le plains ce bon gouvernement... il est malheureux, il est sans le sou, comme nous... et c'est bête pour un gouvernement qui fait lui-même la monnaie... Ah! si j'étais le gouvernement...

— Mais, s'écria Courtecuisse, l'on m'a dit à La-Ville-aux-Fayes que monsieur de Ronquerolles avait parlé dans l'assemblée de nos droits.

— C'est sur le *journiau* de m'sieur Rigou, dit Vaudoyer qui savait lire et écrire en sa qualité d'ex-garde-champêtre, je l'ai lu...

Malgré ses fausses tendresses, le vieux Fourchon, comme beaucoup de gens du peuple, dont les facultés sont stimulées par l'ivresse, suivait d'un œil intelligent et d'une oreille attentive cette discussion, que bien des *a parte* rendaient furieuse. Tout à coup, il prit position au milieu du cabaret en se levant.

— Écoutez le vieux, il est saoul! dit Tonsard, il a

deux fois plus de malice, il a la sienne et celle du vin...

— D'Espagne!... ça fait trois, reprit Fourchon en
riant d'un rire de faune. Mes enfants, faut pas heurter
la chose de front, vous êtes trop faibles, prenez-moi
ça de biais!... Faites les morts, les chiens couchants,
la petite femme est déjà bien effrayée, allez! on en
viendra bientôt à bout ; elle quittera le pays, et si
elle le quitte, le Tapissier la suivra, c'est sa passion.
Voilà le plan. Mais pour avancer leur départ, mon avis
est de leur ôter leur conseil, leur force, notre espion,
notre singe.

— Qui ça ?...

— Hé! c'est le damné curé! dit Tonsard, un cher-
cheur de péchés qui veut nous nourrir d'hosties.

— Ça c'est vrai, s'écria Vaudoyer, nous étions
heureux sans le curé, faut se défaire de ce *mangeux*
de Bon Dieu, vlà l'ennemi.

— Le Gringalet, reprit Fourchon en désignant
l'abbé Brossette par le surnom qu'il devait à son air
piètre, succomberait peut-être à quelque matoise,
puisqu'il observe tous les carêmes. Et, en le tambou-
rinant par un bon charivari s'il était pris en *riolle* [116],
son évêque serait forcé de l'envoyer ailleurs. Voilà
qui plairait diablement à ce brave père Rigou... Si la
fille à Courtecuisse voulait quitter sa bourgeoise
d'Auxerre, elle est si jolie qu'en faisant la dévote,
elle sauverait la patrie. Et *Ran! tan-plan!*

— Et pourquoi ne serait-ce pas toi ? dit Godain
tout bas à Catherine, il y aurait une pannerée d'écus à
vendanger pour éviter le tapage, et du coup tu serais
la maîtresse ici...

— Glanerons-nous, ne glanerons-nous pas ?... dit
Bonnébault. Je me soucie bien de votre abbé, moi,
je suis de Couches, et nous n'y avons pas de curé
qui nous trifouille la conscience avec sa *grelotte*.

— Tenez, reprit Vaudoyer, il faut aller savoir du

bonhomme Rigou qui connaît les lois, si le Tapissier peut nous interdire le glanage, et il nous dira si nous avons raison. Si le Tapissier est dans son droit, nous verrons alors, comme dit l'ancien, à prendre les choses en biais...

— Il y aura du sang répandu !... dit Nicolas d'un air sombre en se levant après avoir bu toute une bouteille de vin que Catherine lui avait entonnée afin de l'empêcher de parler. Si vous voulez m'écouter, on descendra Michaud ! Mais vous êtes des *veules* et des *drogues !* [117]...

— Pas moi ! dit Bonnébault, si vous êtes des amis à taire vos becs, je me charge d'ajuster le Tapissier, moi !... Qué plaisir de loger un pruneau dans son bocal, ça me vengerait de tous mes puants d'officiers !...

— Là, là, s'écria Jean-Louis Tonsard qui passait pour être un peu fils de Gaubertin et qui venait d'entrer à la suite de Fourchon.

Ce garçon, qui courtisait depuis quelques mois la jolie servante de Rigou, succédait à son père dans l'état de tondeur de haies, de charmilles, et autres facultés *tonsardes*. En allant dans les maisons bourgeoises, il y causait avec les maîtres et les gens, il récoltait ainsi des idées qui faisaient de lui l'homme à moyens de la famille, le finaud. En effet, on verra tout à l'heure qu'en s'adressant à la servante de Rigou, Jean-Louis justifiait la bonne opinion qu'on avait de sa finesse.

— Eh ! bien, qu'as-tu, prophète ? dit le cabaretier à son fils.

— Je dis que vous jouez le jeu des Bourgeois, répliqua Jean-Louis. Effrayez les gens des Aigues pour maintenir vos droits, bien ! mais les pousser hors du pays et faire vendre les Aigues, comme le veulent les bourgeois de la vallée, c'est contre nos intérêts. Si vous aidez à partager les grandes terres, où donc

qu'on prendra des biens à vendre à la prochaine
révolution ?... Vous aurez alors les terres pour rien,
comme les a eues Rigou ; tandis que si vous les mettez
dans la gueule des bourgeois, les bourgeois vous les
recracheront bien amaigries et renchéries, vous
travaillerez pour eux, comme tous ceux qui travaillent
pour Rigou. Voyez Courtecuisse...

Cette allocution était d'une politique trop profonde
pour être saisie par des gens ivres qui tous, excepté
Courtecuisse, amassaient de l'argent pour avoir leur
part dans le gâteau des Aigues. Aussi laissa-t-on parler Jean-Louis en continuant, comme à la Chambre des
députés, les conversations particulières.

— Eh ! bien, allez, vous serez des machines à Rigou !
s'écria Fourchon qui seul avait compris son petit-fils.

En ce moment, Langlumé, le meunier des Aigues,
vint à passer, la belle Tonsard le héla.

— C'est-y vrai, dit-elle, monsieur l'adjoint, qu'on
défendra le glanage ?

Langlumé, petit homme réjoui, à face blanche de
farine, habillé de drap gris blanc, monta les marches,
et aussitôt les paysans prirent leurs mines sérieuses.

— Dam ! mes enfants, oui et non, les nécessiteux
glaneront ! mais les mesures qu'on prendra vous seront
bien profitables...

— Et comment ? dit Godain.

— Mais si l'on empêche tous les malheureux de
fondre ici, répondit le meunier en clignant les yeux à
la façon normande, vous ne serez pas empêchés vous
autres d'aller ailleurs, à moins que tous les maires ne
fassent comme celui de Blangy.

— Ainsi, c'est vrai ? dit Tonsard d'un air menaçant.

— Moi, dit Bonnébault en mettant son bonnet de
police sur l'oreille et en faisant siffler sa baguette de
coudrier, je retourne à Couches y prévenir les amis...

Et le Lovelace de la vallée s'en alla tout en sifflant l'air de cette chanson soldatesque :

> Toi qui connais les hussards de la garde
> Connais-tu pas l'trombon' du régiment ?

— Dis donc, Marie, il prend un drôle de chemin pour aller à Couches, ton bon ami ? cria la vieille Tonsard à sa petite-fille.

— Il va voir Aglaé! dit Marie qui bondit à la porte, il faut que je la rosse une bonne fois, c'te cane-là.

— Tiens, Vaudoyer, dit Tonsard à l'ancien garde-champêtre, va voir le père Rigou, nous saurons quoi faire, il est notre oracle, et ça ne coûte rien, sa salive.

— Encore une bêtise, s'écria tout bas Jean-Louis, il vend tout, Annette me l'a bien dit, il est plus dangereux qu'une colère à écouter.

— Je vous conseille d'être sages, reprit Langlumé, car le général est parti pour la Préfecture à cause de vos méfaits, et Sibilet me disait qu'il avait juré son honneur d'aller jusqu'à Paris parler au Chancelier de France, au roi, à toute la boutique, s'il le fallait, pour avoir raison de *ses* paysans.

— Ses paysans ?... cria-t-on.

— Ah! çà, nous ne nous appartenons donc plus ?

Sur cette question de Tonsard, Vaudoyer sortit pour aller chez l'ancien maire.

Langlumé, déjà sorti, se retourna sur les marches et répondit : « Tas de fainéants! avez-vous des rentes pour vouloir être vos maîtres ?... »

Quoique dit en riant, ce mot profond fut compris à peu près de la même manière que les chevaux comprennent un coup de fouet.

— Ran, tan, plan! vos maîtres... Dis donc, mon fiston, après ton coup de ce matin, ce n'est pas ma clarinette

qu'on te mettra entre les cinq doigts et le pouce, dit
Fourchon à Nicolas.

— Ne l'asticote pas, il est capable de te faire rendre
ton vin en te frottant le ventre, répliqua brutalement
Catherine à son grand-père.

CHAPITRE XIII

L'USURIER DES CAMPAGNES

Stratégiquement, Rigou se trouvait à Blangy ce qu'est à la guerre une sentinelle avancée. Il surveillait les Aigues, et bien. Jamais la police n'aura d'espions comparables à ceux qui se mettent au service de la Haine.

A l'arrivée du général aux Aigues, Rigou forma sans doute sur lui quelque projet que le mariage de Montcornet avec une Troisville fit évanouir, car il avait paru vouloir protéger ce grand propriétaire. Ses intentions furent alors si patentes que Gaubertin jugea nécessaire de lui faire une part en l'initiant à la conspiration ourdie contre les Aigues. Avant d'accepter cette part et un rôle, Rigou voulut mettre, selon son expression, le général au pied du mur. Quand la comtesse fut installée, un jour, une petite carriole en osier peinte en vert entra dans la cour d'honneur des Aigues. Monsieur le maire flanqué de sa mairesse en descendit et vint par le perron du jardin. Rigou remarqua la comtesse à une croisée. Tout acquise à l'évêque, à la religion et à l'abbé Brossette, qui s'était hâté de prévenir son ennemi, la comtesse fit dire par François *que madame était sortie*. Cette impertinence, digne d'une femme née en Russie, fit jaunir le visage du Bénédictin. Si la

comtesse avait eu la curiosité de voir l'homme de qui
le curé disait : « C'est un damné qui, pour se rafraîchir,
se plonge dans l'iniquité comme dans un bain », peut-
être eût-elle évité de mettre entre le maire et le château la haine froide et réfléchie que portaient les libéraux aux royalistes, augmentée des excitants du voisinage de la campagne, où le souvenir d'une blessure
d'amour-propre est toujours ravivé.

Quelques détails sur cet homme et sur ses mœurs
auront le mérite, tout en éclairant sa participation au
complot nommé *la grande affaire* par ses deux associés,
de peindre un type excessivement curieux, celui d'existences campagnardes particulières à la France, et
qu'aucun pinceau n'est encore allé chercher. D'ailleurs,
de cet homme, rien n'est indifférent, ni sa maison, ni
sa manière de souffler le feu, ni sa façon de manger.
Ses mœurs, ses opinions, tout servira puissamment à
l'histoire de cette vallée. Ce renégat explique enfin
l'utilité de la médiocratie, il en est à la fois la théorie
et la pratique, l'alpha et l'oméga, le *summum*.

Vous vous rappelez peut-être certains maîtres en
avarice déjà peints dans quelques Scènes antérieures ?
D'abord l'avare de province, le père Grandet de Sau-
mur, avare comme le tigre est cruel ; puis Gobseck
l'escompteur, le jésuite de l'or, n'en savourant que la
puissance et dégustant les larmes du malheur, à savoir
quel est leur cru ; puis le baron de Nucingen élevant les
fraudes de l'argent à la hauteur de la Politique. Enfin,
vous avez sans doute souvenir de ce portrait de la
Parcimonie domestique, le vieil Hochon d'Issoudun,
et de cet autre avare par esprit de famille, le petit
La Baudraye de Sancerre [118]! Eh bien, les sentiments
humains, et surtout l'avarice, ont des nuances si
diverses dans les divers milieux de notre société, qu'il
restait encore un avare sur la planche de l'amphithéâtre des Études de mœurs ; il restait Rigou! l'avare

égoïste, c'est-à-dire plein de tendresse pour ses jouissances, sec et froid pour autrui, enfin l'avarice ecclésiastique, le moine demeuré moine pour exprimer le
jus du citron appelé le bien-vivre, et devenu séculier
pour happer la monnaie publique. Expliquons d'abord
le bonheur continu qu'il trouvait à dormir sous son
toit !

Blangy, c'est-à-dire les soixante maisons décrites
par Blondet dans sa lettre à Nathan, est posé sur une
bosse de terrain, à gauche de la Thune. Comme toutes
les maisons y sont accompagnées de jardins, ce village
est d'un aspect charmant. Quelques maisons sont
assises le long du cours d'eau. Au sommet de cette vaste
motte de terre, se trouve l'église jadis flanquée de son
presbytère, et dont le cimetière enveloppe, comme dans
beaucoup de villages, le chevet.

Le sacrilège Rigou n'avait pas manqué d'acheter ce
presbytère jadis construit par la bonne catholique
mademoiselle Choin sur un terrain acheté par elle
exprès. Un jardin en terrasse, d'où la vue plongeait
sur les terres de Blangy, de Soulanges et de Cerneux
situées entre les deux parcs seigneuriaux, séparait cet
ancien presbytère de l'église. Du côté opposé, s'étendait une prairie, acquise par le dernier curé, peu de
temps avant sa mort, et entourée de murs par le défiant
Rigou.

Le maire ayant refusé de rendre le presbytère à sa
primitive destination, la Commune fut obligée d'acheter une maison de paysan située auprès de l'église ;
il fallut dépenser cinq mille francs pour l'agrandir, la
restaurer et y joindre un jardinet dont le mur était
mitoyen avec la sacristie, en sorte que la communication fut établie comme autrefois entre la maison curiale
et l'église.

Ces deux maisons, bâties sur l'alignement de l'église
à laquelle elles paraissaient tenir par leurs jardins,

avaient vue sur un espace planté d'arbres qui formait
d'autant mieux la place de Blangy, qu'en face de la
nouvelle Cure, le comte fit construire une Maison
Commune destinée à recevoir la mairie, le logement du
garde-champêtre, et cette école de frères de la Doctrine
Chrétienne si vainement sollicitée par l'abbé Brossette.
Ainsi, non seulement les maisons de l'ancien Bénédictin et du jeune prêtre adhéraient à l'église, aussi
bien divisés que réunis par elle ; mais encore ils se
surveillaient l'un l'autre, et le village entier espionnait
l'abbé Brossette. La grande rue, qui commençait à la
Thune, montait tortueusement jusqu'à l'église. Des
vignobles et des jardins de paysan, un petit bois couronnaient la butte de Blangy.

La maison de Rigou, la plus belle du village, était
bâtie en gros cailloux particuliers à la Bourgogne, pris
dans un mortier jaune lissé carrément dans toute la
largeur de la truelle, ce qui produit des ondes percées
çà et là par les faces assez généralement noires de ce
caillou. Une bande de mortier où pas un silex ne faisait
tache, dessinait, à chaque fenêtre, un encadrement
que le temps avait rayé par des fissures fines et capricieuses, comme on en voit dans les vieux plafonds. Les
volets, grossièrement faits, se recommandaient par
une solide peinture vert dragon. Quelques mousses
plates soudaient les ardoises sur le toit. C'est le type
des maisons bourguignonnes, les voyageurs en aper-
çoivent par milliers de semblables en traversant cette
portion de la France.

Une porte bâtarde ouvrait sur un corridor, partagé
par la cage d'un escalier de bois. A l'entrée, on voyait
la porte d'une vaste salle à trois croisées donnant sur
la place. La cuisine, pratiquée sous l'escalier, tirait
son jour de la cour, cailloutée avec soin, et où l'on
entrait par une porte cochère. Tel était le rez-de-
chaussée.

Le premier étage contenait trois chambres, et au-dessus une petite chambre en mansarde.

Un bûcher, une remise, une écurie attenaient à la cuisine et faisaient un retour d'équerre. Au-dessus de ces constructions légères, on avait ménagé des greniers, un fruitier et une chambre de domestique.

Une basse-cour, une étable, des toits à porc faisaient face à la maison.

Le jardin, d'environ un arpent et clos de murs, était un jardin de curé, c'est-à-dire plein d'espaliers, d'arbres à fruits, de treilles, aux allées sablées et bordées de quenouilles, à carrés de légumes fumés avec le fumier provenant de l'écurie.

Au-dessus de la maison, attenait un second clos, planté d'arbres, enclos de haies, et assez considérable pour que deux vaches y trouvassent leur pâture en tout temps.

A l'intérieur, la salle, boisée à hauteur d'appui, était tendue de vieilles tapisseries. Les meubles en noyer, bruns de vieillesse et garnis en tapisserie à l'aiguille, s'harmoniaient avec la boiserie, avec le plancher également en bois. Le plafond montrait trois poutres en saillie, mais peintes, et dont les entre-deux étaient plafonnés! La cheminée, en bois de noyer, surmontée d'une glace dans un trumeau grotesque, n'offrait d'autre ornement que deux œufs en cuivre montés sur un pied de marbre, et qui se partageaient en deux, la partie supérieure retournée donnait une bobèche. Ces chandeliers à deux fins, embellis de chaînettes, une invention du règne de Louis XV, commencent à devenir rares.

Sur la paroi opposée aux fenêtres, et posée sur un socle vert et or, s'élevait une horloge commune, mais excellente. Les rideaux criant sur leurs tringles en fer, dataient de cinquante ans; leur étoffe en coton à carreaux, semblables à ceux des matelas, alternés

de rose et de blanc, venait des Indes. Un buffet et une
table à manger complétaient cet ameublement, tenu,
d'ailleurs, avec une excessive propreté.

Au coin de la cheminée, on apercevait une immense
bergère de curé, le siège spécial de Rigou. Dans l'angle,
au-dessus du petit bonheur-du-jour qui lui servait
de secrétaire, on voyait accroché à la plus vulgaire
patère, un soufflet, origine de la fortune de Rigou.

Sur cette succincte description, dont le style rivalise
celui des affiches de vente, il est facile de deviner que
les deux chambres respectives de monsieur et madame
Rigou, devaient être réduites au strict nécessaire ;
mais on se tromperait en pensant que cette parcimonie pût exclure la bonté matérielle des choses.
Ainsi la petite maîtresse la plus exigeante se serait
trouvée admirablement couchée dans le lit de Rigou,
composé d'excellents matelas, de draps en toile fine,
grossi d'un lit de plumes acheté jadis pour quelque
abbé par une dévote, garanti des bises par de bons
rideaux. Ainsi de tout, comme on va le voir.

D'abord, cet avare avait réduit sa femme, qui ne
savait ni lire et écrire, ni compter, à une obéissance
absolue. Après avoir gouverné le défunt, la pauvre
créature finissait servante de son mari, faisant la
cuisine, la lessive, à peine aidée par une très jolie fille
appelée Annette, âgée de dix-neuf ans, aussi soumise
à Rigou que sa maîtresse et qui gagnait trente francs
par an.

Grande, sèche et maigre, madame Rigou, femme
à figure jaune, colorée aux pommettes, la tête toujours enveloppée d'un foulard et portant le même
jupon pendant toute l'année, ne quittait pas sa maison deux heures par mois et nourrissait son activité
par tous les soins qu'une servante dévouée donne à
une maison. Le plus habile observateur n'aurait pas
trouvé trace de la magnifique taille, de la fraîcheur

à la Rubens, de l'embonpoint splendide, des dents
superbes, des yeux de vierge qui jadis recomman-
dèrent la jeune fille à l'attention du curé Niseron. La
seule et unique couche de sa fille, madame Soudry
la jeune, avait décimé les dents, fait tomber les cils,
terni les yeux, gauchi la taille, flétri le teint. Il semblait que le doigt de Dieu se fût appesanti sur l'épouse
du prêtre. Comme toutes les riches ménagères de la
campagne, elle jouissait de voir ses armoires pleines
de robes de soie, ou en pièce, ou faites et neuves, de
dentelles, de bijoux qui ne lui servaient jamais qu'à
faire commettre le péché d'envie, à faire souhaiter
sa mort aux jeunes servantes de Rigou. C'était un de
ces êtres moitié femmes, moitié bestiaux, nés pour
vivre instinctivement. Cette ex-belle Arsène [119] étant
désintéressée, le legs du feu curé Niseron serait inexplicable sans le curieux événement qui l'inspira, et
qu'il faut rapporter pour l'instruction de l'immense
tribu des Héritiers.

Madame Niseron, la femme du vieux sacristain,
comblait d'attentions l'oncle de son mari ; car l'immi-
nente succession d'un vieillard de soixante-douze ans,
estimée à quarante et quelques mille livres, devait
mettre la famille de l'unique héritier dans une aisance
assez impatiemment attendue par feu madame Niseron, laquelle, outre son fils, jouissait d'une charmante
petite fille, espiègle, innocente, une de ces créatures
qui ne sont peut-être accomplies que parce qu'elles
doivent disparaître, car elle mourut à quatorze ans
des *pâles couleurs*, le nom populaire de la *chlorose*.
Feu follet du presbytère, cette enfant allait chez son
grand-oncle le curé comme chez elle, elle y faisait la
pluie et le beau temps, elle aimait mademoiselle
Arsène, la jolie servante que son oncle put prendre en
1789, à la faveur de la licence introduite dans la discipline par les premiers orages révolutionnaires. Arsène,

nièce de la gouvernante du curé, fut appelée pour la
suppléer, car en se sentant mourir, la vieille demoiselle Pichard voulait sans doute faire transporter
ses droits à la belle Arsène.

En 1791, au moment où le curé Niseron offrit un
asile à Dom Rigou et au frère Jean, la petite Niseron
se permit une espièglerie fort innocente. En jouant
avec Arsène et d'autres enfants à ce jeu qui consiste
à cacher chacun à son tour un objet que les autres
cherchent et qui fait crier : « Tu brûles ou tu gèles »,
selon que les chercheurs s'en éloignent ou s'en appro-
chent, la petite Geneviève eut l'idée de fourrer le
soufflet de la salle dans le lit d'Arsène. Le soufflet fut
introuvable, le jeu cessa. Geneviève, emmenée par
sa mère, oublia de remettre le soufflet à son clou.
Arsène et sa tante cherchèrent le soufflet pendant une
semaine, puis on ne le chercha plus, on pouvait s'en
passer ; le vieux curé soufflait son feu avec une sarbacane faite au temps où les sarbacanes furent à la
mode, et qui sans doute provenait de quelque cour-
tisan d'Henri III. Enfin, un soir, un mois avant sa
mort, la gouvernante, après un dîner auquel avaient
assisté l'abbé Mouchon, la famille Niseron et le curé
de Soulanges, fit des lamentations de Jérémie sur le
soufflet, sans pouvoir en expliquer la disparition.

— Eh! mais il est depuis quinze jours dans le lit
d'Arsène, dit la petite Niseron en éclatant de rire,
si cette grande paresseuse faisait son lit, elle l'aurait
trouvé...

En 1791, tout le monde put éclater de rire ; mais,
à ce rire succéda le plus profond silence.

— Il n'y a rien de risible à cela, dit la gouvernante,
depuis que je suis malade, Arsène me veille.

Malgré cette explication, le curé Niseron jeta sur
madame Niseron et sur son mari le regard foudroyant
d'un prêtre qui croit à un complot. La gouvernante

mourut. Dom Rigou sut si bien exploiter la haine
du curé, que l'abbé Niseron déshérita Jean-François
Niseron au profit d'Arsène Pichard.

En 1823, Rigou se servait toujours par reconnaissance de la sarbacane pour attiser le feu.

Madame Niseron, folle de sa fille, ne lui survécut
pas. La mère et l'enfant moururent en 1794. Le curé
mort, le citoyen Rigou s'occupa lui-même des affaires
d'Arsène, en la prenant pour sa femme.

L'ancien frère convers de l'Abbaye, attaché à Rigou
comme un chien à son maître, devint à la fois le pale-
frenier, le jardinier, le vacher, le valet de chambre et
le régisseur de ce sensuel Harpagon.

Arsène Rigou, mariée en 1821 au Procureur du roi,
sans dot, rappelait un peu la beauté commune de sa
mère et possédait l'esprit sournois de son père.

Alors âgé de soixante-sept ans, Rigou n'avait pas
fait une seule maladie en trente ans, et rien ne paraissait devoir atteindre cette santé vraiment insolente.
Grand, sec, les yeux bordés d'un cercle brun, les paupières presque noires, quand le matin il laissait voir
son cou ridé, rouge et grenu, vous l'eussiez d'autant
mieux comparé à un condor que son nez très long,
pincé du bout, aidait encore à cette ressemblance par
une coloration sanguinolente. Sa tête quasi chauve
eût effrayé les connaisseurs par un occiput en dos
d'âne, indice d'une volonté despotique. Ses yeux
grisâtres, presque voilés par ses paupières à mem-
branes filandreuses, étaient prédestinés à jouer l'hy-
pocrisie. Deux mèches de couleur indécise, à cheveux
si clairsemés qu'ils ne cachaient pas la peau, flottaient
au-dessus des oreilles larges, hautes et sans ourlet,
trait qui révèle la cruauté dans l'ordre moral quand
il n'annonce pas la folie. La bouche, très fendue et à
lèvres minces, annonçait un mangeur intrépide, un
buveur déterminé par la tombée des coins qui dessi-

nait deux espèces de virgules où coulaient les jus, où
pétillait sa salive quand il mangeait ou parlait. Hélio-
gabale devait être ainsi.

Son costume invariable consistait en une longue
redingote bleue à collet militaire, en une cravate
noire, un pantalon et un vaste gilet de drap noir. Ses
souliers à fortes semelles étaient garnis de clous à
l'extérieur, et à l'intérieur d'un chausson tricoté par
sa femme durant les soirées d'hiver. Annette et sa
maîtresse tricotaient aussi les bas de Monsieur.

Rigou s'appelait Grégoire. Aussi ses amis ne renon-
çaient-ils point aux divers calembours que le G du
prénom autorisait, malgré l'usage immodéré qu'on en
faisait depuis trente ans. On le saluait toujours de ces
phrases : J'ai Rigou! Je ris, goutte! Ris, goûte! Rigou-
lard, etc., mais surtout de Grigou (G. Rigou).

Quoique cette esquisse peigne le caractère, personne n'imaginerait jamais jusqu'où, sans opposition
et dans la solitude, l'ancien Bénédictin avait poussé
la science de l'égoïsme, celle du bien-vivre et la volupté
sous toutes les formes. D'abord, il mangeait seul,
servi par sa femme et par Annette qui se mettaient
à table avec Jean, après lui, dans la cuisine, pendant
qu'il digérait son dîner, qu'il cuvait son vin en lisant
les nouvelles.

A la campagne, on ne connaît pas les noms propres
des journaux, ils s'appellent tous *les nouvelles*.

Le dîner, de même que le déjeuner et le souper,
toujours composés de choses exquises, étaient cuisinés
avec cette science qui distingue les gouvernantes
de curé entre toutes les cuisinières. Ainsi, madame
Rigou battait elle-même le beurre deux fois par
semaine. La crème entrait comme élément dans toutes
les sauces. Les légumes étaient cueillis de manière
à sauter de leurs planches dans la casserole. Les
Parisiens habitués à manger de la verdure, des légumes

qui accomplissent une seconde végétation exposés au soleil, à l'infection des rues, à la fermentation des boutiques, arrosés par les fruitières qui leur donnent ainsi la plus trompeuse fraîcheur, ignorent les saveurs exquises que contiennent ces produits auxquels la nature a confié des vertus fugitives, mais puissantes, quand ils sont mangés en quelque sorte tout vifs.

Le boucher de Soulanges apportait sa meilleure viande, sous peine de perdre la pratique du redoutable Rigou. Les volailles, élevées à la maison, devaient être d'une excessive finesse.

Ce soin de papelardise embrassait toutes les choses destinées à Rigou. Si les pantoufles de ce savant Thélémiste [120] étaient de cuir grossier, une bonne peau d'agneau en formait la doublure. S'il portait une redingote de gros drap, c'est qu'elle ne touchait pas sa peau, car sa chemise, blanchie et repassée au logis, avait été filée par les plus habiles doigts de la Frise. Sa femme, Annette et Jean buvaient le vin du pays, le vin que Rigou se réservait sur sa récolte ; mais, dans sa cave particulière, pleine comme une cave de Belgique, les vins de Bourgogne les plus fins côtoyaient ceux de Bordeaux, de Champagne, de Roussillon, du Rhône, d'Espagne, tous achetés dix ans à l'avance, et toujours mis en bouteille par frère Jean. Les liqueurs provenues des îles procédaient de madame Amphoux [121], l'usurier en avait acquis une provision pour le reste de ses jours, au dépeçage d'un château de Bourgogne.

Rigou mangeait et buvait comme Louis XIV, un des plus grands consommateurs connus, ce qui trahit les dépenses d'une vie plus que voluptueuse. Discret et habile dans sa prodigalité secrète, il disputait ses moindres marchés comme savent disputer les gens d'Église. Au lieu de prendre des précautions infinies pour ne pas être trompé dans ses acquisitions, le rusé

moine gardait un échantillon et se faisait écrire les
conventions ; mais quand son vin ou ses provisions
voyageaient, il prévenait qu'au plus léger vice des
choses, il refuserait d'en prendre livraison.

Jean, directeur du fruitier, était dressé à savoir
conserver les produits du plus beau fruitage connu
dans le département. Rigou mangeait des poires, des
pommes et quelquefois du raisin à Pâques.

Jamais prophète susceptible de passer Dieu ne fut
plus aveuglément obéi que ne l'était Rigou chez lui
dans ses moindres caprices. Le mouvement de ses
gros sourcils noirs plongeait sa femme, Annette et
Jean dans des inquiétudes mortelles. Il retenait ses
trois esclaves par la multitude minutieuse de leurs
devoirs qui leur faisait comme une chaîne. A tout
moment, ces pauvres gens se trouvaient sous le coup
d'un travail obligé, d'une surveillance, et ils avaient
fini par trouver une sorte de plaisir dans l'accomplissement de ces travaux constants, ils ne s'ennuyaient
point. Tous trois, ils avaient le bien-être de cet homme
pour seul et unique texte de leurs préoccupations.

Annette était, depuis 1795, la dixième jolie bonne
prise par Rigou qui se flattait d'arriver à la tombe
avec ces relais de jeunes filles. Venue à seize ans, à
dix-neuf ans Annette devait être renvoyée. Chacune
de ces bonnes, choisie à Auxerre, à Clamecy, dans
le Morvan, avec des soins méticuleux, était attirée
par la promesse d'un beau sort, mais madame Rigou
s'entêtait à vivre. Et toujours au bout de trois ans,
une querelle amenée par l'insolence de la servante
envers sa pauvre maîtresse, en nécessitait le renvoi.

Annette, vrai chef-d'œuvre de beauté fine, ingé-
nieuse, piquante, méritait une couronne de duchesse.
Elle ne manquait pas d'esprit, Rigou ne savait rien
de l'intelligence d'Annette et de Jean-Louis Tonsard,
ce qui prouvait qu'il se laissait prendre par cette

jolie fille, la seule à qui l'ambition eût suggéré la flatterie, comme moyen d'aveugler ce lynx.

Ce Louis XV sans trône ne s'en tenait pas uniquement à la jolie Annette. Oppresseur hypothécaire des terres achetées par les paysans au-delà de leurs moyens, il faisait son sérail de la vallée, depuis Soulanges jusqu'à cinq lieues au-delà de Couches vers la Brie, sans y dépenser autre chose que des *retardements de poursuites* pour obtenir ces fugitifs trésors qui dévorent la fortune de tant de vieillards.

Cette vie exquise, cette vie comparable à celle de Bouret ne coûtait donc presque rien. Grâce à ses nègres blancs, Rigou faisait abattre, façonner, rentrer ses fagots, ses bois, ses foins, ses blés. Pour le paysan, la main-d'œuvre est peu de chose, surtout en considération d'un ajournement d'intérêts à payer. Ainsi Rigou, tout en demandant de petites primes pour des retards de quelques mois, pressurait ses débiteurs en exigeant d'eux des services manuels, véritables corvées auxquelles ils se prêtaient, croyant ne rien donner parce qu'ils ne sortaient rien de leurs poches. On payait ainsi parfois à Rigou plus que le capital de la dette.

Profond comme un moine, silencieux comme un Bénédictin en travail d'histoire, rusé comme un prêtre, dissimulé comme tout avare, se tenant dans les limites du droit, toujours en règle, cet homme eût été Tibère à Rome, Richelieu sous Louis XIII, Fouché s'il avait eu l'ambition d'aller à la Convention ; mais il eut la sagesse d'être un Lucullus sans faste, un voluptueux avare. Pour occuper son esprit, il jouissait d'une haine taillée en plein drap. Il tracassait le général comte de Montcornet, il faisait mouvoir les paysans par le jeu de fils cachés dont le maniement l'amusait comme une partie d'échecs où les pions vivaient, où les cavaliers couraient à cheval, où les

fous comme Fourchon babillaient, où les tours féodales brillaient au soleil, où la Reine faisait malicieusement échec au Roi! Tous les jours en se levant, de
sa fenêtre, il voyait les faîtes orgueilleux des Aigues,
les cheminées des pavillons, les superbes Portes, et
il se disait : « Tout cela tombera! je sécherai ces ruisseaux, j'abattrai ces ombrages. » Enfin, il avait sa
grande et sa petite victime. S'il méditait la ruine du
château, le renégat se flattait de tuer l'abbé Brossette
à coups d'épingles.

Pour achever de peindre cet ex-religieux, il suffira
de dire qu'il allait à la messe en regrettant que sa
femme vécût, et manifestant le désir de se réconcilier
avec l'Église aussitôt son veuvage venu. Il saluait
avec déférence l'abbé Brossette en le rencontrant,
et lui parlait doucement sans jamais s'emporter.
En général, tous les gens qui tiennent à l'Église, ou
qui en sont sortis, ont une patience d'insecte : ils la
doivent à l'obligation de garder un décorum, éducation qui manque depuis vingt ans à l'immense
majorité des Français, même à ceux qui se croient
bien élevés. Tous les Conventuels que la Révolution
a fait sortir de leurs monastères et qui sont entrés
dans les affaires ont montré par leur froideur et par
leur réserve la supériorité que donne la discipline
ecclésiastique à tous les enfants de l'Église, même à
ceux qui la désertent.

Éclairé dès 1792, par l'affaire du testament, Gaubertin avait su sonder la ruse que contenait la figure
enfiellée de cet habile hypocrite ; aussi s'en était-il
fait un compère en communiant avec lui devant
le Veau d'or. Dès la fondation de la maison Leclercq,
il dit à Rigou d'y mettre cinquante mille francs en
les lui garantissant. Rigou devint un commanditaire
d'autant plus important qu'il laissa ce fonds se grossir
des intérêts accumulés. En ce moment l'intérêt de

Rigou dans cette maison était encore de cent mille
francs, quoiqu'en 1816 il eût repris une somme de
quatre-vingt mille francs environ, pour la placer
sur le Grand-Livre, en y trouvant dix-sept mille francs
de rentes. Lupin connaissait à Rigou pour cent cinquante mille francs d'hypothèques en petites sommes
sur de grands biens. Ostensiblement, Rigou possédait
en terres environ quatorze mille francs de revenus
bien nets. On apercevait donc environ quarante mille
francs de rentes à Rigou. Mais quant à son trésor,
c'était un X qu'aucune règle de proportion ne pouvait
dégager, de même que le diable seul connaissait les
affaires qu'il tripotait avec Langlumé.

Ce terrible usurier, qui comptait vivre encore
vingt ans, avait inventé des règles fixes pour opérer.
Il ne prêtait rien à un paysan qui n'achetait pas au
moins trois hectares et qui ne payait pas la moitié
du prix comptant. On voit que Rigou connaissait
bien le vice de la loi sur les expropriations appliquées
aux parcelles et le danger que fait courir au Trésor et
à la Propriété l'excessive division des biens. Poursuivez
donc un paysan qui vous prend un sillon, quand il
n'en possède que cinq! Le coup d'œil de l'intérêt
privé *distancera* toujours de vingt-cinq ans celui d'une
assemblée de législateurs. Quelle leçon pour un pays!
La loi émanera toujours d'un vaste cerveau, d'un
homme de génie et non de neuf cents intelligences qui,
si grandes qu'elles puissent être, se rapetissent en se
faisant foule. La loi de Rigou ne contient-elle pas en
effet le principe de celle à chercher pour arrêter le
non-sens que présente la propriété réduite à des
moitiés, des tiers, des quarts, des dixièmes de centiares,
comme dans la commune d'Argenteuil où l'on compte
trente mille parcelles?

De telles opérations voulaient un compérage
étendu comme celui qui pesait sur cet arrondissement.

D'ailleurs, comme Rigou faisait faire à Lupin environ
le tiers des actes qui se passaient annuellement dans
l'étude, il trouvait dans le notaire de Soulanges un
compère dévoué. Ce forban pouvait ainsi comprendre
dans le contrat de prêt, auquel assistait toujours
la femme de l'emprunteur quand il était marié, la
somme à laquelle se montaient les intérêts illégaux.
Le paysan, ravi de n'avoir que les cinq pour cent à
payer annuellement pendant la durée du prêt, espérait
toujours s'en tirer par un travail enragé, par des engrais qui bonifiaient le gage de Rigou.

De là les trompeuses merveilles enfantées par ce
que d'imbéciles économistes nomment la *petite culture*,
le résultat d'une faute politique à laquelle nous devons
de porter l'argent français en Allemagne pour y acheter
des chevaux que le pays ne fournit plus, une faute
qui diminuera tellement la production des bêtes à
cornes que la viande sera bientôt inabordable, non
pas seulement au peuple, mais encore à la petite bourgeoisie. (Voir *Le Curé de Village*.)

Donc, bien des sueurs, entre Couches et La-Ville-
aux-Fayes, coulaient pour Rigou, que chacun res-
pectait, tandis que le travail chèrement payé par le
général, le seul qui jetât de l'argent dans le pays,
lui valait des malédictions et la haine vouée aux
riches. De tels faits ne seraient-ils pas inexplicables
sans le coup d'œil jeté sur la Médiocratie ? Fourchon
avait raison, les bourgeois remplaçaient les seigneurs.
Ces petits propriétaires, dont le type est représenté
par Courtecuisse, étaient les mainmortables [122] du
Tibère de la vallée d'Avonne, de même qu'à Paris
les industriels sans argent sont les paysans de la haute
Banque.

Soudry suivait l'exemple de Rigou, depuis Soulanges jusqu'à cinq lieues de La-Ville-aux-Fayes.
Ces deux usuriers s'étaient partagé l'arrondissement.

Gaubertin, dont la rapacité s'exerçait dans une sphère supérieure, non seulement ne faisait pas concurrence à ses associés, mais il empêchait les capitaux de La-Ville-aux-Fayes de prendre cette fructueuse route. On peut deviner maintenant quelle influence ce triumvirat de Rigou, de Soudry, de Gaubertin obtenait aux élections par des électeurs dont la fortune dépendait de leur mansuétude.

Haine, intelligence et fortune, tel était le triangle terrible par lequel s'expliquait l'ennemi le plus proche des Aigues, le surveillant du général, en relations constantes avec soixante ou quatre-vingts petits propriétaires, parents ou alliés des paysans, et qui le redoutaient comme on redoute un créancier.

Rigou se superposait à Tonsard. L'un vivait de vols en nature, l'autre s'engraissait de rapines légales. Tous deux aimaient à bien vivre, c'était la même nature sous deux espèces, l'une naturelle, l'autre aiguisée par l'éducation du cloître.

Lorsque Vaudoyer quitta le cabaret du Grand-I-Vert pour consulter l'ancien maire, il était environ quatre heures. A cette heure, Rigou dînait.

En trouvant la porte bâtarde fermée, Vaudoyer regarda par-dessus les rideaux en criant : « Monsieur Rigou, c'est moi, Vaudoyer... »

Jean sortit par la porte cochère et fit entrer Vaudoyer un instant après, en lui disant : « Viens au jardin, monsieur a du monde. »

Ce monde était Sibilet, qui, sous prétexte de s'entendre relativement à la signification du jugement que venait de faire Brunet, s'entretenait avec Rigou de tout autre chose. Il avait trouvé l'usurier achevant son dessert.

Sur une table carrée, éblouissante de linge, car, peu soucieux de la peine de sa femme et d'Annette, Rigou voulait du linge blanc tous les jours, le régisseur vit apporter une jatte de fraises, des abricots, des pêches, des cerises, des amandes, tous les fruits de la saison à profusion, servis dans des assiettes de porcelaine blanche, et sur des feuilles de vigne, presque aussi coquettement qu'aux Aigues.

En voyant Sibilet, Rigou lui dit de pousser les verrous aux portes battantes intérieures qui se trouvaient adaptées à chaque porte, autant pour garantir du froid que pour étouffer les sons et il lui demanda quelle affaire si pressante l'obligeait à venir le voir en plein jour, tandis qu'il pouvait conférer si sûrement la nuit.

— C'est que le Tapissier a parlé d'aller à Paris y voir le Garde des sceaux, il est capable de vous faire bien du mal, de demander le déplacement de votre gendre, des juges de La-Ville-aux-Fayes, et du président, surtout, quand il lira le jugement qu'on vient de rendre en votre faveur. Il se cabre, il est fin, il a dans l'abbé Brossette un conseil capable de jouter avec vous et avec Gaubertin... Les prêtres sont puissants. Monseigneur l'évêque aime bien l'abbé Brossette. Madame la comtesse a parlé d'aller voir son cousin le préfet, le comte de Castéran, à propos de Nicolas. Michaud commence à lire couramment dans notre jeu...

— Tu as peur, dit l'usurier tout doucement en jetant sur Sibilet un regard que le soupçon rendit moins terne qu'à l'ordinaire et qui fut terrible. Tu calcules s'il ne vaut pas mieux te mettre du côté de monsieur le comte de Montcornet ?

— Je ne vois pas trop où je prendrais, quand vous aurez dépecé les Aigues, quatre mille francs à placer tous les ans, honnêtement, comme je le fais depuis cinq ans, répondit crûment Sibilet. Monsieur Gaubertin m'a, dans les temps, débité les plus belles promesses ; mais la crise approche, on va se battre

certainement, promettre et tenir sont deux après la
victoire.

— Je lui parlerai, répondit Rigou tranquillement.
En attendant, voici, moi, ce que je répondrais, si cela me
regardait : « Depuis cinq ans, tu portes à monsieur Rigou quatre mille francs par an, et ce brave homme
t'en donne sept et demi pour cent, ce qui te fait en
ce moment un compte de vingt-sept mille francs, à
cause de l'accumulation des intérêts ; mais comme il
existe un acte sous signature privée, double entre
toi et Rigou, le régisseur des Aigues serait renvoyé
le jour où l'abbé Brossette apporterait cet acte sous
les yeux du Tapissier, surtout après une lettre anonyme
qui l'instruirait de ton double rôle. Tu ferais donc
mieux de chasser avec nous, sans demander tes os
par avance, d'autant plus que monsieur Rigou, n'étant
pas tenu de te donner légalement sept et demi pour
cent et les intérêts des intérêts, te ferait des *offres
réelles* de tes vingt mille francs ; et, en attendant que
tu puisses les palper, ton procès, allongé par la chicane,
serait jugé par le tribunal de La-Ville-aux-Fayes. En
te conduisant sagement, quand monsieur Rigou sera
propriétaire de ton pavillon aux Aigues, tu pourras
continuer avec trente mille francs environ et trente
mille autres francs que pourrait te confier Rigou,
le commerce d'argent que fait Rigou, lequel sera
d'autant plus avantageux que les paysans se jetteront
sur les terres des Aigues divisées en petits lots, comme
la pauvreté sur le monde. » Voilà ce que pourrait te
dire monsieur Gaubertin ; mais moi, je n'ai rien à te
répondre, cela ne me regarde pas... Gaubertin et moi,
nous avons à nous plaindre de cet enfant du peuple
qui bat son père, et nous poursuivons notre idée. Si
l'ami Gaubertin a besoin de toi, moi, je n'ai besoin de
personne, car tout le monde est à ma dévotion. Quant
au Garde des sceaux, on en change assez souvent ;

tandis que, nous autres, nous sommes toujours là.

— Enfin, vous êtes prévenu, reprit Sibilet qui se sentit bâté comme un âne.

— Prévenu de quoi ? demanda finement Rigou.

— De ce que fera le Tapissier, répondit humblement le régisseur, il est allé furieux à la Préfecture.

— Qu'il aille ! si les Montcornet n'usaient pas de roues, que deviendraient les carrossiers ?

— Je vous apporterai mille écus ce soir à onze heures, dit Sibilet ; mais vous devriez avancer ces affaires en me cédant quelques-unes de vos hypothèques arrivées à terme, une de celles qui pourraient me valoir quelques bons lots de terres...

— J'ai celle de Courtecuisse, et je veux le ménager, car c'est le meilleur tireur du département ; en te la transportant tu aurais l'air de tracasser ce drôle-là pour le compte du Tapissier, et ça ferait d'une pierre deux coups, il serait capable de tout en se voyant plus bas que Fourchon. Courtecuisse s'est exterminé sur La Bâchelerie, il a bien amendé le terrain, il a mis des espaliers aux murs du jardin. Ce petit domaine vaut quatre mille francs, le comte te les donnerait pour les trois arpents qui jouxtent ses remises. Si Courtecuisse n'était pas un licheur, il aurait pu payer ses intérêts avec ce qu'on y tue de gibier.

— Eh ! bien, transportez-moi cette créance, j'y ferai mon beurre, j'aurai la maison et le jardin pour rien, le comte achètera les trois arpents.

— Quelle part me donneras-tu ?

— Mon Dieu, vous sauriez traire du lait à un bœuf ! s'écria Sibilet. Et moi, qui viens d'arracher au Tapissier l'ordre de réglementer le glanage d'après la loi...

— Tu as obtenu cela, mon gars ? dit Rigou qui plusieurs jours auparavant avait suggéré l'idée de ces vexations à Sibilet en lui disant de les conseiller au

général. Nous le tenons, il est perdu ; mais ce n'est
pas assez de le tenir par un bout, il faut le ficeler
comme une carotte de tabac [128] ! Tire les verrous, mon
gars, dis à ma femme de m'apporter le café, les liqueurs,
et dis à Jean d'atteler, je vais à Soulanges. A ce soir !

— Bonjour, Vaudoyer, dit l'ancien maire en voyant
entrer son ancien garde-champêtre. Eh ! bien, qu'y
a-t-il ?...

Vaudoyer raconta tout ce qui venait de se passer
au cabaret et demanda l'avis de Rigou sur la légalité
des règlements médités par le général.

— Il en a le droit, répliqua nettement Rigou. Nous
avons un rude seigneur ; l'abbé Brossette est un
malin, votre curé suggère toutes ces mesures-là,
parce que vous n'allez pas à la messe, tas de par-
paillots !... J'y vais bien, moi ! Il y a un Dieu, voyez-
vous !... Vous endurez tout, le Tapissier ira toujours
de l'avant !...

— Eh ! bien, nous glanerons !... dit Vaudoyer avec
cet accent résolu qui distingue les Bourguignons.

— Sans certificat d'indigence ? reprit l'usurier.
On dit qu'il est allé demander des troupes à la Préfecture, afin de vous faire rentrer dans le devoir.

— Nous glanerons comme par le passé, répéta
Vaudoyer.

— Glanez !... monsieur Sarcus jugera si vous avez
eu raison, dit l'usurier en ayant l'air de promettre
aux glaneurs la protection de la Justice de paix.

— Nous glanerons et nous serons en force !... ou
la Bourgogne ne serait plus la Bourgogne ! dit Vaudoyer. Si les gendarmes ont des sabres, nous avons
des faulx, et nous verrons !

A quatre heures et demie, la grande porte verte
de l'ancien presbytère tourna sur ses gonds et le cheval
bai brun, mené à la bride par Jean, tourna vers la
place. Madame Rigou et Annette venues sur le pas

de la porte bâtarde, regardaient la petite carriole d'osier peinte en vert, à capote de cuir, où se trouvait leur maître établi sur de bons coussins.

— Ne vous attardez pas, monsieur, dit Annette en faisant une petite moue.

Tous les gens du village, instruits déjà des menaçants arrêtés que le maire voulait prendre, se mirent tous sur leurs portes ou s'arrêtèrent dans la grande rue en voyant passer Rigou, pensant tous qu'il allait à Soulanges pour les défendre.

— Eh! bien, madame Courtecuisse, notre ancien maire va sans doute aller nous défendre, dit une vieille fileuse que la question des délits forestiers intéressait beaucoup, car son mari vendait des fagots volés à Soulanges.

— Mon Dieu, le cœur lui saigne de voir ce qui se passe, il en est malheureux autant que vous autres, répondit la pauvre femme qui tremblait au nom seul de son créancier, et qui par peur en faisait l'éloge.

— Ah! c'est pas pour dire, mais on l'a bien maltraité, lui! — Bonjour, monsieur Rigou, dit la fileuse que Rigou salua.

Quand l'usurier traversa la Thune, guéable en tout temps, Tonsard, sorti de son cabaret, dit à Rigou sur la route cantonale : « Eh bien, père Rigou, le Tapissier veut donc que nous soyons des chiens ?... »

— Nous verrons ça! répondit l'usurier en fouettant son cheval.

— Il saura bien nous défendre, dit Tonsard à un groupe de femmes et d'enfants attroupés autour de lui.

— Il pense à vous, comme un aubergiste pense aux goujons en nettoyant sa poêle à frire, répliqua Fourchon.

— Ote donc le battant à ta *grelotte* quand tu es soûl!... dit Mouche en tirant son grand-père par sa

blouse et le faisant tomber sur le talus au rez [124]
d'un peuplier. Si ce mâtin de moine entendait ça,
tu ne lui vendrais plus tes paroles si cher...

En effet, si Rigou courait à Soulanges, il était
emporté par l'importante nouvelle donnée par Sibilet
qui lui parut menaçante pour la coalition secrète de
la bourgeoisie avonnaise [125].

DEUXIÈME PARTIE

CHAPITRE PREMIER

LA PREMIÈRE SOCIÉTÉ
DE SOULANGES

A six kilomètres environ de Blangy, pour parler légalement [126], et à une distance égale de La-Ville-aux-Fayes, s'élève en amphithéâtre sur un monticule, ramification de la longue côte parallèle à celle au bas de laquelle coule l'Avonne, la petite ville de Soulanges, surnommée *la Jolie*, peut-être à plus juste titre que Mantes.

Au bas de cette colline, la Thune s'étale sur un fond d'argile d'une étendue d'environ trente hectares, au bout duquel les moulins de Soulanges, établis sur de nombreux îlots, dessinent une fabrique [127] aussi gracieuse que pourrait l'inventer un architecte de jardins. Après avoir arrosé le parc de Soulanges, où elle alimente de belles rivières et des lacs artificiels, la Thune se jette dans l'Avonne par un canal magnifique.

Le château de Soulanges, rebâti sous Louis XIV, sur les dessins de Mansard, et l'un des plus beaux de la Bourgogne, fait face à la ville. Ainsi Soulanges et le château se présentent respectivement un point de vue aussi splendide qu'élégant. La route cantonale tourne entre la ville et l'étang, un peu trop pompeusement nommé le lac de Soulanges par les gens du pays.

Cette petite ville est une de ces compositions naturelles excessivement rares en France, où le joli, dans
ce genre, manque absolument. Là, vous retrouverez
en effet le joli de la Suisse, comme le disait Blondet
dans sa lettre, le joli des environs de Neuchâtel. Les
gais vignobles qui forment une ceinture à Soulanges
complètent cette ressemblance, hormis le Jura et les
Alpes, toutefois ; les rues, superposées les unes aux
autres sur la colline, ont peu de maisons, car elles
sont toutes accompagnées de jardins, qui produisent
ces masses de verdure si rares dans les capitales. Les
toitures bleues ou rouges, mélangées de fleurs, d'arbres,
de terrasses à treillages, offrent des aspects variés
et pleins d'harmonie.

L'église, une vieille église du Moyen Age, bâtie en
pierres, grâce à la munificence des seigneurs de Soulanges, qui s'y sont réservé d'abord une chapelle
près du chœur, puis une chapelle souterraine, leur
nécropole, offre, comme celle de Longjumeau, pour
portail, une immense arcade, frangée de cercles
fleuris et garnis de statuettes, flanquée de deux piliers
à niches terminés en aiguilles. Cette porte, assez
souvent répétée dans les petites églises du Moyen
Age que le hasard a préservées des ravages du calvi-
nisme, est couronnée par un triglyphe au-dessus
duquel s'élève une Vierge sculptée tenant l'Enfant-
Jésus. Les bas-côtés se composent à l'extérieur de
cinq arcades pleines dessinées par des nervures,
éclairées par des fenêtres à vitraux. Le chevet s'appuie
sur des arcs-boutants dignes d'une cathédrale. Le
clocher, qui se trouve dans une branche de la croix,
est une tour carrée surmontée d'un campanile. Cette
église s'aperçoit de loin, car elle est en haut de la
grande place au bas de laquelle passe la route.

La place, d'une assez grande largeur, est bordée de
constructions originales, toutes de diverses époques.

Beaucoup, moitié bois, moitié briques, et dont les
solives ont un gilet d'ardoises, remontent au Moyen
Age. D'autres en pierres et à balcon, montrent ce
pignon si cher à nos aïeux, et qui date du XIIe siècle.
Plusieurs attirent le regard par ces vieilles poutres
saillantes à figures grotesques, dont la saillie forme
un auvent, et qui rappellent le temps où la bourgeoisie
était uniquement commerçante. La plus magnifique
est l'ancien baillage, maison à façade sculptée, en
alignement avec l'église qu'elle accompagne admirablement. Vendue nationalement, elle fut achetée
par la commune, qui en fit la mairie et y mit le tribunal de paix, où siégeait alors monsieur Sarcus, depuis
l'institution du juge de paix.

Ce léger croquis permet d'entrevoir la place de
Soulanges, ornée au milieu d'une charmante fontaine
rapportée d'Italie, en 1520, par le maréchal de Soulanges, et qui ne déshonorerait pas une grande capitale. Un jet d'eau perpétuel, provenant d'une source
située en haut de la colline, est distribué par quatre
Amours en marbre blanc tenant des conques et couronnés d'un panier plein de raisins.

Les voyageurs lettrés qui passeront par là, si jamais
il en passe après Blondet, pourront y reconnaître
cette place illustrée par Molière et par le théâtre
espagnol, qui régna si longtemps sur la scène française,
et qui démontrera toujours que la comédie est née
en de chauds pays, où la vie se passait sur la place
publique. La place de Soulanges rappelle d'autant
mieux cette place classique, et toujours semblable à
elle-même sur tous les théâtres, que les deux premières
rues la coupant précisément à la hauteur de la fontaine, figurent ces coulisses si nécessaires aux maîtres
et aux valets pour se rencontrer ou pour se fuir. Au
coin d'une de ces rues, qui se nomme la rue de la
Fontaine, brillent les panonceaux de maître Lupin.

La maison Sarcus, la maison du percepteur Guerbet, celle de Brunet, celle du greffier Gourdon et de son frère le médecin, celle du vieux monsieur Gendrin-Vattebled, le garde-général des eaux et forêts, ces maisons, tenues très proprement par leurs propriétaires, qui prennent au sérieux le surnom de leur ville, sont sises aux alentours de la place, le quartier aristocratique de Soulanges.

La maison de madame Soudry, car la puissante individualité de l'ancienne femme de chambre de mademoiselle Laguerre avait absorbé le chef de la communauté, cette maison entièrement moderne avait été bâtie par un riche marchand de vin, né à Soulanges, qui, après avoir fait sa fortune à Paris, revint en 1793 acheter du blé pour sa ville natale. Il y fut massacré comme accapareur par la populace, ameutée au cri d'un misérable maçon, l'oncle de Godain, avec lequel il avait des difficultés à propos de son ambitieuse bâtisse.

La liquidation de cette succession, vivement discutée entre collatéraux, traîna si bien qu'en 1798, Soudry, de retour à Soulanges, put acheter pour mille écus en espèces le palais du marchand de vin, et il le loua d'abord au département pour y loger la gendarmerie. En 1811, mademoiselle Cochet, que Soudry consultait en toute chose, s'opposa vivement à ce que le bail fût continué, trouvant cette maison inhabitable, en concubinage, disait-elle, avec une caserne. La ville de Soulanges, aidée par le département, bâtit alors un hôtel à la gendarmerie, dans une rue latérale à la mairie [128]. Le brigadier nettoya sa maison, y restitua le lustre primitif souillé par l'écurie et par l'habitation des gendarmes.

Cette maison, élevée d'un étage et coiffée d'un toit percé de mansardes, voit le paysage par trois façades, une sur la place, l'autre sur le lac, et la troisième sur un jardin. Le quatrième côté donne sur une cour qui sépare les Soudry de la maison voisine, occupée par un épicier nommé Vattebled, un homme de la *seconde société*, père de la belle madame Plissoud, de laquelle il sera bientôt question.

Toutes les petites villes ont *une belle madame*, comme elles ont un Socquard et un Café de la Paix.

Chacun devine que la façade sur le lac est bordée d'une terrasse à jardinet d'une médiocre élévation, terminée par une balustrade en pierre et qui longe la route cantonale. On descend de cette terrasse dans le jardin par un escalier sur chaque marche duquel se trouve un oranger, un grenadier, un myrte et autres arbres d'ornement, qui nécessitent au bout du jardin une serre que madame Soudry s'obstine à nommer une *resserre*. Sur la place, on entre dans la maison par un perron élevé de plusieurs marches. Selon l'habitude des petites villes, la porte cochère, réservée au service de la cour, au cheval du maître et aux arrivages extraordinaires, s'ouvre assez rarement. Les habitués, venant tous à pied, montaient par le perron.

Le style de l'hôtel Soudry est sec ; les assises sont indiquées par des filets dits à gouttière ; les fenêtres sont encadrées de moulures alternativement grêles et fortes, dans le genre de celles des pavillons Gabriel et Perronet de la place Louis-XV [129]. Ces ornements donnent, dans une si petite ville, un aspect monumental à cette maison devenue célèbre.

En face, à l'autre angle de la place, se trouve le fameux Café de la Paix, dont les particularités et le prestigieux Tivoli surtout exigeront plus tard des descriptions moins succinctes que celle de la maison Soudry.

Rigou venait très rarement à Soulanges, car chacun se rendait chez lui : le notaire Lupin comme Gau-

bertin, Soudry comme Gendrin, tant on le craignait.
Mais on va voir que tout homme instruit, comme
l'était l'ex-bénédictin, eût imité la réserve de Rigou,
par l'esquisse, nécessaire ici, des personnes de qui
l'on disait dans le pays : « C'est la *première société*
de Soulanges. »

De toutes ces figures, la plus originale, vous le
pressentez, était madame Soudry, dont le personnage,
pour être bien rendu, exige toutes les minuties du
pinceau.

Madame Soudry se permettait un *soupçon de rouge*
à l'imitation de mademoiselle Laguerre ; mais cette
légère teinte avait changé, par la force de l'habitude,
en plaques de vermillon si pittoresquement appelées
des roues de carrosses par nos ancêtres. Les rides
du visage devenant de plus en plus profondes et multipliées, la mairesse avait imaginé pouvoir les combler
de fard. Son front jaunissant aussi par trop, et ses
tempes miroitant, elle se *posait* du blanc, et figurait
les veines de la jeunesse par de légers réseaux de bleu.
Cette peinture donnait une excessive vivacité à ses
yeux déjà fripons, en sorte que son masque eût paru
plus que bizarre à des étrangers ; mais, habituée à cet
éclat postiche, sa société trouvait madame Soudry
très belle.

Cette haquenée, toujours décolletée, montrait son
dos et sa poitrine blanchis et vernis l'un et l'autre
par les mêmes procédés employés pour le visage ;
mais heureusement, sous prétexte de faire badiner
de magnifiques dentelles, elle voilait à demi ces
produits chimiques. Elle portait toujours un corps
de jupe à baleines dont la pointe descendait très bas,
garni de nœuds partout, même à la pointe!... Sa
jupe rendait des sons criards tant la soie et les falbalas
y foisonnaient.

Cet attirail, qui justifie le mot *atours*, bientôt

inexplicable, était en damas de grand prix ce soir-là,
car madame Soudry possédait cent habillements plus
riches les uns que les autres, provenant tous de
l'immense et splendide garde-robe de mademoiselle
Laguerre, et tous retaillés par elle dans le dernier
genre de 1808. Les cheveux de sa perruque blonde,
crêpés et poudrés, semblaient soulever son superbe
bonnet à coques de satin rouge cerise, pareil aux
rubans de ses garnitures.

Si vous voulez vous figurer sous ce bonnet toujours
ultra-coquet un visage de macaque d'une laideur
monstrueuse, où le nez camus, dénudé comme celui de
la Mort, est séparé par une forte marge de chair
barbue d'une bouche à râtelier mécanique, où les
sons s'engagent comme en des cors de chasse, vous
comprendrez difficilement pourquoi la première société
de la ville et tout Soulanges, en un mot, trouvait
belle cette quasi-reine, à moins de vous rappeler le
traité succinct *ex professo* [130] qu'une des femmes
les plus spirituelles de notre temps a récemment
écrit sur l'art de se faire belle à Paris par les acces-
soires dont on s'y entoure [131].

En effet, d'abord madame Soudry vivait au milieu
des dons magnifiques amassés chez sa maîtresse, et
que l'ex-bénédictin appelait *fructus belli* [132]. Puis elle
tirait parti de sa laideur en l'exagérant, en se donnant
cet air, cette tournure qui ne se prennent qu'à Paris,
et dont le secret reste à la Parisienne la plus vulgaire,
toujours plus ou moins singe. Elle se serrait beaucoup,
elle mettait une énorme tournure, elle portait des
boucles de diamants aux oreilles, ses doigts étaient
surchargés de bagues. Enfin, en haut de son corset,
entre deux masses arrosées de blanc de perle, brillait
un hanneton composé de deux topazes et à tête en
diamant, un présent de chère maîtresse, dont on
parlait dans tout le département. De même que feu

sa maîtresse, elle allait toujours les bras nus et agitait
un éventail d'ivoire à peinture de Boucher, et auquel
deux petites roses servaient de boutons.

Quand elle sortait, madame Soudry tenait sur sa
tête le vrai parasol du xviiie siècle, c'est-à-dire une
canne au haut de laquelle se déployait une ombrelle
verte à franges vertes. De dessus la terrasse, quand
elle s'y promenait, un passant, en la regardant de
très loin, aurait cru voir marcher une figure de
Watteau.

Dans ce salon, tendu de damas rouge, à rideaux
de damas doublés en soie blanche, et dont la cheminée
était garnie de chinoiseries du bon temps de Louis XV,
avec feu, galeries, branches de lys élevées en l'air
par des Amours, dans ce salon plein de meubles en
bois doré à pied de biche, on concevait que des gens
de Soulanges pussent dire de la maîtresse de la maison : La belle madame Soudry! Aussi l'hôtel Soudry
était-il devenu le préjugé national de ce chef-lieu
de canton.

Si la première société de cette petite ville croyait
en sa reine, sa reine croyait également en elle-même.
Par un phénomène qui n'est pas rare, et que la vanité
de mère, que la vanité d'auteur accomplissent à tous
moments sous nos yeux pour les œuvres littéraires
comme pour les filles à marier, en sept ans la Cochet
s'était si bien enterrée dans madame la mairesse
que non seulement la Soudry ne se souvenait plus de
sa première condition, mais encore elle croyait être
une femme comme il faut. Elle s'était si bien rappelé
les airs de tête, les tons de fausset [133], les gestes, les
façons de sa maîtresse, qu'en en retrouvant l'opulente
existence, elle en avait retrouvé l'impertinence. Elle
savait son xviiie siècle, les anecdotes des grands
seigneurs et leurs parentés sur le bout du doigt. Cette
érudition d'antichambre lui composait une conver-

sation qui sentait son Œil-de-Bœuf [134]. Là donc,
son esprit de soubrette passait pour de l'esprit de
bon aloi. Au moral, la mairesse était, si vous voulez,
du strass ; mais, pour les Sauvages, le strass ne vaut-il
pas le diamant ?

Cette femme s'entendait aduler, diviniser comme
jadis on divinisait sa maîtresse, par les gens de sa
société qui trouvaient chez elle un dîner tous les
huit jours, et du café, des liqueurs quand ils arrivaient au moment du dessert, hasard assez fréquent.
Aucune tête de femme n'eût pu résister à la puissance exhilarante de cet encensement continu. L'hiver,
ce salon bien chauffé, bien éclairé en bougies, se
remplissait des bourgeois les plus riches, qui rem-
boursaient en éloges les fines liqueurs et les vins
exquis provenant de la cave de chère maîtresse. Les
habitués et leurs femmes, véritables usufruitiers de
ce luxe, économisaient ainsi chauffage et lumière.
Aussi, savez-vous ce qui se proclamait à cinq lieues
à la ronde, et même à La-Ville-aux-Fayes ?

— Madame Soudry fait à merveille les honneurs
de chez elle, se disait-on en passant en revue les
notabilités départementales ; elle tient maison ouverte ;
on est admirablement chez elle. Elle sait faire les
honneurs de sa fortune. Elle a le petit mot pour rire.
Et quelle belle argenterie! C'est une maison comme
il n'y en a qu'à Paris!...

L'argenterie donnée par Bouret à mademoiselle
Laguerre, une magnifique argenterie du fameux
Germain, avait été littéralement volée par la Soudry.
A la mort de mademoiselle Laguerre, elle la mit tout
simplement dans sa chambre, et elle ne put être
réclamée par des héritiers qui ne savaient rien des
valeurs de la succession.

Depuis quelque temps, les douze ou quinze personnes qui représentaient la première société de

Soulanges parlaient de madame Soudry comme de l'amie intime de mademoiselle Laguerre, en se cabrant au mot de *femme de chambre*, et prétendant qu'elle s'était immolée à la cantatrice en se faisant la compagne de cette grande actrice.

Chose étrange et vraie! toutes ces illusions, devenues des réalités, se propageaient chez madame Soudry jusque dans les régions positives du cœur ; elle régnait tyranniquement sur son mari.

Le gendarme, obligé d'aimer une femme plus âgée que lui de dix ans, et qui gardait le maniement de sa fortune, l'entretenait dans les idées qu'elle avait fini par concevoir de sa beauté. Néanmoins, quand on l'enviait, quand on lui parlait de son bonheur, le gendarme souhaitait quelquefois qu'on fût à sa place ; car, pour cacher ses peccadilles, il prenait des précautions comme on en prend avec une jeune femme adorée, et il n'avait pu introduire que depuis quelques jours une jolie servante au logis.

Le portrait de cette reine, un peu grotesque, mais dont plusieurs exemplaires se rencontraient encore à cette époque en province, les uns plus ou moins nobles, les autres tenant à la haute finance, témoin une veuve de fermier général qui se mettait encore des rouelles de veau [136] sur les joues, en Touraine ; ce portrait, peint d'après nature, serait incomplet sans les brillants dans lesquels il était enchâssé, sans les principaux courtisans dont l'esquisse est nécessaire, ne fût-ce que pour expliquer combien sont redoutables de pareils lilliputiens, et quels sont au fond des petites villes les organes de l'opinion publique. Qu'on ne s'y trompe pas! Il est des localités qui, pareilles à Soulanges, sans être un bourg, un village, ni une petite ville, tiennent de la ville, du village et du bourg. Les physionomies des habitants y sont tout autres qu'au sein des bonnes, grosses, méchantes villes de province ; la vie de campagne y influe sur les mœurs, et ce mélange de teintes produit des figures vraiment originales.

Après madame Soudry, le personnage le plus important était le notaire Lupin, le chargé d'affaires de la maison Soulanges ; car il est inutile de parler du vieux Gendrin-Vattebled, le garde-général, un nonagénaire en train de mourir, et qui, depuis l'avènement de madame Soudry, restait chez lui ; mais, après avoir régné sur Soulanges, en homme qui jouissait de sa place depuis le règne de Louis XV, il parlait encore, dans ses moments lucides, de la juridiction de la Table de Marbre [136].

Quoique comptant quarante-cinq printemps, Lupin, frais et rose, grâce à l'embonpoint qui sature inévitablement les gens de cabinet, chantait encore la romance. Aussi conservait-il le costume élégant des chanteurs de salon. Il paraissait presque Parisien avec ses bottes soigneusement cirées, ses gilets jaune soufre, ses redingotes justes, ses riches cravates de soie, ses pantalons à la mode. Il faisait friser ses cheveux par le coiffeur de Soulanges, la gazette de la ville, et se maintenait à l'état d'homme à bonnes fortunes, à cause de sa liaison avec madame Sarcus, la femme de Sarcus-le-Riche, qui, sans comparaison, était dans sa vie ce que les campagnes d'Italie furent pour Napoléon. Lui seul allait à Paris, où il était reçu chez les Soulanges. Aussi eussiez-vous deviné la suprématie qu'il exerçait en sa qualité de fat et de juge en fait d'élégance, rien qu'à l'entendre parler. Il se prononçait sur toute chose par un seul mot à trois modificatifs, le mot artistique *croûte*.

Un homme, un meuble, une femme pouvaient être *croûte* ; puis, dans un degré supérieur de malfaçon, *croûton* ; enfin, pour dernier terme, *croûte-au-pot!* *Croûte-au-pot*, c'était le : *ça n'existe pas* des

artistes, l'omnium du mépris. Croûte, on pouvait
se désencroûter ; croûton était sans ressources ;
mais croûte-au-pot ! Oh ! mieux valait n'être jamais
sorti du néant. Quant à l'éloge, il se réduisait au redou-
blement du mot charmant !... « C'est charmant ! »
était le positif de son admiration. « Charmant ! charmant !... » vous pouviez être tranquille. Mais : « Charmant ! charmant ! charmant ! » il fallait retirer l'échelle,
on atteignait au ciel de la perfection.

Le tabellion, car il se nommait lui-même tabellion, garde-notes, petit notaire, en se mettant par
la raillerie au-dessus de son état ; le tabellion restait
dans les termes d'une galanterie parlée avec madame
la mairesse, qui se sentait un faible pour Lupin,
quoiqu'il fût blond et qu'il portât lunettes. La Cochet
n'avait jamais aimé que les hommes bruns, mous-
tachés, à bosquets sur les phalanges des doigts,
des Alcides enfin. Mais elle faisait une exception
pour Lupin, à cause de son élégance, et d'ailleurs,
elle pensait que son triomphe à Soulanges ne serait
complet qu'avec un adorateur ; mais, au grand désespoir de Soudry, les adorateurs de la reine n'osaient
pas donner à leur admiration une forme adultère.

La voix du tabellion était une haute-contre [137] ;
il en donnait parfois l'échantillon dans les coins, ou
sur la terrasse, une façon de rappeler son *talent
d'agrément*, écueil contre lequel se brisent tous les
hommes à talent d'agrément, même les hommes
de génie, hélas !

Lupin avait épousé une héritière en sabots et en
bas bleus, la fille unique d'un marchand de sel, enrichi
pendant la Révolution, époque à laquelle les faux-
sauniers firent d'énormes gains, à la faveur de la
réaction qui eut lieu contre les gabelles. Il laissait
prudemment sa femme à la maison, où Bébelle était
maintenue par une passion platonique pour un très

beau premier clerc, sans autre fortune que ses appointements, un nommé Bonnac, qui, dans la seconde société, jouait le même rôle que son patron dans la première.

Madame Lupin, femme sans aucune espèce d'éducation, apparaissait aux grands jours seulement, sous la forme d'une énorme pipe de Bourgogne [138] habillée de velours et surmontée d'une petite tête enfoncée dans des épaules d'un ton douteux. Aucun procédé ne pouvait maintenir le cercle de la ceinture à sa place naturelle. Bébelle avouait naïvement que la prudence lui défendait de porter des corsets. Enfin l'imagination d'un poète ou mieux celle d'un inventeur n'aurait pas trouvé dans le dos de Bébelle trace de la séduisante sinuosité qu'y produisent les vertèbres chez toutes les femmes qui sont femmes.

Bébelle, ronde comme une tortue, appartenait aux femelles invertébrées. Ce développement effrayant du tissu cellulaire rassurait sans doute beaucoup Lupin sur la petite passion de la grosse Bébelle, qu'il nommait Bébelle effrontément, sans faire rire personne.

— Votre femme, qu'est-elle ? lui demanda Sarcus-le-Riche, qui ne digéra pas un jour le mot *croûte-au-pot*, dit pour un meuble acheté d'occasion. — Ma femme n'est pas comme la vôtre, elle n'est pas encore définie, répondit-il.

Lupin cachait sous sa grosse enveloppe un esprit subtil ; il avait le bon sens de taire sa fortune, au moins aussi considérable que celle de Rigou.

Le fils à monsieur Lupin, Amaury, désolait son père. Ce fils unique, un des dons Juans de la vallée, se refusait à suivre la carrière paternelle ; il abusait de son avantage de fils unique en faisant d'énormes saignées à la caisse, sans jamais épuiser l'indulgence de son père, qui disait à chaque escapade : « J'ai

pourtant été comme cela! » Amaury ne venait jamais
chez madame Soudry qui *l'embêtait* (*sic*), car elle
avait, par un souvenir de femme de chambre, tenté
de faire l'éducation de ce jeune homme, que ses
plaisirs conduisaient au billard du Café de la Paix.
Il y hantait la mauvaise compagnie de Soulanges, et
même les Bonnébault. Il jetait sa *gourne* (un mot de
madame Soudry), et répondait aux remontrances
de son père par ce refrain perpétuel : « Renvoyez-
moi à Paris, je m'ennuie ici!... »

Lupin finissait, hélas! comme tous les *beaux*, par
un attachement quasi conjugal. Sa passion connue
était la femme du second huissier-audiencier de la
justice de paix, madame Euphémie Plissoud, pour
laquelle il n'avait pas de secrets. La belle madame
Plissoud, fille de Vattebled l'épicier, régnait dans la
seconde société comme madame Soudry dans la première. Ce Plissoud, le concurrent malheureux de
Brunet, appartenait donc à la seconde société de
Soulanges ; car la conduite de sa femme, qu'il autorisait, disait-on, lui valait le mépris public de la première.

Si Lupin était le musicien de la première société,
monsieur Gourdon, le médecin, en était le savant.
On disait de lui : « Nous avons ici un savant du premier mérite. » De même que madame Soudry (qui s'y
connaissait pour avoir introduit le matin chez sa
maîtresse Piccini et Glück, et pour avoir habillé
mademoiselle Laguerre à l'Opéra) persuadait à tout
le monde, même à Lupin, qu'il aurait fait fortune
avec sa voix ; de même elle regrettait que le médecin
ne publiât rien de ses idées.

Monsieur Gourdon répétait tout bonnement les
idées de Buffon et de Cuvier sur le globe, ce qui pouvait difficilement le poser comme savant aux yeux
des Soulangeois ; mais il faisait une collection de

coquilles et un herbier, mais il savait empailler les
oiseaux. Enfin il poursuivait la gloire de léguer un
cabinet d'histoire naturelle à la ville de Soulanges ;
dès lors, il passait dans tout le département pour
un grand naturaliste, pour le successeur de Buffon.

Ce médecin, semblable à un banquier genevois,
car il en avait le pédantisme, l'air froid, la propreté
puritaine, sans en avoir l'argent ni l'esprit calcula-
teur, montrait avec une excessive complaisance ce
fameux cabinet composé : d'un ours et d'une mar-
motte décédés en passage à Soulanges ; de tous les
rongeurs du département, les mulots, les musa-
raignes, les souris, les rats, etc. ; de tous les oiseaux
curieux tués en Bourgogne, parmi lesquels brillait
un aigle des Alpes, pris dans le Jura. Gourdon possédait une collection de lépidoptères, mot qui faisait
espérer des monstruosités et qui faisait dire en les
voyant : « Mais c'est des papillons! » Puis un bel
amas de coquilles fossiles provenant des collections
de plusieurs de ses amis, qui lui léguèrent leurs coquilles
en mourant, et enfin les minéraux de la Bourgogne
et ceux du Jura.

Ces richesses, établies dans des armoires vitrées
dont les buffets à tiroirs contenaient une collection
d'insectes, occupaient tout le premier étage de la
maison Gourdon, et produisaient un certain effet
par la bizarrerie des étiquettes, par la magie des
couleurs et par la réunion de tant d'objets, auxquels
on ne fait pas la moindre attention en les rencontrant
dans la nature et qu'on admire sous verre. On
prenait jour pour aller voir le cabinet de monsieur
Gourdon.

— J'ai, disait-il aux curieux, cinq cents sujets
d'ornithologie, deux cents mammifères, cinq mille
insectes, trois mille coquilles et sept cents échantillons de minéralogie.

— Quelle patience vous avez eue! lui disaient les dames.

— Il faut bien faire quelque chose pour son pays, répondait-il.

Et il tirait un énorme intérêt de ses carcasses par cette phrase : « J'ai légué tout par testament à la ville. » Et les visiteurs d'admirer sa *philanthropie!* On parlait de consacrer tout le deuxième étage de la mairie, *après la mort* du médecin, à loger le *Museum Gourdon.*

— Je compte sur la reconnaissance de mes concitoyens pour que mon nom y soit attaché, répondait-il à cette proposition, car je n'ose pas espérer qu'on y mette mon buste en marbre...

— Comment donc! mais ce sera bien le moins qu'on puisse faire pour vous, lui répondait-on, n'êtes-vous pas la gloire de Soulanges?

Et cet homme avait fini par se regarder comme une des célébrités de la Bourgogne ; les rentes les plus solides ne sont pas les rentes sur l'État, mais celles qu'on se fait en amour-propre. Ce savant, pour employer le système grammatical de Lupin, était heureux, heureux, heureux!

Gourdon le greffier, petit homme chafouin, dont tous les traits se ramassaient autour du nez, en sorte que le nez semblait être le point de départ du front, des joues, de la bouche, qui s'y rattachaient comme les ravins d'une montagne naissent tous du sommet, était regardé comme un des grands poètes de la Bourgogne, un Piron [139], disait-on. Le double mérite des deux frères faisait dire d'eux au chef-lieu du département : « Nous avons à Soulanges les deux frères Gourdon, deux hommes très distingués, deux hommes qui tiendraient bien leur place à Paris. »

Joueur excessivement fort au bilboquet, la manie d'en jouer engendra chez le greffier une autre manie,

celle de chanter ce jeu, qui fit fureur au xviiie siècle [140].
Les manies chez les médiocrates vont souvent deux à
deux. Gourdon jeune accoucha de son poème sous
le règne de Napoléon. N'est-ce pas vous dire à quelle
école saine et prudente il appartenait ? Luce de
Lancival, Parny, Saint-Lambert, Rouché, Vigée,
Andrieux, Berchoux étaient ses héros. Delille fut son
dieu jusqu'au jour où la première société de Soulanges
agita la question de savoir si Gourdon ne l'emportait
pas sur Delille, que dès lors le greffier nomma toujours
monsieur l'abbé Delille, avec une politesse exagérée.

Les poèmes accomplis de 1780 à 1814 furent taillés
sur le même patron, et celui sur le bilboquet les
expliquera tous. Ils tenaient un peu du tour de
force. Le *Lutrin* est le Saturne de cette abortive
génération de poèmes badins, tous en quatre chants
à peu près, car, d'aller jusqu'à six, il était reconnu
qu'on fatiguait le sujet.

Ce poème de Gourdon, nommé la *Bilboquéide*,
obéissait à la poétique de ces œuvres départementales,
invariables dans leurs règles identiques ; elles contenaient dans le premier chant la description de la
chose chantée, en débutant, comme chez Gourdon,
par une invocation dont voici le modèle :

Je chante ce doux jeu qui sied à tous les âges,
Aux petits comme aux grands, aux fous ainsi qu'aux sages ;
Où notre agile main, au front d'un buis pointu,
Lance un globe à deux trous dans les airs suspendu.
Jeu charmant, des ennuis infaillible remède
Que nous eût envié l'inventeur Palamède!
O Muse des Amours et des Jeux et des Ris,
Descends jusqu'à mon toit, où, fidèle à Thémis,
Sur le papier du fisc, j'espace des syllabes.
Viens charmer...

Après avoir défini le jeu, décrit les plus beaux
bilboquets connus, avoir fait comprendre de quel

secours il fut jadis au commerce du Singe Vert et
autres tabletiers [141]; enfin, après avoir démontré
comment le jeu touchait à la statique, Gourdon
finissait son premier chant par cette conclusion qui
vous rappellera celle du premier chant de tous ces
poèmes :

> C'est ainsi que les Arts et la Science même
> A leur profit enfin font tourner un objet
> Qui n'était de plaisir qu'un frivole sujet.

Le second chant, destiné comme toujours à dépeindre la manière de se servir de *l'objet*, le parti qu'on
en pouvait tirer, auprès des femmes et dans le monde,
sera tout entier deviné par les amis de cette sage
littérature, grâce à cette citation, qui peint le joueur
faisant ses exercices sous les yeux de *l'objet aimé* :

> Regardez ce joueur, au sein de l'auditoire,
> L'œil fixé tendrement sur le globe d'ivoire,
> Comme il épie et guette avec attention
> Ses moindres mouvements dans leur précision!
> La boule a, par trois fois, décrit sa parabole,
> D'un factice encensoir il flatte son idole ;
> Mais le disque est tombé sur son poing maladroit,
> Et d'un baiser rapide il console son doigt.
> Ingrat! Ne te plains pas de ce léger martyre,
> Bienheureux accident, trop payé d'un sourire!...

Ce fut cette peinture, digne de Virgile, qui fit
mettre en question la prééminence de Delille sur
Gourdon. Le mot *disque*, contesté par le positif
Brunet, *donna matière* à des discussions qui durèrent
onze mois ; mais Gourdon le savant, dans une soirée
où l'on fut sur le point de part et d'autre de se fâcher
tout rouge, écrasa le parti des *anti-disquaires*, par cette
observation : La lune, appelée disque par les poètes,
est un globe!

— Qu'en savez-vous ? répondit Brunet, nous n'en avons jamais vu qu'un côté.

Le troisième chant renfermait le conte obligé, l'anecdote célèbre qui concernait le bilboquet. Cette anecdote, tout le monde la sait par cœur, elle regarde un fameux ministre de Louis XVI ; mais, selon la formule consacrée dans les *Débats* de 1810 à 1814, pour louer ces sortes de travaux publics, *elle empruntait des grâces nouvelles à la poésie et aux agréments que l'auteur avait su y répandre.*

Le quatrième chant, où se résumait l'œuvre, était terminé par cette hardiesse inédite de 1810 à 1814, mais qui vit le jour en 1824, après la mort de Napoléon :

Ainsi j'osais chanter en des temps pleins d'alarmes.
Ah ! si les rois jamais ne portaient d'autres armes,
Si les peuples jamais, pour charmer leurs loisirs,
N'avaient imaginé que de pareils plaisirs ;
Notre Bourgogne, hélas, trop longtemps éplorée,
Eût retrouvé les jours de Saturne et de Rhée !

Ces beaux vers ont été copiés dans l'édition *princeps* et unique, sortie des presses de Bournier, imprimeur de La-Ville-aux-Fayes. Cent souscripteurs, par une offrande de trois francs, assurèrent à ce poème une immortalité d'un dangereux exemple, et ce fut d'autant plus beau que ces cent personnes l'avaient entendu près de cent fois, chacune en détail.

Madame Soudry venait de supprimer le bilboquet qui se trouvait sur la console de son salon, et qui, depuis sept ans, était un prétexte à citations ; elle découvrit enfin que ce bilboquet lui faisait concurrence.

Quant à l'auteur, qui se vantait de posséder un portefeuille bien garni, il suffira pour le peindre de dire en quels termes il annonça l'un de ses rivaux à la première société de Soulanges.

— Savez-vous une singulière nouvelle ? avait-il dit deux ans auparavant, il y a un *autre poète* en Bourgogne [142]!... Oui, reprit-il en voyant l'étonnement général peint sur les figures, il est de Mâcon. Mais, vous n'imagineriez jamais *à quoi il s'occupe ?* Il met les nuages en vers...

— Ils sont pourtant déjà très bien en *blanc*, répondit le spirituel père Guerbet.

— C'est un *embrouillamini* de tous les diables ! Des lacs, des étoiles, des vagues !... Pas une seule image raisonnable, pas une intention didactique ; il ignore les sources de la poésie. Il appelle le ciel par son nom. Il dit la lune bonnassement, au lieu de l'*astre des nuits*. Voilà pourtant jusqu'où peut nous entraîner le désir d'être original ! s'écria douloureusement Gourdon. Pauvre jeune homme ! Être Bourguignon et chanter l'eau, cela fait de la peine ! S'il était venu me consulter, je lui aurais indiqué le plus beau sujet du monde, un poème sur le vin, la Bacchéide ! pour lequel je me sens présentement trop vieux.

Ce grand poète ignore encore le plus beau de ses triomphes (encore le dut-il à sa qualité de Bourguignon) : avoir occupé la ville de Soulanges, qui de la pléiade moderne ignore tout, même les noms.

Une centaine de Gourdons chantaient sous l'Empire, et l'on accuse ce temps d'avoir négligé les lettres !... Consultez le *Journal de la Librairie*, et vous y verrez des poèmes sur le Tour, sur le jeu de Dames, sur le Tric-trac, sur la Géographie, sur la Typographie, la Comédie, etc. ; sans compter les chefs-d'œuvre tant prônés de Delille sur la Pitié, l'Imagination, la Conversation ; et ceux de Berchoux sur la Gastronomie, la Dansomanie, etc. Peut-être dans cinquante ans se moquera-t-on des mille poèmes à la suite des *Méditations*, des *Orientales*, etc. Qui peut prévoir les mutations du goût, les bizarreries de la vogue

et les transformations de l'esprit humain! Les géné-
rations balayent en passant jusqu'au vestige des idoles
qu'elles trouvent sur leur chemin, et elles se forgent
de nouveaux dieux qui seront renversés à leur tour.

Sarcus, beau petit vieillard gris pommelé, s'occupait à la fois de Thémis et de Flore, c'est-à-dire de
législation et d'une serre chaude. Il méditait depuis
douze ans un livre sur l'*Histoire de l'institution des
juges de paix*, « dont le rôle politique et judiciaire
avait eu déjà plusieurs phases, disait-il, car ils étaient
tout par le Code de brumaire an IV, et aujourd'hui
cette institution si précieuse au pays avait perdu sa
valeur, faute d'appointements en harmonie avec
l'importance des fonctions qui devraient être inamo-
vibles ».

Taxé d'être une tête forte, Sarcus était accepté
comme l'homme politique de ce salon ; vous devinez
qu'il en était tout bonnement le plus ennuyeux. On
disait de lui qu'il parlait comme un livre, Gaubertin
lui promettait la croix de la Légion d'honneur ;
mais il l'ajournait au jour où, successeur de Leclercq,
il serait assis sur les bancs du Centre gauche.

Guerbet, le percepteur, l'homme d'esprit, gros
bonhomme lourd, à figure de beurre, à faux toupet,
à boucles d'or aux oreilles, qui se disputaient sans
cesse avec ses cols de chemises, donnait dans la
Pomologie. Fier de posséder le plus beau jardin
fruitier de l'arrondissement, il obtenait des primeurs
en retard d'un mois sur celles de Paris ; il cultivait
dans ses bâches [143] les choses les plus tropicales, voire
des ananas, des brugnons et des petits pois. Il apportait avec orgueil un bouquet de fraises à madame
Soudry quand elles valaient dix sous le panier à
Paris.

Soulanges possédait enfin dans monsieur Vermut,
le pharmacien, un chimiste un peu plus chimiste que

Sarcus n'était homme d'État, que Lupin n'était
chanteur, Gourdon l'aîné savant et son frère poète.
Néanmoins la première société de la ville faisait peu
de cas de Vermut, et pour la seconde, il n'existait
même pas. L'instinct des uns leur signalait peut-
être une supériorité réelle dans ce penseur qui ne
disait mot, et qui souriait aux niaiseries d'un air
si narquois, qu'on se défiait de sa science, mise *sotto
voce* en question ; quant aux autres, ils ne prenaient
pas la peine de s'en occuper.

Vermut était le *pâtiras* [144] du salon de madame Soudry. Aucune société n'est complète sans une victime,
sans un être à plaindre, à railler, à mépriser, à protéger. D'abord Vermut, occupé de problèmes scien-
tifiques, venait la cravate lâche, le gilet ouvert, avec
une petite redingote verte, toujours tachée. Enfin,
il prêtait à la plaisanterie par une figure si poupine,
que le père Guerbet prétendait qu'il avait fini par
prendre le visage de ses pratiques.

En province, dans les endroits arriérés comme
Soulanges, on emploie encore les apothicaires dans
le sens de la plaisanterie de Pourceaugnac. Ces honorables industriels s'y prêtent d'autant mieux qu'ils
demandent une indemnité de déplacement.

Ce petit homme, doué d'une patience de chimiste,
ne pouvait jouir, selon le mot dont on se sert en province pour exprimer l'abolition du pouvoir domestique, de madame Vermut, femme charmante, femme
gaie, belle joueuse (elle savait perdre quarante sous
sans rien dire), qui déblatérait contre son mari, le
poursuivait de ses épigrammes et le peignait comme
un imbécile ne sachant distiller que de l'ennui.
Madame Vermut, une de ces femmes qui jouent
dans les petites villes le rôle de boute-en-train, apportait dans ce petit monde le sel, du sel de cuisine,
il est vrai, mais quel sel ! Elle se permettait des plai-

santeries un peu fortes, mais on les lui passait ; elle
disait très bien au curé Taupin, homme de soixante-
dix ans, à cheveux blancs : « Tais-toi, gamin! »

Le meunier de Soulanges, riche de cinquante mille
francs de rente, avait une fille unique à qui Lupin
pensait pour Amaury, depuis qu'il avait perdu l'espoir de le marier à mademoiselle Gaubertin, et le
président Gaubertin y pensait pour son fils, le conservateur des hypothèques, autre antagonisme.

Ce meunier, un Sarcus-Taupin, était le Nucingen
de la ville ; il passait pour être trois fois millionnaire ;
mais il ne voulait entrer dans aucune combinaison ;
il ne pensait qu'à moudre du blé, à le monopoliser,
et il se recommandait par un défaut absolu de politesse ou de belles manières.

Le père Guerbet, frère du maître de poste de Couches, possédait environ dix mille francs de rente, outre
sa perception. Les Gourdon étaient riches, le médecin
avait épousé la fille unique du vieux monsieur Gendrin-Vattebled, le garde général des eaux et forêts,
qu'on attendait à mourir, et le greffier avait épousé
la nièce et unique héritière de l'abbé Taupin, curé
de Soulanges, un gros prêtre retiré dans sa cure
comme le rat dans son fromage.

Cet habile ecclésiastique, tout acquis à la première
société, bon et complaisant avec la seconde, aposto-
lique avec les malheureux, s'était fait aimer à Soulanges ; cousin du meunier et cousin des Sarcus, il
appartenait au pays et à la médiocratie avonnaise.
Il dînait toujours en ville, il économisait, il allait
aux noces en s'en retirant avant le bal ; il ne parlait
jamais politique ; il faisait passer les nécessités du
culte en disant : « C'est mon métier! » Et on le laissait
faire en disant de lui : « Nous avons un bon curé! »
L'évêque, qui connaissait les gens de Soulanges,
sans s'abuser sur la valeur de ce curé, se trouvait heu-

reux d'avoir dans une pareille ville un homme qui
faisait accepter la religion, qui savait remplir son
église et y prêcher devant des bonnets endormis.

Les deux *dames* Gourdon, — car à Soulanges,
comme à Dresde et dans quelques autres capitales
allemandes, les gens de la première société s'abordent
en disant : « Comment va votre dame ? » On dit :
« Il n'était pas avec sa dame, j'ai vu sa dame et sa
demoiselle, etc. » — Un Parisien y produirait du
scandale, et serait accusé d'avoir mauvais ton s'il
disait : « Les femmes, cette femme, etc. » A Soulanges, comme à Genève, à Dresde, à Bruxelles, il
n'existe que des épouses ; on n'y met pas, comme à
Bruxelles, sur les enseignes : *l'Épouse une telle*, mais
madame votre épouse est de rigueur. — Les deux *dames*
Gourdon ne peuvent se comparer qu'à ces infortunés
comparses de théâtres secondaires, que connaissent
les Parisiens pour s'être souvent moqués de ces
artistes ; et, pour achever de peindre ces *dames*, il
suffira de dire qu'elles appartenaient au genre des
bonnes petites femmes, les bourgeois les moins lettrés
trouveront alors autour d'eux les modèles de ces
créatures essentielles.

Il est inutile de faire observer que le père Guerbet
connaissait admirablement les finances, et que Soudry pouvait être ministre de la guerre. Ainsi, non
seulement chacun de ces braves bourgeois offrait
une de ces spécialités de caprice si nécessaires à
l'homme de province pour exister, mais encore chacun d'eux cultivait sans rival son champ dans le
domaine de la vanité.

Si Cuvier fût passé par là sans se nommer, la première société de Soulanges l'eût convaincu de savoir
peu de chose en comparaison de monsieur Gourdon
le médecin. Nourrit [145] et son *joli filet de voix*, disait
le notaire avec une indulgence protectrice, eussent

été trouvés à peine dignes d'accompagner ce rossignol de Soulanges. Quant à l'auteur de la *Bilboquéide*, qui s'imprimait en ce moment chez Bournier, on ne croyait pas qu'il pût se rencontrer à Paris un poète de cette force, car Delille était mort !

Cette bourgeoisie de province, si grassement satisfaite d'elle-même, pouvait donc primer toutes les supériorités sociales. Aussi l'imagination de ceux qui, dans leur vie, ont habité pendant quelque temps une petite ville de ce genre, peut-elle seule entrevoir l'air de satisfaction profonde répandu sur les physionomies de ces gens qui se croyaient le plexus solaire de la France, tous armés d'une incroyable finesse pour mal faire, et qui, dans leur sagesse, avaient décrété que l'un des héros d'Essling était un lâche, que madame de Montcornet était une intrigante qui avait de gros boutons dans le dos, que l'abbé Brossette était un petit ambitieux, et qui découvrirent, quinze jours après l'adjudication des Aigues, l'origine faubourienne du général, surnommé par eux le Tapissier.

Si Rigou, Soudry, Gaubertin eussent habité tous La-Ville-aux-Fayes, ils se seraient brouillés ; leurs prétentions se seraient inévitablement heurtées ; mais la fatalité voulait que le Lucullus de Blangy sentît la nécessité de sa solitude pour se rouler à son aise dans l'usure et dans la volupté ; que madame Soudry fût assez intelligente pour comprendre qu'elle ne pouvait régner qu'à Soulanges, et que La-Ville-aux-Fayes fût le siège des affaires de Gaubertin. Ceux qui s'amusent à étudier la nature sociale avoueront que le général de Montcornet jouait de malheur en trouvant de tels ennemis séparés et accomplissant les évolutions de leur pouvoir et de leur vanité, chacun à des distances qui ne permettaient pas à ces astres de se contrarier et qui décuplaient le pouvoir de mal faire.

Néanmoins, si tous ces dignes bourgeois, fiers de
leur aisance, regardaient leur société comme bien
supérieure en agrément à celle de La-Ville-aux-Fayes,
et répétaient avec une comique importance ce dicton
de la vallée : « Soulanges est une ville de plaisir et de
société », il serait peu prudent de penser que la capitale avonnaise acceptât cette suprématie. Le salon
Gaubertin se moquait, *in petto*, du salon Soudry. A
la manière dont Gaubertin disait : « Nous autres, nous
sommes une ville de haut commerce, une ville d'affaires, nous avons la sottise de nous ennuyer à faire
fortune! » il était facile de reconnaître un léger antagonisme entre la terre et la lune. La lune se croyait
utile à la terre et la terre régentait la lune. La terre
et la lune vivaient d'ailleurs dans la plus étroite
intelligence. Au carnaval, la première société de Soulanges allait toujours en masse aux quatre bals donnés
par Gaubertin, par Gendrin, par Leclercq, le receveur
des finances, et par Soudry jeune, le procureur du roi.
Tous les dimanches, le procureur du roi, sa femme,
monsieur, madame et mademoiselle Élise Gaubertin,
venaient dîner chez les Soudry de Soulanges. Quand
le sous-préfet était prié, quand le maître de poste,
M. Guerbet de Couches, arrivait manger la fortune
du pot [146], Soulanges avait le spectacle de quatre
équipages départementaux à la porte de la maison
Soudry.

CHAPITRE II

LES CONSPIRATEURS CHEZ LA REINE

En débouchant là, vers cinq heures et demie, Rigou savait trouver les habitués du salon de Soudry tous à leur poste. Chez le maire comme dans toute la ville, on dînait à trois heures, selon l'usage du dernier siècle. De cinq heures à neuf heures, les notables de Soulanges venaient échanger les nouvelles, faire leurs *speeches* politiques, commenter les événements marquants de la vie privée de toute la vallée, et parler des Aigues, qui défrayaient la conversation pendant une heure tous les jours. C'était la préoccupation de chacun d'apprendre quelque chose sur ce qui s'y passait, et l'on savait d'ailleurs faire ainsi sa cour aux maîtres du logis.

Après cette revue obligée, on se mettait à jouer au boston, seul jeu que sût la reine. Quand le gros père Guerbet avait singé madame Isaure, la femme de Gaubertin, en se moquant de ses airs penchés, en imitant sa petite voix, sa petite bouche et ses façons jeunettes ; quand le curé Taupin avait raconté l'une des historiettes de son répertoire ; quand Lupin avait rapporté quelque événement de La-Ville-aux-Fayes, et que madame Soudry avait été criblée de compliments nauséabonds, l'on disait : « Nous avons fait un charmant boston. »

Trop égoïste pour se donner la peine de faire douze kilomètres, au bout desquels il devait entendre les niaiseries dites par les habitués de cette maison, et voir un singe déguisé en vieille femme, Rigou, bien supérieur, comme esprit et comme instruction, à cette petite bourgeoisie, ne se montrait jamais que si ses affaires l'amenaient chez le notaire. Il s'était exempté de voisiner, en prétextant de ses occupations, de ses habitudes et de sa santé, qui ne lui permettaient pas, disait-il, de revenir la nuit par une route le long de laquelle brouillassait la Thune.

Ce grand usurier sec imposait d'ailleurs beaucoup à la société de madame Soudry, qui flairait en lui ce tigre à griffes d'acier, cette malice de sauvage, cette sagesse née dans le cloître, mûrie au soleil de l'or, et avec lesquels Gaubertin n'avait jamais voulu se commettre.

Aussitôt que la carriole d'osier et le cheval dépassèrent le Café de la Paix, Urbain, le domestique de Soudry, qui causait avec le limonadier, assis sur un banc placé sous les fenêtres de la salle à manger, se fit un auvent de sa main pour bien voir quel était cet équipage.

— V'là le père Rigou!... Faut ouvrir la porte. Tenez son cheval, Socquard, dit-il sans façon au limonadier.

Et Urbain, ancien cavalier qui, n'ayant pu passer gendarme, avait pris le service Soudry comme retraite, rentra dans la maison pour aller manœuvrer la porte de la cour.

Socquard, ce personnage si célèbre dans la vallée, était là, comme vous voyez, sans façon ; mais il en est ainsi de bien des gens illustres qui ont la complaisance de marcher, d'éternuer, de dormir, de manger absolument comme de simples mortels.

Socquard, alcide [147] de naissance, pouvait porter onze cents pesant ; son coup de poing, appliqué dans le dos d'un homme, lui cassait net la colonne vertébrale ; il tordait une barre de fer, il arrêtait une voiture attelée d'un cheval. Milon de Crotone de la vallée, sa réputation embrassait tout le département, où l'on faisait sur lui des contes ridicules comme sur toutes les célébrités. Ainsi l'on racontait dans le Morvan qu'un jour il avait porté sur son dos une pauvre femme, son âne et son sac au marché, qu'il avait mangé tout un bœuf et bu tout un quartaut [148] de vin dans une journée, etc. Doux comme une fille à marier, Socquard, gros petit homme, à figure placide, large des épaules, large de poitrine, où ses poumons jouaient comme des soufflets de forge, possédait un filet de voix dont la limpidité surprenait ceux qui l'entendaient parler pour la première fois.

Comme Tonsard, que son renom dispensait de toute preuve de férocité, comme tous ceux qui sont gardés par une opinion publique quelconque, Socquard ne déployait jamais sa triomphante force musculaire, à moins que des amis ne l'en priassent. Il prit donc la bride du cheval quand le beau-père du procureur du roi tourna pour se ranger au perron.

— Vous allez bien par chez vous, monsieur Rigou ?... dit l'illustre Socquard.

— Comme ça, mon vieux, répondit Rigou. Plissoud et Bonnébault, Viollet et Amaury soutiennent-ils toujours ton établissement ?

Cette demande, faite sur un ton de bonhomie et d'intérêt, n'était pas une de ces questions banales jetées au hasard par les supérieurs à leurs inférieurs. A son temps perdu, Rigou songeait aux moindres détails, et déjà l'accointance de Bonnébault, de

Plissoud et du brigadier Viollet avait été signalée
par Fourchon à Rigou comme suspecte.

Bonnébault, pour quelques écus perdus au jeu,
pouvait livrer au brigadier les secrets des paysans,
ou parler sans savoir l'importance de ses bavardages
après avoir bu quelques bols de punch de trop. Mais
les délations du chasseur à la loutre pouvaient être
conseillées par la soif, et Rigou n'y fit attention que
par rapport à Plissoud, à qui sa situation devait
inspirer un certain désir de contrecarrer les conspira-
tions dirigées contre les Aigues, ne fût-ce que pour se
faire graisser la patte par l'un ou l'autre des deux partis.

Correspondant des assurances, qui commençaient
à se montrer en France, agent d'une société contre
les chances du recrutement, l'huissier cumulait des
occupations peu rétribuées qui lui rendaient la fortune
d'autant plus difficile à faire, qu'il avait le vice d'aimer
le billard et le vin cuit. De même que Fourchon, il
cultivait avec soin l'art de s'occuper à rien, et il attendait sa fortune d'un hasard problématique. Il haïssait
profondément la première société, mais il en avait
mesuré la puissance. Lui seul connaissait à fond la
tyrannie bourgeoise organisée par Gaubertin ; il
poursuivait de ses railleries les richards de Soulanges
et de La-Ville-aux-Fayes, en représentant à lui seul
l'opposition. Sans crédit, sans fortune, il ne paraissait
pas à craindre ; aussi Brunet, enchanté d'avoir un
concurrent méprisé, le protégeait-il pour ne pas lui
voir vendre son étude à quelque jeune homme ardent,
comme Bonnac, par exemple, avec lequel il aurait
fallu partager la clientèle du canton.

— Grâce à ces gens-là, ça boulotte, répondit
Socquard, mais on contrefait mon vin cuit !

— Faut poursuivre ! dit sentencieusement Rigou.

— Ça me mènerait trop loin, répondit le limonadier en jouant sur les mots sans le savoir.

— Et vivent-ils bien ensemble, tes chalands ?

— Ils ont toujours quelques castilles [149] ; mais des joueurs, ça se pardonne tout.

Toutes les têtes étaient à celle des croisées du salon qui donnait sur la place. En reconnaissant le père de sa belle-fille, Soudry vint le recevoir sur le perron.

— Eh bien, mon compère, dit l'ex-gendarme en se servant de ce mot selon sa primitive acception, Annette est-elle malade pour que vous nous accordiez votre présence pendant une soirée ?...

Par un reste d'esprit gendarme, le maire allait toujours droit au fait.

— Non, il y a du grabuge, répondit Rigou en touchant de son index droit la main que lui tendit Soudry ; nous en causerons, car cela regarde un peu nos enfants...

Soudry, bel homme vêtu de bleu, comme s'il appartenait toujours à la gendarmerie, le col noir, les bottes à éperons, amena Rigou par le bras à son imposante moitié. La porte-fenêtre était ouverte sur la terrasse, où les habitués se promenaient en jouissant de cette soirée d'été qui faisait resplendir le magnifique paysage que, sur l'esquisse qu'on a lue, les gens d'imagination peuvent apercevoir.

— Il y a bien longtemps que nous ne vous avons vu, mon cher Rigou, dit madame Soudry en prenant le bras de l'ex-bénédictin en l'emmenant sur la terrasse.

— Mes digestions sont si pénibles !... répondit le vieil usurier. Voyez ! Mes couleurs sont presque aussi vives que les vôtres.

L'entrée de Rigou sur la terrasse détermina, comme on le pense, une explosion de salutations joviales parmi tous ces personnages.

— Ris, goulu !... J'ai découvert celui-là de plus,

s'écria monsieur Guerbet le percepteur, en offrant la main à Rigou, qui y mit l'index de sa main droite.

— Pas mal! pas mal! dit le petit juge de paix Sarcus, il est assez gourmand, notre seigneur de Blangy.

— Seigneur? répondit amèrement Rigou, depuis bien longtemps je ne suis plus le coq de mon village.

— Ce n'est pas ce que disent les poules, grand scélérat! fit la Soudry en donnant un petit coup d'éventail badin à Rigou.

— Nous allons bien, mon cher maître? dit le notaire en saluant son principal client.

— Comme ça, répondit Rigou, qui prêta derechef son index à la main du notaire.

Ce geste, par lequel Rigou restreignait la poignée de main à la plus froide des démonstrations, aurait peint l'homme tout entier à qui ne l'eût pas connu.

— Trouvons un coin où nous puissions parler tranquillement, dit l'ancien moine en regardant Lupin et madame Soudry.

— Revenons au salon, répondit la reine. Ces messieurs, ajouta-t-elle en montrant monsieur Gourdon, le médecin, et Guerbet, sont aux prises sur un *point de côté.*

Madame Soudry s'étant enquise du point en discussion, Guerbet, toujours si spirituel, lui avait dit : « C'est un point de côté. » La reine crut à un terme scientifique, et Rigou sourit en l'entendant répéter ce mot d'un air prétentieux.

— Qu'est-ce que le Tapissier a donc fait de nouveau? demanda Soudry qui s'assit à côté de sa femme, en la prenant par la taille.

Comme toutes les vieilles femmes, la Soudry pardonnait bien des choses en faveur d'un témoignage public de tendresse.

— Mais, répondit Rigou à voix basse pour donner

l'exemple de la prudence, il est parti pour la Préfecture, y réclamer l'exécution des jugements et demander main-forte.

— C'est sa perte, dit Lupin en se frottant les mains. On se bûchera [150].

— On se bûchera! reprit Soudry, c'est selon. Si le préfet et le général, qui sont ses amis, envoient un escadron de cavalerie, les paysans ne bûcheront rien... On peut, à la rigueur, avoir raison des gendarmes de Soulanges ; mais essayez donc de résister à une charge de cavalerie!

— Sibilet lui a entendu dire quelque chose de plus dangereux que ça, et c'est ce qui m'amène, reprit Rigou.

— Oh! ma pauvre Sophie! s'écria sentimentalement madame Soudry, dans quelles mains les Aigues sont-ils tombés! Voilà ce que nous a valu la Révolution! Des sacripants à graines d'épinards [151]. On aurait bien dû s'apercevoir que quand on renverse une bouteille, la lie monte et gâte le vin!...

— Il a l'intention d'aller à Paris, et d'intriguer auprès du Garde des sceaux pour tout changer au tribunal.

— Ah! dit Lupin, il a reconnu son danger.

— Si l'on nomme mon gendre avocat général, il n'y a rien à dire, et il le remplacera par quelque Parisien à sa dévotion, reprit Rigou. S'il demande un siège à la cour pour monsieur Gendrin, s'il fait nommer monsieur Guerbet, notre juge d'instruction, président à Auxerre, il renversera nos quilles!... Il a déjà la gendarmerie pour lui ; s'il a encore le tribunal, et s'il conserve près de lui des conseillers comme l'abbé Brossette et Michaud, nous ne serons pas à la noce ; il pourrait nous susciter de bien méchantes affaires.

— Comment, depuis cinq ans, vous n'avez pas su vous défaire de l'abbé Brossette ? dit Lupin.

— Vous ne le connaissez pas ; il est défiant comme un merle, répondit Rigou. Ce n'est pas un homme, ce prêtre-là, il ne fait pas attention aux femmes ; je ne lui vois aucune passion ; il est inattaquable. Le général, lui, prête le flanc à tout par sa colère. Un homme qui a un vice est toujours le valet de ses ennemis, quand ils savent se servir de cette ficelle. Il n'y a de forts que ceux qui mènent leurs vices au lieu de se laisser mener par eux. Les paysans vont bien, on tient notre monde en haleine contre l'abbé, mais on ne peut encore rien contre lui. C'est comme Michaud ; des hommes comme ceux-là, c'est trop parfait, il faut que le bon Dieu les rappelle à lui...

— Il faut leur procurer des servantes qui savonnent bien leurs escaliers, dit madame Soudry, qui fit faire à Rigou le léger bond que font les gens très fins en apprenant une finesse.

— Le Tapissier a un autre vice ; il aime sa femme, et l'on peut encore le prendre par là...

— Voyons, il faut savoir s'il donne suite à ses idées, dit madame Soudry.

— Comment! demanda Lupin, mais c'est là le *hic!*

— Vous, Lupin, reprit Rigou d'un ton d'autorité, vous allez filer à la Préfecture y voir la belle madame Sarcus, et dès ce soir! Vous vous arrangerez pour obtenir d'elle de faire répéter à son mari tout ce que le Tapissier a dit et fait à la Préfecture.

— Je serai forcé d'y coucher, répondit Lupin.

— Tant mieux pour Sarcus-le-Riche, il y gagnera, répondit Rigou. Elle n'est pas encore trop *croûte*, madame Sarcus...

— Oh! monsieur Rigou, fit madame Soudry en minaudant, les femmes sont-elles jamais croûtes?

— Vous avez raison pour celle-là! Elle ne se peint rien au miroir, répliqua Rigou, que l'exhibition des vieux trésors de la Cochet révoltait toujours.

Madame Soudry, qui croyait ne mettre qu'un soupçon de rouge, ne comprit pas cet à-propos épigrammatique et demanda :

— Est-ce que les femmes peuvent donc se peindre ?

— Quant à vous, Lupin, dit Rigou sans répondre à cette naïveté, demain matin revenez chez le papa Gaubertin ; vous lui direz que le compère et moi, dit-il en frappant sur la cuisse de Soudry, nous viendrons casser une croûte chez lui, lui demander à déjeuner sur le midi. Dites-lui les choses, afin que chacun de nous ait ruminé ses idées, car il s'agit d'en finir avec ce damné Tapissier. En venant vous trouver, je me suis dit qu'il faudrait brouiller le Tapissier avec le Tribunal, de manière à ce que le Garde des sceaux lui rie au nez quand il viendra lui demander des changements dans le personnel de La-Ville-aux-Fayes...

— Vivent les gens d'Église !... s'écria Lupin en frappant sur l'épaule de Rigou.

Madame Soudry fut aussitôt frappée d'une idée qui ne pouvait venir qu'à l'ancienne femme de chambre d'une fille d'Opéra.

— Si, dit-elle, nous pouvions attirer le Tapissier à la fête de Soulanges, et lui lâcher une fille d'une beauté à lui faire perdre la tête, il s'arrangerait peut-être de cette fille, et nous le brouillerions avec sa femme, à qui l'on apprendrait que le fils d'un ébéniste en revient toujours à ses premières amours...

— Ah ! ma belle, s'écria Soudry, tu as plus d'esprit à toi seule que la Préfecture de Police à Paris !

— C'est une idée qui prouve que madame est aussi bien notre reine par l'intelligence que par la beauté, dit Lupin.

Lupin fut récompensé par une grimace qui s'acceptait sans protêt comme un sourire, dans la première société de Soulanges.

— Il y aurait mieux, reprit Rigou, qui resta pendant longtemps pensif. Si ça pouvait tourner au scandale...

— Procès-verbal et plainte, une affaire en police correctionnelle, s'écria Lupin. Oh! ce serait trop beau!

— Quel plaisir, dit Soudry naïvement, de voir le comte de Montcornet, grand-croix de la Légion d'honneur, commandeur de Saint-Louis, lieutenant-général, accusé d'avoir attenté, dans un lieu public, à la pudeur, par exemple...

— Il aime trop sa femme!... dit judicieusement Lupin ; on ne l'amènera jamais là.

— Ce n'est pas un obstacle ; mais je ne vois dans tout l'arrondissement aucune fille capable de faire pécher un saint, je la cherche pour mon abbé, s'écria Rigou.

— Que dites-vous de la belle Gatienne Giboulard d'Auxerre, dont est fou le fils Sarcus?... s'écria Lupin.

— Ce serait la seule, répondit Rigou ; mais elle n'est pas capable de nous servir ; elle croit qu'elle n'a qu'à se montrer pour être admirée ; elle n'est pas assez accorte, et il faut une lutine, une finaude... C'est égal, elle viendra.

— Oui, dit Lupin, plus il verra de jolies filles, plus il y aura de chances.

— Il sera bien difficile de faire venir le Tapissier à la foire! Et s'il vient à la fête, irait-il à notre bastringue de Tivoli? dit l'ex-gendarme.

— La raison qui l'empêchait de venir n'existe plus cette année, mon cœur, répondit madame Soudry.

— Quelle raison donc, ma belle?... demanda Soudry.

— Le Tapissier a tâché d'épouser mademoiselle de Soulanges, dit le notaire [152], il lui fut répondu qu'elle était trop jeune, et il s'est piqué. Voilà pourquoi messieurs de Soulanges et Montcornet, ces deux anciens amis, car ils ont servi tous deux dans la Garde impé-

riale, se sont refroidis au point de ne plus se voir. Le
Tapissier n'a plus voulu rencontrer les Soulanges à
la foire ; mais cette année ils n'y viendront pas.

Ordinairement la famille Soulanges séjournait au
château en juillet, août, septembre et octobre ; mais
le général commandait alors l'artillerie en Espagne,
sous le duc d'Angoulême [153], et la comtesse l'avait
accompagné. Au siège de Cadix, le comte de Soulanges
gagna, comme on le sait, le bâton de maréchal qu'il
eut en 1826. Les ennemis de Montcornet pouvaient
donc croire que les habitants des Aigues ne dédaigne-
raient pas toujours les fêtes de Notre-Dame d'août,
et qu'il serait facile de les attirer à Tivoli.

— C'est juste, s'écria Lupin. Eh bien, c'est à vous,
papa, dit-il en s'adressant à Rigou, de manœuvrer de
manière à le faire venir à la foire, nous saurons bien
l'enclauder [154]...

La foire de Soulanges, qui se célèbre au 15 août, est
une des particularités de cette ville, et l'emporte
sur toutes les foires à trente lieues à la ronde, même
sur celles du chef-lieu de département. La-Ville-aux-
Fayes n'a pas de foire, car sa fête, la Saint-Sylvestre,
tombe en hiver.

Du 12 au 15 août, les marchands abondaient à Soulanges et dressaient sur deux lignes parallèles ces
baraques en bois, ces maisons en toile grise qui donnent
alors une physionomie animée à cette place, ordinairement déserte. Les quinze jours que durent la
foire et la fête produisent une espèce de moisson à la
petite ville de Soulanges. Cette fête a l'autorité, le
prestige d'une tradition. Les paysans, comme disait
le père Fourchon, quittent peu leurs communes où
les clouent leurs travaux. Par toute la France, les
étalages fantastiques des magasins improvisés sur les
champs de foire, la réunion de toutes les marchandises,
objets des besoins ou de la vanité des paysans, qui

d'ailleurs n'ont pas d'autres spectacles, exercent des séductions périodiques sur l'imagination des femmes et des enfants. Aussi, dès le 12 août, la mairie de Soulanges faisait-elle apposer dans toute l'étendue de l'arrondissement de La-Ville-aux-Fayes des affiches signées Soudry qui promettaient protection aux marchands, aux saltimbanques, aux artistes en tout genre, en annonçant la durée de la foire, et les spectacles les plus attrayants.

Sur ces affiches, que l'on a vu réclamées par la Tonsard à Vermichel, on lisait toujours cette ligne finale :

TIVOLI SERA ILLUMINÉ
EN VERRES DE COULEUR.

La Ville avait en effet adopté pour salle de bal public, le Tivoli créé par Socquard dans un jardin caillouteux comme la butte sur laquelle est bâtie Soulanges, où presque tous les jardins sont composés de terres rapportées.

Cette nature de terroir explique le goût particulier du vin de Soulanges, vin blanc, sec, liquoreux, presque semblable à du vin de Madère, au vin de Vouvray, à celui du Johannisberg, trois crus quasi semblables, et consommé tout entier dans le département.

Les prodigieux effets produits par le Bal-Socquard sur l'imagination des paysans de cette vallée, les rendaient tous fiers de leur Tivoli. Ceux du pays qui s'étaient aventurés jusqu'à Paris, disaient que le Tivoli de Paris [155] ne l'emportait sur celui de Soulanges que par l'étendue. Gaubertin, lui, préférait hardiment le Bal-Socquard au bal de Tivoli.

— Pensons tous à cela, reprit Rigou, le Parisien, ce rédacteur de journaux, finira bien par s'ennuyer de son plaisir, et, par les domestiques, on pourra les

attirer tous à la foire. J'y songerai. Sibilet, quoique
son crédit baisse diablement, pourrait insinuer à son
bourgeois que c'est une manière de se populariser.

— Sachez donc si la belle comtesse est cruelle avec
monsieur, tout est là, pour la farce à lui jouer à Tivoli,
dit Lupin à Rigou.

— Cette petite femme, s'écria madame Soudry, est
trop Parisienne pour ne pas savoir ménager la chèvre
et le chou.

— Fourchon a lâché sa petite-fille Catherine Tonsard à Charles, le second valet de chambre du Tapissier, nous aurons bientôt une oreille dans les appartements des Aigues, répondit Rigou. Êtes-vous sûr
de l'abbé Taupin ?... dit-il en voyant entrer le curé.

— L'abbé Mouchon et lui, nous les tenons comme
je tiens Soudry !... dit madame Soudry en caressant
le menton de son mari, à qui elle dit : « Pauvre chat !
tu n'es pas malheureux. »

— Si je puis organiser un scandale contre ce tartuffe de Brossette, je compte sur eux !... dit tout bas
Rigou qui se leva ; mais je ne sais pas si l'esprit du
pays l'emportera sur l'esprit prêtre. Vous ne savez
pas ce que c'est. Moi-même, qui ne suis pas un imbécile, je ne répondrais pas de moi, quand je me verrai malade. Je me réconcilierai sans doute avec
l'Église.

— Permettez-nous de l'espérer, dit le curé pour qui
Rigou venait à dessein d'élever la voix.

— Hélas ! la faute que j'ai faite en me mariant
empêche cette réconciliation, répondit Rigou ; je ne
peux pas tuer madame Rigou.

— En attendant, pensons aux Aigues, dit madame
Soudry.

— Oui, répondit l'ex-bénédictin. Savez-vous que
je trouve notre compère de La-Ville-aux-Fayes plus
fort que nous ? J'ai dans l'idée que Gaubertin veut les

Aigues à lui seul, et qu'il nous mettra dedans, répondit Rigou. Pendant le chemin, l'usurier des campagnes avait frappé avec le bâton de la prudence aux endroits obscurs qui, chez Gaubertin, sonnaient le creux.

— Mais les Aigues ne seront à personne de nous trois, il faut les démolir de fond en comble, répondit Soudry.

— D'autant plus, que je ne serais pas étonné qu'il s'y trouvât de l'or caché, dit finement Rigou.

— Bah !

— Oui, durant les guerres d'autrefois, les seigneurs, souvent assiégés, surpris, enterraient leurs écus pour pouvoir les retrouver, et vous savez que le marquis de Soulanges-Hautemer, en qui la branche cadette a fini, a été l'une des victimes de la conspiration Biron [156]. La comtesse de Moret a eu la terre par confiscation...

— Ce que c'est que de savoir l'histoire de France ! dit le gendarme. Vous avez raison, il est temps de convenir de nos faits avec Gaubertin.

— Et s'il biaise, dit Rigou, nous verrons à le *fumer* [157].

— Il est maintenant assez riche, dit Lupin, pour être honnête homme.

— Je répondrais de lui comme de moi, répondit madame Soudry, c'est le plus honnête homme du royaume.

— Nous croyons à son honnêteté, reprit Rigou : mais il ne faut rien négliger entre amis... A propos, je soupçonne quelqu'un à Soulanges de vouloir se mettre en travers...

— Et qui ? demanda Soudry.

— Plissoud, répondit Rigou.

— Plissoud ! reprit Soudry, la pauvre rosse ! Brunet le tient par la longe, et sa femme par la mangeoire ; demandez à Lupin ?

— Que peut-il faire ? dit Lupin.

— Il veut, reprit Rigou, éclairer le Montcornet, avoir sa protection et se faire placer...

— Ça ne lui rapportera jamais autant que sa femme à Soulanges, dit madame Soudry.

— Il dit tout à sa femme, quand il est gris, fit observer Lupin ; nous le saurions à temps.

— La belle madame Plissoud n'a pas de secrets pour vous, lui répondit Rigou ; allons, nous pouvons être tranquilles.

— Elle est d'ailleurs aussi bête qu'elle est belle, reprit madame Soudry ; je ne changerais pas avec elle, car si j'étais homme, j'aimerais mieux une femme laide et spirituelle, qu'une belle qui ne sait pas dire deux [158].

— Ah ! répondit le notaire en se mordant les lèvres, elle sait faire dire trois.

— Fat ! s'écria Rigou en se dirigeant vers la porte.

— Eh bien, dit Soudry en reconduisant son compère, à demain, de bonne heure.

— Je viendrai vous prendre... Ah çà ! Lupin, dit-il au notaire qui sortit avec lui pour aller faire seller son cheval, tâchez que madame Sarcus sache tout ce que notre Tapissier fera contre nous à la Préfecture...

— Si elle ne peut pas le savoir, qui le saura ?... répondit Lupin.

— Pardon, dit Rigou qui sourit avec finesse en regardant Lupin, je vois là tant de niais, que j'oubliais qu'il s'y trouve un homme d'esprit.

— Le fait est, que je ne sais pas comment je ne m'y suis pas encore rouillé, répondit naïvement Lupin.

— Est-il vrai que Soudry ait pris une femme de chambre...

— Mais, oui ! répondit Lupin ; depuis huit jours, monsieur le maire a voulu faire ressortir le mérite de sa femme, en la comparant à une petite Bourguignotte de l'âge d'un vieux bœuf, et nous ne devine-

rons pas encore comment il s'arrange avec madame
Soudry, car il a l'audace de se coucher de très bonne
heure...

— Je verrai cela demain, dit le Sardanapale villageois en essayant de sourire.

Les deux profonds politiques se donnèrent une
poignée de main en se quittant.

Rigou, qui ne voulait pas se trouver à la nuit sur le
chemin, car, malgré sa popularité récente, il était
toujours prudent, dit à son cheval : « Allez, citoyen ! »
Une plaisanterie que cet enfant de 1793 décochait toujours contre la Révolution. Les révolutions populaires n'ont pas d'ennemis plus cruels que ceux qu'elles
ont élevés.

— Il ne fait pas de longues visites, le père Rigou,
dit Gourdon le greffier à madame Soudry.

— Il les fait bonnes, s'il les fait courtes, répondit-
elle.

— Comme sa vie, répondit le médecin ; il abuse de
tout, cet homme-là.

— Tant mieux, répliqua Soudry, mon fils jouira
plus tôt du bien...

— Il vous a donné des nouvelles des Aigues ?
demanda le curé.

— Oui, mon cher abbé, dit madame Soudry. Ces
gens-là sont le fléau de ce pays-ci. Je ne comprends
pas que madame de Montcornet, qui cependant est
une femme comme il faut, n'entende pas mieux ses
intérêts.

— Ils ont cependant un modèle sous les yeux,
répliqua le curé.

— Qui donc ? demanda madame Soudry en minaudant.

— Les Soulanges...

— Ah ! oui, répondit la reine après une pause.

— Tant pire ! me voilà ! cria madame Vermut en

Deuxième partie 345

entrant, et sans mon réactif, car Vermut est trop inactif à mon égard pour que je l'appelle un actif quelconque.

— Que diable fait donc ce sacré père Rigou ? dit alors Soudry à Guerbet en voyant la carriole arrêtée à la porte de Tivoli. C'est un de ces chats-tigres dont tous les pas ont un but.

— *Sacré* lui va ! répondit le gros petit percepteur.

— Il entre au Café de la Paix !... dit Gourdon le médecin.

— Soyez paisibles, reprit Gourdon le greffier, il s'y donne des bénédictions à poings fermés, car on entend japper d'ici.

— Ce café-là, reprit le curé, c'est comme le temple de Janus ; il s'appelait le Café de la Guerre du temps de l'Empire, et on y vivait dans un calme parfait ; les plus honorables bourgeois s'y réunissaient pour causer amicalement...

— Il appelle cela *causer !* dit le juge de paix. Tudieu ! Quelles conversations que celles dont il reste des petits Bourniers.

— Mais depuis qu'en l'honneur des Bourbons, on l'a nommé le Café de la Paix, on s'y bat tous les jours... dit l'abbé Taupin en achevant sa phrase que le juge de paix avait pris la liberté d'interrompre.

Il en était de cette idée du curé comme des citations de la Bilboquéide, elle revenait souvent.

— Cela veut dire, répondit le père Guerbet, que la Bourgogne sera toujours le pays des coups de poing.

— Ce n'est pas si mal, dit le curé, ce que vous dites là ! c'est presque l'histoire de notre pays.

— Je ne sais pas l'histoire de France, s'écria Soudry, mais avant de l'apprendre je voudrais bien savoir pourquoi mon compère entre avec Socquard dans le café ?

— Oh ! reprit le curé, s'il y entre et s'y arrête, vous

pouvez être certain que ce n'est pas pour des actes
de charité.

— C'est un homme qui me donne la chair de poule
quand je le vois, dit madame Vermut.

— Il est tellement à craindre, reprit le médecin, que
s'il m'en voulait, je ne serais pas encore rassuré
par sa mort ; il est homme à se relever de son cercueil
pour vous jouer quelque mauvais tour.

— Si quelqu'un peut nous envoyer le Tapissier ici,
le 15 août, et le prendre dans quelque traquenard,
c'est Rigou, dit le maire à l'oreille de sa femme.

— Surtout, répondit-elle à haute voix, si Gaubertin et toi, mon cœur, vous vous en mêlez...

— Tiens, quand je le disais! s'écria monsieur Guerbet en poussant le coude à monsieur Sarcus, il a trouvé
quelque jolie fille chez Socquard, et il la fait monter
dans sa voiture...

— En attendant que... répondit le greffier.

— En voilà un de dit sans malice, s'écria monsieur
Guerbet en interrompant le chantre de la Bilboquéide.

— Vous êtes dans l'erreur, messieurs, dit madame
Soudry, monsieur Rigou ne pense qu'à nos intérêts,
car, si je ne me trompe, cette fille est une fille à Tonsard.

— Il est comme le pharmacien qui s'approvisionne
de vipères, s'écria le père Guerbet.

— On dirait, répondit monsieur Gourdon le médecin, que vous avez vu venir monsieur Vermut, notre
pharmacien, à la manière dont vous parlez.

Et il montra le petit apothicaire de Soulanges qui
traversait la place.

— Le pauvre bonhomme, dit le greffier, soupçonné de faire souvent de l'esprit avec madame Vermut, voyez quelle *dégaine* il a ?... et on le croit savant !

— Sans lui, répondit le juge de paix, on serait bien

embarrassé pour les autopsies ; il a si bien retrouvé
le poison dans le corps de ce pauvre Pigeron, que
les chimistes de Paris ont dit à la Cour d'Assises, à
Auxerre, qu'ils n'auraient pas mieux fait [159]...

— Il n'a rien trouvé du tout, répondit Soudry ;
mais, comme dit le président Gendrin, il est bon qu'on
croie que le poison se retrouve toujours...

— Madame Pigeron a bien fait de quitter Auxerre,
dit madame Vermut. C'est un petit esprit et une grande
scélérate que cette femme-là, reprit-elle. Est-ce qu'on
doit recourir à des drogues pour annuler un mari ?
Est-ce que nous n'avons pas des moyens sûrs, mais
innocents, pour nous débarrasser de cette engeance-
là ? Je voudrais bien qu'un homme trouvât à redire
à ma conduite ! Le bon monsieur Vermut ne me gêne
guère, et il n'en est pas plus malade pour cela ; et
madame de Montcornet, voyez comme elle se promène dans ses chalets, dans ses chartreuses avec ce
journaliste qu'elle a fait venir de Paris à ses frais, et
qu'elle dorlote sous les yeux du général !

— A ses frais ?... s'écria madame Soudry, est-ce
sûr ? Si nous pouvions en avoir une preuve, quel joli
sujet pour une lettre anonyme au général...

— Le général, reprit madame Vermut... Mais
vous ne l'empêcherez de rien, le Tapissier fait son
état.

— Quel état, ma belle ? demanda madame Soudry.

— Eh bien, il fournit le coucher.

— Si le pauvre petit-père Pigeron, au lieu de tracasser sa femme, avait eu cette sagesse, il vivrait
encore, dit le greffier.

Madame Soudry se pencha du côté de son voisin,
monsieur Guerbet de Couches, elle lui fit une de ces
grimaces de singe dont elle croyait avoir hérité de son
ancienne maîtresse comme de son argenterie, par
droit de conquête, et redoublant sa dose de grimaces

et désignant au maître de poste madame Vermut, qui
coquetait avec l'auteur de la Bilboquéide, elle lui dit :

— Que cette femme a mauvais ton! quels propos
et quelles manières! je ne sais pas si je pourrai l'admettre plus longtemps *dans notre société*, surtout quand
monsieur Gourdon, le poète, y sera.

— En voilà de la morale sociale! dit le curé qui
avait tout observé et tout entendu sans dire mot.

Sur cette épigramme ou plutôt cette satire de la
société, si concise et si vraie qu'elle atteignait chacun,
on proposa de faire la partie de boston.

N'est-ce pas la vie comme elle est à tous les étages
de ce qu'on est convenu d'appeler le monde! Changez
les termes, il ne se dit rien de moins, rien de plus dans
les salons les plus dorés de Paris.

CHAPITRE III

LE CAFÉ DE LA PAIX

Il était environ sept heures quand Rigou passa devant le Café de la Paix. Le soleil couchant, qui prenait en écharpe la jolie ville, y répandait alors ses belles teintes rouges, et le clair miroir des eaux du lac formait une opposition avec le fracas des vitres flamboyantes d'où naissaient les couleurs les plus étranges et les plus improbables.

Devenu pensif, le profond politique, tout à ses trames, laissait aller son cheval si lentement, qu'en longeant le Café de la Paix, il put entendre son nom jeté à travers une de ces disputes qui, selon l'observation du curé Taupin, faisaient du nom de cet établissement avec sa physionomie habituelle la plus violente antinomie.

Pour l'intelligence de cette scène, il est nécessaire d'expliquer la topographie de ce pays de Cocagne bordé par le café sur la place, et terminé sur le chemin cantonal par le fameux Tivoli, que les meneurs destinaient à servir de théâtre à l'une des scènes de la conspiration ourdie depuis longtemps contre le général Montcornet.

Par sa situation à l'angle de la place et du chemin, le rez-de-chaussée de cette maison, bâtie dans le genre

de celle de Rigou, à trois fenêtres sur le chemin, a sur
la place deux fenêtres entre lesquelles se trouve la
porte vitrée, par où l'on y entre. Le Café de la Paix
a de plus une porte bâtarde, ouvrant sur une allée
qui le sépare de la maison voisine, celle de Vallet,
le mercier de Soulanges, et par où l'on va dans une
cour intérieure.

Cette maison, entièrement peinte en jaune d'or,
excepté les volets qui sont en vert, est une des rares
maisons de cette petite ville qui ont deux étages et
des mansardes. Voici pourquoi.

Avant l'étonnante prospérité de La-Ville-aux-
Fayes, le premier étage de cette maison, qui contient
quatre chambres pourvues chacune d'un lit et du
maigre mobilier nécessaire à justifier le mot *garni*,
se louait aux gens obligés de venir à Soulanges par
la juridiction du Baïlliage, ou aux visiteurs qu'on ne
logeait pas au château ; mais, depuis vingt-cinq ans,
ces chambres garnies n'avaient plus pour locataires
que des saltimbanques, des marchands forains, des
vendeurs de remèdes ou des commis-voyageurs. Au
moment de la fête de Soulanges, les chambres se
louaient à raison de quatre francs par jour. Les quatre
chambres de Socquard lui rapportaient une centaine
d'écus, sans compter le produit de la consommation
extraordinaire que ses locataires faisaient alors dans
son café.

La façade du côté de la place était ornée de peintures spéciales. Dans le tableau qui séparait chaque
croisée de la porte, se voyaient des queues de
billard amoureusement nouées par des rubans ; et
au-dessus des nœuds s'élevaient des bols de punch
fumant dans des coupes grecques. Ces mots, *Café
de la Paix*, brillaient peints en jaune sur un champ
vert à chaque extrémité duquel étaient des pyramides de billes tricolores. Les fenêtres, peintes en

vert, avaient des petites vitres de verre commun.

Dix thuyas, plantés à droite et à gauche dans des caisses, et qu'on devrait nommer les arbres à café, offraient leur végétation aussi maladive que prétentieuse. Les bannes [160], par lesquelles les marchands de Paris et de quelques cités opulentes protègent leurs boutiques contre les ardeurs du soleil, étaient alors un luxe inconnu dans Soulanges. Les fioles exposées sur des planches derrière les vitrages méritaient d'autant plus leur nom, que la benoîte liqueur subissait là des cuissons périodiques. En concentrant ses rayons par les bosses lenticulaires des vitres, le soleil faisait bouillonner les bouteilles de Madère, les sirops, les vins de liqueur, les bocaux de prunes et de cerises à l'eau-de-vie mis en étalage, car la chaleur était si grande qu'elle forçait Aglaé, son père et leur garçon à se tenir sur deux banquettes placées de chaque côté de la porte et mal abritées par les pauvres arbustes que mademoiselle Socquard arrosait avec de l'eau presque chaude. Par certains jours, on les voyait tous trois, le père, la fille et le garçon, étalés là comme des animaux domestiques, et dormant.

En 1804, époque de la vogue de *Paul et Virginie*, l'intérieur fut garni d'un papier verni représentant les principales scènes de ce roman. On y voyait des nègres récoltant le café, qui se trouvait au moins quelque part dans cet établissement, où l'on ne buvait pas vingt tasses de café par mois. Les denrées coloniales étaient si peu dans les habitudes soulangeoises, qu'un étranger qui serait venu demander une tasse de chocolat aurait mis le père Socquard dans un étrange embarras ; néanmoins, il aurait obtenu la nauséabonde bouillie brune que produisent ces tablettes où il entre plus de farine, d'amandes pilées et de cassonade que de sucre et de cacao, vendues à deux sous par les épiciers de village, et fabriquées dans le but de ruiner le commerce de cette denrée espagnole.

Quant au café, le père Socquard le faisait tout uniment bouillir dans un ustensile connu de tous les ménages sous le nom de *grand pot brun*; il laissait tomber au fond la poudre mêlée de chicorée, et il servait la décoction avec un sang-froid digne d'un garçon de café de Paris, dans une tasse de porcelaine qui, jetée par terre, ne se serait pas fêlée.

En ce moment, le saint respect que causait le sucre sous l'Empereur [161] ne s'était pas encore dissipé dans la ville de Soulanges, et Aglaé Socquard apportait bravement quatre morceaux de sucre gros comme des noisettes, en addition à une tasse de café au marchand forain qui s'avisait de demander ce breuvage littéraire.

La décoration intérieure, relevée de glaces à cadres dorés et de patères pour accrocher les chapeaux, n'avait pas été changée depuis l'époque où tout Soulanges vint admirer cette demeure prestigieuse et un comptoir peint en bois d'acajou, à dessus de marbre Saint-Anne [162], sur lequel brillaient des vases en plaqué, des lampes à double courant d'air, qui furent, dit-on, données par Gaubertin à la belle madame Socquard. Une couche gluante ternissait tout, et ne pouvait se comparer qu'à celle dont sont couverts les vieux tableaux oubliés dans les greniers.

Les tables peintes en marbre, les tabourets en velours d'Utrecht rouge, le quinquet à globe plein d'huile alimentant deux becs, attaché par une chaîne au plafond et enjolivé de cristaux, commencèrent la célébrité du Café de la Guerre.

Là, de 1802 à 1814, tous les bourgeois de Soulanges allaient jouer aux dominos et au brelan, en buvant des petits verres de liqueur, du vin cuit, en y prenant des fruits à l'eau-de-vie, des biscuits; car la cherté des denrées coloniales avait banni le café, le chocolat et le sucre. Le punch était la grande frian-

dise, ainsi que les bavaroises [163]. Ces préparations se
faisaient avec une matière sucrée, sirupeuse, semblable
à la mélasse, dont le nom s'est perdu, mais qui fit
alors la fortune de l'inventeur.

Ces détails succincts rappelleront ses analogues à la
mémoire des voyageurs ; et ceux qui n'ont jamais
quitté Paris, entreverront le plafond noirci par la
fumée du Café de la Paix et ses glaces ternies par des
milliards de points bruns qui prouvaient en quelle
indépendance y vivait la classe des diptères.

La belle madame Socquard, dont les aventures
galantes surpassèrent celles de la Tonsard du Grand-
I-Vert, avait trôné là, vêtue à la dernière mode ;
elle affectionna le turban des sultanes. La *sultane*
a joui, sous l'Empire, de la vogue qu'obtient l'*ange*
aujourd'hui.

Toute la vallée venait jadis y prendre modèle sur
les turbans, les chapeaux à visière, les bonnets en
fourrures, les coiffures chinoises de la belle *cafetière*,
au luxe de laquelle contribuaient les gros bonnets
de Soulanges. Tout en portant sa ceinture au plexus
solaire, comme l'ont portée nos mères, si fières de
leurs grâces impériales, Junie (elle s'appelait Junie!)
fit la maison Socquard ; son mari lui devait la propriété d'un clos de vignes, de la maison qu'il habitait
et du Tivoli. Le père de monsieur Lupin avait fait,
disait-on, des folies pour la belle Junie Socquard ;
Gaubertin, qui la lui avait enlevée, lui devait certainement le petit Bournier.

Ces détails et la science secrète avec laquelle Socquard fabriquait le *vin cuit* expliqueraient déjà pourquoi son nom et le Café de la Paix étaient devenus
populaires ; mais bien d'autres raisons augmentaient
cette renommée. On ne trouvait que du vin chez
Tonsard et dans tous les autres cabarets de la vallée ;
tandis que depuis Couches jusqu'à La-Ville-aux-

Fayes, dans une circonférence de six lieues, le café de Socquard était le seul où l'on pût jouer au billard, et boire ce punch que préparait admirablement le bourgeois du lieu. Là seulement se voyaient en étalage des vins étrangers, des liqueurs fines, des fruits à l'eau-de-vie.

Ce nom retentissait donc dans la vallée presque tous les jours, accompagné des idées de volupté superfine que rêvent les gens dont l'estomac est plus sensible que le cœur. A ces causes se joignait encore le privilège d'être partie intégrante de la fête de Soulanges. Dans l'ordre immédiatement supérieur, le Café de la Paix était enfin pour la ville ce que le cabaret du Grand-I-Vert était pour la campagne, un entrepôt de venin ; il servait de transit aux commérages entre La-Ville-aux-Fayes et la vallée. Le Grand-I-Vert fournissait le lait et la crème au Café de la Paix, et les deux filles à Tonsard étaient en rapports journaliers avec cet établissement.

Pour Socquard, la place de Soulanges était un appendice de son café. L'alcide allait de porte en porte causant avec chacun, n'ayant en été qu'un pantalon pour tout vêtement et un gilet à peine boutonné, selon l'usage des cafetiers des petites villes. Il était averti par les gens avec lesquels il causait s'il entrait quelqu'un dans son établissement, où il se rendait pesamment et comme à regret.

Ces détails doivent convaincre les Parisiens qui n'ont jamais quitté leur quartier, de la difficulté, disons mieux, de l'impossibilité de cacher la moindre chose dans la vallée de l'Avonne, depuis Couches jusqu'à La-Ville-aux-Fayes. Il n'existe dans les campagnes aucune solution de continuité ; il s'y trouve de place en place des cabarets du Grand-I-Vert, des cafés de la Paix, qui font l'office d'échos, et où les actes les plus indifférents, accomplis dans le plus

grand secret, sont répercutés par une sorte de magie.
Le bavardage social remplit l'office de la télégraphie
électrique ; c'est ainsi que s'accomplissent ces miracles de nouvelles apprises dans un clin d'œil de désastres survenus à d'énormes distances.

Après avoir arrêté son cheval, Rigou descendit de
sa carriole et attacha la bride à l'un des poteaux de
la porte de Tivoli. Puis il trouva le plus naturel des
prétextes pour écouter la discussion sans en avoir
l'air, en se plaçant entre deux fenêtres par l'une desquelles il pouvait, en avançant la tête, voir les personnes, étudier les gestes, tout en saisissant les grosses
paroles qui retentissaient aux vitres et que le calme
extérieur permettait d'entendre.

— Et si je disais au père Rigou que ton frère Nicolas
en veut à la Péchina, s'écriait une voix aigre, qu'il
la guette à toute heure, et qu'elle passera dessous le
nez à votre seigneur, il saurait bien vous tripoter les
entrailles, à tous tant que vous êtes, tas de gueux
du Grand-I-Vert.

— Si tu nous faisais une pareille farce, Aglaé,
répondit la voix glapissante de Marie Tonsard, tu ne
conterais celle que je te ferais qu'aux vers de ton
cercueil !... Ne te mêle pas plus des affaires de Nicolas
que des miennes avec Bonnébault.

Marie, stimulée par sa grand-mère, avait, comme
on le voit, suivi Bonnébault ; en l'épiant, elle l'avait
vu, par la fenêtre où stationnait en ce moment Rigou,
déployant ses grâces et disant des flatteries assez
agréables à mademoiselle Socquard pour qu'elle se
crût obligée de lui sourire. Ce sourire avait déterminé
la scène au milieu de laquelle éclata cette révélation
assez précieuse pour Rigou.

— Eh bien, père Rigou, vous dégradez mes propriétés ?... dit Socquard en frappant sur l'épaule de
l'usurier.

Le cafetier, venu d'une grange située au bout de son jardin et d'où l'on retirait plusieurs jeux publics, tels que machines à se peser, chevaux à courir la bague, balançoires périlleuses, etc., pour les monter aux places qu'ils occupaient dans son Tivoli, avait marché sans faire de bruit, car il portait ces pantoufles en cuir jaune dont le bas prix en fait vendre des quantités considérables en province.

— Si vous aviez des citrons frais, je me ferais une limonade, répondit Rigou, la soirée est chaude.

— Mais qui piaille ainsi ? dit Socquard en regardant par la fenêtre et voyant sa fille aux prises avec Marie.

— On se dispute Bonnébault, répliqua Rigou d'un air sardonique.

Le courroux du père fut alors comprimé chez Socquard par l'intérêt du cafetier. Le cafetier jugea prudent d'écouter du dehors comme faisait Rigou ; tandis que le père voulait entrer et déclarer que Bonnébault, plein de qualités estimables aux yeux d'un cafetier, n'en avait aucune de bonne comme gendre d'un des notables de Soulanges. Et cependant le père Socquard recevait peu de propositions de mariage. A vingt-deux ans, sa fille faisait comme largeur, épaisseur et poids, concurrence à madame Vermichel, dont l'agilité paraissait un phénomène. L'habitude de tenir un comptoir augmentait encore la tendance à l'embonpoint qu'Aglaé devait au sang paternel.

— Quel diable ces filles ont-elles au corps ? demanda le père Socquard à Rigou.

— Ah! répondit l'ancien bénédictin, c'est de tous les diables celui que l'Église a saisi le plus souvent.

Socquard, pour toute réponse, se mit à examiner sur les tableaux qui séparent les fenêtres les queues de billard dont la réunion s'expliquait difficilement à cause des places où manquait le mortier écaillé par la main du temps.

En ce moment, Bonnébault sortit du billard, une queue à la main, et en frappa rudement Marie, en lui disant :

— Tu m'as fait manquer de touche ; mais je ne te manquerai point, et je continuerai tant que tu n'auras pas mis une sourdine à ta *grelotte*.

Socquard et Rigou, qui jugèrent à propos d'intervenir, entrèrent au café par la place, et firent lever une si grande quantité de mouches que le jour en fut obscurci. Le bruit fut semblable à celui des lointains exercices de l'école des tambours. Après leur premier saisissement, ces grosses mouches à ventre bleuâtre, accompagnées de petites mouches assassines et de quelques mouches à chevaux, revinrent reprendre leurs places au vitrage, où, sur trois rangs de planches dont la peinture avait disparu sous leurs points noirs, se voyaient des bouteilles visqueuses, rangées comme des soldats.

Marie pleurait. Être battue devant sa rivale par l'homme aimé est une de ces humiliations qu'aucune femme ne supporte, à quelque degré qu'elle soit de l'échelle sociale, et plus bas elle est, plus violente est l'expression de sa haine ; aussi la fille à Tonsard ne vit-elle ni Rigou ni Socquard ; elle tomba sur un tabouret, dans un morne et farouche silence, que l'ancien religieux épia.

— Cherche un citron frais, Aglaé, dit le père Socquard, et rince toi-même un verre à patte.

— Vous avez sagement fait de renvoyer votre fille, dit tout bas Rigou à Socquard, elle allait être blessée à mort peut-être.

Et il montra d'un coup d'œil la main par laquelle Marie tenait un tabouret qu'elle avait empoigné pour le jeter à la tête d'Aglaé, qu'elle visait.

— Allons, Marie, dit le père Socquard en se plaçant devant elle, on ne vient pas ici pour prendre des tabou-

rets... et si tu cassais mes glaces, ce n'est pas avec le
lait de tes vaches que tu me les payerais...

— Père Socquard, votre fille est une vermine, et
je la vaux bien, entendez-vous ? Si vous ne voulez
pas de Bonnébault pour gendre, il est temps que vous
lui disiez d'aller jouer ailleurs que chez vous au
billard !... qu'il y perd des cent sous à tout moment.

Au début de ce flux de paroles criées plutôt que
dites, Socquard prit Marie par la taille et la jeta
dehors, malgré ses cris et sa résistance. Il était temps
pour elle, Bonnébault sortait de nouveau du billard,
l'œil en feu.

— Ça ne finira pas comme ça ! s'écria Marie Tonsard.

— Tire-nous ta révérence, hurla Bonnébault que
Viollet tenait à bras le corps pour l'empêcher de se
livrer à quelque brutalité, va-t'en au diable, ou
jamais je ne te parle ni ne te regarde.

— Toi ? dit Marie en jetant à Bonnébault un regard
furibond, rends-moi mon argent auparavant, et je
te laisse à mademoiselle Socquard, si elle est assez
riche pour te garder...

Là-dessus, Marie, effrayée de voir Alcide Socquard
maître à peine de Bonnébault qui fit un bond de tigre,
se sauva sur la route.

Rigou fit monter Marie dans sa carriole, afin de la
soustraire à la colère de Bonnébault, dont la voix
retentissait jusqu'à l'hôtel Soudry ; puis après avoir
caché Marie, il revint boire sa limonade en examinant
le groupe formé par Plissoud, par Amaury, par Viollet
et par le garçon de café qui tâchait de calmer Bonnébault.

— Allons, c'est à vous à jouer, hussard, dit Amaury,
petit jeune homme blond à l'œil trouble.

— D'ailleurs elle a filé, dit Viollet.

Si quelqu'un a jamais exprimé la surprise, ce fut
Plissoud, au moment où il aperçut l'usurier de Blangy

assis à l'une des tables et plus occupé de lui, Plissoud,
que de la dispute des deux filles. Malgré lui, l'huissier
laissa voir sur son visage l'espèce d'étonnement que
cause la rencontre d'un homme à qui l'on en veut,
ou contre qui l'on complote, et il rentra soudain dans
le billard.

— Adieu, père Socquard, dit l'usurier.

— Je vais vous amener votre voiture, reprit le
limonadier, donnez-vous le temps.

— Comment faire pour savoir ce que ces gens-là
se disent en jouant la poule ? se demandait à lui-
même Rigou, qui vit dans la glace la figure du garçon.

Ce garçon était un homme à deux fins, il faisait
les vignes de Socquard, il balayait le café, le billard,
il tenait le jardin propre et arrosait le Tivoli, le tout
pour vingt écus par an. Il était toujours sans veste,
hormis les grandes occasions, et il avait pour tout
costume un pantalon de toile bleue, de gros souliers,
un gilet de velours rayé devant lequel il portait un
tablier de toile de ménage quand il était de service
au billard ou dans le café. Ce tablier à cordons était
l'insigne de ses fonctions. Ce gars avait été loué par
le limonadier à la dernière foire, car dans cette vallée
comme dans toute la Bourgogne, les gens se prennent
sur la place pour l'année, absolument comme on y
achète des chevaux.

— Comment te nomme-t-on ? lui dit Rigou.

— Michel, pour vous servir, répondit le garçon.

— Ne vois-tu pas ici quelquefois le père Fourchon ?

— Deux ou trois fois par semaine avec monsieur
Vermichel, qui me donne quelques sous pour l'avertir
quand sa femme *déboule* sur eux.

— C'est un brave homme, le père Fourchon,
instruit et plein de sens, dit Rigou, qui paya sa limonade et quitta ce café nauséabond en voyant sa

carriole que le père Socquard avait amenée devant le café.

En montant dans sa voiture, le père Rigou aperçut le pharmacien, et le héla par un : « Ohé, monsieur Vermut! » En reconnaissant le richard, Vermut hâta le pas, Rigou le rejoignit et lui dit à l'oreille :

— Croyez-vous qu'il y ait des réactifs qui puissent désorganiser le tissu de la peau jusqu'au point de produire un mal réel, comme un panaris au doigt?

— Si monsieur Gourdon veut s'en mêler, oui, répondit le petit savant.

— Vermut, pas un mot là-dessus, ou sinon nous serions brouillés ; mais parlez-en à monsieur Gourdon, et dites-lui de venir me voir après-demain ; je lui procurerai l'opération assez délicate de couper un index.

Puis, l'ancien maire, laissant le petit pharmacien ébahi, monta dans sa carriole à côté de Marie Tonsard.

— Eh! bien, petite vipère, lui dit-il en lui prenant le bras quand il eut attaché les guides de sa bête à un anneau sur le devant du tablier de cuir qui fermait sa carriole, et que le cheval eut pris son allure, tu crois donc que tu garderas Bonnébault en te livrant à des violences pareilles?... Si tu étais sage, tu favoriserais son mariage avec cette grosse tonne de bêtise, et alors tu pourrais te venger.

Marie ne put s'empêcher de sourire en répondant :

— Ah! que vous êtes mauvais! vous êtes bien notre maître à tous!

— Écoute, Marie, j'aime les paysans, mais il ne faut pas qu'un de vous se mette entre mes dents et une bouchée de gibier... Ton frère Nicolas, comme l'a dit Aglaé, poursuit la Péchina. Ce n'est pas bien, car je la protège, cette enfant ; elle sera mon héritière pour trente mille francs, et je veux la bien marier. J'ai su que Nicolas, aidé par ta sœur Catherine, avait

failli tuer cette pauvre petite, ce matin ; tu verras
ton frère et sa sœur, dis-leur ceci : « Si vous laissez
la Péchina tranquille, le père Rigou sauvera Nicolas
de la conscription... »

— Vous êtes le diable en personne, s'écria Marie ;
on dit que vous avez signé un pacte avec lui... c'est-
il possible ?

— Oui, dit gravement Rigou.

— On nous le disait aux veillées, mais je ne le
croyais pas.

— Il m'a garanti qu'aucun attentat dirigé contre
moi ne m'atteindrait, que je ne serai jamais volé, que
je vivrai cent ans sans maladie, que je réussirai en
tout, et que jusqu'à l'heure de ma mort je serai jeune
comme un coq de deux ans...

— Ça se voit bien, dit Marie. Eh ! bien, il vous est
diablement facile de sauver mon frère de la conscription...

— S'il le veut, car il faut qu'il y laisse un doigt,
voilà tout, reprit Rigou, je lui dirai comment !

— Tiens ! Vous prenez le chemin du haut, dit
Marie.

— A la nuit, je ne passe plus par ici, répondit
l'ancien moine.

— A cause de la croix ? dit naïvement Marie.

— C'est bien cela, rusée ! répondit le diabolique
personnage.

Ils étaient arrivés à un endroit où la route cantonale est creusée à travers une faible élévation du
terrain. Cette tranchée offre deux talus assez roides,
comme on en voit tant sur les routes de France.

Au bout de cette gorge, d'une centaine de pas de
longueur, les routes de Ronquerolles et de Cerneux
forment un carrefour planté d'une croix. De l'un ou
de l'autre talus un homme peut ajuster un passant
et le tuer presque à bout portant, avec d'autant plus

de facilité que cette éminence étant couverte de vignes,
un malfaiteur trouve toute facilité pour s'embusquer
dans des buissons de ronces venus au hasard. On
devine pourquoi l'usurier, toujours prudent, ne passait
jamais par là de nuit ; la Thune tourne ce monticule
appelé les Clos-de-la-Croix. Jamais place plus favorable ne s'est rencontrée pour une vengeance ou pour
un assassinat, car le chemin de Ronquerolles va
rejoindre le pont fait sur l'Avonne, devant le pavillon
du rendez-vous de chasse, et le chemin de Cerneux
mène au-delà de la route royale, en sorte qu'entre
les quatre chemins des Aigues, de La-Ville-aux-Fayes,
de Ronquerolles et de Cerneux, le meurtrier peut
se choisir une retraite et laisser dans l'incertitude
ceux qui se mettraient à sa poursuite.

— Je vais te laisser à l'entrée du village, dit Rigou
quand il aperçut les premières maisons de Blangy.

— A cause d'Annette, vieux lâche ! s'écria Marie.
La renverrez-vous bientôt, celle-là, v'là trois ans que
vous l'avez !... Ce qui m'amuse, c'est que votre vieille
se porte bien... le bon Dieu se venge...

CHAPITRE IV

LE TRIUMVIRAT
DE LA-VILLE-AUX-FAYES [164]

Le prudent usurier avait contraint sa femme et
Jean de se coucher et de se lever au jour, en leur
prouvant que la maison ne serait jamais attaquée s'il
veillait, lui, jusqu'à minuit, et s'il se levait tard. Non
seulement il avait ainsi conquis sa tranquillité de
sept heures du soir jusqu'à cinq heures du matin,
mais encore il avait habitué sa femme et Jean à res-
pecter son sommeil et celui de l'Agar [165], dont la chambre était située derrière la sienne.

Aussi, le lendemain matin, vers six heures et demie,
madame Rigou, qui veillait elle-même aux soins de
la basse-cour, conjointement avec Jean, vint-elle
frapper timidement à la porte de la chambre de son
mari.

— Monsieur Rigou, dit-elle, tu m'as recommandé
de t'éveiller.

Le son de cette voix, l'attitude de la femme, son
air craintif en obéissant à un ordre dont l'exécution
pouvait être mal reçue, peignaient l'abnégation
profonde dans laquelle vivait cette pauvre créature,
et l'affection qu'elle portait à cet habile tyranneau.

— C'est bien! cria Rigou.

— Faut-il éveiller Annette ? demanda-t-elle.

— Non, laissez-la dormir!... Elle a été sur pied toute la nuit! dit-il sérieusement.

Cet homme était toujours sérieux, même quand il se permettait une plaisanterie. Annette avait en effet ouvert mystérieusement la porte à Sibilet, à Fourchon, à Catherine Tonsard, venus tous à des heures différentes, entre onze heures et une heure.

Dix minutes après, Rigou, vêtu plus soigneusement qu'à l'ordinaire, descendit, et dit à sa femme un : Bonjour, ma vieille! qui la rendit plus heureuse que si elle avait vu le général Montcornet à ses pieds.

— Jean, dit-il à l'ex-convers, ne quitte pas la maison, ne me laisse pas voler, tu y perdrais plus que moi!...

C'était en mélangeant les douceurs et les rebuffades, les espérances et les bourrades, que ce savant égoïste avait rendu ses trois esclaves aussi fidèles, aussi attachés que des chiens.

Rigou, toujours en prenant le chemin dit du haut, pour éviter les Clos-de-la-Croix, arriva sur la place de Soulanges vers huit heures.

Au moment où il attachait les guides au tourniquet le plus proche de la petite porte à trois marches, le volet s'ouvrit, Soudry montra sa figure marquée de petite vérole, que l'expression de deux petits yeux noirs rendait finaude.

— Commençons par casser une croûte, car nous ne déjeunerons pas à La-Ville-aux-Fayes avant une heure.

Il appela tout doucement une servante, jeune et jolie autant que celle de Rigou, qui descendit sans bruit, et à laquelle il dit de servir un morceau de jambon et du pain ; puis il alla chercher lui-même du vin à la cave.

Rigou contempla, pour la millième fois, cette salle à manger, planchéiée en chêne, plafonnée à moulures,

garnie de belles armoires bien peintes, boisée à hauteur
d'appui, ornée d'un beau poêle et d'un cartel magnifique, provenus de mademoiselle Laguerre. Le dos
des chaises était en forme de lyre, les bois peints
et vernis en blanc, le siège en maroquin vert, à clous
dorés. La table d'acajou massif était couverte en
toile cirée verte à grandes hachures foncées, et bordée d'un liseré vert. Le parquet en point de Hongrie,
minutieusement frotté par Urbain, accusait le soin
avec lequel les anciennes femmes de chambre se font
servir.

— Bah! ça coûte trop cher, se dit encore Rigou...,
l'on mange aussi bien dans ma salle qu'ici, et j'ai la
rente de l'argent qu'il faudrait pour m'arranger avec
cette splendeur inutile. Où donc est madame Soudry?
demanda-t-il au maire de Soulanges, qui parut armé
d'une bouteille vénérable.

— Elle dort.

— Et vous ne troublez plus guère son sommeil,
dit Rigou.

L'ex-gendarme cligna d'un air goguenard, et
montra le jambon que Jeannette, sa jolie servante,
apportait.

— Ça vous réveille, un joli morceau comme celui-
là! dit le maire ; c'est fait à la maison! Il est entamé
d'hier...

— Mon compère, je ne vous connaissais pas celle-
là! Où l'avez-vous pêchée? dit l'ancien bénédictin
à l'oreille de Soudry.

— Elle est comme le jambon, répondit le gendarme
en recommençant à cligner ; je l'ai depuis huit jours.

Jeannette, encore en bonnet de nuit, en jupe courte,
pieds nus dans des pantoufles, ayant passé ce corps
de jupe fait comme une brassière, à la mode dans
la classe paysanne, et sur lequel elle ajustait un foulard croisé qui ne cachait pas entièrement de jeunes

et frais appas, ne paraissait pas moins appétissante que
le jambon vanté par Soudry. Petite, rondelette, elle
laissait voir ses bras nus pendants, marbrés de rouge,
au bout desquels de grosses mains à fossettes, à doigts
courts et bien façonnés du bout, annonçaient une
riche santé. C'était la vraie figure bourguignotte,
rougeaude, mais blanche aux tempes, au col, aux
oreilles ; les cheveux châtains, le coin de l'œil retroussé
vers le haut de l'oreille, les narines ouvertes, la bouche
sensuelle, un peu de duvet le long des joues ; puis,
une expression vive tempérée par une attitude modeste et menteuse qui faisait d'elle un modèle de
servante friponne.

— En honneur, Jeannette ressemble au jambon,
dit Rigou. Si je n'avais pas une Annette, je voudrais
une Jeannette.

— L'une vaut l'autre, dit l'ex-gendarme, car votre
Annette est douce, blonde, mignarde... Comment
va madame Rigou ?... dort-elle ?... reprit brusquement
Soudry pour faire voir à Rigou qu'il comprenait la
plaisanterie.

— Elle est éveillée avec notre coq, répondit Rigou,
mais elle se couche comme les poules. Moi, je reste à
lire le *Constitutionnel*. Le soir et le matin, ma femme
me laisse dormir, elle n'entrerait pas chez moi pour
un monde...

— Ici c'est tout le contraire, répondit Jeannette.
Madame reste avec les bourgeois de la ville à jouer ;
ils sont quelquefois quinze au salon ; Monsieur se
couche à huit heures, et nous nous levons au jour...

— Ça vous paraît différent, dit Rigou, mais au
fond c'est la même chose. Eh ! bien, ma belle enfant,
venez chez moi, j'enverrai Annette ici, ce sera la même
chose, et ce sera différent.

— Vieux coquin, dit Soudry, tu la rends hon-
teuse.

— Comment, gendarme! tu ne veux qu'un cheval dans ton écurie?... Enfin chacun prend son bonheur où il le trouve.

Jeannette, sur l'ordre de son maître, alla lui préparer sa toilette.

— Tu lui auras promis de l'épouser à la mort de ta femme? demanda Rigou.

— A nos âges, répondit le gendarme, il ne nous reste plus que ce moyen-là!

— Avec des filles ambitieuses, ce serait une manière de devenir promptement veuf... répliqua Rigou, surtout si madame Soudry parlait devant Jeannette de sa manière de savonner les escaliers.

Ce mot rendit les deux époux songeurs. Quand Jeannette vint annoncer que tout était prêt, Soudry lui dit un : « Viens m'aider! » qui fit sourire l'ancien Bénédictin.

— Voilà encore une différence, dit-il, moi je te laisserais sans crainte avec Annette, mon compère.

Un quart d'heure après, Soudry, en grande tenue, monta dans le cabriolet d'osier, et les deux amis tournèrent le lac de Soulanges pour aller à La-Ville-aux-Fayes.

— Et ce château-là?... dit Rigou quand il atteignit à l'endroit d'où le château se voyait en profil.

Le vieux révolutionnaire mit à ce mot un accent où se révélait la haine que nourrissent les bourgeois campagnards contre les grands châteaux et les grandes terres.

— Mais tant que je vivrai, j'espère bien le voir debout, répliqua l'ancien gendarme ; le comte de Soulanges a été mon général ; il m'a rendu service ; il m'a très bien fait régler ma pension, et puis il laisse gérer sa terre à Lupin, dont le père y a fait sa fortune. Après Lupin ce sera un autre, et tant qu'il y aura des Soulanges, on respectera cela!... Ces gens-là sont bons enfants, ils laissent à chacun sa récolte, et ils s'en trouvent bien...

— Ah! le général a trois enfants qui peut-être à sa mort ne s'accorderont pas, un jour ou l'autre le mari de sa fille et les fils liciteront [166] et gagneront à vendre cette mine de plomb et de fer à des marchands de biens que nous saurons repincer.

Le château de Soulanges apparut de profil comme pour défier le moine défroqué.

— Ah! oui, dans ce temps-là, l'on bâtissait bien... s'écria Soudry. Mais monsieur le comte économise en ce moment ses revenus pour pouvoir faire de Soulanges le majorat de sa pairie [167]!...

— Compère, répondit Rigou, les majorats tomberont.

Une fois le chapitre des intérêts épuisé, les deux bourgeois se mirent à causer des mérites respectifs de leurs chambrières en patois un peu trop bourguignon pour être imprimé. Ce sujet inépuisable les mena si loin qu'ils aperçurent le chef-lieu d'arrondissement où régnait Gaubertin, et qui peut-être excite assez la curiosité pour faire admettre par les gens les plus pressés une petite digression.

Le nom de La-Ville-aux-Fayes, quoique bizarre, s'explique facilement par la corruption de ce nom (en basse latinité, *Villa in Fago*, le manoir dans les bois). Ce nom dit assez que jadis une forêt couvrait le delta formé par l'Avonne à son confluent dans la rivière qui se joint cinq lieues plus loin à l'Yonne. Un Franc bâtit sans doute une forteresse sur la colline qui, là, se détourne en allant mourir par des pentes douces dans la longue plaine où Leclercq, le député, avait acheté sa terre. En séparant par un grand et long fossé ce delta, le conquérant se fit une position formidable, une place essentiellement seigneuriale, commode pour percevoir des droits de péage sur les ponts nécessaires aux routes, et pour veiller aux droits de monture frappés sur les moulins.

Telle est l'histoire des commencements de La-Ville-aux-Fayes. Partout où s'est établie une domination féodale ou religieuse, elle a engendré des intérêts, des habitants et plus tard des villes, quand les localités se trouvaient en position d'attirer, de développer ou de fonder des industries. Le procédé trouvé par Jean Rouvet [168] pour flotter les bois, et qui exigeait des places favorables pour les intercepter, créa La-Ville-aux-Fayes, qui, jusque-là, comparée à Soulanges, ne fut qu'un village. La Ville-aux-Fayes devint l'entrepôt des bois qui, sur une étendue de douze lieues, bordent les deux rivières. Les travaux que demandent le repêchage, la reconnaissance des bûches *perdues*, la façon des trains que l'Yonne porte dans la Seine, produisirent un grand concours d'ouvriers. La population excita la consommation et fit naître le commerce. Ainsi, La-Ville-aux-Fayes, qui ne comptait pas six cents habitants à la fin du XVIe siècle, en comptait deux mille en 1790, et Gaubertin l'avait portée à quatre mille. Voici comment.

Quand l'Assemblée législative [169] décréta la nouvelle circonscription du territoire, La-Ville-aux-Fayes, qui se trouva située à la distance où, géographiquement, il fallait une sous-préfecture, fut choisie préférablement à Soulanges pour chef-lieu d'arrondissement. La sous-préfecture entraîna le tribunal de Première Instance et tous les employés d'un chef-lieu d'arrondissement. L'augmentation de la population parisienne, en augmentant la valeur et la quantité voulue des bois de chauffage, augmenta nécessairement l'importance du commerce de La-Ville-aux-Fayes. Gaubertin avait assis sa nouvelle fortune sur cette nouvelle prévision, en devinant l'influence de la paix sur la population parisienne, qui, de 1815 à 1825, s'est accrue en effet de plus d'un tiers [170].

La configuration de La-Ville-aux-Fayes est indiquée par celle du terrain. Les deux lignes du promontoire étaient bordées par des ports. Le barrage pour arrêter les bois était au bas de la colline occupée par la forêt de Soulanges. Entre ce barrage et la ville, il y avait un faubourg. La basse ville, située dans la partie la plus large du delta, plongeait sur la nappe d'eau du lac d'Avonne.

Au-dessus de la basse ville, cinq cents maisons à jardins, assises sur la hauteur défrichée depuis trois cents ans, entourent ce promontoire de trois côtés, en jouissant toutes des aspects multipliés que fournit la nappe diamantée du lac d'Avonne, encombrée par des trains en construction sur ses bords, par des piles de bois. Les eaux chargées de bois de la rivière et les jolies cascades de l'Avonne, qui, plus haute que la rivière où elle se décharge [171], alimentent les vannes des moulins et les écluses de quelques fabriques [172], forment un tableau très animé, d'autant plus curieux qu'il est encadré par les masses vertes des forêts, et que la longue vallée des Aigues produit une magnifique opposition aux sombres repoussoirs qui dominent La-Ville-aux-Fayes.

En face de ce vaste rideau, la route royale qui passe l'eau sur un pont, à un quart de lieue de La-Ville-aux-Fayes, vient mordre au commencement d'une allée de peupliers où se trouve un petit faubourg groupé autour de la poste aux chevaux, attenant à une grande ferme. La route cantonale fait également un détour pour gagner ce pont, où elle rejoint le grand chemin.

Gaubertin s'était bâti une maison sur un terrain du delta, avec le projet d'y faire une place qui rendrait la basse ville aussi belle que la ville haute. Ce fut la

maison moderne en pierre, à balcon en fonte, à per-
siennes, à fenêtres bien peintes, sans autre ornement
qu'une grecque sous la corniche, un toit d'ardoises,
un seul étage et des greniers, une belle cour, et derrière,
un jardin à l'anglaise, baigné par les eaux de l'Avonne.
L'élégance de cette maison força la sous-préfecture,
logée provisoirement dans un chenil, à venir en face
dans un hôtel que le département fut obligé de bâtir,
sur les instances des députés Leclercq et Ronquerolles. La ville y bâtit aussi sa mairie. Le tribunal,
également à loyer, eut un palais de justice achevé
récemment, en sorte que La-Ville-aux-Fayes dut au
génie remuant de son maire une ligne de bâtiments
modernes fort imposante. La gendarmerie se bâtissait une caserne pour achever le carré formé par
la place.

Ces changements, dont les habitants s'enorgueillis-
saient, étaient dus à l'influence de Gaubertin, qui,
depuis quelques jours, avait reçu la croix de la Légion
d'honneur, à l'occasion de la prochaine fête du roi.
Dans une ville ainsi constituée, et de création moderne,
il ne se trouvait ni aristocratie ni noblesse. Aussi les
bourgeois de La-Ville-aux-Fayes, fiers de leur indépendance, épousaient-ils tous la querelle survenue
entre les paysans et un comte de l'Empire qui prenait
le parti de la Restauration. Pour eux, les oppresseurs
étaient les opprimés. L'esprit de cette ville commerçante était si bien connu du gouvernement, que l'on
y avait mis pour sous-préfet un homme d'esprit conci-
liant, l'élève de son oncle, le fameux des Lupeaulx,
un de ces gens habitués aux transactions, familiarisés
avec les exigences de tous les gouvernements, et que
les puritains politiques, qui font pis, appellent des
gens corrompus.

L'intérieur de la maison de Gaubertin avait été
décoré par les inventions assez plates du luxe moderne.

C'était de riches papiers de tenture à bordures dorées,
des lustres de bronze, des meubles en acajou, des
lampes astrales [173], des tables rondes à dessus de
marbre, de la porcelaine blanche à filets d'or pour le
dessert, des chaises à fond de maroquin rouge et
des gravures à l'aquatinta [174] dans la salle à manger,
un meuble de casimir bleu dans le salon, tous détails
froids et d'une excessive platitude, mais qui parurent
être à La-Ville-aux-Fayes les derniers efforts d'un
luxe sardanapalesque. Madame Gaubertin y jouait
le rôle d'une élégante à grands effets, elle faisait de
petites façons, elle minaudait à quarante-cinq ans en
mairesse sûre de son fait, et qui avait sa cour.

La maison de Rigou, celle de Soudry et celle de
Gaubertin ne sont-elles pas, pour qui connaît la France,
la parfaite représentation du village, de la petite ville
et de la sous-préfecture ?

Sans être ni un homme d'esprit ni un homme de
talent, Gaubertin en avait l'apparence ; il devait la
justesse de son coup d'œil et sa malice à une excessive
âpreté pour le gain. Il ne voulait sa fortune ni pour sa
femme, ni pour ses deux filles, ni pour son fils, ni pour
lui-même, ni par esprit de famille, ni pour la considération que donne l'argent ; outre sa vengeance, qui
le faisait vivre, il aimait le jeu de l'argent comme
Nucingen, qui manie toujours, dit-on, de l'or dans ses
deux poches à la fois. Le train des affaires était la vie
de cet homme ; et, quoiqu'il eût le ventre plein, il
déployait l'activité d'un homme à ventre creux. Semblable aux valets de théâtre, les intrigues, les tours à
jouer, les coups à organiser, les tromperies, les finas-
series commerciales, les comptes à rendre, à recevoir,
les scènes, les brouilles d'intérêt l'émoustillaient, lui
maintenaient le sang en circulation, lui répandaient
également la bile dans le corps. Et il allait, il venait
à cheval, en voiture, par eau, dans les ventes aux

adjudications, à Paris, toujours pensant à tout, tenant mille fils entre ses mains et ne les brouillant pas.

Vif, décidé dans ses mouvements comme dans ses idées, petit, court, ramassé, le nez fin, l'œil allumé, l'oreille dressée, il tenait du chien de chasse. Sa figure hâlée, brune et toute ronde, de laquelle se détachaient des oreilles brûlées, car il portait habituellement une casquette, était en harmonie avec ce caractère. Son nez était retroussé, ses lèvres serrées ne devaient jamais s'ouvrir pour une parole bienveillante. Ses favoris touffus formaient deux buissons noirs et luisants au-dessous de deux pommettes violentes de couleur et se perdaient dans sa cravate. Des cheveux frisottants, naturellement étagés comme ceux d'une perruque de vieux magistrat, blancs et noirs, tordus comme par la violence du feu qui chauffait son crâne brun, qui pétillait dans ses yeux gris enveloppés de rides circulaires, sans doute par l'habitude de toujours cligner en regardant à travers la campagne en plein soleil, complétaient bien sa physionomie. Sec, maigre, nerveux, il avait les mains velues, crochues, bossuées, des gens qui payent de leur personne. Cette allure plaisait aux gens avec lesquels il traitait, car il s'enveloppait d'une gaieté trompeuse ; il savait beaucoup parler sans rien dire de ce qu'il voulait taire ; il écrivait peu, pour pouvoir nier ce qui lui était défavorable dans ce qu'il laissait échapper. Ses écritures étaient tenues par un caissier, un homme probe que les gens du caractère de Gaubertin savent toujours dénicher, et de qui, dans leur intérêt, ils font leur première dupe.

Quand le petit cabriolet d'osier de Rigou se montra, vers les huit heures, dans l'avenue qui, depuis la poste, longe la rivière, Gaubertin, en casquette, en bottes, en veste, revenait déjà des ports ; il hâta le pas en

devinant bien que Rigou ne se déplaçait que pour
la grande affaire.

— Bonjour, père l'empoigneur, bonjour bonne
panse pleine de fiel et de sagesse, dit-il en donnant
tour à tour une petite tape sur le ventre des deux
visiteurs, nous avons à parler d'affaires, et nous en
parlerons le verre en main, nom d'un petit bonhomme!
voilà la vraie manière.

— A ce métier-là, vous devriez être gras, dit Rigou.

— Je me donne trop de mal ; je ne suis pas comme
vous autres, confiné dans ma maison, acoquiné là,
comme un vieux roquentin [175]... Ah! vous faites bien,
ma foi! vous pouvez agir le dos au feu, le ventre à
table, assis sur un fauteuil... la pratique vient vous
trouver. Mais entrez donc, nom d'un petit bonhomme!
La maison est bien à vous pour tout le temps que vous
y resterez.

Un domestique à livrée bleue, bordée d'un liséré
rouge, vint prendre le cheval par la bride et l'emmena
dans la cour où se trouvaient les communs et les
écuries.

Gaubertin laissa ses deux hôtes se promener dans
le jardin, et revint les trouver après un instant
nécessaire pour donner ses ordres et organiser le
déjeuner.

— Eh bien, mes petits loups, dit-il en se frottant
les mains, on a vu la gendarmerie de Soulanges se
dirigeant au point du jour vers Couches, ils vont sans
doute arrêter les condamnés pour délits forestiers...
Nom d'un petit bonhomme! Ça chauffe! Ça chauffe!...
A cette heure, reprit-il en regardant à sa montre, les
gars doivent être bien et dûment arrêtés.

— Probablement, dit Rigou.

— Eh bien, que dit-on dans les villages ? Qu'a-
t-on résolu ?

— Mais qu'y a-t-il à résoudre ? demanda Rigou,

nous ne sommes pour rien là-dedans, ajouta-t-il en regardant Soudry.

— Comment, pour rien ? Et si l'on vend les Aigues par suite de nos combinaisons, qui gagnera à cela cinq ou six cent mille francs ? Est-ce moi tout seul ? Je n'ai pas les reins assez forts pour cracher deux millions, avec trois enfants à établir et une femme qui n'entend pas raison sur l'article dépense ; il me faut des associés. Le père l'empoigneur n'a-t-il pas ses fonds prêts ? Il n'a pas une hypothèque qui ne soit à terme, et il ne prête plus que sur billets au jeu, dont je réponds. Je m'y mets pour huit cent mille francs ; mon fils, le juge, deux cent mille ; nous comptons sur l'empoigneur pour deux cent mille ; pour combien voulez-vous y être, père la calotte ?

— Pour le reste, dit froidement Rigou.

— Tudieu, je voudrais avoir la main où vous avez le cœur ! dit Gaubertin. Et que ferez-vous ?

— Mais je ferai comme vous ; dites votre plan.

— Mon plan à moi, reprit Gaubertin, est de prendre double pour vendre moitié à ceux qui en voudront dans Couches, Cerneux et Blangy. Le père Soudry aura ses pratiques à Soulanges, et vous, les vôtres ici. Ce n'est pas l'embarras ; mais comment nous entendrons-nous, entre nous ? comment partagerons-nous les grands lots ?...

— Mon Dieu ! Rien n'est plus simple, dit Rigou. Chacun prendra ce qui lui conviendra le mieux. Moi d'abord je ne gênerai personne, je prendrai les bois avec mon gendre et le père Soudry ; ces bois sont assez dévastés pour ne pas vous tenter ; nous vous laisserons votre part dans le reste ; ça vaut bien votre argent, ma foi !

— Nous signerez-vous ça ? dit Soudry.

— L'acte ne vaudrait rien, répondit Gaubertin. D'ailleurs, vous voyez que je joue franc jeu ; je me fie entièrement à Rigou, c'est lui qui sera l'acquéreur.

— Ça me suffit, dit Rigou.

— Je n'y mets qu'une condition, j'aurai le pavillon du Rendez-vous, ses dépendances et cinquante arpents autour ; je vous payerai les arpents. Je ferai du pavillon ma maison de campagne, elle sera près de mes bois. Madame Gaubertin, madame Isaure, comme elle veut qu'on la nomme, en fera sa villa, dit-elle.

— Je le veux bien, dit Rigou.

— Eh ! entre nous, reprit Gaubertin à voix basse, après avoir regardé de tous les côtés, et s'être bien assuré que personne ne pouvait l'entendre, les croyez-vous capables de faire quelque mauvais coup ?

— Comme quoi ? demanda Rigou qui ne voulait jamais rien comprendre à demi-mot.

— Mais si le plus enragé de la bande, une main adroite avec cela, faisait siffler une balle aux oreilles du comte... simplement pour le braver ?...

— Il est homme à courir sus et à l'empoigner.

— Alors Michaud...

— Michaud ne s'en vanterait pas, il politiquerait, espionnerait et finirait par découvrir l'homme et ceux qui l'ont armé.

— Vous avez raison, reprit Gaubertin. Il faudra qu'ils se révoltent une trentaine ensemble, on en jettera quelques-uns aux galères... enfin on prendra les gueux dont nous voudrons nous défaire après nous en être servis. Vous avez là deux ou trois chenapans, comme les Tonsard et Bonnébault...

— Tonsard fera quelque drôle de coup, dit Soudry, je le connais..., et nous le ferons encore chauffer par Vaudoyer et Courtecuisse.

— J'ai Courtecuisse, dit Rigou.

— Et moi je tiens Vaudoyer dans ma main.

— De la prudence, dit Rigou, avant tout de la prudence.

— Tiens, papa la calotte, croyez-vous donc par hasard qu'il y aurait du mal à causer sur les choses comme elles vont... Est-ce nous qui verbalisons, qui empoignons, qui fagotons, qui glanons ?... Si monsieur le comte s'y prend bien, s'il s'abonne avec un fermier général pour l'exploitation des Aigues, dans ce cas, adieu paniers, vendanges sont faites, vous y perdrez peut-être plus que moi... Ce que nous disons, c'est entre nous, et pour nous, car je ne dirai certes pas un mot à Vaudoyer que je ne puisse répéter devant Dieu et les hommes... Mais il n'est pas défendu de prévoir les événements et d'en profiter quand ils arrivent... Les paysans de ce canton-là ont la tête bien près du bonnet ; les exigences du général, sa sévérité, les persécutions de Michaud et de ses inférieurs les ont poussés à bout ; aujourd'hui les affaires sont gâtées, et je parierais qu'il y aura eu du grabuge avec la gendarmerie... Là-dessus, allons déjeuner.

Madame Gaubertin vint retrouver ses convives au jardin. C'était une femme assez blanche, à longues boucles à l'anglaise tombant le long de ses joues, qui jouait le genre passionné-vertueux, qui feignait de ne jamais avoir connu l'amour, qui mettait tous les fonctionnaires sur la question platonique, et qui avait pour attentif le Procureur du roi, son *patito* [176], disait-elle. Elle donnait dans les bonnets à pompons, mais elle se coiffait volontiers en cheveux, et elle abusait du bleu et du rose tendre. Elle dansait, elle avait de petites manières jeunes à quarante-cinq ans ; mais elle avait de gros pieds et des mains affreuses. Elle voulait qu'on l'appelât Isaure, car elle avait, au milieu de ses travers et de ses ridicules, le bon goût de trouver ignoble le nom de Gaubertin ; elle avait les yeux pâles et les cheveux d'une couleur indécise, une espèce de nankin [177] sale. Enfin elle était prise pour modèle

par beaucoup de jeunes personnes qui assassinaient
le ciel de leurs regards et faisaient les anges.

— Eh bien, messieurs, dit-elle en les saluant, j'ai
d'étranges nouvelles à vous apprendre, la gendarmerie
est revenue...

— A-t-elle fait des prisonniers?

— Pas du tout ; le général, d'avance, avait demandé
leur grâce... elle est accordée en faveur de l'heureux
anniversaire du retour du roi parmi nous.

Les trois associés se regardèrent.

— Il est plus fin que je ne le croyais, ce gros cuirassier! dit Gaubertin. Allons nous mettre à table,
il faut se consoler, après tout, ce n'est pas une partie
perdue, ce n'est qu'une partie remise ; ça vous regarde
maintenant, Rigou...

Soudry et Rigou revinrent désappointés, n'ayant
rien pu imaginer pour amener une catastrophe qui
leur profitât, et se fiant, ainsi que le leur avait dit
Gaubertin, au hasard. Comme quelques jacobins aux
premiers jours de la Révolution, furieux, déroutés
par la bonté de Louis XVI, et provoquant les rigueurs
de la cour dans le but d'amener l'anarchie qui pour
eux était la fortune et le pouvoir, les redoutables
adversaires du comte de Montcornet mirent leur
dernier espoir dans la rigueur que Michaud et ses
gardes déploieraient contre de nouvelles dévastations;
Gaubertin leur promit son concours sans s'expliquer
sur ses coopérateurs, car il ne voulait pas qu'on
connût ses relations avec Sibilet. Rien n'égale la
discrétion d'un homme de la trempe de Gaubertin,
si ce n'est celle d'un ex-gendarme ou d'un prêtre
défroqué. Ce complot ne pouvait être mené à bien,
ou pour mieux dire à mal, que par trois hommes de
ce genre, trempés par la haine et l'intérêt.

CHAPITRE V

LA VICTOIRE SANS COMBAT

Les craintes de madame Michaud étaient un effet de la seconde vue que donne la passion vraie. Exclusivement occupée d'un seul être, l'âme finit par embrasser le monde moral qui l'entoure, elle y voit clair. Dans son amour, une femme éprouve les pressentiments qui l'agitent plus tard dans la maternité.

Pendant que la pauvre jeune femme se laissait aller à écouter ces voix confuses qui viennent à travers des espaces inconnus, il se passait en effet dans le cabaret du Grand-I-Vert une scène où l'existence de son mari était menacée.

Vers cinq heures du matin, les premiers levés dans la campagne avaient vu passer la gendarmerie de Soulanges, qui se dirigeait vers Couches. Cette nouvelle circula rapidement, et ceux que cette question intéressait furent assez surpris d'apprendre, par ceux du haut pays, qu'un détachement de gendarmerie, commandé par le lieutenant de La-Ville-aux-Fayes, avait passé par la forêt des Aigues. Comme c'était un lundi, il y avait déjà des raisons pour que les ouvriers allassent au cabaret ; mais c'était la veille de l'anniversaire de la rentrée des Bourbons, et quoique les habitués du repaire des Tonsard n'eussent pas besoin

de cette *auguste cause* (comme on disait alors) pour
justifier leur présence au Grand-I-Vert, ils ne laissaient
pas de s'en prévaloir très haut dès qu'ils croyaient
avoir aperçu l'ombre d'un fonctionnaire quelconque.

Il se trouva là Vaudoyer, Tonsard et sa famille,
Godain qui en faisait en quelque sorte partie, et un
vieil ouvrier vigneron nommé Laroche. Cet homme
vivait au jour le jour, il était un des délinquants fournis par Blangy dans l'espèce de conscription que l'on
avait inventée pour dégoûter le général de sa manie
de procès-verbaux. Blangy avait donné trois autres
hommes, douze femmes, huit filles et cinq garçons,
dont les maris et les pères devaient répondre, et qui
étaient dans une entière indigence ; mais aussi c'étaient
les seuls qui ne possédassent rien. L'année 1823 avait
enrichi les vignerons, et 1826 devait, par la grande
quantité du vin, leur jeter encore beaucoup d'argent ;
les travaux exécutés par le général avaient également
répandu de l'argent dans les trois communes qui envi-
ronnaient ses propriétés, et l'on avait eu de la peine
à trouver à Blangy, à Couches et à Cerneux cent vingt
prolétaires [178] ; on n'y était parvenu qu'en prenant
les vieilles femmes, les mères et les grand-mères de
ceux qui possédaient quelque chose, mais qui n'avaient
rien à elles, comme la mère de Tonsard. Ce Laroche,
le vieil ouvrier délinquant, ne valait absolument
rien ; il n'avait pas, comme Tonsard, un sang chaud
et vicieux, il était animé d'une haine sourde et froide,
il travaillait en silence, il gardait un air farouche ; le
travail lui était insupportable, et il ne pouvait vivre
qu'en travaillant ; ses traits étaient durs, leur expression repoussante. Malgré ses soixante ans, il ne manquait pas de force, mais son dos avait faibli, il
était voûté, il se voyait sans avenir, sans un bout de
champ à lui, et il enviait ceux qui possédaient de la
terre ; aussi dans la forêt des Aigues était-il sans pitié.

Il y faisait avec plaisir des dévastations inutiles.

— Les laisserons-nous emmener ? disait Laroche. Après Couches, on viendra à Blangy ; je suis en récidive ; j'en ai pour trois mois de prison.

— Et que faire contre la gendarmerie ? vieil ivrogne, lui dit Vaudoyer.

— Tiens ! Est-ce qu'avec nos faulx nous ne couperons pas bien les jambes à leurs chevaux ? Ils seront bientôt par terre, leurs fusils ne sont pas chargés, et quand ils se verront un contre dix, il faudra bien qu'ils déguerpissent. Si les trois villages se soulevaient et qu'on tuât deux ou trois gendarmes, guillotinerait-on tout le monde ? Faudrait bien plier comme au fond de la Bourgogne où, pour une affaire semblable, on a envoyé un régiment. Ah bah ! Le régiment s'en est allé ; les *pésans* ont continué d'aller au bois où ils allaient depuis des années comme ici.

— Tuer pour tuer, dit Vaudoyer, il vaudrait mieux n'en tuer qu'un ; mais là, sans danger, et de manière à dégoûter tous les *Arminacs* du pays.

— Lequel de ces brigands ? demanda Laroche.

— Michaud, dit Courtecuisse ; il a raison, Vaudoyer, il a grandement raison. Vous verrez que quand un garde aura été mis à l'ombre, on n'en trouvera pas facilement d'autres qui resteront au soleil à surveiller. Ils y sont le jour, mais c'est qu'ils y sont encore la nuit. C'est des démons, quoi !...

— Partout où vous allez, dit la vieille Tonsard, qui avait soixante-dix-huit ans et qui montra sa figure de parchemin, percée de mille trous et de deux yeux verts, ornée de ses cheveux d'un blanc sale qui sortaient par mèches de dessous un mouchoir rouge, partout où vous allez vous les trouvez, et ils vous arrêtent ; ils regardent votre fagot, et s'il y avait une seule branche coupée, une seule baguette de méchant coudrier, ils prendraient le fagot et vous feraient le

verbal ; ils l'ont bien dit. Ah! les gueux! Il n'y a pas
à les attraper, et s'ils se défient de vous, ils vous
ont bientôt fait délier votre bois... Ils sont là trois
chiens qui ne valent pas deux liards ; on les tuerait,
ça ne ruinerait pas la France, allez.

— Le petit Vatel n'est pas encore si méchant! dit
madame Tonsard la belle-fille.

— Lui! dit Laroche, il fait sa besogne comme les
autres ; histoire de rire, c'est bon, il rit avec vous ;
vous n'en êtes pas mieux avec lui pour cela ; c'est le
plus malicieux des trois, c'est un sans-cœur pour le
pauvre peuple, comme monsieur Michaud.

— Il a une jolie femme tout de même, monsieur
Michaud, dit Nicolas Tonsard...

— Elle est pleine, dit la vieille mère ; mais si ça
continue, on fera un drôle de baptême à son petit
quand elle vêlera.

— Oh! tous ces *Arminacs* de Parisiens, dit Marie
Tonsard, il est impossible de rire avec eux... et si cela
arrivait, ils vous feraient un *verbal* sans plus se soucier
de vous que s'ils n'avaient pas ri.

— Tu as donc essayé de les entortiller ? dit Courtecuisse.

— Pardi!

— Eh bien, dit Tonsard, d'un air déterminé, c'est
des hommes comme les autres, on peut en venir à
bout.

— Ma foi, non, reprit Marie en continuant sa
pensée, ils ne rient point ; je ne sais pas ce qu'on leur
donne, car après tout, le crâne du pavillon, il est
marié ; mais Vatel, Gaillard et Steingel ne le sont pas,
ils n'ont personne dans le pays, il n'y a pas une femme
qui voudrait d'eux...

— Nous allons voir comment les choses vont se
passer à la moisson et à la vendange, dit Tonsard.

— Ils n'empêcheront pas de glaner, dit la vieille.

— Mais je ne sais trop, répondit la bru Tonsard...
leur Groison dit comme ça que monsieur le maire va
publier un ban où il sera dit que personne ne pourra
glaner sans un certificat d'indigence ; et qui est-ce
qui le donnera ? Ce sera lui ! Il n'en donnera pas beaucoup. Il publiera aussi des défenses d'entrer dans les
champs avant que la dernière gerbe ne soit dans la
charrette !...

— Ah ça ! mais c'est donc la grêle que ce cuirassier !
cria Tonsard hors de lui.

— Je ne le sais que d'hier, répondit sa femme, que
j'ai offert un petit verre à Groison pour en tirer quelque
nouvelle.

— En voilà un d'heureux ! dit Vaudoyer, on lui
a bâti une maison, on lui a donné une bonne femme,
il a des rentes, il est mis comme un roi... Moi, j'ai
été vingt ans garde-champêtre, je n'y ai gagné que
des rhumes.

— Oui, il est heureux, dit Godain, et il a du bien...

— Nous restons là comme des imbéciles que nous
sommes, s'écria Vaudoyer ; allons donc au moins voir
comment ça se passe à Couches, ils ne sont pas plus
endurants que nous autres.

— Allons, dit Laroche qui ne se tenait pas trop
ferme sur ses jambes, si je n'en extermine pas un ou
deux, je veux perdre mon nom.

— Toi, dit Tonsard, tu laisserais bien emmener
toute la commune ; mais moi, si l'on touchait à la
vieille, voilà mon fusil, il ne manquerait pas son coup.

— Eh bien, dit Laroche à Vaudoyer, si l'on emmène
un des Couches, il y aura un gendarme par terre.

— Il l'a dit ! le père Laroche, s'écria Courtecuisse.

— Il l'a dit, reprit Vaudoyer, mais il ne l'a pas
fait, et il ne le fera pas... A quoi ça te servirait-il si
tu veux te faire rosser ?... Tuer pour tuer, il vaut
mieux tuer Michaud...

Pendant cette scène, Catherine Tonsard était en sentinelle à la porte du cabaret, afin d'être en mesure de prévenir les buveurs de se taire s'il passait quelqu'un. Malgré leurs jambes avinées, ils s'élancèrent plutôt qu'ils ne sortirent du cabaret, et leur ardeur belliqueuse les dirigea vers Couches en suivant la route qui, pendant un quart de lieue, longeait les murs des Aigues.

Couches était un vrai village de Bourgogne, à une seule rue, dans laquelle passait le grand chemin. Les maisons étaient construites les unes en briques, les autres en pisé ; mais elles étaient d'un aspect misérable. En y arrivant par la route départementale de La-Ville-aux-Fayes, on prenait le village à revers, et il faisait alors assez d'effet. Entre la grande route et les bois de Ronquerolles, qui continuaient ceux des Aigues et couronnaient les hauteurs, coulait une petite rivière, et plusieurs maisons assez bien groupées animaient le paysage. L'église et le presbytère formaient une fabrique [179] séparée, et donnaient un point de vue à la grille du parc des Aigues qui venait jusquelà. Devant l'église se trouvait une place entourée d'arbres, où les conspirateurs du Grand-I-Vert aperçurent la gendarmerie, et ils doublèrent alors leurs pas précipités. En ce moment, trois hommes à cheval sortirent par la grille de Couches, et les paysans reconnurent le général et son domestique avec Michaud, le garde général, qui s'élancèrent au galop vers la place ; Tonsard et les siens y arrivèrent quelques minutes après eux. Les délinquants, hommes et femmes, n'avaient fait aucune résistance ; ils étaient tous entre les cinq gendarmes de Soulanges et les quinze autres venus de La-Ville-aux-Fayes. Tout le village était rassemblé là. Les enfants, les pères et les mères des prisonniers allaient et venaient et leur apportaient ce dont ils avaient besoin pour passer le temps de leur prison. C'était un coup d'œil assez curieux que celui de cette population campagnarde, exaspérée, mais à peu près silencieuse, comme si elle avait pris un parti. Les vieilles et les trois jeunes femmes étaient les seules qui parlassent. Les enfants, les petites filles étaient juchés sur des bois et des tas de pierres pour mieux voir.

— Ils ont bien pris leur temps, ces hussards de la guillotine, ils sont venus un jour de fête...

— Ah çà ! vous laissez donc emmener comme ça votre homme !... Qu'allez-vous donc devenir pendant trois mois, les meilleurs de l'année, où les journées sont bien payées...

— C'est eux qui sont les voleurs !... répondit la femme en regardant les gendarmes d'un air menaçant.

— Qu'avez-vous donc, la vieille, à loucher comme ça ! dit le maréchal-des-logis, sachez que votre affaire ne sera pas longue à bâcler si vous vous permettez de nous injurier.

— Je n'ai rien dit, s'empressa de dire la femme d'un air humble et piteux.

— J'ai entendu tout à l'heure un propos dont je pourrai vous faire repentir...

— Allons, mes enfants, du calme ! dit le maire de Couches, qui était le maître de poste. Que diable ! Ces hommes, on les commande, il faut bien qu'ils obéissent.

— C'est vrai ! C'est le bourgeois des Aigues qui fait tout cela... Mais patience.

En ce moment, le général déboucha sur la place, et son arrivée excita quelques murmures, dont il s'inquiéta fort peu ; il alla droit au lieutenant de la gendarmerie de La-Ville-aux-Fayes, et après lui avoir dit quelques mots et lui avoir remis un papier, l'officier se tourna vers ses hommes et leur dit :

— Laissez aller vos prisonniers, le général a obtenu
leur grâce du roi.

En ce moment, le général Montcornet causait avec
le maire de Couches ; mais, après quelques moments
de conversation échangée à voix basse, celui-ci,
s'adressant aux délinquants qui devaient coucher
en prison et qui se trouvaient tout étonnés d'être
libres, leur dit :

— Mes amis, remerciez monsieur le comte, c'est à
lui que vous devez la remise de vos condamnations ;
il a demandé votre grâce à Paris et l'a obtenue pour
l'anniversaire de la rentrée du roi... J'espère qu'à
l'avenir vous vous conduirez mieux envers un
homme qui se conduit si bien envers vous, et que
vous respecterez dorénavant ses propriétés. Vive le
roi !

Et les paysans crièrent : « Vive le roi ! » avec enthousiasme, pour ne pas crier : « Vive le comte de Montcornet. »

Cette scène avait été politiquement méditée par le
général, d'accord avec le préfet et le procureur général, car on avait voulu, tout en montrant de la fermeté
pour stimuler les autorités locales et frapper l'esprit
des campagnes, user de douceur, tant ces questions
paraissaient délicates. En effet, la résistance, au
cas où elle aurait eu lieu, jetait le gouvernement
dans de grands embarras. Comme l'avait dit Laroche,
on ne pouvait pas guillotiner toute une commune.

Le général avait invité à déjeuner le maire de
Couches, le lieutenant et le maréchal-des-logis. Les
conspirateurs de Blangy restèrent dans le cabaret
de Couches, où les délinquants délivrés employaient à
boire l'argent qu'ils emportaient pour vivre en prison,
et les gens de Blangy furent naturellement de la
noce, car les gens de la campagne appliquent le mot
de noce à toutes les réjouissances. Boire, se quereller,

se battre, manger et rentrer ivre et malade, c'est faire la noce.

Sortis par la grille de Couches, le comte ramena ses trois convives par la forêt, afin de leur montrer les traces des dégâts et leur faire juger l'importance de cette question.

Au moment où, vers midi, Rigou rentrait à Blangy, le comte, la comtesse, Émile Blondet, le lieutenant de gendarmerie, le maréchal-des-logis et le maire de Couches achevaient de déjeuner dans cette salle splendide et fastueuse où le luxe de Bouret avait passé, et qui a été décrite par Blondet dans sa lettre à Nathan.

— Ce serait bien dommage d'abandonner un pareil séjour, dit le lieutenant de gendarmerie, qui n'était jamais venu aux Aigues, à qui l'on avait tout montré, et qui, en lorgnant à travers un verre de Champagne, avait remarqué l'admirable entrain des nymphes nues qui soutenaient le voile du plafond.

— Aussi nous y défendrons-nous jusqu'à la mort, dit Blondet.

— Si je dis ce mot, reprit le lieutenant en regardant son maréchal-des-logis, comme pour lui recommander le silence, c'est que les ennemis du général ne sont pas tous dans la campagne...

Le brave lieutenant était attendri par l'éclat du déjeuner, par ce service magnifique, par ce luxe impérial qui remplaçait le luxe de la fille d'Opéra, et Blondet avait poussé des paroles spirituelles qui le stimulaient autant que les santés chevaleresques qu'il avait vidées.

— Comment puis-je avoir des ennemis? dit le général étonné.

— Lui si bon! ajouta la comtesse.

— Il s'est mal quitté avec notre maire, monsieur Gaubertin, et pour demeurer tranquille il devrait se réconcilier avec lui.

— Avec lui!... s'écria le comte ; vous ne savez donc pas que c'est mon ancien intendant, un fripon!

— Ce n'est plus un fripon, dit le lieutenant, c'est le maire de La-Ville-aux-Fayes.

— Il a de l'esprit, notre lieutenant, dit Blondet, il est clair qu'un maire est essentiellement honnête homme.

Le lieutenant, voyant, d'après le mot du comte, qu'il était impossible de l'éclairer, ne continua plus la conversation sur ce sujet.

CHAPITRE VI

LA FORÊT ET LA MOISSON

La scène de Couches avait produit un bon effet, et, de leur côté, les fidèles gardes du comte veillaient à ce qu'on n'emportât que le bois mort de la forêt des Aigues ; mais, depuis vingt ans, cette forêt avait été si bien exploitée par les habitants, qu'il n'y avait plus que du bois vivant, qu'ils s'occupaient à faire mourir pour l'hiver, par des procédés fort simples et qui ne pouvaient être découverts que longtemps après. Tonsard envoyait sa mère dans la forêt ; le garde la voyait entrer ; il savait par où elle devait sortir, et il la guettait pour voir le fagot ; il la trouvait chargée en effet de brindilles sèches, de branches tombées, de rameaux cassés et flétris ; et elle geignait, elle se plaignait d'avoir à courir bien loin, à son âge, pour obtenir ce misérable fagot. Mais ce qu'elle ne disait pas, c'est qu'elle avait été dans les fourrés les plus épais, qu'elle avait dégagé la tige d'un jeune arbre et en avait enlevé l'écorce à l'endroit où il sortait du tronc [180], tout autour, en anneau ; puis elle avait remis la mousse, les feuilles, tout en état ; il était impossible de découvrir cette incision annulaire faite non pas à la serpe, mais par une déchirure qui ressemblait à celle produite par ces animaux rongeurs

et destructeurs nommés, selon les pays, des thons,
des turcs, des vers blancs, et qui sont le premier
état du hanneton. Ce ver est friand des écorces d'arbres ; il se loge entre l'écorce et l'aubier et mange
en tournant. Si l'arbre est assez gros pour qu'il ait
passé à sa seconde métamorphose, à sa larve, où
il reste endormi jusqu'à sa seconde résurrection,
l'arbre est sauvé ; car tant qu'il reste à la sève un
endroit couvert d'écorce dans l'arbre, l'arbre croîtra.
Pour savoir à quel point l'entomologie se lie à l'agriculture, à l'horticulture et à tous les produits de la
terre il suffit d'expliquer que les grands naturalistes
comme Latreille, le comte Dejean, Klugg, de Berlin,
Gené, de Turin [181], etc., sont arrivés à trouver que
la plus grande partie d'insectes connus se nourrit
aux dépens de la végétation ; que les coléoptères, dont
le catalogue a été publié par monsieur Dejean, y sont
pour vingt-sept mille espèces, et que, malgré les
plus ardentes recherches des entomologistes de tous
les pays, il y a une immense quantité d'espèces dont
on ne connaît pas les triples transformations qui
distinguent tout insecte ; qu'enfin, non seulement
toute plante a son insecte particulier, mais que tout
produit terrestre, quelque détourné qu'il soit par
l'industrie humaine, a le sien. Ainsi, le chanvre, le
lin, après avoir servi soit à couvrir, soit à pendre les
hommes, après avoir roulé sur le dos d'une armée,
devient papier à écrire, et ceux qui écrivent ou lisent
beaucoup sont familiarisés avec les mœurs d'un
insecte nommé le *pou du papier*, d'une allure et d'une
tournure merveilleuses ; il subit ses transformations
inconnues dans une rame de papier blanc soigneusement gardée, et vous le voyez courir, sautiller dans
sa magnifique robe luisante comme du talc ou du
spath : c'est une ablette qui vole.

Le turc est le désespoir du propriétaire ; il échappe

sous terre à la circulaire administrative, qui ne peut en ordonner les Vêpres Siciliennes que quand il est devenu hanneton, et si les populations savaient de quels désastres elles sont menacées au cas où elles n'extermineraient pas les hannetons et les chenilles, elles obéiraient un peu plus aux injonctions préfectorales !

La Hollande a manqué périr ; ses digues ont été rongées par les tarets, et la science ignore à quel insecte aboutit le taret, comme elle ignore les métamorphoses antérieures de la cochenille. L'ergot du seigle est vraisemblablement une peuplade d'insectes où le génie de la science [182] n'a encore découvert qu'un léger mouvement. Ainsi, en attendant la moisson et le glanage, une cinquantaine de vieilles femmes imitèrent le travail du turc au pied de cinq ou six cents arbres qui devaient être des cadavres au printemps et ne plus se couvrir de feuilles ; et ils étaient choisis au milieu des endroits les moins accessibles, en sorte que le branchage leur appartiendrait. Ce secret, qui l'avait donné ? Personne. Courtecuisse s'était plaint au cabaret de Tonsard d'avoir surpris, dans son jardin, un orme à pâlir ; cet orme commençait une maladie, et il avait soupçonné le turc ; car lui, Courtecuisse, il connaissait bien les turcs, et quand un turc était au pied d'un arbre, l'arbre était perdu !... Et il initia son public du cabaret au travail du turc, en l'imitant. Les vieilles femmes se mirent à cette œuvre de destruction avec un mystère et une habileté de fée, et elles y furent poussées par les mesures désespérantes que prit le maire de Blangy et qu'il fut ordonné de prendre aux maires des communes adjacentes. Les gardes-champêtres tambourinèrent une proclamation où il était dit que personne ne serait admis à glaner et à halleboter sans un certificat d'indigence donné par les maires de chaque commune, et dont le modèle fut envoyé par

le préfet au sous-préfet, et par celui-ci à chaque maire.
Les grands propriétaires du département admiraient
beaucoup la conduite du général Montcornet, et le
préfet, dans ses salons, disait que si au lieu de demeurer à Paris, les sommités sociales venaient sur leurs
terres et s'entendaient, on finirait par obtenir quelque
résultat heureux; car ces mesures-là, ajoutait le préfet,
devraient se prendre partout, être appliquées avec
ensemble et modifiées par des bienfaits, par une philanthropie éclairée, comme le fait le général Montcornet.

En effet, le général et sa femme, assistés de l'abbé
Brossette, essayaient de la bienfaisance. Ils l'avaient
raisonnée; ils voulaient démontrer par des résultats
incontestables, à ceux qui les pillaient, qu'ils gagne-
raient davantage en s'occupant à des travaux licites.
Ils donnaient du chanvre à filer et payaient la façon;
la comtesse faisait ensuite fabriquer de la toile avec
ce fil, pour faire des torchons, des tabliers, des grosses
serviettes pour la cuisine et des chemises pour les indigents. Le comte entreprenait des améliorations qui
voulaient des ouvriers, et il n'employait que ceux des
communes environnantes. Sibilet était chargé de ces
détails, tandis que l'abbé Brossette indiquait les vrais
nécessiteux à la comtesse et les lui amenait souvent.
Madame de Montcornet tenait ses assises de bienfaisance dans la grande antichambre qui donnait sur le
perron. C'était une belle salle d'attente, dallée en
marbre blanc et rouge, ornée d'un beau poêle en faïence,
garnie de longues banquettes couvertes en velours
rouge.

Ce fut là qu'un matin, avant la moisson, la vieille
Tonsard amena sa petite-fille Catherine, qui avait à
faire, disait-elle, une confession terrible pour l'honneur
d'une famille pauvre, mais honnête. Pendant qu'elle
parlait, Catherine se tenait dans une attitude de cri-

minelle, elle raconta à son tour *l'embarras* dans lequel
elle se trouvait et qu'elle n'avait confié qu'à sa grand-
mère, sa mère la chasserait ; son père, un homme
d'honneur, la tuerait. Si elle avait seulement mille
francs, elle serait épousée par un pauvre ouvrier
nommé Godain, qui savait tout, et qui l'aimait comme
un frère ; il achèterait un mauvais terrain et s'y bâti-
rait une chaumière. C'était attendrissant. La comtesse
promit de consacrer à ce mariage la somme nécessaire
à satisfaire quelque fantaisie. Le mariage heureux de
Michaud, celui de Groison, étaient faits pour l'encou-
rager. Puis cette noce, ce mariage serait d'un bon
exemple pour les gens du pays et les stimulerait à se
bien conduire. Le mariage de Catherine Tonsard et de
Godain fut donc arrangé au moyen des mille francs
donnés par la comtesse.

Une autre fois, une vieille horrible femme, la
mère de Bonnébault, qui demeurait dans une masure
entre la porte de Couches et le village, rapportait
une charge de gros écheveaux de fil.

— Madame la comtesse a fait des merveilles,
disait l'abbé plein d'espoir dans le progrès moral de
ces Sauvages. Cette femme-là vous causait bien du
dégât dans vos bois ; mais aujourd'hui, comment
et pourquoi irait-elle ? Elle file du matin au soir,
son temps est employé et lui rapporte.

Le pays était calme ; Groison faisait des rapports
satisfaisants, les délits semblaient vouloir cesser, et
peut-être qu'en effet l'état du pays et de ses habitants
aurait complètement changé de face, sans l'avidité
rancunière de Gaubertin, sans les cabales bourgeoises
de la première société de Soulanges et sans les intrigues
de Rigou, qui soufflaient comme un feu de forge la
haine et le crime au cœur des paysans de la vallée
des Aigues.

Les gardes se plaignaient toujours de trouver

beaucoup de branches coupées à la serpette au fond
des taillis, dans l'intention évidente de préparer
du bois pour l'hiver, et ils guettaient les auteurs de
ces délits sans avoir pu les prendre. Le comte, aidé
par Groison, n'avait donné les certificats d'indigence
qu'aux trente ou quarante pauvres réels de la commune ; mais les maires des communes environnantes
avaient été moins difficiles. Plus le comte s'était
montré clément dans l'affaire de Couches, plus il
avait résolu d'être sévère à l'occasion du glanage,
qui avait dégénéré en volerie. Il ne s'occupait point
de ses trois fermes affermées ; il ne s'agissait que de
ses métairies à moitié, qui étaient assez nombreuses :
il en avait six, chacune de deux cents arpents. Il avait
publié que, sous peine de procès-verbal et des amendes
que prononcerait le tribunal de paix, il était défendu d'entrer dans les champs avant l'enlèvement
des gerbes ; son ordonnance, au reste, ne concernait
que lui dans la commune. Rigou connaissait le pays,
il avait loué ses terres labourables par portions à des
gens qui savaient enlever leurs récoltes, et par petits
baux, il se faisait payer en grain. Le glanage ne
l'atteignait point. Les autres propriétaires étaient
paysans, et entre eux ils ne se mangeaient point. Le
comte avait ordonné à Sibilet de s'arranger avec ses
métayers pour couper sur les terres de chaque ferme,
l'une après l'autre, en faisant repasser tous les moissonneurs à chacun de ses fermiers, au lieu de les
disséminer, ce qui empêchait la surveillance. Le
comte alla lui-même avec Michaud examiner comment
se passeraient les choses. Groison, qui avait suggéré
cette mesure, devait assister à toutes les prises de
possession des champs du riche propriétaire par les
indigents. Les habitants des villes n'imagineraient jamais ce qu'est le glanage pour les habitants de la
campagne ; leur passion est inexplicable, car il y a

des femmes qui abandonnent des travaux bien rétribués pour aller glaner. Le blé qu'elles trouvent ainsi leur semble meilleur ; il y a dans cette provision ainsi faite, et qui tient à leur nourriture la plus substantielle, un attrait immense. Les mères emmènent leurs petits enfants, leurs filles, leurs garçons ; les vieillards les plus cassés s'y traînent, et naturellement ceux qui ont du bien affectent la misère. On met, pour glaner, ses haillons. Le comte et Michaud, à cheval, assistèrent à la première entrée de ce monde déguenillé dans les premiers champs de la première métairie. Il était dix heures du matin, le mois d'août était chaud, le ciel était sans nuages, bleu comme une pervenche ; la terre brûlait, les blés flambaient, les moissonneurs travaillaient la face cuite par la réverbération des rayons sur une terre endurcie et sonore, tous muets, la chemise mouillée, buvant de l'eau contenue dans ces cruches de grès rondes comme un pain, garnies de deux anses et d'un entonnoir grossier bouché avec un bout de saule.

Au bout des champs moissonnés, sur lesquels étaient les charrettes où s'empilaient les gerbes, il y avait une centaine de créatures qui, certes, laissaient bien loin les plus hideuses conceptions que les pinceaux de Murillo, de Téniers, les plus hardis en ce genre, et les figures de Callot, ce poète de la fantaisie des misères, aient réalisées ; leurs jambes de bronze, leurs têtes pelées, leurs haillons déchiquetés, leurs couleurs, si curieusement dégradées, leurs déchirures humides de graisse, leurs reprises, leurs taches, les décolorations des étoffes, les trames mises à jour, enfin leur idéal du matériel des misères était dépassé, de même que les expressions avides, inquiètes, hébétées, idiotes, sauvages de ces figures avaient, sur les immortelles compositions de ces princes de la couleur, l'avantage éternel que conserve la nature sur l'art. Il y avait des vieilles au cou de dindon, à la paupière pelée [183] et rouge, qui tendaient la tête comme des chiens d'arrêt devant la perdrix; des enfants silencieux comme des soldats sous les armes, des petites filles qui trépignaient comme des animaux attendant leur pâture; les caractères de l'enfance et de la vieillesse étaient opprimés sous une féroce convoitise : celle du bien d'autrui, qui devenait leur bien par abus. Tous les yeux étaient ardents, les gestes menaçants; mais tous gardaient le silence en présence du comte, du garde-champêtre et du garde général. La grande propriété, les fermiers, les travailleurs et les pauvres s'y trouvaient représentés; la question sociale se dessinait nettement, car la faim avait convoqué ces figures provocantes... Le soleil mettait en relief tous ces traits durs et les creux des visages; il brûlait les pieds nus et salis de poussière; il y avait des enfants sans chemise, à peine couverts d'une blouse déchirée, les cheveux blonds bouclés pleins de paille, de foin et de brins de bois; quelques femmes en tenaient par la main de tout petits qui marchaient de la veille et qu'on allait laisser rouler dans quelque sillon.

Ce tableau sombre était déchirant pour un vieux soldat qui avait le cœur bon; le général dit à Michaud :

— Ça me fait mal à voir. Il faut connaître l'importance de ces mesures pour y persister.

— Si chaque propriétaire vous imitait, demeurait sur ses terres et y faisait le bien que vous faites sur les vôtres, mon général, il n'y aurait plus, je ne dis pas de pauvres, car il y en aura toujours; mais il n'existerait pas un être qui ne pût vivre de son travail.

— Les maires de Couches, de Cerneux et de Soulanges nous ont envoyé leurs pauvres, dit Groison, qui avait vérifié les certificats, ça ne se devait pas...

— Non, mais nos pauvres iront sur ces communes-là, dit le comte ; c'est assez pour cette fois d'obtenir que l'on ne prenne pas à même les gerbes, il faut aller pas à pas, dit-il en partant.

— L'avez-vous entendu ? dit la vieille Tonsard à la vieille Bonnébault, car le dernier mot du comte avait été prononcé d'un ton moins bas que le reste, et il tomba dans l'oreille d'une de ces deux vieilles qui étaient postées dans le chemin qui longeait le champ.

— Oui, ça n'est pas tout ; aujourd'hui une dent, demain une oreille ; s'ils pouvaient trouver une sauce pour manger nos fressures comme celles des veaux, ils mangeraient du chrétien ! dit la vieille Bonnébault, qui montra au comte quand il passa son profil menaçant, mais auquel elle donna en un clin d'œil une expression hypocrite par un regard mielleux et une grimace douceâtre ; elle s'empressa en même temps de faire une profonde révérence.

— Vous glanez donc aussi, vous à qui ma femme fait cependant gagner bien de l'argent ?

— Eh ! mon cher monsieur, que Dieu vous conserve en bonne santé, mais, voyez-vous, mon gars me mange tout, et je sommes forcée de cacher ce peu de blé pour avoir du pain l'hiver..., j'en ramassons encore quelque peu..., ça aide !

Le glanage donna peu de chose aux glaneurs. En se sentant appuyés, les fermiers et les métayers firent bien scier leurs récoltes, veillèrent à la mise en gerbe et à l'enlèvement, en sorte qu'il n'y eut plus au moins l'abus et le pillage des années précédentes.

Habitués à trouver dans leurs glanes une certaine quantité de blé et l'y cherchant vainement cette fois, les faux comme les vrais indigents, qui avaient oublié le pardon de Couches, éprouvèrent un mécontente-

ment sourd qui fut envenimé par les Tonsard, par
Courtecuisse, par Bonnébault, Laroche, Vaudoyer,
Godain et leurs adhérents, dans les scènes de cabaret.
Ce fut pis encore après la vendange, car le hallebotage
ne commença qu'après les vignes vendangées et visi-
tées par Sibilet avec une rigueur remarquable. Cette
exécution exaspéra les esprits au dernier point ; mais
quand il existe un si grand espace entre la classe qui
se soulève et se courrouce et celle qui est menacée,
les paroles y meurent ; on ne s'aperçoit de ce qui s'y
passe que par les faits, les mécontents se livrant à un
travail souterrain à la manière des taupes.

La foire de Soulanges s'était passée d'une manière
assez calme, à l'exception de quelques tracasseries
entre la première et la seconde société de la ville,
suscitées par l'inquiet despotisme de la reine, qui ne
voulait pas tolérer l'empire qu'avait établi et fondé
la belle Euphémie Plissoud au cœur du brillant Lupin,
dont elle paraissait avoir fixé pour toujours les volages
ardeurs.

Le comte et la comtesse n'avaient paru ni à la foire
de Soulanges, ni à la fête de Tivoli, et cela leur fut
compté pour un crime par les Soudry, les Gaubertin
et leurs adhérents ; c'était de l'orgueil, c'était du
dédain, disait-on chez madame Soudry. Pendant
ce temps, la comtesse tâchait de combler le vide que
lui causait l'absence d'Émile, par l'immense intérêt
qui attache les belles âmes au bien qu'elles font, ou
qu'elles croient faire, et le comte, de son côté, s'appli-
quait avec non moins de zèle aux améliorations maté-
rielles dans la régie de sa terre, qui devaient selon lui
modifier aussi d'une manière favorable la position,
et de là, le caractère des habitants de cette contrée.
Aidée des conseils et de l'expérience de l'abbé Brossette, madame de Montcornet prenait peu à peu
une connaissance statistiquement exacte des familles

pauvres de la commune, de leurs positions respectives, de leurs besoins, de leurs moyens d'existence et de l'intelligence avec laquelle il fallait venir en aide à leur travail, sans les rendre eux-mêmes oisifs et paresseux.

La comtesse avait placé Geneviève Niseron, *la Péchina*, dans un couvent d'Auxerre, sous prétexte de lui faire apprendre assez de couture pour pouvoir l'employer chez elle, mais en réalité pour la soustraire aux infâmes tentatives de Nicolas Tonsard, que Rigou était parvenu à exempter du service militaire ; la comtesse pensait aussi qu'une éducation religieuse, la clôture et une surveillance monastique, sauraient dompter à la longue les passions ardentes de cette précoce petite fille dont le sang monténégrin lui apparaissait parfois comme une flamme menaçante, s'apprêtant de loin à incendier le bonheur domestique de sa fidèle Olympe Michaud.

Donc, on était tranquille au château des Aigues. Le comte, endormi par Sibilet, rassuré par Michaud, s'applaudissait de sa fermeté, remerciait sa femme d'avoir contribué par sa bienfaisance à l'immense résultat de leur tranquillité. La question de la vente du bois, le général se réservait de la résoudre à Paris en s'entendant avec des marchands. Il n'avait aucune idée de la manière dont se fait le commerce, et il ignorait complètement l'influence de Gaubertin sur le cours de l'Yonne, qui approvisionnait Paris en grande partie.

CHAPITRE VII

LE LÉVRIER

Vers le milieu du mois de septembre, Émile Blondet, qui était allé publier un livre à Paris, revint se délasser aux Aigues et y penser aux travaux qu'il projetait pour l'hiver. Aux Aigues, le jeune homme aimant et candide des premiers jours qui succèdent à l'adolescence, reparaissait chez ce journaliste usé.

Quelle belle âme! C'était le mot du comte et de la comtesse.

Les hommes habitués à rouler dans les abîmes de la nature sociale, à tout comprendre, à ne rien réprimer, se font une oasis dans le cœur ; ils oublient leurs perversités et celles d'autrui ; ils deviennent dans un cercle étroit et réservé de petits saints ; ils ont des délicatesses féminines, et se livrent à une réalisation momentanée de leur idéal, ils se font angéliques pour une seule personne qui les adore, et ils ne jouent pas la comédie ; ils mettent leur âme au vert pour ainsi dire ; ils ont besoin de se brosser leurs taches de boue, de guérir leurs plaies, de panser leurs blessures. Aux Aigues, Émile Blondet était sans venin et presque sans esprit, il ne disait pas une épigramme, il avait une douceur d'agneau, il était d'un platonique suave.

— C'est un si bon jeune homme, qu'il me manque

quand il n'est pas là, disait le général. Je voudrais bien qu'il fît fortune et ne menât pas sa vie de Paris...

Jamais le magnifique paysage et le parc des Aigues n'avaient été plus voluptueusement beaux qu'ils l'étaient alors. Aux premiers jours de l'automne, au moment où la terre, lasse de ses enfantements, débarrassée de ses productions, exhale d'admirables senteurs végétales [184], les bois surtout sont délicieux ; ils commencent à prendre ces teintes de vert bronzé, chaudes couleurs de terre de Sienne, qui composent les belles tapisseries sous lesquelles ils se cachent comme pour défier le froid de l'hiver.

La nature, après s'être montrée pimpante et joyeuse au printemps comme une brune qui espère, devient alors mélancolique et douce comme une blonde qui se souvient ; les gazons se dorent, les fleurs d'automne montrent leurs pâles corolles, les marguerites percent plus rarement les pelouses de leurs yeux blancs, on ne voit plus que calices violâtres. Le jaune abonde, les ombrages deviennent plus clairs de feuillage et plus foncés de teintes, le soleil, plus oblique déjà, y glisse des lueurs orangées et furtives, de longues traces lumineuses qui s'en vont vite comme les robes traînantes des femmes qui disent adieu.

Le second jour après son arrivée, un matin, Émile était à la fenêtre de sa chambre qui donnait sur une de ces terrasses à balcon moderne, d'où l'on découvrait une belle vue. Ce balcon régnait le long des appartements de la comtesse, sur la face qui regardait les forêts et les paysages de Blangy. L'étang, qu'on eût nommé un lac si les Aigues avaient été plus près de Paris, se voyait un peu, ainsi que son long canal ; la source, venue du pavillon du Rendez-vous, traversait une pelouse de son ruban moiré et pailleté par le sable.

Au-dehors du parc, on apercevait contre les villages
et les murs, les cultures de Blangy, quelques prairies
en pente où paissaient des vaches, des propriétés entou-
rées de haies, avec leurs arbres fruitiers, des noyers,
des pommiers, puis comme cadre les hauteurs, où
s'étalaient par étages les beaux arbres de la forêt. La
comtesse était sortie en pantoufles pour regarder les
fleurs de son balcon qui versaient leurs parfums du
matin ; elle avait un peignoir de batiste sous lequel
paraissait le rose de ses belles épaules ; un joli bonnet
coquet était posé d'une façon mutine sur ses cheveux
qui s'en échappaient follement, ses petits pieds brillaient en couleur de chair sous son bas transparent,
son peignoir flottait sans ceinture, et laissait voir un
jupon de batiste brodé, mal attaché sur sa paresseuse [185],
qui se voyait aussi, quand le vent entrouvrait le léger
peignoir.

— Ah! vous êtes là! dit-elle.

— Oui...

— Que regardez-vous ?

— Belle question! Vous m'avez arraché à la nature.
Dites donc, comtesse, voulez-vous faire ce matin,
avant de déjeuner, une promenade dans les bois ?...

— Quelle idée? Vous savez que j'ai la marche en
horreur.

— Nous ne marcherons que très peu ; je vous
conduirai en tilbury, nous emmènerons Joseph pour
le garder... Vous ne mettez jamais le pied dans votre
forêt ; et j'y remarque un singulier phénomène... il y
a par places une certaine quantité de têtes d'arbres
qui ont la couleur du bronze florentin, les feuilles sont
sèches...

— Eh! bien, je vais m'habiller...

— Nous ne serons pas partis dans deux heures!...
Prenez un châle, mettez un chapeau... des brodequins...
c'est tout ce qu'il faut... Je vais dire d'atteler.

— Il faut toujours faire ce que vous voulez... Je
viens dans l'instant.

— Général, nous allons promener [186]... Voulez-vous
venir ? dit Blondet en allant réveiller le comte qui fit
entendre le grognement d'un homme que le sommeil
du matin tient encore.

Un quart d'heure après, le tilbury roulait lentement
sur les allées du parc, suivi à distance par un grand
domestique en livrée.

La matinée était une matinée de septembre. Le bleu
foncé du ciel éclatait par places au milieu des nuages
pommelés qui semblaient le fond, et l'éther ne paraissait que l'accident ; il y avait de longues lignes d'outre-
mer à l'horizon, mais par couches qui alternaient avec
d'autres nuages à grains de sable ; ces tons changeaient
et verdissaient au-dessus des forêts. La terre, sous
cette couverture, était tiède comme une femme à son
lever, elle exhalait des odeurs suaves et chaudes, mais
sauvages ; l'odeur des cultures était mêlée à l'odeur
des forêts. L'*Angelus* sonnait à Blangy, et les sons de
la cloche, se mêlant au bizarre concert des bois, donnaient de l'harmonie au silence. Il y avait par places
des vapeurs montantes, blanches et diaphanes. En
voyant ces beaux apprêts, il avait pris fantaisie à
Olympe d'accompagner son mari qui devait aller
donner un ordre à un des gardes dont la maison n'était
pas éloignée ; le médecin de Soulanges lui avait recommandé de marcher sans se fatiguer, elle craignait la
chaleur de midi, et ne voulait pas se promener le soir ;
Michaud emmena sa femme et fut suivi par celui de
ses chiens qu'il aimait le plus, un joli lévrier gris de
souris marqué de taches blanches, gourmand comme
tous les lévriers, plein de défauts comme un animal
qui sait qu'on l'aime et qu'il plaît.

Ainsi, quand le tilbury vint à la grille du Rendez-
vous, la comtesse, qui demanda comment allait ma-

dame Michaud, sut qu'elle était allée dans la forêt avec son mari.

— Ce temps-là inspire tout le monde, dit Blondet en lançant son cheval dans une des six avenues de la forêt, au hasard.

— Ah çà! Joseph, tu connais les bois!

— Oui, monsieur.

Et d'aller! Cette avenue était une des plus délicieuses de la forêt ; elle tourna bientôt en se rétrécissant et devint un sentier sinueux où le soleil descendait par les déchiquetures du toit de feuillages qui l'embrassait comme un berceau et où la brise apportait les senteurs du serpolet, des lavandes et des menthes sauvages, des rameaux flétris et des feuilles qui tombent en rendant un soupir ; les gouttes de rosée, semées dans l'herbe et sur les feuilles, s'égrenaient tout autour, au passage de la légère voiture, et à mesure qu'elle allait, les promeneurs entrevoyaient les fantaisies mystérieuses du bois : ces fonds frais, où la verdure est humide et sombre, où la lumière se veloute en s'y perdant ; ces clairières à bouleaux élégants, dominés par un arbre centenaire, l'hercule de la forêt ; ces magnifiques assemblages de troncs noueux, moussus, blanchâtres, à sillons creux, qui estompent des maculatures gigantesques, et cette bordure d'herbes fines, de fleurs grêles qui viennent sur les berges des ornières. Les ruisseaux chantaient. Certes, il y a des voluptés inouïes à conduire une femme qui, dans les hauts et bas des allées glissantes, où la terre est tapissée de mousse, fait semblant d'avoir peur ou réellement a peur, et se colle à vous, et vous fait sentir une pression involontaire ou calculée de la fraîche moiteur de son bras, du poids de sa grasse et blanche épaule, et qui se met à sourire si l'on vient à lui dire qu'elle empêche de conduire. Le cheval semble être dans le secret de ces interruptions, il regarde à droite et à gauche.

Ce spectacle nouveau pour la comtesse, cette nature si vigoureuse en ses effets, si peu connue et si grande, la plongea dans une rêverie molle ; elle s'accota sur le tilbury et se laissa aller au plaisir d'être auprès d'Émile ; ses yeux étaient occupés, son cœur parlait, elle répondait à cette voix intérieure en harmonie avec la sienne ; lui aussi il la regardait à la dérobée, et il jouissait de cette méditation rêveuse, pendant laquelle les rubans de la capote s'étaient dénoués et livraient au vent du matin les boucles soyeuses de la chevelure blonde avec un abandon voluptueux. Comme ils allaient au hasard, ils arrivèrent à une barrière fermée, ils n'en avaient pas la clef ; on appela Joseph, chez lui, pas de clef non plus.

— Eh ! bien, promenons-nous, Joseph gardera le tilbury, nous le retrouverons bien...

Émile et la comtesse s'enfoncèrent dans la forêt, et ils parvinrent à un petit paysage intérieur, comme il s'en rencontre souvent dans les bois. Vingt ans auparavant, les charbonniers ont fait là leur charbonnière, et la place est restée battue ; tout y a été brûlé dans une circonférence assez vaste. En vingt ans la nature a pu faire là le jardin de ses fleurs, un parterre pour elle, comme un jour un artiste se donne le plaisir de peindre pour soi un tableau. Cette délicieuse corbeille est entourée de beaux arbres, dont les couronnes retombent en vastes franges ; ils dessinent un immense baldaquin à cette couche où repose la déesse. Les charbonniers ont été par un sentier chercher de l'eau dans une fondrière, une mare toujours pleine, où l'eau est pure. Ce sentier subsiste, il vous invite à descendre par un tournant plein de coquetterie, et tout à coup il est déchiré ; il vous montre un pan coupé où mille racines descendent à l'air en formant comme un canevas à tapisserie. Cet étang inconnu est bordé d'un gazon plat, serré ; il y a là quelques peupliers, quelques

saules protégeant de leur léger ombrage le banc de
gazon que s'y est construit un charbonnier méditatif
ou paresseux. Les grenouilles sautent chez elles, les
sarcelles s'y baignent, les oiseaux aquatiques arrivent
et partent, un lièvre s'en va ; vous êtes maître de cette
adorable baignoire parée des joncs vivants les plus
magnifiques. Sur vos têtes les arbres se posent dans
des attitudes diverses ; ici, des troncs qui descendent
en forme de boa constrictor, là, des fûts de hêtres
droits comme des colonnes grecques. Les limaçons
ou les limaces se promènent en paix. Une tanche vous
montre son museau, l'écureuil vous regarde. Enfin,
quand Émile et la comtesse, fatigués, se furent assis, un
oiseau, je ne sais lequel [187], fit entendre un chant d'automne, un chant d'adieu que tous les oiseaux écoutèrent, un de ces chants fêtés avec amour, et qui s'entendent par tous les organes à la fois.

— Quel silence ! dit la comtesse émue et à voix
basse, comme pour ne pas troubler cette paix.

Ils regardèrent les taches vertes de l'eau qui sont
des mondes où la vie s'organise ; ils se montraient le
lézard jouant au soleil et s'enfuyant à leur approche,
conduite par laquelle il a mérité le nom d'ami de
l'homme ; il prouve ainsi combien il le connaît, dit
Émile. Ils se montraient les grenouilles, qui, plus
confiantes, revenaient à fleur d'eau sur des lits de
cresson, en faisant étinceler leurs yeux d'escarboucles.
La poésie simple et suave de la nature s'infiltrait dans
ces deux âmes blasées sur les choses factices du monde
et les pénétrait d'une émotion contemplative...
Quand tout à coup Blondet tressaillit, et se penchant
à l'oreille de la comtesse : « Entendez-vous ?... lui
dit-il.

— Quoi ?

— Un bruit singulier...

— Voilà bien les gens littéraires et de cabinet, qui

ne savent rien de la campagne ; c'est un pivert qui fait son trou... Je gage que vous ne savez même pas le trait le plus curieux de l'histoire de cet oiseau ; dès qu'il a donné un coup de bec, et il en donne des milliers pour creuser un chêne deux fois plus gros que votre corps, il va voir derrière s'il a percé l'arbre, et il y va à chaque instant.

— Ce bruit, chère institutrice d'histoire naturelle, n'est pas le bruit fait par un animal ; il y a là je ne sais quoi d'intelligent qui annonce l'homme.

La comtesse fut saisie d'une peur panique ; elle se sauva dans la corbeille de fleurs en reprenant son chemin, et voulut quitter la forêt.

— Qu'avez-vous... lui cria Blondet, inquiet, en courant après elle.

— Il m'a semblé voir des yeux... dit-elle quand elle eut regagné un des sentiers par lesquels ils étaient venus à la charbonnière. En ce moment, ils entendirent la sourde agonie d'un être égorgé subitement, et la comtesse, dont la peur redoubla, se sauva si vivement, que Blondet put à peine la suivre. Elle courait, elle courait comme un feu follet ; elle n'entendit pas Émile qui lui criait : « Vous vous trompez... » Elle courait toujours. Blondet put arriver sur ses pas, et ils continuèrent ainsi à courir de plus en plus en avant. Enfin, ils furent arrêtés par Michaud et sa femme qui venaient bras dessus bras dessous. Émile essoufflé, la comtesse hors d'haleine, furent quelque temps sans pouvoir parler, puis ils s'expliquèrent. Michaud se joignit à Blondet pour se moquer des terreurs de la comtesse, et le garde remit les deux promeneurs égarés dans le chemin pour regagner le tilbury. En arrivant à la barrière, madame Michaud appela :

— Prince !

— Prince ! Prince ! cria le garde ; et il siffla, resiffla, point de lévrier.

Émile parla des singuliers bruits qui avaient commencé l'aventure.

— Ma femme a entendu ce bruit, dit Michaud, et je
me suis moqué d'elle.

— On a tué Prince! s'écria la comtesse, j'en suis
sûre maintenant, et on l'a tué en lui coupant la gorge
d'un seul coup ; car ce que j'ai entendu était le dernier
gémissement d'une bête expirante.

— Diable! dit Michaud, la chose vaut la peine d'être
éclaircie.

Émile et le garde laissèrent les deux dames avec
Joseph et les chevaux, et retournèrent au bosquet
naturel établi sur l'ancienne charbonnière. Ils descendirent à la mare ; ils en fouillèrent les talus, et ne
trouvèrent aucun indice. Blondet était remonté le
premier ; il vit dans une des touffes d'arbres de l'étage
supérieur un de ces arbres à feuillage desséché ; il le
montra à Michaud, et il voulut aller le voir. Tous deux
s'élancèrent en droite ligne à travers la forêt, évitant
les troncs, tournant les buissons de ronces et de houx
impénétrables, et trouvèrent l'arbre.

— C'est un bel orme! dit Michaud ; mais c'est un
ver, un ver qui a fait le tour de l'écorce au pied, et il
se baissa, prit l'écorce et la leva : « Tenez, voyez quel
travail! »

— Il y a beaucoup de vers dans votre forêt, dit
Blondet.

En ce moment, Michaud aperçut à quelques pas une
tache rouge, et plus loin la tête de son lévrier. Il poussa
un soupir : « Les gredins ! Madame avait raison. »

Blondet et Michaud allèrent voir le corps, et trouvèrent que, selon les observations de la comtesse, on
avait tranché le cou à Prince, et, pour l'empêcher
d'aboyer, on l'avait amorcé avec un peu de petit salé
qu'il tenait entre sa langue et le voile du palais.

— Pauvre bête, elle a péri par où elle péchait!

— Absolument comme un prince, répliqua Blondet.

— Il y avait là quelqu'un qui a filé, ne voulant pas être surpris par nous, dit Michaud, et qui conséquemment faisait un délit grave ; mais je ne vois point de branches ni d'arbres coupés.

Blondet et le garde se mirent à fureter avec précaution, regardant la place où ils posaient un pied avant de le poser. A quelques pas, Blondet montra un arbre devant lequel l'herbe était foulée, abattue, et deux creux marqués.

— Il y avait là quelqu'un d'agenouillé, et c'était une femme ; car les jambes d'un homme ne laisseraient pas, à partir des deux genoux, une aussi ample quantité d'herbe couchée ; voici le dessin de la jupe...

Le garde, après avoir examiné le pied de l'arbre, rencontra le travail d'un trou commencé ; mais sans trouver ce ver de peau forte, luisante, squameuse, formée de points bruns, terminé par une extrémité déjà semblable à celle des hannetons, et dont il a la tête, les antennes, et deux crocs nerveux avec lesquels il coupe les racines.

— Mon cher, je comprends maintenant la grande quantité d'arbres *morts* que j'ai remarqués ce matin de la terrasse du château et qui m'a fait venir ici pour chercher la cause de ce phénomène. Les vers se remuent ; mais ce sont vos paysans qui sortent du bois...

Le garde laissa échapper un juron, et il courut, suivi de Blondet, rejoindre la comtesse en la priant d'emmener sa femme avec elle. Il prit le cheval de Joseph, qu'il laissa regagner le château à pied, et il disparut avec une excessive rapidité pour couper le chemin à la femme qui venait de tuer son chien, et la surprendre avec la serpe ensanglantée et l'outil à faire les incisions au tronc. Blondet s'assit entre la comtesse et madame Michaud, et leur raconta la fin de Prince et la triste découverte qu'il avait occasionnée.

— Mon Dieu, disons-le au général avant qu'il ne déjeune! s'écria la comtesse ; il pourrait mourir de colère.

— Je le préparerai, dit Blondet.

— Ils ont tué le chien, dit Olympe en essuyant ses larmes.

— Vous aimiez donc bien ce pauvre lévrier, ma chère, dit la comtesse, pour le pleurer ainsi ?...

— Je ne pense à Prince que comme un funeste présage ; je tremble qu'il n'arrive malheur à mon mari!

— Comme ils nous ont gâté cette matinée! dit la comtesse avec une petite moue adorable.

— Comme ils gâtent le pays! répondit tristement la jeune femme. Ils trouvèrent le général à la grille.

— D'où venez-vous donc ? dit-il.

— Vous allez le savoir, répondit Blondet d'un air mystérieux en faisant descendre madame Michaud, dont la tristesse frappa le comte.

Un instant après, le général et Blondet étaient sur la terrasse des appartements.

— Vous êtes bien suffisamment muni de courage moral, vous ne vous mettrez pas en colère... n'est-ce pas ?

— Non, dit le général ; mais finissez-en, ou je croirais que vous voulez vous moquer de moi...

— Voyez-vous ces arbres à feuillages morts ?

— Oui.

— Voyez-vous ceux qui sont pâles ?

— Oui.

— Eh! bien, autant d'arbres morts, autant de tués par ces paysans que vous croyez avoir gagnés par vos bienfaits.

Et Blondet raconta les aventures de la matinée.

Le général était si pâle qu'il effraya Blondet.

— Eh bien! jurez, sacrez, emportez-vous, votre

contraction peut vous faire encore plus de mal que la colère.

— Je vais fumer, dit le comte, qui alla à son kiosque.

Pendant le déjeuner, Michaud revint ; il n'avait pu rencontrer personne. Sibilet, mandé par le comte, vint aussi.

— Monsieur Sibilet, et vous, monsieur Michaud, faites savoir, avec prudence, dans le pays, que je donne mille francs à celui qui me fera saisir en flagrant délit ceux qui tuent ainsi mes arbres ; il faut connaître l'outil dont ils se servent, où ils l'ont acheté, et j'ai mon plan.

— Ces gens-là ne se vendent jamais, dit Sibilet, quand il y a des crimes commis à leur profit et prémédités ; car on ne peut nier que cette invention diabolique n'ait été réfléchie, combinée...

— Oui, mais mille francs pour eux, c'est un ou deux arpents de terre.

— Nous essayerons, dit Sibilet ; à quinze cents je réponds de trouver un traître, surtout si on lui garde le secret.

— Mais faisons comme si nous ne savions rien, moi surtout ; il faut plutôt que ce soit vous qui vous soyez aperçu de cela à mon insu, sans quoi nous serions victimes de quelque combinaison ; il faut plus se défier de ces brigands-là que de l'ennemi en temps de guerre.

— Mais c'est l'ennemi, dit Blondet.

Sibilet lui jeta le regard en dessous de l'homme qui comprenait la portée du mot, et il se retira.

— Votre Sibilet, je ne l'aime pas, reprit Blondet quand il l'eut entendu quitter la maison, c'est un homme faux.

— Jusqu'à présent, il n'y a rien à en dire, répondit le général.

Blondet se retira pour aller écrire des lettres. Il
avait perdu l'insouciante gaieté de son premier séjour,
il était inquiet et préoccupé ; ce n'était pas en lui des
pressentiments comme chez madame Michaud, c'était
plutôt une attente de malheurs prévus et certains. Il
se disait : Tout cela finira mal ; et si le général ne prend
pas un parti décisif et n'abandonne pas un champ de
bataille où il est écrasé par le nombre, il y aura bien
des victimes ; qui sait même s'il pourra s'en tirer sain
et sauf, lui et sa femme ? Mon Dieu ! cette créature si
adorable, si dévouée, si parfaite, l'exposer ainsi !... Et
il croit l'aimer ! Eh ! bien, je partagerai leurs périls,
et si je ne puis les sauver, je périrai avec eux !

CHAPITRE VIII

VERTUS CHAMPÊTRES

A la nuit, Marie Tonsard était sur la route de Soulanges, assise sur la marge d'un ponceau de la route,
attendant Bonnébault, qui avait passé, suivant son
habitude, la journée au café. Elle l'entendit de loin,
et son pas lui indiqua qu'il était ivre et qu'il avait
perdu, car il chantait quand il avait gagné.

— Est-ce toi, Bonnébault ?

— Oui, petite...

— Qu'as-tu ?

— Je dois vingt-cinq francs, et l'on me tordrait
bien vingt-cinq fois le cou avant que je les trouve.

— Eh ! bien, nous pourrons en avoir cinq cents, lui
dit-elle à l'oreille.

— Oh ! il s'agit de tuer quelqu'un ; mais je veux
vivre...

— Tais-toi donc, Vaudoyer nous les donne, si tu
lui fais prendre ta mère à un arbre.

— J'aime mieux tuer un homme que de vendre ma
mère. Toi, tu as ta grand-mère, la Tonsard, pourquoi
ne la livres-tu pas ?

— Si je le tentais, mon père se fâcherait et il empêcherait les farces.

— C'est vrai ; c'est égal, ma mère n'ira pas en pri-

son; pauvre vieille! elle me cuit mon pain, elle me
trouve des hardes, je ne sais comment... Aller en
prison... et cela par moi! je n'aurais ni cœur ni entrailles, non, non. Et de peur qu'on ne la vende, je
vas lui dire ce soir de ne plus cercler les arbres...

— Eh! bien, mon père fera ce qu'il voudra, je lui
dirai qu'il y a cinq cents francs à gagner, et il deman-
dera à ma grand-mère si elle le veut. C'est qu'on ne
mettra jamais une femme de soixante-dix ans en
prison. D'ailleurs, elle y serait mieux, au fond, que
dans son grenier...

— Cinq cents francs!... J'en parlerai à ma mère, dit
Bonnébault ; au fait, si ça l'arrange de me les donner,
je lui en laisserai quelque chose pour vivre en prison ;
elle filera, elle s'amusera, elle y sera bien nourrie, bien
abritée, elle aura bien moins de soucis qu'à Couches. A
demain, petite... je n'ai pas le temps de causer avec toi.

Le lendemain, à cinq heures du matin, au petit
jour, Bonnébault et sa mère frappaient à la porte du
Grand-I-Vert, où la vieille mère Tonsard seule était
levée.

— Marie! cria Bonnébault, l'affaire est faite.

— Est-ce l'affaire d'hier pour les arbres? dit la
vieille Tonsard ; tout est arrangé, c'est moi qui la
prends.

— Par exemple! Mon garçon a promesse d'un arpent pour ce prix-là, de monsieur Rigou...

Les deux vieilles se disputèrent à qui serait vendue
par ses enfants. Au bruit de la querelle, la maison
s'éveilla. Tonsard et Bonnébault prirent chacun parti
pour leurs mères.

— Tirez à la courte paille, dit madame Tonsard la
bru.

La courte paille décida pour le cabaret. Trois jours
après, au point du jour, les gendarmes emmenèrent
du fond de la forêt à La-Ville-aux-Fayes, la vieille

Tonsard surprise en flagrant délit par le garde-général et ses adjoints, et par le garde-champêtre, avec une mauvaise lime qui servait à déchirer l'arbre, et un chasse-clou avec lequel les délinquants lissaient cette hachure annulaire, comme l'insecte lisse son chemin. On constata, dans le procès-verbal, l'existence de cette perfide opération sur soixante arbres, dans un rayon de cinq cents pas. La vieille Tonsard fut transférée à Auxerre ; le cas était de la juridiction de la Cour d'Assises.

Quand Michaud vit au pied de l'arbre la vieille Tonsard, il ne put s'empêcher de dire : « Voilà les gens sur qui monsieur et madame la comtesse versent leurs bienfaits!... Ma foi! si madame m'écoutait, elle ne donnerait pas de dot à la petite Tonsard, elle vaut encore moins que sa grand-mère... »

La vieille leva vers Michaud ses yeux gris et lui lança un regard venimeux. En effet, en apprenant quel était l'auteur de ce crime, le comte défendit à sa femme de rien donner à Catherine Tonsard.

— Monsieur le Comte fera d'autant mieux, dit Sibilet, que j'ai su que le champ que Godain a acheté, c'était trois jours avant que Catherine vînt parler à madame. Ainsi ces deux gens-là avaient compté sur l'effet de cette scène et sur la compassion de madame. Elle est bien capable, Catherine, de s'être mise dans le cas où elle était, pour avoir un motif d'avoir la somme, car Godain n'est pour rien dans l'affaire...

— Quelles gens! dit Blondet, les mauvais sujets de Paris sont des saints...

— Ah! monsieur, dit Sibilet, l'intérêt fait commettre des horreurs partout. Savez-vous qui a trahi la Tonsard ?

— Non!

— Sa petite-fille Marie ; elle était jalouse du mariage de sa sœur, et pour s'établir...

— C'est épouvantable! dit le comte ; mais ils assas-
sineraient donc ?

— Oh! dit Sibilet, pour peu de chose ; ils tiennent
si peu à la vie, ces gens-là ; ils s'ennuient de toujours
travailler. Oh! monsieur, il ne se passe pas, au fond
des campagnes, des choses plus régulières que dans
Paris ; mais vous ne le croiriez pas.

— Soyez donc bon et bienfaisant! dit la comtesse.

Le soir de l'arrestation, Bonnébault vint au cabaret
du Grand-I-Vert, où toute la famille Tonsard était
en grande jubilation.

— Oui, oui, réjouissez-vous, je viens d'apprendre
par Vaudoyer que, pour vous punir, la comtesse retire
les mille francs promis à la Godain ; son mari ne veut pas
qu'elle les donne.

— C'est ce gredin de Michaud qui le lui a conseillé,
dit Tonsard, ma mère l'a entendu, elle me l'a dit à
La-Ville-aux-Fayes où je suis allé lui porter de l'argent et toutes ses affaires. Eh! bien, qu'elle ne les
donne pas ; nos cinq cents francs aideront la Godain
à payer le terrain, et nous nous vengerons de ça, nous
deux Godain... Ah! Michaud se mêle de nos petites
affaires! ça lui rapportera plus de mal que de bien...
Qué que ça lui fait, je vous le demande ? ça se passe-t-il
dans ses bois ? C'est lui pourtant qu'est l'auteur de
tout ce tapage-là... aussi vrai que c'est lui qu'a découvert la mèche le jour où ma mère a coupé le sifflet à son
chien. Et si je me mêlais des affaires du château, moi!
si je disais au général que sa femme se promène le
matin dans les bois avec un jeune homme, sans craindre la rosée ; faut avoir les pieds chauds pour ça...

— Le général, le général, dit Courtecuisse, on en
ferait tout ce qu'on voudrait, mais c'est Michaud qui
lui monte la tête... un faiseur d'ambarras... quoi! qui
ne sait rien de son métier ; de mon temps, ça allait
tout autrement.

— Oh! dit Tonsard, c'était alors le bon temps pour tous... dis donc Vaudoyer?

— Le fait est, répondit celui-ci, que si Michaud n'y était plus, nous serions tranquilles.

— Assez causé, dit Tonsard, nous parlerons de cela plus tard, au clair de lune, en plein champ.

Vers la fin d'octobre, la comtesse partit et laissa le général aux Aigues ; il ne devait la rejoindre que beaucoup plus tard ; elle ne voulait pas perdre la première représentation au Théâtre-Italien ; elle se trouvait d'ailleurs seule et ennuyée, elle n'avait plus la société d'Émile qui l'aidait à passer les moments où le général courait la campagne et allait à ses affaires.

Novembre fut un vrai mois d'hiver, sombre et gris, entrecoupé de froid et de dégel, de neige et de pluie. L'affaire de la vieille Tonsard avait nécessité le voyage des témoins, et Michaud était allé déposer. Monsieur Rigou s'était intéressé à cette vieille femme ; il lui avait donné un avocat qui s'appuya, dans sa défense, de la seule déposition des témoins intéressés et de l'absence de tout témoin à décharge ; mais les témoignages de Michaud et de ses gardes, corroborés de ceux du garde-champêtre et de deux des gendarmes, décidèrent la question ; la mère de Tonsard fut condamnée à cinq ans de prison, et l'avocat dit à Tonsard fils :

— C'est la déposition de Michaud qui vous vaut cela.

CHAPITRE IX

LA CATASTROPHE

Un samedi soir, Courtecuisse, Bonnébault, Godain, Tonsard, ses filles, sa femme, le père Fourchon, Vaudoyer et plusieurs manouvriers étaient à souper dans le cabaret, il faisait un demi-clair de lune, et une de ces gelées qui rendent le terrain sec ; la première neige était fondue, ainsi les pas d'un homme dans la campagne ne laissaient point de ces traces au moyen desquelles on finit, dans les cas graves, par avoir des indices sur les délits. Ils mangeaient un ragoût fait avec des lièvres pris au collet ; on riait, on buvait, c'était le lendemain des noces de la Godain, que l'on devait reconduire chez elle. Sa maison n'était pas loin de celle de Courtecuisse. Quand Rigou vendait un arpent de terre, c'est qu'il était isolé et près des bois. Courtecuisse et Vaudoyer avaient leurs fusils pour reconduire la mariée ; tout le pays était endormi, pas une lumière ne se voyait. Il n'y avait que cette noce d'éveillée et qui tapageait de son mieux. A cette heure la vieille Bonnébault entra, chacun la regarda.

— La femme, dit-elle à l'oreille de Tonsard et de son fils, a l'air de vouloir accoucher. Il vient de faire seller son cheval et il va quérir le docteur Gourdon, à Soulanges.

— Asseyez-vous, la mère, lui dit Tonsard, qui lui donna sa place à table et alla se coucher sur un banc.

En ce moment on entendit le bruit d'un cheval au galop qui passa rapidement sur le chemin. Tonsard, Courtecuisse et Vaudoyer sortirent brusquement et virent Michaud qui allait par le village.

— Comme il entend son affaire! dit Courtecuisse, il a descendu le long du perron, il prend par Blangy et la route, c'est le plus sûr...

— Oui, dit Tonsard, mais il amènera monsieur Gourdon.

— Il ne le trouvera peut-être pas, dit Courtecuisse ; on l'attendait à Couches, pour la bourgeoise de la poste, qui fait déranger le monde à cette heure.

— Mais alors il ira par la grand-route de Soulanges à Couches, et c'est le plus court.

— Et c'est le plus sûr pour nous, dit Courtecuisse; il fait en ce moment un joli clair de lune, sur la grande route il n'y a pas de gardes comme dans les bois, on entend de loin, et des pavillons, là, derrière les haies, à l'endroit où elles joignent le petit bois, on peut tirer sur un homme par-derrière comme sur un lapin, à cinq pas...

— Il sera onze heures et demi quand il passera là, dit Tonsard, il va mettre une demi-heure pour aller à Soulanges, et autant pour revenir là... Ah çà! mes enfants, si monsieur Gourdon était sur la route...

— Ne t'inquiète donc pas, dit Courtecuisse, moi je serai à dix minutes de toi, sur la route à droite de Blangy, tirant sur Soulanges, Vaudoyer sera à dix minutes de toi, tirant sur Couches, et s'il vient quelqu'un, une voiture de poste, la malle, les gendarmes, enfin qui que ce soit, nous tirerons un coup en terre, un coup étouffé.

— Et si je le manque?...

— Il a raison, dit Courtecuisse ; je suis meilleur

tireur que toi, Vaudoyer, j'irai avec toi, Bonnébault
me remplacera, il jettera un cri, ça se fait mieux
entendre et c'est moins suspect.

Tous trois rentrèrent, la noce continua; seulement
à onze heures, Vaudoyer, Courtecuisse, Tonsard et
Bonnébault sortirent avec leurs fusils sans qu'aucune
des femmes y fît attention. Ils revinrent d'ailleurs
trois quarts d'heure après, et se mirent à boire jusqu'à
une heure du matin. Les deux filles Tonsard, leur mère
et la Bonnébault avaient tant fait boire le meunier, les
manouvriers et les deux paysans, ainsi que Fourchon,
père de la Tonsard, qu'ils étaient couchés par terre, et
ronflaient quand les quatre convives partirent; à leur
retour, on secoua les dormeurs, qu'ils retrouvèrent
chacun à sa place.

Pendant que cette orgie allait son train, le ménage
de Michaud était dans les plus mortelles angoisses.
Olympe avait eu de fausses douleurs, et son mari,
pensant qu'elle allait accoucher, était parti en toute
hâte et sur-le-champ pour aller chercher le médecin.
Mais les douleurs de la pauvre femme se calmèrent
aussitôt que Michaud fut dehors, car son esprit se
préoccupa tellement des dangers que pouvait courir
son mari à cette heure avancée dans un pays ennemi et
rempli de vauriens déterminés, que cette angoisse de
l'âme fut assez puissante pour amortir et dominer
momentanément les souffrances physiques. Sa servante avait beau lui répéter que ces craintes étaient
imaginaires, elle n'avait pas l'air de la comprendre et
restait dans sa chambre au coin de son feu, prêtant
l'oreille à tous les bruits du dehors ; et, dans sa terreur
qui s'accroissait de seconde en seconde, elle avait fait
lever le domestique dans l'intention de donner un
ordre qu'elle ne donnait pas. La pauvre petite femme
allait et venait dans une agitation fébrile ; elle regardait à ses croisées, elle les ouvrait malgré le froid ;

elle descendait, elle ouvrait la porte de la cour, elle regardait au loin, elle écoutait... rien... toujours rien, disait-elle, et elle remontait désespérée.

A minuit un quart environ, elle s'écria : « Le voici, j'entends son cheval ! » et elle descendit suivie du domestique, qui se mit en devoir d'ouvrir la grille. C'est singulier, dit-elle, il revient par les bois de Couches. Puis, elle resta comme frappée d'horreur, immobile, sans voix. Le domestique partagea cet effroi, car il y avait dans le galop furieux du cheval et dans le claquement des étriers vides qui sonnaient, je ne sais quoi de désordonné, accompagné de ces hennissements significatifs que les chevaux poussent quand ils vont seuls. Bientôt, trop tôt pour la malheureuse femme, le cheval arriva à la grille, haletant et trempé de sueur, mais seul ; il avait cassé ses brides, dans lesquelles il s'était sans doute empêtré. Olympe regarda d'un air hagard le domestique ouvrir la grille : elle vit le cheval, et, sans dire un mot, elle se mit à courir au château comme une folle ; elle y arriva, elle tomba sous les fenêtres du général en criant : « Monsieur, ils l'ont assassiné !... »

Ce cri fut si terrible, qu'il réveilla le comte ; il sonna, mit toute la maison sur pied, et les gémissements de madame Michaud, qui accouchait par terre d'un enfant mort en naissant, attirèrent le général et ses gens. On releva la pauvre femme mourante, elle expira en disant au général : « Ils l'ont tué ! »

— Joseph ! cria le comte à son valet de chambre, courez chercher le médecin, peut-être y aurait-il encore quelque ressource... Non, demandez plutôt à monsieur le curé de venir, car cette pauvre femme est bien morte et son enfant aussi... Mon Dieu ! mon Dieu ! quel bonheur que ma femme ne soit pas ici !... Et vous, dit-il au jardinier, allez voir ce qui s'est passé.

— Il s'est passé, dit le domestique du pavillon, que

le cheval de monsieur Michaud vient de rentrer tout
seul, les brides cassées, les jambes en sang... Il y a une
tache de sang sur la selle, comme une coulure.

— Que faire la nuit ? dit le comte. Allez réveiller
Groison, allez chercher les gardes, sellez les chevaux,
et nous battrons la campagne.

Au petit jour, huit personnes, le comte, Groison,
les trois gardes et deux gendarmes venus de Soulanges
avec le maréchal-des-logis, explorèrent le pays. On
finit par trouver, au milieu de la journée, le corps du
garde-général dans un bouquet de bois, entre la grande
route et la route de La-Ville-aux-Fayes, au bout du
parc des Aigues, à cinq cents pas de la grille de Couches. Deux gendarmes partirent, l'un par La-Ville-aux-
Fayes, chercher le Procureur du roi, et l'autre par
Soulanges, chercher le juge de paix. En attendant, le
général fit un procès-verbal, aidé par le maréchal-des-
logis. On trouva sur la route l'empreinte du piétinement d'un cheval qui s'était cabré, à la hauteur du
second pavillon, et les traces vigoureuses du galop
d'un cheval effrayé jusqu'au premier sentier du bois
au-dessous de la haie. Le cheval n'étant plus guidé
avait pris par là ; le chapeau de Michaud fut trouvé
dans ce sentier. Pour revenir à son écurie, le cheval
avait pris le chemin le plus court. Michaud avait une
balle dans le dos, la colonne vertébrale était brisée.

Groison et le maréchal-des-logis étudièrent avec
une sagacité remarquable le terrain autour du piétinement qui indiquait ce qu'en style judiciaire on nomme
le théâtre du crime, et ils ne purent découvrir aucun
indice. La terre était trop gelée pour garder l'empreinte
des pieds de celui qui avait tué Michaud ; ils trouvèrent seulement le papier d'une cartouche. Quand le
Procureur du roi, le juge d'instruction et monsieur
Gourdon vinrent pour relever le corps et en faire l'au-
topsie, il fut constaté que la balle, qui s'accordait avec

les débris de la bourre, était une balle de fusil de munition [188], tirée avec un fusil de munition, et il n'existait
pas un seul fusil de munition dans la commune de
Blangy. Le juge d'instruction et monsieur Soudry, le
Procureur du roi, le soir, au château, furent d'avis de
réunir les éléments de l'instruction et d'attendre. Ce fut
aussi l'avis du maréchal-des-logis et du lieutenant de
la gendarmerie de La-Ville-aux-Fayes.

— Il est impossible que ce ne soit pas un coup monté
entre les gens du pays, dit le maréchal-des-logis ; mais
il y a deux communes, Couches et Blangy, et il y a dans
chacune cinq à six gens capables d'avoir fait le coup.
Celui que je soupçonnerais le plus, Tonsard, a passé la
nuit à godailler ; mais votre adjoint, mon général, était
de la noce ; Langlumé, votre meunier, il ne les a pas
quittés ; ils étaient gris à ne pas se tenir ; ils ont reconduit la mariée à une heure et demie, et l'arrivée du
cheval annonce que Michaud a été assassiné entre onze
heures et minuit. A dix heures et un quart, Groison a
vu toute la noce attablée, et monsieur Michaud a passé
par là pour aller à Soulanges, où il est venu à onze
heures. Son cheval s'est cabré entre les pavillons de
la route ; mais il peut avoir reçu le coup avant Blangy
et s'être tenu pendant quelque temps. Il faut décerner
des mandats contre vingt personnes au moins, arrêter
tous les suspects ; mais ces messieurs connaissent les
paysans comme je les connais ; vous les tiendrez pendant un an en prison, vous n'en aurez rien que des
dénégations. Que voulez-vous faire à tous ceux qui
étaient chez Tonsard ?

On fit venir Langlumé, le meunier et l'adjoint du
général Montcornet, et il raconta sa soirée : ils étaient
tous dans le cabaret ; on n'en était sorti que pour
quelques instants dans la cour... Il y était allé avec
Tonsard sur les onze heures ; ils avaient parlé de la lune
et du temps ; ils n'avaient rien entendu. Il nomma tous

les convives ; aucun d'eux n'avait quitté le cabaret. A
deux heures, ils avaient tous reconduit les mariés chez
eux.

Le général convint avec le maréchal-des-logis, le
lieutenant de la gendarmerie et le Procureur du roi,
d'envoyer de Paris un habile de la Police de sûreté, qui
viendrait au château, comme ouvrier, et qui se condui-
rait assez mal pour être renvoyé ; il boirait, deviendrait
assidu au Grand-I-Vert, et resterait dans le pays mécontent du général. C'était le meilleur plan à suivre
pour guetter une indiscrétion et la saisir au vol.

— Quand je devrais y dépenser vingt mille francs,
je finirai par découvrir le meurtrier de mon pauvre
Michaud... répétait sans se lasser le général Montcornet. Il partit avec cette idée et revint de Paris, au
mois de janvier, avec un des plus rusés acolytes du
chef de la Police de sûreté, qui s'installa pour diriger
soi-disant les travaux d'intérieur du château, et qui
braconna. On fit des procès-verbaux contre lui, le
général le mit à la porte et revint à Paris au mois de
février.

CHAPITRE X

LE TRIOMPHE DES VAINCUS

Au mois de mai, quand la belle saison fut venue, et
que les Parisiens furent arrivés aux Aigues, un soir,
monsieur de Troisville, que sa fille avait amené, Blondet, l'abbé Brossette, le général, le sous-préfet de La-
Ville-aux-Fayes, qui était au château en visite, jouaient
les uns au whist, les autres aux échecs ; il était
onze heures et demie. Joseph vint dire à son maître
que ce mauvais ouvrier renvoyé voulait lui parler ;
il disait que le général lui redevait de l'argent sur son
mémoire. Il était, disait le valet de chambre, complètement gris.

— C'est bien, j'y vais. Et le général alla sur la
pelouse, à quelque distance du château.

— Monsieur le comte, dit l'agent de police, on ne
tirera jamais rien de ces gens ; tout ce que j'ai deviné
c'est que, si vous continuez à rester dans le pays et à
vouloir que les habitants renoncent aux habitudes que
mademoiselle Laguerre leur a laissé prendre, on vous
tirera quelque coup de fusil aussi... D'ailleurs je n'ai
plus rien à faire ici ; ils se défient plus de moi que de
vos gardes.

Le comte paya l'espion, qui partit, et dont le départ
justifia les soupçons des complices de la mort de

Michaud. Mais quand il vint dans le salon, rejoindre sa famille et ses hôtes, il y eut sur sa figure trace d'une si vive et si profonde émotion, que sa femme, inquiète, vint lui demander ce qu'il venait d'apprendre.

— Chère amie, je ne voudrais pas t'effrayer, et cependant il est bon que tu saches que la mort de Michaud est un avis indirect qu'on nous donne de quitter le pays...

— Moi, dit monsieur de Troisville, je ne quitterais point ; j'ai eu de ces difficultés-là en Normandie, mais sous une autre forme, et j'ai persisté ; maintenant tout va bien.

— Monsieur le marquis, dit le sous-préfet, la Normandie et la Bourgogne sont deux pays bien différents. Les fruits de la vigne rendent le sang plus chaud que ceux du pommier. Nous ne connaissons pas si bien les lois et la procédure, et nous sommes entourés de forêts ; l'industrie ne nous a pas encore gagnés ; nous sommes sauvages... Si j'ai un conseil à donner à monsieur le comte, c'est de vendre sa terre et de la placer en rentes ; il doublera son revenu et n'aura pas le moindre souci ; s'il aime la campagne, il aura, dans les environs de Paris, un château avec un parc entouré de murs, aussi beau que celui des Aigues, où personne n'entrera, et qui n'aura que des fermes louées à des gens qui viendront en cabriolet le payer en billets de banque, et il ne nous fera pas faire dans l'année un seul procès-verbal... Il ira et viendra en trois ou quatre heures, et monsieur Blondet et monsieur le marquis ne nous manqueront pas si souvent, madame la comtesse...

— Moi, reculer devant des paysans, quand je n'ai pas reculé même sur le Danube !

— Oui, mais où sont vos cuirassiers ? demanda Blondet.

— Une si belle terre !...

— Vous en aurez aujourd'hui plus de deux millions !

— Le château seul a dû coûter cela, dit monsieur de Troisville.

— Une des plus belles propriétés qu'il y ait à vingt lieues à la ronde! dit le sous-préfet ; mais vous retrouverez mieux aux environs de Paris.

— Qu'a-t-on de rentes avec deux millions ? demanda la comtesse.

— Aujourd'hui, environ quatre-vingt mille francs, répondit Blondet [189].

— Les Aigues ne rapportent pas en sac plus de trente mille francs, dit la comtesse ; encore, ces années-ci, vous avez fait d'immenses dépenses, vous avez entouré les bois de fossés...

— On a, dit Blondet, un château royal aujourd'hui, pour quatre cent mille francs, aux environs de Paris. On achète les folies des autres.

— Je croyais que vous teniez aux Aigues ? dit le comte à sa femme.

— Ne sentez-vous donc pas que je tiens mille fois plus à votre existence ? dit-elle. D'ailleurs, depuis la mort de ma pauvre Olympe, depuis l'assassinat de Michaud, ce pays m'est devenu odieux ; tous les visages que j'y rencontre me semblent armés d'une expression sinistre ou menaçante.

Le lendemain soir, dans le salon de monsieur Gaubertin, à La-Ville-aux-Fayes, le sous-préfet fut accueilli par cette phrase que lui dit le maire :

— Eh! bien, monsieur des Lupeaulx, vous venez des Aigues ?...

— Oui, répondit le sous-préfet avec un petit air triomphant, et en lançant un tendre regard à mademoiselle Élise, j'ai bien peur que nous ne perdions le général ; il va vendre sa terre...

— Monsieur Gaubertin, je vous recommande mon pavillon... je n'en peux plus de ce bruit, de cette poussière de La-Ville-aux-Fayes ; comme un pauvre oiseau

emprisonné j'aspire de loin l'air des champs, l'air des
bois, dit madame Isaure de sa voix langoureuse, les
yeux fermés à demi en penchant la tête sur son épaule
gauche, et en tortillant nonchalamment les longs
anneaux de sa chevelure blonde.

— Soyez donc prudente, madame..., lui dit à voix
basse Gaubertin, ce n'est pas avec vos indiscrétions
que j'achèterai le pavillon... ; puis, se tournant vers le
sous-préfet : On ne peut donc toujours pas découvrir
les auteurs de l'assassinat commis sur la personne du
garde ? lui demanda-t-il.

— Il paraît que non, répondit le sous-préfet.

— Ça nuira beaucoup à la vente des Aigues, dit
Gaubertin devant tout le monde ; je sais bien, moi,
que je ne les achèterais pas... Les gens du pays sont
trop mauvais ; même du temps de mademoiselle
Laguerre, je me disputais avec eux, et cependant Dieu
sait comment elle les laissait faire.

Sur la fin du mois de mai, rien n'annonçait que le
général eût l'intention de mettre en vente les Aigues ;
il était indécis. Un soir, sur les dix heures, il rentrait
de la forêt par une des six avenues qui conduisaient
au pavillon du Rendez-vous, et il avait renvoyé son
garde, en se voyant assez près du château. Au retour
de l'allée, un homme armé d'un fusil sortit d'un buisson.

— Général, dit-il, voilà la troisième fois que vous
vous trouvez au bout de mon canon, et voilà la troisième fois que je vous donne la vie...

— Et pourquoi veux-tu donc me tuer, Bonnébault ?
dit le comte sans témoigner la moindre émotion.

— Ma foi! si ce n'était par moi, ce serait par un
autre ; et moi, voyez-vous, j'aime les gens qui ont
servi l'Empereur, je ne peux pas me décider à vous
tuer comme une perdrix. — Ne me questionnez pas,
je veux rien dire... Mais vous avez des ennemis plus
puissants, plus rusés que vous, et qui finiront par vous

écraser ; j'aurai mille écus si je vous tue, et j'épouserai
Marie Tonsard. Eh ! bien, donnez-moi quelques
méchants arpents de terre et une mauvaise baraque,
je continuerai à dire ce que j'ai dit, qu'il ne s'est pas
trouvé d'occasion... Vous aurez encore le temps de
vendre votre terre et de vous en aller ; mais dépêchez-
vous. Je suis encore un brave garçon, tout mauvais
sujet que je suis ; un autre pourrait vous faire plus de
mal...

— Et si je te donne ce que tu me demandes, me
diras-tu qui t'a promis trois mille francs [190] ? demanda
le général.

— Je ne le sais pas ; et la personne qui me pousse
à cela, je l'aime trop pour vous la nommer. Et puis,
quand vous sauriez que c'est Marie Tonsard, cela ne
vous avancerait pas de beaucoup ; Marie Tonsard
sera muette comme un mur, et moi, je nierai vous
l'avoir dit.

— Viens me voir demain, dit le général.

— Ça suffit, dit Bonnébault ; si l'on me trouvait
maladroit, je vous préviendrais.

Huit jours après cette conversation singulière, tout
l'arrondissement, tout le département et Paris étaient
farcis d'énormes affiches annonçant la vente des Aigues
par lots, en l'étude de maître Corbineau, notaire à
Soulanges. Tous les lots furent adjugés à Rigou et
montèrent à la somme totale de deux millions cent
cinquante mille francs. Le lendemain Rigou fit changer les noms ; monsieur Gaubertin avait les bois,
et Rigou et les Soudry les vignes et les autres lots. Le
château et le parc furent revendus à la bande noire [191],
sauf le pavillon et ses dépendances, que se réserva
monsieur Gaubertin pour en faire hommage à sa poétique et sentimentale compagne.

Bien des années après ces événements, pendant
l'hiver de 1837, l'un des plus remarquables écrivains

politiques de ce temps, Émile Blondet, arrivait au
dernier degré de la misère, qu'il avait cachée jusque-
là sous les dehors d'une vie d'éclat et d'élégance. Il
hésitait à prendre un parti désespéré en voyant que
ses travaux, son esprit, son savoir, sa science des
affaires, ne l'avaient amené à rien qu'à fonctionner
comme une mécanique au profit des autres, en voyant
toutes les places prises, en se sentant arrivé aux abords
de l'âge mûr, sans considération et sans fortune, en
apercevant de sots et de niais [192] bourgeois remplacer
les gens de cour et les incapables de la Restauration,
et le gouvernement se reconstituer comme il était
avant 1830. Un soir, où il était bien près du suicide,
qu'il avait tant poursuivi de ses plaisanteries, et qu'en
jetant un dernier regard sur sa déplorable existence,
calomniée et surchargée de travaux bien plus que de
ces orgies qu'on lui reprochait, il voyait une noble
et belle figure de femme, comme on voit une statue
restée entière et pure au milieu des plus tristes ruines,
son portier lui remit une lettre cachetée en noir, où la
comtesse de Montcornet lui annonçait la mort du
général, qui avait repris du service et commandait
une division. Elle était son héritière ; elle n'avait pas
d'enfants. La lettre, quoique digne, indiquait à Blondet
que la femme de quarante ans, qu'il avait aimée jeune,
lui tendait une main fraternelle et une fortune considérable. Il y a quelques jours, le mariage de la comtesse
de Montcornet et de monsieur Blondet, nommé
préfet [193], a eu lieu. Pour se rendre à sa préfecture, il
prit par la route où se trouvaient autrefois les Aigues,
et il fit arrêter dans l'endroit où étaient jadis les deux
pavillons, voulant visiter la commune de Blangy,
peuplée de si doux souvenirs pour les deux voyageurs.
Le pays n'était plus reconnaissable. Les bois mystérieux, les avenues du parc, tout avait été défriché ;
la campagne ressemblait à la carte d'échantillons d'un

tailleur. Le paysan avait pris possession de la terre
en vainqueur et en conquérant. Elle était déjà divisée
en plus de mille lots, et la population avait triplé entre
Couches et Blangy. La mise en culture de ce beau
parc, si soigné, si voluptueux naguère, avait dégagé le
pavillon du Rendez-vous, devenu la villa *il Buen-*
Retiro de dame Isaure Gaubertin ; c'était le seul bâti-
ment resté debout, et qui dominait le paysage, ou,
pour mieux dire, la petite culture remplaçant le paysage. Cette construction ressemblait à un château,
tant étaient misérables les maisonnettes bâties tout
autour, comme bâtissent les paysans.

— Voilà le progrès ! s'écria Émile. C'est une page
du *Contrat social* de Jean-Jacques ! Et moi, je suis
attelé à la machine sociale qui fonctionne ainsi !...
Mon Dieu ! Que deviendront les rois dans peu ! Mais
que deviendront, avec cet état de choses, les nations
elles-mêmes dans cinquante ans ?...

— Tu m'aimes, tu es à côté de moi ; je trouve le
présent bien beau, et ne me soucie guère d'un avenir
si lointain, lui répondit sa femme.

— Auprès de toi, vive le présent ! dit gaiement
l'amoureux Blondet, et au diable l'avenir ! Puis il fit
signe au cocher de partir, et tandis que les chevaux
s'élançaient au galop, les nouveaux mariés reprirent
le cours de leur lune de miel.

1845 [194]

Dossier

BIOGRAPHIE

La biographie de Balzac est tellement chargée d'événements si divers, et tout s'y trouve si bien emmêlé, qu'un exposé purement chronologique des faits serait d'une confusion extrême.

Dans l'ordre chronologique, nous nous sommes donc contenté de distinguer, d'une manière aussi peu arbitraire que possible, cinq grandes époques de la vie de Balzac : des origines à 1814, 1815-1828, 1828-1833, 1833-1840, 1841-1850.

A l'intérieur des périodes principales, nous avons préféré, quand il y avait lieu, classer les faits selon leur nature : l'œuvre, les autres activités touchant la littérature, la vie sentimentale, les voyages, etc. (mais en reprenant, à l'intérieur de chaque paragraphe, l'ordre chronologique).

Famille, enfance ; des origines à 1814.

En juillet 1746 naît dans le Rouergue, d'une lignée paysanne, Bernard-François Balssa, qui sera le père du romancier et mourra en 1829 ; en 1776 nous retrouvons le nom orthographié « Balzac ».

Janvier 1797 : Bernard-François, directeur des vivres de la division militaire de Tours, épouse à cinquante ans Laure Sallambier, qui en a dix-huit, et qui vivra jusqu'en 1854.

1799, 20 mai : Naissance à Tours d'Honoré Balzac (le nom ne comporte pas encore la particule). Un premier fils, né jour pour jour un an plus tôt, n'avait pas vécu.

Après Honoré, naîtront trois autres enfants : 1° Laure

(1800-1871), qui épousera en 1820 Eugène Surville, ingénieur des Ponts et Chaussées, et restera presque toujours
pour le romancier une confidente de prédilection ; 2° Lau-
rence (1802-1825), devenue en 1821 Mme de Montzaigle :
c'est sur son acte de baptême que la particule « de » apparaît
pour la première fois devant le nom des Balzac ; 3° Henry
(1807-1858), fils adultérin dont le père était Jean de Margonne (1780-1858), châtelain de Saché.

L'enfance et l'adolescence d'Honoré seront affectées par
la préférence de la mère pour Henry, lequel, dépourvu de
dons et de caractère, traînera une existence assez misérable ;
les ternes séjours qu'il fera dans les îles de l'océan Indien
avant de mourir à Mayotte contrastent absolument avec
les aventures des romanesques coureurs de mers balzaciens.
Balzac gardera des liens étroits avec Margonne et séjournera
souvent à Saché, où l'on montre encore sa chambre et sa
table de travail.

Dès sa naissance, Honoré est mis en nourrice chez la
femme d'un gendarme à Saint-Cyr-sur-Loire, aujourd'hui
faubourg de Tours (rive droite). De 1804 à 1807 il est externe dans un établissement scolaire de Tours, de 1807 à
1813 il est pensionnaire au collège de Vendôme. Puis, pendant plus d'un an, en 1813-1814, atteint de troubles et
d'une espèce d'hébétude qu'on attribue à un abus de lecture, il demeure dans sa famille, au repos. En 1814, pendant
quelques mois, il reprend ses études au collège de Tours,
comme externe.

Son père, alors administrateur de l'Hospice général de
Tours, est nommé directeur des vivres dans une entreprise
parisienne de fournitures aux armées. Toute la famille
quitte Tours pour Paris en novembre 1814.

Apprentissages, 1815-1828.

1815-1819. Honoré poursuit ses études à Paris. Il entreprend son droit, suit des cours à la Sorbonne et au Muséum.
Il travaille comme clerc dans l'étude de Me Guillonnet-
Merville, avoué, puis dans celle de Me Passez, notaire ; ces
deux stages laisseront sur lui une empreinte profonde.

Son père ayant pris sa retraite, la famille, dont les ressources sont désormais réduites, quitte Paris et s'installe
pendant l'été 1819 à Villeparisis. Cet été-là est guillotiné à
Albi un frère cadet de Bernard-François, pour l'assassinat,
dont il n'était peut-être pas coupable, d'une fille de ferme.

Cependant Honoré, qu'on destinait au notariat, obtient de renoncer à cette carrière, et de demeurer seul à Paris, dans une mansarde, pour éprouver sa vocation en s'exerçant au métier des lettres. En septembre 1820, au tirage au sort, il obtient un « bon numéro », qui le dispense du service militaire.

Dès 1817 il a rédigé des *Notes sur la philosophie et la religion*, suivies en 1818 de *Notes sur l'immortalité de l'âme*, premiers indices du goût prononcé qu'il gardera longtemps pour la spéculation philosophique : maintenant il s'attaque à une tragédie, *Cromwell*, cinq actes en vers, qu'il termine au printemps de 1820. Soumise à plusieurs juges successifs, l'œuvre est uniformément estimée détestable ; Andrieux, aimable écrivain, professeur au Collège de France et académicien, consulté par la famille, conclut que l'auteur peut tenter sa chance dans n'importe quelle voie, hormis la littérature. Balzac continue sa recherche philosophique avec *Falthurne* (1820) et *Sténie* (1821), que suivront bientôt (1823) un *Traité de la prière* et un second *Falthurne*.

De 1822 à 1827, soit en collaboration, soit seul, mais toujours sous des pseudonymes, il publie une masse considérable de produits romanesques « de consommation courante », qu'il lui arrivera d'appeler « petites opérations de littérature marchande » ou même « cochonneries littéraires ». A leur sujet les balzaciens se partagent ; les uns y cherchent des ébauches de thèmes et les signes avant-coureurs du génie romanesque ; les autres doutent que Balzac, soucieux seulement de satisfaire sa clientèle, y ait rien mis qui soit vraiment de lui-même.

En 1822 commence sa longue liaison (mais, de sa part, non exclusive) avec Antoinette de Berny, qu'il a rencontrée à Villeparisis l'année précédente. Née en 1777, elle a alors deux fois l'âge d'Honoré, et elle est d'un an et demi l'aînée de la mère de celui-ci ; il aura pour celle qu'il a rebaptisée Laure et *Dilecta* un amour en quelque sorte ambivalent, où il trouvera une compensation à son enfance frustrée.

Fille d'un musicien de la cour et d'une femme de la chambre de Marie-Antoinette, elle-même femme d'expérience, Laure initiera son jeune amant non seulement aux secrets de la vie mondaine sous l'Ancien Régime, mais aussi à ceux de la condition féminine et de la joie sensuelle. Elle restera pour lui un soutien, et le guide le plus sûr. Elle mourra en 1836.

En 1825, Balzac entre en relations avec la duchesse d'Abrantès (1784-1838) ; cette nouvelle maîtresse, qui d'ailleurs s'ajoute à la précédente et ne se substitue pas à elle, a encore quinze ans de plus que lui. Fort avertie de la grande et petite histoire de la Révolution et de l'Empire, elle complète l'éducation que lui a donnée Mme de Berny, et le présente aux nombreux amis qu'elle garde dans le monde ; lui-même, plus tard, se fera son conseiller et peut-être son collaborateur lorsqu'elle écrira ses *Mémoires*.

Durant la fin de cette période, il se lance dans des affaires qui enrichissent d'une manière incomparable l'expérience du futur auteur de *La Comédie humaine*, mais qui en attendant se soldent par de pénibles et coûteux échecs.
Il se fait éditeur en 1825, l'éditeur se fait imprimeur en 1826, l'imprimeur se fait fondeur de caractères en 1827 — toujours en association, les fonds de ses propres apports étant constitués par sa famille et par Mme de Berny. En 1825 et 1826 il publie, entre autres, des éditions compactes de Molière et de La Fontaine, pour lesquelles il a composé des notices. En 1828, la société de fonderie est remaniée ; il en est écarté au profit d'Alexandre de Berny, fils de son amie : l'entreprise deviendra une des plus belles réalisations françaises dans ce domaine. L'imprimerie est liquidée quelques mois plus tard, en août ; elle laisse à Balzac 60 000 francs de dettes (dont 50 000 envers sa famille).
Nombreux voyages et séjours en province, notamment dans la région de l'Isle-Adam, en Normandie, et surtout en Touraine, terre natale et terre d'élection.

Les débuts, 1828-1833.

A la mi-septembre 1828 Balzac va s'établir pour six semaines à Fougères, en vue du roman qu'il prépare sur la chouannerie. *Le Dernier Chouan ou la Bretagne en 1800*, dont le titre deviendra finalement *Les Chouans*, paraît en mars 1829 ; c'est le premier roman dont il assume ouvertement la responsabilité en le signant de son véritable nom.
En décembre 1829 il publie sous l'anonymat *Physiologie du mariage*, un essai (ou, comme il dira plus tard, une « étude analytique ») qu'il avait ébauché puis délaissé plusieurs années auparavant.
1830 : les *Scènes de la vie privée* réunissent en deux volumes six nouvelles ou courts récits. Ce nombre sera porté

à quinze dans une réédition du même titre en quatre tomes (1832).

1831 : *La Peau de chagrin* ; ce roman est repris pour former la même année, avec douze autres récits divers, trois volumes de *Romans et contes philosophiques* ; l'ensemble est précédé d'une introduction de Philarète Chasles, certainement inspirée par Balzac. 1832 : les *Nouveaux contes philosophiques* augmentent cette collection de quatre récits (dont une première version de *Louis Lambert*). Il faut noter que la qualification « philosophiques » a encore un sens fort vague, et provisoire, dans l'esprit de l'écrivain.

Les *Contes drolatiques*. A l'imitation des *Cent Nouvelles nouvelles* (il avait un goût très vif pour la vieille littérature dite gauloise), il voulait en écrire cent, répartis en dix dizains. Le premier dizain paraît en 1832, le deuxième en 1833 ; le troisième ne sera publié qu'en 1837, et l'entreprise s'arrêtera là.

Septembre 1833 : *Le Médecin de campagne*. Pendant toute cette époque, Balzac donne une foule de textes divers à de nombreux périodiques. Il poursuivra ce genre de collaboration durant toute sa vie, mais à une cadence moindre.

Laure de Berny reste la Dilecta, Laure d'Abrantès devient une amie.

Passade avec Olympe Pélissier.

Entré en liaison d'abord épistolaire avec la duchesse de Castries en 1831, il séjourne auprès d'elle, à Aix-les-Bains et à Genève, en septembre et octobre 1832 ; elle s'amuse à se laisser chaudement courtiser par lui, mais ne cède pas, ce dont, fort déconfit, il se venge par *La Duchesse de Langeais*.

Au début de 1832 il reçoit d'Odessa une lettre signée « L'Étrangère », et répond par une petite annonce insérée dans un journal : c'est le début de ses relations avec Mme Hanska (1805-1882), sa future femme, qu'il rencontre pour la première fois à Neuchâtel dans les derniers jours de septembre 1833.

Vers cette même époque il a une maîtresse discrète, Maria du Fresnay.

Voyages très nombreux. Outre ceux que nous avons signalés ci-dessus (Fougères, Aix, Genève, Neuchâtel), il faut mentionner plusieurs séjours près de Tours ou de Nemours

avec Mme de Berny, à Saché, à Angoulême chez ses amis
Carraud, etc.

Son travail acharné n'empêche pas qu'il ne soit très répandu dans les milieux littéraires et dans le monde ; il
mène une vie ostentatoire et dispendieuse.

En politique, il s'affiche légitimiste. Il envisage de se
présenter aux élections législatives de 1831, et en 1832 à
une élection partielle.

L'essor, 1833-1840.

Durant cette période, Balzac ne se contente pas d'assurer le développement de son œuvre : il se préoccupe de lui
assigner une organisation d'ensemble. Déjà les *Scènes de la
vie privée* et les *Romans et contes philosophiques* témoi-
gnaient chez lui de cette tendance ; maintenant il s'avance
sur la voie qui le conduira à la conception globale de *La
Comédie humaine.*

En octobre 1833 il signe un contrat pour la publication
d'une collection intitulée *Études de mœurs au XIXe siècle*,
et qui doit rassembler aussi bien les rééditions que des ouvrages nouveaux. Divisée en trois séries, cette collection
va comprendre quatre tomes de *Scènes de la vie privée*,quatre
de *Scènes de la vie de province* et quatre de *Scènes de la vie
parisienne.* Les douze volumes paraissent en ordre dispersé
de décembre 1833 à février 1837. Le tome I est précédé
d'une importante introduction de Félix Davin, porte-
parole ou même prête-nom de Balzac. La classification a
une valeur à la fois littérale et symbolique : elle se fonde à
la fois sur le cadre de l'action et sur la signification du
thème.

Parallèlement paraissent de 1834 à 1840 vingt volumes
d'*Études philosophiques*, avec une nouvelle introduction de
Félix Davin.

Principales créations en librairie de cette période :
Eugénie Grandet, fin 1833 ; *La Recherche de l'absolu*, 1834 ;
Le Père Goriot, La Fleur des pois (titre qui deviendra *Le
Contrat de mariage*), *Séraphîta*, 1835 ; *Histoire des Treize*,
1833-1835 ; *Le Lys dans la vallée*, 1836 ; *La Vieille Fille,
Illusions perdues* (début), *César Birotteau*, 1837 ; *La Femme
supérieure* (titre qui deviendra *Les Employés*), *La Maison
Nucingen, La Torpille* (début de *Splendeurs et Misères des
courtisanes*), 1838 ; *Le Cabinet des antiques, Une fille d'Ève*,

Béatrix, 1839 ; *Une princesse parisienne* (titre qui deviendra *Les Secrets de la princesse de Cadignan*), *Pierrette*, *Pierre Grassou*, 1840.

En marge de cette activité essentielle, Balzac prend à la fin de 1835 une participation majoritaire dans la *Chronique de Paris*, journal politique et littéraire ; il y publie un bon nombre de textes, jusqu'à ce que la société, irrémédiablement déficitaire, soit dissoute six mois plus tard. Curieusement il réédite (et complète à l'aide de « nègres ») une partie de ses romans de jeunesse, en gardant un pseudonyme qui n'abuse personne : ce sont les *Œuvres complètes d'Horace de Saint-Aubin*, seize volumes, 1836-1840.

En 1838 il s'inscrit à la toute jeune Société des Gens de Lettres, il la préside en 1839, et mène diverses campagnes pour la protection de la propriété littéraire et des droits des auteurs.

Candidat à l'Académie française en 1839, il s'efface devant Hugo, qui d'ailleurs n'est pas élu.

En 1840 il fonde la *Revue parisienne*, mensuelle et entièrement rédigée par lui ; elle disparaît après le troisième numéro, où il a inséré son long et fameux article sur *La Chartreuse de Parme*.

Théâtre, vieille et durable préoccupation depuis le *Cromwell* de ses vingt ans : en 1839, la Renaissance refuse *L'École des ménages*, pièce dont il donne chez Custine une lecture à laquelle assistent Stendhal et Théophile Gautier. En 1840 la censure écarte plusieurs fois et finit par autoriser *Vautrin*, pièce interdite dès le lendemain de la première.

Il séjourne à Genève auprès de Mme Hanska du 24 décembre 1833 au 8 février 1834 ; il la retrouve à Vienne (Autriche) en mai-juin 1835 ; alors commence une séparation qui durera huit ans.

Le 4 juin 1834 naît Marie du Fresnay, présumée être sa fille, et qu'il regarde comme telle ; elle ne mourra qu'en 1930.

Mme de Berny, malade depuis 1834, accablée de malheurs familiaux, cesse de le voir à la fin de 1835 ; elle va mourir huit mois plus tard.

En 1836, naissance de Lionel-Richard Lowell, fils présumé de Balzac et de la comtesse Guidoboni-Visconti ; en 1837 le comte lui donne lui-même procuration pour régler à Venise en son nom une affaire de succession ; en 1837 encore, c'est chez la comtesse que Balzac, poursuivi pour dettes, se réfugie : elle paie pour lui, et lui évite ainsi la contrainte par corps.

Juillet-août 1836 : Mme Marbouty, déguisée en homme, l'accompagne à Turin et en Suisse.

Voyages toujours nombreux.

Au cours de l'excursion autrichienne de 1835 il est reçu par Metternich, et visite le champ de bataille de Wagram en vue d'un roman qu'il ne parviendra jamais à écrire. En 1836, séjournant en Touraine, il se voit accueilli par Talleyrand et la duchesse de Dino. L'année suivante, c'est George Sand qui l'héberge à Nohant ; elle lui suggère le sujet de *Béatrix.*

Durant son voyage italien de 1837 il a appris, à Gênes, qu'on pouvait exploiter fructueusement en Sardaigne les scories d'anciennes mines de plomb argentifère ; en 1838, en passant par la Corse, il se rend sur place — pour y constater que l'idée était si bonne qu'une société marseillaise l'a devancé ; retour par Gênes, Turin, et Milan où il s'attarde.

On signale en 1834 un dîner réunissant Balzac, Vidocq et les bourreaux Sanson père et fils.

Démêlés avec la Garde nationale, où il se refuse obstinément à assurer ses tours de garde : en 1835 il se cache d'elle autant que de ses créanciers, à Chaillot, sous le nom de « Mme veuve Durand » ; en 1836 elle l'incarcère pendant une semaine dans sa prison surnommée « Hôtel des Haricots » ; nouvel emprisonnement en 1839, pour la même raison.

En 1837, près de Paris, à Sèvres, au lieudit Les Jardies, il achète les premiers éléments de ce dont il voudra constituer tout un domaine. On prétendra qu'il aurait rêvé même de faire fortune en y acclimatant la culture de l'ananas. Ses projets assez grandioses lui coûteront fort cher et ne lui amèneront que des déboires. Liquidation onéreuse et longue ; à la mort de Balzac elle ne sera pas encore tout à fait terminée.

C'est en octobre 1840 que, quittant Les Jardies, il s'installe à Passy dans l'actuelle rue Raynouard, où sa maison est redevenue aujourd'hui « La Maison de Balzac ».

Suite et fin, 1841-1850.

Le fait marquant qui inaugure cette période est l'acte de naissance officiel de *La Comédie humaine* considérée comme un ensemble organique. Cet acte, c'est le contrat passé le 2 octobre 1841 avec un groupe d'éditeurs pour la publication, sous ce « titre général », des « œuvres complètes » de Balzac, celui-ci se réservant « l'ordre et la distribution des matières, la tomaison et l'ordre des volumes ».

Nous avons vu le romancier, dès ses véritables débuts ou presque, montrer le souci d'un ordre et d'un classement. Une lettre à Mme Hanska du 26 octobre 1834 en faisait déjà état. Une lettre de décembre 1839 ou janvier 1840, adressée à un éditeur non identifié, et restée sans suite, mentionnait pour la première fois le « titre général », avec un plan assez détaillé. Cette fois le grand projet va enfin se réaliser (sous réserve de quelques changements de détail ultérieurs dans le plan, et sous réserve aussi de plusieurs ouvrages annoncés qui ne seront jamais composés).

Réunissant rééditions et nouveautés, l'ensemble désormais intitulé *La Comédie humaine* paraît de 1842 à 1848 en dix-sept volumes, complétés en 1855 par un tome XVIII, et suivis, en 1855 encore, d'un tome XIX (*Théâtre*) et d'un tome XX (*Contes drolatiques*). Trois parties : *Études de mœurs*, *Études philosophiques*, *Études analytiques* — la première partie étant elle-même divisée en *Scènes de la vie privée*, *Scènes de la vie de province*, *Scènes de la vie parisienne*, *Scènes de la vie politique*, *Scènes de la vie militaire* et *Scènes de la vie de campagne*.

L'Avant-propos est un texte doctrinal capital. Avant de se résoudre à l'écrire lui-même, Balzac avait demandé vainement une préface à Nodier, à George Sand, ou envisagé de reproduire les introductions de Davin aux anciennes *Études de mœurs* et *Études philosophiques*.

Premières publications en librairie : *Le Curé de village*, 1841 ; *Mémoires de deux jeunes mariées*, *Ursule Mirouët*, *Albert Savarus*, *La Femme de trente ans* (sous sa forme et son titre définitifs après beaucoup d'avatars), *Les Deux Frères* (titre qui deviendra *La Rabouilleuse*), 1842 ; *Une ténébreuse affaire*, *La Muse du département*, *Illusions perdues* (au complet), 1843 ; *Honorine*, *Modeste Mignon*, 1844 ; *Petites Misères de la vie conjugale*, 1846 ; *La Dernière Incarnation de Vautrin* (achevant *Splendeurs et Misères des courtisanes*), 1847 ; *Les Parents pauvres* (*Le Cousin Pons* et *La Cousine Bette*), 1847-1848.

Romans posthumes. *Le Député d'Arcis* et *Les Petits Bourgeois*, restés inachevés, et terminés, avec une désinvolture confondante, par Charles Rabou agréé par la veuve, paraissent respectivement en 1854 et 1856. La veuve assure elle-même, avec beaucoup plus de tact, la mise au point des *Paysans* qu'elle publie en 1855.

Théâtre. Représentation et échec des *Ressources de Quinola*, 1842 ; de *Paméla Giraud*, 1843. Succès sans lendemain de *La Marâtre*, pièce créée à une date peu favorable (25 mai 1848) ; trois mois plus tard la Comédie-Française reçoit *Mercadet ou le Faiseur*, mais la pièce ne sera pas représentée.

Chevalier de la Légion d'honneur depuis avril 1845, Balzac, encore candidat à l'Académie française, obtient 4 voix le 11 janvier 1849, dont celles de Hugo et de Lamartine (on lui préfère le duc de Noailles), et, aux trois scrutins du 18 janvier, 2 voix (Vigny et Hugo), 1 voix (Hugo) et 0 voix, le comte de Saint-Priest étant élu.

Amours et voyages, durant toute cette période, portent pratiquement un seul et même nom : Mme Hanska. Le mari meurt — enfin ! — le 10 novembre 1841, en Ukraine ; mais Balzac n'est informé que le 5 janvier d'un événement qu'il attend pourtant avec tant d'impatience. Son amie, libre désormais de l'épouser, va néanmoins le faire attendre près de dix ans encore, soit qu'elle manque d'empressement, soit que réellement le régime tsariste se dispose à confisquer ses biens, qui sont considérables, si elle s'unit à un étranger.

En 1843, après huit ans de séparation, Balzac va la retrouver pour deux mois à Saint-Pétersbourg ; il rentre par Berlin, les pays rhénans, la Belgique. En 1845, voyages communs en Allemagne, en France, en Hollande, en Belgique, en Italie. En 1846, ils se rencontrent à Rome et voyagent en Italie, en Suisse, en Allemagne.

Mme Hanska est enceinte ; Balzac en est profondément heureux, et, de surcroît, voit dans cette circonstance une occasion de hâter son mariage ; il se désespère lorsqu'elle accouche en novembre 1846 d'un enfant mort-né.

En 1847 elle passe quelques mois à Paris ; lui-même, peu après, rédige un testament en sa faveur. A l'automne, il va la retrouver en Ukraine, où il séjourne près de cinq mois. Il rentre à Paris, assiste à la révolution de février 1848, envisage une candidature aux élections législatives, repart dès la fin de septembre pour l'Ukraine, où il séjourne jusqu'à la fin d'avril 1850.

C'est là qu'il épouse Mme Hanska, le 14 mars 1850.

Rentrés ensemble à Paris vers le 20 mai, les deux époux, le 4 juin, se font donation mutuelle de tous leurs biens en cas de décès. Depuis plusieurs années la santé de Balzac n'a pas cessé de se dégrader.

Du 1er juin 1850 date (à notre connaissance) la dernière lettre que Balzac ait écrite entièrement de sa main. Le 18 août, il a reçu l'extrême-onction, et Hugo, venu en visite, le trouve inconscient : il meurt à onze heures et demie du soir, dans un état physique affligeant. On l'enterre au Père-Lachaise trois jours plus tard ; les cordons du poêle sont tenus par Hugo et Dumas, mais aussi par le sinistre Sainte-Beuve, qui n'a jamais rien compris à son génie, et par le ministre de l'Intérieur ; devant sa tombe, superbe discours de Hugo : ni Hugo ni Baudelaire ne se sont trompés sur le génie de Balzac.

La femme de Balzac, après avoir trouvé quelque conso-lation à son veuvage, mourra ruinée en 1882.

NOTICE

L'histoire de la composition des *Paysans* est une longue histoire : elle commence dès le début de 1834 pour ne se terminer qu'en 1855, cinq ans après la mort de Balzac. Une femme — la même femme — se trouve en être, si l'on peut dire, l'alpha et l'oméga.

C'est en effet Mme Hanska, au mois de janvier 1834, lors de l'enivrante rencontre de Genève, qui fit promettre au romancier d'écrire pour elle *Les Paysans*, soit qu'elle lui en ait proposé le thème, soit qu'elle se soit enflammée pour un projet dont il l'entretenait avec la verve persuasive qui lui était habituelle. (Le comte Hanski est sans doute le « grand seigneur polonais » qui apparaît furtivement au début du chapitre VII de la première partie.) Et c'est elle, après la mort de celui qu'elle s'était enfin décidée ou résignée à accepter pour époux, qui reprit le dossier confus du roman inachevé, y mit de l'ordre, en fit la toilette et publia l'ouvrage.

Quelques mois après Genève — la date précise demeure inconnue —, Balzac commence à rédiger un scénario, intitulé *Le Grand Propriétaire* : une bonne partie en a été conservée, et on trouvera plus loin le texte de ce document, dont, en pratique, il ne subsistera rien dans *Les Paysans*. Puis, jusqu'en 1838, un long temps mort ; à ceci près qu'au début de 1836, et à deux reprises, le romancier annonce officiellement parmi ses œuvres à paraître *Qui a terre a guerre*. Ce nouveau titre du même projet sera plus tard repris comme sous-titre de la première partie : la double annonce de 1836 n'a pas eu, que l'on sache, d'autre effet.

Vers la fin de 1838, Balzac reprend la tâche ; et cette

fois il s'agit bien d'un premier schéma des *Paysans* que nous connaissons. En septembre, en octobre, il mande à sa sœur Laure et à Mme Hanska qu'il a déjà rédigé la valeur de deux volumes in-octavo ; en cinq jours, écrit-il à l'une, et à l'autre, en cinq nuits. Puis il fait composer par un imprimeur le nouveau texte, avec l'intention de se servir des épreuves comme aujourd'hui un écrivain ferait d'une dactylographie de travail. Ces épreuves subsistent (nous aurons à en reparler) ; mais ce ne sont encore que celles d'une ébauche, ou d'un scénario très détaillé, qui reste intitulé *Qui a terre a guerre*.

Cependant cette étape de la création est aux yeux de l'auteur — trait constant chez lui — l'étape décisive. Car dès les derniers jours de décembre 1838 il cherche déjà à placer son roman. Nouvelles prospections, soit dans la presse pour des feuilletons, soit en vue d'éditions de librairie, en 1839 (il n'hésite pas à déclarer l'ouvrage « en manuscrit et fini »), en 1840 (il réclame alors un délai de quinze jours pour le mettre « en état de paraître »), en 1841, en 1842... Le titre devient à l'occasion *La Chaumière et le Château*, mais surtout, et définitivement, *Les Paysans*.

Un accord se conclut enfin le 20 septembre 1844 avec le quotidien d'Émile de Girardin *La Presse*. Balzac s'aperçoit alors que l'achèvement n'est pas si proche ; et le labeur lui est d'autant plus pénible qu'il se porte mal : « J'ai fait *César Birotteau* les pieds dans la moutarde, écrit-il à Mme Hanska le 11 octobre, et je fais *Les Paysans* la tête dans l'opium. » Plusieurs fois remise par suite de cette difficulté, la publication ne commença que le 3 décembre 1844, pour tourner court, et, le 21 décembre, prendre fin avec la fin de la première partie — laquelle, dans l'esprit de Balzac, ne devait constituer que le quart de l'ouvrage.

Pourquoi cet arrêt ? Parce que Girardin avait de trop bonnes raisons de se défier des lenteurs et des retards de son feuilletoniste. Parce que le journal était engagé par contrat avec Alexandre Dumas pour *La Reine Margot*, roman assurément plus égayé, et plus propre à séduire les abonnés en fin d'année. Parce que les lecteurs attendaient une bergerade et non pas cette analyse implacable. Parce qu'enfin le personnage du général de Montcornet, vieille baderne, ancien prévaricateur, mari aveugle ou complaisant, et gloire de l'Empire, blessait à la fois militarisme et bonapartisme, tandis qu'une telle apologie de l'esprit féodal ne pouvait guère trouver de défenseurs déclarés.

La résolution de Balzac, déjà chancelante depuis longtemps, acheva dès lors de s'effondrer. Au long des années
suivantes il essaya maintes fois de rouvrir son manuscrit,
ou plutôt le dossier ou la liasse qui en tenait lieu — pour
bientôt le refermer, découragé. Cependant sa puissance
n'est pas atteinte autant qu'on l'a dit, puisque nous le
voyons achever *Splendeurs et Misères* et donner *La Cousine Bette* puis *Le Cousin Pons* : c'est le projet qui s'effi-
loche sous ses doigts, sous son regard.

« Hier, écrit-il à Mᵐᵉ Hanska le 26 juin 1847, j'ai fait
durant une atroce journée émaillée d'ouvriers, qui ont
nettoyé mon cabinet, verni les escaliers, posé des consoles,
j'ai fait le total de ma dette, afin de me prouver à moi-
même la nécessité d'envoyer *Les Paysans* à *La Presse*, eh
bien, des nausées affreuses me dégoûtaient quand je mettais
le nez sur ces lignes tant de fois lues! Dans huit jours, je
n'aurai pas un liard, mon cerveau, ma raison se le disent,
l'imagination, la faculté de faire sont inertes, ne bougent
pas, et se couchent, comme des chèvres capricieuses. »

Émile de Girardin, lui, ne renonçait pas — s'intéressant
moins au roman qu'à l'amortissement des avances qu'il
avait consenties au romancier. Il finit par le lui déclarer
tout crûment. Balzac, ulcéré dans sa dignité d'écrivain (et
peut-être soulagé en secret par l'occasion qu'on lui fournissait de se dégager), ne put que rompre avec son ancien
ami, reprendre sa parole — et rembourser. Ce dont, après
de pénibles intermèdes de procédure, il n'acheva de s'acquitter que le 30 décembre 1848. On pense bien qu'ainsi
délivré de son cauchemar, il n'eut garde de jamais resonger
à sa malencontreuse entreprise.

C'est donc sa veuve qui va s'occuper de cet inédit, lequel
paraît impubliable tel quel. Hésitante, elle songe d'abord
à s'assurer les services d'un praticien (comme pour *Les
Petits Bourgeois* et *Le Député d'Arcis*); puis elle se ravise,
et, en 1851 et 1852, dans diverses lettres, elle confirme et
justifie sa décision d'assumer elle-même la responsabilité
du travail :

« Toute humilité à part, je ne crois pas avoir un sentiment moins vif que le vôtre de la manière de M. de Balzac.
J'ai vécu trop longtemps rivée à sa table de travail, pour
n'avoir pas acquis quelque chose de son *faire*, et comme
j'ai le plan dans ma tête, cette besogne se fait tant bien que
mal. » Ou encore : « C'est une œuvre gigantesque et bien
au-dessus de mes forces, je le sens, et cependant, je ne me
décourage pas, et j'apporte consciencieusement mes pauvres

petits grains de sable et de gravier à cet édifice de marbre taillé, pour l'achever tant bien que mal. » Ou encore : « Nous avons décidé que *Les Paysans* resteront ce qu'ils sont. C'est trop précieux dans l'intérêt de l'art littéraire, c'est une étude de la manière de composer de l'auteur, et une telle ébauche vaut mieux que les coups de rabots des plus habiles. »

Cette version des *Paysans* paraît dans la *Revue de Paris* en avril-juin 1855, et est reprise la même année dans une édition de librairie.

Grâce au vicomte de Lovenjoul, nous possédons les principaux éléments du dossier dont disposait la veuve de Balzac, c'est-à-dire :

1º Le scénario de 1838, lacunaire ;

2º Le feuilleton paru dans *La Presse* en décembre 1844, depuis le début jusqu'à la fin du deuxième tiers du chapitre ix de la première partie (ce passage du feuilleton, dont la fin est signalée avec précision dans nos notes, a été découpé et collé sur de grandes feuilles de papier, lesquelles sont chargées de corrections autographes manifestement destinées à quelque édition future) ;

3º Le feuilleton de *La Presse*, suite et fin, ne comportant plus de corrections (s'il y eut remaniement, aucune trace n'en est parvenue jusqu'à nous) ;

4º Pour les quatre premiers chapitres de la seconde partie, des épreuves non corrigées et fragmentaires d'une composition assurée par l'imprimerie de *La Presse*. (Afin de concilier des observations typographiques de Marcel Bouteron et des observations historiques de M. J.-H. Donnard, nous admettrons que les épreuves datent de 1847, mais que la rédaction remontait à la fin de 1844, directement enchaînée à celle de la première partie ; au moment de l'interruption, *La Presse* n'aurait pu compter, au moyen de ces quatre chapitres, que sur sept feuilletons d'avance : c'était trop peu.)

Si donc on veut reconstituer le roman en se tenant au plus près des textes strictement et exclusivement authentiques, on observe un degré d'élaboration régulièrement décroissant. Dans la première partie, le texte des chapitres i-ix (début) ne peut sans doute pas être regardé comme définitif, mais il ne devait plus être très éloigné de cet état. Celui des chapitres ix (fin)-xiii en restait davantage éloigné, puisque Balzac n'avait pas poussé la révision jusque-là. Celui des chapitres i-iv de la seconde partie l'était davantage encore, ne s'agissant que d'une copie de travail non préparée même pour une simple prépublication.

Ainsi trois septièmes environ du roman résultent d'une élaboration poussée à un degré élevé. Les trois septièmes suivants sont un peu moins ou beaucoup moins élaborés. Et pour le reste on n'a d'autre ressource que de se rabattre sur le scénario de 1838, lequel, fort antérieur, tenait plutôt de l'ébauche. Encore demeure-t-il assez souvent incomplet ; il y manque, par exemple, tout le chapitre v de la seconde partie, ou encore le dénouement : force est alors, pour remplir les vides, de recourir à la version posthume de 1855.

Une édition savante ou destinée à des spécialistes doit évidemment être établie (comme sont celles de MM. J.-H. Donnard et Jean A. Ducourneau [a]) sur ce schéma : il fait la place la plus large aux textes originaux, il élimine autant que faire se peut les effets des interventions étrangères. Mais il présente aussi un inconvénient pour une édition qui s'adresse au public en général. Cet inconvénient est de juxtaposer arbitrairement, sur un plan unique, des passages en réalité disparates, et hétérogènes à la fois par la date de la rédaction et par le niveau de l'élaboration.

On a vu plus haut dans quel esprit et suivant quels principes la veuve de Balzac disait avoir entrepris un travail auquel elle fixait précisément comme objet de remédier, dans la mesure du possible, à un tel défaut. Reste à savoir si elle a conformé effectivement ses interventions à ses intentions déclarées. Écoutons ce qu'en disent quelques experts :

Mme de Balzac, observe l'un (notes de l'édition Bouteron-Longnon), se borna « aux corrections typographiques nécessaires et aux additions et modifications indispensables. C'est donc un texte intelligemment établi... » (écrit précipitamment, le scénario de 1838 ne manquait en effet ni de lapsus ni de négligences) ; « nous avons accordé, ici, à Mme de Balzac, une confiance qu'elle n'a guère méritée par ailleurs. » Elle mena son travail à bien, remarque un autre (Henri Evans, dans l'édition Béguin-Ducourneau), « avec beaucoup d'intelligence et de tact... Elle se contenta fort sagement de faire les corrections et les raccords indispensables à la clarté du texte. » « Avec tact », répète

a. *Les Paysans*, édition critique par J.-H. Donnard, Garnier, 1964 et *Les Paysans*, édition établie par J.-H. Donnard et Jean A. Ducourneau, Les Bibliophiles de l'Originale (tome 18 de *La Comédie humaine*), 1968.

M. Roger Pierrot (notice dans l'édition de la Pléiade). M. J.-H.
Donnard, toutefois, se montre plus réservé, estimant que
les « libertés » prises par elle avec les textes originaux —
auxquels il a préféré lui-même conformer sa propre édition des Classiques Garnier — « n'étaient pas nécessaires »
(appréciation peut-être trop tranchée) ; sa critique demeure
cependant fort mesurée, et d'autant plus que, sans parler
des recours obligés à la version de 1855, il a conservé dans
toute la seconde partie la division en chapitres et les
titres de chapitres qui n'apparaissent pas dans le scénario
de 1838 et que l'on pense dus à la veuve du romancier.

Ajoutons ici une observation.

Comme il n'existe rien, dans ce qui a été retrouvé du
scénario de 1838, qui corresponde (nous l'avons dit) au
chapitre v de la seconde partie, les balzaciens parfois en
attribuent toute la rédaction à la seule Mme de Balzac.
Conclusion peut-être un peu hâtive. Car, les feuillets de
ce scénario étant numérotés, on constate dans la suite des
chiffres une lacune dont la place et l'étendue convien-
draient exactement au passage qui nous manque : il n'est
pas absurde d'admettre que Mme de Balzac a pu avoir entre
les mains les feuillets aujourd'hui manquants, puis les
jeter ou les égarer après en avoir fait usage, ou simplement
les confier à l'imprimeur, incorporés tels quels (ou à peine
modifiés) à son propre manuscrit.

Ce qui est possible dans le cas du chapitre v ne le reste-
t-il pas pour la dizaine d'autres lacunes du scénario ? Géné-
ralisons : la veuve du romancier n'aurait-elle pas été à
même d'utiliser plus de documents authentiques — fût-ce,
à l'occasion, de simples annotations — que ne le laisse
supposer le dossier reconstitué et publié par Lovenjoul ?
En poursuivant sans retenue cette hypothèse, la version
posthume de 1855 n'a-t-elle pas une petite chance d'être
la plus proche finalement des véritables intentions de
Balzac ?

On ne s'étonnera donc pas qu'à l'exemple de Marcel
Bouteron et Henri Longnon nous ayons préféré ici reproduire d'abord, bien entendu, la partie du feuilleton de
La Presse que Balzac avait lui-même remaniée, puis, pour
les quatre septièmes restants, plutôt qu'une mosaïque un
peu trop bigarrée peut-être, la version posthume de 1855
mise au point par Mme de Balzac.

Dans l'organisation générale de *La Comédie humaine*,
le roman des *Paysans* appartient aux « Scènes de la vie

de campagne », qui forment elles-mêmes une section des
« Études de mœurs ».

Dès 1835 les « Scènes de la vie de campagne » figurent
en projet parmi les « Études de mœurs au XIXᵉ siècle »
telles que Félix Davin les définit sous la dictée ou du moins
sous l'inspiration du romancier :

« Après (...) viendront les peintures pleines de calme
de la *Vie de campagne*. On retrouvera, dans les scènes dont
elles se composeront, les hommes froissés par le monde,
par les révolutions, à moitié brisés par les fatigues de la
guerre, dégoûtés de la politique. Là donc le repos après le
mouvement, les paysages après les intérieurs, les douces
et uniformes occupations de la vie des champs, après le
tracas de Paris, les cicatrices après les blessures ; mais aussi
les mêmes intérêts, la même lutte, quoique affaibli par le
défaut de contact, comme les passions se trouvent adoucies
dans la solitude. Cette dernière partie de l'œuvre sera
comme le soir après une journée bien remplie, le soir d'un
jour chaud, le soir avec ses teintes solennelles, ses reflets
bruns, ses nuages colorés, ses éclairs de chaleur et ses coups
de tonnerre étouffés. Les idées religieuses, la vraie philanthropie, la vertu sans emphase, les résignations s'y montrent
dans toute leur puissance, accompagnées de leurs poésies,
comme une prière avant le coucher de la famille. Partout
les cheveux blancs de la vieillesse expérimentée s'y mêlent
aux blondes touffes de l'enfance. »

Cette description évoquerait beaucoup mieux les pay-
sanneries de George Sand que nos *Paysans*[a] ; mais à l'époque
Balzac n'avait encore à placer dans ce cadre que *Le Médecin de campagne*, et c'est à peine s'il avait ébauché *Le
Grand Propriétaire*, que peut-être, à ce stade, il destinait
plutôt aux « Scènes de la vie de province ».

En 1842, lorsqu'il publie l' « Avant-propos » de *La Comédie humaine*, il n'a étoffé les « Scènes de la vie de campagne »
que d'un titre nouveau, *Le Curé de village*, et cependant il
a écrit pour *Les Paysans* le scénario de 1838. Aussi se montre-
t-il à la fois plus elliptique que Davin en 1835 et plus ouvert
dans son appréciation prospective :

« Enfin, les *Scènes de la vie de campagne* sont en quelque
sorte le soir de cette longue journée, s'il m'est permis de

---

a. Sur le rapport des *Paysans* et de la réalité rurale de l'époque,
il faut signaler l'article très documenté de François Jacolin paru
dans *L'Année balzacienne 1974* (p. 133-150) : « *Les Paysans* et l'état
social des campagnes de l'Yonne sous la Restauration. »

nommer ainsi le drame social. Dans ce livre, se trouvent
les plus purs caractères et l'application des grands principes
d'ordre, de politique, de moralité. » Les derniers mots
soulignent l'évolution.

Au tome XIII de *La Comédie humaine*, en 1845, les
« Scènes de la vie de campagne » ne parviennent toujours
à réunir que les deux mêmes romans, *Le Médecin de campagne* et *Le Curé de village*. Le « Catalogue » dressé par
Balzac en 1845 ajoute trois nouveaux titres, *Les Paysans*,
Le Juge de paix, *Les Environs de Paris*. Dont il indique
comme restant « à faire » les deux derniers (qui n'allèrent
jamais au-delà de la velléité), et eux seulement : estimait-
il le premier virtuellement achevé ?

Reste le cas de *Le Lys dans la vallée*. Ce roman fut repris
en 1844 au tome VII de l'édition globale de *La Comédie
humaine* entreprise deux ans plus tôt par Furne et autres :
il y figurait parmi les « Scènes de la vie de province ». Il
existe, on le sait, un exemplaire de cette grande édition
corrigé par Balzac en vue d'une réimpression future, et
que les balzaciens sont convenus entre eux d'appeler « le
Furne corrigé ». Une annotation du Furne corrigé prescrit
de faire passer le *Lys*, dorénavant, dans les « Scènes de la
vie de campagne ».

Or cette injonction, que les éditeurs modernes ont suivie
naturellement, paraît fort contestable. Elle pourrait bien
ne résulter que d'une impulsion passagère. Le romancier,
plus sensible alors aux disproportions des différentes parties
de son œuvre qu'aux justifications du classement, tentait
par des moyens de fortune de remédier au déséquilibre —
et de masquer dans les « Scènes de la vie de campagne »
un état de sous-développement cruellement souligné par
la mésaventure des *Paysans*, désormais irrémédiable.

DOCUMENT

« LE GRAND PROPRIÉTAIRE »

Le lecteur a trouvé dans notre Notice l'essentiel de ce qu'on sait sur Le Grand Propriétaire, première et lointaine ébauche des Paysans. Nous reproduisons la totalité de ce qui reste de cette ébauche, d'après la publication qu'en a faite Loven-joul dans La Genèse d'un roman de Balzac et qu'a revue M. J.-H. Donnard. Contrairement au parti adopté par ce dernier, nous ne croyons pas devoir introduire d'alinéas dans le schéma que Balzac écrivit d'une seule coulée, sans reprendre haleine et au prix de quelques flottements. On y remarquera une sorte de tableau généalogique, celui des Massin, des Minoret, des Faucheur, des Levraut, qui se retrouvera dans Ursule Mirouët.

. . . .

[Ce nom dit assez] que jadis le pays était couvert d'une forêt, et qu'un Franc auquel il échut y bâtit son manoir dans une île, au beau milieu du pont, place essentiellement seigneuriale et commode pour percevoir les droits de péage, veiller aux moulins où les gens du pays devaient faire moudre leurs grains, et qui, de plus, avait l'avantage de présenter d'indestructibles fortifications naturelles. Le château, la forêt et les domaines qui en dépendaient avaient nom l'Ars, et fut le berceau d'une noble famille qui donna, sous François Iᵉʳ, un compagnon à Bayard, le fameux Louis d'Ars, dont il est question dans l'histoire du chevalier sans peur et sans reproche. Louis d'Ars était un cadet de la famille. L'Ars tomba, sous Henri III, aux mains de M. d'O, qui fit bâtir, moyennant un million d'écus de ce temps, le château actuel, l'un des plus beaux de la Touraine et du Berry. Par suite d'une alliance, la terre d'Ars était restée dans la famille de Grandlieu, depuis le ministère du Cardinal de Richelieu. Les financiers d'autrefois avaient la noble émulation de rivaliser avec les plus grands seigneurs, et le signe de la puissance était toujours l'érection d'un monument où éclatait le faste d'une générosité sarrasine. Dans le siècle qui précède celui où M. d'O tint les rênes de la finance, des banquiers allemands, les Fugger, ayant donné à dîner à Charles Quint, allumèrent le feu, en rentrant dans leur salle, avec les titres d'une somme énorme que leur devait l'empereur. Charles Quint les créa princes de Babenhausen, et il en existe encore une branche italienne dans *l'Almanach de Gotha*. Bohier, général des finances, avait commencé Chenonceaux, qui passa dans les mains de trois personnes royales sans être encore achevé, tant était grandiose le plan du financier. Semblançay avait bâti Azay-le-Rideau. Deux millions seraient aujourd'hui nécessaires pour achever à Chenonceaux et à Azay l'aile qui manque à l'un et à l'autre château. Cette glorieuse finance, qui avait le sentiment des arts, ordonnait des fresques, commandait des châteaux, aidait à bâtir les cathédrales, n'existe plus, et nul premier ministre ne bâtira, comme le Cardinal, une ville tout entière tirée au cordeau, dont il s'inquiétera si peu qu'il n'en verra que les plans. Une pensée magnifique vint à M. d'O, l'inventeur des pots-de-vin. Il prit sous sa protection un élève de Jean Goujon, à la fois sculpteur et architecte, ainsi qu'il arrivait souvent à cette époque, il lui demanda de faire un chef-d'œuvre, et il l'envoya dans l'île d'Ars avec des pouvoirs illimités sur ses généraux de Touraine, du Berry et du Poitou. Le château d'Ars n'est qu'à seize lieues de Tours, où, comme chacun sait, la Cour paraissait devoir se fixer, et où elle allait chaque année en ces temps de discordes et de guerres civiles. La pensée de Catherine, conforme à celle de Louis XI, était d'établir dans ce beau pays la capitale du royaume, et Louis XIV qui, dit-on, fidèle à cette pensée, voulut bâtir Versailles à Mont-Louis, rompit à jamais ce projet en laissant Versailles à Versailles. La Touraine a dû sa splendeur à cette idée, qui fit bâtir Amboise, Le Plessis, Chenonceaux, Azay, Richelieu, Valençay, Montbazon, Blois, la cathédrale de Bourges, Ars, Ussé, Chaumont, Chambord, Chanteloup, enfin toutes les splendeurs de ce beau pays, appuyé sur la Bretagne et la Vendée, protégé par la Loire, que Charlemagne avait voulu rendre acces-

sible aux voiliers jusqu'à Tours. Si Louis XIV avait
écouté Vauban et bâti sa royale demeure à Mont-Louis,
haute colline aux pieds de laquelle passent la Loire et
le Cher, peut-être Louis XIV aurait-il été tout simplement
le Joseph II de la France, et Charles X n'eût pas perdu le
trône, par la grande raison que Louis XVIII n'eût pas régné.
M. d'O eut son chef-d'œuvre, qui fut achevé par MM. de
Grandlieu. Pour peindre ce château magnifique, en faire
comprendre les beautés et la disposition, car ce château est
la pierre angulaire de cette histoire, peut-être faut-il avoir
un terme de comparaison que tout le monde puisse saisir.
Supposez donc, non pas les Tuileries actuelles, mais les
Tuileries de Catherine de Médicis, c'est-à-dire le pavillon
central, ses deux galeries et ses deux jolis pavillons, bâtis
sur pilotis, au fond d'une rivière dans une île verte. Mais
au lieu des ornements, d'un goût douteux, imaginés par
Philibert de l'Orme, voyez les plus jolis détails du style
nommé style de la Renaissance ; au lieu du gros pavillon
carré, à lourde toiture, voyez un campanile élégant,
découpé ; à chaque angle des pavillons carrés, mettez de
hautes tourelles, dont la naissance, en nid d'hirondelle,
est baignée par les eaux, ornées de galeries extérieures à
chaque étage, et terminées par des clochetons à jour. Pas
une croisée dont les ornements soient semblables, mais
toutes à croisillons chargés d'animaux sculptés dans
des feuillages. Au lieu des arcades sèches, des colonnettes
assemblées, réunies par des cintres en ogive, et les voussures
intérieures brodées de fleurs, les clefs pendantes. Telle
était la façade qui regardait la forêt. Du côté de la ville,
deux corps de logis partant de chaque pavillon, terminés
tous les deux par deux tours carrées, semblables, moins
la hauteur, à la tour de Saint-Jacques-la-Boucherie, formaient une cour carrée, dont l'entrée était un pont, et qui
avait pour fossés la rivière nommée l'Arneuse. Chacun des
corps de logis avait à son milieu une espèce de pavillon
saillant, avec perron, porte richement ornée de statues,
semblable au pavillon qui sur le quai des Tuileries fait face
au pavillon des Saints-Pères. L'entrée principale du
château avait un double perron, et les fenêtres de cette cour
intérieure, ses tourelles, tout était merveilleux de finesse
de dessin, et rappelait le génie qui a présidé à la belle
partie de la Cour du Louvre. A droite, étaient les jardins,
terminés par le pont ; au-delà, des prairies resserrées
entre des collines, à gauche, des îles semées dans l'Arneuse, des prés, des moulins ; en face du château, du côté

de la cour, la Ville-aux-Fayes, serrée entre la côte et la
rivière, et, du côté de la belle façade, la forêt, mais séparée
des jardins semés d'îlots par un faubourg. Telles sont les
principales masses et les dispositions de l'Ars, et sa situation par rapport à la Ville-aux-Fayes. M. d'O avait, de
l'autre côté de la rivière, dans la ville, acheté plusieurs
terrains, et avait commencé, dans l'un, une joûe église,
que MM. de Grandlieu ne purent achever. Le bourg consen-
tit à la finir, pour en faire sa paroisse. Mais les seigneurs,
en la cédant, se réservèrent la propriété de la porte latérale
qui donnait chez eux, celle de la chapelle contiguë à cette
porte, et les caveaux, pour en faire une des sépultures de
famille. De Louis XIII à Louis XVI, en trois règnes, la
Ville-aux-Fayes, simple bourg du temps de M. d'O, s'était
lentement agrandie, comptait deux mille âmes en 1789, et
doubla presque, quand, lors de la nouvelle division du
territoire, elle devint chef-lieu d'arrondissement. Elle
tenait à la Touraine par son voisinage avec Loches, et au
Berry par ses rapports avec Châteauroux. Les gens de la
Ville-aux-Fayes étaient réputés pour leur économie et
leurs richesses. Il s'y faisait un grand commerce de laine
brute, de vins, de tan, de cuirs, de fourrages et de bestiaux,
il y avait deux foires par an ; mais, depuis la Révolution,
les fortunes s'étaient triplées par l'acquisition des biens
ecclésiastiques, et surtout par l'usure. Il y existait trente
fortunes de vingt mille livres de rente et une centaine de
maisons bourgeoises ayant de quatre à dix mille francs de
revenus. Pas une seule de ces familles ne dépensait plus
de douze cents francs par an. Là, comme dans toutes les
petites villes qui se sont ainsi formées, il y avait une dizaine
de familles qui avaient fait souche, et presque tous les
riches bourgeois étaient cousins. Néanmoins, quatre noms
dominaient : les Massin, les Minoret, les Faucheur et les
Levraut, ce qui produisait des Levraut-Minoret, des
Massin-Faucheur, des Minoret-Minoret, enfin toutes les
combinaisons de noms possibles. Les Minoret faisaient
la banque, les Levraut cultivaient, les Faucheur avaient
le commerce et les Massin exerçaient les emplois publics.
Les Minoret-Crémière possédaient le notariat. M. Massin
— jeune homme — Crémière, chef des Massin, le plus riche
de la ville, avait acheté l'abbaye de Formont, et personne
ne savait ce que contenait son *esquipot*, expression du
pays, qui remplaçait les mots : *portefeuille, magot, quibus,*
escarcelle, coffre-fort, Saint-Frusquin, etc. Les *esquipots*
de la Ville-aux-Fayes avaient un certain renom. Cette

ville était la *Bâle* du Berry. Un préjugé, soigneusement
entretenu par le patriotisme de l'arrondissement, faisait
croire que les toiles, les draps, les cuirs, les outils, achetés là,
chez les Faucheur-Faucheur, les Minoret-Faucheur ou
les Faucheur-Minoret, chez les Crémière, étaient meilleurs
que partout ailleurs. Les paysans des environs avaient
pour religion d'y faire leurs parties fines, dans les cabarets
ou les hôtels, les jours de marché. Les actes importants
de l'arrondissement s'y passaient chez Maître Minoret-
Crémière, dont la famille avait eu le crédit d'empêcher la
création d'une autre étude. La nouvelle circonscription
judiciaire y avait mis un tribunal de première instance,
une justice de paix, une recette particulière, toutes places
envahies par les familles principales ou leurs alliés. Cette
bourgeoisie étendait les bras d'un côté jusqu'à Tours, de
l'autre jusqu'à Châteauroux. Le service des messageries,
par des voitures semblables à celles des grandes diligences,
avait été établi entre Tours et Châteauroux, en passant
à la Ville-aux-Fayes, par la maison Minoret-Favrel, et
cette entreprise, sagement calculée, força les deux dépar-
tements à faire du chemin une route départementale.
Il s'y établit une poste aux chevaux, obtenue par les
Levraut-Grandsire. La gendarmerie vint. Ainsi le prodigieux accroissement de la petite ville s'explique par le
mouvement révolutionnaire de 1789 ; mais la Révolution
n'y fit aucun ravage ; le souvenir de la protection des
Grandlieu préserva le vieux marquis de toute offense. Les
bourgeois se contentèrent d'avaler les biens du clergé, de
s'emparer du pont et des chemins qui, en vertu d'un décret,
passèrent des seigneurs aux communes, et le jeune comte
de Grandlieu, fils unique du marquis, lieutenant dans les
mousquetaires, put suivre les princes à Coblence sans
nuire à son père qui demeura tranquillement dans son
château d'Ars, et conserva tous ses autres biens au moyen
du certificat de civisme que lui donna le district de la
Ville-aux-Fayes, et qu'il produisit partout où ses propriétés
furent menacées. En s'agrandissant, la ville, au lieu de
s'étendre de chaque côté de la rivière ou au-delà du pont,
monta sur la colline, et les maisons s'y étagèrent, en formant une belle décoration au château, dont les flèches,
les clochetons, les tours et les tourelles s'élevaient au-dessus
de la colline, et dominaient orgueilleusement la ville, les
prairies, et s'apercevaient à une distance de trois lieues
dans la vallée, en aval comme en amont de l'Arneuse. En
venant de Châteauroux, au sortir de la forêt, comme en

haut de la montagne opposée à la forêt en venant de Loches, les voyageurs apercevaient le magnifique aspect de cette ville, ses vignobles, sa longue vallée, ses fermes, et ses maisons de campagne dans le lointain, et s'émerveillaient des royales constructions posées au cœur du paysage, comme des édifices montés au milieu d'un désert. Il existait deux choses contrastantes : la ville et le château, le château, qui valait dix fois la ville, la ville qui, sujette du château, le dominait par le nombre. Le château écrasait visiblement et matériellement la ville. Pendant le Consulat et l'Empire, la ville et le château vécurent en bonne intelligence, car en ce temps le despotisme militaire nivelait tout. Puis, M. de Grandlieu, le père, était un vieillard, veuf, sans train ni suite, dont on ne connaissait pas le fils à la Ville-aux-Fayes. Le bonhomme avait pris des habitudes campagnardes, il allait à ses affaires tranquillement, sur un vieux cheval blanc, il n'avait qu'une cuisinière, un valet de chambre, un ancien piqueur pour son écurie, deux jardiniers, un concierge. Sa vieille berline pourrissait sous la remise depuis la mort de sa femme. Comme les grands seigneurs du temps de Louis XV, il n'était pas dévot. Ayant vu les splendeurs de la cour de France, où il avait la charge de Grand Fauconnier, il s'y était deux fois ruiné, avait deux fois rétabli sa fortune par de beaux mariages. Revenu de tout, conservant une santé de fer malgré les excès de sa jeunesse, il se montrait vêtu simplement, paraissant se soucier fort peu de son château, auquel il ne faisait aucune réparation, il n'avait aucun goût pour les jardins, et laissait ses îles, sa prairie, se couvrir de limon, sans les convertir en un parc anglais qui eût été délicieux. Il était devenu fort avare, visait au revenu, plaçait ses écus secrètement, allait peu au dehors. Jamais grand seigneur ne fut moins gênant. Son fils, qui avait épousé dans l'émigration une demoiselle de Courtenvaux et qui en avait hérité sans avoir d'enfants, s'était remarié en Angleterre avec la fille de Lord Fitz-Lovel, auquel un de ses oncles, au retour des Indes, où il avait longtemps commandé, avait laissé une grande fortune. Le comte de Grandlieu était donc resté à Londres, avec son oncle et sa tante le vicomte et la vicomtesse de Grandlieu. Les gens de la Ville-aux-Fayes ignoraient donc l'existence du fils, sa fortune, car l'une des grandes qualités du vieux marquis, que les bourgeois de la ville appelaient le *bonhomme*, suivant l'usage, était une discrétion rusée, une bonhomie machiavélique, beaucoup trop supérieure à leurs intelligences pour qu'ils en comprissent la portée et les effets. Il s'était fait passer pour fantasque et très entêté. Les gens de la Ville-aux-Fayes se regardaient donc comme appelés à dévorer le château, les domaines et la forêt à la mort du marquis, imaginant que sa terre serait soumise à un partage et nécessairement à une licitation, avec vente aux enchères. Les quatre familles principales amassaient leurs capitaux dans ce dessein, et s'étaient partagé le gâteau, comme la Prusse, l'Autriche et la Russie s'étaient d'avance partagé la Pologne. M. Massin, lui, voulait le château, soi-disant pour y mettre une filature. L'année 1814 changea subitement les dispositions de la bourgeoisie de la Ville-aux-Fayes envers le château. La Restauration dessina nettement les positions respectives de la noblesse, de la bourgeoisie et du peuple, et il s'ensuivit deux partis : les royalistes, qu'on nomma des *ultras*, des constituants, qui s'appelèrent les libéraux. Les libéraux mirent dans leurs rangs les Bonapartistes, les républicains et le peuple. Les royalistes restèrent seuls, avec la confiance que leur donnaient les principes d'ordre et de stabilité, le clergé devint l'appui du trône ; de là, deux partis formidables en France, l'un, armé du pouvoir, l'autre, armé de la presse. La Ville-aux-Fayes ne lut que *Le Constitutionnel* et le *Courrier français*, la *Minerve*, le *Pilote*, le *Miroir*, les *Lettres normandes*. Le marquis de Grandlieu ne lut rien que le *Journal officiel*, le *Moniteur*, et celui du département. Il est nécessaire de dire ici que plusieurs villes du Berry se sont, suivant leur expression, débarrassées de la noblesse. Issoudun n'a pas une seule maison noble ; la Châtre et Châteauroux en ont fort peu. La Ville-aux-Fayes n'avait que le marquis de Grandlieu, et s'en voyait délivrée, lorsqu'il plairait à Dieu de l'appeler à lui. Tout allait donc bien, car la réputation politique des bourgeois de la Ville-aux-Fayes voulait qu'ils fussent maîtres chez eux, qu'ils n'eussent ni nobles, ni prêtres. Or, dans le deuxième mois de la Restauration, trois voitures de façon anglaise traversèrent la Ville-aux-Fayes et se rendirent au château. Les bourgeois s'attroupèrent sur la place, devant le magasin de rouenneries de M. Faucheur-Junior, et chacun de se demander ce qu'étaient ces hommes vêtus de rouge, à guêtres noires, à boutons dorés, et qui venaient au château. Dans la matinée, la Ville-aux-Fayes apprit que le comte de Grandlieu, sa femme et ses enfants, une fille et un garçon, étaient venus de Londres à Paris et de Paris en Berry, pour saluer leur père, beau-père et grand-père ; que la comtesse avait des femmes de chambre mieux mises que Mademoiselle Massin, et que les valets de chambre avaient l'air de *Messieurs*. Tout fut cen dessus dessous dans la Ville-aux-Fayes. Quoique peu dévots, les bourgeois et les bourgeoises de la ville affluèrent à l'Église, pour voir les étrangers. On examina les gens, les grooms, les cochers, ce fut une révolution: Étaient-ils là pour longtemps? Verraient-ils du monde? M. le sous-préfet y alla ; mais il ne fut pas reçu. M. le marquis était, lui dit-on, en affaires avec M. le comte. Les gens du pays demeuraient sur le pont, d'où l'on pouvait voir dans les jardins, où le bonhomme avait mis un immense potager entre le pont et son château. L'on décida que le père et le fils ne s'entendaient point, d'après leurs gestes pendant leurs promenades. La comtesse, habituée au luxe et au confortable anglais, se déplut dans un château si mal tenu. L'affaire des Cent Jours arriva, le comte et sa femme suivirent le roi à Gand, car le comte avait repris sa lieutenance dans la Maison Rouge. C'était un fort bel homme, âgé de quarante-deux ans environ. Il ne revint plus à la Ville-aux-Fayes que seul et chaque année vers l'automne pour rendre ses devoirs à son père. Le sous-préfet, homme de l'Empire, se piqua de n'avoir pas été reçu, et il souffla le feu, dans les Cent Jours, entre la ville et le château. En haine de l'ancien régime qui avait failli revenir, les bourgeois de la Ville-aux-Fayes se bonapartisèrent, se patriotisèrent, et tombèrent dans toutes les élégies que l'on fit en langage hypocritement constitutionnel sur la gloire française, sur les Cosaques, sur les ravages de l'invasion, sur l'occupation étrangère, affreux malheur dû à Napoléon, et qui ne fut pour la France, financièrement parlant, qu'un revirement de fonds, car ce qu'elle payait aux étrangers resta dans le pays. Le bonhomme Grandlieu avait alors soixante-quatorze ans. Le président du tribunal, un Minoret-Grandin, et un certain abbé Louchard, ancien assermenté, qui pressentait l'avenir, complotèrent avec le maire M. Massin, de rendre la vie si dure au bonhomme qu'il vendît sa terre, et l'on tint conseil pour savoir comment on l'entamerait. M. Garangeot, homme d'affaires du marquis, fut prévenu. Le bonhomme se mit au lit et se dit malade, puis il fit, sans que personne en sût rien, quatre grandes évolutions. Le Roi était revenu. Il fut nommé maire. Le président, M. Minoret-Grandin, fut remplacé par M. Garangeot, ancien avocat ; il fit venir remplacer M. le sous-préfet de Bonaparte par le fils d'un

émigré, M. du Chosal, jeune homme sans fortune, puis il
intenta le plus injuste de tous les procès au plus huppé
bourgeois de la ville, un médecin nommé Giraud. D'ailleurs,
il parut expirant, sollicita pour M. Massin la place d'adjoint, et personne ne sut qu'il était l'âme des changements
administratifs et judiciaires qui se faisaient dans la Ville-
aux-Fayes. Il prit pour homme d'affaires un homme
capable et rusé, comme lui bonhomme en apparence,
auquel il promit de faire avoir, sans finance, une seconde
charge de notaire dont il solliciterait l'érection pour lui
à la Ville-aux-Fayes. Le procès fut une conception à la
Tarquin. M. de Grandlieu avait un pré sur lequel tombaient
les eaux de la colline et de la ville, et ce pré jouxtait un pré
appartenant à M. Giraud, lequel pré valait trois mille
francs au plus. Le bonhomme fit faire un fossé à talus, qui
rejetait les eaux sur son voisin. La servitude n'était pas
contestable, il y eut procès. M. Garangeot condamna
son ancien maître. Appelé à Bourges, le marquis perdit
en Cour royale. Appel en cassation. Le marquis fit le
voyage à Paris et obtint la cassation ; il fallut donc aller
plaider à Orléans, il y entraîna le pauvre médecin, qui
gagna derechef. Le marquis se pourvut en cassation. Le
médecin demanda grâce, le procès, même gagné sur tous
les points, lui aurait coûté cinq mille francs en dehors des
frais. Il en coûtait quinze mille au marquis. Il y eut transaction, le bonhomme eut le pré. Le médecin disait partout :
« Quand M. le marquis voudra quelque chose, cédez, car
il vous ruinera. » Ce procès fit tomber toutes les velléités
de combat judiciaire qui avaient saisi les bourgeois. Le
bonhomme était trop entêté, disait-on. Le marquis passa
ses vieux jours à faire cadastrer sa terre, il contraignit ses
voisins à des bornages ; enfin, il tâcha d'éviter toutes les
difficultés que pouvaient susciter des bourgeois en cas
d'inimitié. Six mois avant sa mort, qui arriva en 1821, il
avait obtenu pour son régisseur l'érection d'un second
office de notaire à la Ville-aux-Fayes, et cet événement
éclaira la bourgeoisie sur le caractère madré du bonhomme,
les principales familles se virent jouées, surtout quand il
fut patent par les mariages du vicomte, qui épousa une
Noailles, et de Mademoiselle de Grandlieu, qui épousa un duc
de Grancey avec des dots considérables, que la fortune
du futur possesseur de l'Ars était si énorme qu'il fallait
perdre à jamais l'espoir de dévorer la proie que mâchaient
les bourgeois depuis vingt ans. Le bonhomme mourut à
l'âge de quatre-vingt-sept ans, ayant augmenté la terre

d'Ars de cinq cents arpents et de deux moulins, qui l'avaient rendu maître du cours supérieur de l'Arneuse. Sa terre de Grandlieu valait, disait-on, quarante mille francs de rente en sac, et l'Ars environ cinquante mille. Il avait eu la sagesse de comprendre qu'il lui était impossible de vivre aristocratiquement avec quatre-vingt-dix mille francs de rente dans un château qui avait deux cent quatre-vingt-seize croisées, et dont il avait été forcé d'en faire plâtrer cent quarante, lors de l'impôt dit des portes et fenêtres. M. d'O n'avait pas deviné cette taille-là. Quand le bonhomme fut enterré dans les caveaux de la maison de Grandlieu, sous l'église paroissiale de la Ville-aux-Fayes, il y eut un grand article dans *Le Constitutionnel*, où il était dit, sous la rubrique de Châteauroux : « Partout les ultras s'efforcent de faire renaître leurs anciens droits. M. le marquis de Grandlieu, ancien Grand Fauconnier de France, étant mort à son château d'Ars, son fils a fait ouvrir les caveaux de l'église paroissiale pour l'inhumer, le cimetière l'aurait encanaillé. Il existe cependant à l'extrémité des jardins du château une chapelle gothique, qui avait autrefois une entrée par le pont de la Ville-aux-Fayes, et que M. de Grandlieu avait fait fermer, afin de se la réserver tout entière, on avait cru qu'il y voulait transporter la sépulture de sa famille ; mais ce qui était bon sous l'Empire eût été faiblesse aujourd'hui. Le curé, de connivence avec M. le marquis de Grandlieu, a consenti à l'ouverture des caveaux. Nous nous attendons à le voir encenser à la messe M. le marquis, et celui-ci, comme tous les autres, préparera ainsi le retour de tous les droits abolis, jusqu'à ce qu'on en vienne aux biens dits nationaux. » Quand, six mois plus tard, le marquis de Grandlieu, reçu froidement par le Roi, en apprit la cause, et lut l'article qu'il ignorait, il n'était plus temps de réclamer. Il put s'expliquer avec Sa Majesté, mais non avec l'opinion publique. L'article était une première malice de l'abbé Louchard et dont il recueillit les fruits. Alors, le ministère caressait la gauche, et M. Massin fut nommé maire de la Ville-aux-Fayes. Le marquis de Grandlieu, jeté dans les détails d'une succession, ne songea pas à se faire nommer maire, et, quand il y pensa, l'article rendait sa nomination au moins inopportune. Ce sont des faits semblables qui, journellement, convainquaient le parti royaliste de la mauvaise foi, de la perfidie calomnieuse, employée par les libéraux. Louis XVIII savait que la gauche n'en voulait qu'au pouvoir, la droite se disait : « Pour qui travaillent-ils ? Pour Napoléon II

ou pour la République? » L'événement qui fit tomber
M. de Cazes donna lieu de croire à la branche aînée que
les gens du côté gauche étaient joués par une profonde
politique, et que le danger n'était ni à Schoenbrunn, ni à
l'Hôtel de Ville. Tels furent les événements principaux qui
précédèrent la prise de possession du château d'Ars par
le marquis actuel. La Ville-aux-Fayes apprit qu'en suc-
cédant à son père, M. de Grandlieu réunissait environ
cinq cent mille livres de rente, malgré le paiement des
dots constituées à son fils et à sa fille. La terre d'Ars devait
naturellement devenir la résidence de la famille, car
Grandlieu était un vieux castel inhabitable, situé sur les
côtes de la Bretagne, quoique fort remarquable par un des
plus beaux lacs de France, où il y a peu de lacs. Aucun
des autres domaines de la maison n'était bâti. Enfin, le
premier acte du Marquis fut d'établir un majorat avec Ars,
Grandlieu et deux autres propriétés territoriales, qui
composèrent environ deux cents quarante mille livres de
rente, portion disponible de la fortune du marquis. La haine
des bourgeois contre le château devint une passion patrio-
tique. Il fallait se délivrer du Noble à tout prix. M. Garangeot, l'ancien intendant du vieux marquis, homme de quarante-cinq ans, fut gagné à la Bourgeoisie par un mariage
qu'on moyenna entre lui et une veuve sans enfants,
riche de huit mille livres de rente, une Massin-Brouet. Le
nouveau notaire, M. Mitouflet, passa également au parti
bourgeois, on lui donna une Minoret-Minoret, qui avait
soixante mille francs en mariage, et, d'ailleurs, il avait
reconnu l'impossibilité de lutter avec tout le pays. Le
Procureur du Roi, le sous-préfet et le lieutenant de gendarmerie furent tenus en échec par la perspective de
mariage entre eux et les trois plus riches héritières de la
ville. Le marquis, auquel l'état moral de la Ville-aux-
Fayes était inconnu, et qui n'avait fait que des séjours
d'une semaine chaque année en venant voir son père, se
trouvait plein de bonnes dispositions pour la Ville-aux-
Fayes. Son séjour en Angleterre lui avait donné le goût
des magnificences de la vie de château, et ce patriotisme
éclairé qui s'occupe de la grandeur et des améliorations
du pays. Il ne se doutait pas de ce qu'était la Ville-aux-
Fayes. Vers le mois de mars de l'année 1822, commencèrent
des envois réguliers de meubles, de tableaux, de statues.
Des ornementistes, des peintres, des sculpteurs et un
architecte de Paris, arrivèrent. D'habiles ouvriers furent
mandés. Toutes les croisées se débouchèrent et les répa-

rations extérieures et intérieures commencèrent. Dans cette année seulement, elles s'élevèrent à trois cents et quelques mille francs. Les écuries furent rebâties sur le plan des écuries anglaises. Des travaux immenses furent entrepris dans l'Arneuse qui, dans cet endroit, n'a pas moins de trois bras et forme une douzaine d'îles, dont quelques-unes sont disposées en aval, au-dessous du pont, et prolongent le parc de la même manière que celui de Neuilly. M. de Grandlieu possédait de l'autre côté du pont toutes les îles, comme il les possédait en amont. Les pilotis pour élever les îles au-dessus de l'étiage, une terrasse au bas de la façade principale pour se promener devant le château qui, jusqu'alors, avait été entouré par la rivière et par des quais crénelés, enfin des plantations, l'ensemencement des gazons, le changement des potagers, la construction des serres, amenèrent un nombre considérable d'ouvriers, et prirent toute l'année 1822. Le rez-de-chaussée du château fut destiné à la réception, et à ce qu'on nomme l'appartement d'honneur. Il y eut une superbe salle de concert, des salons royaux, une bibliothèque dans les galeries du premier étage, de beaux tableaux dans celles du rez-de-chaussée. L'appartement de la marquise occupa tout un pavillon, et celui du marquis également. Au-dessus d'eux, leurs enfants mariés eurent aussi des appartements complets. Ainsi la grande façade fut employée tout entière, les deux corps de logis latéraux eurent pour destination les logements des étrangers. Sans compter ceux de la famille, il y eut douze appartements de femmes mariées, et trente appartements d'hommes. Le marquis pouvait recevoir le Roi. Son père lui avait laissé quelques beaux tableaux, il en avait rapporté des pays étrangers, en sorte que ses deux galeries étaient fort belles. En Angleterre, il avait contracté le goût des meubles anciens, et en avait acheté, dans les premiers jours de la Restauration, une grande quantité des plus beaux, au temps où ils n'étaient pas chers, dans l'intention de mettre à l'Ars un mobilier en harmonie avec l'architecture. Quoiqu'il dépensât, dit-on, environ cinq cent mille francs en mobilier, plus tard des millions n'auraient pas suffi. Ses voitures, ses chevaux, ses équipages de chasse, arrivèrent successivement. Depuis longtemps, il tenait en réserve le million nécessaire pour restaurer l'Ars, et il dépassa néanmoins de moitié ses prévisions. Mais, dans l'été de l'année 1825, la marquise put venir s'installer à l'Ars, sans avoir trop à souffrir des ouvriers. Elle y vint avec ses enfants et quelques amis. Il y eut environ cent personnes au château. Là où, pendant trente-deux ans, avaient régné le silence, l'abandon, la solitude, là où tout était dégradé, sans soin, inculte, il y eut le mouvement de la vie, et le parc anglais le plus ravissant sortit des eaux comme par magie. Cette restauration jeta deux cent cinquante mille francs d'argent dans le pays. La Ville-aux-Fayes les prit et se tint coi ; par rapport au château, elle semblait ne pas exister. Le Marquis avait été si fort occupé, toujours entre l'Ars et Paris, obligé d'aller à Grandlieu, revenant à l'Ars pour voir si tout s'y faisait selon son goût, qu'il n'avait pas eu le temps de songer à qui que ce soit en ville. Seulement, lors de la disgrâce qu'il éprouva par suite de l'article du *Constitutionnel*, il dit à son homme d'affaires de tâcher de savoir qui l'avait envoyé ; son régisseur lui apprit que l'auteur était l'abbé Louchard, homme autrefois peu considéré, mais qui, en se mettant à la tête du parti libéral dans la Ville-aux-Fayes, avait acquis une grande importance dans l'arrondissement.

NOTES

1. Gavault (Sylvain-Pierre-Bonaventure), avoué à Paris depuis 1822, fut pour Balzac un conseiller adroit et dévoué. Il l'aida dans l'établissement de contrats de librairie et surtout, de 1840 à 1843, dans la liquidation des Jardies. Le 11 mai 1843 le romancier, renouvelant les éloges de l'année précédente, parlait de lui à Mme Hanska en des termes qui expliquent le soin qu'il prit de lui dédier *Les Paysans* : « Gavault, outre qu'il a signé son dévouement par des faits, rares, croyez-moi, est pour moi comme un père, mais un père respectueux pour son fils ; il n'est jamais sorti des bornes qu'il s'imposait à lui-même en respect de ma personne, de mon caractère, à cause de son admiration pour mes travaux, pour les malheurs de mon excessive probité. Là où, en France, tout le monde, en vous rendant service, se croit autorisé à vous rabaisser, à tirer parti de la protection en s'élevant au-dessus de vous, Gavault, avec une sublime délicatesse, avec des façons qui viennent du cœur, est resté comme il était le premier jour. Il est sans le moindre nuage au front, soit de jalousie, soit d'envie. C'est, pour moi, une perfection ; il a de la tendresse pour mes intérêts, pour mes travaux, pour mon avenir... Il a l'excessive finesse, la capacité d'un de ces premiers avoués de Paris, qu'il a été, et qui sont comme des premiers ministres, et il est d'une *innocence de cœur* incroyable. Sous les flots des affaires, qui usent tout, il a conservé les plus riches dons du cœur. »

2. Habitant d'Éphèse, Érostrate, en 356 av. J.-C., incendia le temple de Diane dans sa ville, à seule fin de

faire parler de lui. Balzac commence déjà à exprimer le jugement politique et sociologique qu'il confirmera maintes fois dans la suite de l'ouvrage.

Page 32.

3. Ce chiffre figure également dans deux lettres à Mme Hanska de juillet et de septembre 1844. On se l'explique mal. Il renvoie à l'année 1836, c'est-à-dire à l'époque où Balzac annonça par deux fois *Qui a terre a guerre* parmi ses romans à paraître. Voir notre Notice : faudrait-il faire remonter à cette époque le moment où il conçut l'idée de modifier l'orientation générale de son roman, pour passer de celle du *Grand Propriétaire* à celle des *Paysans ?* C'est une conjecture que, dans l'état actuel de nos connaissances, rien n'appuie. Le scénario de 1838 reste, jusqu'à nouvel ordre, la première trace écrite de ce changement.

Page 33.

4. Comme on l'a vu dans notre Notice, le titre de cette première partie avait d'abord été prévu par Balzac pour l'ensemble du roman, sous une forme légèrement différente. Il revient ici à la forme originale du dicton, dont la première mention figurerait dans un manuscrit du xve siècle conservé à la Bibliothèque vaticane. La seconde partie des *Paysans* ne porte pas de titre.

Page 35.

5. Émile Blondet reparaît quatorze fois dans l'œuvre balzacienne, venant ainsi au quatorzième rang des personnages reparaissants. Né à Alençon entre 1800 et 1802, fils naturel du préfet de l'Orne et fils putatif d'un vieux magistrat, il vient en 1818 faire son droit à Paris, entre au *Journal des Débats* en 1821, s'impose bientôt comme « prince de la critique », tient un bon rang dans la bohème élégante, se fait maître de journalisme et de cynisme ; sa liaison avec la comtesse de Montcornet, amie d'enfance depuis Alençon, lui ouvre la bonne société parisienne. Il apparaît notamment dans *La Vieille Fille, Le Cabinet des Antiques, Illusions perdues, Splendeurs et Misères des courtisanes*, etc.

Raoul Nathan, amant de cœur de l'actrice Florine qu'il finira par épouser, est pour Blondet un camarade de journalisme, de littérature et de parisianisme ; si épisodique que soit sa figuration dans *Les Paysans*, il n'apparaît pas moins de dix-neuf fois dans *La Comédie humaine*, occupant ainsi le neuvième rang du classement.

Page 36.

6. Sur l'identification des lieux où Balzac situe le roman, ou du moins des lieux qui ont pu alimenter son imagination topographique, voir en tête du présent volume la préface de M. Louis Chevalier. Voir également, ci-après, les notes 34 et 171 relatives à des indications de Balzac qui suggéreraient une localisation différente.

7. Ce personnage d'intrigues politiques se rencontre souvent dans les coulisses de *La Comédie humaine* ; répandu parmi les milieux de la presse, de la haute administration et de la galanterie, il est en 1822 secrétaire général d'un ministère important (les Finances, selon *Les Employés*). — Sur le nom de La-Ville-aux-Fayes, voir ci-dessous la fin de la note 21.

8. Autres personnages de la haute société parisienne. Ronquerolles appartenait à l'association secrète des Treize ; Soulanges était un ancien officier de l'Empire. (Il existe un village de Ronquerolles dans la région correspondant à la note 21 ci-après.)

9. On remarquera — dans *Les Paysans* comme en général dans toute *La Comédie humaine* — la fréquence des références ou allusions à des œuvres picturales. C'est là un élément singulier de la méthode descriptive de Balzac : il s'agit alors pour lui de dépeindre les objets, les sites, les personnages non pas d'une manière directe, mais par l'intermédiaire d'une interprétation proposée par un autre art. Une étude systématique et approfondie de la « muséographie » balzacienne pourrait jeter sur *La Comédie humaine* des éclairages inattendus.

Page 37.

10. « Bateau de pêcheur pour conserver le poisson » (Littré), ou caisse à claire-voie servant de vivier.

Page 38.

11. « Fossé assez large pour n'être pas franchi par un loup, et qu'on creuse au bout des allées d'un parc pour les fermer sans ôter la vue de la campagne » (Littré).

Page 40.

12. « C'est » au lieu de « ce sont » : tournure habituelle chez Balzac.

13. *La Recherche de l'absolu* parle également de « cigales » qu'on entend « crier » dans un jardin de Douai, et elles y

sont, comme ici, distinguées des grillons. Il n'y a pas plus de cigales en Bourgogne qu'en Flandre. Il s'agirait en réalité de la « sauterelle stridulante ».

14. Le pavot à opium dont est tirée la morphine ne pousse pas sous nos climats.

Page 41.

15. Voir ci-après la note 25.

16. Ces indications seront développées un peu plus loin. — La valeur de l'arpent, variable selon les régions, était à Paris légèrement supérieure à 34 ares ; la superficie du parc dépassait donc 300 hectares.

Page 43.

17. Ce mot, qui reviendra plusieurs fois dans le même sens au cours du roman, désigne d'une manière générale la construction d'un édifice ; plus spécialement, selon Littré, une construction dont la principale décoration consiste dans l'arrangement et l'appareil des matériaux ; par extension, toute construction servant à l'ornement d'un parc ; enfin, en peinture, les bâtiments représentés dans un tableau pour agrémenter, humaniser, animer un paysage. — Le lac de Thoune : en Suisse, dans le canton de Berne.

18. Fils d'un laquais, Étienne-Michel Bouret (1710-1777) acquit dans la spéculation financière une fortune considérable ; il mourut dans le dénuement. Il ne semble pas avoir été fermier général, quoi qu'en dise Balzac, qui d'ailleurs prête à ce financier dévorant plus d'urbanité et d'élégance qu'il n'en eut réellement.

19. Maria-Émilie Joly de Choin (1670?-1717), demoiselle d'honneur de la princesse de Conti, manquait de grâces physiques, mais était douce, bonne et réservée. Elle fut aimée du Grand Dauphin qui finit par l'épouser en secret ; à la mort de celui-ci, en 1711, elle se retira du monde.

Page 44.

20. « Communique à » au lieu de « communique avec » : encore une tournure habituelle chez Balzac.

Page 46.

21. Ces allusions ont été étudiées par M. Jacques Levron, cité par M. J.-H. Donnard. Le château de Persan ne paraît pas avoir jamais appartenu à Maupeou. Celui de Mont-morency fut abandonné à l'avidité des démolisseurs — la « bande noire » — par le comte Aldini après avoir subi

en 1815, de la part des troupes alliées d'occupation, des dégradations telles qu'il n'était plus possible de le restaurer. L'abbaye (et non le château) du Val, fondée en 1125, avait été supprimée en 1791 et vendue aux enchères ; haut fonctionnaire de l'Empire, Regnault de Saint-Jean-d'Angély avait été exilé en 1816. Le château et le parc de Cassan semblent avoir été aménagés par le fermier général Bergeret avant que le prince de Conti les remît à son amie la comtesse de Boufflers (1724-1800), dont le salon parisien était célèbre au même titre que ceux de Mme du Deffand et de Mlle de Lespinasse.

On rapprochera ce développement des deux articles « Guerre aux démolisseurs! » publiés par Hugo en 1825 et 1832, et repris en 1834 dans *Littérature et philosophie mêlées*. Ils sont reproduits, dans la présente collection, à la suite de *Notre-Dame-de-Paris*. Voir ci-après les notes 166 et 191.

M. J.-H. Donnard fait observer justement qu'en 1817, 1818 et 1819, Balzac avait fait trois séjours à L'Isle-Adam: cet alinéa des *Paysans* se rattache vraisemblablement pour lui au souvenir de promenades et de randonnées dans la région et des récits qu'il y avait entendus (hypothèse confirmée par un passage de *Physiologie du mariage* où sont évoquées « en clair » ses rêveries de 1819 dans le parc de Cassan). A L'Isle-Adam il était l'hôte de M. de Villers-La Faye, ami de son père : il est probable que l'auteur des *Paysans* a calqué sur son nom celui de la sous-préfecture de La-Ville-aux-Fayes.

Page 47.

22. Dans les lignes qui suivent, Balzac prend de grandes libertés avec la biographie réelle de Marie-Joséphine Laguerre, née en 1755, morte en 1783. Première cantatrice de l'Académie royale de musique, où elle avait débuté en 1774, elle s'illustra dans les opéras de Gluck et de Piccini, mais gâta son talent et ruina sa santé par son intempérance. Un jour où elle titubait sur la scène : « Ce n'est pas *Iphigénie en Tauride*, dit Sophie Arnould, c'est Iphigénie en Champagne! » La « fameuse aventure » rapportée un peu plus loin est tirée presque textuellement de pages de Rivarol publiées pour la première fois en 1836 (J.-H. Donnard) ; elle daterait de 1778.

23. Florine, Mariette, Suzanne du Val-Noble, Tullia : héroïnes du théâtre et de la galanterie dans le monde parisien de *La Comédie humaine*.

24. Joséphine Laguerre laissa en mourant une fortune

considérable et de riches bijoux. La comtesse Du Barry fut condamnée à mort en 1793 comme conspiratrice, sous l'accusation d'avoir fait passer ses diamants en Angleterre.

Page 48.

25. Le maréchal comte de Montcornet apparaît sept fois dans *La Comédie humaine*. Né en 1774, il est fils d'un ébéniste du faubourg Saint-Antoine, d'où le surnom « Le Tapissier » que lui donnent les paysans, avec une malice dont il enrage ; il meurt pendant l'hiver 1837-1838 (la lettre des textes ne paraît guère permettre, quoi qu'on en ait dit, de voir une divergence, sur ce point, entre la fin des *Paysans* et les indications de *La Cousine Bette*). Beau cuirassier et grand sabreur sous l'Empire, il mène joyeuse vie à Paris entre ses campagnes. Il a une fille naturelle, Valérie Fortin, qu'il ne reconnaît pas, mais qu'il dote au moment de son mariage avec Marneffe, petit fonctionnaire incapable dont il favorise l'avancement (*La Cousine Bette*). Il profite de la situation que lui a faite l'Empereur à Madrid et en Poméranie pour acquérir par des moyens marginaux une belle fortune ; en 1814, il livre son corps d'armée aux Bourbon.

Accueilli ou plutôt toléré dans la bonne société, il épouse en 1818 Virginie de Troisville, à qui le monde reproche de se mésallier. (Dans *La Vieille Fille* et *Le Cabinet des Antiques* Balzac précise qu'on doit prononcer « Tréville ».) Celle-ci, née en Russie d'une mère russe vers 1797, élevée à Alençon, amie d'enfance de Blondet, devient sa maîtresse peu après son mariage (voir ci-dessus la note 5). Son salon parisien est le premier qui se rouvre après 1830 ; elle y reçoit une société amusante mais mêlée ; sa longue liaison avec Blondet est tacitement admise et reconnue.

Le 10 décembre 1844, donc une semaine après le début du feuilleton, *Le Moniteur de l'Armée* inséra une véhémente protestation. Balzac y était accusé de commettre des erreurs de fait (il n'y avait pas de cuirassiers dans la Garde ; Masséna, moralement ni matériellement, n'a pu avoir l'attitude que lui attribue le romancier dans une note), et d'attenter à l'honneur de l'armée en présentant Montcornet comme une baderne inepte, un prévaricateur et un mari aveugle ou complaisant : « Il y a au fond de ces non-sens historiques, de ces outrages continuels au vieux culte de la patrie, une vaniteuse pensée de réaction contre une profession qui fut pendant une longue suite de siècles la première, la plus haute, la plus justement estimée en

France. » Balzac riposta le 13 décembre dans *La Presse*
par une note assez désinvolte.

Page 49.

26. On sait que les « Scènes de la vie militaire », dans les
Études de mœurs, ne comptèrent jamais que deux titres,
Les Chouans, et *Une passion dans le désert.* Pour ces « Scènes »
le catalogue de *La Comédie humaine* dressé par Balzac
en 1845 ne prévoyait pas moins de vingt-trois titres, dont
les vingt et un autres restèrent en projet. Balzac rêva longtemps de *La Bataille*, où il eût décrit Essling ou Wagram.
Dès le mois de janvier 1833, par exemple, il écrivait à
Mme Hanska : « *La Bataille* viendra après *Le Médecin
de campagne*, [...] et n'y a-t-il pas de quoi frémir si je vous
dis que *La Bataille* est un livre impossible ? Là, j'entre-
prends de vous initier à toutes les horreurs, à toutes les
beautés d'un champ de bataille, ma bataille, c'est Essling,
Essling avec toutes ses conséquences. Il faut que dans son
fauteuil, un homme froid voie la campagne, les accidents
de terrain, les masses d'hommes, les événements straté-
giques, le Danube, les ponts, admire les détails et l'ensemble
de cette lutte, entende l'artillerie, s'intéresse à ces mouvements d'échiquier, voie tout, sente dans chaque arti-
culation de ce grand corps, Napoléon, que je ne montrerai
pas ou que je laisserai voir le soir traversant dans une
barque le Danube. — Pas une tête de femme, des canons,
des chevaux, deux armées, des uniformes ; à la première
page le canon gronde, il se tait à la dernière, vous lirez à
travers la fumée, et le livre fermé, vous devez avoir tout
vu intuitivement et vous rappeler la bataille comme si
vous [y] aviez assisté. »
Nous avons tenu à citer ces lignes pour le rapport qu'elles
ont avec la note que Balzac introduit quelques lignes plus
bas (on vient de voir qu'elle était visée, elle aussi, dans la
protestation du *Moniteur de l'Armée*). La visite en question
eut lieu le 31 mai 1835, en compagnie du prince Frédéric
Schwarzenberg, fils de l'adversaire de Napoléon.

Page 50.

27. Allusion au roman de Walter Scott, *Kenilworth*, dont
Balzac recommandait la lecture à sa sœur Laure dès 1821.

Page 51.

28. La règle actuelle veut que le mot *amour* (comme
délice et *orgue*) soit féminin au pluriel — règle qui, sem-

ble-t-il, n'avait rien d'impératif à l'époque de Balzac. En fait, il s'agit ici des différentes formes revêtues par le dieu Amour.

Page 53.

29. Voir ci-dessus la note 5.
30. Voir ci-dessus les notes 5 et 23.
31. Allusion non éclaircie.

Page 54.

32. Ces précautions oratoires, prises par l'écrivain en vue, manifestement, de ménager son public, furent tout à fait inopérantes.

Page 56.

33. La Fontaine, lettre de juin 1671 à la duchesse de Bouillon : « Peut-on s'ennuyer en des lieux / Honorés par les pas, éclairés par les yeux / D'une aimable et vive princesse [...]? » Et *Fables*, IX, II : « J'ai quelquefois aimé ; je n'aurais pas alors, / Contre le Louvre et ses trésors, / Contre le firmament et sa voûte céleste, / Changé les bois, changé les lieux / Honorés par les pas, éclairés par les yeux / De l'aimable et jeune bergère, / Pour qui », etc. On se rappelle que Balzac, comme imprimeur, avait édité en 1826 les œuvres de La Fontaine.

Page 57.

34. Cet affluent ne peut être que l'Yonne. L'Avonne serait alors la Cure, et La-Ville-aux-Fayes s'identifierait à Vermenton ou Cravant, dont le site ne s'accorderait pas mal avec les descriptions de Balzac. Mais y a-t-il lieu de chercher pour celles-ci un point d'application précis ? Et les vues du romancier n'ont-elles pas pu évoluer ou se déplacer au cours des années ? Voir les notes 6 ci-dessus et 171 ci-dessous.
35. Initiateur en 1549 du flottage des trains de bois sur la Cure et sur l'Yonne. M. J.-H. Donnard souligne que cette allusion rappelle une indication figurant dans un ouvrage documentaire imprimé par Balzac en 1827.

Page 60.

36. Acrotères : piédestaux supportant des figures aux frontons des temples ou sur des balustrades.
37. Sommets d'arcades.
38. J'ai coutume de.

Page 61.

39. Juger des mœurs et habitudes de « l'officier français au xixe siècle » d'après « la poétique du drame moderne » ou « l'atelier de Charlet » était encore un des reproches que faisait à Balzac *Le Moniteur de l'Armée*. Le romancier était en effet grand admirateur de Charlet, lequel, né en 1792, allait mourir en 1845. Baudelaire en 1857 portera sur le dessinateur un jugement nuancé, dans son essai sur *Quelques caricaturistes français*.

Page 66.

40. Bulles. Le mot appartiendrait au patois berrichon comme plusieurs autres de ceux qu'emploie le père Fourchon. Il est probable que Balzac se souciait peu de tels détails, et cherchait surtout à dépayser son lecteur.

Page 70.

41. Acteurs comiques fort connus en 1823, époque où se passe cette scène.

Page 72.

42. Les bossages sont de grosses pierres qui dépassent en relief la surface d'un mur. Ils peuvent porter des ornements taillés, lesquels sont dits vermiculés lorsqu'on leur donne une forme de vers en vue d'obtenir un effet rustique.

Page 75.

43. De lait de chaux.

Page 78.

44. Rideaux étroits tombant le long des colonnes du lit.

Page 79.

45. Expression mal définie. On suppose qu'elle désigne une porte munie d'une lucarne par laquelle se montre un œil.

Page 80.

46. Facteur rural.

47. Cet impôt proportionnel aux ouvertures des immeubles incitait les propriétaires à lésiner sur l'aération et la salubrité. *Sub dio :* sous le ciel, en plein air.

Page 81.

48. On voit que cette expression, condamnée aujourd'hui par les puristes, n'est pas une invention moderne. Littré l'a relevée dans Rousseau ; il cite également des emplois transitifs de « répondre » dans Saint-Simon et Voltaire.

49. Le pain des anges, l'eucharistie.

50. « Terme populaire. Spéculer mesquinement au jeu ou dans les affaires, faire des affaires minimes. » Littré, qui donne cette définition, ne signale pas d'emploi transitif du verbe.

51. « Mesure qu'on prend avec les deux bras étendus, c'est-à-dire d'un bout à l'autre, et qui passe à peu près pour celle de cinq pieds anciens ou 1 m 62 » (Littré) : la fabrication moyenne de Fourchon et de son aide n'atteignait donc pas 600 mètres de corde par an.

Page 84.

52. Soit environ 200 litres, la valeur du boisseau ayant été fixée à un demi-quart d'hectolitre ou 12,5 l.

Page 90.

53. Ce Suisse, pasteur et théologien (1741-1810), était un mystique et un illuminé. Balzac connaît surtout en lui l'auteur des *Fragments physiognomoniques*, où sont étudiés systématiquement les rapports entre les traits du visage et ceux du caractère ; il le cite constamment, en fondant sur cette doctrine ses propres procédés de description, lesquels se relient étroitement à toute une philosophie des correspondances entre le physique et le moral. La couleur des yeux joue un rôle important dans le système; ainsi « l'œil orangé » dont il est question quelques lignes plus haut signale un individu dangereux ; nous rencontrerons plus loin le « vert changeant », signe de fausseté, et le brun clair, signe de supériorité générale (c'était la couleur des yeux de Balzac).

54. Videur de gobelets, buveur.

Page 103.

55. Sa langue, son caquet.

Page 108.

56. Dans la langue classique : apparence, prétexte. D'où, populairement : mensonge.

Page 111.

57. Ce personnage reparaît dans la troisième partie de *Béatrix* (publié en feuilleton dans *Le Messager* du 24 décembre 1844 au 23 janvier 1845, donc aussitôt après l'achèvement dans *La Presse* de la première partie des *Paysans*) ; il y est présenté comme devenu en 1840 curé d'une paroisse du faubourg Saint-Germain et, peu après sa nomination, directeur de conscience de la duchesse de Grandlieu. On ne le retrouve nulle part ailleurs dans *La Comédie humaine.*

Page 114.

58. *La Quotidienne,* journal ultra, se donnait alors une allure plaisante et vive ; il se fera plus doctrinaire après 1830.

Page 116.

59. Voir ci-dessus la note 53.

Page 118.

60. Petite!

Page 123.

61. Le bien qu'on a. Littré précise que le mot vieillit, mais « peut encore être très bien employé ».

Page 127.

62. Voir ci-dessus la note 53.

Page 128.

63. Balzac aime employer « harmonier » pour « harmoniser » : c'est un trait constant de son lexique. Littré présente « harmonier » comme un néologisme ; en revanche, à l'article « harmoniser », il précise que « harmonier » se dit aussi, « bien que plus rarement aujourd'hui », et cite Bernardin de Saint-Pierre : « C'est dans le ciel comme dans le genre humain que s'harmonient à la fois toutes les couleurs primitives. »

Page 129.

64. « Justice extrême, extrême injustice » ; adage du droit romain cité dans le *De officiis* de Cicéron (1, 10, 33).

65. « *O rus, quando te adspiciam ?* O campagne, quand pourrai-je te contempler ? » (Horace, *Satires,* II, 6, 60). Cette

exclamation fait ironiquement écho au naïf enthousiasme
de la lettre de Blondet qui ouvre le roman.

66. Maréchal des logis, sera-t-il dit ultérieurement.

67. Sabre court de l'infanterie.

Page 132.

68. Allusion à une doctrine aventureuse lancée au début
du XVIIIᵉ siècle par Boulainvilliers, et qui resta en faveur
durant une bonne partie du siècle suivant : la féodalité
et, par suite, la noblesse seraient des institutions imposées
aux traditions gauloises par la conquête franque ; l'abais-
sement de la noblesse témoignerait ainsi d'un retour
au plus vieux fonds national. La Jacquerie : l'insurrection
de 1358 de la paysannerie contre les nobles, violente,
et réprimée plus violemment encore.

Page 135.

69. Le cardinal de Richelieu ; son père était capitaine
des gardes d'Henri IV.

Page 138.

70. La réduction des deux tiers de la dette publique
— banqueroute partielle — fut prononcée par une loi
de 1797. Comme les gouvernements, à travers les siècles,
se ressemblent, on décora cette spoliation du terme ras-
surant, et d'ailleurs exact, de « tiers consolidé ».

Page 140.

71. Cette phrase atteste que les ressemblances qu'on
a pu relever entre l'intrigue des *Paysans* et les circonstances de l'assassinat de Paul-Louis Courier ne sont
nullement fortuites. Ces ressemblances ont fait l'objet
d'une notice de Mᵐᵉ Nicole Célestin puis d'une analyse
détaillée de M. Boris Reizov, un peu systématique peut-être
mais saisissante dans l'ensemble, parues respectivement
dans les livraisons de 1965 et de 1970 de *L'Année balzacienne*,

Page 144.

72. « Acte par lequel un avoué nomme la personne
pour laquelle il s'est porté adjudicataire » dans une vente
publique (Littré).

Page 148.

73. Sensibles aux impressions reçues. Le mot, qui n'est pas rare dans le lexique balzacien, exprime une nuance légèrement différente de « impressionnable ».

Page 153.

74. Mettre une ingratitude à l'engrais. Les épinettes étaient des cages en bois ou en osier où l'on enfermait les volailles qu'on engraissait.

75. Apparemment le comte Hanski. Sur le lien qui rattache *Les Paysans* à Mme Hanska, voir notre Notice.

Page 157.

76. Voir *Un début dans la vie.* Le notaire Crottat apparaît plusieurs fois dans *La Comédie humaine*, notamment dans *Le Colonel Chabert*, dans *César Birotteau*, dans *La Femme de trente ans* où il se signale par sa niaiserie.

Page 160.

77. Maria Edgeworth (1767-1849) écrivit des essais sur l'éducation, des contes et des romans où régnait la sentimentalité.

Page 162.

78. Le septier ou setier, mesure de grains, équivalait à peu près à 156 litres.

Page 164.

79. Poète léger qui ne manquait pas d'un certain talent, et poète tragique obstinément lamentable (1734-1780).

Page 165.

80. L'ordre du Saint-Esprit (fondé en 1578, cordon bleu) et l'ordre de Saint-Louis (fondé en 1693, cordon rouge), supprimés par la Révolution, rétablis en 1814, disparurent définitivement en 1830 et 1831. Le premier était réservé à la noblesse ancienne. — Le Pont-Royal est celui qui desservait le faubourg Saint-Germain ; les lignes qui suivent énumèrent quelques grands noms parisiens de *La Comédie humaine.* Sur Montcornet, voir ci-dessus la note 25.

Page 166.

81. Commis le 13 février 1820, cet assassinat détermina une vive réaction des ultras, la chute du ministère libéral

de Decazes et, en 1821, l'avènement de Villèle, qui devait rester au pouvoir jusqu'en 1828. Le pavillon de Marsan, au Louvre, servait de résidence au duc de Berry ; c'est là qu'en septembre 1820 naquit son fils posthume, le duc de Bordeaux, héritier du trône.

Page 167.

82. « Droit de prendre dans une forêt la quantité de bois nécessaire pour se chauffer » (Littré).

Page 171.

83. C'est-à-dire le prix réglementaire de l'adjudication, prix avec lequel Gaubertin lui-même prenait des libertés.

Page 173.

84. D'après le *Dictionnaire du bas-langage* de d'Hautel (1808), que cite M. J.-H. Donnard, l'expression « couler du plomb » signifie se croiser les bras, paresser.

Page 175.

85. Médicaments appliqués sur la peau ; les révulsifs appartiennent à cette catégorie.

Page 178.

86. Jacqueline du Bueil, comtesse de Moret, fut une des maîtresses d'Henri IV, de qui elle eût un fils. L'érudition balzacienne ne semble pas avoir cherché jusqu'à présent si cette indication ne pourrait pas aider à localiser le site des *Paysans*, en examinant l'inventaire — s'il existe — des terres de la comtesse de Moret.

Page 183.

87. L'abbé Grégoire (1750-1831) participa activement à la Révolution comme partisan de la constitution civile du clergé, de l'établissement de la république, de la condamnation de Louis XVI, de l'extension des droits civils aux Noirs et aux juifs. Cependant il resta un défenseur déclaré de la religion. Nommé député en 1818, il vit son élection annulée en raison de ses antécédents. Le libéralisme anticlérical de la Restauration le regardait comme un de ses grands hommes.

88. François Keller, banquier et homme de gauche, a une place marquante dans les infrastructures politiques et financières de *La Comédie humaine.*

Page 184.

89. Familier des milieux mondains, politiques et administratifs de *La Comédie humaine*, habile à éviter les écueils, il accédera au pouvoir après 1830 dans l'équipe de Rastignac et de Marsay.

Page 187.

90. A effectifs et équipements complets.
91. Un autre moi-même.

Page 191.

92. Quatre cents francs, sera-t-il dit quelques lignes plus bas. M. Jean A. Ducourneau fait observer fort justement que ce dernier chiffre est le plus vraisemblable si on le rapproche d'indications précédentes de Balzac : 126 procès-verbaux rémunérés chacun à raison de trois francs ouvraient droit à une gratification de 378 francs, soit « environ » 400 francs.

Page 206.

93. Ou collège de département, formé du quart des électeurs inscrits les plus imposés dans le département. Le petit collège, à l'échelon de l'arrondissement, était formé des électeurs payant au moins 300 francs d'impôts. Les électeurs du grand collège, automatiquement inscrits au petit collège, votaient donc aux deux échelons.

Page 207.

94. Ici s'arrête — exactement avant la dernière syllabe du dernier mot — ce qui a été retrouvé du feuilleton de *La Presse* portant les corrections faites par Balzac postérieurement à la publication dans le journal. Désormais notre texte se conforme à la mise au point de Mme de Balzac (voir notre Notice).

Page 210.

95. Petit poisson dont la tête munie d'une sorte de ventouse lui permet de se fixer aux requins, aux tortues, de mer, aux navires. Les anciens lui prêtaient une force de freinage capable d'arrêter les vaisseaux : c'est en ce sens que Balzac use ici d'une image qui revient souvent dans *La Comédie humaine.*

Page 212.

96. Dans *L'Envers de l'histoire contemporaine*, que Balzac venait de publier en revue (1843 et 1844).

Page 215.

97. « C'est de votre affaire qu'il s'agit. » Texte exact d'Horace (*Satires*, I, 1, 69-70) : « *Mutato nomine de te fabula narratur*, sous un autre nom c'est ta propre histoire que raconte la fable. » Mais Balzac visait-il bien ce texte ?

Page 220.

98. Balzac collectionnait les maximes de Napoléon. En 1838, pressé d'argent, il vendit son recueil à un bonnetier retiré, notable dans son arrondissement, et qui désirait s'acquérir un titre particulier à la Légion d'honneur. L'ouvrage parut à la fin de 1838, sous le titre *Maximes et pensées de Napoléon* et sous la signature de J.-L. Gaudy Jeune. Le texte de la maxime y est légèrement différent : « Il n'y a pas de vol, tout se paie. » Nous résumons sommairement ici un travail de M. J.-H. Donnard (*L'Année balzacienne*, 1963).

Page 235.

99. Balzac semble ici avoir songé à la libre adaptation faite par Chénier (*Eglogues*, VI) dont les œuvres avaient été publiées en 1819 par Henri de Latouche, alors son ami. Il en inverse le sens d'une manière qui correspond exactement à l'orientation des *Paysans* par rapport aux idylles rustiques, dont les romantiques avaient renouvelé la mode ; Naïs cède sans peine au berger Daphnis : tout le contraire, et non sans intention, du réalisme cruel de la scène balzacienne.

100. Il sera dit plus loin que Rigou est âgé de soixante-sept ans.

Page 240.

101. Paré avec soin ; mais plutôt ici : de bonne tournure.

Page 241.

102. Parée (avec, selon Littré, une nuance de familiarité ou d'ironie).

Page 242.

103. Parée avec quelque excès ou affectation. (Le mot a également une valeur familière ou ironique.)

Page 243.

104. Mauvais génie des récits orientaux.

Page 252.

105. Fondé en 1774 à l'entrée du bois de Boulogne, près du château de la Muette. Café, restaurant, établissement de concerts, de spectacles et de bals, le Ranelagh eut une grande vogue sous l'Empire puis sous la Restauration.

Page 253.

106. Ce personnage est un de ceux qui paraissent le plus souvent (vingt-sept fois) dans *La Comédie humaine*, immédiatement après Nucingen (trente et une fois) et Bianchon (vingt-neuf fois). Dandy, jouisseur, cynique, implacable, cruel, membre de l'association secrète des Treize, politicien dénué de scrupules mais homme d'État véritable, il deviendra premier ministre en 1832.

Page 255.

107. Dernier roi de Babylone, Balthasar donnait un festin somptueux au moment où les Perses prirent la ville et le tuèrent.

Page 259.

108. Robe de bedeau.

Page 260.

109. Balzac semble faire allusion à James de Rothschild. Controversée sur les détails, l'anecdote reste exacte dans l'ensemble, à ceci près que d'une part elle doit être rapportée à Nathan, frère de James et représentant à Londres de la branche anglaise de l'affaire, et que d'autre part la chevauchée, de Waterloo à la côte belge, fut assurée par ses agents de renseignements.

Page 263.

110. Bavarder inconsidérément.

Page 265.

111. Artisan en outils destinés aux usages ruraux.

Page 267.

112. La citation (il s'agit d'ailleurs d'un authentique noël bourguignon) ne figurait pas dans le feuilleton de

La Presse. Elle a été insérée par Mme de Balzac, soit de son propre chef, soit d'après des notes du romancier. Le texte publié par le journal disait seulement : « En ce moment, la voix du père Fourchon qui chantait un vieux noël bourguignon se fit entendre, accompagné par Mouche en fausset. »

113. « Se panser » (de « panse » sans doute) équivaut à peu près à « se bourrer » dans le langage populaire actuel ; « bresiller » : M. J.-H. Donnard rattache ce verbe à brésil, « bois rouge propre à la teinture », mais on pourrait y voir plutôt un dérivé de « braise », prononcé à la paysanne (ce qui peut-être s'accorderait mieux avec le « sarment »).

Page 270.

114. Cette expression, qui semble signifier « peureux », n'est pas identifiée : on n'en connaît encore ni l'origine ni le sens.

Page 271.

115. Balzac était fort attaché à cette orthographe quelque peu aberrante. En 1840, dans une étude sur Stendhal, il écrivait : « *Sens dessus dessous* est inexplicable. L'Académie aurait dû, dans son *Dictionnaire*, sauver au moins, dans ce composé, le vieux mot *cen* qui veut dire : *ce qui est.* »

Page 272.

116. En ribote.

Page 273.

117. Veules : mous. Drogues : mal défini en lexicographie, ce mot paraît apparenté au verbe populaire *droguer*, « attendre en perdant son temps et s'ennuyant beaucoup » (Littré), verbe que Balzac a employé p. 65.

Page 278.

118. On a reconnu des personnages d'*Eugénie Grandet ;* du *Père Goriot* et de *Gobseck ;* de *La Maison Nucingen*, du *Père Goriot*, de *Splendeurs et Misères*, etc. ; de *La Rabouilleuse ;* de *La Muse du département.*

Page 283.

119. *La Belle Arsène*, comédie-féerie de Favart, musique de Monsigny, quatre actes tirés d'un conte en vers de Voltaire, est évoquée aussi dans *César Birotteau.* L'allusion

de Balzac n'est qu'un jeu de mots : il n'y a pas d'autre rapport entre *La Belle Arsène* et cet épisode-ci des *Paysans* qu'un prénom féminin en commun.

Page 287.

120. L'abbaye de Thélème, rendue célèbre par le *Gargantua* de Rabelais, reste un symbole du raffinement de l'épicurisme.

121. Mme Amphoux, bordelaise, associée de Marie Brizard, était réputée pour ses liqueurs des îles. Elle avait ses distilleries à la Martinique. Son eau de cannelle était, dit-on pudiquement, « très propre à ranimer les forces épuisées ». (Dans *César Birotteau* Balzac écrit son nom « Anfoux ».)

Page 292.

122. Au sens propre cet ancien terme de jurisprudence désignait des serfs qui ne pouvaient transmettre leurs biens qu'en ligne directe ; s'ils mouraient sans postérité, ces biens revenaient au seigneur.

Page 297.

123. Tabac préparé pour être chiqué, et présenté en rouleaux du diamètre d'une corde maintenus par ficelage.

Page 299.

124. Au ras.
125. Le feuilleton de *La Presse* comportait un alinéa supplémentaire, qu'on suppose avoir été supprimé par Mme de Balzac en vue d'atténuer la disproportion entre le schématisme de la seconde partie et l'ampleur annoncée par le romancier. Voici le reste de cet alinéa : « De la sphère paysanne, ce drame va donc s'élever jusqu'à la haute région des bourgeois de Soulanges et de La-Ville-aux-Fayes, curieuses figures dont l'apparition dans le sujet, loin d'en arrêter le développement, va l'accélérer, comme des hameaux englobés dans une avalanche en rendent le cours plus rapide. » Ces lignes laissent supposer que Balzac apercevait lui-même, dans la première partie, la lenteur et l'enchevêtrement des préparations ; rappelons d'ailleurs que, dans son projet, cette première partie semble n'avoir guère représenté que le quart de l'ouvrage total.

Page 303.

126. Ce mot confirme qu'au milieu du xixe siècle la
pratique courante était encore de compter les distances
en lieues. Balzac lui-même, à la première page du roman,
situe le château des Aigues à cinquante lieues de Paris.

127. Voir ci-dessus la note 17.

Page 306.

128. L'adjectif « latéral » s'emploie d'ordinaire sans
complément.

Page 307.

129. Notre place de la Concorde. C'est bien à Gabriel
que nous devons l'hôtel Crillon, mais l'ingénieur Perronet,
spécialiste des voies de communications, a construit le pont
de la Concorde et non l'actuel Ministère de la Marine.

Page 309.

130. *Ex professo :* avec la sagacité d'un expert.

131. M. J.-H. Donnard a montré qu'il s'agit de Del-
phine de Girardin, à l'amitié de qui Balzac restait attaché
malgré les démêlés qu'il avait déjà avec son mari. Le 12 novembre 1844, donc trois semaines avant le début du feuilleton dans *La Presse*, elle avait donné au même journal
l'article auquel il fait allusion ici.

132. Les fruits de la guerre.

Page 310.

133. Voix de tête.

Page 311.

134. On appelle œil-de-bœuf une fenêtre ronde ou ovale
percée dans quelque partie haute d'un édifice. A Versailles,
le « Salon de l'Œil-de-Bœuf », dominé en effet par un
œil-de-bœuf, servait d'antichambre à la chambre à coucher
de Louis XIV ; les courtisans s'y assemblaient pour attendre le passage du roi ; ils s'y communiquaient entre eux
les nouvelles, les indiscrétions, les potins. La *Chronique
de l'Œil-de-Bœuf* (1829-1833) n'est qu'une compilation
anecdotique due à Touchard-Lafosse ; elle n'a aucune
valeur critique ; néanmoins, et malgré le mépris où la
tiennent les historiens, elle n'est dépourvue ni d'intérêt,
ni de piquant, ni peut-être, par endroits, d'une exactitude
secrète.

Page 312.

135. Au sens propre : la cuisse du veau, du jarret à la queue. Le mot semble devoir être pris, plus simplement, au sens de rondelle, ici comme dans la phrase de Mme de Genlis que cite Littré : « La belle avait sur le front un bandeau enduit de cire et d'huile, préservatif de rides ; deux petites rouelles de veau cru couvraient ses joues. » Songeons aux applications de viande crue que se font les héros modernes des romans noirs américains, après une bagarre.

Page 313.

136. A la Table de Marbre du Palais de Justice siégeaient autrefois trois tribunaux spéciaux : non seulement celui du Grand Forestier, mais aussi ceux du Connétable et de l'Amiral.

Page 314.

137. La voix d'homme la plus haute, au-dessus du ténor.

Page 315.

138. Futaille dont la capacité variait du simple au double, ou même davantage, selon les régions vinicoles. La pipe de Bourgogne représentait environ 400 litres.

Page 318.

139. Alexis Piron (1689-1773) était né à Dijon ; sa poésie légère est peut-être moins insupportable que ses ouvrages plus ambitieux : son élection à l'Académie, en 1753, ne fut pas ratifiée par Louis XV ; il se consola de cette mésaventure en rédigeant sa propre épigraphe, où certains voient sa meilleure pièce : « Ci-gît Piron, qui ne fut rien, / Pas même académicien. » Il n'était ni meilleur ni pire que les petits poètes de la fin du xviiie siècle et du début du xixe énumérés un peu plus loin. L'un de ceux-ci, Andrieux (1759-1832), mérite une mention spéciale : c'est devant lui que Balzac lut en 1820 sa tragédie *Cromwell* (voir plus haut la Biographie de Balzac).

Page 319.

140. A partir de 1770. « ... Balzac lorsqu'il voyageait d'une façon suivie avec Mme Hanska, sa fille et le comte Georges Mniszech, son gendre, avait adopté pour eux et

pour lui toute une série de surnoms empruntés au célèbre vaudeville : *Les Saltimbanques*... Il s'affubla lui-même de celui de Bilboquet. La première pensée de *La Bilboquéide* lui fut sans doute inspirée par le souvenir de cette plaisanterie carnavalesque » (Lovenjoul).

Page 320.

141. Tabletier : artisan ou marchand de jeux et menus objets d'ivoire ou de bois ; le Singe Vert était l'enseigne d'un tabletier qui connut la vogue sous le Directoire.

Page 322.

142. Lamartine, dont les *Méditations* et les *Nouvelles Méditations* avaient paru en 1820 et 1823.

Page 323.

143. « Terme de jardinage. Encadrement en bois ou en pierre, ordinairement abrité par des vitraux et rempli de terre de bruyère ou autre » (Littré).

Page 324.

144. Souffre-douleur (de « pâtir »).

Page 326.

145. Balzac admirait particulièrement Adolphe Nourrit (1802-1839), grand ténor de l'Opéra.

Page 328.

146. Littré ne semble pas connaître cet emploi transitif — lequel pourrait n'être qu'une faute d'impression scrupuleusement perpétuée.

Page 331.

147. Alcide était un des noms d'Hercule, descendant d'Alcée. Ce nom, devenu nom commun, désignait un homme très fort. Nous disons encore « un hercule », mais « un alcide » est tombé en désuétude.

148. Le quart d'un muid, d'une valeur très variable selon les régions. Actuellement, le quartaut de Bourgogne vaut 57 litres.

Page 333.

149. Petites querelles.

Page 335.

150. Bûcher : battre.

151. L'épaulette dite « à graine d'épinard » distinguait les officiers généraux.

Page 338.

152. Inadvertance relevée par M. Jean A. Ducourneau : la réplique est de Mme Soudry ; celle du notaire sera la suivante (« C'est juste », etc.).

Page 339.

153. Le congrès de Laybach avait confié à la France le soin de réprimer en Espagne la révolution libérale de 1820-1821, et de rétablir le roi Ferdinand VII dans la totalité de son pouvoir. Le duc d'Angoulême eut le commandement des troupes françaises. Après la bataille du Trocadéro, la prise de Cadix acheva l'écrasement de la révolte.

154. Duper.

Page 340.

155. Parc champêtre d'attractions, situé au bas de l'actuelle rue de Clichy, supprimé en 1841. Balzac avait commencé cet alinéa de la manière suivante : « La description de ce Tivoli si fameux, faite en temps et lieu, justifiera les prodigieux effets », etc. ; mais la description qu'il promettait ainsi ne fut jamais écrite ; c'est pourquoi sans doute Mme de Balzac modifia la phrase initiale.

Page 342.

156. Biron fut décapité en 1602 pour avoir comploté contre son pays avec la Savoie et l'Espagne.

157. Enfumer comme une bête puante dans son terrier.

Page 343.

158. Expression obscure. Elle semble signifier : assez sotte pour n'être pas capable de dire « deux » après « un ».

Page 347.

159. A partir de ce point, la fin du chapitre est l'un des passages où l'on relève le plus de différences entre la version posthume de 1855 et les épreuves non corrigées de *La Presse*. A titre documentaire, nous reproduisons ci-après le texte des épreuves :

« — Il n'a rien trouvé du tout, répondit Soudry ; mais, comme dit le président Gendrin, il faut qu'on croie que les poisons se retrouvent toujours...

« — Madame Pigeron a bien fait de quitter Auxerre, dit madame Vermut. C'est un petit esprit et une grande scélérate que cette femme-là, reprit-elle. Est-ce qu'on doit recourir à des drogues pour annuler un mari. Je voudrais bien qu'un homme trouvât à redire à ma conduite. Voyez madame de Montcornet ; elle se promène dans ses chalets, dans ses chartreuses avec ce Parisien qu'elle a fait venir de Paris à ses frais, et qu'elle dorlote sous les yeux du général!

« — A ses frais? s'écria madame Soudry, est-ce sûr? Si nous pouvions en avoir une preuve, quel joli sujet pour une lettre anonyme au général...

« — Le général, reprit madame Vermut... Mais vous ne l'empêcherez de rien, le Tapissier fait son état.

« — Quel état, ma belle? demanda madame Soudry.

« — Eh! bien, il fournit le coucher.

« — Si le pauvre petit père Pigeron, au lieu de tracasser sa femme, avait eu cette sagesse, il vivrait encore!... dit le greffier.

« — En voilà de la morale! répliqua le curé.

« Sur cette double épigramme, on proposa de faire la partie de boston. Et voilà pourtant la vie comme elle est à tous les étages de la Société! Changez les termes, il ne se dit rien de moins, rien de plus dans les salons les plus dorés de Paris. »

Page 351.

160. Grosses toiles pour bâches et stores.

Page 352.

161. On ne connaissait alors que le sucre de canne, importé par mer, et dont le blocus continental empêchait les arrivages. C'est précisément ce blocus qui détermina le développement de la betterave sucrière.

162. Marbre gris moucheté de blanc. — La « lampe à double courant d'air », inventée en 1783 par le chimiste et physicien genevois Argand, constituait la première amélioration de l'antique lampe à huile : la mèche y prenait une forme cyclindrique, et un double courant d'air ascendant, intérieur et extérieur, améliorait la combustion. L'année suivante l'invention d'Argand fut perfectionnée par Quinquet et Lange, qui y ajoutèrent un cylindre de

verre protégeant la flamme, diffusant mieux la lumière et supprimant la fumée : ce fut le « quinquet ». Voir ci-dessous la note 172.

Page 353.

163. Boisson sucrée composée de thé, de sirop de capillaire et de lait.

Page 363.

164. Dans les documents recueillis par Lovenjoul, ce chapitre est intitulé « L'idole d'une ville » et porte le n° XVII. Cet ancien titre correspondait sans doute à un projet ou à une extension différents de ce que nous connaissons. Quant au n° XVII, il semble indiquer que Balzac envisageait soit de prolonger la première partie, soit, plutôt et plus simplement, de donner à tous ses chapitres une numérotation continue (avec ou sans maintien de la division en parties).

165. Servante de la femme d'Abraham et concubine de celui-ci.

Page 368.

166. Vendront aux enchères pour sortir de l'indivision. Mine de plomb et de fer : par démolition et récupération des matériaux, l'intérêt jouant dans le même sens que les sentiments de haine évoqués quelques lignes plus haut. Voir ci-dessus la note 21 et ci-dessous la note 191.

167. Balzac en donne la définition dans *Le Contrat de mariage :* « Le majorat est une fortune inaliénable, prélevée sur la fortune des deux époux, et constituée au profit de l'aîné de la maison, à chaque génération, sans qu'il soit privé de ses droits au partage égal des autres biens. » L'institution favorisait la conservation de certaines grandes fortunes et surtout de certaines grandes propriétés foncières ; depuis 1817 nul ne pouvait accéder à la pairie s'il n'était doté d'un majorat. Le majorat fut supprimé en 1835 par voie d'extinction.

Page 369.

168. Voir ci-dessus la note 35.
169. En réalité, la Constituante.

Page 370.

170. Un peu moins, selon Belin et Pujol (1843) auxquels se réfère M. J.-H. Donnard : environ 713 500 habitants en 1817 et 891 000 en 1827, soit une augmentation

du quart. Il est vrai que les deux périodes décennales considérées, 1815-1825 et 1817-1827, ne sont pas strictement les mêmes ; mais ce léger décalage ne doit guère modifier la proportion.

171. Voir ci-dessus les notes 6 et 34. Le scénario de 1838 désignait explicitement cette rivière comme étant l'Yonne. Voici d'ailleurs tout le passage, que peut-être n'illustrerait pas mal une carte de la région de Vermenton, de Cravant et du confluent Cure-Yonne : « La configuration de La-Ville-aux-Fayes est indiquée par celle du terrain. Les deux lignes du delta étaient bordées par des ports. Le barrage pour arrêter les bois était au bas du coteau que formaient les hauteurs de la forêt de Soulanges, et entre ce barrage et la ville il y avait un faubourg. La ville était située sur l'Avonne, et elle avait vue sur l'Yonne qui déroulait la nappe de ce grand bec à la pointe du delta. La route passe l'Yonne sur un pont, à un quart de lieue de La-Ville-aux Fayes ; mais elle vient mordre au confluent de l'avenue où se trouve un petit faubourg groupé autour de la poste aux chevaux, qui atteint à une grande ferme. Il y a là mille maisons à jardins assises au pied des hauteurs et entourant cette pointe de l'eau de trois côtés, des eaux diversifiées, la nappe diamantée de l'Yonne occupée par des trains en construction sur les bords, par des piles de bois. Les eaux chargées de bois de la rivière et les jolies cascades de l'Avonne, qui se trouve un peu plus haute que l'Yonne et qui s'y décharge, sortent pittoresquement à travers les vannes des moulins et les écluses de quelques fabriques. »

172. Voir ci-dessus la note 17.

Page 372.

173. Nouveau perfectionnement de l'éclairage (voir ci-dessus la note 162). la lampe astrale, inventée en 1804 par un successeur d'Argand, était conçue pour éclairer d'en haut, comme un astre, et ne jetait pas d'ombres portées.

174. Aquatinta ou aquatinte : gravure à l'eau-forte imitant le dessin au lavis. Un meuble : un mobilier. Casimir : tissu fin et léger de laine croisée.

Page 374.

175. Le mot désignait depuis François Ier de vieux militaires en retraite, leur demi-paye se justifiait par de

petites fonctions où l'on peut voir comme une préfiguration lointaine de nos « emplois réservés ».

Page 377.

176. Sigisbée, complaisant galant appelé à souffrir (*pati* en latin) pour sa dame.

177. Tissu de coton jaune chamois utilisé dans l'habillement ; ici : couleur de ce tissu. Il y avait aussi du nankin blanc.

Page 380.

178. Le mot est pris dans son sens ancien : indigents.

Page 384.

179. Voir ci-dessus la note 17.

Page 389.

180. La phrase est sans doute fautive, mais il n'est guère possible d'en rétablir le texte exact : en effet, le seul document de base est constitué par les mauvaises épreuves du scénario de 1838, et l'on peut supposer également une inadvertance dans le manuscrit ou une fausse lecture chez l'imprimeur. M. Jean A. Ducourneau propose de rectifier en « à l'endroit où elle » (la tige) « sortait du tronc » : il s'agirait alors d'un lapsus de Balzac ; dans l'hypothèse d'un déchiffrement erroné, on peut imaginer que Balzac ait griffonné en réalité « à l'endroit où il sortait de terre » —, ce qui peut-être s'accorderait mieux avec la phrase suivante et avec la mention du « pied » des arbres faite à deux reprises un peu plus loin.

Page 390.

181. Naturalistes et entomologistes contemporains. — « D'insectes » : on attendait « des insectes » ; la tournure insolite s'explique sans doute par une négligence dans la mise au point du texte primitif de Balzac, qui avait écrit : « ... trouver cent cinquante mille familles d'insectes... » — Le mot « insecte » est pris ici dans un sens très large, ou plus que large ; ainsi le taret est un mollusque, l'ergot du seigle, sorte de champignon, était considéré à l'époque (Raspail, 1837) comme provoqué par l'intervention d'un infusoire ; quant aux métamorphoses de la cochenille, elles étaient connues depuis Réaumur. Le pou du papier est le « poisson d'argent ».

Page 391.

182. Primitivement Balzac avait écrit « le génie de Raspail » ; mais le libéralisme ardent de Raspail était fort mal vu du pouvoir impérial lorsque Mme de Balzac s'acquitta de sa mise au point.

Page 396.

183. Au lieu de ces deux mots Balzac avait écrit « l'œil chauve » ; l'image était plus forte, mais trop hardie peut-être.

Page 401.

184. Rédaction primitive de Balzac : « ... la terre après son accouchement... d'admirables odeurs végétales. » Mme de Balzac a atténué.

Page 402.

185. « Sur son corps à la paresseuse », disait la rédaction primitive. « Corset à la paresseuse, sorte de corset qui n'a pas besoin de se lacer » (Littré).

Page 403.

186. Cette forme neutre et non réfléchie, fréquente dans *La Comédie humaine*, et commune à l'époque, est présentée par Littré comme elliptique.

Page 406.

187. Un rossignol, disait la version primitive : la correction de Mme de Balzac était avisée.

Page 423.

188. Fusil réglementaire, de fort calibre, dont était « munie » l'infanterie.

Page 427.

189. Dans sa rédaction primitive, Balzac parlait de 2 500 000 francs rapportant 140 000 francs. Un tel revenu de près de 6 % serait très inhabituel dans *La Comédie humaine.*

Page 429.

190. Deux mille francs, disait la rédaction primitive ; ce qui ne s'accorde pas avec les mille écus dont il a été

question quelques lignes plus haut. Mme de Balzac a corrigé
ce lapsus.

191. Voir ci-dessus les notes 21 et 166.

Page 430.

192. Ce qui nous est parvenu de la rédaction primitive
s'interrompt ici, les derniers mots étant « des sots et des
niais » au lieu de « sots et de niais (bourgeois) ».

193. La cohérence chronologique de *La Comédie humaine*
est assez prodigieuse. Toutefois il arrive à Balzac de s'en
écarter : ainsi Blondet est nommé préfet en 1833 selon *Autre
étude de femme*, en 1837 ou 1838 selon cette page des
Paysans, en 1842 selon *Le Cabinet des antiques*.

Page 431.

194. Voir notre Notice : cette date ne répond à rien
de ce que nous savons sur la composition des *Paysans*.
Apparemment elle a été ajoutée par Mme de Balzac, et
peut-être choisie de manière à faire croire que le roman
avait été achevé aussitôt après la publication de *La Presse*.
Au demeurant, Balzac lui-même datait souvent ses œuvres
d'une manière tout à fait affranchie des servitudes de
l'exactitude.

DU MÊME AUTEUR

Dans la même collection

MODESTE MIGNON. *Édition présentée et établie par Anne-Marie Meininger.*

LA MAISON DU CHAT-QUI-PELOTE suivi de LE BAL DE SCEAUX, de LA VENDETTA et de LA BOURSE. *Préface d'Hubert Juin. Édition établie par Samuel S. de Sacy.*

LA MUSE DU DÉPARTEMENT. UN PRINCE DE LA BOHÈME. *Édition présentée et établie par Patrick Berthier.*

LES EMPLOYÉS. *Édition présentée et établie par Anne-Marie Meininger.*

PHYSIOLOGIE DU MARIAGE. *Édition présentée et établie par Samuel S. de Sacy.*

LA MAISON NUCINGEN précédé de MELMOTH RÉCONCILIÉ. *Édition présentée et établie par Anne-Marie Meininger.*

COLLECTION FOLIO

Impression Bussière à Saint-Amand (Cher),
le 15 mars 1993.
Dépôt légal : mars 1993.
1ᵉʳ dépôt légal dans la collection : août 1975.
Numéro d'imprimeur : 778.
ISBN 2-07-036675-8./Imprimé en France.